香港文學

書目 續編

黎漢傑
黃　駿
王芷茵　編

1996

2016

範例

1 是次研究計劃僅收錄 1996 - 2016 年香港作為出版地所出版之原創文學類書籍。香港作家於海外所出版之著作，因人手及經濟限制未能收錄，但行有餘力將另設附錄以供參考。另，外地出版聘香港出版社作代理或分銷，或香港出版社翻印之書籍將不入目。

2 文類七類：新詩、小說、古典文學、文學評論及史料、戲劇、兒童文學、散文。另設「其他」一目，供收錄合集等未能完全分類的書籍。合計八類。通俗文學因數量龐大，需另立書冊收錄，因此本計劃不予收錄。兒童文學收錄範圍定於對象為約 12 歲或以下的原創兒童圖書作品，內容大致為文學而非遊戲性質。

3 書稿分兩部份，第一部份書目介紹，第二部份書目清單。

4 書目匯編之格式為「作者：《書名》，出版地：出版社，年份（版本）。」書目排次根據出版社、作者、書名順序排列。排列次序為：英文按字母順序排列，中文按筆劃數排列。不同出版社中文名，若然首字相同，則以第二字的筆劃數由少至多排列，如此類推；若然筆劃相同，則以起筆排序，依次為：橫、豎、撇、點、折。若然一出版社下，有同姓作者，及作者姓氏筆劃相同者，亦依以上方法排列。至於清單部份，相同出版社之下，按出版年份排序。

序言
《香港文學書目》編輯委員會

本書緣起

編制目錄，可為指定範疇羅列出某一時期內較為整全的資料，這些資料，或留下一個範圍頗廣的參考價值。從目錄學的角度來說，目，主要指一部書的篇目；錄，是一部書的敘錄，是對成書經過、校勘情況的敘述和作者、書籍內容的介紹、評價。香港第一本比較有系統羅列本地文學出版物的資料，首推青文書屋出版的《香港文學書目》，出版年份為 1996 年，當中收錄五〇年代起至九〇年代的兩百部香港文學作品，數十年間，香港文學的出版數當不止於些，但在編制的過程中不免有所取捨。本書既以「香港文學書目續編」命名，即希望能夠繼承前人對香港文學史料收集的熱忱，繼續鈎沉、整理在《香港文學書目》出版之後，於本地出版的文學作品，作有系統的編目。因此，本書選取範圍，起自 1996 年，至申請香港藝術發展資助時（2016）止，即二十一年間的香港文學作品。

收錄準則

「何謂香港文學？」一直是一個討論空間很闊的問題，本書以「在香港出版」為原則，列出二十一年間在香港出版的文學作品，因此，個別文類收錄的作品中，可能包括外地作者。然而，在香港出版、書寫香港的作品，並不限於華文，一直以來均可見到以英語或其他外語寫作的香港故事，這些當算作文學作品，但限於篇幅，本書暫未收錄。

這份資料旨在探討這段期間的香港文學出版生態，本書以八大種文類分做八部份，從而羅列此八種文類的出版情況，編委會繼承前作《香港文學書目》的體例，從每種文類挑選一百部作品作簡介，此八類

分別為：小說、散文、新詩、古典文學、兒童文學、戲劇、史料評論及其他。每種文類的編排，包括書目清單，以及一百條書籍簡介連封面附圖。然而，本書將簡介部份與書目清單部份，即分開整理，比較前作稍有不同。如此，則避免出現沒有撰寫簡介的書便不入書目，導致錄之不全的問題。

文學作品再版的情況在香港並不常見，本書收錄的作品，以 1996 至 2016 年間初版的作品為主，當中包括復刻版，例如文化工房出版也斯的《雷聲與蟬鳴》、崑南《地的門》等。

為每種文類整理出書目清單後，編輯選出當中一百本作簡介，此中除了編輯的收藏外，還得借助公共圖書館或大學圖書館的館藏。搜尋過程中，發現不少作品經已絕版，同時亦發現很多「滄海遺珠」，靜靜待在圖書館一角。亦正因為此，編輯深感整理書目容易掛一漏萬，因此在研究的過程中，不斷需要商討及調節收錄的準則

分類內容及特色

小說類

本部份收錄小說集，包括長篇小說，以及中短篇小說合集。所收錄作品以嚴肅文學作品為準，如屬於通俗文學小說，則不予收錄。通俗文學不收錄，並非從所謂文學水準高下的判準而定，而是通俗文學小說在這段期間數量實在過於龐大，編委會幾經考慮，最後決定放棄收錄，只能留待日後有心人另立通俗文學書目，再仔細整理。

散文類

本部份收錄散文集，以全書均為散文為宗，即如有一書為小說散文集、散文及詩集的話，將會撥至「其他類」，散文詩集亦不包括在內。如作品為雜文、政論文章等與文學範疇相關度較低作品，亦不予收錄。

新詩類

如散文類情況相似，收錄全書均為詩作的作品，散文詩集不包括在內。

古典文學類

古典文學收錄作品，包括古典詩詞創作，對聯創作。本部份收錄作品僅限於圖書館所藏書目。然而，不少古典文學作品集，屬私人印刷，不作公開發行，甚至沒有國際書號，因此難以尋覓。如所收錄作品：張曼儀《瀟碧軒詩》為作者自印，編者因緣際會獲贈此書，才能得見真貌，同時收錄其中。故此，本部份遺漏想必比較多。

兒童文學類

兒童文學的選取準則多以故事（小說類）為主，香港有三數家出版社專門出版兒童文學作品，亦有一定數量的兒童文學作者，搜尋兒童文學類的書目，其難度在於數量，其次是定義問題，例如校園文學應否算在內？青少年文學與兒童文學之間有明確的界線嗎？

戲劇類

戲劇類包括劇本集，以及少量戲劇理論和劇場專著，出版社多為行業相關的團體，例如香港話劇團、香港藝術節、國際演藝評論家協會（香港分會），亦有小部份個人出版。

以絕版來說，劇本絕版的情況頗為常見，很多時候都只見有相關資料，而難以覓得該劇本，有些甚至連香港演藝學院圖書館亦沒有館藏，所以以本書的編排中，難以附上有關的書封圖片最多的，就是戲劇類。

另外，有些劇本是可供公眾借閱的，但其本身並沒有正式出版，公共圖書館就可找到不少相關的「排練版」劇本。這些版本亦收錄於本書中，但事實上，如果以一百本為基數，1996-2016 年間，真正出版的戲劇類作品，恐怕不達一百之數。

史料評論類

　　本部份收錄評論與文學史料作品，收錄標準為與文學相關者。故此，如單純探討文化研究，或者其他藝術文類例如電影等，則不予收錄。反之，如探討文化研究作品有一定程度牽涉文學評論與研究，或其他藝術文類與文學之間的比較或影響等，則收錄其中。

其他

　　本部份主要收錄以上各類別不收錄但有一定文學藝術成分，或文類龐雜等數目。主要收錄有徵文比賽作品，包括公共圖書館以及大學舉辦之比賽作品集等。中學、小學之徵文比賽作品集因藝術成分未達成熟，故不予收錄。其次，收錄文學書籍內容包括多個文類者，如盧因《一指禪》，內容包括散文、小說、文學評論，故歸入本類別。

本地作家的境外出版概況

　　正如有本港出版社出版海外作家作品，香港作家亦有在外地出版的情況，本書以附錄形式收錄 1996 至 2016 年間在香港以外的地區出版的書目，當中以臺灣地區出版最多。當然，香港作家在內地出版的情況也漸漸普遍，當中則以史料評論類最常見，創作類的作品則仍然缺乏，這也許牽涉到當地出版市場的口味與讀者的閱讀期待所致。

目錄

小說類

古典文學類

史料評論類

戲劇類

兒童文學類

散文類

新詩類

其他類

書目清單

外地出版香港作家書目簡表

小說類

1.　李維怡：《行路難》，Kubrick，2009 年（初版）。

　　本書由二〇〇〇年獲得聯合文學小說新人獎首獎的得主——李維怡創作，《行路難》的書名是取自古代李白借樂府民歌的體裁以言志的詩歌，本書以市井人物的日常生活出發，以小見大，連接香港過去二十年的社會事件，書中有大大小小的篇章故事，例如其中的第一篇小說叫〈蹲在屋角的鬼影裡面〉，從一個女警的角度看社會不同的弱勢群體的感受。

2.　林三維：《白漬》，Kubrick，2016 年（初版）。

　　本書是近年少見在香港出版的新人作品。《白漬》描繪中產家庭表象下的崩壞，看似平平無奇的一生，隱藏你與我或許經歷過的情欲翻騰。雖然篇幅不算長，但書中卻環環相扣，成就了如長篇小說的龐大世界觀。故事的鋪展，最後帶出每個人愛人的方式也不同，結果也許不一定是傷害，但也不一定是美好的、童話故事式的結局。

3.　夏力、夏芝然：《甜美黑洞》，Kubrick，2011 年 (初版)。

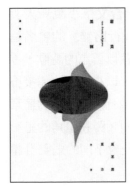

　　本書由兩位作者合力撰寫。夏芝然是本地著名的小說家，曾出版小說《男孩都走掉的夏天》、《孤鬼堡的雙人舞》、《愛之煙火》等；而夏力則是本地電影導演，短片《小高己賢》和《己賢小高》分別獲第 8 和第 9 屆香港獨立短片及錄像比賽銅獎及優異獎。本書以非常詩意的筆法，呈現男女不同的情慾、慾望、情感、想法等等近乎意識流的感覺。例子如「我在這邊望著那邊的你，深刻而劇痛，你那麼寬容那麼隨和可親那麼沒衝突，而我這麼偏執這麼任性這麼錯漏百出。然而，今晚，我說著說著，想說，那條線也許不是絕裂，那是肯定我和你是雙生都存在。我看到你的模樣就是我的模樣，我的模樣就是你的模樣。

　　有一天，也許，你會淡化了我，而我會淡化了你。」可見一斑。

4.　夏芝然：《異色的橙》，Kubrick，2013 年 (初版)。

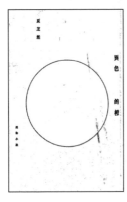

　　如書名一樣，其中的內容也是十分之奇異，這本書是因二十六個不守規矩的念頭而萌生的迷你小說。當中有關於愛慾及其想像所衍生的小說，描繪日常關於愛慾與情感的場景；還有作者和藝術家雄一的互動創作，作者將雄一的詩體文字融入小說裏，不同文體的交錯，讓小說變得奇妙、新穎，有時晦澀有時又有趣；還有如童話般迷幻的小說，在日常生活的故事裏添加懵懂純真的童言，而感覺輕快、幽默。

5.　陳志華：《失蹤的象》，Kubrick，2008 年（初版）。

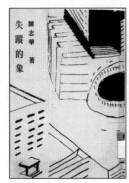

這是作者首本小說集，當中有十七篇短篇小說。集合了十七個有關失蹤、失卻、錯失、消失與迷失的故事。O 城的記憶與建築都是不停地被消滅，不停被拆卸，人們最後也失去了應該被珍惜的人和事，對於 O 城的人來說，不斷地失去，彷彿是人生的必要條件，然後現實中的香港，或者是別的地方中，我們又是否是這樣呢？這些小說可以引起人們對城市、人生、自我內心的思考。

6.　麥樹堅：《未了》，Kubrick，2011 年（初版）。

這是作者十年創作的合集，主題十分消極與負面，圍繞著壓抑、躁鬱、卑微、暗淡等情緒狀態，書名正反映這個主題，人生之中總有無法預料及無力改變的磨難與種種事情，這些事情都未能了結，纏繞著自己，抒寫心中的無力感。內容以繁茂的城市為背景，去寫當中的各個平凡人物為生活奮力拼搏，為生存犧牲一切，生活是如此，人的情感亦是如此，很多時候我們彼此與彼此聯繫著。作者筆下的文字十分冷酷，讓讀者去到冷漠、黑暗的世界，體味人生的無奈。

7.　黃仁逵、陳慧、王良和等：《年代小說‧記住香港》，
　　Kubrick，2016 年（初版）。

　　　　《年代小說‧記住香港》是由香港七位本土作家，以十年為單位，開始書寫自上世紀五十年代到本世紀一〇年代的香港，一人一年代，小說作為方法，合著而成。其中的主要作家——蕭文慧說：「這本書不是歷史書，不會讓你看完整個香港，只是剛剛好，這幾位作家選取一些事件，和讀者一起很純粹地，重溫香港這幾十年來走過的路。」本書把零零碎碎的香港故事，讓讀者像拼拼圖一樣，從不同的作家角度出發，一步一步地看清楚整個香港故事的發展。

8.　葉愛蓮：《男人與狗》，Kubrick，2008 年（初版）。

　　　　這是一本關於情欲的神奇小說，大膽承認女人的情欲。陳傑喜歡狗，他的天性也像狗，一切似命中注定，身為上班族的明娜喜歡上這個男人與狗，她追求真正的愛情、真正的性，但又不止是性愛、溫暖幸福的感覺。這個「欲望」既是無限制的又抽象，令人琢磨不透，時常感到不安與苦悶，又在滿足欲望之時感到狂喜。人人都有欲望，且欲望是不可控的，本書以一個截然不同視角，讓人瞭解上班族女性的情欲。

9.　雄仔叔叔：《雄仔叔叔故事集》，Kubrick，2015 年（初版）。

　　每個人小時候都有聽過故事，也看過許多故事書，這本書包含三十二個故事和三十二幅人物插圖，十分豐富有趣，適合單純天真的小朋友去進入一個個想像的世界，似旅遊般獲得感悟與體會，也讓大人能回味自己童年稚趣，也明白小朋友的內心需要甚麼。看故事並非僅僅或者快樂而已，往往小朋友們看完之後便可以自己講許多故事，或是開發想像力，或是分享自己的生活，看故事獲得的激動與喜悅，讓他們能開拓視野，滿懷激情，雄仔叔叔精心挑選的故事，讓孩子能快樂地成長

10.　葉愛蓮：《腹稿》，Kubrick，2007 年（初版）。

　　此為作者的第一部小說集，共有六篇。當中描寫年輕女子的成長歷程，不僅僅是描寫情欲，更是以女性的視角去看生命中的渴望與無可奈何、人與人之間的關係、靈慾。內容包括大學女生的悵然若失、迷思，與辦公室女郎被工作帶來的壓力所束縛，不單是精神上的折磨，還有身體上摧殘，不僅如此，在愛情上也遭遇困境，女角尋求情愛中的親密而男角則不斷追求永遠的年輕，從中也能投射社會，看到現代社會的疏離。

11. 鄒文律：《N 地之旅》，Kubrick，2010 年（初版）。

這六篇短篇雖然各自成篇，但結合起來卻又有共同的主題。其中都是在講述關於主角出走與回歸、努力尋找去渴望得到救贖救，與最終夢想幻滅的故事，裏面有許多對立面，體現現實的種種矛盾。N 地是所有人的理想之地，在小說裏能看見一種時代特有的逃亡出走之欲，人們在生活的城市裏感到壓抑而想逃走，去嚮往烏托邦。但作者清楚地講述逃亡是無用的，沒有絕對希望的烏托邦。我們每個人皆像書中的主角，只是為真正到達過 N 地，究竟如何才能通往幸福呢？看了這本書你就會明白。

12. 鄒文律：《籠子裡的天鵝》，Kubrick，2014 年（初版）。

跟很多香港人一樣，本書的主角——文律亦曾為了尋找居所而煩惱，當中種種折騰使他開始反思置業對港人的意義。在本書中，文律常以象徵和意象，再現過程中所看到人性的各種面貌。房子，既是人的安身之所，卻同時是禁錮生活可能的籠牢，一切都這樣真實而又荒謬。本書帶出了香港人的現實社會狀況，容易引起讀者共鳴。

13. 潘國靈：《失落園》，Kubrick，2005 年（初版）。

　　本書是多篇小說的合集，描繪回憶的陷落、追尋，以及「消失」本身，其中有瘋子式尋找失物的寓言小說〈失落園〉、描繪男孩的殘酷世界小說〈一把童聲消失了〉、以面孔為素材的哲理小說〈面孔〉、富作者半自傳色彩、延續疾病書寫的〈病辭典〉、〈糞便〉、寫作家失去繆斯女神的幻想作品〈夢之書〉、包含失戀寓意的有象徵意味的詭異小說〈鴉咒〉、寫青春流逝的寫實小說〈鐵屋與球場〉、寫城市浪遊人的〈週六床上柏拉矓〉、戀人回憶縈繞於心的作品〈小蚊子〉。這些作品全都圍繞「失落」兩字，沉思生命與存在。

14. 潘國靈：《愛琉璃》，Kubrick，2007 年（初版）。

　　這是一本無從定性、集理智與感情於一身的愛情小說。全書共有六章，內容十分豐富，不僅有許多生動形象的插畫，是著名插畫家小高所作，還以五個角度、四種文體去敘述愛，包含從香港出發去描繪都市中的種種愛，剖析古今中外著名的文學作品例如《詩經》、《紅樓夢》，精彩地點評王菲、王家衛、特呂佛的作品，還有作者原創的詩歌以祝福愛情，他的文字十分細膩動人。書名中的「琉璃」比喻愛情的多樣性，從這些不同的文章可看到不同層面的情感與社會現象。

15. 陳慧：《拾香紀》，七字頭，2016年（第14版）。（初版：香港：
　　次文化堂，1998 年）

　　　　《拾香紀》是一本長篇小說，當中以連家為主軸，透過描述這二十多人大家族的生活及際遇，反映九七年前的香港社會狀況。作者將香港真實的大小歷史事件穿插於故事當中，例如六七暴動、李小龍去世、石硤尾大火、制水等，亦描寫了不少具香港特色的情節，如參拜黃大仙、當時流行的藝人明星及選美賽事等，充滿香港九十年代及以前的回憶，使香港讀者讀之更親切貼身之餘，亦讓其他讀者更認識香港的過去。

16. 黃增健：《浮光掠影》，七字頭，2016 年（初版）。

　　　　本書是作者第一本小說，以其父母的愛情故事為藍本。作品以劇本形式劃分五幕，通篇充滿七、八十年代，現在看起來已是「懷舊」的質樸生活味道。作者寫本書藉以直面喪父喪母的傷痛回憶，也藉以悼念先人。而讀者則從文字間悼念已逝去的，美好香港的黃金歲月。

17. 謝傲霜：《一半自己：曲戀癲癇症》，七字頭，2007 年（初版）。

　　本書為作者首本長篇小說作品，以誇張及具象形式表現「音樂性癲癇症」一病，描述女主角腦中不受控地出現音樂，連繫其生活。書中以用不同粵語流行曲作分章，以歌詞融入故事，帶出主角的經歷及感情，手法新鮮有趣，又描述主角如何隨著尋找治療方法而解開心結，以引起讀者對愛人與自愛的思考。除此之外，作者更在文中加插不少看似荒謬的真實事件情節，挑戰常人對「正常」的態度。

18. 唐睿：《Footnotes》，三聯書店，2007 年（初版）。

　　本書是一本長篇小說，以八、九十年代香港為背景。故事以一個新移民男童的視角，講述住在徙置區的經歷。作者以徙置區為題材，仔細地描繪男童的成長，透過男童與旁人的相處交流，真實自然地呈現出當時不同背景的人的生活，包括新移民家庭、精神病康復者、街童等等，以不同形象與面貌生活於同樣的社區，多元而平和地發展出許多情與事，表現出社區與當中的人的關係。

19. 葛亮：《阿德與史蒂夫》，三聯書店，2012 年（初版）。

　　居港權、新移民、誰該來還是不該來香港，這幾年鬧得熱哄哄，關心議題的人總比關心「人」的多。本書以一個中國港漂身分寫香港故事，主角大多是在港掙扎求存的低下階層，《阿德與史蒂夫》一篇的主角阿德就是一名偷渡者，即使被劫受傷，礙於身分，也只能向無牌醫生求醫。書中以中國人角度書寫粵語對話，用字及讀音都與我們常見的寫法有別，充分表現出這本書的獨特之處。

20. 關愚謙：《情》，三聯書店，2014 年（初版）。

　　本書為自傳式小說，是作者人生三部曲中的第二部。全書分為六章，共有文章五十三篇，講述了作者六十年代隻身到德國從零開始的新生活。作者當時獨自去到德國，身無分文，卻克服重重困難，學習德語、攻讀博士，後來更於大學教授中國文化，不僅自身接受德國的生活，更把自身的中國文化帶到德國，促使中德交流。書中表現出作者濃厚的家國情懷，又帶著親情、友情與愛情，帶出中西文化的交流。

21. 王璞：《補充記憶》，天地圖書，1997 年（初版）。

　　《補充記憶》是一本長篇小說，內容以一對醫生與病人作為主線，描寫二人透過治療與被治療的過程，重新正視各自的生活。在人物設計方面，作者亦見用心，女醫生名為容易，一直希望遺忘慘痛的過去；而年青病人 NO 則在一次車禍中失去了記憶。二人對記憶的態度與對生活的感受，在治療與被治療的過程中漸漸變化，對生活亦有了新的感受。

22. 吳羊璧：《富有‧富有》，天地圖書，2007 年（初版）。

　　本書是一本短篇小說集，共收錄了十八篇作者所選的作品，分為三輯。書中作品寫於五十到九十年代之間，以發表的先後為序，多曾以不同筆名連載於報紙副刊或刊於文藝雜誌。作者喜愛反映現實生活的作品，故筆下文章亦同樣如此。書中故事大多從當時社會中提取題材，例如木屋區、貧困中人們的生活、青年的升學壓力、移民潮等，處處可見二十世紀後期的香港境況。

23. 阿濃：《人間喜劇》，天地圖書，2005 年（初版）。

　　本書是一本短篇小說集，共收錄二十四篇作品。如作者於序中所言，「溫馨、幽默、同情、悲憫」即作者一貫的寫作特色，本書中的故事亦不例外，以相對輕鬆的筆風，描寫出生活的眾多小事小物，夫妻不和、情侶關係、生老病死等等，都是作者入文的題材。書名《人間喜劇》，一如提醒讀者「人生如戲，戲如人生」，文中所說的是故事，也是生活。

24. 周蜜蜜：《香江情式》，天地圖書，2004 年（初版）。

　　本書是一本短篇小說集，共收錄十八篇作品。書中作品大多以人為主，雖然部份作品中亦可見香港本地風光的描寫，但主軸仍是人物間的交流與關係。作者對人物關係的想像力十分豐富，創造出或感人或地道的角色，例如廟街的捉棋老人與從外國前來拜師的程式設計員、久別重逢仍相愛的戀人、於網上認識而互相討論學習的兩個年輕人……文章篇幅雖短，卻仍巧妙地包含著細節。

25. 林蔭：《硝煙歲月：「日落調景嶺」前傳》，天地圖書，2009 年（初版）。

　　本書是一篇長篇小說，是另一部長篇小說《日落調景嶺》的前傳作品。書中以國共內戰時期為背景，描寫主角在台灣被誘騙入伍為軍的因由，以及他與一眾相同命運的軍人被送往內地參與戰爭、再輾轉逃亡到香港調景嶺的經歷。故事中對當時台灣、內地的描述十分仔細，表現出平民生活的情境。而在其時殘酷的戰爭背景之下，作者還是捕捉了人間有情的畫面，描寫主角與情人如何在修女的幫忙下成功逃往香港，免於戰火摧殘。

26. 夏婕：《那個築建北京城的人好孤寂──金蓮川上的傳說》，天地圖書，2013 年（初版）。

　　這是一部長篇歷史小說，題材獨特，以史實為主軸，並選取了促進漢蒙一家的一代名臣劉秉忠為重心，重塑了元代立國的故事。劉秉忠為蒙古人立國、定元號、又頒定了朝廷禮儀等朝代變更之細節，本書配以史實，述說了他的傳奇一生。作者為了還原歷史風貌，合符真實民俗情理，親身走訪蒙古漠原、搜集史料與民俗細節，又以劉秉忠身邊的七位女人，描繪出其時不同女性的形象，重現了十三世紀中國的生活。

---

27. 陳冠中：《裸命》，天地圖書，2013 年（初版）。

　　本書是一本短篇小說集，共收錄二十四篇作品。如作者於序中所言，「溫馨、幽默、同情、悲憫」即作者一貫的寫作特色，本書中的故事亦不例外，以相對輕鬆的筆風，描寫出生活的眾多小事小物，夫妻不和、情侶關係、生老病死等等，都是作者入文的題材。書名《人間喜劇》，一如提醒讀者「人生如戲，戲如人生」，文中所說的是故事，也是生活。

---

28. 陳慧：《四季歌》，天地圖書，2000 年（初版）。

　　本書是一本短篇小說集，共收錄十篇作品。書中故事主要圍繞香港，描述了香港與當中人物隨城市發展已產生的改變，表現他們在繁榮的現代中所感受到的喜怒哀樂，以及種種情意。作者以平淡的筆觸描寫著香港生活的日常事物細節，雖然沒有驚天動地的情節，卻因當中的真實帶出更真摯親切的感情，一如般人的生活。

29. 陶然：《美人關》，天地圖書，2000 年（初版）。

　　本書是一本小小說集，分成三輯，共收錄了一百一十八篇作品。第一輯為「故事新編」，共三十篇作品，作者以古代歷史或故事及人物作背景，加上無限創意，創作出新奇的故事。第二輯「魔幻世界」則以鬼怪及神奇的巧合作為題材，有三十七篇作品。而第三輯「現實傳真」共五十一篇作品，從前兩輯的天馬行空的幻想回到現實，抽取生活片段，創作出眾多虛構而又能反映生活酸甜的故事。

30. 陶然：《歲月如歌》，天地圖書，2002 年（初版）。

　　本書是一本小說集，共二十篇作品。書中以篇幅分成三輯，分別為「中篇小說」，共三篇作品；「短篇小說」，共十一篇作品；以及「小小說」，共六篇作品。如書中所言，本書寄託著作者「對歲月的一種崇拜和懼意」，透過故事中的人事物，表達出都市人不絕的欲望與困惑，以及對現實的理解。作品中不乏對香港社會的描寫，作為故事背景之餘，亦是時代的紀錄。

31. 張詠梅編：《醒世懵言：懵人日記選》，天地圖書，2011 年（初版）。

　　本書是一本長篇小說，曾於五六十年代連載於《大公報》副刊中。書中故事以香港為背景，以「懵人」的身分去看當時的香港，並以第一人稱角度描述在香港社會打滾的經歷，以及所遇到的挫折與問題。在作者以「懵人」描述身處香港的種種情事時，同時亦展現出其時香港社會的真實面貌，編者更從當年報刊中選錄了部份與本書內容相關的新聞報道，對照小說內容，表現故事與現實的關係。

32. 黃碧雲：《沉默‧暗啞‧微小》，天地圖書，2004 年（初版）。

　　本書是一本中篇小說集，共收錄三篇作品，分別為〈沉默詛咒〉、〈暗啞事物〉，以及〈微小姿勢〉。三篇作品內容雖各自獨立，但均以「黑間房間」作為生活的隱喻。三個故事中的角色截然不同，包括職業律師、賴皮、癲狂的人、精英分子，但在作者筆下，他們一樣走到了看似無可奈何的墮落境地，重複著漫長的生活。

33. 黃碧雲：《烈女圖》，天地圖書，1999 年（初版）。

　　本書是一本小說，書中分「我婆」、「我母」及「你」三章，恰如其名分別描繪了香港三代女性的故事。作者透過述說眾多女性從一九一九年到當時的生活及不同遭遇，反映出其時女性在社會上的角色及現實面貌，從童養媳到工廠女工，再到女大學生；從日治的淪陷時代到六十年代的暴動，再到香港主權回歸，作者筆下除了是三代角色的生活，也是香港的歷史。

34. 黃碧雲：《烈佬傳》，天地圖書，2012 年（初版）。

　　本書是一本長篇小說，作者指此書對應她描寫三代女性故事的《烈女圖》，而《烈佬傳》則是描寫「烈佬」周未難一生三段期間的故事。書中分〈此處〉、〈那處〉、〈彼處〉三章：〈此處〉以主角出獄作引入，描寫他年輕生活，包括結識「大佬」、多次犯罪入獄的經過；而〈那處〉則描寫主角出獄入獄的監獄日常，甚至能描述出不同監獄的特色；最後的〈彼處〉便是主角六十歲出獄之時，及他其後的生活。全書以文白夾雜的方式寫成，突顯了主角的市井粗獷，也表現了香港的面貌。

35. 潘國靈：《傷城記》，天地圖書，1998 年（初版）。

　　本書是作者第一部小說集，共收錄了八個故事。於本書中，作者以「城」字強調了城市與成長的關係，八篇作品，皆以那一代年輕人的成長為題材，描寫出其時香港人的精神面貌，可謂當時年輕人成長的寫照。書中以虛構的故事，配以共同的回憶片段，仔細鋪陳出每一個故事，不僅描述了城市絢爛背後的千瘡百孔，亦表現出成長的歡愉背後隱藏的傷痕，引發出作者一代人的共鳴。

36. 潘麗瓊：《豪門裂傳》，天地圖書，2006 年（初版）。

　　本書是一部長篇小說，故事中描寫一位女記者為了報導一宗爭產案的過程，主角為了得到資訊，不惜親身介入富豪與妻妾之間，雖然受到眾多威逼利誘，卻沒有放棄努力挖掘獨家消息，在真相大白的最後，卻感到失落，透露出女記者的掙扎。作者在寫成本書時，亦曾從事傳媒工作，書中女記者的角色，或多或少含有作者自身的影子，更添一份真實。

37. 賴慶芳（冷月）:《錯失的緣份》,天地圖書,2005 年（初版）。

　　本書是一本愛情小說集,共收錄七個故事。書中可見作者細心的鋪排,故事中的角色明明相愛,卻往往一如書名所述,因誤會錯失發展關係的機會,幸而並非所有錯失的緣份都不了了之,在作者筆下還有部份感情得以圓滿。書中雖然皆為愛情故事,但內容各有特色,例如辦公室中的戀情、因意外而生的愛意、清澀的暗戀、生離死別的感情,甚至是王子公主的童話愛情故事,得見作者對愛情的不同構想。

38. 袁兆昌:《拋棄熊》,天地圖書,2006 年（初版）。

　　本書是一本圖文結合的小說,圖畫部份由作者好友江康泉（江記）繪畫漫畫,配合小說描述,演繹故事情節。本書另一個特色是以第二人稱「你」展開敘事。故事的主角,胡眉,據本書序文,是一個「中四信班孤癖女生,寫作班學員。結識挪嘉後,不自覺看上她;在 MSN 認識森恩方知他是鄰班同學,並發展了一段三星期的情侶關係。」一段奇妙的愛情故事,由此展開。

39. 關品方：《對決》，天地圖書，2006 年（初版）。

　　本書是一本長篇小說，達十五萬字。書中內容以中日戰爭作故事背景，描述數對男女的愛恨情仇，他們之間的感情複雜，曖昧與委屈並存而行，各人雖然對所面對的環境約束與局限感到不甘，卻又各自因自身的性格和命運而布所限制。作者以全知的角度書寫，全面地述說了眾角色的內心世界與思想，以及各人對自我的觀感與理解，使角色更加立體，也使讀者更能明白角色各自的選擇如何不由自主。

40. 陳少華：《陳少華文集‧短篇（微型）小說卷》，天成出版，2010 年（初版）。

　　本書按編年原則，收錄作者自一九八七年至二〇〇二年間的短篇及微型小說作品近一百二十篇，其中以九十年代作品最多，包括〈作家與妻子〉、〈真情〉、〈情淚花魂〉、〈複印人生〉等；其次為千禧年代作品，包括〈一百美元一個膊〉、〈嘩鬼節〉、〈雙瞳鬼眼〉等。

41. 陳少華：《陳少華文集·中篇小說卷》，天成出版，2010 年 （初版）。

　　本書收錄三篇中篇小說作品，分別為〈魂斷香江〉、〈朝露夕痕〉、〈金邊幽靈〉。小說篇名頗有《聊齋》古風，但並非諷刺人心險惡之作；反之，作者陳少華擅於從大眾習以為常的細節中發現生活的人情味，因此讀起本書並不會感到「幽靈」有多可怕，而是能跟著作者走一趟遺落在那個年代的生活經歷。

42. 洛楓：《炭燒的城》，文化工房，2011 年（初版）。

　　香港是個無處可躲的城市，我們都找不到宣泄的出口。因此洛楓只可以無可奈何地對世界帶著滿腔怒憤，用文字大舉殺人報復。本書收錄十篇血淋淋的殺人事件，就連空氣也是低壓與病變。然而，書中最令人顫慄的不是種種光怪陸離的虛構殺人城市，而是留著一頭長直髮，看上去那麼纖瘦的洛楓，在自序中那一句「現在讓我先在你身上砍劈一刀」！

43. 陳韻文：《有鬼用》，文化工房，2016 年（初版）。

　　恍如現代的《聊齋》，作者以不同靈異神秘的都市傳說，想像出前因後果。與一般鬼故不同的，是故事在時間空間、敘事觀點上都跳躍交錯得厲害，失卻講鬼故強調的真人真事感，但卻營造了更為神秘奇幻的氣氛。讀者看《有鬼用》，好比在主題公園的鬼屋遊歷了一遍——不必當真。

44. 陳曦靜：《爆炸糖殺人事件及其他》，文化工房，2016 年（初版）。

　　本書收錄作者十六篇小說，地域遍及大江南北，時而在香港感受繁華下摩登的急促與無奈；時而到湘西的鄉郊世界說故事。無論在甚麼地方，書寫了怎樣的方言，作者都是想寫「人」的處境，有甚麼經歷到達這一個狀態。

45. 梁莉姿：《住在安全島上的人》，文化工房，2014 年 (初版)。

　　本書集合作者十七、十八歲時投稿到《香港中學生文藝月刊》、《筆尖》、《字花》的文字以及各篇得獎創作。書題「住在安全島的人」充滿矛盾感，誠如黃念欣的序所說，住在安全島「是從來不安全的」，內文不乏驚險場面，以旅人的血肉襯托 G 的安寧。也許，梁莉姿這本文集不為安全，只是為了每個人都應該出走的那一趟要人注意的旅程。

46. 黃怡：《補丁之家》，文化工房，2015 年 (初版)。

　　本書是作者第二本專欄小說結集，於她的大學本科時期成書。以小說及插畫形式，紀錄她在中國大陸兒童福利院寄宿實習的種種。書中用一個「家」的不同部份作線索，在「客廳」開始，最後走進「睡房」，恍如一個回到最隱密心靈的旅程。大部份小說圍繞不同的人：有給孤兒的信，對朋友的思念、關於家庭主婦關係等。讀下去饒有溫暖的感覺。

47. 黃淑嫻:《中環人》,文化工房,2013 年 (初版)。

　　本書集合了九個九七前後的故事。八十年代紙醉金迷、飛黃騰達機會處處,到九七後的荒誕生活,作者筆調與風格多樣,寫出這個城市下的女子日常。唐樓、露台、元寶盆、一幕幕熟悉的風景,一個個香港女子故事是她也是你和我。

48. 黃愛華:《城市的長頸鹿》,文化工房,2015 年 (初版)。

　　本書寫七個城市的女性故事,由北極圈寧靜的挪威,到校服般純白卻皺如蜜瓜皮的香港,到烽火大地越南,每個母親和女兒都有自己的苦難與救贖,也總離不開溫柔而堅定的母性力量。就如書題的象徵:長頸鹿是一種永遠在渴望著的生命,城市中到處是長頸鹿,也到處是盼望。

49. 鄭井：《在海中森》，文化工房，2014 年（初版）。

　　本書以兩個問題開始：1、你知道陰澳木塘嗎？2A、如果你知道，這地方給你甚麼印象和感覺？2B、如果你不知道，你會幻想這是一個怎樣的地方？本書就是記述陰澳木塘還有十多間木行，形成一個在海中的「森」林村落的故事。作者父親是木塘的最後一位工人，筆下小說包括了各種人與人之間的感情，也有對已消失的陰澳（為配合主題樂園而易名欣澳）的懷緬。

50. 洪嘉：《Playlist》，水煮魚，2016 年（初版）。

　　本書以錄作者九篇小說〈父親 V〉、〈中秋〉、〈流沙〉、〈Playlist side A〉、〈天窗〉、〈物華〉、〈刺蝟〉、〈花鳥〉和〈Playlist side B〉。當中兩篇 Playlist 在結構設計上也是一張「播放清單」，以本地以及國際知名或不知名樂曲貫穿全篇，有些甚至是古典音樂──每首歌說一個故事。書中亦有不少描述同性戀的故事，讀來卻覺得亦陰亦陽，或男或女在故事中似乎並不是情欲的重點。

51. 嚴力：《最高的葬禮：嚴力中短篇小說集》，田園書屋，
　　1998 年（初版）。

　　本書是作者第三本中短篇小說集，收錄二十一篇小說作品。卷首便是與書名同名的〈最高的葬禮〉透過視角交換講述主角患上癌症，到處訪尋「旁門左道」治療，死後竟在月球舉行葬禮的故事，在物理意義上荒誕地真的是「最高」的葬禮。其餘小說亦多與生死有關，如〈糊塗的墓碑〉、〈血液的行為〉等，想像力豐富亦長於幽默。

52. 吳昊：《香港淪陷前‧危城十日》，次文化堂，2014 年
　　（初版）。

　　本書為作者於八十年代所寫的專欄連載小說，文風平易近人，情節緊湊而精彩。文中以一九四一年香港遭日軍入侵，淪陷前十日為故事背景。小說中角色性格鮮明，透過描述熱血的殺手主角及其情人、與日軍勾結的黑幫、縱情玩樂的富豪、冷靜的間諜等人及他們的互動，刻劃出在戰火之下的不同人性面貌。作者亦依據舊報章，加插不少現實事物作參照，在江湖忠義的氣勢之中，連帶著對香港的情意。

53. 舒巷城：《劫後春歸》，花千樹出版社，2013 年（初版）。

　　本書收錄了作者於五、六十年代於〈大公報〉副刊連載的短篇小說，共四篇，包括〈劫後春歸〉、〈隔牆之戀〉、〈今夕又相逢〉及〈手足情〉。四篇故事獨立，而選材皆偏向以城市中的小人物作主角，從他們生活中提取片段，加以豐富的想像力，發展成出人意料的故事，略帶懸疑推理的味道。作者善於鋪排，使得劇情卻峰迴路轉、引人入勝，角色所熟知的卻未必為事實，同時帶出對不同人際關係的反思。

54. 舒巷城：《都市場景》，花千樹出版社，2013 年（初版）。

　　本書為作者於一九五○至一九八三年間在報章及雜誌發表的短篇小說結集，共收錄故事五十二篇。書中以原刊報章作分類共分五輯，第一輯為原載於《新晚報》副刊「天荒夜譚」的文章十三篇；第二輯為原載於《大公報》副刊「小說天地」的十五篇文章；第三輯則為原載於《文匯報》副刊「彩色版」的文章十三篇；第四輯為原載於《大公報》副刊「大公園」的文章四篇；而第五輯則為原載於不同報誌的七篇文章。書中故事一如書名，不少以香港社會為場景，充滿香港特色。

55. 舒巷城：《鯉魚門的霧》，花千樹出版社，2000 年（初版）。

　　本書為作者於五十至九十年代以不同筆名在報章雜誌發表的短篇小說結集，共收錄故事三十篇。〈鯉魚門的霧〉為作者廣為人知的著作之一，以主角經過闖蕩後回到鯉魚門，卻只得人物皆非的變遷，表現香港變化之大與人物之鄉土心理。除此篇名著，書中其餘短篇故事亦常見作者描繪香港場景，處處表現出香港本土特色以及地方情懷，其中對當時香港社會的種種寫實描述，更是可貴的歷史資料。

56. 關麗珊：《十七歲的地圖》，花千樹出版社，2006 年（初版）。

　　本書為一本長篇小說，書中描述年輕的主角偶爾得到一本日記，並發現日記主人與自己的相似之處，文中便透過呈現日記內容，描述主角對日記內容的反應，表現主角的感受。隨著日記完結，主角也尋得身世真相，透過與家人的傾談，才得以消除對自身身分迷惑。主角為一位年輕的十七歲少女，作者為了表現年輕的特性，在文中加插模仿主角與友人的 ICQ 對話，十分細緻。

57. 郭麗容：《某些生活日誌》，普普工作坊，1997 年（初版）。

這是一本溫柔恬淡的小說集，集合著作者生活中的種種故事，將時光倒流回過去，重溫作者回憶裏的點點滴滴，並敘寫追尋過去的過程與片段，組成一本回憶錄。整本書如一部生活紀錄片，如同置身影院般靜靜觀賞、細細體味。從中也體現香港人的簡單生活，裏面有香港人的共同回憶，也有個人特別的經歷。讀者或許能追溯以前的自己，重憶過往雲煙，產生共鳴，或者是從文字去認識一位朋友，當成與一位朋友的邂逅，聽她講述自己的故事，去瞭解作者從前的生活。

58. 陳惠英：《遊城》，普普工作坊，2008 年（初版）。

小說《遊城》是一部作者多年來創作的合集，文筆優美流麗，意象清新，描繪得既生動形象又優美動人，給讀者視覺上的享受。同時，寫作手法獨特，探究文學作品中的「抒情藝術」，將現當代文學作為研究重點，代入不同作家的視角，去分析其中的作品，當中對抒情藝術運用的不同技巧、表達的多重意義作出分析，深刻又細緻地分析，表達作者的個人見解。投入其中，每翻一頁都像是前進旅程的不同目的地，不單是帶讀者體驗各種的城市繁榮面貌，也走到城市中的大街小巷中，以平凡人的為主角，描寫他們生活特質，也道出人生的體味。

59. 董啟章：《名字的玫瑰》，普普工作坊，2008 年（初版）。

　　本書精選董啟章中短篇小說十二篇，是他的第一本小說集，時間跨度從一九九二年至一九九六年。內容豐富多彩，包括通過不同的社會背景去探討言語與語言間的關聯，又有文學之初對哀愁的溺愛、存在主義對人生的思考等等。其中不只是寫故事，更是從中去記錄歷史，去思索過去的世界的同時又反觀現實世界，以文字去探索、觀察兩個世界，去思考人生中的大小問題。

60. 韓麗珠：《輸水管森林》，普普工作坊，2008 年（初版）。

　　這本首次創作的小說集《輸水管森林》以即將清拆的舊式大廈「出了毛病」的水管與主角的外婆「出了毛病」的腸子並列，互為隱喻。講述一位少女透過觀察輸水管，去瞭解對面大廈中陌生人的生活，因外婆的病與死去聯想輸水管與腸道之間的聯繫，表達作者的不安、惶恐，後來主角搬去沒有輸水管的新家，卻感受十分失落。本書不是在敘述個人感受，而是在講城市的共同經歷，透過水管，折射生活在舊房子裏的經歷與回憶。閱讀故事，在解讀這個城市時，作者為我們提供了另類的觀照。

61. 羅貴祥：《欲望肚臍眼》，普普工作坊，1997 年（初版）。

　　本書收錄作者十二篇小說，有關情愛，有關欲望，有關幻想。首篇〈女性映像〉以男攝影師為主角，呈現了一個恍如安東尼奧尼名作 Blow Up 的世界：美麗、鮮豔而虛幻。點題作〈欲望肚臍眼〉開首亦先描繪一個居美攝影記者的工作，但人稱時而為「我」，時而為「他」，結局以出走作結，注定每人都要經歷這一次沙塵滾滾的旅途。

62. 關麗珊：《快樂的蜜糖圈餅》，普普工作坊，2008 年（初版）。

　　這本書十分之特別新奇，書名、篇名以至內容都以比喻來說故事，用蜜糖圈餅比喻人生很貼切，既說明生活之快樂甜蜜，又聯想到對生命的堅持。這本以講故事為主的小說集，當中共有十五篇小說，題材很廣泛，內容也充滿奇趣，每一篇又是一個新故事的開始，讓你總懷著好奇心翻下去。作者的寫作方式很符合這個書名，將故事說得動聽迷人，讓讀者看完能有書名「快樂的」感覺。

63. 王良和：《蟑螂變》，香港文學出版社，2015 年（初版）。

　　王良和以不同體裁：如詩、散文、評論、小說等寫作。編者選集了王良和十多年來經營的短篇小說。作者的小說主要透過人物的生活、小說中的細節、生命經歷積累的厚度、實感等表達其想法。如〈魚咒〉一篇，作者運用了冷硬而克制的語言去呈現現代人的自覺。這些小說都是作者十餘年來慢慢雕琢出來的精品，其內容背景不難見到許多香港人熟知的地名及事件，如大埔、灣仔、車公廟等，又有二〇〇三年的「沙士」事件，所抒所寫貼近現實。

64. 周蜜蜜：《蛇纏》，香港文學出版社，2015 年（初版）。

　　周蜜蜜，一人身兼多職：香港著名兒童文學作家，曾任電台、電視編劇、專題電影節目編導，影評人協會理事，報刊、雜誌執行總編輯，出版社副總編輯。作者由熱愛閱讀小說，到嘗試親自下筆創作，經過多年累積而有一定篇幅，故作者自己遴選、檢視自己多年來的作品之後，再一次呈現於讀者面前。本書的小說題材多變，如歷史時空、社會氣候、人生跌宕，又寫男女感情糾紛、磨擦、變化等等。探索不同人物在不同年代對情的想法。

65. 陳寶珍：《夢創世》，香港文學出版社，2015 年（初版）。

　　本書集合了作者多年來的短篇小說，並分為兩輯。小說的內容多取材自生活，有些是別人的經驗，有些是個人的體會。再從這些經歷中提取要素，展開思考和無窮的想像。如〈一次談話的補充說晴〉，用以前報紙連載小說的手法寫故事，每句說話的開首是——，並且不會寫誰說這句話，而是由讀者自行了解。而作者並不是盡寫個人經歷，有時則反其道而行，走在潮流之外，從神話中提取寫作靈感。如〈改寫神話的時代〉，提取哪吒削骨還父削肉還母的故事，描寫父子間的關係。

66. 陶然：《沒有帆的船》，香港文學出版社，2015 年（初版）。

　　《沒有帆的船》是陶然四十年來的小說的自選集。從一九七四年創作的〈冬夜〉到二〇一四年的〈芬蘭浴〉；從短篇小說、中篇小說到微型小說，內容豐富。當中以〈沒有帆的船〉最集中表現其四十年的思考和創作流變。其小說主要探討人的價值，人跟社會的價值衝突。如〈冬夜〉便講述錢會影響人的想法，人情與金錢的關係，「金錢是人情的離心力」；〈沒有帆的船〉中湯炳麟講到「說來說去，金錢最重要，有錢能使鬼推磨，只要手中有了錢，還有甚麼事情辦不到？」，值得細味及深思。

67. 崑南：《旺角記憶條》，香港文學出版社，2015 年（初版）。

　　崑南的小說描寫不少性和愛。本書收集了崑南多年來的小說，第一部曲：生愛或死亡，第二部曲：死亡或生愛，第三部曲：愛或死或之外，三部曲的主題總離不開愛和生死。如〈恐龍紀重臨〉，這篇便探討性和愛，愛情與性是否獨立？獨立以後會發生甚麼事？開首便寫下引人注目的句子——「一個人站在恐龍前面。他流淚，哭出來了。」。而作者描寫性愛的句子都是直言不諱，如「愛情帶來的快樂，何止是癌。每一次愛情之後，快樂的後遺症就是陽痿。」亦透過這些描寫表達其對性與愛的想法。

68. 巴桐：《無塵》，香港文學報社，2010 年（初版）。

　　本書是一本短篇小說集，共收錄作者二十六篇作品。本書結集之時，作者正旅居美國，書中部份作品之題材及內容亦受此影響。作者於本書描繪了華裔在外留學生的生活及心理面貌，反映他們遠離家鄉的情況，滲透著作者對故鄉的思念。另外，作者亦有部份作品著重關心中國國內弱勢社群，以及各種社會現象，處處表現對國家的關懷。

69. 漢聞：《太平山之戀》，香港文學報社，1996 年（初版）。

　　本書為作者中篇、短篇及小小說的結集，共收錄二十八篇作品，所涉及之題材眾多，描寫了香港不同人物身處當時環境的生活與社會現象，可謂一本香港眾生相。故事中人物對現狀各有不同感受，作者持平地描繪而不投入主觀批判，更全面地反映當時香港之社會面貌及人民處境，例如疏離的親子關係、都市風流生活、移民潮等，都真實反映當時部份的社會現實。

70. 伍淑賢：《山上來的人》，素葉出版社，2015 年（初版）。

　　本書獲得由香港文學生活館首辦的「香港文學季」推薦獎，結集了作者由一九七八年到二〇一二年間的作品，橫跨三十多年。作品選自刊於《素葉文學》和《文匯報》斷斷續續的作品。當中〈山上來的人〉更是本書中最長的一篇作品。內容多寫閒暇期間的日常生活，依稀能讀到小說的「我」在現實生活中的痕跡。讀伍淑賢的文字，能感受到強烈的生活質感。一些複雜的情緒和感悟輕輕帶過，用字簡潔，留白的地方則由讀者慢慢思考。把該思考的「點」帶出來，再由讀者將其連成「線」及「面」。

71. 余非：《第一次寫大字報》，素葉出版社，2005 年（初版）。

　　本書結集了余非的小說作品。而余非一貫的寫作小說風格是「少產」。「少產」即意味著作者對事件挖得深，慢慢儲備材料、積累靈感、文字技藝，更有個人成長。本書的題材多集中在大學生參與社會運動、傳媒的報導手法、大學校園內的抗爭等等，多以社會題材入文。小說中帶有作者的創作感——以文字回應時代、當下的香港社會發生的事。作者在書中嘗試以多種不同的筆調創作，效果未必盡如其意，但志在尋索其自我，帶有「原創」性。

72. 辛其氏：《漂移的涯岸》，素葉出版社，2012 年（初版）。

　　本書結集及整理了辛其氏四十多年來的小說。辛其氏筆下的男女感情轇轕，描寫的筆墨飽含感情。本書中的主題很多，如保護家庭與自我的卑微掙扎。辛其氏的小說時間點跳躍很多，也有用一些小人物和大時代交錯對照，以突出其主題。但本質上離不開講述香港社會，從小說中可以窺見香港社會從貧窮及展到富裕的流變，還有生活在低下階層的辛酸。對於不公、社會財富不均、高地價政策等等，城市中少人正視的問題，在小說中一一展現出來。

73. 陳寶珍：《角色的反駁》，素葉出版社，1999 年（初版）。

　　本書結集了作者多篇曾刊登於不同報章雜誌的短篇小說，如原載於《突破雜誌・青年廣場》的〈琴王村的傳說〉和原載於《星島日報・文藝氣象》的〈等待時間的河流上〉等。本書的名字〈角色的反駁〉是舊題重作，本用於專欄之上，及後作者認為發揮不足而以舊題重新創作。探討人的生活中不斷被賦與角色，跟著角色應有的路走，扮演某些角色，卻又不甘於此，不得不反駁。用字淺白而略帶諷刺之感，文章字數不多，結構更像是散文。

74. 惟得：《請坐》，素葉出版社，2015 年（初版）。

　　惟得，散文及小說作者，從香港移民到加拿大。最初的作品是隨筆式的影評，後來陸續在不同刊物上都有作品。本書結集了作者不同風格的作品，文筆及視角也不同，如以傳統小說的上帝視角寫作的〈35〉、〈有與無〉。篇與篇之間的創作時間不同，以至文字的變化，如〈白色恐怖〉以後，到〈十八相送〉，作品相差二十多年。前者描寫細緻的白領生活、挫折及心理變異，諷刺之中帶點悲憫之情，筆調尖刻而有節制；後者背景是主人公離開香港到外地及展，而母親留在香港。描寫老人家的固執對後輩形成的壓力，而後輩懊惱之餘仍要遷就的困境。兩者在文字上已有明顯不同。

75. 王良和：《破地獄》，匯智出版，2014 年（初版）。

　　本書為作者第二本小說集，收錄了括〈還鄉〉、〈蟑螂變〉、〈破地獄〉、〈阿水〉、〈我和他〉及〈和你一起走過華富邨的日子〉六個故事。六個故事雖然各自獨立，但一個故事中的小情節，卻又是另一個故事的伏線，雖獨立卻互有聯繫，拼湊成一個家族三代人的故事，當中所涉題材涵蓋生死、人性、暴力、成長等元素，更表現了作者對七十年代香港的印象。

76. 王璞：《貓部落》，匯智出版，2012 年（初版）。

　　本書是作者模仿當時年輕人網站論壇形式寫成的小說，書中開首便先說明此乃從其網站中選錄之文章，是網站貼文與他人的跟貼回覆，並以「網名：標題」的形式作分章，共分十三章。作者以這種新穎的形式，藉年輕人的語言描述了他們與上一輩兩代人之間的生活及環境，從而反映兩代人不同的觀念與心理。書中處處可見兩代人之間的不理解，作者如實地描繪現況，而不帶直接的批判，使讀者能從中自我思考。

77. 陳德錦：《獵貓者》，匯智出版，2016 年（初版）。

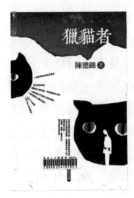

　　本書為一本推理小說集，共收錄了四個短篇故事，包括〈黑色的夾克〉、〈獵貓者〉、〈甜蜜的泉水〉及〈血紅的石頭〉，作者「以文學筆法推理，以推理思考人性」，細緻描寫角色面對不同情況的反應，反映出他們的真實面貌，突顯他們的內心感受。故事背景皆為香港，使本地讀者更易投入。作者更加入了眾多不同元素，例如神話、宗教、流行曲等，十分豐富。

78. 麥華嵩：《天方茶餐廳夜譚》，匯智出版，2013 年（初版）。

　　本書為一本長篇小說，共分八章。故事背景為二〇〇九年的除夕，以一位失婚男士與一位販賣初夜的少女作引入，由少女講述「天方茶餐廳」過去的四代老闆的經歷，藉此九十九年的家族歷史環扣香港過去種種大小事，恍如香港歷史的回顧，包括大地產收購、六七暴動、香港淪陷等等。以說書人為展開不同時間故事的形式使故事情節清楚分明，加上作者細膩的描述，更引人入勝。

79. 鄭鏡明：《共剪西窗燭》，匯智出版，2006 年（初版）。

　　本書為作者短篇小說的合集，共四篇故事，分別為〈家樂徑〉、〈療程〉、〈頸上的光暈〉及〈共剪西窗燭〉。書中四篇故事獨立發展，題材亦各有不同，包括數個中產家庭的婚姻生活、藉心理醫生與病人的對話表現生命、家族企業的種種紛擾，以及電台節目主持人的生活與愛情。作者善於塑造人物，不同角色在他筆下皆栩栩如生，各自表現出獨特的形象及心理，更藉他們的故事，表現出不同社會實況，意念新穎且結構嚴密。

80. 黎翠華：《記憶裁片》，匯智出版，2014 年（初版）。

　　本書為作者的第二本短篇小說集，收錄了短篇小說共十四篇，歷時十七年。書中故事多以女性為主角，並為香港各階層的典型人物，從女強人，到遇上瓶頸的設計師，到無知的情婦，都成為作者筆下栩栩如生的角色。除此之外，作者不論在內容或形式上皆力求創新，情節吸引之餘，作者善於鋪排故事，往往於一個故事中設多條主線，甚至把情節片段不依時序散於故事中使時空跳脫，手法新穎。

81. 鍾玲：《鍾玲極短篇》，匯智出版，2012 年（初版）。

　　本書為作者極短篇小說的合集，共收錄三十篇作品，包括〈半個世紀以前〉、〈八年初戀〉、〈四合院〉等等。書中故事題才廣泛，廣涉愛情、人生、老人、甚至天馬行空的奇幻情節，描寫細故，表現出不同角色的感情與思維，更藉著故事連結到種種社會實況，甚至帶有批判意味，引人深思。作者在書中以不同筆法寫成故事，技巧純熟，時有出人意料的結局，又以不同視覺描述故事，使故事更為全面。

82. 黃可偉：《田園誌》，練習文化實驗室，2016 年（初版）。

　　本書為一篇長篇小說，講述青蛙城中的種種與社運活動。主角多年前熱心參與社會運動，卻早已心灰意冷，不料鄉土家園將被因社會發展而被迫拆遷。作者藉新一代社運人士對主角家園的保護，表現主角對是否重投社會運動的態度與心理掙扎。書中以現實社會作參照，探討社會經濟發展與鄉土田園的存在問題，以及與社會大眾的關係，藉此投射對社會過去的想像。

83. 鍾國強（鍾逆）：《有時或忘》，練習文化實驗室，2016 年（初版）。

　　《有時或忘》是本地著名詩人鍾國強一本短篇小說集，亦是作者小說作品第一次結集，收錄共十九篇短篇小說，其中部份曾刊於《香港文學》、《字花》等文學雜誌。書中分成兩輯，第一輯的作品篇幅較長，故事內容主要圍繞不同人物；而第二輯中的作品篇幅則較短。書中作品故事新奇獨特，透過事件對人的描寫深刻細膩，又從角色間的關係與心理反映出社會現實；而題材從真實到虛構、科幻皆有涉獵，非常豐富。

84. 林蔭：《天鵝之死》，獲益出版社，2001 年（初版）。

　　本書為作者推理故事結集，本書共分七章，各為獨立的推理小說。說到推理，一般總馬上聯想起罪案，但除此之外，書中亦包含一些較生活化的推理故事，例如一位新移民在新工作中的遭遇、被算計的古董鑒賞家等，作者從普通人物身上發掘新奇有趣的故事，在種種小事推展出出人意料的結局。而比起結局，作者更著意表現故事發展中人物的性格與其交際，欲以反映不同社會面貌。

85. 林蔭：《狩獵行動》，獲益出版社，2001 年（初版）。

　　本書共收錄了六篇推理短篇小說，故事背景多為香港社會，情節之奇之妙，引人入勝、出乎意料。而作者描繪故事發展時，著重表現受害人本身之經歷與受害之原因，以及加害者之動機，從而刻劃出不同人物之心理狀況及面貌，直擊悲劇發生的問題根源，反映香港社會在繁榮之下隱藏的問題。作者在推理小說的形式下，細緻地刻劃人物品性，又真實表現人情冷暖，反映社會狀況及風氣，引發讀者深刻反思。

86. 林馥：《網路巡邏隊長》，獲益出版社，2001 年（初版）。

　　本書講述一位中環辦公室秘書的生活，面對日常工作的龐大壓力，主角為了減壓，開始在網上以網名網絡巡邏隊長參與網上聊天室，一反平日溫文性格，以粗魯而正義的方式發言，炮轟於網上破壞的「歹徒」。書中間中仿照網上聊天室的格式，以口語、不合語法的英語及表情符號模仿不同網民於聊天室中的對話，形式新穎，又反映出網絡普及後，人們皆於網上匿名暢所欲言的情況及影響。

87.　東瑞：《蒲公英之眸》，獲益出版社，2015 年 (初版)。

　　本書收錄了本地著名出版人東瑞於二〇一三年至二〇一五年間所著的小小說共五十多篇，其中各篇風格各異，有寫實風格，亦有實驗性質的科幻小小說如、新聞體小小說、文革小小說等，各有特色。書中處處可見作者豐富的想像力，常以新鮮奇特的情節吸引讀者眼球，同時又能透過天馬行空的故事帶出現實生活的哲理，使讀者更能體悟其中深意，反思現實種種。

88.　袁霓：《花夢》，獲益出版社，1997 年 (初版)。

　　本書為作者短篇小說結集，共收錄了二十七篇短篇小說。全書依文章寫作時序分成四輯，題材亦依作者成長而改變；於第一輯，多為對愛情的描寫，細膩地表現女性對愛情的追求；而第二輯多關於婚姻，描繪了不同婚姻狀況的故事，能窺見作者對婚姻的態度與看法；第三輯轉而關心更多不同人事物，有對物慾的批判，也有對無依老人的關心，反映不同社會問題；而第四輯的故事尤其精短，是為微型小說，多為小場景的描寫，鮮有全面的鋪排，卻能以小見大，藉以抒發對生活的感悟。

89. 陳慥：《日升日落九龍城》，獲益出版社，2014 年（初版）。

本書背景為清末到一九九七年的香港，橫跨百年，所涉人事物眾多，規模極大。書中從九龍城展開故事，並隨故事發展延及整個香港，故事中馬、呂、鄧三大家族為主線，透過描述此三家族三、四代人各自的生活及遭遇，拼湊出其時香港社會全景，及人民生活面貌。又以香港不同時期發生的重要事件為線索，描述了一百多年來香港的變遷。除此之外，作者對香港環境例如九龍城寨、當鋪的內部結構及擺設、木屋區等等真實場境，亦描繪得十分細緻，還原了舊香港之景致。

90. 陳德錦：《夢想的開信刀》，獲益出版社，1996 年（初版）。

本書為作者於一九八〇至一九九五年所寫之短篇小說結集，共收錄十五篇作品。書中分為五輯，第一輯為小小說，共八篇作品，題材甚廣，包含作者實驗之作，以以物擬人的方式描述故事，手法新穎；第二輯則較為寫實，共兩篇作品，著重於表現人與人之間的關係；而第三輯是成長小說，共兩篇作品，以反映少年成長為主題；第四輯則是抒情小說，共兩篇作品，對比情節鋪排，更強調人物情緒的表現；第五輯則是一篇神話小說，承載作者對神話的豐富想像。

91. 梁科慶：《我不再寫日記》，獲益出版社，2000 年（初版）。

　　本書是一本文學與推理結合的小說，除楔子之外共分八章，每章開首以日期及天氣模仿日記形式，猶見用心。故事背景為加拿大，文中透過警察陸文負責的案件中一本日記證物，帶出一位為了加拿大居留權而作買賣婚姻的過埠新娘生活及遭遇，作者描述新娘在婚姻後美夢破滅、生活處處受壓的情況，揭示社會中的移民悲劇，又以老太太的命案增加故事懸疑感，引人入勝。

92. 蔡益懷：《隨風而逝》，獲益出版社，1999 年（初版）。

　　本書為作者九十年代於不同報章發表的短篇小說結集，共收錄故事三十三篇，互不相連。書中故事多為不同小人物的生活，透過描述他們的遭遇給感受，表達對不同事物的看法，例如婚姻、自尊、愛情、親情等等，每每能提出獨特的見解，或以角色面對事情所作的行為，引發讀者思考。作者所選題材貼近日常生活，書中各個故事的人物雖然皆獨立發展，卻能拼湊出社會面貌，可謂眾生相之集合。

93.　劉以鬯：《香港居》，獲益出版社，2016 年（初版）。

　　本書為作者於一九六〇年於報章發表的長篇連載小說，共分七章，描述了香港於五、六十年代的居住環境及人文社會之面貌。故事中以一位賣文維生的作家作第一人稱，講述他與妻女在香港與他人分租共住的生活，主角多次因與同屋住客的交際問題搬家，並以他一家四處租住時所遇到的眾多不同房客，表現出其時香港不同市井人物的生活面貌，深刻描繪出其時嚴峻的社會問題，也批判了人物崇尚金錢物質的態度。

94.　江澄：《睡美人的街頭舞》，點出版，2011 年（初版）。

　　故事圍繞三個自幼一起習舞的女主角——芳婷、曼盈和家美的成長故事。在優雅的舞蹈演出背後有汗水，也有淚水。無論如何，一踏上台板，你就是演出的那一個角色，不是自己，所有台下的恩怨也不應在舞台上重提。失卻睡美人主角位置，而只能演藍鳥配角的芳婷，最後選擇了跳毫不優雅的街頭舞，卻幸運地得到救贖。

95. 車正軒：《小說旺角》，點出版，2009 年（初版）。

　　在好一段時間，「MK」是一個貶義詞，代表反叛、自我中心、惡俗品味，還有各種次文化（或不良文化）。車正軒本書也寫旺角，也寫「MK」，但主要著墨於青春的曖昧與挫敗氣息。你可以從本書找到情欲啟蒙與疑惑，友情及工作失控的處境，現在看來，是屬於那一代躁動不安的 MK 仔女的故事。

96. 雨希：《穿高跟鞋的大象》，點出版，2009 年（初版）。

　　聰明的讀者從書題就已經察覺到本書的奇異。大象不可能穿高跟鞋；穿了，也難免因體重而「拗柴」。揭開書頁，以書信形式撰寫的序打開奇異陌生的文字。本書各篇隱去了人名，只有「我」、「他」、「她」或一些關係。但穿高跟鞋的大象這個夢境，卻是如此清晰可見。

---

97. 紅眼：《紙烏鴉》，點出版，2009 年（初版）。

在極具視覺衝擊的紅色封面內頁上，印著年輕，現在看來略帶「MK」的作者照片。想不到這麼充滿時尚氣息年輕人，在首篇〈錦上路的牛／牛魔王與織女星墮落塵世的荒誕劇〉可以寫出如此樸實的故事。那時還沒有青馬大橋、西鐵線仍是紙上談兵，而元朗還有牛的年代，主角在香港最後的鄉村中經歷的悲歡離合。及後各篇卻有截然不同的風格，解構思考後的文字就如封面以倉頡字碼拆解「紙烏鴉」三字那樣饒有趣味。

---

98. 陳曦靜：《不再狗臉的日子》，點出版，2011 年（初版）。

本書可以說是寫香港的故事，可以說是寫香港人的故事；可以說是寫中國的故事，也可以說是寫中國人的故事。地域對陳曦靜而言本來就是不是一個有區隔的概念，小說女主角可以從香港到國內流浪再回望香港種種，更可以是各國交流生雲集一堂的「無國界」故事。作為她第一本小說集，最終回到的核心也是「人」。

99. 董啟章：《體育時期》（共兩冊），蟻窩，2003 年（初版）。

本小說分為上下兩冊，以日本女星椎名林檎為靈感，描寫大學生貝貝及搖滾歌手不是蘋果兩個女生的故事。作者以「隱晦的共同感」建立兩個女生的關係，有別於一般友情的描寫，更真實地呈現人際關係的繁複。而作者描寫兩個女生的青春，著重於表現她們所受到的環境局限與個人心理，及因而作出的選擇，以反映她們在離開學校、準備進入社會前的成長狀態。

古典文學類

古典文學叢

1. 蒲沛球：《城市吟草堂詩詞集》，Anything & Everything，2009 年（初版）。

蒲沛球先生本為工程師，曾在多間大型機構任職技術員及電子工程師，退休後於二○○二年偶然機會下學會唐體詩，並創作了生平第一首詩。至二○○九年此書成書時，共創作詩二百多首及詞六十餘首，故結集成書，望為讀者「提供心靈上的安慰」、「舒緩工作壓力」。書中詩詞題材廣泛，從寫景到寫人，至時事感悟皆具，從詩詞中可一探作者思想精神，甚至其時的社會面貌。

2. 尤列：《尤列集》，尤嘉博，2002 年（修訂版）。

作者尤列乃清末革命人物，晚輩編輯其作品成書，初刊行於一九八六年，本書為重版，增補與尤氏相關之文獻。本書前半「尤列事略」錄多篇學術文章，記尤列之生平事略；後半「尤列先生遺著」收尤列著作〈孔教革命〉、多篇古體文及詩作選集《小園詩存》，可視作清末民初政治情態的真實反映。文章如〈國難當中國民應有的認識〉、〈糾正教育部硬性規定使用簡體字之錯誤電文〉等，均記載作者對國事的觀感，而詩作多為有關革命紀事之作，深具歷史價值。

3.　王齊樂：《行吟集》，王齊樂，1997 年（初版）。

　　作者從事教育多年，以書法聞名，在二三十年間吟詠甚多，遂集結成書。書中收詩詞一百五十四首，其中詩作古體、近體皆精，並夾有現代新詩數首，不拘一格，讀來有趣味。不少作品寫及旅遊、會友，每提及特定人物、地點，皆以小字注出。尤其特別的是，書中詩詞未按主題分類，而以倒序方式編排，讀來頗有追憶所記人事之意。此外，作者特選詩歌三十九首，以不同書體謄寫，並將詩影刊於本書中，使閱讀文學外更添藝術趣味。

4.　梁羽生著，楊健思編：《統覽孤懷：梁羽生詩詞、對聯選輯》，天地圖書，2008 年（初版）。

　　梁羽生先生生於二十年代，是香港著名新派武俠小說作家，亦是詩人、詞人，在他的武俠小說中常有見其詩文創作，當中更包含不少對子、嵌名聯，其小說回目皆以對聯形式寫成。《統覽孤懷：梁羽生詩詞、對聯選輯》收錄了作者不同時期所著之詩文，分為五章，包括「少年詞草」、「彈鋏歌（小說詩詞）」、「彈鋏歌（武俠小說回目）」、「劍外集（詩詞）」及「劍外集（對聯）」，內容圍繞作者生活，除有寫景抒情，亦有其於武俠小說中的詩文，意趣獨特。

5.　鄺龑子：《水雲詩草》，天地圖書，2000 年（初版）。

　　本書是鄺龑子所出版第一本古典詩詞集，收錄其古典詩作六十多首、詞作數首，多為他於一九九七年夏之前居美期間所寫。詩作不拘古近體，不少寫父母、妻子、兄弟，抒發懷念之情，也有贈家人、師友者，皆見作者與親友的深厚情誼；並有詩作記遊、憶童年事，既見感嘆往事之作，也不乏生活化的作品。詞作語言優美，依〈蝶戀花〉、〈清平樂〉等調所填。部份作品附作者自注，以利讀者理解作品背景與細節。大部份作品皆有書畫相配，可併賞書法、水墨畫，更添閱讀趣味。

6.　金達凱：《吟嘯集：凱風樓詩詞續集》，屯青書屋，1998 年（初版）。

　　金達凱先生生於二十年代，在文學及歷史方面皆素有研究，曾任《民主評論》總編輯、中國問題研究所研究員、香港時報社長兼總主筆等要職，亦曾任多間大學教授，作育英才。本書是作者第二本詩詞集，以近體詩為主體，結集了作者自一九八九年至成書期間所撰的詩詞共五百一十六首，不少是「即景生情，有感而發，故多用白描手法，少用典故」。書中分為五篇，包括詠史篇、神州篇、海外篇、雜感篇，及詩餘篇。前四篇為詩，以內容劃分，廣含歷史人物、中華大地古今景觀、海外見聞等；而最後一篇為詞，共四十三闋，從弔古、感懷，到現代社會現象皆具。

7.　何乃文等編：《香港名家近體詩選》，中文大學出版社，
　　2010 年（初版）。

　　　　此書由何乃文、洪肇平、黃坤堯及劉衞林所
編，並有何文匯作顧問編輯，五位學術成就卓越，
對中國文化、文學抱有豐富知識，洪肇平、黃坤堯
等更於大專院校中任教，春風化雨。眾人有見香港
鮮有集眾家近體詩之結集，故成此書，收錄了香港
自開埠至二〇〇三年底年滿四十歲之香港近體詩人
一百九十七家，選錄共一千八百多篇近體絕律，並
附有作者介紹，資料詳盡。作為第一本全面整理香
港近百年間近體詩之詩集，此書對傳承文化、學術
研究皆具重大意義。

8.　陳步墀：《繡詩樓集》，中文大學出版社，2007 年（初版）。

　　　　陳步墀是香港著名儒商，生於一九〇七年，自
幼以科舉為目標，回鄉入讀饒平縣學，詩文造詣深
厚。雖然科場失意並科舉廢除後回港協助家業，但
仍在詩文上用功不懈，又熱心慈善，曾任保良局總
理。本書《繡詩樓集》「與嶺南詩風一脈相承，雄
奇雅健，宣揚忠義之氣，溫柔敦厚，肯定逸教的價
值」，當中輯錄《繡詩樓詩》、《繡詩樓詩二集》、
《茅茨集》、《宋臺集》、《寒木春華齋詩》、《有
光集》、《雙溪詞》、《十萬金鈴館詞》八種，內容
豐富廣泛，寫景寫人寫時事，極具時代氣息。

9.　陳一豫：《山近樓詩詞手寫本》，中華書局，2009 年（初版）。

　　　陳一豫先生出生於一九二七年，是當代詩詞作家及書法家，詩學深醇，自言嗜詩乃「始自垂髫之齡」，習詩以後創作不斷。《山近樓詩詞手寫本》中作者以行楷自書，共錄一百二十首詩及兩首詞，不僅顯現出詩文造詣，亦展示了書法之功力，尤為罕見，典雅動人，得到多位著名學者極力推薦。詩詞內容環繞人生經歷，及生活上之見聞與感受，亦有寫人寫景之詩，豐富廣泛，極具意味。

10.　馬桂綿：《燃藜集》，中華商務彩色印刷，2002 年（初版）。

　　　《燃藜集》全書三冊，兩冊錄書畫、印章，另一冊專收詩詞曲作品，均作者四十年來所創作。《詩詞曲》一冊載詩百七十多首、詞曲數十，皆從舊物中尋出，只有少數繫年。作品具有自省的特質，如〈閒居〉言：「市隱靜觀塵世事，尚思古劍待磨礪」，並有作品〈四十自況〉、〈自題小照〉、〈客思〉等，都對處身境況作出觀照，陳明心志。不少作品聯繫季節，如〈初夏〉、〈秋行〉、〈詠梅〉、〈紅菊〉等，描寫細緻，感慨深刻。此外，本書印刷精美，直排印於竹青色長紙上，也是可品味之處。

---

11. 許連進：《興翠簃詞稿》，中華詩詞出版社有限公司，2004 年
　　（初版）。

　　許連進先生生於五十年代，筆名司馬千里、卞明等，七十年代始創作新詩，後於香港定居，並專注於格律詩詞創作，曾參與不同著名詩詞組織，造詣極為深厚。作者其時住在柴灣，此書正是以其寓所為名，「亦士君子不敢忘本之意也」。《興翠簃詞稿》中正編「興翠騰聲」共錄詞作七十篇，內容從懷事詠人，到外出遊歷皆具，記錄了作者之生活；又有附錄兩章，收錄了作者詩文創作及部份師友予他的勉勵之作，得見作者與師友之交情深厚。

---

12. 林翼勳：《揖梅齋詩稿》，中港語文教育學會，2007 年
　　（初版）。

　　林翼勳先生在文史方面素有研究，學術成就甚高，致力於教育，曾於不同大專院校任教，同時詩文創作不斷。作者將歷年篇什七百餘首結集，分為「絕句」、「律詩」、「古體」三章，並配以圖三百餘幅，附以注述，以成《揖梅齋詩稿》。作者自言書中詩文內容乃「心聲之發」，多圍繞生活大小事，從外遊、寫景，到詠人、紀事，無所不具，「所吟詠均為周遭人物及觸目時事之思感」。

13. 方寬烈：《漣漪詩詞》，文壇出版社，2000 年（初版）。

　　本書集古代詩詞及新詩於一身，兩者相似毫不相關，但古典詩詞經新文學家改寫後，就不覺突兀，如〈蝶戀花〉就由新文學家梁宗岱改寫。新詩由作者方寬烈寫成，如〈小城初夏〉就是他描寫初夏景色的作品。書中附錄（二）是文友雜錄，由方寬烈的文友寫成，由他們的角度介紹方寬烈，如〈末代詩人方寬烈〉，提到作者淡薄名利，縱使現實是跟朋友用詩人身分相交，否則有割蓆之虞。

14. 郁增偉：《增偉詩文集》，田園書屋，1999 年（初版）。

　　郁增偉高齡九十仍熱衷於詩文寫作，書中收錄逾百篇詩稿及十九篇文稿。另外，亦附上了著者近照、著者手稿，以及著者為本書的題辭，非常珍貴。著者於前言提到自己：友朋日少。終日閒閒。無所事事。唯以寫作自遣。可見寫作為著者平日消遣活動，他的作品題材生活化，在〈六月二十三日突患胃潰出血履步艱難經聯合醫院治愈在院之作〉一詩可見作者喜愛寫作的程度連急病入院也不忘寫詩，令人佩服。

15. 郁增偉：《增偉詩文續集》，田園書屋，1999 年（初版）。

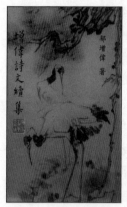

本書乃繼一九九二年《增偉詩文集》後，再錄作者近年作品出版。其時作者已高壽九十。集子收錄詩詞一百多首，抒寫作者之寫意生活，從〈元朗公園〉、〈隨隊遊流浮山〉、〈讀書之樂歌〉等作可見一斑；另也記就醫、遷居護老院、孫輩升讀大學等事，從中可窺見長者安樂的心境。此外，書中也有文稿，各篇有文有白，其中除以文言寫就的短篇遊記外，還有論儒學、文字學、作文之法等篇，闡發作者「重振國學」之意。

16. 岑文濤：《文濤詩詞》，名流出版社，1998 年（初版）。

本書內頁以古籍的樣式印刷，包括版框及魚尾，增加古典的感覺。作者在〈陌生詞淺注〉用文字及語音的角度分析他岑文濤這個名字（例如：岑，國語注音 Cen，陽平，謂小而高的山。），並帶出了他對「詩言志」的認同及「詩言情」的執著。作者在書中會引用古人詩句及現當代作家的詩句，以〈日記三則〉為例，作者便引用了香港政論與傳記作家冷夏的詩，以及陶淵明的詩句寫作。書中亦附上了作者的墨跡及作者與哲榮的合照。

17. 李直方：《詩詞聯謎集》，李直方，2014 年（初版）。

　　本書收錄作者所寫詩詞及春聯、燈謎。書中詩詞一百五十三首，為數十年間所累積，分四主題。其中「神州紀遊」一輯創作最豐，寫作者遊覽內地所見風光，遍及華山、莫高窟、故宮等名山勝跡，對自然與人文皆有心得；「香江歲月」一輯對作者的大學生活有所紀錄；其餘尚有「加西閒居」、「時事雜詠」兩小輯。書中亦收春聯與燈謎，前者以〈十二生肖對聯〉最富趣味，後者乃作者為校友會活動提供，謎題遍及文學典故與現代人物，另附答案，也可讓讀者賞玩一番。

18. 李甯漢：《診餘詩話：香港杏林剪影》，李甯漢，2009 年（初版）。

　　本書作者是有名中醫師，從事中醫藥研究與教育三十年，擅將心得作成五、七絕詩，作品輯成本詩集。詩作主要劃分為「香港情」、「九州緣」兩部，蓋因作者為了採藥、種藥，曾刻苦踏遍中、港山野，寫下一系列記遊詩。此外，詩作也記錄了香港中醫藥的發展歷程，從八十年代起陸續建設的草藥園，到〈獲注冊中醫感懷〉一詩，作者始終參與其中。作者也常與學者友伴和詩，如他與胡秀英博士同行尋訪名山大川，更一同發現新種植物，期間情誼一一見於詩中，十分珍貴。

19. 岑文濤：《文濤文字》，岑文濤藝朮工作室，1996 年（初版）。

　　本書為作者的詩詞書法集，大本厚重，印刷精美。作者為著名詩書畫家，喜吟詩作對，並以自己所作的詩詞為書法材料。全書所錄詩詞數量不算多，但詩詞與書法互相搭配，建構出一種超然氣象。書法作品的書體不一，各與所寫內容渾然天成，如其十六字令〈詠木棉〉句：「雄！昂首放懷唱大風。雲飛急，一柱立蒼穹」以草書寫成，盡展作者的豪邁率性，讀者品詩時當能倍感其趣味。書後附有「詩詞選錄」，單獨刊印其詩詞數十種，也可供參考。

20. 何竹平：《節廬詩文全集》，何竹平，2001 年（初版）。

　　本書收錄作者所寫的詩詞、古文、對聯等作品，頗為厚重，其目錄編修仔細，順序排列作品，一一標出時代。全書直行印刷，樣式典雅，以界行分句。前半「詩草」、「詩餘」兩部份，收錄詩詞，早期作品不少遊記，後也有慶賀應酬等作。後半收錄文章，大多為文言文，大多是為文集、書畫展覽所作的序文，但也有白話文章，如刊登於青年會刊之作、演講稿等。書末收有少量聯文、書法手稿，並有作者生平簡介、照片與年表。閱此一冊，讀者可以遍覽作者在各方面的文學風采。

21. 何叔惠：《薇盦存稿》，何叔惠，2001 年（初版）。

　　作者精於古詩文，創作不下千百，至晚年應學生所請，出版本詩集，以饗讀者後學。全書分兩冊，按駢文、散文、古體詩歌行、律、絕、詞等各體編排。作者曾遭遇戰爭與國變，後輾轉來港，作品時時流露哀痛之情。其〈失題〉提及：「欲與斯民共饑溺，強揩淚眼望中原」，飽含思念家園、感傷國事的情懷，此亦是始終貫穿詩集的基調。另外，詩作如〈傚寒山詩六首〉記其皈依佛門、〈聞崇文書院停辦淒然有賦〉憶其在港教學生涯等，對作者歷程也有所紀錄。

22. 許連進：《香港回歸情結》，妙韻出版社，2008 年（初版）。

　　《香港回歸情結》以古籍樣式排版，以古代詞牌填詞，讓他的格律詩更有古典氣息。作者在書中抒發對香港回歸的感受，當中調寄「虞美人」的一詞正好描述了回歸十年的情況：春風十載荊花怒，兩制撥雲霧。龍翔鳳翥競香江，海內歸心科技壯炎黃。唱神洲賦，情繫回歸路。丹青妙筆記輝煌，一卷珠璣千古帶心香。書中亦邀得江西省社科院研究員胡迎建、全球漢詩總會副會長兼秘書長陳圖淵題辭。

23. 許連進：《興翠簃絕句再續》，妙韻出版社，2010 年（初版）。

作者創作格律詩詞數十年，出版過多本詩集，本書乃其絕詩專集。詩作按主題分八輯，順時序編成。「人際吟情」一輯紀錄作者與詩友多首唱酬之作，可見文壇上詩人的友誼與創作熱情，更有六首〈寫給鄰居學生女孩〉，流露作者對後進習詩的激勵。「書林迎翠」、「瑤臺賞詠」、「論詩初集」幾輯抒發作者對書籍、演出的感想，也是當代文藝創作的一種記錄；「展館延思」、「報海觀潮」等集則寫從博物館或新聞所得新知，從恐龍、奧運、衞星等廣泛題材立意，創出古詩的一番新趣味。

24. 宋麗娟：《春在軒集》，宋麗娟，2006 年（初版）。

本書是一本薄薄的冊子，載錄作者從二〇〇四年到二〇〇六年間寫成的七十篇詩作。作者愛花，有不少詠花之作，如〈洋蘭〉、〈栽花二首〉、〈水仙〉等，細述作者買花、栽花、賞花。在溫婉之餘，部份詩作又抒發對世事的悲憤，如〈凡人〉中詠：「凡人豈辨鬼和神，日日官商指導新。」〈政治氣候逢風雨〉、〈京官訪港〉等詩也顯露詩風慷慨的一面。另外，部份詩作紀錄作者和家人的生活片段、學書畫的點滴等，細膩真切。閱畢全書，作者面對生活及時事的深情形象躍然眼前。

25. 舒巷城：《詩國巷城》，花千樹出版社，2006 年（初版）。

　　舒巷城是新文藝作家，但本書結集的詩詞集屬於古典文學，兩者看來矛盾，原來他曾寫了不少詩詞在報刊文藝版上發表，受到讀者歡迎。本書分三個部份，第一輯：詩集，收古體及近體詩；第二輯：詞集，共七十三首；第三輯：偷閒雜寫，包括對聯、打油詩、由宋詞改寫而成的詩等等不同的作品共一百九十二篇。舒巷城熱愛生活，愛護親友，他的詩篇常有細膩的親情，例如弟弟要到美國讀書，他就寫了〈寄贈柏弟〉對他噓寒問暖，可見兄弟之情深意切。

26. 守拙：《行旅竹枝詞》，明文出版社，2002 年（初版）。

　　本集收錄作者於外遊時所做詩詞二百多首，按時序分為三編。作者足跡遍及全球，遠至美加、歐洲、古巴等地，近則至中國內地、印度尼西亞、日本。不少作品記一地風光和特色事物，描寫生動，且流露作者因各地經歷而生的反思，詩旁時配小段文字寫明感想，如〈文明衝突、替代、滲透〉實為反思西方文明受政治、宗教影響的作品。詩作體式輕鬆，皆為韻語，而不嚴守格律，作品如〈莎哥斯基「古城」〉，更是與友人聯作，全詩共只得三句，顯出其即興寫成之趣味。

27.　劉清：《柳青高雲集》，明文出版社，2007 年（初版）。

　　作者為歷任台灣清華大學圖書館館長、新加坡南洋大學圖書館副館長、香港中文大學聯合書院圖書館館長。他喜好國學書法，退休後不時習字健神。本冊收錄了劉清屆七十五之齡，閒來揮毫七十篇。中國書法是一種藝術，其筆墨深淺、輕重、線條等，反映了書法家的思想和感情。欣賞字畫，可以陶冶性情，培養純樸情操。本冊以《般若波羅蜜多心經》，簡稱《心經》作結，它是非常重要的佛教經典，僅以二百六十個字，濃縮了六百卷大般若經的要義。

28.　潘偉強：《紅塵錄》，明文出版社，2003 年（初版）。

　　本書為潘偉強在《疏狂集》後第二本詩詞集，同樣以散文配合詩詞，以散文介紹詩詞的寫作背景，詩詞本身多載於散文之首或最末，幫助讀者理解作者寫下詩詞時的思緒。相比《疏狂集》，本書詩詞記載更多關於迎接新紀元挑戰的看法。作者表示他受先師蘇文擢影響，相信創作詩詞的責任是「文以載道」，書中詩詞論及九七之際的兩岸關係、公立醫院問題等大議題，反映了該時代的側影。不過，書中也有寫父母親、飲食之道等的詩詞，不乏較輕鬆的主題。

29. 潘偉強：《疏狂集》，明文出版社，2004年（初版）。

　　本書為作者潘偉強早期的詩詞集，初於一九八四年由勁慧發展有限公司出版，後於一九九七年推出本增訂版，原有內容輯為上卷並加以訂正，亦增設下卷，收錄新作。上卷詩詞多為作者年輕時所作，以抒寫生活與感情為主，談到家庭、留學生活、交友關係等；下卷抒發更多關於大學教育、香港時局等的感想。詩詞內容較白話化，可讀性強。作者更採取以散文配詩詞的方式，每一兩首至近十首詩詞，配以散文記敘寫作時所思所想，讓讀者在欣賞詩詞的同時，可領會詩詞的語境，更添閱讀趣味。

30. 何乃文：《窩山集》，明雙硯齋，2010年（初版）。

　　何乃文為香港著名詩人，本書的題辭由何乃文的學生寫成，歌頌作者的豐功偉績。如宋麗娟的〈敬題何師乃文窩山集二首〉，一首講述何乃文的作品連宵細讀愈精神，詩文載道情真切。另一首則講何乃文學養超凡，言行以身作則。另有頌橘先生七十壽言四屏，墨蹟筆精墨妙，字體工整。書中有哀悼用的輓詞，如〈輓李嘉有所長〉，亦有恭祝用的賀詞，如〈碩輝教授素吟學士嘉禮賦賀〉，兩者放在同一頁，未嘗不可，只見何乃文用詞精煉，每首詩詞都能一針見血。

31. 守拙：《香港竹枝詞；韻語紀遊續》，科華圖書，2008 年
　　（初版）。

　　　　本書分兩部份，前半為《香港竹枝詞》。作者
認為青少年對港英治下的生活了解不足，故以韻語
形式進行補充。不少詩作揭露民生疾苦，如〈翻煮
飯菜〉、〈天台學校〉、〈摩登科舉〉等，記錄當年
景象，其中自有褒貶。部份詩作語氣激昂，如〈種
族地位〉：「主是英蠻次印警，華人掙扎為求生。」
各詩附小段說明，直陳作者胸臆。後半為《韻語紀
遊續》，抒寫作者遊中、日、加等地所見所聞，並
有兩篇紀遊文章。全書韻語不拘對仗平仄，筆調富
幽默感，輕鬆易讀。

32. 林律光：《花間新詠》，科華圖書，2005 年 (初版)。

　　　　《花間集》為成集於五代之詞集，收錄了溫庭
筠、皇甫松、韋莊、薛昭蘊、和凝、顧敻、孫光憲
等十八家詞人之詞作，使用了七十多種詞牌，包
括浣溪沙、菩薩蠻、臨江仙等，享譽盛名，對後世
影響亦甚遠。本書《花間新詠》中，作者依《花間
集》的詞家次序分為十八部份，改寫其中較為人熟
知的詞篇共四百餘首，就原詞之平仄及韻腳，把長
短不一的句式轉變成對稱整齊的六言詩句，而又保
留原詞的真意，足見作者鑒賞及創作之非凡造詣。

33. 林律光：《維摩集：山居詩畫篇》，科華圖書，2010 年（初版）。

　　本書錄詩三十首，皆作者於山居時所作，確可謂是一本小詩集。每首作品都以飄逸大字豎印於右頁，版面素淨。作品多描繪山中景色，如〈村居即景〉：「藤蔓攀牆穿鐵網，轎車夙雨泊前川」，不避現代造物，以平淡筆觸捕捉郊區生動而寫實的風貌；又如〈雜題二首〉提到田園生活中「苦辣烹調種菜田」，反映出閒適的情志。〈禪語〉等詩還透露出作者研佛的哲思，殊堪品味。每詩配以李國明或伍銘波所繪直幅國畫，讀者讀詩之餘，亦可欣賞精美的山水、花木畫作。

34. 林律光：《維摩詩草皕首》，科華圖書，2013 年（初版）。

　　全書收詩一百八十首，按律、絕、古詩分為七節，各體詩風有別，但均反映一種清淡自然的意境。作者居於近郊，〈小院〉、〈東涌水浸〉等多首作品都刻畫出山居生活，又如〈清早參禪〉、〈老樹〉等作，更從自然中透現禪意，反映作者習禪的心得。除了內省的一面，本書也記錄了作者任教職的心聲，其中有教員室記趣等輕鬆之作，也有〈為人師表感懷〉、〈校園豬流感風暴感懷〉等省思作品；書中又有不少作者寄予師長的贈詩、和詩，與之同讀可謂相映成趣。

35. 周錫瑤：《守拙詩稿》，科華圖書，2006 年（初版）。

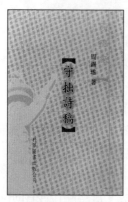

　　《守拙詩稿》是周錫瑤先生的舊體詩詞創作結集，經多次修訂成稿，收錄作品逾二百篇，內容題材均圍繞作者生活經歷，記所見聞之事，抒人生感悟之情。周錫瑤先生作品用字多古雅，亦不避現代用語，例如描寫現代街頭的趁街之況，或記遊博物館，讀之恍若置身古今之間，既能造文言的氣勢，又不失貼身的感受。

36. 金達凱：《心弦集：凱風樓詩詞之三》，科華圖書，2003 年（初版）。

　　本書是作者第三本詩詞集，繼《嘯吟集》亦在港出版。書錄詩詞七百首，按詩、詞各體分作五卷，內容多圍繞歷史文化之主題，而少有生活應酬方面的作品，從卷一「七言律詩」所收〈帝堯〉、〈漢惠帝劉盈〉等詠史之作，即可見作者著重考察人文的意向。同時，作者也有意結合古今，思考中華傳統：部份作品結合現代時事，如詩作〈神社〉二首記日本靖國神社在近代的歷史意義；詞作〈水龍吟・香港海防史展〉記作者參觀香港海防博物館，回憶往昔戰事等。

37. 金達凱：《合璧集：新體篇‧舊體篇》，科華圖書，2009 年
　　（初版）。

　　本書是作者繼《心弦集》後所出版，上卷錄二十多首新詩，但全書仍以下卷的舊體詩詞為主要內容。作者自言其寫詩詞，乃欲為歷史與近代人物的是非功過填補空白，可見其以詩為史的抱負。作者寫及古人頗有巧思，如最近考古發現項羽應未燒毀阿房宮，引起作者對項羽的同情，成七律〈阿房宮〉。

38. 韋金滿：《希真詩存》，科華圖書，2006 年（初版）。

　　本書收錄作者約二十年間的三百多首詩作，計有絕、律、古詩、聲詩四個體裁。其中以「聲詩」一體最具作者個人風格。序言提及，作者深研以雙聲疊韻入詩之法。觀其聲詩作品，確實別具聲韻之美，如「薰風習習一園幽」等句，讀之琅琅上口。詩作旁還標明四聲平仄，供讀者參詳。其餘各編詩作，主題甚豐，包括大量唱酬之作，體現中港台學者間的深厚友誼；也有寫香港事物，從遊獅子山到喝早茶、遊花市，乃至於九七回歸，都一一記在詩中。

39. 高謫生：《謫生詩集》，科華圖書，1998 年（初版）。

　　本書作者為畫家，兼有文才。後代整理其遺物中的詩詞手稿，錄成此三百多頁的詩集，並分身世述懷、懷人感事、旅遊雜詠等六主題出版。集子有許多唱酬之作，記作者與其他香港詩人如柳亞子、李鐵夫等之往來，且附錄另編有交往文人小傳，作為注釋，方便參照。不少作品寫及四、五十年代鑽石山的風景、居住情況，如〈我閒吟〉、〈葺鑽石山柴廬舊屋〉，雖貧窮艱辛，但作者不以為苦，反有隱逸之意。全集詩作善於鋪排色彩、以小細節捕捉大場景，可見作者的美術背景。

40. 郭魂：《夢鄉詩詞和詩詞評論》，科華圖書，1999 年（初版）。

　　本書作者生於香港，在穗生活多年，後回港。書中除論舊詩歌現狀及改革的兩篇小論文，大部份篇幅都收錄詩詞。詩詞按主題分為十一章，每一作品都有小段注釋，寫明創作時所思，助讀者理解內容。詩詞成於作者回港後，一九九〇年至一九九八年，顯著反映了作者對中、港的歸屬感。如第一章「未了情緣」中〈臨江仙・重逢〉寫欣賞久違的香港之美；第四章「歸航風雨」多首作品論及港英政府挑撥港人愛國情、香港反回歸邪風、金融風暴等情況，都是時代寫照。

41. 詹杭倫：《天佑詩賦集》，科華圖書，2011 年（初版）。

　　《天佑詩賦集》主要為作者詹杭倫於一九八四年至二〇一〇年間之舊體詩賦作品合集，當中包括詩、詞、律賦及對聯。本書分為「律賦集」、「詩詞集」及「教學談」三部份，再依年份細分。「律賦集」及「詩詞集」為作者之創作，內容多圍繞生活，有抒發所感，有所見所聞的記述，亦不乏與友人交流之作，依序細閱，能一探作者二十年間之心路歷程；而「教學談」則是作者於大學任教時批改學生的詩詞之作，收錄了學生的原詩以及作者仔細的點評及建議。

42. 潘兆賢：《采薇廔吟草》，科華圖書，2005 年（初版）。

　　《采薇廔吟草》是潘兆賢先生之舊體詩詞創作合集，分為「七言律詩」、「五言律詩」、「七言絕詩」、「五言絕詩」、「七言古詩」及「五言古詩」六部份，收錄古詩共五百多首，並有附錄記「詩餘八闋」、「對聯九副」、「祭文一篇」及「獻辭」一篇。書中作品內容遍及古今，除了記現今之事、抒貼身之情，作者更有不少懷古之作，尚友古人，足見作者對人生感悟之深刻以及文學造詣之高。

43. 鄺士元：《歲寒堂詩鈔》，科華圖書，2009 年（初版）。

　　《歲寒堂詩鈔》是鄺士元先生之舊體詩詞創作集，分為七部份，包括「詠史詩」、「五言古詩」、「五言絕詩」、「五言律詩」、「七言絕詩」、「七言律詩」及「詞選」。其中「詠史詩」作品最多，佔全書近半，所詠之古人多不勝數，包括楚莊王、張儀、西施、白起、樂昌公主、楊廣、劉知遠等等，所跨越之年代久遠，可見作者之用心。而詩詞作品之內容題材亦廣泛豐富，生活社會、遊歷名景、有感抒情等都在其中。

44. 周南：《周南詩詞選》，香江出版，1996 年（初版）。

　　作者以文言文撰寫自序，提到：余自幼喜誦古人詩，而未嘗自為之。負笈燕大，始邂逅西方現代詩歌，覺情思與晚唐諸家有冥契者。

　　書中有些標題引用了古代詩詞，例如〈念奴嬌歸程〉。有些標題則與現代文章的標題沒有太大的分別，例如〈周恩來總理逝世周年〉。內容恰好地把古代詩詞及現代新詩的特點揉合在一起，如〈周恩來總理逝世周年〉一詩，全詩每句字數一樣，共四句，符合了近體詩的特質，但不押韻，是新詩的特點。

45. 許昭華：《閒齋漫拾（詩詞集）》，香港日月星，2009 年（初版）。

　　本書作者為柬埔寨歸僑，定居香港，本書收錄其作品三百五十六首

　　全書收七絕、七律最多，均過百首，另外也收五言詩、詞、對聯各體，另開一部錄古風、打油詩。每首作品皆書明寫成日期，全書按此編排，橫跨數十年，如一九七七年有〈滿江紅・四害除〉；一九九四有〈緣慳一面──訪巴金〉，而二〇〇五年有〈悼念巴金〉，都是對歷史的真實見證。作者對世事無常有感，也作省思和警示，情理並兼。另外，集中有不少藏頭詩作，頗見心思與功夫。

46. 朱祖仁：《醫餘吟草》，香港日月星，2004 年（初版）。

　　作者專修醫學，行醫之餘，創作古詩詞，歷年而得二百餘首，本書收其一百一十七篇，分「親情迴詠」、「吟芳探勝」等四部份。寫及親人之作，首首感情深厚，如〈為愛妻戰勝病魔而作〉抒發對病中妻子的真摯之情；〈天倫樂〉寫與兒女團聚的快樂。作者也在詩中表達對時代的觀察與批判，其中〈保釣〉、〈中秋台灣遊〉、〈柬共罪滔天〉等詩極言對世事的感懷，而〈白頭吟〉、〈小魚兒〉等則道出其淡泊之志，都堪讀者品味。

47. 張啟煌：《殷粟齋集抄本》，香港中文大學古典精華編輯室
　　發行，1998 年（初版）。

　　　　張啟煌是清代一位亞元，即第二名舉人。他
本性不喜做官，卻對文學多有研究。故到職不久即
辭官，赴美國考察西洋文化。言論傾向與當年主張
維新救國的康有為、梁啟超相似。歸國後，以講學
授徒為家鄉培養人才出力，培育了不少英才，桃李
滿門。本書封面和內頁都仿照古籍的模樣印刷，
內容更是以書法字體寫成，拿起本書與閱讀一般古
籍的感覺沒有太大分別，同樣像古籍般在段落後加
上注疏，以便解釋正文及引用前人作說的話作注釋
用。

48. 方寬烈：《二十世紀香港詞鈔》，香港東西文化事業，2010 年
　　（初版）。

　　　　本書是香港文學史上首部專錄二十世紀香港
詞作的出版物，集作品一千二百闋，計來自港人作
者三百九十人。詞作均從刊物或專集所得，既選入
學術界較具代表性人物如廖恩燾、陳蝶衣、饒宗頤
等的作品，也不避部份詞律不嚴謹之作，以求反映
當年香港詞壇的普遍面貌。三篇序言由關志雄、
林樹勛及薛浩然所寫，分析了上世紀香港詞的特色
及形成背景，書末並附部份作者簡介，提供二百多
位作者的生卒年、出身或著作等資料，可資學者參
考。

49. 香港科學藝術交流中心輯，周朗山：《嶺南名詩畫家周朗山先生紀念集》，香港科學藝術交流中心，2009 年（初版）。

周朗山為三十年代廣州名畫家，並擅書法詩詞，與高劍父等前輩為友。其作品歷經戰火，大量散失。本書內容多複印自「嶺南名家周朗山詩畫展」上之展品，除書畫外，更由趙少昂、黎雄才等多位名家書寫其僅存詩作。從詩作如〈蓬瀛仙館八詠〉、〈贈陳樹人〉、〈贈劍父兄環遊世界考察美術詩〉，可考見周朗山與畫壇的關係，而〈避難香江〉等詩，則反映其生平經歷。此外，書中也有穗港兩地書畫家為紀念周氏之新作，包括詩文，都使讀者大飽眼福。

50. 許連進：《辛巳壬午半年吟》，風采出版社，2002 年（初版）。

本書作者新詩、舊體詩俱精，本書專門收錄其七言絕詩五百首。部份作品曾在報章上發表，皆有列明。全書按照詩作主題分作八輯，如「時事寄懷」一輯記中國申奧、颱風來襲等事、「履痕詩什」一輯記作者遊歷各地。「藝苑吟草」一輯錄詩最多，達一百一十九首，主要送贈學界友人，也有不少就書畫、樂舞等所題。另外，「影畫情緣」、「天文短歌」兩輯頗有趣味：前者多為欣賞攝影作品之作，後者為闡述天文知識的小詩，如〈月亮偷地球能量〉，可見作者興趣之廣泛。

51. 莊如發：《兩東居吟草》，香港筆會，2001 年（初版）。

作者在香港土生土長，熱愛詩詞，本書收錄其作品約一百三十首。作者遊思古今之間。其紀遊詩除吟詠山水，不少更有懷古之思，如〈汨羅弔屈子〉、〈題華山蒼龍嶺韓愈投書處〉、〈杜甫草堂〉等，感慨史事。其寫時事，有作品如〈都門哀思〉、〈書憤二首〉，盡表激憤沉痛之情。作者偶以粵語入詩，以戲謔之筆書寫香港生活，包括打麻雀、看球、考車牌等，語言自然而風趣。此外，集子所收詞作，風格清逸，又別有一番味道。

52. 何竹平：《節廬遺稿：附哀思錄》，香港順德藝文社，2005 年（初版）。

作者於二〇〇一年出版《節廬詩文全集》，此後仍有少量新作，包括詩、詞、文、聯，但在二〇〇四年與世長辭。本書收集其遺下的手稿，複印出版。作品大多以硬筆書於原稿紙上，也有少量以毛筆寫成。從手稿猶可看到作者秀麗的書法功底，但隨著字跡變化，尤其最後一詩〈癸未中秋〉，能明顯察覺作者身體已不如前，而仍在病榻上創作到最後的文人精神。同時，書開首錄有作者生平、照片，書末附有各界友好哀悼之詞十三頁，以為紀念。

53. 吳文英：《思妙齋集》，俊良文化事業，2002 年（初版）。

　　作者為澳門一代棋王，對文學也頗有心得，本書正展現出這兩種風采。書分甲乙兩編，甲編為詩鈔，乙編為象棋賽局的棋譜。甲編分三卷，卷一、卷二分別收七言近體詩及五言近體詩，內容多為贈詩、和詩，又有讀書後有感而發之作，足見作者交遊廣闊。第三卷則收錄更多文體的作品。至於乙編，卷一〈文英弈乘選〉除棋譜外，還引用下棋當時的報紙專欄報導，說明賽況，而〈南遊賽局卷〉和〈名局注選粹〉則有作者寫的注釋，以簡單文言說明作者對該局每一走步的感想，可見棋藝高超。

54. 吳文英：《思妙齋詩鈔：晚晴篇百首》，俊良文化事業，2007 年（初版）。

　　本書為作者第二本詩集，所錄百首詩作，均成於一九九一年至二〇〇五年期間，即作者七十至八十四歲時所寫作品。作者年逾古稀，作品優美，多博引經典，並在旁細加注釋。作者自幼熱衷棋藝，乃一代棋王，代序亦言：「未誤平生耽奕詠。」除不少贈詩、和詩外，作者也將閱讀或編撰棋譜的感想作為題材，可見其對下棋的愛好。集子中並有少數自剖昔日經歷與內心的作品，如〈自述〉、〈自題思妙齋〉，讀者讀之，可更理解作者的背景。

55. 白川：《悄悄問：白川詩選四》，紅出版（青森文化），2016 年（初版）。

　　白川從小熱愛新詩創作，本詩選輯錄了個人創作的傳統詩體四卷共一百首，主要是五言和七言作品，題材風格不一，創作時間也先後不一。當中不論古體詩或近體詩都不講究規範，反映作者的寫作風格深受新詩創作影響。作品內容題材生活化，不論是作者個人生活小事，甚至連世界大事都有，透過詩句可得知作者對一切的感受。作者願將作品獻給喜歡或不喜歡文學的人，獻給關心或不關心世界的人。即希望以本書令不同的人認識文學，同時了解這個世界。

56. 李國明：《晴軒詩詞皕首》，素茂文化出版，2007 年（初版）。

　　本書載錄作者自一九七七年起計三十年間寫成之作品，有詩百多首、詞近百闋。作者詩風近於漢魏，沉鬱慷慨，詞作則師承陳洵、朱庸齋。所載作品中，紀遊之作甚多，尤其工於寫景；亦收錄多首與友人唱和之作。此外，還有〈觀鯊賦〉、〈祖鳥頌〉等題材新奇的作品。本書為線裝書，文字全數由作者以毛筆謄寫，再以紅圈標識斷句、以小字下注，將稿件影印刊行，字跡秀麗。讀者除閱讀詩詞，也兼能欣賞書法，別有一番樂趣。

57. 張建白（采庵）：《待焚集》，素茂文化出版，2008 年（初版）。

　　作者生於清末，早年輾轉於香港與珠三角各地，擔任教職。本書原成於一九三五年，錄作者三十歲前詩詞作品約三百首，但歷經戰禍，曾兩度散失。數十年後，由其子與舊生尋回孤本，終得以在港重刊。作品格律嚴謹，用字講究。〈聞倭寇陷秦島〉、〈國難日亟〉等作反映作者憂國之情，〈梵鈴〉一首記小提琴開始盛行，以寫貧者聞樂而泣，感受細膩而激昂。不少詩作留下作者早年痕跡，如〈紫坭竹枝詞〉描寫作者家鄉，〈登九龍宋王台〉等作寫在港見聞。

58. 陳卓：《近拙樓集》，素茂文化出版，2005 年（初版）。

　　作者習美術出身，在內地任教多年，並於一九六二年來港定居。本書收錄作者歷年作品，從四十年代求學時期起，直到作者年過古稀，橫跨半世紀，反映作者的人生經歷與感慨。作品分詩詞、楹聯、古文等，共七章節。所錄詩、聯最多。其詩作多記海外遊歷、述懷，並有不少題畫之作；對聯中不少乃為機構、公園、廟宇等所題，或贈與友人。此外，書末有一節專錄畫作及書法印章，更見作者精於中西藝術的功夫。

59. 陳文巖：《陳文巖詩詞選》，問學社，1999 年（初版）。

　　作者為著名醫師，自小愛好古詩詞，筆耕不輟，本書輯其作品二百二十九首，為其中學時代以來三十多年之作品。作者推舉明白如話的作品，故不用僻字險韻、押韻參考現代發音、用典避免艱深，更使用現代典故，務求以古詩傳達新意。書中作品乃繫年收錄，不少抒寫生活感懷，包括行醫感受，如〈贈病者女〉、〈鵲橋仙・夜半赴醫院救急病人〉。作品也寫及香港回歸、金融風暴等事，依序而讀，反映香港的變遷，足見作者對社會現狀的關心和感慨。

60. 陳文巖：《陳文巖詩詞續集》，問學社，2001 年（初版）。

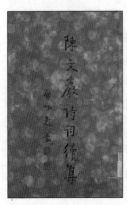

　　出版《陳文巖詩詞選》後三年內，作者得新作二百多首，遂成本書。作者秉持一貫主張，詩詞風格淺白，又選用詞韻作詩，免去僵化的用韻規定，更不避將英文、口語入詩，雖未合傳統，卻見現代人不欲語言成規限制題材的創新。書中詩詞，抒情、敘事各半，前者寫到行醫心情、生活感受，後者則有不少紀遊詩，少寫景，多寫途上見聞及省思；所錄詞作尤常論及中、港、台時事，包括政局、學制、科網狂潮等，當可引起共鳴。書末尚有作者自譯詩詞四十首，亦堪品味。

61. 許習文編著：《五世詩繩》，問學社，2001 年（初版）。

　　編著者出身揭陽書香世家，本書是五代人合寫的詩集，錄其本人及祖上四人詩作。每一集子開頭有作者小傳，可知五人或任教職，或務編纂，或攻詩詞，代代承傳。其中，編著者的高祖許紀南為清末秀才，關心時局，對日本進逼深感不安，種種情狀皆收入本集。另外，編著者之伯公許鍵元曾歷文革，其〈咄咄謠〉記被流放內蒙古事，〈旅港感懷〉則言其對華洋雜處的感受，滿懷沉痛之情。從五世人之詩，可見時代、境遇不同，以及貫徹五世的文人氣節，極為難得。

62. 陳秉昌：《陳秉昌詩書篆刻》，陳正誠，2001 年（初版）。

　　作者青年時歷經戰亂，輾轉流離至香港，生活艱難，但未曾放棄創作詩文，累積甚豐。作者過世後，子孫檢點其遺稿，見散佚者多，遂整理出詩詞一千○三十三首，刊行印稿，以作留存。作品主要按寫作年代編排，從一九三六年到一九九九年，分《碧蕪詩詞謄稿》、《沙園詩草》、《近朱室吟草》三輯；又因作者遊歷頗豐，另錄紀遊詩作於《遊蹤集》內。此外，作者精通書法和篆刻，享有盛名，書中也有書法集及篆刻集《碧蕪印稿》、《沙園印稿》，收錄僅存之作品。

63. 施子清：《雪香詩鈔》，通行出版，2000 年（初版）。

　　作者出身閩南，自幼喜愛民間俚歌，後來港求學，期間接觸國學詩教，此後四十餘年堅持吟詠。本書專錄其詩作，共一百數十篇。作者「我口歌我歌，自然出天成」，故時而未循格律，間或以鄉音俗字入詩，不願以辭害意。〈立軸四幅詩《晉江人》〉、〈懷古邑晉江〉、〈洱海情歌〉等使用閩南語，純樸率真，也見作者對故鄉之愛。此外，不少作品附有小記，表明贈詩對象等，感懷詩作如〈敬萱堂落成有感二首〉更剖白寫作心境，使讀者可深入理解詩作。

64. 余劍龍：《寒窗月》，清平詩社，2003 年（初版）。

　　本書為古典詩詞集，選錄作者從高中到就讀大學期間作品。詩詞集「有意識地以『表述現代人的生活和感情』為主題」，故內容無春遊、懷古等仿古的題材，而是講述作者身為學生的日常生活經驗和感受，抒發讀書、上網及成立詩社之感，頗能引起讀者的共鳴。同時，作者重視詩詞格律，〈詩社成立即席嵌名詩〉、〈沁園春・見今之古詩詞多拾故人牙慧而感慨〉等作反映其對詩詞創作的論見。每篇作品均附散文式傳記，助讀者了解所述內容。

65. 林峰：《峰迴園吟草》，開益出版社，2002 年（初版）。

本書為作者第二本古體詩詞集，收錄七言律絕五百多首、詞作約一百闋，多是一年間寫成的新作，可見作者筆耕之勤。全書分唱酬、山河錦繡、人文、感懷、祝頌、詞林尋韻六主題，編成六卷。其中，感懷篇作品多抒寫對時事新聞的感受，作品如〈禮賓府內外〉、〈選舉背後〉寫及香港政治與民生，香港讀者當有所共鳴。

66. 何文匯、何乃文、洪肇平：《香港詩情：何乃文洪肇平何文匯酬唱錄》，博益，1998 年（初版）。

本書三位作者有深厚的文學素養，眼見現代人疏於接觸古詩，遂將三人在兩年間的唱酬之作選編成書，望加深讀者對近體詩的了解。詩作均為七律，按韻分單元十個，並附何文匯〈近體詩格律淺說〉，介紹平仄、格律。為幫助讀者理解詩作，每詩按四聯加入注釋，引原文解釋典故，豐富讀者的國學知識，且每詩都有作者親自寫的語譯，二百字不到，卻大大增強詩作的可讀性。詩作多寫及交遊，如〈文匯邀同乃文市樓茶敘〉，而內容頗有古意，體現出文人的精神。

67. 何幼惠：《何幼惠自書詞作品集》，普藝出版社，2010 年
（初版）。

作者自幼習字，精於小楷。本書收錄其詞作，計有七十多闋，全部翻印自作者在八十歲時重新謄寫舊作的手跡。書中幾篇序跋也都以毛筆寫成。全書版式開闊，讀者得以欣賞作者的一筆一畫。書本最末有詞作的印刷版本，可供參照。書中不少記遊之作，如〈卜算子‧烏溪沙渡頭遇雨〉、〈浣溪沙‧桂林駱駝峯〉等。另外，也偶有寫時事的作品如〈木蘭花慢‧越南難民逃來香港〉。

68. 方富永：《晚晴閣詩詞選》，匯智出版，2007 年（初版）。

《晚晴閣詩詞選》是作者二〇〇一至二〇〇五年間所創作的舊體詩詞作品總集，全書分為「詩」及「詞」兩部份，並依年序排列，收錄了詩詞共二百七十多首，其中亦包括了一些得獎作品。書中作品內容多有對時節的感懷，也不乏對現代大事之慨嘆；而其形式平仄嚴謹、韻腳和諧，而且用字精煉、「語淺情深」，透過詩詞之句，能感受作者對古典文學的濃厚熱愛。

69. 朱少璋：《琴影樓詩》，匯智出版，2008 年（初版）。

　　《琴影樓詩》是作者所創作之古典詩結集，全書分成「上卷」及「下卷」兩部份，收錄共一百多首作品。上卷為作者創作之一般古典詩，題材豐富廣泛，時而思考人生，時而記事休閒，足球賽、花市、天災等皆作題材入詩，亦不乏贈友人之詩；而下卷則為「唱得詩」，在取材、表達上多有新穎嘗試，既有古典之味，又不失新意。最後又有附錄「附：詩集序跋存錄」記作者其他詩集之前言及後記共十篇。

70. 朱少璋：《燈前說劍：任劍輝劇藝八十詠》，匯智出版，2009 年（初版）。

　　本書出版於二〇〇九年，以紀念粵劇名伶任劍輝逝世二十周年。書中收錄七絕八十首，再加七律一首為結，以詩論任氏之生平、曲藝和劇藝。各詩以注腳解說用典，並以案語對所詠內容詳加介紹，如〈仙鳳鳴〉一首附劇團背景資料、〈周世顯駙馬〉等一系列有關任氏演出之詩作都附劇目簡介，幫助不熟悉粵劇的讀者理解。書中並有插圖十數幅，摹畫任氏於舞台上之風采。附錄尚有文章兩篇，討論任氏劇藝及《西樓錯夢》劇本，以供進一步的參考研究。

71. 何祥榮：《懷蓀室詩詞集》，匯智出版，2003 年（初版）。

　　《懷蓀室詩詞集》是作者累積十餘年之古典詩詞作品結集，收錄作品共一百六十多首。作者主張寫詩「情非真而不立」，務求筆下作品皆情真意實、情動於中，並且親身經歷，故書中作品之題材多關於作者生活，有不同地點景色之記述，亦有作者自身的感懷，以及別具意義的生活繁事等等，例如記畢業之事、節日感遇、外遊記事，非常豐富，甚至美國九一一事件、香港非典型肺炎等重大事件亦有入詩，情深意切。

72. 周策縱著、陳致編：《周策縱舊詩存》，匯智出版，2006 年（初版）。

　　周策縱教授為著名紅學及歷史學家，然其於詩詞創作亦十分出色，《周策縱舊詩存》由其學生陳致教授所編，一書收錄了周策縱教授自少年時代起之舊詩作品千餘篇，全書分成九部份，包括「初蕾草（一九二九至一九四七）」、「去國草（一九四八至一九五二）」、「每悔草（一九五三至一九五五）」、「啼笑草（一九五六至一九六二）」、「教棲草（一九六三至一九七二）」、「風雪草（一九七三至一九七九）」、「拈紅草（一九八〇至一九八四）」、「春晚草（一九八五至現在）」及「未知年份者」，並有附錄一篇。書中詩詞作品內容題材廣泛，留學之遇、生活之感、憶鄉之思、外遊之記皆盡在書中，後更有與其他詩人的詩作來往交流，盡然展示了作者之生活面貌。

73. 鄺龔子：《七雙河》，匯智出版，2008 年（初版）。

　　《七雙河》是作者第十四冊詩詞結集，收錄了二○○六至二○○七年間所創作的近體體詩和長短句共一百首，包括一些組詩及組詞。讀之本書作品，恍若能識作者其人，因其詩詞內容題材緊貼作者生活，甚至捕捉了生活細節、瑣事，豐富多樣，例如散步所感、遇友重聚、診所閒觀、校園記事，甚至有文學或影視作品之讀後所感。作者用字雖然古雅，但選材貼近現代，予人親切和諧的感覺，讀之亦能觀照自身，有所得著。

74. 鄺龔子：《伯仲之間》，匯智出版，2007 年（初版）。

　　本書是作者第十一本詩詞集，收錄其於二○○五下半年所寫的近體詩與詞作一百首。書內抒寫親情的作品不少，尤多作者與其六兄酬唱之作，如〈接六兄〈夜感寄九弟〉〉、〈〈定風波〉‧答六兄感遇詞〉，均流露兄弟間的友愛相惜。作者亦懷念已逝父親，細閱書中〈答六兄念父詞〉等作，可窺見家庭中一道緊密的感情紐帶。此外，書中作品詠及抗戰結束六十周年、中東恐怖襲擊等事，既是感懷，也是關乎當年時事的真摯紀錄。

75. 何瑞麟：《修蕪齋詩稿》，當代文藝出版社，1997 年 (初版)。

　　作者祖籍廣東，後來港從商、為文多年。本書收錄其詩作約二百首，以律絕作品居多。作者對香港政治、民生心得頗多，如〈快樂谷賽馬會憑欄〉嘆息資金的利用、〈遊九龍寨城公園有感〉諷香港政局等，反映其對香港的感情。作者修習歷史出身，具有歷史懷抱，除以詠史詩直寫古今盛衰，連紀遊之作也多蘊含論史意味。另外，本書編排極便讀者賞析，詩作都有詳細注解，附錄更有〈詩用基本術語〉等詩學入門工具，初讀詩者捧閱本書，也感輕鬆。

76. 區展才：《香江鏡海詩草》，當代文藝出版社，2009 年 (初版)。

　　《香江鏡海詩草》收錄了作者於香港及澳門兩地創作的詩作共五十首，每首詩作皆注有年份及寫作地點，並刻意隨機排列，突出詩作與時間無關的生命力。詩作內容多為作者於香港及澳門兩地的生活及所感，也有遙想遠景及思考人生的作品，豐富多樣。書中詩作的形式自由而完整，長短句不一、自然而成，以表現作者所主張的「相體裁衣」，以「情思的涵蘊」帶動「詩的內容意趣」。

77. 慕容羽軍：《島上箋：慕容羽軍詩詞集》，當代文藝出版社，
　　2001 年（初版）。

　　　　《島上箋：慕容羽軍詩詞集》為作者於一九七三至一九八八年之舊體詩詞結集，分為「詩之部」及「詞之部」兩大部份，再於每部各細分「時序篇」、「政經篇」、「紀事篇」、「情趣篇」及「聲色篇」五篇，再依年份排序。與一般舊體詩不同，作者「把新意識注進傳統形式」，以粵語口語融入文言當中寫作，記述許多現代人及社會之生活面貌，例如暑假、股票、賽馬、物價、同性戀議題等皆作詩詞題材，順序讀之，彷彿能見香港於其時之社會發展及民間瑣事，新鮮有趣。

78. 梁子光：《良詩三百首：梁子光詩集》，新怡印刷，2002 年
　　（初版）。

　　　　詩人梁子光為生於清末的廣東人，是末屆科舉所取的舉人，曾參與維新運動，事敗後出走日本、澳門，終定居香港，留下四百多首七言絕詩。本書選出其中三百首，將抄本轉成印本，刊成一冊，使字詞分句清晰，便利閱讀。又，梁子光身在清末民初時，部份詩作反映其於該年代中的心態，如〈應試了還村莊作〉寫科舉結束後的心情、〈在野〉「受命不疑抒橘頌，必傳無意解元嘲」等句抒發在亂世中如何自處；不少詩作也寫生活、交友、憶鄉等情，對研究該時期古典文學的學者應頗有意義。

79. 梁偉民：《溯蘭軒詩賦選》，溯蘭文社，2010 年（初版）。

　　作者自幼勤作古詩文，本書選錄其青年時期所寫詩賦，包括其十七歲時的文言早期創作。詩作包括古、近體詩，前者多不拘格律，後者則字字嚴謹。所錄賦文均有題解，詳細解說典故，駢賦〈風采賦〉後還列出格式要求，以利讀者閱讀。作品抒發求學時及生活中的深刻感受，如〈古鏡歌〉寫學術界之虛偽、〈悲川詩〉寫天災之無情、〈詩詞積得一百首有感〉寫為學之孤獨。此外，作品也寫香港的景與事，如〈廟街夜市〉、〈香港新望〉等。

80. 曾敏之：《望雲樓詩詞》，銀河出版社，1998 年（初版）。

　　作者為知名報人，畢生文學創作甚豐。本書收錄其古典詩詞數百首，分「往日集」、「酬答集」、「望雲樓詞」等五集。作者遊必有詩，故「遊蹤集」一集作品頗多，不少按旅遊地形成組詩，盡錄各地風情，也抒發今古之嘆、家國之情，如〈遊都江堰〉：「秦宮漢苑誇豪麗，不及堰堤泥土香」。此外，〈無題〉等詩寫憂患時的心境：「如此幽囚如此夜，欲將功罪問蒼冥」、〈傷逝——題浦熙修文集〉紀念飽歷苦難而亡的友人，悲痛深沉，紀錄作者所歷時代的悲哀。

81.　王齊樂：《王齊樂詩書集：清遊篇》，樂天書法學會，1999 年（初版）。

　　本書為作者第二本詩書集，以書法演繹自己的詩詞創作，共收錄作品六十七幅。不少作品為一九九七以來兩年半間的新作，也另選一些舊作，部份配以重寫之新字，多為近體詩，也有古體、詞作。除少數慶賀與唱酬之作，本書作品多紀錄作者於海內外旅行的所見所聞，如〈倫敦公園漫步〉、〈洛磯山行吟〉、〈重遊西安碑林〉等，均見其暢遊之樂。書法作品所用書體多樣，印刷清晰，可供讀者揣摩欣賞。本集以詩、書並重，凡選入之詩必以書法相配，與〈行吟集〉有所不同。

82.　俞叔文：《俞叔文文存》，學海書樓，2004 年（初版）。

　　作者為清末學者，民國後來港，曾於學海書樓教學。本書收錄其遺作，以使作者思想得以流傳。「自怡悅齋詩」一節收詩作約三十首；「題識」影印作者為他人所題文字；「古文評注辨正」是作者研究《古文評註》的心得。從以上幾節，讀者已可窺見作者的文采及學問。「課徒手迹」一節乃作者學生俞寶鈺女士的文稿影本，可見作者對學生古文的點評、解讀，能見出作者對古典文學的觀點。此外，卷首載〈俞叔文小傳〉，卷末載作者孫女的回憶文章，可補充讀者對作者生平的了解。

83. 陳伯陶：《陳文良公集》，學海書樓，2001 年（初版）。

　　陳伯陶仕於清末，民國後來港，留下不少詩文作品。本書影印其作品四種，分別為其科舉殿試策、《屺隨日記》、詩作近百首及五古長詩〈七十述哀一百三十韻〉。其中《屺隨日記》為作者奉慈禧太后之令從西安回鑾時，對遊覽所見的記錄和詩作，共約一百七十頁，皆作者生前所未發表，可作為歷史資料研讀，兼可欣賞作者之文筆。〈七十述哀一百三十韻〉成於作者晚年，回顧其畢生經歷及國運，且以小字注出史實，筆調哀傷沉重，可茲研究清遺民的心態。

84. 招祥麒：《風蔚樓叢稿》，獲益出版社，2003 年（初版）。

　　本書收錄作者於二十餘年間積累的作品，按體裁分列，包括詩、詞、賦、文等，再依年份排列。作者從求學時期起從蘇文擢學詩，其後共組「鳴社」繼續創作，至蘇文擢過世，往來不輟。作品如〈夜讀蘇師文擢詩德四章〉、〈蘇師母生辰招飲賦賀〉等，反映深厚的師生情誼。此外，書中所錄作品流露作者對於世情的關懷，對越南難民、波斯灣戰事、華東水災等事，作者都有所感觸，寫成詩句。此外，書中收錄不少對聯，除可見出作者文采高超，也可見其與教育界人士及後進的交流。

85. 陳本：《參天閣集》，獲益出版社，2001 年（初版）。

　　作者陳本出身廣東，早年為陳濟棠將軍掌文書，早有文名，後在港各大專院校授徒，畢生文字甚多。作者歿後，遺稿散失，學生何乃文、陳卓蒐集其文、詩、聯語，輯錄成本書。書中主要收錄作者文章，包括人物傳、書序、碑記，以及學術作品，如〈陳白沙與崔菊坡〉等數篇鑽研白沙心學，〈尚書文法研究〉等則著力文字，可見作者的學問與修養的功夫。乙輯錄詩百首，多為抒懷、應酬之作；丙輯收錄贈聯、輓聯，都極富文采。

86. 常秀峰：《問心堂詩詞集》，獲益出版社

　　作者研讀藝術出身，後任教職，畢生歷經戰禍。本書收錄作者寫於一九三七年至二〇〇二年間的作品，包括古典詩詞及少數新詩，按年份劃分為「避亂篇」、「還鄉篇」等五篇，展現作者一生的心路歷程。作者與溥心畬、豐子愷等多位藝術大師互有贈詩，記錄抗戰中藝術家們的心境；「天竺篇」寫作者赴印度留學，曾因印人排華而入獄；「香江篇」收詩最多，吟詠作者晚年居港所見大小事，大至保衞釣魚台事件，小至所飼養的鳥兒死去，在在透露出作者的人文情懷。

87. 林峰：《峰迴園詩詞壹千首》，龍冠出版社，2005 年（初版）。

　　本書收錄各體詩詞，包括七律、七絕千首，詞作一百一十闋。所錄作品中，約四百首選自《峰迴園吟草》，其餘約七百首為近年新作。全書除卷十專收詞作，另外九卷按作品主題錄詩，如卷一、二收錄詠《紅樓夢》、《三國演義》之作，抒發對小說的理解和感嘆；卷三「人文篇」吟詠古今人物，並附人物小傳，見出作者對史事的褒貶；卷七「苦寒吟篇」主題聚焦社會，有詩〈行乞者〉、〈捨生者〉、〈官者〉等六十二首，以有情眼光紀錄炎涼世態，值得細細品味。

88. 林翼勳：《松月集》，駿程顧問，2016 年（初版）。

　　本書為作者出版「揖梅齋」三書後另起新題的詩集，錄有大量贈與或紀念親人、師友的作品，並尚有琴銘、活動賀詩等特殊作品，反映作者與親故及文化圈子交往的情形。另外，書中記遊之作甚多，足跡遍及中、英、美、日等國。作者善將遊歷期間的見聞入詩，寫下不少記趣之作，〈探洞穴〉、〈踩高蹺賣藝者〉等即其例。書末附作者文章數篇，例如探討宋代城市園林對文學創作的作用，從另一方面展示作者深厚的文學素養。

89. 方富永：《晚晴集》，（出版單位不詳），2001 年（初版）。

　　作者自幼愛好古典文學，後因忙於發展事業，無暇動筆，至九十年代步入晚年，才開始大量創作詩詞，更結識詩友。本書題作「晚晴」，即取此意。全書繫年編排，詩詞皆一九九四年至二〇〇一年期間所作，除一般律絕，也頗見投稿詩詞創作比賽或採用鶴頂格、回文、嵌字等格式的特殊作品，可見作者在研習詩詞時嘗試的軌跡。此外，作者用典不單取材自古人，也用現代文學大家如魯迅之典，頗見其心意，而詩詞旁亦一一標明出處，利於讀者掌握內容。

90. 石人梁氏：《借情樓詩集》，（出版單位不詳），2000 年（初版）。

　　作者梁小中，筆名石人，在香港文壇聞名一時。本書在其七十二歲時出版，輯錄其律絕詩歌。詩集排版形式活潑，間雜照片插圖，印刷體時又轉為手寫體，不拘一格。書無目錄，集內再按主題分節，其首節【懷古‧談往】錄詠史詩，涉及中國古今史事，慷慨有力，盡見作者性情。又觀【友朋‧宜家】、【勸世】、【自述】等節，詩風幽默，感情真摯，如〈戲妻脫齒〉、〈聽四孫女電話〉、〈畏高〉等，極富生活趣味，使人讀之莞爾而笑。

91. 吳兆圻：《吳兆圻詩存》，（出版單位不詳），2010 年（初版）。

　　本書為吳兆圻的舊體詩詩集，只有約四十頁，也無目錄等編排，專一收錄詩人的作品。詩作主題不拘一樣，一些為寄贈之作，如〈聖公會聖馬太小學創校一百三十周年敬題〉、〈敬題何師乃文窩山集〉，也有〈早起遊園〉、〈釣魚〉、〈馬拉松賽跑〉等抒發生活感受之作。此外，部份作品與時事或回憶舊事有關，前者如〈哀海地〉、〈哀伊拉克〉，後者如〈憶太平洋戰爭香港淪陷〉、〈憶日軍陷港並懷亡友〉，都道出詩人對時代的感概，詩中字字句句都顯露出其哀痛。

92. 岑東明、岑子遙：《千葉樓遙岑集詩詞稿合編》，（出版單位不詳），2010 年（初版）。

　　《千葉樓、遙岑集詩詞稿合編》一書是由岑氏父子合著，父岑東明工於詩詞，與嶺南文化名流廣結文緣，子岑子遙亦習詩多年，文史皆通，曾任職於悉尼詩詞協會。書中《千葉樓》為岑東明所著，收錄其生前作品以一〇四首，乃其子女在戰亂後遍尋遺篇而輯成，所錄詩作筆力凝鍊。《遙岑集》乃岑子遙所制，精選出其三十年來詩集中作品三百二十二首，作品音律諧協，意境高雅。父子作品合於一輯，細品兩人作品，也可見其家學淵源的深厚。

93. 胡景苹：《胡景苹遺集》，（出版單位不詳），2000 年（初版）。

作者胡景苹早年在港，歷日佔時期，曾往大陸參與建設，後來回港。他於一九六五年去世，其時未有著作問世。多年後，其後人發現遺作，才出版為本書。作品皆是黑白排印，且在作品間偶有小人畫與印章，頗具趣味。書中錄詩作約六十首、詞十五闋、古文三篇。詩作最多，其中不少是送贈他人，除了教授、朋友，還有〈謝隱居新界友人贈蔬菜〉等特別題材。另外，詞作相對比較典雅，主題如〈秋思〉、〈浮萍〉等。古文則有賀壽、序文等。

94. 徐又陵：《小閣樓詩集》，（出版單位不詳），1997 年（初版）。

作者原在一九六六年自編詩集，主要收錄舊體詩，但歷三十多年已散失，僅餘數冊，後人將之重新刊印，並邀得作者生前友人何叔惠重為策劃校對，遂成本書。詩作分古詩、七律等各體編排，其中不少是作者寓居芙蓉山竹林禪院期間的唱酬之作，記錄與詩友陳梅叟、葉伯平等人的情誼。另外，作者早年經歷戰亂流離，晚年皈依佛家，作品中既有習禪的幽思，也時有世路崎嶇之悲嘆。附錄中別有古文八篇，有書信、序文等，亦見作者文采。

95. 張江美：《康廬詩鈔》，（出版單位不詳），2002 年（初版）。

作者為張紉詩胞弟，出身廣州，抗戰後居港，多年來創作甚豐，著有多本詩詞集及詩學、楹聯謎語論集。本書將詩作分古風、律句、截句、粵語四類。其中「粵語吟草」一輯，內容創新，錄粵語詩約一百二十首，多描寫香港生活的情狀，如〈太平山下十一首〉、〈會考〉、〈加價〉等，文字諧趣，足以詠及群情。集後更專文介紹粵語之特色及蒐錄前人粵詩，可見作者對粵詩創作之見解。其餘三輯，文字亦各有異趣，內容除詠世情，也有紀遊、抒情之作，俱感情真摯。

96. 陳瑞麒：《五石瓠齋詩文鈔》，（出版單位不詳），2010 年（初版）。

本書載作者多篇古文與兩輯舊體詩。古文部份收錄多篇贈序、後記，既紀錄了作者與多位學者的交流、情誼，也道出作者的個人觀點，如〈送傳道人李立偉序言〉談及基督宗教，〈樂寶齋藏石錄〉等藏石書籍的序文則展現作者好石的一面；另也有評論性文章，紀錄作者的學問心得。書中一百數十首詩則抒發較多生活感受，如寫結婚十五年、妻子病倒、與友人郊遊等事，均真情流露。一些詩作也談及作者對政事的感受，如〈聞中英為港事重開談判戲作〉等，對時代也有所反映。

97. 區伯堅：《蘅齋存稿》，（出版單位不詳），2007 年（初版）。

　　作者區伯堅（1905-1970）生於香港，年輕時就學於上海，曾遍遊中國，後返港從商；其畢生喜愛寫詩填詞，遺下詩詞手稿，手稿經後人複印，編成本書。本書按詩、詞分甲乙兩卷，書末詳列作品與另稿之異文。作者的人生歷程從本書作品得以反映，不少記遊作品附作者自注，說明該詩涉及的人事、典故及寫詩所感，頗有助讀者理解。另外，作者生逢動盪時，作品流露時代背景的影響，如〈蝶戀花〉題有「庚午仲夏，重遊金陵，值國步方艱……」之語，便反映作者對家國患難之思。

98. 梁玉民：《蘧園集》，（出版單位不詳），1996 年（初版）。

　　作者生於民初，自幼從伯祖研習國學，曾任教職，後在五〇年代來港定居，勤於文藝創作，時與詩友唱酬，作品積累頗豐。經作者精選，編成本書，分為三類。「詩詞」一類多錄祝詞、題贈作品，也有輕鬆之作如〈晨運歌〉，反映作者晚年安泰的交遊和生活狀況。作者居於新界，時遇喜慶或紀念集會，寫成序文、對聯或碑紀，「藝文」、「對聯」兩編多錄此，可供欣賞作者文筆嚴謹深沉的一面，也見其和地方發展關係之密切。

99. 梁朗秋：《朗吟小草續集》，（出版單位不詳），1998 年
　　（初版）。

　　　　本書載作者在十五年間所寫詩作數百首，均
為作者重抄的手稿影本，書法工整，可資讀者細
賞。詩作風格較為典雅，有題材如〈初冬即景〉、
〈秋聲〉、〈榴花〉等，寫景詠物，抒發感受；也
有詩作以現代物與事入題，前者如〈穿梭機吟〉、
〈冰箱〉，後者如〈九七感賦〉、〈殺雞〉，作者從
中流露的想法頗為新穎而能反映時代。此外，本書
題畫詩數量眾多，其中不少乃為友人畫作所寫；另
外，多首詩作記錄作者與錦山文社、昌社、健社的
往來，顯示作者與文化圈子同好密切的來往。

史料評論類

1.　陳智德：《抗世詩話》，kubrick，2009 年（初版）。

　　《抗世詩話》從個人的生活經歷以及閱讀時候思索的文化議題出發，以篇幅短小的文字，探討與詩相關的東西，舉凡如新詩、舊詩、譯詩、詩人回顧、詩集鉤沉，以至與詩相關的書店等等。作者在收錄時將原本刊載《成報》和《文匯報》的文章逐一增補校訂，經整理重組後分為五卷：「抗世詩話」、「詩路書影」、「詩幻留影」、「詩歌有趣的原因」和「怎樣讀新詩」。作者明言：「卷一至三以詩言志，卷四至五談論欣賞詩歌之法，願藉此協助讀者打開詩歌之門。」

2.　黃念欣、董啟章：《講話文章：訪問、閱讀十位香港作家》，三人出版，1996 年（初版）。

　　本書收錄了十位香港著名作家的訪問，包括也斯、黃碧雲、劉以鬯、辛其氏、金庸等，十位作家風格各異，但對文學、文藝皆有獨特的體會，在訪問中分享寫作的心得與心路歷程，以及對不同文體種類的看法。書中大量引述了眾作家第一身的分享，讓讀者能深入了解他們創作的意念，例如不同風格形成的因素，更談到作家們對生活、人生的反思，其中透露的不同情感，不但能使讀者更認識一眾作家，更能使其對自身有所反思，從藝術與文學中看到生活的光影折射。

3.　李歐梵：《文學改編電影》，三聯書店，2010 年（初版）。

　　文學作品與電影的關係向來緊密，不少電影以文學作品改編以成，但把文字為本體的文學作品改編成以影像為本體的電影從不是易事，如何取捨、剪裁，更是難倒不少著名的大導演。作者於本書中表述自身對改編電影的看法，探討以文學作品改編成電影時應保留與捨棄的成分，也指出改編電影的難處、觀眾看待兩者的區別，以及電影中內容與形式的比重取捨。此外，作者亦於書中分享了一些他認為值得欣賞的改編電影，供讀者參考，方便接觸改編電影。

4.　何福仁：《浮城 1.2.3：西西小說新析》，三聯書店，2008 年（初版）。

　　本書編者是西西的好友，由他來分析、解說西西的作品，自然是最合適的人選。西西的作品眾多，主題豐富，本選集則收錄了其十篇有關回歸前的香港的短篇小說，分別是〈奧林匹斯〉、〈北水〉、〈春望〉、〈玻璃鞋〉、〈奧林匹斯〉、〈魚之雕塑〉、〈浮城誌異〉、〈瑪麗個案〉、〈肥土鎮灰闌記〉、〈陳大文的秋天〉和〈白髮阿娥與皇帝〉。編者在各篇收錄小說後再附上賞析文章名延伸閱讀，從中探視小說文本與外部歷史、社會、文化的關係，書後更有西西的詳細介紹及照片、手稿，使讀者對西西及其作品能有更深的認識。

5. 何福仁：《議論文選讀》，三聯書店，2011 年（初版）。

　　很多人以為寫議論文總是要一板一眼，嚴肅得很，但作者從選材上一開始就不局限於學校教授議論文的教條，選出表達形式靈活，啟發與趣味兼具的文章；所收錄更不一定是大家的文章，如體育明星姚明的文章即是一例，足可印證編者對議論文的一番見解：「要表達意見，也不一定就是那個樣子，我們可以有不同的樣子，有時寓理於情、寓理於景，同樣可是說服人，以至感動人。」

6. 陳耀南：《唐詩新賞》，三聯書店，2006 年（初版）。

　　唐詩傳頌千古，歷來注本多不勝數，本書是陳耀南教授講授、研究唐詩的心血結晶。本書收錄唐詩三百七十餘首，作者近百人。詩人和作品，各繫序碼，自成體例，書前有一長文〈唐詩概論〉提綱挈領地將唐代的歷史風貌、唐詩興盛原因、唐詩的思想內涵等重要背景作重點介紹。每一首詩作均附有詩人生平，題解注釋，賞析評說，文章觀點自成一家，解釋貼近今日社會，除此之外，更附有〈唐詩名句索引〉和地圖，實用之餘更添趣味。同時，本書收錄了二十多位女詩人的優秀作品，讓大家更瞭解當時社會的女性心聲。

7.　黃子平：《歷史碎片與詩的行程》，三聯書店，2012 年
　　（初版）。

　　　　本書收錄了黃子平教授十一篇學術文章，均
是首次結集，內容涵括中國文學詩歌的發展、文學
史的編寫方式、文學體裁的地位轉變等等文學研究
的議題。書中以文本出發，探討了多位文學名家作
品的精妙之處。雖然為學術文章，但內文不會充斥
專業用語，較淺白易讀，而且作者的切入點豐富有
趣，包括張愛玲作品中的「霓裳羽衣」、文學作品
中故鄉的食物等，讓讀者能輕鬆閱讀，從不同角度
欣賞文學作品，以小見大，不流於枯燥的長篇理論
與考證，成功啟發讀者對文學議題的思考。

8.　黃志華：《香港詞人詞話》，三聯書店，2003 年（初版）。

　　　　音樂是不論在何年代也是深受歡迎的娛樂與
藝術，其中歌詞更是使人產生共鳴與感動的要素，
本書以詞話的體裁，分析了由古至今詞人的作詞心
得，涵括了古詞、粵曲，以至粵語流行曲的歌詞之
精妙，大談作詞之道。另外，本書更收錄了黃霑、
鄭國江、盧國沾及林振強等六位香港著名詞人的創
作分享，以及四十多位職業及業餘詞人的經驗，內
容非常豐富，在創作與欣賞方面都能帶給讀者深刻
的體會。

9. 潘步釗：《一本讀懂中國文學史》，三聯書店，2013 年（初版）。

　　陳國球教授在本書序言中提到：「在香港社會看來已容不下『文學』的時候，於學校從事『文學教育』的有心人，有必要重新思考如何引領廣大的讀者進入文學的世界。潘步釗博士就是這樣的一位有心人，他願意為入門者編寫一本適合他們閱讀的文學史，透過心靈親歷，深入文化脈絡，將文學立體化。」可見此書定位以學生為對象，以朝代、文類作基本框架，把散亂的資料材料以歸納，呈現出中國文學歷代發展的圖像。本書重點在於只取中國文學史中最精要的部份加以說明，取其大概並以清晰、簡單的方式說明中國文學的歷史，方便初接觸文學的學生。

10. 盧瑋鑾：《辛苦種成花錦繡——品味唐滌生《帝女花》》，三聯書店，2009 年（初版）。

　　本書收錄資深粵劇演員阮兆輝與粵劇研究者張敏慧的對談，通過專家與行內人士的條理說明，讓讀者領略《帝女花》的特點。此外，本書更將唐滌生的改編劇本與黃韻珊的原著作對比閱讀，從中了解康滌生如何、為何改編，更加讓後人驚嘆他剪裁、取捨、增補的功力。最後本書更引入與西方歌劇的對照、對演出時音樂的鋪排與運用、任劍輝鮮明活潑的演出作細緻分析、同時將長平公主之「烈女」形象放入現今社會脈絡，加以考察，可說是盡量從最多的角度探究《帝女花》的力作之一。

11. 盧瑋鑾、熊志琴：《文學與影像比讀》，三聯書店，2007 年（初版）。

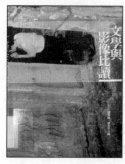

　　本書脫胎自盧瑋鑾教授二〇〇二年退休前在香港中文大學中文系開課，名為：「香港文學專題：文學與影像比讀」。課堂取拍成影像成品的文學作品，作為研讀對象，同時邀請有關的演員、導演、作者為同學演講及接受訪問，對改編作品展開不同角度的探索。《文學與影像比讀》一書收錄了張國榮、伍淑賢、許鞍華、劉以鬯的演講及訪問記錄，分別從演員、導演與作家的角度，除了讓讀者瞭解文學與改編電影的關係之外，更是第一手的香港文學研究資料。

12. 盧瑋鑾、熊志琴：《香港文化眾聲道 1》，三聯書店，2014 年（初版）。

　　「香港文化眾聲道」緣於二〇〇二年由香港中文大學香港文學研究中心主持的「口述歷史：香港文學及文化」研究計劃，由盧瑋鑾教授和熊志琴博士向數十位上世紀五、六十年代的香港文壇及文化界前輩進行口述歷史訪問，並結集成書。訪問內容全面、詳盡，涵蓋受訪者的創作歷程、參與的文學活動、對同期作家的評價、對自身組織源流變革的說明、對時局和政治的看法等等。全部材料經記錄者嚴謹整理和查證，並補充大量注釋和附錄，有助填補文獻記錄的空白，為學者和研究者提供珍貴資料本書即為此系列的第一冊。受訪者包括何振亞、奚會暲、古梅、孫述宇、王健武、林悅恆、胡菊人及戴天。

13. 劉再復：《高行健引論》，大山文化，2011 年（初版）。

　　劉再復教授是高行健的知己與知音，在高行健獲獎前二十年就追蹤其創作足迹，可說是研究高行健的最重要代表人物。繼之前出版《論高行健狀態》、《高行健論》之後，繼續對高行健的作品進一步探索、思考，特別重點分析高氏作品的原創與突破元素。本書收錄了七篇新作，以及精選了作者之前的研究文章，最後附錄高行健的創作年表以及其他研究者的重要研究文章，總共八輯。

14. 葉輝：《Metaxy：中間詩學的誕生》，川漓社，2011 年（初版）。

　　本書收錄作者多篇為好友著作而寫的序跋，以及多篇探討香港文化、文學的評論文章，如：〈難民、海員與過客——五、六十年代的香港住屋小說〉、〈風的「心象」與「重象」——重讀蔡炎培的「四毫子小說」〉、〈十年來的香港文學評論〉，框架宏大，分析精微，均見作者洞見，本書從五十年代的香港談起，到現今的香港，支流起伏，面貌多元而且變幻不定，正如作者所說，「在一場辯論中，一名女子談到愛是甚麼，便打了個比方，說那是一條『愛的梯子』（ladder of love），在梯子上攀上攀下的人，就是為了尋索最適合自己生存的位置。我所知道的香港文學，約略也是一條這樣的梯子。香港的人和文化的流動性，說來何嘗不是這樣一條第俄提瑪的梯子呢？」

15. 王宏志：《本土香港》，天地圖書，2007 年（初版）。

　　香港因其特殊的歷史，亦為文學帶來了獨特的文化與角色。本書結合香港的歷史與情況，分析並評論了香港本土的文學作品及其中反映的思想與現實，包括香港為南來文化人所提供的獨特文化空間、香港作家的過客心態等，討論了中國與香港兩地的知識分子，也談及香港文學位於這特殊的空間中所展現的跨地域性。書中論述專業客觀，在許多資料上皆附有注釋，讓不清楚當時局勢的述者亦能清晰明白書中所論，認識香港文化的特殊地位。

16. 危令敦：《香港小說五家》，天地圖書，2012 年（初版）。

　　香港文學作品豐富多元，不同形式的作品皆曾創造出無數優秀的篇章。本書為危令敦所著的小說評論集，當中共收錄了五篇文章，分別評論及金庸的《神雕俠侶》、劉以鬯的《酒徒》、李碧華的《胭脂扣》、黃碧雲的《溫柔與暴烈》及董啟章的《永盛街興衰史》，以五位小說名家的名著，解讀眾作家在作品中注入的用心及觀念，作者又以國內外的不同傳統及文學觀念解讀作品，使其分析與討論更為全面，觀點新穎的同時，論據也堅實有力。

17. 香港浸會大學文學院：《紅樓夢獎 2006：賈平凹《秦腔》得獎專輯》，天地圖書，2008 年（初版）。

　　《秦腔》是近年來優秀的現實主義作品之一，它改變了人們由於以往傳統理論對現實主義文學的誤讀而造成的偏見，使人們重新思考和認識現實主義文學。當中敘事者的特殊身分和敘事視角，體現了現實主義文學的精神性，其細節鋪排與直觀式的表達則是本書重要的藝術手法，可謂在客觀呈現社會景象之餘又不失作者一貫的個人風格。

　　《秦腔》這小說以清風街為背景，環繞著唱秦腔的白雪，敘述清風街的人和事，寫出秦腔的沒落，而這種傳統的失去，正象徵中國傳統文化和社會的變遷。

18. 郭偉川：《饒宗頤的文學與藝術》，天地圖書，2002 年（初版）。

　　饒宗頤先生學問廣博，在國際學術界享譽盛名，在不同領域皆有宏大建樹，是多種學問的權威。本書收錄了海內外各地學者文章近八十篇，論述對饒宗頤先生作品的見解與感悟，其中涉及多個範疇，包括文學、詩詞樂賦、書畫藝術。於書中，讀者不但能得見饒宗頤先生在不同領域的研究及貢獻，更可探視海內外學者對饒宗頤先生作品的解讀及分析，深入了解饒先生在學術及創作方面的成就、作品特色，甚至精神面貌。

19. 梅子：《人文心影》，天地圖書，2005 年（初版）。

本書收錄了作者對不同作家之作品的見解與感悟。書中分三輯，共三十多篇文章，首兩輯包含了作者對不同作家及作品的體會，讀者不但能在其中加深對眾多作家生平的認識，更能瞭解不同作家作品中的思想感情，甚或哲學思考。於第三輯，作者於每篇文章皆論及中港台三地作品各一本，除了分析作品，也放眼鄰界，分析中港台三地間文學作品在形式上、內容上、思想上的不同，非常難得。

20. 許子東：《香港短篇小說初探》，天地圖書，2005 年（初版）。

本書為短篇小說評論者，分為兩輯，共二十篇文章，兼附一篇講座文字紀錄。於第一輯，作者論及多個不同概念及時期的文學作品，包括香港回歸前後的失城文學、後殖民小說、香港意識、純文學與流行文學等等，從文學作品中，探討香港社會在不同時期的思想觀念。而第二輯，作者分析了不同文學作品中的思想感情，包括寫實主義、海外華文小說中的文革想像、不同作家於作品中所使用的意象及兩岸鄉土文學的主題等，非常豐富。最後，更附錄一篇作者的講座紀錄，剖析現代文學中的上海、北京，與香港。

21. 許定銘：《愛書人手記》，天地圖書，2008 年（初版）。

　　許定銘在本港有「書神」之稱，可見其對舊書版本的涉獵程度之廣。許氏在本書詳細地分享豐富的搜尋、藏書經驗。全書共三十八篇文章，分三輯收錄，探討香港、大陸的書刊及作家，以及作者的淘書歷史、買賣舊書的生涯等。從這一批文章，讀者可以清楚那些少見孤本的來龍去脈。曾從事教育工作四十年，開書店二十年的許定銘，在一次座談會中說，喜愛藏書者，有的只買不賣，有的只藏不讀，而他則是「買書、賣書、藏書、讀書、寫書、編書、教書和出版書」，八種「書事」集於一身，一輩子與書結緣。可見作者對書本的熱愛，以及對書籍不同範疇更是無所不知。

22. 梁羽生：《梁羽生評點民國聞人詩詞》，天地圖書，2013 年（初版）。

　　梁羽生生於二十年代，除了是一般人所認知的中國著名武俠小說作家，其實同時也是棋評人、讀書人。梁氏曾於《有文筆錄》專欄分享眾多名人的舊體詩詞及評點，今兩位編者把百多篇文章結集成書，透過眾多不同領域名人的詩詞，得見其所處時代之面貌及作者之心路歷程。書中涉及名人共四十七位，包括汪精衛、聞一多、秋瑾、孫中山、張大千等待，當中有革命先烈、中共要員，也有五四新文學家、戲曲泰斗，所抒所感豐富多樣，作者一一作了深刻的解讀。

23. 張詠梅：《邊緣與中心：論香港左翼小說中的「香港」》，
　　天地圖書，2003 年（初版）。

　　　　本書以一九五〇年至一九六七年的香港左翼
小說作為研究對象，範圍包含此時期具代表性的單
行本、左翼報章文藝版以及文藝雜誌上的小說，從
中探討左翼作家對香港的想法。書中以研究形式，
論及香港五、六十年代的社會政治文化，包括內地
的政策及港英政府對香港左翼作家的影響、左翼作
家們的信念與作品題材的關係，以及左翼作家於
作品中建構香港的角度及立場，從而評論香港五、
六十年代的左翼文學作品。

24. 黃念欣：《晚期風格：香港女作家三論》，天地圖書，2007 年
　　（初版）。

　　　　本書借用文化研究專家薩伊德的「晚期風格」
理論，評述三位香港女作家，即：鍾曉陽、鍾玲
玲，以及黃碧雲。透過分析她們的作品，作者論述
了三位與張愛玲的傳承關係，並深入探討了三位女
作家的作品背後，蘊含的社會文化意義以及各自
的藝術追求。作者先於書中論述「晚期風格」，表
述自身對此風格的定義與省思；其後，分別透過
三位女作家的晚期作品，分析其中「晚期風格」的
形式與存在，包括鍾曉陽的《遺恨傳奇》、鍾玲玲
的《玫瑰念珠》，以及黃碧雲的《沉默‧暗啞‧微
小》。此外，書中更有附論三位的早期風格，以作
對比。

25. 黃燦然：《在兩大傳統的陰影下》，天地圖書，2005 年 （初版）。

　　文學評論的形式多是以嚴肅而正式的語調作分析，而本書卻不然，雖同為評論集，卻以貼近於散文的形式寫成，作者以第一身分享對不同書目的見解與感受，相對於其他評論集較為輕鬆。而且，本書中沒有太多專業用語，淺白易懂，評論分析與作者個人的經驗和感悟互相融合，除了從學術角度出發，也從讀者角度出發，分析不同作品形式並從旁提及文學概念的同時，也表達個人感受，吸引閱讀。

26. 馮偉才：《遊方吟》，天地圖書，2007 年（初版）。

　　本書為一本文學評論集，當中除了香港文學以及文學思潮，更論及外國文學，範圍廣泛。書中共分三章，包括「香港文學」、「文學思潮」及「外國文學」，作者除了分析評論香港小說及其中思想，如香港小說中的「中國情意結」，也談及到香港文學與社會的種種互動，例如香港文學的本土化運動，及香港的文化空間等等，從香港文學作品中探討其時社會概況。除此之外，又分析種種文學思潮，從不同作品中討論當中展現的思想，解述當中固有思想。不單香港文學，於末章，作者更論及外國文學作品，當中更包括不少經典著作。

27. 鄭樹森、黃繼持、盧瑋鑾:《早期香港新文學作品選
（一九二七—一九四一年）》,天地圖書,1998 年 (初版)。

　　香港早期的新文學作品繁多,卻一直鮮有整理,使讀者難以接觸眾多出色的文學作品,亦難以進行文學研究。本書三位編者細心整理了一九二七年至一九四一年的香港新文學作品,選集並以對話形式討論分析不同文學作品,展現早期香港文學的基本面貌。書中選擇的作品文體廣泛,包含了新詩、散文及小說等,反映香港從舊文學到新文學的情況,又分析了當中不同時期的文學發展及特色,以及當時社會狀況對文學的影響,深刻展現了其時香港文學的面貌與意義。

28. 鄭樹森、黃繼持、盧瑋鑾:《國共內戰時期香港文學資料選:
（一九四五— 一九四九）》,天地圖書,1999 年 (初版)。

　　國共內戰時期,香港提供了一個特別的「言論空間」,出現許多不同的文學作品。本書三位編者搜集並整理了一九四五年至一九四九年國共內戰時期的香港文學資料,當中涉及左翼文藝、文藝大眾化、洋為中用等思想,探討了當時文學作品中透露的種種政治思想與批判。書中收錄了國共內戰時期的社論、評論等資料,反映出其時社會概況,像是「文化漢奸」、「方言文學」、「左翼文藝政策」、「反動文藝」批判等狀況與思想,從文字中重現國共內戰時期的種種社會面貌。

29. 林幸謙：《身體與符號建構：重讀中國現代女性文學》，中華書局，2014 年（初版）。

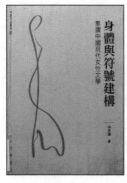

　　五四運動作為一個文化的重要轉捩點，打破了傳統對兩性的既定刻板觀念。本書透過不同女作家作品的女性敘述和身體書寫等，探討中國現代文學中的女性文化，包括女性身體符號化、女性情欲書寫及女性主義等，可謂是女性主義在中國的理論探索，揭示當時女作家在社會變革下對愛情、歷史、文化、哲學等層面的思想。書中分上、中、下三輯：上輯以女作家蕭紅研究對象，分析其作品中的女性敘事想像與建構；而中輯以張愛玲為主題，探討小說《小團圓》文中的自我與主體建構；下輯則分別透過石評梅、凌叔華、盧隱三位的作品，分析新時代女性的視角。

30. 香港浸會大學文學院：《第四屆紅樓夢獎評論集：王安憶《天香》》，中華書局，2014 年（初版）。

　　《天香》為著名小說家王安憶長篇小說，獲得香港第四屆紅樓夢獎：世界華文長篇小說獎首獎。本書收集了《天香》相關的評論文章和媒體報導，共分為上下兩卷，上卷分為二輯，下卷分為三輯。《天香》這部小說表現了女權主義思想，女眷中如小綢、沈希昭、申蕙蘭皆個性堅強果斷，才華卓越，終能以她們聞名天下的刺繡撐起沒落的家族。《天香》的語言採用了古雅的書面語，卻非常自然，即便在現在的年輕讀者也不會感到隔膜。此小說可說是江南文化的百科全書，女紅文化的經典。

31. 陳岸峰：《文學史的書寫及其不滿》，中華書局，2014 年
　　（初版）。

　　　史料記載能讓後世人得知前朝的種種，作為過去的回顧，也為未來展望，文學史亦然，然而文學史的書寫絕不簡單，其中涉及種種學問。本書以胡適《白話文學史》、錢基博的《現代中國文學史》、周作人的《新文學的源流》等六本文學史著作作範例，探討文學史書寫的要點及不圓滿，包括文學史之意義、分章安排、範圍等，揭示新舊派文人之間對文學史書寫的重點如何不同。此外，作者亦指出不同年代的文學史新建構對往後文學史書寫的影響，以及當時政治思想對文學史編寫的影響，探討文學史書寫時之原則。

32. 陳岸峰：《文學考古：金庸武俠小說中的「隱型結構」》，
　　中華書局，2016 年（初版）。

　　　金庸創作武俠小說的地位歷久不衰，至今仍穩如泰山，為人所稱稱樂道。本書以金庸的武俠小說為主題，提出「文學考古」與「隱型結構」兩個學術概念，分析金庸小說當中的思想，以及與中外文學的關係。書中不單討論金庸的作品，更以古今不同的文學名著作比較，分析金庸在作品中移植中、西小說中的原型、情節以至故事結構以及道具時，所作的大型改造以至於創造，以嶄新的角度解讀金庸及其作品。本書以研究嚴肅文學的文學理論，運用至通俗文學上，可謂是一大嘗試，同時也另令讀者加深對金庸小說的理解。

33. 陳岸峰：《詩學的政治及其闡釋》，中華書局，2013 年（初版）。

　　中國古代的詩人總與政治脫不了關係，許多出色的詩作都源於詩人仕途的阻礙以及對當時朝野的感慨。本書共分七章，分別分析了嵇康、陶淵明、王維、杜甫、吳梅村及王士禎六位包括魏晉、唐代、清代著名詩人詩作中的思想感情與政治反映。山水風光、酒與琴瑟，看似瀟灑脫俗的種種意象，都隱含了詩人們深刻的政治思想。書中除了論及他們個人於政治的追求，也分析詩作中或明或暗的政治批判，當中也包含了不同時期的哲學思想。

34. 許子東：《張愛玲的文學史意義》，中華書局，2011 年（初版）。

　　本書是許子東教授研究張愛玲的論文合集，主要針對張氏的晚期作品：《色・戒》與《小團圓》作為分析對象，同時收入部份作者的會議輯略和講座報告。主要探討的細節分析有兩點，即張愛玲的比喻手法以及張與郁達夫的比較，以此見出張愛玲的特別之處，並在一般五四主流文學史以「革命、救國」為主題的的時代之外，勾畫出張愛玲的獨特性及其文學史意義。文章雖云論文，但行文流暢，結構嚴謹，是研究生實習撰寫論文書寫風格的上佳讀物。

35. 黃子平編：《中國小說與宗教》，中華書局，1998 年 (初版)。

　　本書為香港浸會大學中文系推動「文學與宗教」專題研究的工作之一，是一本論文集，共收錄了二十二篇來自海內外知名學者有關文學與宗教的論文，探討中國小說與宗教之間的關係。宗教在中國，尤其在古代的地位向來崇高，像是道教與佛教，其影響力至今依然，不少文學作品都有涉及宗教意味，或者引用，改寫原本的宗教題材。本書所錄論文之論題涵括志怪小說、唐傳奇、話本、古典長篇、現代小說，以及變文、寶卷當中涉及宗教的成分，內容充實而且全面，學術性極高。

36. 黃淑嫻等編：《也斯的五〇年代：香港文學與文化論集》，中華書局，2013 年 (初版)。

　　本書是梁秉鈞教授（筆名也斯）生前最後一個大型的研究項目「一九五〇年代香港文學與文化」叢書之一，累積了此研究項目的成果，是香港文化研究的重要資源，帶來許多新的方向與啟發。本書收錄了梁秉鈞教授生前的相關論文，以五〇年代的香港文化為主題，探討香港文學和電影、都市文化、文化身分等不同議題，從文學與電影兩大範疇，探討香港都市文化的歷史與特色，以及五〇年代香港文學的傳承與轉化，尤其特別探討了宋淇、馬朗、桑簡流、曹聚仁、葉靈鳳、李維陵等人的文學作品。為了突出五〇年代的香港文化，本書亦收錄了梁教授有關四〇年代及六〇年代小說的論文，別具用心。

37. 劉楚華編：《唐代文學與宗教》，中華書局，2004 年（初版）。

　　宗教不單單是信仰，亦是文學作品常見的題目。而唐代更是三教融合的高峰。本書為香港浸會大學中文系「文學與宗教」專題研究的成果，收錄了以「唐代文學與宗教」為題的主題演講稿三篇，以及經過學術評審的學術論文二十四篇，來自中國內地、港、台及海外多位學者，十分全面。書中從當時不同宗教，如佛教、道教、景教等角度，探討唐代的不同文學作品，涵括唐代文學理論、詩歌、散文及小說，內容豐富而且深入，是一部有關文學與宗教的重要專書。

38. 劉燕萍、陳素怡編著：《粵劇與改編：論唐滌生的經典作品》，中華書局，2015 年（初版）。

　　著名粵劇編劇家唐滌生曾以多篇古典戲曲改編成出色的粵劇作品，深受觀眾喜愛，包括《牡丹亭驚夢》、《帝女花》、《紫釵記》等，至今仍然是戲院經常演出的劇目。本書收錄了兩位作者研究唐滌生八部經典作品的論文集，分析唐滌生如何把古典戲曲改編成粵劇，其中對原作的改造與利用，兩位作者認為是一種「創造」，有意識地「誤讀」原作，以發掘當中新的面貌，甚至帶出新的主題思想，不僅創造出新的作品，也為原作注入新的元素。

39. 王德威、陳思和、許子東編：《一九四九以後》，牛津大學出版社，2010 年（初版）。

　　《一九四九以後》講述了當代文學六十年的風流雲變，政治變化如何直接與間接影響文學創作。現代中文文學在一九四九年出現前所未有的轉變和分流，中國大陸、台灣及香港的文學從此因政治的立場各自成為不同派別。從廣義的中國文學史的觀點來看，六十年的確只是一個瞬間，但這六十年裏中國及海外中文世界所發生的巨變與不變非同小可，由文學所呈現的種種洞見與不見，或能成為我們思考中國現代性的有力視角。站在「當代」已經六十年的交口，中國或廣義的中文文學將何去何從也同樣引人深思。

40. 古蒼梧：《今生此時今世此地：張愛玲，蘇青，胡蘭成的上海》，牛津大學出版社，2002 年（初版）。

　　古蒼梧以新詩創作以及崑曲研究知名，其實他對文學研究、評論也甚有心得。本書以一九四二至一九四五年中日戰爭上海淪陷時期，四本與汪精衞政權有關的刊物為研究及論述對象，從其中反映的具體事實考察上海在日佔時期的文藝現象，進而揭示此一新文藝斷層的面貌。這四本刊物是《古今》、《天地》、《雜誌》和《風雨談》。從中不但看到了一個不同於二、三十年代現代文學的新作者群的興起，例如張愛玲、蘇青、胡蘭成等筆下的上海；同時還看到親日或親汪作家以至政治人物，如何通過文藝作品為自己受議論的政治行為自我辯護，或抒發內心矛盾。日佔時期的文藝研究，以往因政治種種原因難以展開，現在時間距離較多，也開始成為中國文學研究的顯學。

41. 林幸謙編：《張愛玲：文學・電影・舞台》，牛津大學出版社，2007 年（初版）。

　　張愛玲生於民國，是現當代著名女作家，所著小說無數，更因其作品電影感強烈，有不少被改編成電影，為人熟悉。本書出版於張愛玲逝世十年之時，是浸會大學「張愛玲逝世十週年紀念國際學術研討會」的論文集，部份內容是為研討會上多位學者的專題演講，包括張愛玲作品的討論及解讀，如《色・戒》、《對照記》等，更收錄了「銀幕與舞台上的張愛玲」座談會中眾位知名人士，如導演許鞍華的發言，探討張愛玲作品與電影、舞台劇密不可分的絲縷。

42. 陳潔儀：《閱讀「肥土鎮」：論西西的小說敘事》，牛津大學出版社，1998 年（初版）。

　　本書可說是第一本評論香港著名作家西西的專著，條理分明地運用了西方的敘事學理論來分析西西的小說。筆者認為西西在小說敘事方式的成就，應該首先獲得肯定，才可以進一步探討西西小說其他方面的特色。尤其是「肥土鎮系列」，有助突顯作者在敘事方面所下的功夫。此外，西西創作此系列超過十年，作品質量俱全，「肥土鎮系列」足可代表西西的小說。因此，本書以「肥土鎮系列」為切入點，嘗試從敘事學角度對西西小說作一次有系統的分析，探討西西小說的敘事特色及其成就。本書詳細而清晰地交代了所運用的方法論，分析也非常妥帖，沒有時下生硬套用理論的毛病。

43. 盧瑋鑾、熊志琴：《雙程路：中西文化的體驗與思考，1963-2003：古兆申訪談錄》，牛津大學出版社，2010 年（初版）。

　　本書是將十六萬訪談文字稿撮錄而成的著作，記錄了古兆申透過新詩、中國電影、文學與美術方面的編輯及出版，以及他對西方及中國政治的思考等方面，釋出四十年來香港的文化、政治和歷史之間的互動。訪談亦顯示了跨越香港，遠觸歐美，回顧海峽兩岸的不同視野，怎樣磨煉一個香港文化人的心神。盧瑋鑾認為，雙程路是有來有往，有東有西的。各種文化差異，要汲取，要認同，面對審美、政治、文化的殊異，未免有激動、喜悅、徬徨。而古先生歷經的文化經驗，正是那一輩香港文化人共有的經驗。

44. 羅孚：《燕山詩話》，牛津大學出版社，1997 年（初版）。

　　羅孚是本地文化界很多前輩的伯樂。作者曾在北京生活過十年。這十年，如作者自己所說的，是詩的日子，不是日子過得像詩，而是頗有閒暇讀詩。作者讀了不少詩集，也選讀了一些還沒有收錄成詩集的當代詩。作者說自己是不薄新詩愛舊詩，是新舊體詩都愛讀的，但讀得多一些的，還是舊體。作者不僅歡喜讀詩，也歡喜讀詩話。這是早年就養成的習慣。《燕山詩話》收錄的詩話，就是作者在這段詩的日子寫成的。書中文章談到的例如胡喬木、夏衍、馮雪峰、聶紺弩、楊憲益等都是四九年留在大陸的文化人，讓後世讀者對這一批最後的文化貴族有更深的認識。

45. 黃淑嫻：《理性的游藝：從卡夫卡談起》，文化工房，2015 年（初版）。

本書共分兩輯，一輯為文學旅遊，主要談到眾多出色的世界文學作品和文學地景，談到卡夫卡、德國女作家波馮與日裔英語作家石黑一雄等，也談到朱自清、劉以鬯與黃春明的作品，可謂中外兼顧。另有三篇也斯專論，分別寫出其散文、小說與其編輯視野。第二輯為「電影散文」，評說中外出色的電影作品和有關電影改編的種種話題。特別是在〈卡夫卡與布拉格〉一文中，作者有不少有趣甚至重要的新發現，從作家自身的背景資料出發，談到他的作品，更讓人對卡夫卡的書與人有更熟悉的領悟。

46. 陳智德、小西編：《咖啡還未喝完：香港新詩論》，文星文化教育協會，2005 年（初版）。

本書是詩會的記錄，內容以評論為主，輔以詩選及相關文獻資料。大部份的評論文章在詩會上首次發表，經修訂後收進本書，亦有選出若干篇舊日少數的評論。在編輯安排上，本書以九位詩人為單位：羅貴祥、關夢南、劉芷韻、梁秉鈞、蔡炎培、陳滅、飲江、洛楓、鄧阿藍，分為九卷，排列以詩會舉辦先後為序。資料部份有訪問和回應等相關文獻，書中除了收錄詩評，亦同時附上詩作，是本容易閱讀、翻查、檢索的合集。

47. 茅盾等：《當代名家談王一桃》，世界華文文學家協會出版社，2009 年（初版）。

此書由當代著名作家、詩人、藝術家、文藝批評家等三百家執筆，對王一桃的生平、創作，撰寫真實而具體的評述。當中行文自然，語言生動，使此書相當耐讀。作為「世界華文文學研究書系」的一種，本書希望以具體事實出發，分析王一桃的作品美感。正如王一桃本人所強調：「詩人要以自己的詩來發言，作家要以個人的作品來講話」一樣，實事求是。

全書分十二部份，如「和五十代詩人們攜手同行」；「作品充滿強烈時代感人民情」，僅看小標題，王一桃的人生，以及他的文學軌跡便一目了然。

48. 潘國森：《修理金庸》，次文化堂，2010 年（初版）。

金庸是知名武俠小說作家，他的小說膾炙人口，可謂風靡整個華語讀者群。不過多好的創作，總避免不了有瑕疵錯漏。自稱對金學十分有研究，在二十世紀指出金庸小說錯誤天下第一的潘國森，遂撰寫此書——指出金庸小說的錯漏，讓讀者反思金庸小說中的錯誤。在金庸小說中找錯，或可以作為「通識教育」科的學習材料。

49. 王璞：《一個孤獨的講故事人——徐訏小說研究》，里波出版社，2003 年 (初版)。

　　徐訏是一位在中國現代文學史上有傑出成就的作家。他創作範圍很廣，在小說、詩歌、散文、戲劇、文學評論等都留下大量作品。然而種種原因，令他的成就被忽視，甚至八十年代前出版的中國現代小說史上，都沒有他的名字。徐訏是中國現代文學史上有研究價值的作家，因此本書主要以文本細讀的方法，對徐訏的小說作全面分析，以縱（小說創作時期）及橫（根據徐訏小說的藝術特點作解讀）的方式，務求帶出徐訏小說的全貌。

50. 林浩光：《新詩的鏡與象》，阿湯圖書，2005 年 (初版)。

　　本書分上下兩卷，上卷為理論，下卷為詩評，以不染功利雜質的態度為新詩作了最真誠的評論。作者的評論就如一面鏡子，反照出詩作的真象——無論是優美醜惡、強大與虛弱都無所遁形。人們常把詩歌評為好作品，卻忽略了作品中可改善的地方。作者認為，鏡子裏同時照見一個孤獨的身影，詩論的好作品不多見。本書的出版，不是孤影獨照，還能引起極大的迴響，讓讀者思考新詩作品中除了好的地方，壞的有哪些。

51. 王良和編：《鍾偉民新詩評論集》，青文書屋，2003 年 （初版）。

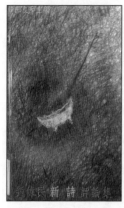

　　八十年代初，鍾偉民憑《捕鯨人》、《捕鯨之旅》等詩在香港詩壇迅速崛起，作品廣受評論。本書輯錄了鍾偉民新詩的評論史料，讓讀者認識他成名的經過、其風格特色，並為研究者提供具參考價值的資料。本書為王良和所編，其實作者早在二十年前，把大批評論文字搜集，把齊全的資料編成了條理分明的資料冊。「史料對文學研究非常重要，某些偏頗的言論，是史料上的盲點，當然再加上一點偏見和奇怪的心態。這是我想到要做一點史料整理的原因。」編者曾經這麼說。

52. 寒山碧：《香港傳記文學發展史》，香港東西文化事業，2003 年（初版）。

　　本書是一部史學著作，作者卓有成就，是一位具有深厚功底的學者。他為人嚴謹，著重求真。曾經為了弄清楚鄧小平的姓名、出生年月與籍貫等問題，於一九九〇年親赴四川廣安調查，獲得了第一手資料。為撰寫這本文學史著作，他同樣收集了大量的材料。以文學史著作來說，作者的敘述技巧是吸引讀者的一個重要元素。全書的敘述過程中，作者引述了不少傳記主人公的有關材料，探究歷史的隱秘，有些還轉引一兩則有關人物的軼事，令人讀來引人入勝，趣味橫生。

53. 馬輝洪編著：《回憶舒巷城》，花千樹出版社，2012 年（初版）。

　　舒巷城是香港五、六十年代著名作家，至九十年代逝世，不論在新詩、小說，抑或散文皆有眾多優秀作品，為香港文壇注入不少建活的生命力。本書分為上篇及下篇，上篇輯錄了四篇舒巷城的訪談文章，其中兩篇為作者所筆，從生活感想到文學評論，把舒巷城的思想感情表露無遺；而下篇則為作者訪問多位舒巷城親友，共十一篇文章，從訪談中發掘舒巷城未被提及的事跡，其中更包括「巷城嫂」王陳女明女士，以作回憶紀念。

54. 馬輝洪編：《舒巷城書信集》，花千樹出版社，2016 年（初版）。

　　在現今社會文化中，書信來往看似古舊不便，但在數位年代以前還是流行的通訊，手寫的每字每筆傳遞的除了訊息還有人間情味。本書分甲乙兩篇，分別收錄了香港五、六十年代著名作家舒巷城寫予家人及朋友的書信共一百多篇，從字裏行間不難察覺出舒巷城的面貌與神態，其中題材更由生活時事、旅遊見聞，到閱讀寫作、文學藝術，不論生活簡繁皆無所不談，堪比其散文著作，同樣透露著思想感情，以及不同觀點。除了書信文字，更有少數珍貴的手稿及寫生複本，使舒巷城揮筆書寫的形象彷彿重現眼前，更是研究其文學成就、當時文學環境的珍貴文獻。

55. 樊善標、馬輝洪編：《輕鬆散步學中文：文學景點考察資料及
　　創作集》，花千樹出版社，2015 年（初版）。

　　本書源於「輕鬆散步學中文」活動，此為初
中生文學散步計劃，由香港文學中心和香港中文大
學圖書館合辦，由二〇一三年至二〇一五年走遍香
港十八區。讓不同地區的初中生透過不同地區的
考察，感受地區文化，書寫香港地景、導師評點和
工作坊紀錄，並收入寫作成果分享會的整理，好處
是讓學生親身感受，走到現場，令寫作技巧有作進
步。此為「輕鬆散步學中文」活動最重要的紀錄，
為全港師生或對文學散步感興趣的讀者提供一種參
照。

56. 劉紹銘、陳永明編：《武俠小說論卷》，明河社，1998 年（初版）。

　　一九八七年，香港中文大學舉辦了「中國武俠小說國際研討會」，從而衍生出本書。提到武俠小說作家，坊間多數只有討論梁羽生和金庸的作品集，以宏觀角度探討武俠小說源流的書卻寥寥無幾。因此，《武俠小說論卷》由歷史沿革、文類淺識、作品評論等範疇介紹武俠小說，附錄更加上了來自外國的論文，讓讀者可在更廣的視野看武俠小說，了解除俠義精神外，武俠小說還有甚麼的元素，從而能夠深入地認識武俠小說。雖然此後武俠小說的研究漸漸繁多，但本書確有開創先河之功。

---

57. 劉再復等：《狂語莫言》，明報出版社，2013 年（初版）。

　　本書有十一位作者，劉再復、王安憶、王德威、郟宗培、駱以軍、張大春、江迅、邱立本、馬家輝、舒非、葛亮，他們既是知名作家或編輯，也是莫言的好朋友。書中他們描寫與莫言相處的時光，又記錄了對莫言作品的想法。他們的介紹，可讓讀者感受到莫言作品的獨特風格和文化意義，也讓讀者了解到他的作品創作背後的故事。本書更收錄了莫言在二〇〇七年香港書展上的演講，與讀者分享自己的文學經驗，可讓讀者更了解莫言。

---

58. 關夢南：《香港新詩：七個早逝優秀詩人》，風雅出版社，2012 年（初版）。

　　香港詩壇眾美紛陳，新詩佳作源源不絕，本書則為關夢南所著，記述了七位早逝的優秀詩人，包括易椿年、侯汝華、彭耀芬、童常、溫健騮、覃權和李國威。這七位詩人在短短數十年生命中，創造出無數優秀的新詩作品，書中，作者為每一位詩人撰寫評介，向讀者介紹眾位逝今經年的詩人之生活面貌及背景，並且選錄了詩人的優秀作品、他人的悼文及作品發表年表等參考資料，讓讀者全面走進七位詩人的生活及思想，也可以從中想像假如他們能更長壽一些，其文學成就究竟會是怎樣的一番面貌。

59. 關夢南、潘步釗：《唐詩 100 首創作談》，風雅出版社，
　　2009 年（初版）。

　　清代孫洙所編的《唐詩三百首》流傳至今，廣為人所熟知，幾乎是每家每戶的兒童啟蒙識字之必選，其中大部份詩篇相對淺白易懂、琅琅上口，像是李白的〈靜夜思〉，即使不諳其中深意，也必定記得「牀前明月光，疑是地上霜。」之句。時至今日，識字教育普及，作者認為《唐詩三百首》的社會功能已大大削減，而且當今學生課業壓力大，難以花大量時間閱讀整部詩選，而選本本身也有不少作品未達第一流的標準，可見《唐詩三百首》已不符合現代文化及需要，求量不如求質，故出版本書，精心挑選一百首唐詩，作為啟蒙熟讀之選，詳細解讀，化為終身學習的基礎。

60. 黃康顯：《香港文學的發展與評價》，秋海棠文化企業，
　　1996 年（初版）。

　　《香港文學的發展與評價》內容涉及香港早期的文學雜誌，為研究香港文學發展的重要參考書。黃康顯可算是第一人為香港文學作分期：「在一九五〇年以前，香港文學與中國大陸的發展是掛鈎的，一九一九年的五四以前，是傳統期；一九一九至一九三一年的『九一八事變』，是萌芽期；一九三一至一九三七年的『七七』事變，是發展期；一九三七至四一的淪陷，是移植期；由戰後的一九四五至四九，則是政治期。」

61. 陳國球：《香港的抒情史》，香港中文大學出版社，2016 年
（初版）。

香港從漁村到殖民地，再到特別行政區，在歷史的因緣際會中不停轉換面貌，在不同人心中都有其獨特的意義，而作者相信不論何種現象，皆有其文化政治的脈絡，亦相信香港文學作品中就盛載著情。本書結集作者十數篇有關香港文學的文章，共分三部份，包括「走進文學史」、「可記來時路？」及「申旦抒中情」，探討不同作品中所透露的香港文化以及感情，是為作者近年來一直對「抒情傳統」思考的延續。書中文章涉及眾多史料、文獻，經作者精心疏理，為讀者訴說香港的過去與未來。

62. 黃坤堯編：《香港舊體文學論集》，香港中國語文學會，
2008 年（初版）。

文學發展不斷推陳出新，迎來了許多新穎優秀的文學體制，而在多元的文學風格中，其以古典之美抒現代之情懷的模式散發著使人回味無窮的生命力，使不少人仍然醉心其中。本書分為三輯，包括「香港詩詞研究」、「中國現代詩詞研究」及「傳統文學的發展及理論探索」，結集數十位學者有關舊體文學的論文共三十七篇，附以香港舊體文學研究的發展現況及活動，以傳統文學理論解讀現代舊體文學作品，別具風味，讓讀者深入了解舊體文學之美。

63. 劉楚華編：《魯迅論壇專輯》，香港中國語文學會，2007 年（初版）。

　　著名作家魯迅以諷刺時政的筆風聞名於世，不論在社會或文壇皆具有重要地位，為紀念魯迅逝世七〇年，多方合作於二〇〇六年策劃此書。書中收錄了多位海內外學者有關魯迅研究的論文共十九篇，包括千野拓政、王潤華、朱少璋等，論及魯迅作品中所顯現的思想觀念及特色，例如其作品中的歷史意識、對諷刺的定義等，其中更有魯迅的後人周海嬰、周令飛所撰之論文〈魯迅是誰？〉，以兒孫身分寫出對父親及祖父的認識。

64. 梁秉鈞、譚國根、黃勁輝、黃淑嫻編：《劉以鬯與香港現代主義》，香港公開大學出版社，2010 年（初版）。

　　劉以鬯於香港現代文學上極具地位，其作品為熟悉，多個小說作品先後被改編成電視或電影，在文學與文化研究上亦帶來許多新鮮資源。本書是首部以劉以鬯的作品為研究對象的學術專著，研究範圍除了一些廣為人知的作品，亦包含劉以鬯於三、四十年代的早期作品，書中收錄了梁秉鈞、譚國根、黃勁輝等十多位海內外學者、專家的學術論文。本書分為三部份，包括「傳承與發展」、「轉化與創新」、「承繼與比較」，從不同角度探討劉以鬯作品中的都市文化、對香港現代主義的貢獻等等。

65. 蔡益懷：《本土內外：文學文化評論集》，香港文學出版社，
    2015 年（初版）。

　　本書為蔡益懷所著的文學評論集，共收錄了
數十篇個人評論文章，分為「內篇」與「外篇」兩
部份，其中論及作者對香港本土內外文學及文化的
觀點與解讀。「內篇」共二十二篇文章，主要評論
香港文學與文化的不同現象，所涉著名作品眾多，
像是舒巷城早期作品中的本土情結、董橋小品中的
文化品性等，亦有論及作者對文學品性的觀點。而
「內篇」則論及作者的詩學觀念、文學歷程等，亦
有分享對不同國家名家作品的體悟，古至孔子的美
學思想，今到莫言的批判精神，深入討論本土內外
的文學與文化。

66. 方寬烈編：《葉靈鳳作品評論集》，香港文學評論出版社，
    2011 年（初版）。

　　現代作家葉靈鳳出身上海，三〇年代來港，
仍持續寫作，唯前後轉變頗大。本書收錄文章分為
「生活道路」與「作品評論」兩部份，上篇包括葉
靈鳳人生前後時期的綜述、文壇友人與兩位女兒對
其回憶悼念的文章，葉靈鳳抗戰時的角色也得到充
足討論，可讓讀者了解葉靈鳳的生平及爭議。下篇
錄入十多篇評論，回應葉靈鳳的幾種重要創作，包
括早期的情愛小說、香港史地研究、讀書散文等，
讀者能得知其作品風格及演變。書末還有葉靈鳳年
譜與研究論文要目，方便讀者查照。

67. 秀實編：《何達作品評論集》，香港文學評論出版社，2012 年（初版）。

　　何達從三十年代開始詩歌創作，一九四九年旅居香港，留下豐富的作品。本書起首收入何達十四篇自述文章，包括其創作歷程，以及受教於前輩詩人如聞一多、朱自清時的情形等；後兩輯則收錄關於「何達的生平行誼」與「何達作品評論」的記載與評論，前者多是何達文壇上友人所寫的紀念文章，後者所載的評論除主要談及何達的詩，也有論及其散文、兒童文學創作。本書可助讀者了解何達詩歌的風格和他在香港文學史的地位。

68. 梁秉鈞、黃勁輝編：《劉以鬯作品評論集（第一集）》，香港文學評論出版社，2012 年（初版）。

　　劉以鬯活躍香港文壇多年，身兼作家、評論、編輯身分，對香港文學影響頗大，在港、內地及海外，出現不少劉以鬯研究的文章。本書選入五十多篇評論文章，選錄原則之一為避免重複已存在選集的內容，故編者依序從六〇到九〇年代的評論中，精選出具重要性及有歷史意義的文章，可體現劉以鬯作品研究的發展。其中，錄入了較早期衣其（倪匡）、十三妹等人的書評。此外，梁秉鈞、容世誠、羅貴祥等學者還探討到作品與中外文學或其他數篇香港小說的關係，有助了解劉以鬯作品在文學史脈絡的位置。

69. 吳倫霓霞、余炎光編：《中國名人在香港：30、40 年代在港活動紀實》，香港教育圖書，1997 年（初版）。

　　於三、四十年代，曾有為數不少的中國著名人士來到香港暫留，以逃避戰火及政治打壓，短則幾月，長則數載。在這段日子中，眾人除了避難，還利用香港這自由的空間從事不同活動，例如政治、文化、教育等，均有極大貢獻。本書收錄了共五十位資料可考的名人在港期間所進行的活動，其中包括章乃器、梁漱溟等，範圍廣涉政界、新聞界、文學界等五個界別，從研究中了解他們活動的規律及所發揮的作用。

70. 余非、陳潔儀：《香港文學這樣讀》，香港教育圖書，2015 年（初版）。

　　本書為香港文學教學擬一框架，協助釐清「香港文學」的全貌。全書兩冊，以十年為單位介紹五〇至九〇年代的香港文學，注重整理每一時代的政治、經濟與文學脈絡。各章先引錄有助綜覽該時期文學的論文，續以「選篇閱讀」，選入作品包括三蘇《經紀日記》、心猿《狂城亂馬》等，皆有內容探究、作法賞析等項目，具體見出時代的共同主題或地域特色。此外，又另開兩章專題，介紹作家侶倫與劉以鬯，並選讀兩人的作品。本書詳細而條理分明，勾勒出理解香港文學的方法。

71. 許旭筠、梁秉鈞編：《書寫香港@文學故事》，香港教育圖書，2008 年（初版）。

　　香港總是被稱為「文化沙漠」，但回顧過去，不少文化名人皆曾於香港創造過許多著名作品。至今傳頌。因緣際遇下，這本由梁秉鈞策劃、「香港文學小組」一眾年輕成員所書寫文章的文集面世。書中只四十篇文章，分為七部份，包括「往昔文蹤、文壇先驅」、「五、六〇年代：現代與寫實」、「文藝園地」等，以清新並認真的角度表現年輕人對不同文學作品、文化的觀點，向大眾介紹及推廣香港文學，有望能引起閱讀和討論香港文學的風氣，激發更多的評論。

72. 林樹勛：《香港文學作品欣賞筆記——獻給愛學寫作的青少年朋友》，科華圖書，2015 年（初版）。

　　此書由香港藝術發展局資助，作者在獻詞中說：寫好一篇作品，要有好的寫作方法，好的思想內容。世間上，好的寫作方法，好的思想內容，都在優秀的作品裏頭⋯⋯對青少年來說，要懂得寫作，先要學懂欣賞作品。作者在這本書中，羅列了香港作家優秀的作品，讓青少年一邊學習，一邊欣賞。例如〈談散文意境〉，可欣賞和學習意境的寫法；〈舊裡尋魂〉，可欣賞和學習懷舊文章的寫法；〈《酒徒》人物外在形象美學小探〉，可欣賞和學習把人物形象寫得豐富飽滿等等。

73. 陳佐才：《武俠靈修：金庸筆下的心靈》，突破出版社，1997 年（初版）。

本書收錄約五十篇金庸武俠小說評論短文，均是陳佐才牧師為《時代論壇》的「武俠靈修」專欄所撰寫。文章多以小說人物及特定情節為切入點，論及背後涉及的人性、感情糾葛、傳統文化等，雖從小說文本入手，分析時亦頗能抒發作者的個人感悟。作者時於文末附上《聖經》句子或引用名人名句，讓讀者閱畢全文後，留有餘韻。本書後來於二〇〇九年由道風山基督教叢林重新出版，以《武俠靈修：金庸筆下的心靈超越》為題，收入其「文化、靈修與生活原創系列」。

74. 秀實：《劉半農詩歌研究》，紅高粱書架，1999 年（初版）。

劉半農是中國有名現代詩人，同時在文學、藝術、語言等各方面皆有成就，於著名詩作〈教我如何不想她〉成為首次以「她」入詩的中文詩作，可謂先驅。本書為秀實所著，共分五章，其中首兩章從晚清文學革命開始，介紹劉半農創作詩歌的時代背景，第三、四章則轉而進入劉半農的詩歌世界，討論了其多本詩他，如《揚鞭集》、《瓦釜集》等。除詩歌以外，書中第五章亦談及劉半農的雜文創作，更探討其在新文學史的地位。

75. 胡燕青：《開鎖人的曲別針：解讀文字世界裏的香港、人生和信仰》，基道出版社，2016 年（初版）。

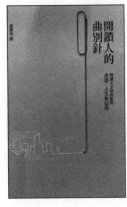

　　本書是胡燕青所著的閱讀隨筆，共收錄了十多篇文章，當中論及的作品從本地流行曲到外國著名詩人的作品，所涉範疇甚廣，不論是新生代的精彩著作，抑或地位深厚的文學大師作品，皆被作者以清新的角度解讀。書中共分四部份，包括「香港，補丁的民謠」、「生命，不刪之文本」、「青春，首富的零用」及「信仰，奔流的水桌」，分享作者漫遊於閱讀中所感受到的對於香港、生命、信仰等方向的體悟。其中，篇幅最多當然要數朗斯特羅默（Tomas Transtromer）這位與作者有同樣信仰的詩人。

76. 黎海華：《文學花園》，基督教文藝出版社，1997 年（初版）。

　　本書作者曾主持電臺《文學花園》節目，所載書評也保留了這種賞讀的特色。書評整理自作者發表在《文藝》、《突破》等香港雜誌的文稿，也有應出版計劃而特撰的文章等。書評主要圍繞香港文學創作，分析對象包括本地著名作家如西西、鍾玲玲、王良和、也斯等人的作品，探討其創作技法和思想，也可見出作者對香港文學的發展有所關注。另外，本書也有探討非本地作品的文章，如龐馬蘭斯《象人》或日本流行作家三浦綾子《冰點》，作者能從生命與信仰角度加以評析，幫助讀者從獨到的角度解讀作品。

77. 李雄溪、郭鵬飛、陳遠止主編:《耕耨集:漢語與經典論集》,商務印書館,2007 年 (初版)。

　　本論文集收集十九篇論文,作者分佈港台與中國大陸,皆曾師從香港大學單周堯教授門下,故為銘謝師恩出版本書。本書所錄論文都未曾發表,主題環繞語言文字及經典研究,並分成經史篇、文字訓詁篇、出土文獻篇、漢語及方言篇四部份。學者依各自的專業領域撰寫論文,題材既有從《詩經》、《說文解字》、出土竹簡等文獻展開討論者,亦有分析現代語言、詞彙等的研究,皆注釋詳盡,可予讀者啟發及參考。

78. 周佳榮:《明清小說:歷史與文學之間》,商務印書館,2016 年 (初版)。

　　中國古代小說有一千五百年歷史,其取材來源和歷代社會現實有緊密關係,故也深具史學價值。周佳榮教授曾開設「明清小說與中國社會變遷」一科,將歷史聯繫文學,本書即按其講義補充而成。書中先將中國小說史作一綜論,再劃分時期,從明代前期文言到白話的轉變,直到清末民初小說中的內憂外患,分章細論,把重要的小說類型及著作一一介紹。此外,又附十八張圖表,明清小說的分類、內容概略、小說家等作出清晰的整理。本書能夠幫助讀者全面掌握明清小說的發展過程,作為歷史的研究方法,更極具啟發意義。

79. 陳炳良：《形式、心理、反應——中國文學新詮》，商務印書館，1996 年（初版）。

　　研讀中國文學作品時，陳炳良教授十分注重應用西方文論，本書即收錄其運用形式主義、心理分析等研究方法的二十多篇論文。全書分三部份，以「專論」為主體，收文十三篇，分析對象包括古今作品。作者探求文本互涉或文本成合過程的大框架，故能闡發對杜甫〈詠懷古跡五首〉、張繼〈楓橋夜泊〉等名篇的新解，又研讀現代作品，如分析「水仙子心理」，提出體系。此外，尚有「總說」、「短評及序跋」兩輯，前者多綜述文學研究方法，後者多是閱讀短評，皆對文學研究有重要性。

80. 陳湛銓：《蘇東坡編年詩選講疏》，商務印書館，2014 年（初版）。

　　本書是陳湛銓教授於香港學海書樓之講義遺稿，原本成於約一九六八年，僅經手抄油印，未曾發表。近年編者等人將之整理校正，終於得以刊行。內文以宋代文人蘇東坡之生平為軸，考證事略，並繫年選入了一百數十首詩作，就其出典、諸家評語、賞析等項加以注釋，時又再加疏解明，其詳盡及至詞句之義、史事、古代官職等細節，使讀者豁然開朗。本書也探討詩作的辭藻、筆法與感情，作者抒發己意，不避反駁前人解讀，頗能幫助讀者發現對蘇東坡其人其詩的新見。

81. 陳國球主編：《香港文學大系 1919-1949：評論卷一》， 商務印書館，2016 年（初版）。

本書收集香港文學評論的原始文獻，時期分「1930 年及以前」與「1931 至 1941 年」兩輯。資料經歸納，細分出較顯著的主題：前一時期有香港文壇的新舊文學論爭、對西方文藝的關注等；後一時期除承接前述主題外，亦有受抗戰時南來文人影響而新興的抗戰文藝等評論主題。通過梳理有關資料，有助讀者了解香港較受忽視的早期文學評論的發展過程。本書並開啟《香港文學大系》評論卷二，該書集中收錄四十年代香港淪陷及戰後時期的資料，兩書均有助全面地反映出香港文學評論的全貌，更是本地文學研究者必不可少的參考書。

82. 錢穆：《錢穆講中國文學史》，商務印書館，2015 年（初版）。

國學大師錢穆在中國學術史上極具地位，在不同領域皆有許多真知灼見，其中在中國文學方面亦有深入研究，曾在五十年代於新亞書院開授《中國文學史》課程，由堯舜禹講至清末期間的文學歷史。本書由錢穆的學生葉龍所編，整理修輯了當年錢穆教授中國文學史時的課堂筆記，並加以注解，共編成三十多篇文章。文章中講及具體朝代和文學流變，提出不少創見，更考證及解釋了一些中國古代文學史上的一些重大分歧及誤解，資料豐富多元，是一本有系統的中國文學專著。

83. 許定銘：《醉書室談書論人》，創作企業，2002年 (初版)。

　　作者許定銘喜愛購書、藏書，歷年來挖掘出不少已失落的作家與作品，遂加以考據，寫成書話。本書收錄其發表於一九九八至二〇〇二年間的文章逾四十篇，均是珍貴的文學資料。如〈雨季和《星期文庫》〉一篇記述流行於六〇年代的「四毫子小說」，並對讀僅存本所載作品；書中又介紹今已鮮為人知的作家，如章衣萍、望雲，更編纂著作目錄；論及書籍或雜誌，大都附上書影，部份文章在發表後得到新資料，都在本書加以補記，盡其周詳。由此足見作者「為無名者平反」、「為文學史修補」之志。

84. 朱少璋：《規矩與方圓：從經典作品學習寫作》，匯智出版，2008年 (初版)。

　　本書屬匯智出版「怎樣寫」系列，作者朱少璋從事文學研究、創作與中文教育多年，指出透過閱讀經典來學習寫作的門徑。書中分出五大學習主題，引用多篇古今經典作品，詳加解釋。所選作品並不生澀，不少和學校所習課文有所連結，讓學生讀者有較大的親切感。作者賞析各篇經典，勾出寫作技巧，筆調平易近人，就如分享心得，並無教訓之感。本書又附「名家名作超連結」小冊子，解釋文中提及近百個作者或名作名稱，以備讀者搜索。本書既能助讀者掌握寫作與閱讀的關係，亦能加深讀者對文學的興趣。

85. 胡燕青：《捫石渡河：新詩的欣賞、創作與教學》，匯智出版，
　　2010 年（初版）。

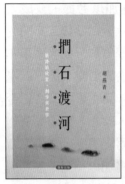

　　作者胡燕青具豐富新詩創作、評論經驗，並於
大專學校任教新詩創作課程多年，瞭解本地中學教
師對新詩教學的困惑。本書先探討新詩的界定與賞
析方法，並運用大量例子加以解讀，引導讀者整理
新詩的概念。第二部份論新詩創作的教學方法，探
討實際課題如陌生化、細節與感官、意象等文學專
業術語，條理分明，配合設計教材作示範，令內容
清晰明瞭。各章末又有延伸閱讀和課堂建議，幫助
教師構思及安排新詩教學。

86. 陳永康：《愛情詩賞：讀新詩串起的愛情故事》，匯智出版，
　　2016 年（初版）。

　　本書以文學其中一個最受讀者關注的「愛情」
為主題，把情竇初開到白頭到老的六個階段串連成
「網」、「諾」、「霧」、「皺」、「燈」、「燭」六章，
各選錄十首不等的新詩。作者對各首情詩加以解
說，助讀者體會其中的情意，其中不乏獨到心得。
此外，新詩的創作技巧對內容理解至關重要，故作
者著力賞析詩中意象和修辭手法等技法，更不時利
用圖表，呈現詩句的欣賞要點，深入淺出，對讀者
來說無疑是新詩欣賞的體驗，也能對新詩創作帶來
啟發。

87. 麥樹堅、鄧擎宇主編：《途上：賞閱年輕人的文章風景》，匯智出版，2015 年（初版）。

　　香港浸會大學自二〇〇〇年舉辦文學創作比賽「大學文學獎」，本書為其第四本得獎作品集，載第六、七屆比賽的十九篇作品。本書分列年度，按新詩、散文、小說三個部門，依名次錄入作品。各篇作品出色與不足之處，均由黃仁逵、飲江、胡燕青等十八位學者、作家留下意見，附於文後；每一篇作品又備長約一至三頁不等的詳細導讀，分析作品的題材、佈局，引導讀者解讀作品。讀者既可從本書體會創作技巧上求進的方向，亦能深入閱讀年輕作家的創作。

88. 梁科慶：《大時代裡的小雜誌：《新兒童》半月刊 (1941-1949) 研究》，匯智出版，2010 年（初版）。

　　香港第一份兒童雜誌《新兒童》由曾昭森、許地山、黃慶雲三人創辦，在一九四一至一九四九年間出版，正逢中國抗日、內戰等艱苦時代。其後，雜誌停刊逾半世紀，未見對這份史料有系統的研究。本書作者親訪黃慶雲，取得有關雜誌的口述歷史，並搜集、整合散佚零碎的出版文獻，重新整理《新兒童》的出版歷程，又鉤沉八位供稿作家，以顯現雜誌的精神面貌。本書為「新兒童研究」的先行者，深入分析該雜誌的文學史意義，也反映出其在四十年代的重要文化與精神意義。

89. 梁秉鈞、陳智德、鄭政恆編：《香港文學的傳承與轉化》，
　　匯智出版，2011 年（初版）。

　　　　本書作者來自本地及海外的學者、文化人以及研究者，文章分為「歷史與傳承」、「文化流動與文化身分」、「刊物與翻譯研究」三大部份。除了有比較熱門的張愛玲、也斯、葉靈鳳、《中國學生周報》以及五十年代通俗小說的研究之外，更有比較冷僻的如香港早期報刊《英華青年》以及《華僑日報・文藝》，豐富了本地文學研究的版圖。本書最後附有香港文學的史料、選本與相關評論的資料，對有志於香港文學的研究生以及本科生，是上佳的參考材料。

90. 馮佩兒：《白蛇與白娘子：論中國古典小說白蛇之變形》，
　　匯智出版，2015 年（初版）。

　　　　自唐至清代，白蛇傳的故事主題均有承傳變化。本書以其間的六篇小說為對象，細讀白蛇小說起源、發展到成熟時期之間，「變形」元素的發展及背後的意義。本書首兩章論變形和人妖戀、兩性關係及其禁制，結合西方理論，解讀角色反映的心理。第三章「變形與敘事」則分析故事的敘事技巧。本書原為作者的哲學碩士論文，引用資料詳盡，部份篇章更輔以圖表說明，頗能作為研究者的參考。此外，對喜愛白蛇故事的一般讀者而言，也可帶來閱讀興趣。

91. 劉燕萍編：《神祇、崇拜與文化：神話文學論集》，匯智出版，2013 年（初版）。

　　本書收錄嶺南大學神話及神話文學研究的學士、碩士論文十一篇，是編者十年間的指導論文中選出的佳作。論文分兩輯，一為「女妖與女神」，其中載馮佩兒析論白蛇故事的文章，乃輯自其哲學碩士論文，此文後來獨立成書。其餘四篇論及嫦娥形象、蛙崇拜與生死觀等，題材多樣，俱結合傳說與歷史進行探討。另一輯論「男神」，涉及英雄、姻緣與巫術方面的六個神話，研究方法具啟發性，如徐澤文探討印度那伽對中國龍王的影響，楊兆全從台灣活神話研究「跳鍾馗」等，對於神話有新的理解。

92. 潘步釗：《脂粉與顏色：散文寫作技巧談》，匯智出版，2010 年（初版）。

　　本書屬匯智出版「怎樣寫」系列，作者潘步釗富有創作經驗，也是資深的語文教師，對香港青少年寫作的通病有所觀察。故在技巧問題外，更就創作的視野與藝術追求等重點加以討論，以啟發讀者的思維。本書先論散文的界定與特質，隨後再分析其語言、具象表達、描寫手法等項，深入淺出。本書引用不少古今作品的段落輔助說明，其中的現代作品多舉香港作家的作品為例，誠然讓本地學生讀者初次接觸本地作家的入口。

93. 鄺健行：《金梁武俠小說長短談》，匯智出版，2005 年
（初版）。

　　五〇年代，梁羽生、金庸先後在香港報章連載武俠小說，作品流行不輟。本書作者對金、梁作品有多篇賞析評論，原載於報紙專欄的短文納入「短說篇」，多集中於一處情節或一項特色，講解原文，闡發觀點，既有讚賞，亦有點評疵誤之處；發表於雜誌或學術研討會的長文為「長談篇」，內容或涉及文本外的文學議題，如續作和偽作、作品受歡迎程度等，對武俠小說的文學現象有所關注，論證緊密，引文出處齊全，方便翻查。除了金、梁小說愛好者，欲了解武俠小說的讀者也可從本書獲益。

94. 許定銘：《香港文學醉一生一世》，練習文化實驗室，2016 年
（初版）。

　　本書是許定銘先生到二〇一六年為止最新出版的一本書話集，一改從前內容以中國現代文學及香港文學雙軌並行的模式，此書為純香港新文學之結集。書中共三十多篇文章，皆是作者於二〇一三、一四年所寫，從未結集成書的作品，內容所涉全為香港的作家、文學作品及文學期刊，當中不少為大眾忽略或資料缺少的作品，作者更公開不少孤本、手稿收藏，以及與本地文人來往時所談及的一手資料。除文章以外，書中還加插許多書影、手迹及作家照片等珍貴資料，可謂一本保存香港文獻的史書。

95. 東瑞：《邊飲咖啡　邊談文學》，獲益出版社，2012 年（初版）。

　　本書收錄他的短文近七十篇，按主題分四卷。卷一「小說・創作・體驗」相對篇數較多，篇幅則較短，主要談論對小說創作的見解，如成語的運用、小說的隱喻等具體技巧。卷二為劉以鬯作品的序言與評論，頗見作者對涉及新馬社會的《熱帶風雨》一書之欣賞，又有一訪問文，展現作者夫婦與劉以鬯的友誼。卷三、四所錄皆是評論性質的文章，前者多為編書時所撰序跋文，後者則以應邀而寫的書評等文為主，分析詳盡，具參考價值。

96. 陳德錦：《文學面面觀》，獲益出版社，2003 年（初版）。

　　無論在東方或西方，文學皆已有久遠悠長的歷史。本書為陳德錦所著的文學評論集，當中以不同的角度分析研究古今中外的文學作品，探討文學作品當中滲透著的思想、與社會的關聯等元素。本書縱橫中西地域，所涉及的作品由公元前二七〇〇年已知最早的西方文學作品，到中國現代小說，以不同的角度，不同時代的文學作品所擁有的不同特色；又從文學作品的作者本人內在因素，及當時社會因素等等角度探討文學作品中蘊含的觀念及原由，帶領讀者從不同視覺走進文學之中。

97. 梁科慶：《在書架上漫遊》，獲益出版社，2002 年（初版）。

　　本書是作者梁科慶的第二本書評，收錄他自一九九八年後所寫的十九篇文章。所讀作品類型多樣，有中外國名著如《紅樓夢》、《尤利西斯》，也包括香港流行小說、兒童作品，乃至漫畫，不拘一格。書評語調輕鬆活潑，多集中評價作品個別佈局或寫作手法，也有分析比較不同版本或作家者，通過淺談以窺其全貌。其內容夾敘夾議，在論「書」以外，也注重交代個人的讀書體驗，時而更寫成友人對談或教學分享形式，引起閱讀的趣味。

98. 陳炳良、梁秉鈞、陳智德編：《現代漢詩論集》，嶺南大學人文學科研究中心，2005 年（初版）。

　　本書以二〇〇〇年香港「現代漢詩國際研討會」的發表論文為基礎，再輯錄其後學界研究新詩的論文擴展成書，主要囊括葉輝、梁秉鈞、陳國球等本地學者、文化人的研究成果。書載十九篇論文，分為三輯。「現代漢詩：歷史與論述」涉及史料整理、文本分析等，例如探討新詩史劃分、考察資料散失的詩人，有助整理新詩文學史及其敘述。「殖民、本土與地區研究」一輯探討本土觀念及取向的議題，因作者來自港台、中國內地及海外，故討論亦呈現出較複雜的面貌。「詩人專論」一輯則以個別詩人研究為主，提出吳興華、林庚等詩人對新詩發展及詩史的影響。

99. 陳智德編：《三、四〇年代香港新詩論集》，嶺南大學人文學科研究中心，2004 年 (初版)。

本書編選三、四〇年代在港發表的新詩評論，整理出對香港新詩在二十多年間的發展進程。歷史性文獻分為「理論建設與論爭」、「詩集序跋」和「記錄與回憶」三輯，許夢留〈新詩的地位〉列為全書卷首，點明香港新詩的發端，後各按時序錄入重要文章，展現香港新詩逐步的確立，以及期間受抗戰及左翼思潮影響等情況，讀者可窺見當時詩壇的面貌。末一部份則錄入方寬烈、鍾玲、梁秉鈞等學者對新詩文學的相關研究，主題包括時代背景、文學團體與刊物及個別詩人，提供讀者參考的觀點。

100. 吳萱人：《香港六七十年代文社運動整理及研究》，臨時市政局公共圖書館，1999 年。

六十年代的文學獎項以徵文比賽為主，當時很多志同道合的文藝青年結社創作，培育了不少文學創作者。本書不但記載了這些作家的回憶，而且是香港文學發展的重要歷史，成為文學研究不可或缺的資料。縱使如此，本書並不是文社史，只是資料的整理和研究，盡量保留第一手資料，以免散佚，方便後來者作研究之用。本書除了筆者執筆部份，另有十七次前文社人的「個人專訪」，每篇訪問更配上圖片，讓讀者更了解前文社人受訪時的情況，更有真實感。

戲劇類

1.　　一休：《上一輩子的情人》，7A 班戲劇組，2014 年（初版）。

自創團作《73A》，講述一對母子前往探望病重父親時，在巴士上的一段對話，至今創作出另一齣以父女對話構成的劇作。

很多人都說，女兒是父親上一輩子的情人，而劇作者對於父女的描寫則是：

父親和女兒，就是：

有些東西一輩子也不懂得講，

然而，這一輩子也都會懂得。

甚至，下一輩子依然會記得。

將近三十歲的女兒突然約了即將退休的爸爸聊天，可是這不是他們習以為常的溝通方式，因此起初大家都很不習慣，但在對話的過程中，他們慢慢地從上車聊到下車，由工作聊到愛情，從回憶談到將來，留下了一場叫人回味無窮的對話。

2.　　一休：《抱歉，我正忙着失戀》，7A 班戲劇組，2015 年（初版）。

一名醫科畢業生為了解決「失戀是否一種病」這個問題，特意找來幾個剛剛失戀的男女，組成一個分享互助小組，共同探討失戀這個課題。

可是，小組成員有的為了來結識異性，有的只說是代朋友而來，有人失戀後要偽裝堅強沒事，有人卻寧濫勿缺……在一個失戀的群組裏，每個都互相嘲笑著，五十步笑百步，以嘻笑怒罵的方式道盡失戀之苦……

3.　一休：《幸福太太》，7A 班戲劇組，2008 年 (初版)。

　　一次意外導致 Alice 受傷需要長期坐輪椅，身體痙攣雙目失明，不過頭腦仍然清醒，Alice 的家人為了讓她好過，於是丈夫和一對兒女每天都對著 Alice 構築一個美好的生活圖景：他們一家移居加拿大，丈夫經濟富裕，女兒事業有成，兒子則大學畢業，一家人在加拿大一個小鎮中生活得優哉悠哉。可是，事實是一家人仍在香港，丈夫生意失敗，女兒為著「身處加拿大」的緣故不敢出夜街，兒子讀書不成……一家人一直生活在謊言中，甚至分不清虛實，每晚都要商討如何欺騙下去，漸漸失去互信，導致家無寧日……

4.　卓柏麟：《鐵道緣》，7A 班戲劇組，2012 年 (初版)。

　　一九一一年，辛亥革命前夕，連貫中港兩地的鐵道正式通車，承載支援起義的革命物資跟愛國烈士穿梭兩地。一個世紀以來，鐵道上人潮絡繹不絕、擦肩而過，淘盡了聚合離散、忠誠背叛、尊卑、榮辱、生死……重踏延綿千里的軌跡，再訪滿載回憶的車廂，見證四代人在遙遙相距卻默默相對的六個時刻，言猶在耳的歡笑、哀慟、呼吸、吶喊……與抉擇。

5.　楊秉基：《吉蒂與死人頭》，Kubrick，2016 年（初版）。

　　愛與不愛？吉蒂與死人頭是一對感情很好的朋友，但因為他們太過親密，常常徘徊在友誼與曖昧之間，所以給定義為疑似情侶。不過，這種若真若假的關係對二人也帶來困擾，死人頭暗戀著吉蒂，吉蒂卻扮作不知情，一次約會，死人頭打算再度表白，盡訴心中情，吉蒂表現得欲拒還迎，氣氛更為曖昧。

　　二人的愛情總是被不同的人和事阻隔著，到底他們的愛，是事在人為，或是事與願違？

6.　何敏文：《林風未眠》，R&D 劇場，2010 年（初版）。

　　《林風未眠》是一部關於「畫壇一代宗師師」林風眠的劇作，生於一九〇〇年的林風眠，成長於中國最動蕩的年代。劇作者就林風眠六歲被母親賣往他鄉，終生未能再相見開始，闡述藝術家一生的追求，並形容是「一輩子最心痛的失散」，其形容藝術家的畫作有獨有的恬靜、柔和，跟他那悲壯的命運及痛苦遙相對應。劇本探討藝術家的追求，是要以最美麗的色彩，撫慰最痛苦的人間？或是以最永恆的思念，抗衡最悲壯的命運？

7.　許月白：《第一頁夢歌》，一葉出版社，2003 年（初版）。

　　《第一頁夢歌》主角名藍采兒，在夢境中，她離家遠行，對於身邊一切事物，藍采兒皆顯露感情。離家遠行，意味著是一趟追尋的故事，內心必須充滿探索的意欲與好奇，才能留意到身邊的自然事物，並與之感通。

　　夢境的追尋同時意味一種精神的追求，劇本沒有透露甚麼是最高的精神境界，但提出一種靈性或精神上的追求，這種追求才是最重要的，追求性靈的提升，是劇作者創作《第一頁夢歌》的本意，其亦希望透過此劇作，帶出與自然共生、共存及共融之道。

8.　莊梅岩：《莊梅岩劇本集──五個得獎作品》，天地圖書，
　　2015 年（初版）。

　　本書收錄劇作者五個作品，分別是《留守太平間》、《找個人和我上火星》、《法吻》、《聖荷西謀殺案》及《教授》，這此劇本分別於香港舞台劇獎獲「最佳劇本」獎或「十大最受歡迎劇目」。

　　本書同時記錄五個劇作的首演資料（包括製作人員名單、演出日期和場地）及劇照，劇作均是描寫性格特殊的人物，帶出引人深思的話題，如生死及倫理道德等，配以精采的對白，將沉重的課題於舞台上呈現。

9.　杜國威：《上海之夜》，文化傳信有限公司，1997 年（初版）。

　　幾個生於亂世的人，發展出一段複雜的關係。十年前，歌女涂雲在橋底下邂逅音樂家林文沖，二人在黑暗中許下至死不渝的承諾。然而，十年後他們重逢於橋底，這次卻令他們陷入進退兩難的三角關係。

　　亂世之中，林文沖本是一個愛國且充滿熱誠的知識青年，當兵後變得穩重沉實。涂雲則由一個美麗善良的少女，變成冷漠的交際花。三角關係中的另一人——丹蕾，本是純潔美麗的鄉下姑娘，卻大膽面對燈紅酒綠的花花世界。一段錯綜複雜的感情關係中，可謂「漫天戰火轟不去他的情，鉛華糜爛磨不滅她的愛」。

10.　杜國威：《地久天長》，文林社出版，1999 年（初版）。

　　劇作者為紀念其忘年小友，寫成一個溫情洋溢的故事。這個發生在一個普通小家庭的故事，藉著主角樂觀與積極的態度及對生命的熱切追求，通過不同時空交錯的表演方法，將種種人與人之間的微妙關係，包括親情、友情及愛情等，細意地刻劃出來。而劇作最重要的訊息是「他帶著陽光抱著愛，步過短促卻豐盛的人生」。

11. 杜國威：《梁祝》，文林社出版，1998 年 (初版)。

　　「梁祝」指梁山伯與祝英台，是一個流傳已久的愛情故事。此故事給多次改編成戲曲、電影或電視劇不等，而劇作家將此故事重新編寫，為故事注入了新元素。

　　梁祝是一個有情人不能成眷屬的淒美故事，主人公最後雙雙化蝶而去。劇作家保持故事的悲劇性，但重新設計角色，將梁山伯設定為喜歡以男裝打扮的祝英台，為傳統故事添上一層新的解讀，但與此同時，又保留了二人實為平凡人，都有平凡人的執著和缺點，亦是劇作家改編此故事的另一個層次。

12. 杜國威：《劍雪浮生》，文林社出版，1999 年 (初版)。

　　這是一個關於香港粵劇泰斗唐滌生、任劍輝和白雪仙三人邂逅的傳奇故事。

　　唐滌生在家中舉行新婚派對，席上星光熠熠，包括當時已是炙手可熱的任劍輝，以及還是二幫花旦、薄有名氣的白雪仙，可是，因為唐的一首新曲，造就任白二人第一次合唱的機會，亦成為二人演藝事業的轉捩點。多年後更創立「仙鳳鳴劇團」，在粵劇界取得驕人成績，任白二人更是獨領風騷。任白唐三人相知相交的傳奇故事，成為後人學習的榜樣。

13. 陳子文：《陰質教育》，好戲量，2006 年（初版）。

劇本講述一宗在「優質教育教育院」發生的校園謀殺案，可是，在審訊的過程中，法官無法判斷誰是真正的死者，於是召集學生、家長、老師及校長一同案件重演，但過程中，所有人都爭著承認自己就是死者⋯⋯

法官後來想到「相由心生」，最終找出死者。

可是，正當大家為著找出死者而滿足時，卻發現忘了找出誰是兇手⋯⋯

本書除劇本外，還請不同人士一起探討何謂「陰質教育」，希望引發討論，創建真正的「優質教育」。

14. 莊梅岩：《法吻》，同窗文化工房，2011 年（初版）。

《法吻》講述一位牧師與他的秘書熱吻之後被控性騷擾，這個「法吻」，令他賠上事業、名譽、家人朋友，以及他的靈魂。牧師自此銷聲匿跡，深居簡出，直至過了幾年，他們在一個酒會上重逢，故事就發生在這次重遇之時⋯⋯

《法吻》於二〇〇五年首演，由香港藝術節委約及製作。並獲韓國導演協會邀請，於首爾進行一次韓語演出。本書附有原著劇本及陳鈞潤教授的英譯本。

15. 余翰廷：《這裏加一點顏色》，同窗文化工房，2014 年
　　（初版）。

　　　　劇作者為資深戲劇導演、編劇及演員。《這裏
加一點顏色》講述十多年前隻身嫁到美國的 Neil 懷
著胎兒回來，與姊姊一家人同住，希望在這快樂家
庭中尋找安穩，改變自己對未來的恐懼和不安。可
是，表面愉快的姊姊一家，其實充滿無奈和隔膜，
姊姊一家三口各自面對困境。再次絕望的 Neil 因此
做出困難決定：墮胎，但她的決定於不知不覺間影
響著身邊的人。

　　　　劇作探討的主題，是生命軌跡雖似既定，但即
使多細微的改變，其影響卻可以無窮無盡。

16. 王敏豪：《砵砵車的一生‧爸媽我真的愛你》，同窗文化工房，
　　2012 年（初版）。

　　　　本書收錄編劇的兩個兒童戲劇劇本。

　　　　〈砵砵車的一生〉講述多士妹在執拾自己的玩
具時，發現了一架幾年前爸爸送給她的砵砵車，她
根本不愛玩玩具實，於是就隨手丟掉，可是，不久
多士妹就收到電郵請柬，是砵砵車邀請她出席送別
會，而時空一轉，多士妹就已身在送別會中⋯⋯

　　　　〈爸媽我真的愛你〉是一個關於「愛」的故
事。劇團希望透過創作出「父母對子女的愛」和
「子女對父母的愛」的劇作，帶出親子間的愛是無
可取代的，並希望為兒童劇場創作更多劇本。

17. 杜國威：《Miss 杜十娘》，次文化堂，1999 年（初版）。

　　本劇出自明代流行小說〈杜十娘怒沉百寶箱〉，杜十娘是一個青樓名妓，但渴望真愛，她一直細心觀察，希望遇到一個能夠救她脫離苦海、托付終生的男人。最後杜十娘遇到李甲，他們一見鍾情，愛得火熱，可是，杜十娘仍然懷疑李甲的忠誠，最終李甲放棄愛情離去。劇作者改編故事到舞台，半男半女、半古半今，以現代角度重新演繹這個故事。

18. 杜國威：《一籠風月》，次文化堂，2000 年（初版）。

　　故事講述一對在內地極有潛質的京劇男演員，因故逃到香港。來港之後為了生活，師兄唯有放棄理想，營營役役為求兩餐。可是師弟卻不甘心，堅持理想，但生活亦因而非常落泊潦倒。劇本用一些瑣事及小人物，串連出理想與生活之間的張力，二人最後究竟如何取捨？

19. 杜國威：《我和春天有個約會》，次文化堂，1999 年（初版）。

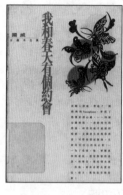

　　姚小蝶、藍鳳萍、金露露及洪蓮茜四人，是六、七十年代在一間叫「麗花皇宮」的夜總會的歌女。她們幾人性格迥然不同，但因為工作關係經常相聚，從而成為最好的朋友。姚小蝶在夜總會結識了沈家豪，並互生情愫。後來，藍鳳萍跟隨男友前往越南，四人開始各奔前程，沈家豪亦不知去向。二十年後，姚小蝶成為一代抒情歌后，但麗花皇宮又面臨結業，老闆露露邀請昔日好姊妹小蝶回來表演，滄海桑田，人面全非，沈家豪卻在小蝶表演期間突然出現……

20. 杜國威：《沙角月明火炭約》，次文化堂，1999 年 (初版)。

　　沙角、乙明和火炭都是沙田區的地方，本作品是劇作者為沙田話劇團創作的一個社區創作劇。

　　劇作描述一個女社工與底層青年相遇的經過，帶出一段困擾感情，並從中產生種種問題的故事。劇情錯縱複雜，社工和社區內幾個年輕人各自在引伸出的情景糾纏。是一個極具爭議性的劇本，除了寫社工之苦，也有認為是寫到階級問題、寫愛情、寫弱能人士，也寫成功與失敗等等，有多重解讀的面向。

21. 杜國威：《虎度門》，次文化堂，1996 年（初版）。

　　「虎度門」是廣東粵劇慣用語，意思是伶人出場的台口，即是老倌首先出場的地方，一個優秀的伶人，只要跨過「虎度門」，就得忘卻本我，全心全力投入到角色之中。

　　花旦王冷艷心因打算舉家移民而退出劇壇的老倌，但她一舉手一投足都已經是戲，戲劇成為了她的生活，只是不得不告別舞台，告別她絢爛璀璨的生活，落幕一刻，花旦王百般滋味，成就她一生的台板仍在腳下，熱情的觀眾仍在眼前，所謂戲如人生，她又如何面對離別和變化？

22. 杜國威：《南海十三郎》，次文化堂，1999 年（第四版）。

　　原名江譽鏐的南海十三郎，是三十年代著名的年輕編劇家。他是父親太史江孔殷其第六夫人杜氏的十三子，故藝名「南海十三郎」。性格孤癖但調皮搗蛋，聰明過人。後來，十三郎正式晉身梨園，先後效力於不同劇團。但他恃才傲物，創作事業如日方中時，批評香港某些電影太媚俗，有傷風化，因此得罪了一些人，以致在香港無法立足，生活成了問題。他流連中環街頭，常出現在陸羽茶室。後因神智失常，被送入青山醫院，晚年四處流浪，最後在青山醫院病逝，享年七十五歲。

23. 杜國威：《珍珠衫》，次文化堂，2000 年（初版）。

故事發生在南宋時代。商人蔣興與妻子秀娘新婚不久，即要北上營商。臨行前將家傳之寶珍珠衫贈予秀娘，以慰相思之情。

豈料蔣興一去兩年，渺無音訊，其後更被傳死於戰火。為逃避戰亂的丘峰負傷昏倒在秀娘家門前，秀娘與僕人雁兒將之救起，秀娘與丘峰竟互生情愫。

秀娘與丘峰一事漸為人所非議，於是丘峰決定離開秀娘，到別處自薦做將軍。秀娘於丘峰離開前偷偷將珍珠衫相贈。戰場上，丘峰偶遇被金人俘虜的蔣興，二人在戰場上出生入死，後來更結拜為兄弟。戰爭平息，蔣興邀丘峰返回家鄉的途中，竟發現丘峰穿上珍珠衫⋯⋯

24. 杜國威：《城寨風情》，次文化堂，1998 年（初版）。

劇作者以以拆毀的九龍城寨為起點，講述由清朝道光年間建築城牆以防海盜為始，直至一九九三年城寨居民面臨家居被拆為終，透過兩個家族七代人的悲歡離合、是非恩怨，反映出城寨這個小地方，其實就是香港社會的縮影，有繁華、有黑暗，所有在內的人個個共同進退，彼此息息相關。「山窮將山擴，獅山有金光，水盡，碧海之濱建天堂。」九龍城寨的歷史，就在這一片歌聲中展開了。

《城寨風情》於一九九四年首演，並於一九九六及一九九七年載譽重演。

25. 杜國威：《聊齋新誌》，次文化堂，1996 年（初版）。

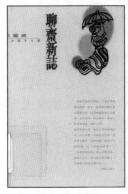

　　意念來自《聊齋誌異》，以幾隻有情感、有理想、敢愛敢恨的狐仙，及一隻痴心重義的女鬼。這種角色設計，帶出「人不如狐」、「狐學做人也想做個博學明理的人」等信息，結尾雖是無奈，但並不悲觀。故事內涵豐富，寫人、鬼、狐之間的愛情、友情、兄弟情、家國情之餘，更借明末宦官亂政，迫害士人的歷史片段來諷今，令作品更具深層意義。

26. 杜國威：《遍地芳菲》，次文化堂，1997 年（初版）。

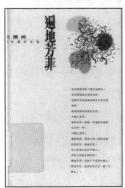

　　這是一個以辛亥命為題材的劇本。劇作者以草來比喻中國人，習慣卑躬屈膝，被任意踐踏也不哼一聲，但生命力強，一代又一代繁殖下去，就如劇中的主題：「有泥土的地方就有草，有人的地方就有中國人」，雖以辛亥革命為背景，但因亂世而出的真性情，正正體現出人情、親情及家國情的相互交織。

27. 杜國威：《寒江釣雪》，次文化堂，2003 年（初版）。

　　劇作者將粵劇泰斗薛覺先的一生搬上舞台。薛覺先於一九〇四年生，當時的香港，正處於一個新舊思想交替、中西文化相互衝擊的動盪年代。在這種環境下長大的薛覺先，性格變得勇敢、熱情，思想新潮，懷有熱情的抱負和遠大志向。事業上，薛覺先大起大跌，每每遭遇困難及刁難；感情路上遇到三位對他極為愛慕欣賞的女性，並且影響他的一生⋯⋯

28. 杜國威：《愛情觀自在》，次文化堂，1997 年（初版）。

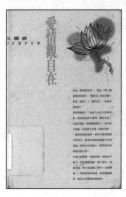

　　劇作者將愛情和佛理融合在一個劇本裏，兩者看似水火不容，但當明白到「佛在生活」，而「生活裏有愛情」，也就了解到兩者不但不相違背，而且可說是「情裏有佛」、「佛裏有情」。

　　封面的故事簡介提到「一個故事兩段感情」，相知相愛達五年的一對戀戈，最後爭持於真理與真愛之間，是愛情帶來的煩惱，到底佛理又能否解決戀愛所帶來的煩惱，「禪」又是否可令人更懂得談情說愛？

29. 杜國威：《誰遣香茶挽夢回》，次文化堂，1998 年（初版）。

　　此劇集茶藝、曲藝及愛情於一身。此劇的愛情，卻是少有探索的「忘年戀」。戲曲也是劇作者作品中一個經常出現的內容。至於茶藝方面，則透過描述主角家族茶莊生意的承傳問題，帶出了主角與雙親由心存芥蒂到冰釋前嫌，感情處理絲絲入扣，賺人熱淚。本劇以「茶」為主題，本書特別附錄了著名茶藝專家葉惠民教授主編的《香港茶藝小百科》的部份內容，讓對此道者，看起來更有趣味。

30. 鄧樹榮：《梅耶荷德表演理論：研究與反思》，青文書屋，2001 年（初版）。

　　作者為資深舞台劇工作者，本書是他研究俄國導演及劇論家梅耶荷德（Vsevolod Meyerhold）的碩士論文，同時是他在香港劇場工作多年的經驗結集。

　　作者指出，梅耶荷德提出戲劇「假定性戲劇」、「生物機械論」及「怪異論」三大主張，強調演員的身體是表現及表演的最有力元素，演員在劇場這個「假定性空間」發掘自己各種潛質，表演應該採取令現實變形的怪異手法，使觀眾能夠重新認識自己。

31. 何冀平：《天下第一樓——原著劇本及粵語首演記錄》，春天
　　實驗劇團，2001 年 (初版)。

　　　　《天下第一樓》的故事背景設在二十世紀初的
北京，講述名烤鴨店福聚德慘淡經營，店東第二代
不務正業，終日花天酒地，令名店幾乎毀於一旦，
後請得盧孟實入主福聚德，短短數年間令福聚德起
死回生，打理得有聲有色，更勝從前，十年間更令
福聚德成為名噪京城的第一名店，全鴨宴更是首創
的著名菜式，於是兩位少店主回來打算分一杯羹，
幾經波折，盧孟實決定離開苦心經營的福聚德，臨
行前為東下留下一幅對聯：「好一座危樓，誰是主
人誰是客？只三間老屋，時宜明月時宜風。」

32. 杜國威：《小謫紅塵》，皇冠出版社，1999 年 (初版)。

　　　　劇作者以情僧蘇曼殊為題材，重新詮釋這個
清末民初的奇人。劇作者用詩和情塑造舞台上的蘇
曼殊。以詩顯其才，以情示其真。唯這「情」並不
狹義於他的浪漫多情，而是細膩描述他對國家、宗
族、朋友感情真率的追尋。

33. 小西、陳國慧編：《前進十年　「前進進戲劇工作坊」十周年紀念專集》，前進進戲劇工作坊，2010 年（初版）。

　　本書為前進進戲劇工作坊成立十周年的紀念文集。前進進戲劇工作坊成立於一九九八年，為一本地劇團，一直作出多種嘗試，以簡約的形式及最小的財力，製作出多齣挑動人心的舞台劇。本書收錄劇團成立的紀念文章多篇，以及該團劇作的劇評。書後收錄〈似水十年〉，記錄劇團由一九九八年成立至二〇〇八年的劇作、活動及課程，為記錄本地劇團工作成果不可多得的資料。

34. 陳炳釗：《再一次，進入符號世界》，前進進戲劇工作坊、國際演藝評論家協會（香港分會），2011 年（初版）。

　　本書為兩冊「陳炳釗劇場文本集」的第一集，收錄了劇作者在二〇〇四至二〇〇六年的作品，據編者形容為「創傷系列」作品，包括〈（魚）夫王 1〉、〈（魚）夫王 2〉、〈（魚）夫王 3：覺醒〉、〈錯把太太當帽子的人〉、〈333 神曲之煉獄篇〉及〈N. S. A. D. 無異常發現〉。當中更有些是劇作者自編自導自演的作品。

　　書中除收錄劇作文本外，更有一直緊貼劇作者創作的評論人和學者的文章，評論個別劇作，務求為劇作者的創作階段作出整體的藝術與歷史定位。

35. 陳炳釗：《我不是哈姆雷特》，前進進戲劇工作坊、國際演藝
評論家協會（香港分會），2011 年（初版）。

本書為兩冊「陳炳釗劇場文本集」的第二集，
收錄了劇作者在二〇〇八至二〇一一年的作品，編
者形容為「消費時代系列」作品，包括〈哈奈馬仙
Hamletmaxhine〉、〈賣飛佛時代 My Favourite Time〉
及〈hamlet b.〉。這些作品都有回應之前作品和別
人評論的意圖，劇作者強調，這些文本稱作「劇場
文本」而不是「劇本」，因為「文本」包含脈絡式
和合成性的特質，有些作品是在排練過程中甚至演
出完成後才誕生。

36. 司徒慧焯：《愈笨愈開心》，香港話劇團，2006 年（初版）。

圖片因故未能提供

這是一個關於師奶的故事。何太是典型的公
屋師奶、慕容太是一個中產師奶，而陳太則是一個
年輕的新移民師奶。三個女人雖然都是為人妻的師
奶，但性格鮮明，互相碰撞，交集之下產生不少笑
話與火花。三人對生活都有一種無力感，覺得自己
無用，但原本想相約唱卡拉 OK 娛樂，卻誤去了鴨
店……三人的友情看似平淡如水，但細味之下卻叫
人回味無窮。

37. 杜國威：《讓我愛一次》，香港話劇團，2001 年（初版）。

　　怎樣才算愛？一群工作上略有成就的人在討論愛情，他們對愛情有各自的看法，有著完全不同的愛情觀，有些人追求細水長流，不期望自己的愛情轟轟烈烈，希望「長愛長有」；有些人則是「去到哪裏愛到哪裏」，是愛情的遊牧民族；當然，另有些人享受單身，享受無拘無束的自由。愛情沒有答案，也沒有定律，但不論轟轟烈烈或是細水長流，只要曾經愛過，都已是幸福。

38. 冼杞然、鍾偉雄：《鄭和與成祖》，香港話劇團，2005 年（初版）。

圖片因故未能提供

　　七次下西洋的鄭和，是中國歷史上的傳奇人物。劇作者借鄭和與皇帝明成祖的關係創作，鄭和與明成祖，一個是胸襟博大的航海英雄，一個是沉鬱多疑的國君，此傳記原創劇通過這兩個人物之間的關係和衝突，將鄭和傳奇的一生重現舞台。關於鄭和身世，正史記載不多，為使鄭和此角色更為突出及立體，劇作者增加了兩個虛構人物，藍靆和王祥安。一個是鄭和的情人，另一個則是處處為難鄭和的太監。從錯綜的人物關係和起伏的劇情，描繪出此歷史人物的傳奇航海事業。

39. 香港話劇團：《新劇發展計劃劇本集 (2010-2012)》，香港話劇團，2013 年 (初版)。

　　一套五本，每個劇本以獨立成書的方式印製。收錄「新劇發展計劃」的四個劇本，包括《最後晚餐》（鄭國偉）、《盛勢》（意珩）、《半天吊的流浪貓》（陳煒雄）和《危樓》（張飛帆）。第五冊則是收錄演出劇照的〈照相簿〉。

40. 陳冠中、毛俊輝、喻榮軍：《新傾城之戀 2005》，香港話劇團，2005 年（初版）。

圖片因故未能提供

　　改編自張愛玲的同名小說，《新傾城之戀》可說是劇作者對小說的詮釋。一個關於二十世紀中業的愛情故事，主人公范柳原與白流蘇如何邂逅，至如何相戀，均得劇作者靠自己的觀感改編而成，而將此故事搬上舞台，亦不是要重現小說的情節，因此對原著有不少捨棄，亦加添了原著沒有的元素。於劇作者而言，這作品是他對於張愛玲筆下這一段男女關係的重新審視。

41. 陳敢權、張飛帆：《困獸·吾想死！》，香港話劇團，2014 年（初版）。

　　本書收錄兩個原創劇本：《困獸》（陳敢權編劇）及《吾想死！》（張飛帆編劇），並為香港話劇團的「通識教育劇場劇本集」，隨劇本收錄「演前導賞」、「劇本互動環節」及「延伸學習素材」，引發思考。

　　《困獸》講述四個身陷礦坑的人，意外中礦坑中所有出入口都堵死，沒有人能逃離現場，亦沒有拯救隊的消息，在食物和食水有限的情況下，在此絕境中如何掙扎求存。

　　《吾想死！》以安樂死為題材，在香港法例並不容許安樂死的情況下，讓學生透過戲劇思考安樂死的道德爭議。

42. 莊梅岩：《教授》，香港話劇團，2014 年 (初版)。

　　一個在末代高級程度會考中失手的女學生，退而求其次在大學選修哲學系。「求學只是求分數」的她，不斷向教授查詢論文未能獲得 A 等成績的原因。求學期間，她遇上了學生運動搞手之一的學長，由於學長開啟了她對學生運動的心扉，二人越走越近。學長因為一次學生運動被捕，成為了社會話題，女生不禁與教授展開激烈的爭辯，質問教育能否改變社會，一場師生間的辯論，圍繞著「我們為何要辦教育？」和「我們為何要受教育？」而展開。

43. 張達明：《旋轉 270°》，香港話劇團，2004 年 (初版)。

圖片因故未能提供

　　本劇作由多個小故事連接而成，沒有傳統故事的「起承轉合」，有些故事只有「起」，有些只有「轉」，有些只有「合」。自毀的運動員、患有精神分裂的演員、得獎卻失意的女作家與昏迷多時的病人……是誰闖進了誰的夢？抑或誰在誰的世界中走出來？劇本是許多個完全沒有時空連接的故事構成，但故事卻原本是環環相扣，起因引致結果，原來有果，事必有因，人物穿梭，各自尋找發現，而落幕之時，始和終並非必然……

44. 香港話劇團編：《遍地芳菲的舞台藝術》，香港話劇團，2010 年（初版）。

　　《遍地芳菲》由杜國威編劇，故事講述清末時，革命黨同盟會人在廣州密謀起義，故事以黃花崗起義為背景，同盟會人滲透到軍警及巡警中，革命黨的工作危機四伏，各個有多重身分的人在靜待時機，惜最後起義失敗。過了半年，傳來武昌起義成功的消息，為革命黨成員帶來新的希望。

　　本書收錄戲劇的創作過程、演員心聲、劇評及彩色演出劇照，並附有演出節錄的數碼影音光碟。

45. 鄭國偉：《最後作孽》，香港話劇團，2016 年（初版）。

　　故事講述薛氏一家三口是一戶有錢人家，薛先生和薛太太誕下麟兒後，悉心照顧，盡量將「最好的」都給予兒子，可是，在衣食無憂的表象之下，薛氏一家所欠缺的，諷刺地就是一個「和諧家庭」。某天，適逢一家三口難得聚首，兒子興之所至，決定和父母來一次終極的討價還價。

　　劇本給稱作黑色幽默的港式家庭寫照，道出香港新世代人類日益衰退的傳統價值觀。此劇首演年份為二〇一五年，並於二〇一六年載譽重演。

46. 潘惠森：《都是龍袍惹的禍》，香港話劇團，2014 年（初版）。

　　故事背景設於清朝同治八年，以太監安德海、慈禧太后及丁寶楨為主要人物，故事講述西宮總管太監安德海奉慈禧之命，乘船從京城前往廣東採辦龍衣，山東巡撫丁寶楨則接了東宮皇太后慈安之手令，緝捕安德海，慈禧聞訊即發懿旨召回安德海，可是丁寶楨陽奉陰違，上演了一齣「前門接旨，後門斬首」的戲。

　　編劇以丁寶楨斬殺安德海為歷史背景，編寫了劇力萬鈞的故事。初次演出於二〇一三年，演出地點為香港藝術中心壽臣劇院。

47. 潘璧雲編：《黑盒劇場節劇本集》，香港話劇團，2012 年（初版）。

　　本書為香港話劇團藝術總監及多位演員為「黑盒劇場節」撰寫的劇本，包括《彌留之際》（陳敢權），講述中國戲劇之父曹禺的故事；《全城熱爆搞大佢》（潘璧雲），講述幾個人走進「二十天令你夢想成真添丁夢工場」；《拼命去死的童話》（黃慧慈、黃譜誠），探討生命的意義；O A "Lone"（邱廷輝），是一個關於「窿」的故事。

48. 朱克：《西關風情》，香港影視劇團，2003 年（初版）。

　　劇作者於一九三〇年代在廣州創辦藍白劇團，自始一直活躍於中港的戲劇活動，年屆八十三高齡創作出《西關風情》，講述三十年代，住著富貴人家的廣州西關，包括商人及買辦等，但當國內戰火蔓延，廣州西關的富貴人家依然華衣美食，沉醉在鴉片的濃霧當中……劇中的主角陳老爺，正是住於西關、忙於經營華洋貿易的商人，由納進一位年僅十七歲的貌美妾侍起，帶出日軍南侵的重重戰火，一向安逸奢華的陳氏大宅，正面臨一場大風浪……

49. 方梓勳：《香港話劇訪談錄》，香港戲劇工程，2000 年（初版）。

　　作者對香港舞台劇界的工作者進行訪談，本書是記錄香港劇壇人物的語錄，包括感性的自我剖白，也有感慨的肺腑之言，透過訪談，他們流露出自己的藝術抱負，同時透露自己對香港話劇的期望。

　　受訪者有三十三位，包括麥秋、鍾景輝、莫昭如及潘惠森等，在出版當年來說，包括了資深和後進，他們現身說法，記錄了數十年來香港話劇的發展和軌跡。

50. 香港戲劇協會編：《戲劇匯演 2004 優異劇本》，香港戲劇協會，2004 年（初版）。

一九七九年市政局創辦「戲劇匯演」，由香港話劇團執行。目的是鼓勵話劇創作及推動話劇表演藝術，一直得到業餘劇團及學界戲劇團體的積極參與及支持，至二〇〇一年由香港戲劇協會接辦。

本書是「戲劇匯演」二〇〇四年的得獎作品集，收錄三個劇本，分別為《不忠》（得最受歡迎演出獎）、《小城故事多》（得優異演出、優異劇本及優異演員獎）及《月亮公園》（得優異劇本獎）。

由於「戲劇匯演」是鼓勵業餘戲劇的創作及演出，康文署於二〇一八年以須集中資源支持專業戲劇的發展與提升，香港戲劇協會宣佈「戲劇匯演」由二〇一八年起停辦。

51. 一休：《黑天鵝》，香港藝術節協會，2009 年（初版）。

偶像歌手 Prince 被逼在直播節目中，挑選其永不分離的合唱另一半。他在直播的前一晚，遇上 Swan，一個能和他在心靈深處用音樂接觸的人。然而，Prince 卻發現 Swan 只有在夜裏才能做回自己、唱自己的歌，因為他們是一群受到詛咒的「黑天鵝」……

在黑天鵝世代，愛，是否還能起死回生？

新世紀黑白顛倒的無性別國度，情歌泛濫，卻解不開濃罩都市的空虛感覺。樂壇話事人以濫情統治世界，樂壇「王子」唱厭無靈無愛 K 歌，他想唱好戀愛拯救地球，卻找不到真情合唱的伴侶，直到他遇上不見天日、越美麗越墮落的黑夜天鵝，王子誓要帶他們離開這都市的詛咒。

52. 王昊然：《森林海中的紅樓》，香港藝術節協會，2014 年（初版）。

　　城市中一個宅男的愛慾沉淪，「森林海」指的是石屎森林，其中的一隅，一個宅男在尋找滿足性慾的方法，他所遇到的，是來自五湖四海的援交少女、北姑和鳳姐，在男子不同的階段（年齡）中，所遇見的幾個不同的性工作者。她們究竟給了宅男怎樣的人生啟示和愛的教育？他又怎樣在愛的買賣中尋找孤獨人生的依靠？

53. 王昊然：《爆‧蛹》，香港藝術節協會，2013 年（初版）。

　　一幢破舊唐樓的劏房內，一張上中下三層的碌架牀，有三個男人各自分享著自己的故事。一個是受過一點教育的宅男，一個是移居香港做夢也要發達的內地人，一個是騎電單車送外賣的中年男子。在社會結構上，他們絕對是低下階層，三個大男人共處在狹小的居室裏，在解決起居的問題上，他們會互相利用，但亦因為同處一室，又不得不互相扶持。雖然三人各有計算，相互佔對方便宜，但在他們之間，卻有一份在陋室中逼出來的一份友情……

54. 毛俊輝、莊文強、麥兆輝:《情話紫釵》,香港藝術節協會,2010 年 (初版)。

　　一眾現代男女在觀賞唐滌生的《紫釵記》後,解讀劇中的主題,帶出一段古典的霍小玉和李益的「墮釵燈影」唱段,並引申 Jade (現代霍小玉) 與 Kelvin (現代李益) 的愛情故事。

　　兩人繼而展開互相試探的愛情遊戲。Kelvin 在金錢和感情之間把持不定,無力抗拒第三者;Jade 悲傷激動。

　　李益與霍小玉再現於戲曲「劍合釵圓」中,兩人譜出真愛,蕩氣迴腸。一眾現代男女為《紫釵記》尋找答案,演繹出他們心目中現代霍李的大結局。

55. 李恩霖、黃詠詩:《金蘭姊妹》,香港藝術節協會,2015 年 (初版)。

　　本劇是關於上世紀中稱作「媽姐」的住家女工的故事。五十年代,三個「媽姐」在睇相後決定「梳起」(終身不嫁),並結義金蘭,此後數十年,她們有各自的生活和際遇,有溫情,有笑有淚,當然有得失,三人之間的深厚情誼維持數十載。劇本以多位碩果僅存的「媽姐」作資料,提煉成一個見證香港五十至七十年代的歲月,而感人肺腑的故事,走進三位媽姐的精采人生。

56. 李穎蕾：《愛之初體驗》，香港藝術節協會，2012 年（初版）。

一個少女的故事，一個游移香港與台灣兩地的少女情書。

陌生的親人，是否一面認識自己的鏡子？少女因失戀而離港，貿然飛到台北，投靠離家多年、一臉冷漠的母親。倔強而失落的少女，從香港的石屎森林，跑到既燈紅酒綠又碧海藍天的台灣，巧遇台灣男孩，盡訴心聲。

另一邊廂，父親與少女的姊姊等待少女回來，在這段等待的時光裏，他們思考著親情，嘗試瞭解及包容親人，甚至那個離婚後到移居台灣的妻子。

57. 陳耀成：《大同》，香港藝術節協會，2015 年（初版）。

本劇為一三幕室內歌劇。講述清末政治家康有為的生平，康有為是中國政治家、思想家、教育家，因維新運動失敗而流亡海外十六年，卻在印度完成《大同書》──一本重新啟動「禮運大同篇」，以設想人類未來烏托邦的奇書。劇作者於二〇一一年拍成一齣《大同──康有為在瑞典》的紀錄戲劇電影，以此電影為藍本，改編成一齣三幕室內歌刻。

58. 莊梅岩：《野豬》，香港藝術節協會，2012 年（初版）。

Johnny 從外國歸來，協助師父阮文山辦報，外表不羈，但內心赤誠，身為記者本是為真相而戰，為貧苦弱小發聲，但總是面對著事業與愛情、真相與妥協的掙扎。到頭來，因著其他人對現實屈服與妥協，Johnny 的良知與求真精神，反過來令他顯得格格不入，如一頭野豬般，看似橫衝直撞以身犯險，令身邊早已妥協的人透不過氣，欲除之而後快……

59. 莊梅岩：《聖荷西謀殺案》，香港藝術節協會，2011 年（初版）。

移居美國小鎮聖荷西的港人夫婦，生活看似風平浪靜，可以歡喜地迎接小生命的來臨，亦可安穩悠閒的度過餘生。然而，妻子的兒時好友突然到訪，隨即掀起牽然大波，慢慢發現，原來丈夫對妻子已完全失去了感情，但因為他們曾經做過的事，不得不一起繼續過著「隱姓埋名」的生活。

好友原本在香港惹上桃色糾紛，到國外旅遊暫避風頭，卻在他鄉遇到這一宗一發不可收拾的恐怖命案……

60. 黃詠詩：《香港式離婚》，香港藝術節協會，2010 年（初版）。

愛，到底有沒有法規？

一幅中產生活浮世繪，道盡婚姻的脆弱與愛情的弔詭。劇作中有句點睛對白：「結婚時只需簽一紙婚書，離婚時卻要簽百頁文件。」

貌合神離、結婚多年的律師夫婦專辦離婚，妙齡見習律師一頭栽進千奇百怪的離婚世界，又誤闖律師行老闆的情感禁地，在法律與婚姻之間，糾纏著四個現代男女的悲歡離合。

61. 黃詠詩：《屠龍記》，香港藝術節協會，2013 年（初版）。

本劇是劇作者的碩士畢業作品，講述的主題是藝術的美，與商業的現實之間的拉扯。男主角是一位演員，女主角則是一位劇評人，劇評人寫了一篇關於藝術核心價值的書，評議演員的演藝過於商業，因此掀起了一場誹謗官司。這場官司中，二人互相對質，針鋒相對，正好影射為藝術與商業的矛盾，而律師的角色則較像一個普通觀眾。

官司的內容圍繞二人對藝術的取態，帶出一些社會面貌，例如藝術委員會如何就事件作出回應，以至二人以前的感情關係等，到最後，法庭如何解決一個公私難分的「誹謗」事件？

62. 意珩：《蕭紅：三幕室內歌劇》，香港藝術節協會，2013 年
（初版）。

　　以蕭紅的後半生為創作主線，以非線性的敘事
手法，交代蕭紅一生幾個重要事件和相遇，包括蕭
軍和魯迅。開場的序幕是一段自白，講述她逝世前
一個月做完手術後，發現是誤診後的事，回憶自己
的一生。故事由逃婚開始，與蕭軍相遇、相戀和分
手，得到魯迅的幫助，拒絕丁玲的勸告到延安，直
至客死異鄉為止。但當中情節並不連貫，故事非直
線進行，劇作者表明是因為不想平鋪直敘地講述蕭
紅的一生，人是複雜的動物，所以借藝術創作突出
人物的獨特之處。

63. 意珩、鍾意詩：《矯情‧回收旖旎時光》，香港藝術節協會，
　　2011 年（初版）。

　　本書由兩個劇本組成，分別是意珩的《矯情》，和鍾燕詩的《回收旖旎時光》。

　　《矯情》是劇作者以其敏銳的感性，寫下香港和上海的雙城記，一男一女於上海和香港兩次匆匆相遇，只是卻隔了十年的時光。房間裏處處是克制的暗湧，他還記得這個女孩向他講述那個飛黃騰達的城市裏，一條被遺忘的河流……上海，香港，兩個快被世界嚼爛了的大都會，連提起都會覺得矯情。而有些東西，明知已經離你遠去，卻總是想找回來。

　　《回收旖旎時光》以捷克小說家 Bohumil Hrabal 的《過於喧囂的孤獨》為靈感，交錯無奈的香港社會故事。一間廢紙回收廠，一個愛書的工人，從每天回收的書籍中，他取得知識，得到尊嚴，回到一段難忘的愛情歲月，在孤寂的世界中享受內心的喧鬧，無奈工廠改革，工人失去工作……只留下許多沒有答案的問題。

64. 潘惠森：《示範單位》，香港藝術節協會，2012 年 (初版)。

　　三名識於微時的地產經紀，在示範單位偶遇相認，繼而聯手推銷豪宅單位，實行「有錢齊齊搵」。他們之間雖薄有情義，但利字當頭，舊情回憶成為彼此討價還價的藉口。地產經紀競爭激烈，他們需要合作才能突圍而出。他們三人，一個滿身金飾、一個聲大無腦、一個機關算盡，對於自己銷售的豪宅質素，他們一點不關心，關心的只是如何將單位賣出去賺取佣金，他們的對象，是一對不斷尋覓夢想家園的「無殼」男女。三名地產經紀代表的「香港精神」，是凡事講求效益，沒有信念的一群。

65. 潘燦良：《重回凡間的凡人》，香港藝術節協會，2011 年 (初版)。

　　三十歲的阿寬，生活安定但吊兒郎當，日常生活離不開香港內地兩邊走，平凡的個性，平淡的生活，就像我們身邊遇見的每一個人——或者就如自己。然而，父親的突然離世，又將他拉回現實，一次平凡的生老病死，令阿寬經歷人生百味，重新尋找自己，同時重新建立自己與家人、朋友及情人的關係。

66. 甘國亮：《我愛萬人迷》，亮劍影畫有限公司，2009 年（初版）。

　　此為劇作者的「時裝喜劇」創作。故事講述一個活躍於六十年代的女星，受影迷愛戴，可謂人見人愛，身邊不乏知己好友，更嫁入豪門，八面玲瓏的她生活看似無憂無慮，但風光背後，則有苦自己知。數度移民後，竟遇上晚年姻緣，再一次過著幸福快樂的日子，可是，萬人迷又豈會自甘平凡？

　　此劇於二〇〇九年首演，演員為陳寶珠、石修、張國強、余安安、李香琴、阮德鏘及陳文剛。

67. 陳敢權：《陳敢權獨幕劇集（二）——星光延續》，臭皮匠，1998 年（初版）。

　　本書收錄劇作者的六個劇本，根據封底的簡介分別為：

　　一・《劇作者的玩笑》——命運是否等於天意？當你可以控制環境時，那就是存在的最高境界嗎？

　　二・《雷泥》——一種可以麻醉痛楚的火山泥土，是造物者的祝福還是詛咒？

　　三・《困獸》——骰子的背後是希望還是絕望？淵的深處可存在理性還是獸性？

　　四・《星光下的蛻變》——清麗脫俗的愛情故事，主角不是王子公主，而是大白菜及毛蟲。

　　五・《生觀音與瑪麗亞》——敢自我犧牲的人是否會獲得世人的嘉許？見苦難而不顧而去又是否不負責任？

　　六・《失去影子的人》——那晚小飛俠又回來找他的影子，而且邀約你到他那不會長大的世界，這是否一場美夢？

68. 陳敢權：《陳敢權獨幕劇集（三）—— 苗銳常青》，陳敢權（個人出版），2006 年（初版）。

《苗銳常菁》收錄七齣適合中小學校演出的獨幕劇劇本。每齣之後均附有編、導、演提示文章，以便學校老師指導學生排演或欣賞該劇本。本集之劇本的主題都是探討人生、人性及宇宙性的課題，不同年齡和經歷的讀者都會有不同的體會；加上篇幅不長是獨幕劇劇本的特點，單是閱讀劇本已有所感受，確實是對人性反思的好機會。

69. 劉浩翔：《獨坐婚姻介紹所》，陳湘記圖書，2011 年（初版）。

一間高智能的婚姻介紹所，設有語音獨立房間的「一對一」服務，號稱自己達 100% 的成功率。這次迎來三位很特別的男士，四十歲的砌店老闆、三十歲的資訊科技人員及二十歲的量子力學博士，三個人在室內逐漸放開自己，真情流露，訴說著這世代不同年紀男士的愛情觀，以及面對不同的戀愛難題……

70. 灣仔劇團：《龍志成劇本集》，超媒體出版，2016 年（初版）。

　　劇作者又名「俊男」，是香港著名舞台劇作者，作品獲譽良多，多次重演，惜於二〇一一年去世，本書是由各界人士捐款而印，收錄其所創作的兩個劇本。

　　一・《我對青春無悔》──五位廿一歲的青年立下人生目標，至少要做些發出「異彩」的事！但是，迎接他們的卻是打擊、挫折、衝突和矛盾，他們如何面對逆境，努力做到青春無悔？

　　二・《橫觀・直看・打斜 Look》──一對伶牙俐齒的翁媳，老的守舊固執，女的戇直豪邁，終日為庸碌無能的兒子／丈夫爭吵不停，二人對答妙語連珠、抵死啜核。風趣幽默的大伯也不甘後人，加入舌戰，誓要辯出愛的真諦、孝的道理。

　　劇本後均附有劇評，並收錄劇作者的手稿及劇照等。

71. 小西：《千禧以前：香港戲劇二○○○》，國際演藝評論家協會（香港分會），2002 年（初版）。

本書是「香港劇本叢書第四輯」。

真正的新一個千禧年以二○○一年為始，也許是歷史的誤會，在全球化的交叉感染下，民眾對千禧臨界的狂熱似乎早已在一年前（一九九九年），隨著千年蟲的虛擬侵襲而消耗殆盡。結果，來到真正的千禧以前，一切卻來得出奇的風平浪靜，處於一種無以名狀的狀態。本書所收六個劇本，或多或少都反映了此種千禧以前的無以名狀狀態，與陣痛。本書所載劇本包括：《遇上 1941 的女孩》、《尋人的眼睛》、《無好死》、《我 X 學校 I-dealSchool》、《周門家事》和《人盡‧訶夫》。

以上參考國際演藝評論家協會（香港分會）網頁。

72. 李健文：《排場好戲──15 至 45 夠嘞》，國際演藝評論家協會（香港分會），2002 年（初版）。

《15 至 45 夠嘞》是「排場好戲」第二輯劇本集，收錄了八個原創劇本，「十五至四十五」的意思，分為十五至二十五分鐘，及二十五至四十五分鐘兩輯。八個劇本題材與風格各異，且具創意與啟發性，如《小組，你想點？》就靠演員飾演身體不同部份，組成一個人，透過合作及對白，反思基督教小組的發展方向，同時可改編成其他小組組織自我反思的劇目。適合青少年閱讀及排演。

書後附有劇作者的研究文章，結合其實踐及理論的經驗，使讀者對戲劇藝術有多個角度的認識和了解。

73. 李健文：《排場好戲──本土創作劇本嘗試集》，國際演藝評
　　論家協會（香港分會），2000 年（初版）。

　　本書為「排場好戲」第一輯劇本集，收錄了五個原創劇本，分別為《撲蝶》、《讓我夢下去》（得一九九一年沙田戲劇匯演優異創作劇本）、《再見英雄》（得一九九三年市政局戲劇匯演優異創作劇本）、《沒有傳呼號碼的機主》（得一九九九年香港青年文學獎戲劇高級組第三名）、《「法」達秘笈》（得一九九九年「基本法與你」街頭劇本創作比賽優異劇本）。

　　劇作者擅長寫短劇小品，五個劇本的演出時間均約二十分鐘，書後附有劇作者的研究文章〈簡約表演　提昇觀眾〉。

74. 林驄：《臨界點上：香港戲劇 2001》，國際演藝評論家協會
　　（香港分會），2004 年（初版）。

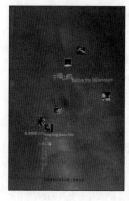

「香港劇本叢書第五輯」。

踏入新世紀，二〇〇一年最當時得令的話題依然是全球化問題，最值得留意的思潮則是與全球化相激蕩的一股暗湧：回歸傳統。香港在踏入新世紀門檻之初，亦正值文化委員會的首份諮詢文件正式出台，提到香港文化需從中國文化的脈絡中尋找定位。本劇本集收錄的六個劇本或許都可以放在這個背景中作解讀，它們各自都以自身的方式回應了所謂「傳統」。劇本集收錄的六個劇本包括：《袁崇煥之死》、《張愛玲，請留言》、《煉金術士》、《邊城》、《佛洛伊德尋找中國情與事》及《牛頭角兩條女》。

以上參考國際演藝評論家協會（香港分會）網頁。

75. 佛琳：《八色風采：香港劇本十年集（九十年代篇）》，國際演藝評論家協會（香港分會），2003 年（初版）。

　　二十世紀的最後十年，既是世紀之末，也是九七之關，在這個歷史的臨界點上，本地劇場確實折射出那個年代獨有的政治迷亂。本集選輯了當時創作的七個劇本：《大屋》（陳敢權，一九九〇）、《說書人柳敬亭》（張達明，一九九三）、《南海十三郎》（杜國威，一九九三）、《芳草校園》（古天農，一九九四、《家變九五》（陳炳釗，一九九五）、《吳仲賢的故事》（莫昭如等集體創作，一九九七）、《三姊妹與哥哥和一隻蟋蟀》（潘惠森，一九九九），可謂九十年代的一面鏡台，也是香港千禧新世紀的數碼紀錄打印機。九七、千禧、八萬五千……，每篇都成為香港人身上不可磨滅的條碼。

　　以上參考國際演藝評論家協會（香港分會）網頁。

76. 陳志樺：《頂白》，國際演藝評論家協會（香港分會），2015 年（初版）。

　　本書收錄劇作者於一九九六至一九九八年間創作的劇本，包括《我的殺人故事》和《狷窿狷罅擒高擒低》（中英文版）。

　　創作《我的殺人故事》時，劇作者的動念是「知識分子是否有罪？」劇中以木偶、外星人和巫婆這些像人又不是人的東西，介入家暴、外遇及燒夫等暴力畫面，藉此牽涉到婚姻制度、男尊女卑、知識與權力的討論。

　　《狷窿狷罅擒高擒低》則是一個子、女、母和爺的故事，子和女均是腦部受創，需靠著爺與母的語言記憶，重新述說往事，子和女都認為，靠著這些語言述說，自己才會更貼近父母。

77. 陳志樺：《夠黑》，國際演藝評論家協會（香港分會），2013 年（初版）。

　　本書收劇作者於二〇〇一至二〇〇五年創作的三個作品，分別是《蛋散與豬扒》、《駱駝男》及《RAPE 病毒》。

　　《蛋散與豬扒》故事發生在一個荒山野嶺地盤，講述一個尼泊爾外勞，一個本地工人及一個女安全主任的三天事件記錄。

　　《駱駝男》講述一孖地盤狗男女，在荒郊野公路上，操作悶得會死人的交通「停、去」牌，路旁竟有三條死屍，任由來去車子輾過。

　　《RAPE 病毒》講述幾個在 Dirty Chatroom 認識的朋友，他們在網上和現實中的交往有著不同模式，以及與一單迷離的迷姦案的關係。

78. 張秉權編：《煙花過後：香港戲劇 1998》，國際演藝評論家協會（香港分會），2000 年（初版）。

「香港劇本叢書第二輯」。

繼《香港的聲音：香港話劇 1997》後，此書收集了一九九八年八個本地出色的舞台劇本創作，包括《瘋雨狂居》、《師奶女殺手》、《專業社團》、《韋純在威斯堡的快樂旅程》、《真面目》、《72A》、《德齡與慈禧》和《早安，都市！》。作品題材及風格各異，而其共通處是「繼續」和「回歸」，或借舞台繼續探索香港人身分問題，或通過具體情節回歸更根本的人生。煙花過後，要看一九九八年香港舞台劇的特點，正從此起。

以上參考國際演藝評論家協會（香港分會）網頁。

79. 張秉權編：《躁動的青春：香港劇本十年集（七十年代篇）》，
　　國際演藝評論家協會（香港分會），2003 年（初版）。

　　劇本集收錄了十一個劇本：《冬眠》（林大慶、袁立勳，一九七二）、《半部戲》（林大慶、袁立勳，一九七二）、《梯子》（李援華，一九七二）、《市外》（洪少棠，一九七二）、《世界末日的婚禮》（陳敢權，一九七四）、《霧散雲開》（陳麗音、杜焯昇、林大慶，一九七四）、《日出日落》（靜暉，一九七四）、《五月四日的小息》（校協戲劇社，一九七四）、《會考一九七四》（校協戲劇社，一九七四）、《聞一多二三事》（張棪祥、凌嘉勤，一九七七）、《王子復仇記》（何文匯改編，一九七七），都是出自那個不安的年代，從中可見作者們對時代的回響和人生的反省。七十年代轉眼已過了三十年。古人以三十年為一世。從此「世」遙憶那「世」，那曾叫人熱血沸騰的世代，至今仍閃耀青春的輝光。青春，是躁動不安的，也不免於稚嫩，然而，我們畢竟是從那裏走過來的。

　　以上參考國際演藝評論家協會（香港分會）網頁。

80. 楊慧儀編：《落地開花：香港戲劇一九九九》，國際演藝評論家協會（香港分會），2001 年（初版）。

「香港劇本叢書第三輯」。

九八年煙花過後，金融風暴之中，活在九九年間，舞台作品又回到日常生活上去，將政治文化融入生活點滴，具有人文意義。香港劇本叢書第三輯所載五個劇本：《金屋藏公》、《可怕的父母》、《三人利》、《我的殺人故事》和《兩條老柴玩遊戲》皆在藝術性上或作為現象而具有代表性的，當中又可見香港戲劇的創作力益見豐富。落地開花，可從香港戲劇作品看時代變遷中的新景象。

以上參考國際演藝評論家協會（香港分會）網頁。

81. 甄拔濤編：《浪漫的挑釁：創作新文本》，國際演藝評論家協會（香港分會），2015 年（初版）。

「新文本運動」由前進進辦公室推動，其初衷為以文本為核心，重新審視語言在劇場裏的角色通過語言打造獨特劇場美學的可能。

《浪漫的挑釁》是「新文本工作室」五位成員的作品合集，他們各自抱著對戲劇的「大哉問」，依個人喜好和理解，創作出五個風格各異的作品，包括《誰殺了大象》（馮程程）、《西夏旅館》（甄拔濤）、《漂流》（潘詩韻）、《耳搖搖》（俞若玫）及《〈而你所知道的〉中國式魔幻》（鄧正健）。五個劇本各自有其獨特的書寫方式和格式，亦為讀者提供一種特別的閱讀方式。

82. 鄭振初：《鄭振初劇本集：《咪玩嘢》《玩反轉》》，國際演藝
　　評論家協會（香港分會），1999 年（初版）。

本書收錄劇作者兩個關於人生哲理的劇本：
《咪玩嘢》及《玩反轉》。

「玩嘢」是港式粵語，有耍花樣、搞事的意
思。「咪玩嘢」多是對他人的警告，在劇中是一種
如世界大同般的理想。生活上遇見不同的事物，我
們有不同的反應，不斷面對價值觀的轉變，人生苦
短，應該順應潮流，或是執著地「玩反轉」？

83. 盧偉力：《出走戲游——盧偉力劇作初集》，國際演藝評論家
　　協會（香港分會），2008 年（初版）。

本書是劇作者於一九八七至一九九五年間的
戲劇創作合集，共收錄七個不同類型的作品。

七個作品包括即興劇《沒有對白的劇本》、袖
珍仿古悲劇《蛇祭》、仿日本能劇《河邊》、歌劇
《荒野・人》、多風格形上劇《時小樓——沒法完
成的角色》、通俗劇《勿街乜號》及多媒體實驗劇
《愛滋騷》。

七個作品圍繞人類生存現況、民族存亡抉擇、
海外華人生活及世紀病毒等命題，同時亦是劇作者
對戲劇美學的不同探索。

84. 盧偉力編：《破浪的舞台：香港劇本十年集（八十年代篇）》，
　　國際演藝評論家協會（香港分會），2003 年（初版）。

　　一九八四年「中英聯合聲明」草擬後，香港在時代舞台上的位置與角色改變了：香港必須要回歸到中國去，這是歷史命題。面對巨變，戲劇工作者嘗試把戲劇作為文化表述的形式，以戲劇來回應香港的變局，這是八十年代香港戲劇的重要特點之一。本集收入了九個劇本，包括：《檔案 SG-37》（方競生，一九八〇）、《元宵》（陳鈞潤改編，一九八六）、《逝海》（袁立勳、曾柱昭合編，一九八四）、《我係香港人》（杜國威、錫昌合編，一九八五）、《最佳編劇》（莫唏，一九八六）、《命運交響曲》（林大慶、袁立勳合編，一九八六）、《花近高樓》（陳尹瑩，一九八八）、《我對青春無悔》（俊男，一九八九）、《人到無求品自高》（張棪祥，一九九〇），記錄了劇作者對家國、民族、歷史、文化身分的種種思緒和想法，見證了一個新時代的來臨。

　　以上參考國際演藝評論家協會（香港分會）網頁。

85. 盧偉力編：《煙花再放：香港戲劇 2002》，國際演藝評論家協
　　會（香港分會），2005 年（初版）。

「香港劇本叢書第六輯」。

《煙花再放：香港戲劇 2002》收錄的八個劇本
當中，展現了四種語言：情感、意識型態、文化、
欲望，對應著人們的心理構成，雖然這方面的探討
並未根本解決「何謂戲劇性？」「何謂戲劇美？」
這兩個問題，但有了語言意識，香港戲劇創作會更
有指向性，做到多元化表述、多元化精彩。此書所
載劇本包括：《想死》、《夾縫》、《留守太平間》、
《廢柴》、《陽光站長》、《Rape 病毒》、《快樂王
子》及《山村老師》。

以上參考國際演藝評論家協會（香港分會）網
頁。

86. 譚國根編：《香港的聲音：香港話劇 1997》，國際演藝評論家
　　協會（香港分會），1999 年（初版）。

「香港劇本叢書第一輯」。

國際演藝評論家（香港分會）編輯的「香
港劇本叢書」，以一年的劇作為內容，此書收錄
一九九七年在香港演出之本土創作，當中不少反映
劇壇對九七象徵意義和歷史文化意義的思考，也見
證了香港後殖民主體意識的崛起。此書選收了六個
劇本，包括《起航，討海號！》（袁立勳）、《無
人地帶》（詹瑞文、鄧樹榮）、《龍情化不開》（莫
唏）、《飛吧！臨流鳥，飛吧！》（陳炳釗）、《73A》
（一休）及《白蘭呼喚》（陳敢權）。

87. 侯萬雲：《1970s：不為懷舊的文化政治重訪》，進一步多媒
　　體，2009 年（初版）。

　　　　劇作者借助劇本講述一個關於「七零分子」的
故事。「七零分子」指的是成長於一九七〇年代的
香港青年，那個年代興起了一些青年獨立思潮的刊
物，其中一本即是《七十年代雙週刊》。

　　　　在劇本中，劇作者清楚勾劃出「七零分子」與
《七十年代雙週刊》的互動，如反建制、關心學運
與社運、關心第三世界、自主文化及前衛藝術等。
劇作者以不同的「七零分子」做一個綜合體，寫出
當時發生過（或不曾發生）的社會事件，如絕食行
動、劫持水警輪等，重現七十年代的社會環境和氣
氛。

88. 黃錢其濂：《兩齣獨幕喜劇——生態必勝‧忽然愛國》（中英
　　雙語），開心出版社，2009 年（初版）

　　　　劇作者透過簡單易懂的文字，創作出兩個主
要以學生為對象、中英對照的劇本——〈生態必
勝〉及〈忽然愛國〉。除了用劇本表達出重要的訊
息外，更讓學生透過閱讀及表演，練習好中英兩種
語言。

　　　　〈生態必勝〉以一名海洋生物學家的女兒為主
角，在她跟男朋友父母的對話中，揭示出環境問題
與環保訊息。〈忽然愛國〉則是關於一個年輕人要
短時間「學習」愛國的諷刺故事。

89. 滿道作、望晴編：《獨角行？獨腳行！》，圓源紙品，2007 年（初版）。

　　劇本集收錄劇作者的四個獨腳戲，即全劇只有一個演員的劇本。此四個獨腳戲包括：《切・格瓦拉》（香港演出時原名《革捷古華拉命》）、《人到無求品自高》、《的士佬》及《赴考的一天》。

　　《切・格瓦拉》是一個用以捷古華拉為原型創作的，關於改革和改良，且跟香港政治息息相關的故事，劇作者以大量史料創作，務求對歷史人物作出一個全面的闡現。《人到無求品自高》則是劇作者加入政府工作後的一次創作意念，他將工務員工作的天寫成小說〈小李〉，然後將小說改編為劇本。

　　《的士佬》，顧名思義是一個關於的士司機的劇本，劇作者親身訪問了一些的士司機，對了解此行業的問題和經歷搜集大量資料而成。《赴考的一天》則是針對香港教育的考試制度，是劇作者任職教師時，就著給安排到中學監考的所見所聞而創作出的劇本。

90.　鄭國偉：《最美夏天》，鄭國偉（個人出版），1998年（初版）。

　　此為劇作者的個人出版劇本集，收錄其長編作品《最美夏天》。

　　故事設定在香港，阿美的外婆家。講述阿美十七歲那年的暑假，因為父母感情亮起了紅燈，母親帶阿美回港到外婆家，度過一個最重要、最美麗、最感性的夏天。

　　此劇改編自短劇〈夏日搖籃〉，於一九九五年市政戲劇匯演中獲得最優異劇本獎。本書除收錄劇本外，亦收錄名人劇評多篇及演出資料，內容豐富。

91.　滿道：《愛在加州瘟疫時：關愛自閉症的引思》，漢域文化，2009年（初版）。

　　「加州瘟疫」指二〇〇三年美國加州自閉症數字急升31%的一次事件，這場「瘟疫」亦正向世界各國蔓延。劇作者一直關心自閉症患者，因此「加州瘟疫」觸發他寫下《愛在加州瘟疫時》這部作品。

　　劇本講述一個社工致力幫助自閉症患者，在鍥而不捨的努力下，終於慢慢揭開這場「瘟疫」的面紗，另一方面，一個鋼琴家的出現，更令這位社工從新認識自己，忠於自己所愛。

92. 余翰廷：《山村老師》，熱文潮，2010 年（初版）。

作品講述一個自小跟隨爸爸從內地來港的女孩，城市生活令她感到迷失，戀愛、工作及家庭都令她無所適從。她與弟弟一直不明白為何父親對自己疏於照顧，卻可傾盡家財在貧困山區興建學校。故事由父親的喪禮開始，女孩帶著父親的骨灰回到鄉下，可喪禮過後，女孩決定留下，承繼父親的遺願。在鄉下她重遇兒時好友、受過父親教導的孩子，以及很多叫她始料不及又耳目一新的人和事，在鄉下，女孩才重新認識自己的出生地，認識自己的父親，甚至重新認識自己。

93. 余翰廷：《流浪在彩色街頭》，熱文潮，2009 年（初版）。

一個瀕臨崩潰的殺人狂，每天都受著善惡大戰的折磨，一天他到獄中找一位素未謀面的變態殺人犯。兩個絕望的人相遇，由仇視變成互相依靠，繼而策劃逃獄。他們的逃脫成為另一次腥風血雨的殺戮……他們避過追捕者，藏身於一條撲朔迷離的彩色街道，遇到既陌生又似曾相識的人和事；二人分別在自身的愛與恨中掙扎，感到迷惘幾近失控之際，又看到一幕幕令他們心境平和的景象，耳邊美妙的音樂和殺戮的叫喊不停縈繞，對抗地合奏著令人驚心動魄的樂章。

94. 余翰廷：《鬼劇院》，熱文潮，2008 年 (初版)。

　　《鬼劇院》是劇作者的早期作品，亦是其劇團劇場工作室的創團作。

　　劇作有六個角色，講述一個昔日的舞台女演員，因對生命的執著令她的靈魂游離於現實世界；其他角色包括迷失的弟弟，和一個無惡不作但對子孫無微不至的爺爺。三個人同住，在一個荒廢已久的劇院地牢屋中，從他們各算的交集和談話中，道出一個驚心動魄的自我尋找的故事。

95. 余翰廷：《愛上愛上誰人的新娘》，熱文潮，2009 年 (初版)

　　本作是劇作者早期的創作，亦是演出次數較多的一 部。

　　故事講述一對新婚夫婦搬進新居，沒有音樂細胞的妻子堅持要購買一座鋼琴回家，丈夫竟然應允她的要求。豈料鋼琴送到那天，調音師悄悄的打動了妻子的心，妻子對這個調音師產生了強烈的傾慕，進而懷疑自己對丈夫的愛……一切似乎即將改變，但妻子好友的「婚姻恐慌症」又在力挽狂瀾……幾個角色相互交集，在人生路上尋覓愛情的真諦。

96. 張達明：《張達明舞台劇讀——香港人・情篇》，熱文潮，
2004 年（初版）。

　　劇作者創作的主題是探索生命和人性，論盡古今，是玩味香港人情浮沉的文本，也是洞悉生命質和量的一扇小門窗。本書收錄劇本包括：《阿DUM 一家看海的日子》、《圍板外》、《客鄉途情遠》及《長河之末》。

97. 張達明：《張達明舞台劇讀——偉大・虛空篇》，熱文潮，
2004 年（初版）。

　　跟《香港人・情篇》同期出版，本書收錄劇本包括：《說書人柳敬亭》、《The Legend of a Storyteller》（《說書人柳敬亭》紐約演出英語版）、《兼職天使》及《瘋雨狂居》。為劇作者第二個劇本集。

98. 關頌陽等：《冬瓜豆腐劇本／小說集》，糊塗戲班，2000 年
（初版）。

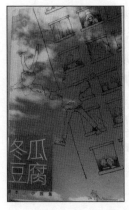

　　在粵語中，「冬瓜豆腐」意指人遭到不測，比喻人遇到意外或事故，引伸到有死亡的喻意。劇作者以冬瓜豆腐為題創作劇本，目的並不是單單探討死亡或生命的意義，更多的是關於死亡作為一種禁忌，人們對於死亡的忌諱，從而帶出人們對死亡的態度，及珍惜寶貴的生命。

　　本書還收錄戲班內其他成員的小說和隨筆作品，題材圍繞生死，呼應〈冬瓜豆腐〉的創作主題，回應劇本中那極盡詼諧的生死探討。

99. 陳華英：《流星的女兒》，獲益出版社，2004 年（初版）。

　　本書為兒童劇場劇本集，收錄作者十二個劇作，包括獨幕劇和三幕劇，劇作包括《寶貝中的寶貝》、《玩具國鬧革命》、《聖誕老人頭痛了》及《這個校園不太冷》等。劇作多取材自校園生活、家庭等，主題健康、充滿幻想、童趣和愛心，更富教育意義，情節簡單，但不失戲劇性，適合中小學生讀後將故事帶上舞台。

100. 楊秉基：《駒歌——向家駒致敬的音樂劇場》，藍天圖書，
2008 年（初版）。

一部向香港已故歌手黃家駒致敬的舞台作品。故事講述一個叫卓賢的忠實歌迷，在家駒離世當年立志成為出色的唱作歌手，令娛樂圈變成真正的樂壇。可是，現實總為夢想增添難度，慢慢地卓賢似乎遠離了自己當初加入樂壇的初衷。

當卓賢的好友鼓佬發現他的問題後，慨嘆夢想和現實的矛盾。卓賢身邊出現的每一個人，都在其身上有不同程度的拉扯，有些提醒自己不要放棄夢想，有些告戒卻是近乎妥協……

兒童文學類

1. 李文英：《節制好處多》，山邊社，2003 年（初版）。

　　顧名思義，作者是透過說故事的形式，說明節制這種美德。全書收錄六篇小故事，解釋在日常生活中，處處和「節制」都脫不了關係，吃喝玩樂，無一不跟節制息息相關。

　　作者還指出，節制和克制也有莫大關係，意味要自我約束、限制而不過度。一個人做事只要適中，不偏向極端，我們就會說他是有所節制，能夠自制。節制是一種美德，如果任意妄為，不加節制，就會嚐到苦果，書中的故事就是最好例子。

2. 宋貽瑞：《難為了班長》，山邊社，2000 年（初版）。

　　《難為了班長》為「溫情系列」，收錄十八個小故事。在小故事裏，讀者可能見到自己、同學、老師或家人的身影，故事正正取材於日常生活。如〈難為了班長〉中的振強，因為當上了班長而聽到閒言閒語；〈我是一枚硬幣〉則以一個硬幣的經歷，來說明不同的人如何花錢，錢又可換來甚麼東西；〈爸爸的老師〉是說家裏招待一個老人家，而那老人家是爸爸的小學老師，等等。

　　小故事雖然好像都觸手可及，但都是生活經驗，成長路上的可能遭遇，每篇小故事後，作者都附有閱讀理解練習，助小讀者深思故事當中的和延伸的意義。

3.   麥曉帆：《追擊紅衣少女》，山邊社，2015 年 (初版)。

《追擊紅衣少女》為《盜盒特工隊》的延續。薛紅線和哥哥被父親「趕」出府宅後，去到洛陽城。他們遇到城中的一場賽馬比賽，想查探到底誰是操控比賽的大財主，他們會如何懲處大財主呢？同時紅線又發現一老婦因偷盜寶劍而落網，但又發現老婦和寶劍背後的故事⋯⋯

紅線和哥哥一路上行俠仗義，懲治貪官惡霸，兩兄妹的俠盜事跡，令江湖上流傳了「紅衣大盜」的故事，令惡人們聞風喪膽。可是樹大招風，官府設計了圈套要捉拿紅線，因為刑部要求徹查他們的身分⋯⋯

4.   麥曉帆：《盜盒特工隊 (上) 》，山邊社，2014 年 (初版)。

《盜盒特工隊》是章回小說形式的兒童武俠小說，故事講述潞州城節度使的女兒薛紅線化身成紅衣大盜，每晚專門偷取貪官污吏的金銀財寶來救濟百姓。可是，一場大戰即將在城中爆發，薛紅線和哥哥不惜一切想阻止戰事在潞州城發生，於是他們要做一件十分冒險的事──偷取父親薛嵩的軍符。

故事就發生在他們為著要偷取軍符而起，最後一波三折的過程，情節緊湊，懸念處處，並在紅線兩兄妹深入敵陣時展開下集。

5. 麥曉帆：《盜盒特工隊（下）》，山邊社，2014 年（初版）。

薛紅線和哥哥深入敵陣，為的是偷取敵方田主帥的寶盒，可是，幾經艱險潛入田府，卻發現該寶盒被掉包，代表薛氏兄妹的計劃被識破，而亦因如此，他們未能成功阻止在潞州城發生的戰爭。下集即將解開個個謎團，包括到底是誰挑起戰爭？是誰識破他們的計劃？誰又在這場戰爭中得到最大利益？

《盜盒特工隊》上下兩集共三十六個章節，情節推進順暢，故事精采，為課外讀物的好選擇。

6. 黃虹堅：《十三歲的深秋》，山邊社，2015 年（初版）。

《十三歲的深秋》講述一個名叫程月朗的青年的故事。程月朗出身於中產家庭，可是父母關係緊張，經常爭吵，二人對程月朗也非常冷漠，感情疏離。在一次爭吵中，程月朗無意中聽到他們爭吵的內容，開始懷疑自己的身世，使她的情感世界幾近崩潰。這個故事從這裏出發，探索一個十三歲，正值青春期這成長的重要階段，如何面對人生的難題，當中的迷惘和困惑，又如何影響一個少女。

本書於一九八八年初版，多年來不斷再版，更曾獲中港台三地的獎項，成為陪伴著多少青少年成長的小說。

7.　陳淑英：《樂觀最重要》，山邊社，2003 年（初版）。

　　《樂觀最重要》收錄十二個小故事，以深入淺出的文字，向小朋友講述樂觀的重要性。

　　成長路，生活上，每個人都面對不少困境，包括讀書的壓力，朋友的排擠，家庭的困擾等，都是人生的低潮，低潮期或長或短，感受或深或淺，但又應該用甚麼態度去面對？可能轉個念頭，換個想法，人就會快樂一點。

8.　關麗珊：《浩然的抉擇》，山邊社，2006 年（初版）。

　　媽媽的突然離世令浩然痛苦而無助。爸爸冷漠無情，不但苛扣浩然的綜緩金，更要將他趕出家門。面對自私暴力的父親、艱難求生的未來，浩然最終選擇了堅強。

　　另一邊廂，浩然的好友寧兒卻因家庭破裂而自暴自棄，無視浩然的勸告，漸漸走上歧途。

　　一對生長在不幸家庭中的好友，過早地接觸悲歡離合、困苦和誘惑。他們怎樣通過成長的障礙賽，到達希望的彼岸？

9. 　關麗珊：《睡公主和騎士》，山邊社，2008 年（初版）。

　　　睡公主和騎士不是童話故事中的人物，而是黃惠瑩與黃智琛兩兄妹的坎坷經歷。面對不該過早背負的家庭重擔，惠瑩選擇終日睡覺來逃避，成為成績一落千丈的「睡公主」，面對他人的嘲笑和欺凌，有輕度智障的智琛時時幻想自己化身成騎士保護家人。

　　　《睡公主和騎士》就是一個感人的成長故事，透過不同的視角，串聯出一段段感傷的、溫情的或激動的生活片段。

10. 　劉慈欣：《十億分之一的文明》，小麥文化，2016 年（初版）。

　　　少年科幻科學小說作家劉慈欣的力作。全書分為〈人和吞食者〉、〈詩雲〉和〈微紀元〉三個故事。

　　　〈人和吞食者〉講述來自宇宙的神秘晶體，帶來了「吞食者」即將吞食地球的可怕消息，處於技術劣勢的人類只能啟動最瘋狂的作戰計劃。〈詩雲〉則是關於幾首人類的古典詩歌，讓「神族」遭遇最大的挫折，為了突破「作詩」這一技術難題，神族竟要毀滅整個太陽系。〈微紀元〉講述地球資源即將耗盡，「方舟號」飛向宇宙尋找適宜居住的星球，可是重返地球時，卻發現人類已被「細菌人」取代。

　　　本書將視角放在浩瀚宇宙，探討地球文明面對更強的外星文明該如何生存的問題。

11. 劉慈欣：《動物園裏的救世主》，小麥文化，2016 年 (初版)。

　　本書是科幻科學小說，講述了四個奇異故事，都是因細節導致歷史扭轉。包括「螞蟻文明」與「恐龍文明」的對抗、巨大生物取代人類統治地球，及外星藝術家想偷走地地球上的海洋。故事新奇，表達作者對人類命運的遐思和想像。

　　每篇故事後，附有「編輯室科學教室」，簡單介紹不同的科學觀念，並附有延伸閱讀的網站，給有興趣的讀者自習。

12. 林翔：《喬比王子擊敗大魔王》，小樹苗教育出版社，2013 年 (初版)。

　　帥氣又聰明的喬比王子離家出走了，原因是他太愛說謊，自己做過的惡作劇都不肯承認。一天他打破了國王心愛的花瓶，但依然不肯認錯說實話，眼見國王非常憤怒，喬比王子害怕受到懲罰，就騎著小馬出城了。路上，喬比王子竟然遇著謊言魔王設下的陷阱，引誘他到一個可以為所欲為的「彩虹遊樂園」，喬比王子識破奸計，但要與魔王一決高下……

　　故事富教育意義，且配上色彩繽紛的插畫，最後附有閱讀理解、語文練習和小遊戲，豐富書本內容。

13. 徐瑞蓮：《小小精靈上學去》，小樹苗教育出版社，2013年（初版）。

　　小玲是一個聰明而又懂得魔法的小精靈，於是她慢慢養成了一個做事拖沓的習慣，因為只要一施魔法，房間一下子就可以收拾好，書包一下子就可整理好，甚至一下子就可以飛到學校。可是，作業卻不是可以施魔法就做完的，為了懲罰沒做作業的小玲，老師讓她一個月不能使用魔法。這一下子改變了小玲所有的生活習慣，甚至連上學的成問題。

　　這是一個教導小朋友不要成為別人眼中的「頭痛人物」，同時說明壞習慣會帶來惡果的故事。

14. 趙冰波：《叮鈴鈴》，小樹苗教育出版社，2008年（初版）。

　　本書分〈豎琴網〉和〈叮鈴鈴〉兩個小故事。〈豎琴網〉的主角是蟋蟀和蜘蛛，夏天晚上，蟋蟀在草叢裏拉琴，蜘蛛悄悄地爬過來，準備對蟋蟀下手，可是蜘蛛失手發出的聲音，正好像為蟋蟀伴奏，於是，牠們最後化敵為友，並結伴譜出美妙樂曲。

　　〈叮鈴鈴〉是一個關於敵人正對困難時，大家建立互助互愛關係的故事。本書透過兩個小故事，簡述在不同的場合如何化敵為友，建立互不傷害的關係。

15. 趙靜：《出逃一天》，小樹苗教育出版社，2012 年 (初版)。

　　《出逃一天》為作者「笑容女王蔡波波」系列之一，蔡波波是一名八歲的女孩，不愛受父母管束，決定離家出走一天，同時不停談論自己的夢想。在校園裏，波波是個愛替同學出頭的學生，一天又為了一個古怪的原因，而想出一個離校的詭計，到底波波是闖禍，還是幫助了別人？

　　「笑容女王蔡波波」共有六本，另外五本為《百分百美少女》、《男女鬥一番》、《貪吃鬼惹禍了》、《超級無敵的愛》和《瘋狂魔術師》。書中附有故事情節的漫畫，增加閱讀趣味。

16. 趙靜：《頂嘴小孩的煩惱》，小樹苗教育出版社，2009 年 (初版)。

　　本書為「頂嘴小孩與嘮叨大人」系列之一。愛頂嘴幾乎是每個小孩成長必經的階段，但對著不同的對象頂嘴，其實也有著不同的意思和原因。

　　面對爸爸媽媽，頂嘴小孩希望他們不要介意，因為頂嘴正說明自己慢慢長大；面對老師們，頂嘴小孩的爭辯是想表達自己堅持己見的方式；面對哥哥姐姐，頂嘴則是代表他們對自己有多重要。頂嘴雖然是爭吵的源頭，但卻是拉近彼此關係的一道橋樑。

17. 林偉倫、陳蓓妮編劇，袁兆昌改編：《欣月童話》，天地圖書，2007 年（初版）。

　　《欣月童話》是電影小說，講述吉林長春的七歲女孩欣月，突然患上絕症，貧窮的父母負擔不起昂貴的醫藥費，病況每況愈下，導致雙目失明。

　　在學校擔任小旗手的欣月，最大的心願是到天安門看升旗禮，欣月父母決心要達成女兒的心願，可是醫生堅決反對欣月遠行。父親於是向媒體《都市晚報》求助，報館全人決定替欣月圓夢，方法是在長春舉行升旗禮，但騙欣月地點是在北京。於是，報館借助媒體的力量，請長春市民合作，展開一場大型的說謊行動，「請你幫忙撒個謊」。最後，二千人一起替欣月完成夢想，締造一個打動人心的現代童話。

18. 肖定麗：《同桌是害人精》，木棉樹出版社，2011 年（初版）。

　　唐荳是活潑可愛的小孩，大家都叫她小豆子，自小她就決定長大後要當電影明星。

　　不過，小豆子也有一般小孩的毛病，例如不愛洗臉，而且粗心大意，爸爸媽媽望女成才，也時常提點，但在小豆子眼中，卻是令人洩氣的嘮叨。有一次班上編座位時，小豆子給編到數學第一的馬德文旁邊，但她卻認為馬德文是一個害人精，事實上，小豆子在數學一課上，卻佔了馬德文的便宜……

19. 金曾豪：《鵝鵝鵝》，木棉樹出版社，2015 年（初版）。

　　駱賓王的〈詠鵝〉詩，大家都耳熟能詳，「鵝鵝鵝，曲項向天歌。白毛浮綠水，紅掌撥清波。」在水邊的一個院子裏，六隻小鵝頂著蛋殼出生了。院子裏有花有樹，還有一片可供踱步的草地，相比起很多野鳥，雖然小鵝不會飛，但卻是有家的。鵝群的大管家保護牠們，而配有象徵榮譽的紅色領結，不過偶爾犯錯後，大管家被取消了紅色領結的配戴權，後來在與老鷹交戰中，保護了小鵝群而重拾榮譽。

20. 周銳：《其其小小故事》，木棉樹出版社，2006 年（初版）。

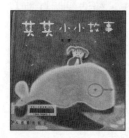

　　本書收錄十五個關於其其的小故事。其其很博學，別的小朋友不知道結婚是甚麼一回事，她卻知道——「不就是一個男孩和一個女孩在一起拍張大照片，再裝進漂亮的相框裏掛起來嗎？」（〈婚是怎麼結的〉）。其其同時也很好學：為甚麼明明自己是中國人，但尿了在床單上的形狀一點都不像中國，卻更像德國呢？（〈床上的地圖〉）。觸覺敏銳的其其探索世界，啟發小讀者思考，一起從多個角度認識自己身處的世界。

21. 周銳：《俠路相逢沙門島》，木棉樹出版社，2011 年（初版）。

　　《俠路相逢沙門島》是一部兒童武俠小說，故事講述三小俠在荒郊野外遇上兩名逃犯，這兩人曾是鼎鼎有名的江湖大盜，從沙門島逃出來，他們惡形惡相，可是當提起沙門島就面露恐懼。聽說那沙門島是一個發配重犯的地方，「島主」是一個姓李的魔頭，他發明了驚慄的「死亡遊戲十八關」，這個與世隔絕的沙門島，就是為犯人而設的人間煉獄。三小俠遇到逃犯，如何應付他們？最後又與那姓李的魔頭如何周旋？

22. 孫幼軍：《毛毛和大鬼》，木棉樹出版社，2008 年（初版）。

　　這是一個關於一個叫毛毛的小孩的故事。毛毛的父母離家遠遊，毛毛的外婆說他太淘氣，所以請了個姐姐來照顧他，姐姐說，毛毛不聽話的話，大鬼就會來吃掉毛毛。

　　毛毛聽後很害怕，他沒見過大鬼，這個又黑又高頭髮又長的東西，很是嚇人，可是，聽了姐姐的話後，他們時刻想著大鬼，終於有一天，毛毛和大鬼通上了電話，大鬼還問毛毛有否棒棒糖，還相約到公園遊玩⋯⋯

23. 孫幼軍：《自己畫的故事》，木棉樹出版社，2008 年（初版）。

　　《自己畫的故事》以圖畫為主，配以簡單輕快的文字，說了一個關於朗朗的故事。朗朗因為父母不帶他去看電影而生氣，爺爺給了他畫紙畫畫，他畫了猴子和大貓，而在朗朗筆下的動物，竟然都成真。他畫的兩隻猴子，見到朗朗畫的大貓就緊張起來，顯得害怕，於是就爬到朗朗畫的樹上去，在令故事繼續發展，朗朗又為動物畫下兩朵雲和一個月亮，才發覺他畫的那隻大貓，原來是一隻老虎……

24. 梅子涵：《曹迪民先生的故事》，木棉樹出版社，2016 年（初版）。

　　《曹迪民先生的故事》寫的是一個真實的小孩，發生在他身上零零碎碎的故事——在學校裏的、在學校外的、狗跟在屁股後面的，及上課小便來不及了的故事……

　　身邊發生的小事，原來很多都令人莞爾，如果能以輕鬆幽默的手法寫來，更能令人捧腹大笑，然後發現，這些事，可能都在自己或同學朋友身上發生過。書中收錄十個小故事，讓小朋友讀來輕鬆，增加閱讀趣味。

25. 黃蓓佳：《肩膀上的天使》，木棉樹出版社，2010 年（初版）。

　　《肩膀上的天使》的主人公為單明明與杜小亞。他們相遇的那天，杜小亞以插班生身分走進教室，而那天正是單明明的十一歲生日。

　　可是，生日那天，單明明一早就發現自己冀盼的生日禮物，爸爸是不會買來送給他的了，而且自從奶奶去世後，生日時也沒有了喜愛的醬排骨和長麵條。回到學校，更被老師抓到黑板前，窘迫地對一道不解的數學題……

　　黯淡無光的生日天，單明明覺得毫無趣味，但這天，杜小亞就像個天外來客出現在單明明眼前。

26. 黃蓓佳：《飄落的白棉花》，木棉樹出版社，2012 年（初版）。

　　《飄落的白棉花》是一個發生在一九四四年的故事。那一年，是抗日戰爭打到第八個年頭。

　　太陽灼灼的夏日午後，克誠跟著母親，在屋後的菜園子裏壓南瓜藤，遠處卻傳來了轟隆隆的雷聲。克誠母親知道那是飛機轟炸的聲音，而且轟炸就在他們家不遠處，於是她就拼命的保護克誠。

　　爆炸聲之後，如果火紅的天空出現一朵「白棉花」，就代表敵軍就隨時會出現，克誠見到了白棉花，代表危險即將來臨……《飄落的白棉花》是一個關於戰時拯救行動和大愛的故事。

27. 陶綺彤：《一二三木偶人》，文房 (香港) 出版，2014 年
　　（初版）。

　　本書是一部分十個章回的小說。在夜深人靜的時候，劇院角落的木箱突然在移動，原來箱內的木偶是會動的！它們會飛，會說話，好像有了生命，活靈活現，甚至會瞬間轉移，它們每個都有自己的名字和身分，包括公主克拉拉、小丑哇哈哈、帥氣的必勝客、阿里，還有足智多謀的國王克拖拖。杜師傅原本是操控它們的人，但當木偶有了生命之後，它們就像在秘密進行一場不可能的任務，於是，一場「戲中戲」即將上演……

28. 周宛潤：《精靈傘 1 實習小精靈》，世界出版社，2010 年
　　（初版）。

　　《精靈傘 1 實習小精靈》，是一個以小精靈夏多要加入由奧列爸爸創立的精靈傘的故事，奧列爸爸開出一個條件，就是如果要加入精靈傘的行列，夏多就必須尋找五個心事重重的小孩，幫助他們度過夢想成真的三天。

　　五個在成長路上遇到挫折的小孩，總是心事重重；但在奧列爸爸的精靈傘裏，他們吃下願望豆，能夠過上三天夢想成真的生活！過程中，他們經歷了成長，學會包容和體諒，並重拾自信心和修復了人際關係。

　　這是一個「撐開精靈傘，走進實現童夢的神奇世界」的故事。

29. 謝錫金、羅嘉怡編著：《我是小一生》，青田教育中心，2003 年（初版）

　　顧名思義，《我是小一生》是以一個初升小學的兒童出發，發現新環境設備齊全，新奇好玩，於是主角寶貝很喜歡上學，可是，很快他就發現班上的一個同學並不喜歡上學，慢慢地，寶貝又發現在學校裏除了上課，還會發生很多事。

　　全書分為十一個章節，故事簡單但容易引起共鳴，附有插圖吸引閱讀。每章最後，均附有討論問題和活動，協助小讀者細味每段故事。

30. 辛辛：《我的野蠻上司校長》，青桐社，2011 年（初版）。

　　古華小學老師辛辛，自小立定志向，以教書為業。可是，在政府制定的教育政策和措施、辦學團體的監督，以及基層學校的管理下，教師工作壓力大增。老師們既要面對外評、觀課、宣傳學校及處理家長投訴等「外憂」，亦要提防校長公報私仇、教師之間力求爭上位而勾心鬥角的「內患」。辛辛跟校長常鬧意見，幾乎飯碗不保……

　　如教育界的葉建源作序時說，「如果不嫌尷尬，請老師們把心目中的校長寫出來，也請校長把心目中的老師寫出來，一定非常刺激！」

31. 君比：《嘩鬼學生反轉校園》，青桐社，2011 年 (初版)。

　　不論在此度過青蔥歲月的學子，或是為理想為生計在此任教的老師，學校是一個充滿回憶的地方。教師有很多種，學生亦然，因此在教學與學習的日子裏，不同人遇上不同人就會產生多樣的反應。

　　作者以自身的教學經驗，刻畫出各種老師與學生相遇的「化學反應」，集中各輯以老師為主體，記錄「當 Miss 遇上……」各類不同人的故事，當中包括「非一般」學生、「囉囉攣」學生、「好幫手」學生、「星級」老師、「騰雞」老師、「頭痕」老師、「人辦」老師及「惡搞」家長，以趣味手法記錄校園內發生的種種。

32. 周蜜蜜：《小小 X 檔案》，青桐社，2009 年 (初版)。

　　這是一本關於科學幻想、探索求真的作品。作者提出了多個問題，包括「人類是否可以複製？」、「人的靈魂和思想又是否可以複製？」及「宇宙到底有多大？」等等，這些看似是形而上而又涉及生物倫理的問題，每天在世界每個角落都給問及，而且很多時都「困擾」著小朋友那小小的腦袋。

　　於是，作者從這些問題出發，搜集大量資料，將許多科學問題加以「處理」，《小小 X 檔案》，就是這樣編寫成的一個科學幻想偵探故事。

33. 君比:《搞鬼搣時日記》,明窗出版社,2016 年(初版)。

　　本書收錄了四十八篇散文,分作「我們的小丑」、「女校阿 sir」、「獨行俠」、「她還是留級了」和「笑笑小劇場」五輯。文章均是作者在教書期間,在《明報》校園版「Miss 絮語」專欄中刊登過。

　　文章都是關於校園記趣,包括新上任的老師面對頑皮學生、學生與學生、學生與老師之間的互動,記錄下來的趣事和樂事。書中部份附有插畫家灰若繪畫的四格漫畫,對應內文,增添閱讀趣味。

34. 林澤銘:《巧克力的毒咒》:明窗出版社,2007 年(初版)。

　　《巧克力的毒咒》為「少年神探隊」系列的延續篇,是一本章回小說形式的探奇小說。

　　以傑恩為首的「少年神探隊」一共有十一人,這次遇到的案件,是在屍體的口中含著一顆巧克力,而屍體筆直躺在地上,面容扭曲、眼珠暴凸,從面容看來死狀恐怖,死得不明不白,甚至心有不甘,破案的線索和關鍵,在於死者口中含著那塊巧克力,到底巧克力是死亡的凶兆還是暗藏毒咒?「少年神探隊」憑著機智和他人的協助,再一次偵破一單離奇的殺人案件。

35. 笨蛋姐姐：《七彩鱗衣》，明窗出版社，1999 年（初版）。

　　笨蛋姐姐原名陳約基，為兒童故事作者，《七彩鱗衣》附有小善（原名李善琨）的插畫，這個故事是關於漁夫娶了美人魚，然後美人魚發現自己的七彩鱗衣後返回大海，往後延續的故事。故事講述漁夫和美人魚的孩子長大了，漁夫講了美人魚媽媽的故事給兒子聽，然後兒子在偶然的機會下，遇見美人魚媽媽，美人魚帶他到海裏見親友的故事。

　　《七彩鱗衣》結合傳說與現實，從一個擁抱講到愛，故事雖短，但溫馨動人。

36. 蘇子：《同話故事》，明窗出版社，2002 年（初版）。

　　《同話故事》收錄十二篇故事，雖然故事的對象是兒童，但書籍針對的讀者群同時是父母。作者認為許多父母都會給孩子講故事，同時可以善用故事為生活教育及親子活動的用途。因此此書除收錄小故事之外，還介紹一套「講故事‧學創作」的方法。

　　用故事引導孩子聆聽，同時領略故事背後的意義，讓孩子假想自己是故事主角，進行處境寫作或仿寫，每個故事之後，更有「內容解畫」和「讀後活動」，建議可就故事內容進行戲劇、美勞及小食等創作活動。

37. 周蜜蜜：《愛你！愛你！綠寶貝》，和平圖書，2005 年（初版）。

　　大綠寶是一隻來自南丫島的綠海龜，牠要回到深海中尋找父母，但海龜是在岸上沙灘產卵的動物，於是大綠寶就帶同百多個小弟妹「扒沙涉水」，跨過滿地垃圾的沙灘，避開大海鳥和沙蟹的追捕，更與殺人巨鯨和嗜血鯊魚周旋，回到深海找父母的過程，可謂秒秒鐘膽顫心驚。可是，最令大綠寶氣憤的，還是自己的同類——人工孵育的小海龜「貴貴一族」，牠們維護殘害生靈、污染環境的人類，在途中，兩種海龜更大打出手。

38. 周蜜蜜：《聽！聽！說不完的風中傳奇》，和平圖書，2006 年（初版）。

　　小鳥之之懂得樹家族的通信暗號，這種神奇力量讓她結識了公園的榕樹伯伯。榕樹伯伯給她介紹了多位老朋友，他們都是香港的古樹名木，包括許願樹婆婆、錦田樹屋大哥及荔枝窩大樟樹等，這些樹木訴說了自己屹立數百載的難忘經歷，叫之之驚嘆不已。

　　一個晚上，之之又聽到樹的「心音」，但那竟是樹的死亡呼號。她心急如焚，立即與其他雀鳥同伴，展開拯救行動。

39. 陳文威：《小草找媽媽》，和平圖書，2005 年（初版）。

　　《小草找媽媽》收錄十篇小故事，分為「親親爸媽」和「抱抱自然」兩個部份。全書以擬人法，用小草、蝴蝶及蝸牛等動物述說故事。

　　作者認為人生有很多關於「尋找」的經驗，而閱讀也是一種尋找。尋找是一個過程，同時是一種自我發現。閱讀不是作者寫甚麼便讀甚麼，也需要尋找沒有寫出來的東西，十篇故事都附設提問，作者希望藉此達到啟發的效果，目的就是要令小讀者展開追尋。

40. 楊紅櫻：《貪玩爸爸》，星（香港）出版，2004 年（初版）。

　　馬小跳是馬天笑的兒子，他們父子都是貪玩的人，馬小跳出生時就「故意」在母體內多待了一個月作弄父母，出生後又不肯給護士秤體重而在體重磅上亂跳，因而得「小跳」這名字。

　　馬小跳天生頑皮，關於「玩」，他總是很擅長，全因為，他的父親馬天笑也是一個貪玩的人，馬天笑是一家玩具公司的設計總監，對於玩具經常要有新的構想，因此他們父子經常都打成一片。

41. 楊鵬：《時空飄移記》，星（香港）出版，2005年（初版）。

　　《時空飄移記》是一部懸疑的章回小說。主角有楊歌、方芳和三劍客。楊歌對方芳很好，於是方芳向楊歌示愛，但遭拒絕。方芳經不起打擊而在地鐵跳軌，之後下落不明，翌日竟如常出現在課室。

　　重現的方芳恍如脫胎換骨，為了再親近楊歌，竟成為了暢銷作家，但她再次向楊歌示愛時，又遭到楊歌拒絕。她傷心欲絕，揚言全市數百萬人的生命都危在旦夕。於是三劍客調查方芳身上到底發生了甚麼事，並化解這一場奇怪的災難。

42. 黃黑妮：《動物總動員》，星島出版，2006年（初版）。

　　顧名思義，這是一本以動物為不同角色的故事書。作者以豬、鼠、兔、河馬、鴨、貓和象等多種動物，創造出三十個不同角色，並創作出一百個關於牠們的小故事。

　　這些故事簡單易懂，為的是要滿足兒童的求知慾，以擬人法描寫，使故事更為生動，例如會跳橡筋繩的鴨子、接電話的貓和坐校車的獅子等。每個故事都配有插圖，以形象配合文字的閱讀，並附有「給孩子的話」，令兒童閱讀故事後更能掌握事情的意義。

43. 潘明珠：《球場上的甜蜜聖誕》，香港中外文化推廣協會，
　　 2009 年（初版）。

　　《球場上的甜蜜聖誕》包含十三個小故事，透過可愛的小兔、小豬、四眼龜及大耳驢等小動物的生活片段，呈現一個一個適合親子閱讀的動人小故事。

　　同名篇章〈球場上的甜蜜聖誕〉講述小兔家中經濟遇到問題，聖誕節父母不能準備禮物，小兔為著聖誕節沒有禮物而耿耿於懷，但遇到弱視的小童卻教小兔學會心靈的富足才最重要。

　　每篇故事後都附有小遊戲和「心靈小挑戰」，根據故事情節提出問題，讓小讀者反思故事中的意義和道理。

44. 潘金英，潘明珠：《四季摩天輪》，香港中外文化推廣協會，
　　 2014 年（初版）。

　　《四季摩天輪》共收十七篇童話故事，並附生動插圖，故事主角除人物，還包括幽靈和各式各樣的動植物。他們在天馬行空的想像世界裏說話、行動、以至做著很多奇怪的事，例如在〈金秋的野餐〉中，人的幽靈和樹精靈互相交談；〈四季摩天輪〉中，摩天輪上不同的按鈕可製造出四季的效果等等。

　　《四季摩天輪》是一本結合教育、趣味和思考的「三合一」童話故事書，每篇故事後，都附有簡單的「閱讀金鎖匙」，讓小讀者深思故事的內涵。個別還增編「文化小知識」，增進小讀者見聞。

45. 陳櫻枝：《陳櫻枝童話選》，風雅出版社，2015 年（初版）。

　　《陳櫻枝童話選》收錄三篇成長故事，分別為〈小饅頭冒險記〉、〈貓偵探〉和〈我的洋蔥頭哥哥〉。三篇故事皆從生活中取材，細節鮮活具體，運用對話推動故事發展，同時顯淺易懂，是別開生面的益智故事。

　　從故事的標題可看出，作者均採取擬人法，將生活中的物事轉化為人而描寫故事，當中亦有場景的襯托，例如〈貓偵探〉中的石板街、蘇屋邨等，很能引起讀者共鳴。

46. 關夢南：《小學寫新詩　其實並不難》，風雅出版社，2011 年（初版）。

　　本書由著名詩人關夢南先生編著，顧名思義，作者希望透過本書教導小學生寫新詩。全書分作「十課」，小讀者讀完每一課並參考例句創作，完成十課後就是一個小詩人。

　　作者編寫此書有三個重點，分別為一‧鼓勵從生活出發；二‧鼓勵想像，多作比喻；三‧鼓勵「詩的遊戲　遊戲的詩」。每「課」均收錄小學生的詩作供參考，以及「課後活動」，如作者所言，要學寫詩，必須自己先拿起紙筆，將心中所想先行寫下，而寫詩就是一個尋找快樂的過程。

47. 阿濃：《美麗的中國人》，突破出版社，2009 年 (初版)。

　　《美麗的中國人》描述中國歷史上二十個心靈最美麗的人物，其精神滋養了我們一代又一代的國民，當中包括上古神話的神農氏、戰國時期的莊周、北魏的花木蘭、唐代的杜甫及宋代的歐陽修等。

　　作者以深入淺出的文字，述說古歷史人物的故事，帶領讀者穿越時空，探索古人一生中最燦爛光輝的日子。每章並有附錄，介紹延伸閱讀的讀本，讓有興趣的讀者深入了解書中所介紹的歷史人物。

48. 阿濃：《與年輕人的真情對話》，突破出版社，2001 年 (初版)。

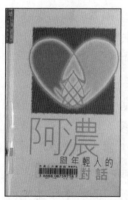

　　本書是記錄阿濃開拓的的「對話頻道」，以書信的方式跟不同的學生談話，從中選出的書信集。他們以朋友關係相待，學生的書信均以「阿濃，你好！」作上款，顯示一種對等的朋友關係。

　　與阿濃通信的學生，達一百五十位之多，阿濃選出當中廿多封信件出版，記錄他身為年長的朋友，如何聆聽青少年內心的聲音，並以其豐富的人生閱歷，回應少年朋友們的問題和意見。

49. 邱心：《校園溝通事件簿》，突破出版社，2003 年（初版）。

本書以在校園內發生的種種「溝通事件」為主題，從一個少年的眼中觀察到，及體會到的記錄。在同學之間、師生之間的溝通中發掘喜與樂，透過「教學時電腦失靈」、「告密事件」及「小組匯報」等的事件，生動有趣地展現溝通過程的重要性和趣味，並反思「科技工具」與「人際關係」的各種疑難雜症。

每篇故事後附有「溝通思考板」及「小導讀」，分析各種溝通工具和方式的利弊，使同學更能善用各種溝通渠道。

50. 林浣心、侯傑泰等：《原來孩子是這樣》，突破出版社，2001 年（初版）。

這是一本收集學生寫給校長的信札的小書，是協恩小學的林校長和學生的對話，一掃校長平時不苟言笑的木訥形象，與學生打成一片，書中分作七個部份，以「原來孩子……」為開始，發現孩子生動活潑而又敢言的一面，包括（原來孩子）幽默風趣、率直敢言、純真可愛、關懷體貼、充滿愛心、問題多多及虛心受教。

校長回應學生心聲外，更邀得侯傑泰教授化身「猴教授」執筆，以其教育經驗，提供另一種角度，讓成人反省自己的許多既定觀念，讓本書成為一本老幼咸宜的讀物。

51. 胡燕青：《一米四八》，突破出版社，1997 年（初版）。

　　本書共有五十九個小故事。「一米四八」，令人聯想到身高，當中的故事是講述一班好朋友，一個學年中在校園裏的大大小小的故事。

　　故事寫法貼近生活，令讀者有置身其中甚或親歷其境的感覺。校園中各人的相處都很真誠，並會在成長的過程中留下印記。如作者所言，大大小小的風波，有歡笑，有眼淚，在真誠的相處中，成長不知不覺地留下痕跡。

52. 胡燕青：《野地果》，突破出版社，2009 年（初版）。

　　十四歲少女閔小辛來港與父親團聚，卻面對「新移民」的種種困境。原本是運動尖子的她變得寂寂無聞，加入校隊困難重重；以前是學校的優等學生，現在竟要連降兩級，文筆流暢卻被人無故冤枉。父親紮鐵養家，母親患情緒病，住進比想像更狹小的舊區板房，生活捉襟見肘……她不禁要問：我為甚麼要來？我哪裏有權選擇？

　　鄰座同學「粒仔」、房東太太、排球校隊老師與學長、街坊診所醫生，各不相關的小人物穿梭織成小辛的故事。彼此的互動、一次又一次的磨練中，小辛提早告別無憂的童年，堅持尋夢。

53. 周蜜蜜：《夢斷童年》，真文化出版，1999 年 (初版)。

　　《夢斷童年》寫的是苦澀的人和事。黃維樑先生表示，此書由頭到尾寫的是「革命」，而主角則是幾個少年，原本有著「馨馨」、「華華」及「夢夢」幾個甜美的名字的少年，於當年的政治運動中，一下子經歷世道之變，生命從此改寫。

　　作者以童稚的眼光看一場當代大事，當中包括家庭劇變及個人恥辱，童年夢想破碎，使得一代人不再純真，並趨向早熟與反思。通過單純的孩子，揭示荒謬的世道之變。

54. 陳丹燕：《狗仔》，教育出版社，2005 年 (初版)。

　　本書為「『我在這兒』成長閱讀叢書」系列，選出名家作品再版。

　　「狗仔」是一個小女孩的乳名，反映出民間的傳統：做父母的怕小生命太過貴重，所以在對付專門勾小孩靈魂的鬼前，將自己小孩的乳名改得低賤。故事就發生在「狗仔」和父母一家之中，並道出父親和母親對於子女的態度，可以有多大分別，母親的嚴苛，父親的寬容，時而令他們三人之間出現不少矛盾，但歸根究底，都是出於父母對子女那單純的愛。

55. 鄭春華：《米球球的大本營》，教育出版社，2004 年（初版）。

　　米球球是一個六歲大的小孩，他的家很大，有三房兩廳，但偏偏米球球喜歡自己的「閣樓」，他愛把自己拾回來的「寶貝」堆放在閣樓裏，並帶自己喜歡的人到閣樓參觀，他的寶貝包括吸鐵石、貝殼、碎玻璃等。米球球小小的心靈，就寄託在這個只能容納他小小身軀的閣樓內，爸爸媽媽起初雖然反對，但很快又接受了米球球這個屬於他自己的世界了。

56. 綠騎士：《魔牆的秘密》，基督教文藝出版社，2000 年（初版）。

　　故事設定在一個叫「大魚島」的地方，這個地方隱約透露出香港離島的氣息，可是它並非特定地點，而是藏在人間的許多角落。那些奇怪、可愛或可惡的人物，在我們日常生活中隨處可見，故事主人公是一對孖女，名叫晶晶與瑩瑩，她們和方翼鳥，對抗狠毒無影魔的歷險，正是人間對惡對峙的寫照。

　　書中附有插圖，為作者女兒所繪。

57. 鍾桂蘭：《跳躍的音符》，童藝少兒文化，香港少年兒童教育
　　出版社，2011 年（初版）。

　　　　《跳躍的音符》為童詩集，收錄三十三首作品，配以色彩豐富的插圖。詩人說「如果說 / 詩是生活的花朵 / 那麼 / 童詩該是跳躍的音符 / 譜出一首首 / 啟迪心靈、饒有童趣的 / 樂章 / 伴著 / 孩子們成長」。

　　　　詩作多以動物或親人入題，以簡單易懂的文字譜出詩意。例如〈老大不是我〉，就將小孩和家人的關係通通點出來，並反問「當老么有甚麼不好？」讓小讀者在閱讀詩作的同時，也可有切身的感受。

58. 阿濃：《漢堡包和叉燒包》，新雅文化事業，2012 年（初版）。

　　　　本書為出版社「香港兒童文學名家精選」之一，分為「小說篇」和「散文篇」兩部份，收錄作者十一篇兒童小說及二十四篇散文。

　　　　同名短篇〈漢堡包和叉燒包〉主題是代溝，並提出解決代溝的方法，是互相理解和嘗試接受對方的意見。故事約於七十年末寫成，當時香港電台舉辦第一屆全港兒童講故事比賽。作者於是寫下這個故事，並分配給協恩中學的曾詠恆演講，獲得比賽的冠軍。

　　　　而散文部份中的〈千里傳情〉，則是作者女兒在英國讀書時給她的書信，思念與鼓勵交織，讓小讀者讀到真切的感情。

59. 周蜜蜜：《兒童院的孩子》，新雅文化事業，2012 年（初版）。

　　本書為出版社的「香港兒童文學名家精選」叢書之一。講述一位叫真真的小朋被媽媽送進「兒童之家」，在兒童院結識了朋友，他們一起玩耍、生病一起進醫院，是兒時的良伴，亦因為有朋友的相伴，真真才不太想念媽媽。可是，兒童成長後需要離開兒童院，兒時的良伴又如何面對離別？

　　本書曾榮獲一九九一年兒童文學雙年獎，初期由山邊社出版社出版，至二〇一二年獲編選至「名家精選」叢書，並新增〈作者自序〉及〈作者訪談〉二章。

60. 周蜜蜜：《這個聖誕真特別》，新雅文化事業，2014 年（初版）。

　　本書收錄七個有趣感人的校園故事，為「新雅兒童成長故事集」之一。透過簡單易明的文字，講述兒童成長的心理軌跡，以不同的事件，刻劃兒童在成長路上的不同遭遇。

　　本書講述聖誕節來臨，在普天同慶的日子裏，樂趣兒一家卻過了一個不尋常的聖誕節，就是在各式各樣聖誕禮品佈滿大小商場時，他們卻要費盡心思去過一個環保的聖誕節……

61. 金力明：《小羊豐三》，新雅文化事業，2013 年 (初版)。

　　為出版社的「香港兒童文學名家精選」叢書之一。分為「寓言篇」、「生活故事篇」及「童話篇」，合共收錄三十六個小故事。

　　作者認為，他寫作時總是希望藉著某一故事，詮釋一些本就蘊含於日常生活中淺白易懂的道理，令小朋友在閱讀的過程中，於其成長有所得益。因此，小故事的情節和文字簡單，但都是蘊含道理，例如教導孩子學習的重要性、不可以以貌取人、不應貪慕虛榮等等。作者堅持兒童文學作品的敘事語氣應輕鬆自如，合乎所涉角色的稚氣和天真，力求每篇小故事都獨立完整。

62. 胡燕青：《馬老師點兵》，新雅文化事業，2013 年 (初版)。

　　為「香港兒童文學名家精選」叢書之一。書中分為三篇：兒童故事篇、童詩篇及校園故事篇。包括十六篇兒童故事、十首童詩，以及十三篇校園小說。

　　兒童故事篇的故事主角大多是小學生，故事的場景不但包括香港的小學校園，還涉及到內地偏遠落後地區的鄉村小學。作者用感人的故事，多方面展示不同環境的兒童如何熱愛學習。童詩部份則文字淺白，生活氣息濃厚。如〈做功課〉：「鉛筆很大意，老寫錯字。／橡皮生氣了，一次一次把字抹掉。／鉛筆累了，嘴巴變大了，吐出的字愈來愈少。／橡皮也累了，臉變黑了，氣得活蹦亂跳……」形象地寫出小孩子做功課常出現的景象，令人印象深刻。

63. 品德教育小老師：《專心的故事》，新雅文化事業，2000 年（初版）。

本書收錄三個小故事，分別為〈頑皮的小猴子〉、〈不專心的小白兔〉和〈小白鷺鷥學捉魚〉。顧名思義，這是一本關注兒童專注能力的故事集，注意力不集中是許多孩子的通病，身為父母可如何助孩子克服這個毛病呢？本書提供了「聽故事」這個方法，培養專心聽講的好習慣，並指出一些常見做法的壞處，助小讀者及家長改善兒童專注力不足的問題。

64. 哲也：《變身頸圈和黃金蛋》，新雅文化事業，2012 年（初版）。

本書收錄三個科幻小故事，分別是〈忘憂洗澡桶〉、〈變身頸圈和黃金蛋〉及〈焦糖瑪奇朵〉，並附有童話關於銀河的起源的〈宇宙小常識〉。作者自言喜愛的並不是科學，而是那些飛來飛去的太空船、火箭和飛行器，覺得這些東西很「型」，當然他的寫作中，同時包含了科幻元素的怪獸和奇異的星球，於是，作者就憑借幻想的力量，建立了一個和諧的宇宙，讓所有朋友一起去尋寶。

65. 陳華英：《火星人的樂土》，新雅文化事業，2013 年（初版）。

　　為出版社的「香港兒童文學名家精選」叢書之一。分為「童話篇」、「生活故事篇」、「校園故事篇」、「科幻故事篇」及「幻想故事篇」，合共收錄二十九個小故事。

　　本書的各個篇章都有不同的原因，例如〈賣花傘〉和〈脫了羽毛的鳥兒〉等七篇童話故事，是作者攬著子女們編的睡前故事；「生活故事篇」裏的〈漫遊雪鄉〉和〈肥肥和瘦瘦〉等，卻是以子女為主角的生活故事。

　　另有一些真實的故事，以校園生活為背景，又以天馬行空的科幻故事，滿足愛幻想的學生。對作者來說，有時透過說故事來教學，效果遠勝說教。

66. 翌平：《騎狼的小兔》，新雅文化事業，2007 年（初版）。

　　《騎狼的小兔》收錄十二篇新奇又充滿幻想的故事，包括〈騎狼的小兔〉、〈金絲猴的新房子〉、〈學武的刺蝟〉及〈小狗與向日葵〉等。綠色的山野和大森林，就是一個浪漫的大劇院，所有小動物，就是舞台上的主角和配角。

　　集子裏的故事是輕鬆、喜悅和詼諧的小喜劇。這些故事好玩好看，向讀者展示一個神奇的童話世界，同時充滿溫情和友情，叫讀者感動。

67. 黃虹堅：《零點五分》，新雅文化事業，2013 年 (初版)。

　　《零點五分》為「香港兒童文學名家精選」叢書之一。分「兒童故事」（含十六篇）及一篇中篇「兒童小說」兩個部份。

　　兒童故事部份主要是描寫溫馨而令人懷念不已的校園生活。這些故事既描寫了同學之間的友愛，也描寫同學之間的磨擦與誤會，也有描述兒童成長過程中遭過到的各種尷尬與體悟。

　　中篇小說〈煒力的童年〉，則借助一個幼年失去母愛，在父親與照顧者趙阿姨的關愛，以及自己的不斷努力下，終於成長為一個「小男子漢」的溫馨故事。作者希望借文字力量的潛移默化，幫助孩子們打下健康心理和健全人格的基礎。

　　作者在短篇中，總希望帶給兒童明亮的、安適的和幸福的感覺，可是中篇的寫法就會較深入地面對現實，描寫生活中真實的一面。

68. 黃慶雲：《貓咪的 QQ 奇遇 》，香港：新雅文化事業，2002 年 (初版)。

　　QQ 是一隻不知道老鼠長甚麼樣的貓咪，而牠的奇遇，就是包括在小狗聞問、松鼠姑姑、小灰兔、啄木鳥醫生和奇博士之間的交會上，最後 QQ 和老鼠相遇了，並且和老鼠做了朋友。

　　書後附有「閱讀實力大挑戰」，提供語文練習，讓小讀者在閱讀故事之餘，同時有加強語文能力的機會，透過不同情節，學習何謂量詞、相似詞和關聯詞。全書配以精彩插圖，增加閱讀趣味。

69. 童文：《逝去的精靈》，新雅文化事業，2010 年（初版）。

　　故事講述森林中不斷有人前來，他們痛心地反省過去，虔誠地懺悔，但問題是，他們為甚麼這樣做？他們需要反省甚麼？作者由此留下一些問題需要解答。到了二〇五〇年，世界將會變成怎樣？一次不可逆轉的大悲劇正悄悄逼近人類，一個科學家為此憂心忡忡，最後更不惜犧牲自己去改變歷史……

　　本書通過一個玄妙奇幻的故事，向讀者講述環保綠化、生態平衡的重要性，關於環保及保育，提供了一個入門的介紹及做法。

70. 新雅語文教學研究組：《士多店的男孩》，新雅文化事業，2003 年（初版）。

　　為出版社「閱讀快車」系列的第六站之一，適合十一至十三歲兒童閱讀。書中收錄不同文類十七種，包括散文、說明文、智慧故事及名人故事等。

　　名人故事收錄了〈岳飛抗金〉的故事，說明文是〈秦始皇陵和兵馬俑〉，神話故事則是著名〈阿拉丁神燈〉。

　　同名篇〈士多店的男孩〉，作者馬翠蘿，為一生活故事，講述「我」到士多買蚊香時，遇見老板的兒子，在中秋節苦等「我」折回買蚊香的故事。故事的主題是信任，因為「我」答應了老板的兒子要買蚊香，於是他就一直等我，哪怕是延遲關門。筆觸輕描淡寫但感情細膩，感人至深。

71. 新雅語文教學研究組：《和星星月亮交朋友》，新雅文化事業，
2003 年 (初版)。

　　為出版社「閱讀快車」系列的第二站，適合七
至九歲兒童閱讀。書中收錄不同文類十四種，包括
童詩、動物故事、成語故事及神話故事等。

　　同名篇章〈和星星月亮交朋友〉，為一生活故
事，作者馬翠蘿，講述兩姊妹看見天上的星星和月
亮，想跟它們交朋友的故事，最後她們爸爸用一盆
水，將星月的倒影映在盆中，讓她們「觸摸」到星
月的故事。

　　除了童趣外，更重的是教育意義和想像力。
每篇故事後附有閱讀理解，創意思考和語文遊戲，
協助和啟發小讀者思考。

72. 新雅語文教學研究組：《狐狸登廣告》，新雅文化事業，2003
年 (初版)。

　　為出版社「閱讀快車」系列的第五站之一，
適合十至十二歲兒童閱讀。書中收錄不同文類十七
種，包括散文、說明文、歷史故事及名著故事等。

　　歷史故事收錄〈康熙智擒鰲拜〉，亦收錄了較
為嚴肅的說明文〈比薩斜塔〉和散文〈歌聲〉，可
見提升了編著的難度，針對較為年長的兒童。

　　同名篇〈狐狸登廣告〉為一寓言，作者孫重
貴，講述狐狸和熊貓為了商談廣告一事，狐狸如何
使詐的故事。故事中牽涉到廣告收益、簽約、「空
頭支票」等字眼，而欺詐的故事更能向小讀者反映
現實世界的模樣。

73. 新雅語文教學研究組：《誰應得獎》，新雅文化事業，2003 年（初版）。

　　為出版社「閱讀快車」系列的第三站之一，適合八至十歲兒童閱讀。書中收錄不同文類十五種，包括唐詩、生活故事、奇案故事及德育故事等。

　　唐詩收錄了王維的〈九月九日憶山東兄弟〉，而同名篇章〈誰應得獎〉為一寓言故事，作者孫重貴，是一個講述聖誕老人送禮物給電器用品，最後由電線得到禮物的故事。

　　篇後的閱讀理解供小讀者直接理解故事，語文遊戲則訓練小讀者運用詞語或成語的能力，創意思考更能協助發揮想像力，開拓故事以外的思考。

74. 新雅語文教學研究組：《懶人城》，新雅文化事業，2003 年（初版）。

　　為出版社「閱讀快車」系列的第四站之一，適合九至十一歲兒童閱讀。書中收錄不同文類十六種，包括民間故事、日記、童話故事及名著選讀等。

　　名著選讀為節選自意大利作家艾德蒙多・狄・阿米捷斯的《愛的教育》中〈赤子情真〉一段。同名篇章〈懶人城〉出自宋貽瑞手筆，顧名思義，是講述一個城市中的人，全部都是懶鬼，大家都這般懶洋洋時，到底會發生甚麼事？篇後的創意思考，反問懶人城是否有可取之處？如果讀者到了懶人城，最想做的又是甚麼等問題，激發小讀者思考，反思現實與故事間的關係。

75. 劉素儀：《反斗三星》，新雅文化事業，2013 年（初版）。

　　本書分為「童話故事」（含三篇）、「生活故事」（含八篇），以及「科幻故事」（含兩篇」三個部份。

　　在童話故事中，作者以擬人的手法，或是教導孩子愛護生物，或是學習各種應有的美德，或是鼓勵孩子們不要受眼前事物的限制、勇敢行事做人，就會有成果。

　　生活故事篇中的多個故事，有的鼓勵孩子擇善捨惡，及認識生物的循環不息；有的則反映孩子被繁重的家課和頻密的課外活動壓得喘不過氣，十分寫實。

　　科幻故事的主題是批判現代人的好戰，愛研發大殺傷力的核子武器，將全人類置於險境。故事充滿幻想成分，但極有啟發意義。本書為出版社的「香港兒童文學名家精選」叢書之一。

76. 劉惠瓊：《動物園的秘密》，新雅文化事業，2012 年（初版）。

　　為出版社的「香港兒童文學名家精選」叢書之一。講述管理動物園的老祖父（李老伯）和他的小孫女（蘋果臉）的故事。原本一直相安無事，可是有一天，蘋果臉遺失了一件心愛的玩具，那個晚上，奇怪的事就發生了。為了協助蘋果臉尋找那心愛的玩具，動物園內所有動物都醒來，一同出發前往尋找，最後經過多番波折而尋回。

　　故事表達出可貴的精神，包括互助、友愛，以及勇敢、機警等特質，為了完成目的（尋找玩具）的充份展露，可是，也告誡世上充滿奸詐、欺騙及誘惑，小朋友不可不防。

　　書中還有作者的其他短篇故事，如〈一毛錢的自傳〉、〈慢吞吞國〉及〈除夕奇遇〉等。

77. 關景峰：《口袋裡的證據》，新雅文化事業，2012 年（初版）。

　　《口袋裡的證據》是作者「摩根警官事件簿」創作系列，收錄十五個專為兒童閱讀的推理故事。十五單案件，包括珠寶店被劫、墮樓、富有的莊園主人遇害以辦公室中毒事件……十五個破綻，摩根警官如何運用推理，找出犯人在案發現場遺留下的破綻而破案。引發小讀者思考，如何運用現場的「證據」，再注意細節，文字場景感配以插圖，提升閱讀趣味。

78. 關景峰：《他們創造了奇跡》，新雅文化事業，2014 年（初版）。

　　《他們創造了奇跡》是作者「動物也傳奇」的其中一部作品。內容講述一個能幹的律師巴里惹惱了上司，但上司沒有直接辭退他，而是要求他在五天內組建一支球隊參賽，並要勝出一場球賽。

　　一支臨時組成的「雜牌球隊」，在紐約的籃球大賽到底會遇上甚麼事？他們又會如何應付強敵？巴里是否能夠扭轉乾坤？由書名「他們創造了奇跡」已可猜到結局。勵志的情節，配上風趣幽默的語言，透過一個迎難而上的故事，講述友誼、信任、夢想、堅強等等，讓小讀者學習做人的道理。

79. 關麗珊：《公主的內在美》，新雅文化事業，2016 年（初版）。

《公主的內在美》收錄六個有趣感人的校園故事。故事從主人公皓雪出發，皓雪從小覺得媽媽美麗善良，好像動畫和圖書中的公主，只要唱歌就可以引來小鹿、香兔和飛鳥。她又孝順外祖母、對爸爸和自己都很好，媽媽簡直是完美的化身。

可是，一天皓雪感到十分困惑，因為她發現媽媽也是會說謊的，到底說謊的媽媽為皓雪帶來甚麼衝擊呢？

本書是「新雅兒童成長故事集」之一，主要刻劃兒童成長的心理軌跡，描寫兒童成長中的歡樂和苦惱。

80. 嚴吳嬋霞：《兒童文學採英》，新雅文化事業，2000 年（初版）。

本書是一本關於創作兒童文學的理論集，收錄作者十三篇關於創作的文章。作者是一位資深的兒童文學創作者，經過多年的創作及反思，於此一文學種類沉澱出個人的創作觀。

作者認為「兒童文學作家應該尊重兒童，平等地看待他們，明白他們也和大人一樣，是一個有獨立人格的人。」（〈甩掉教訓的尾巴──說教還是與兒童同樂？〉）戒除慣用的「這個故事教訓我們甚麼？」為切入，持著與童同樂的心態，才會創作出優秀的兒童文學作品。

作者梳理了香港兒童文學的萌芽和興起，介紹不同時期的兒童刊物，是研究香港兒童文學的重要作品。

81. 王文華：《花貓公主的一百層蛋糕》，蒲公英出版社，2016 年（初版）。

　　花貓公主的生日快到了，她要求貓大廚準備一個一百層的蛋糕！想也知道，這麼高的蛋糕一定會倒，皇宮裏沒有人願意接下這個不可能的任務。聽話的貓衛兵效率好，立刻做好百層蛋糕；正常賓客們高興得直拍手，一陣風吹來把一百層蛋糕吹倒，花貓公主忍不住哭得驚天動地。此時，一顆流星飛過，花貓公主許下願望想要另一個生日蛋糕……是誰出現幫助花貓公主？究竟花貓公主有沒有得到蛋糕呢？

　　書後附有「問題與討論」環節，小讀者讀完故事，可以透過問題，思考故事中所帶出的訊息。

82. 陳慧：《浪遊黑羊事件簿 1》，學生福音團契出版社，2005 年（初版）。

　　黑羊在父母的壓力下，在大學選修了商科，可是，她卻錯過了「經濟理論」的補考，並糊裏糊塗地辦了退學手續，她跟父母說自己不是讀書的材料，不適合做銀行家，卻因此發現了家裏的秘密，令這個家面臨崩潰……

　　黑羊的故事，就是一個「離家」與「回家」的故事，「浪遊」就是在離家回家之間所發生的種種，她做了一些過去不曾做過的事情；有些是不情不願面對的，有些是她從來不敢做的。黑羊漸漸強大，雖然黑羊最後並非做了甚麼了不起的事情，而是她所能承受的，遠遠超過她當初的想像；也就是成長、改變和突破。她也不經意地發現自己的夢想與盼望，她要尋找歸家的路。

83. 陳慧：《浪遊黑羊事件簿 2》，學生福音團契出版社，2005 年（初版）。

　　承上一集，黑羊從方便姨姨的便利店閣樓，獨自搬回曾經像幸福家庭示範單位的家裏去，只是電力給截斷了。在漆黑中，房子空盪盪的，猶如遭棄置的單位。好不容易，死寂的家再次充滿歡樂，賓客絡繹不絕。拉著行李回來、橫蠻倔強的媽媽，二話不說，就向來玩遊戲的賓客宣佈，我和小羊要搬走了。一切又從零開始。

　　這次，媽媽將搬家的事交由黑羊處理，不幸地她搬錯家了，遺失了四箱物品，卻多了一隻禮服貓。「為甚麼會這樣的呢？」黑羊哭了，媽媽也哭了，那夜兩人終於第一次好好對談。

　　經一事，長一智。黑羊要獨立了，她決定一個人住，和她的禮服貓──踢死兔。搬家、搬家、再搬家。綿延不斷的故事，交織著成長的疑惑與情感。

84. 陳慧：《浪遊黑羊事件簿 3》，學生福音團契出版社，2006 年（初版）。

　　《浪遊黑羊事件簿》來到第三集，黑羊要獨立生活了。在小小的新居中，黑羊、黃芽白和踢死兔開展新的生活。

　　獨立生活代表所有事情都得自己處理，最重要的，先是所有東西都是開支，接著到家務及生活上的事情，都得自己一手包辦，黑羊甚至要強逼自己有規律的作息時間等等……獨立生活，同時意味學習成長。

　　這亦代表黑羊要面對各種「第一次」，「第一次」往往不容易度過，但黑羊還是努力學習。

85. 何巧嬋主編及導讀：《二月，這一天》，螢火蟲文化事業：現代教育研究社，2006 年 (初版)。

為「金銀銅閱讀系列」之一，何巧嬋主編，收錄童話故事兩篇、生活故事三篇、詩歌兩首及散文一篇，作者為金波、何巧嬋、周蜜蜜、君比、薛衛民、韋婭、潘金英及黃慶雲。

此書的編輯與文章選取，旨在與中小學課程中常見的單元掛勾，包括自然世界、品德情意、社會生活、生活智慧、個人生活、家庭生活及中華文化等。每篇故事後附有主編導讀，與及延伸活動，詩歌的延伸活動為詩歌仿作，讓小讀者嘗試創作。

86. 何巧嬋：《我會變》，螢火蟲文化事業，2002 年 (初版)。

《我會變》是童詩故事集，收錄七篇作品，配以色彩繽紛的圖畫。以簡單優美的文字，表達內容豐富的故事。

詩作詳細描寫景物，同時細緻描寫感覺，如「小溪淙淙地唱，小水女火大慢慢地流……／終於，把小水點送回家……」或在〈我向彩虹借顏色〉中那用各種顏色表示風景和抒情，當中更有借助國際新聞來引導孩子了解時事，如〈八爪魚親子對話〉中的「中東的戰爭甚麼時候可以結束？／美國的偵察機應怎樣處理？／複製人帶來甚麼道德問題？」

作者在作品旁間或提出問題，令小讀者在閱讀的過程中，可思考因作品而引發的事情。

87. 何巧嬋主編及導讀：《沉默的樹》，螢火蟲文化事業：現代教育研究社，2006 年（初版）。

為「金銀銅閱讀系列」之一，為何巧嬋主編，收錄童話故事四篇及生活故事三篇，作者為金波、何巧嬋、阮志雄、君比、黃虹堅、潘金英及黃慶雲。

此書的編輯與文章選取，旨在與中小學課程中常見的單元掛勾，包括自然世界、品德情意、社會生活、生活智慧、個人生活、家庭生活及中華文化等。每篇故事後附有主編導讀，與及延伸活動，主要引導小讀者代入故事角色，嘗試設身處地思考不同的境況。

88. 何巧嬋：《奇異之旅》，螢火蟲文化事業，2004 年（初版）。

《奇異之旅》為「智慧寶石之勇氣」系列，作者說明故事意念乃根據安徒生童話而作。

約翰爸爸因病離世，他臨終時對約翰的叮嚀是「要勇敢！闖自己的天地。」於是約翰就開展了離家的旅程，旅程充滿挑戰，約翰還得克服失去至親的哀傷，以及旅程中跋涉所帶來的疲累，最後更接受強大的巫師的挑戰。

「智慧寶石」系列以人類不變的美德為題材，《奇異之旅》的主題是勇氣，另外還有仁愛及親情等元素，配合兒童心智的發展而寫成的獨立故事。

89. 何巧嬋主編及導讀:《暑假,你不要走》,螢火蟲文化事業:
現代教育研究社,2006 年 (初版)。

本書為「金銀銅閱讀系列」,何巧嬋主編,本系列分金、銀及銅三個階段,依照孩子的心智及語文能力的發展,遞進編排,「金」系列的對象為高小、「銀」是中小,「銅」是初小。本書收錄詩歌兩首、童話故事四篇及生活故事三篇。作者分別為阿濃、潘明珠、何巧嬋、黃慶雲、葛翠琳、韋婭、馬翠蘿及宋貽瑞。

每篇作品後皆附有主編導讀及延伸活動,如詩歌〈暑假,你不要走〉後,編者指出假期太長反而會掛念學校,試想想當中原因,鼓勵小讀者多方面思考。

90. 何巧嬋:《養一個小颱風》,螢火蟲文化事業,2005 年 (初版)。

《養一個小颱風》為「心靈小天使」系列中的一部,這系列的創作靈感,源自作者小時候老師說的故事。

故事講述小颱風「圓規」第一次出門,就跟媽媽在香港失散了,卻因此遇上了樂於助人的青華,青華為了協助「圓規」找回媽媽,於是就帶他回家,「圓規」為青華的家帶來了涼快的感覺,同時也會幫忙做家務。可是「圓規」畢竟是個颱風,他為學校帶來了「風波」,而過了一段時間,夏天過去後「圓規」更開始縮小,最後更變成一陣清風離開了青華。

故事想像力豐富且生動有趣,是一個天馬行空的城市童話。

91. 黃慶雲：《花園裏的神話》，螢火蟲文化事業，2004 年（初版）。

　　《花園裏的神話》是作者「童年的花園」系列的第一部。故事主人公為珍姊、姊姊和「我」，由年紀最小的小女孩做敘述，講述一個關於沙田的故事，同時是她們三人的成長故事。

　　故事是真實的故事，讀來倍覺親切，作者筆下的沙田，透過三姊妹的故事，慢慢給讀者形成一個獨特的印象，三姊妹喜歡這個地方，也使讀者喜歡這個地方，雖然物是人非，但當中的記錄，無疑相當珍貴。

92. 黃慶雲：《秘密山谷》，螢火蟲文化事業，2004 年（初版）。

　　《秘密山谷》是一個關於三個住在沙田的小女孩的故事，有一次她們跟隨父親散步之後，就興起三人一起編寫一個故事，方法是每人相聚時口述一段，然後大姊姊筆錄起來。

　　書中的事是真實的，根據作者所言，「如今人雖已多去了，那些地方還在，即使那些地方都變了，曾在我心裏閃爍著的光芒仍在。」《秘密山谷》是一個關於承諾與信任的故事，是作者的一個「私人」記錄，同時是香港部份歷史的一份記錄。

93. 宋詒瑞:《咪咪潛游海底世界》,獲益出版社,2004 年
　　(初版)。

　　《咪咪潛遊海底世界》是一個少年學習潛水的
故事。作者以少年的心態來描述學習潛水的過程與
感受,鼓勵少年學習實用技能,培養勇敢精神和堅
毅的性格,開闢人生新境界。

　　透過潛水這一項運動,除了講述個人發展外,
還帶有環保訊息,讀者在故事中除了尋找自己成長
的能量外,還可學習愛護環境的重要性。

94. 東瑞:《地鐵非常事件簿》,獲益出版社,2006 年 (初版)。

　　以甘丁爾為首的偵破小組在學校屢破奇案和
難案,聲名大振,在學界給評為最有貢獻的傑出團
體。這次他們受邀到地鐵執行特別任務,偵破更為
複雜的案件,包括「贓物蒸發事件」、「色狼非禮
事件」及「暗殺副總統事件」等。偵破小組靠嚴密
推理及勇敢的偵察破案,以冷靜的頭腦偵破一件比
一件複雜的案件。

95.　周淑屏：《大牌檔‧當舖‧涼茶舖》，獲益出版社，2006 年（初版）。

　　顧名思義，這本書內的故事，都是在大牌檔、當鋪和涼茶鋪內發生的。全書有四個故事，分別為〈三代五人涼茶鋪〉、〈遺留在大牌檔的雨傘〉、〈當鋪裏的心理治療〉和〈明記和他的「男工合作社」〉。

　　作者認為大牌檔「風味十足」，當鋪是「令人產生好奇心」，涼茶鋪則是「已經融入了我們生活中」。這些都是香港的特色場所，帶著濃厚的生活氣息，以這些地方為主題創作，並附有不少相關照片，希望引起讀者共鳴。

96.　周遊：《粉筆灰》，獲益出版社，2002 年（初版）。

　　作者是一位資深的教育工作者，《粉筆灰》是他一生教育經驗的文集，同時是一位教師的故事結集。

　　讀者讀著這些簡短又意味深長的故事時，當感受到一位既是教師又是父親的心，為處境複雜的孩子感到焦慮及擔心，同時為孩子們的進步感到歡欣與鼓舞。阿濃在序言中就寫道「惟有感受得深刻的人才能寫得深刻。雖然用閒閒的筆法寫來，許多故事都有一個深刻的社會或人生意義在後面。」張文光的序中更認為從書中見到「那洶湧著的澎湃和激情，破紙而出。」

97. 海辛：《離島少年泥鰍奇遇》，獲益出版社，1999 年（初版）。

　　海辛多以創作成年人小說為主，長中短篇都有，但八十年代開始，他想「逃離」成年人的煩擾世界，在閱讀青少年小說時，就像投進了一個無污染、天真、活潑及清澄的海裏暢泳。

　　如是者，他就開始自己創作青少年小說。《離島少年泥鰍奇遇》是他第五本青少年小說。離島是啞鈴島，即長洲，當中的人物甚至真有其人，是作者在長洲時拜訪艇戶的人物。此書約於一九八五年寫成，作者竭力保留八十年代長洲的時代氣息、風貌和人情世態，讓小讀者看到一些「歷史」的畫面。

98. 劉鳳鸞：《傻瓜黃 SIR》，獲益出版社，1996 年（初版）。

　　《傻瓜黃 SIR》是作者第一本兒童文學作品集，收錄十個短篇小故事。作者以諧趣的情節、生動活潑的語言和豐富的想像，反映和刻劃珍貴的師生情、同窗情以及親情等等，每一篇均洋溢愛和童真，令讀者回味無窮，故事更蘊含豐富的教育意義，寓於故事之中，發人深省。正如作者希望，兒童文學不應太過艱澀，當中的意義也無需太過膚淺，因為寫作的目的，就是刺激讀者思考。

99. 劉鳳鸞：《學校裡的怪獸》，獲益出版社，1997 年（初版）。

《學校裡的怪獸》是作者第二本兒童文學作品集，內容包括生活故事和童話二十篇，當中所表現出來的生活面甚為廣闊。在作者眼中，世間萬事萬物皆有情。作品對兒童心理的刻劃亦十分細膩逼真，絲絲入扣，故事中的深意和內涵，發人深省。

作者自言，成年人要了解兒童絕不容易，因為要先將自己俗不可耐的心靈淨化，然後動動腦筋想如何跟小孩打開話匣子，能夠成功跟孩子溝通，才會發覺自己可以在孩子身上獲得最重要的東西。

100. 潘金英、潘明珠：《買回來的美麗》，獲益出版社，2004 年（初版）。

《買回來的美麗》收錄了十五篇小故事，都是讓小孩有貼身感覺的小故事，故事發生的人物，往往就是身邊常見，有時甚至是發生在自己身上的事，可是，我們常常忽略很多小事，但其實它們累積下來，就已是我們的生活經驗。

同名篇章〈買回來的美麗〉講述麗玲放學後被化妝品公司誘惑了，試了免費化妝後，回家不惜向母親借錢買化妝品，卻要撒謊買補充練習的故事。每篇故事附有問題思考，除了回應故事的情節外，亦令讀者思考延伸的問題。

散文類

1.　梁寶山：《活在平常》，Kubrick，2012 年（初版）。

全書收錄作者二十六篇散文作品，包括藝聞、時評、遊記及修行點滴。身為「頂民地最後一代大學生」，作者於一九九七年前投身文化界，以記者身分見證回歸，二〇〇四年開始習禪，同時見證當代藝術與社會運動，從各不相干到難分難解。「活在平常」就是變動中的安靜，如實觀之的快樂。沒有刻意的分輯，正好顯示幾個課題的環環相扣。

2.　小洋：《青春的力度》，三聯書店，2014 年（初版）。

本書作者是一位漫畫家，《青春的力度》輯錄他在網誌、報刊及雜誌發表的文章，主要記述作者的漫畫夢如何萌芽，與及其對此夢想一直的堅持，也談生命中最重要的人和事，講青春、人生及成名的看法。

從漫畫到散文，表達的媒介和形式改變了，但其對夢想的堅持，卻一直沒變，哪怕沿途有多重困難與挫折。

3.　何福仁：《上帝的角度》，三聯書店，2009 年 (初版)。

　　本書的作品均是作者十多年來散文寫作的精華，雖然其散文的產量不多，但以知識含量高和有思想深度著稱。

　　〈與蘇格拉底講和〉、〈字裏有人〉及〈濟慈與時裝〉等，均可見「知識含量高」之說非虛。作者筆下的文章，足跡遍及全球，沉浸在各種文藝之中，在中西文化的思考中，有抒情，有議論，充分顯示了知性的慧思。

4.　陳耀南：《讀中文看世界 (增訂版)》，三聯書店，2014 年 (初版)。

　　本書收錄的都是篇幅較短的散文作品，每一篇談一件事，但包羅萬象，饒富教學與人生經驗。全書分六輯：「華元與中京」、「我人你鬼佢摩羅」、「東京之祖是北京」、「倫敦粵語教莎翁」、「餓貓與煎魚」及「歷史名人談奧運」，原書於二〇〇九年出版，增訂版新增不少文章散於各輯，按作者所言，「談的不離語文、文化；看的不外中國、天下」。

5. 劉紹銘：《文字還能感人的時代》，三聯書店，2005 年
（初版）。

　　本書由「屯門雜思錄」、「心中的長城」、「我記得」及「傳香火」四輯組成，共收錄散文四十九篇，大部份為作者報章專欄的「雜思」。

　　黃子平〈序〉中有言：「身兼文學教授、散文家、翻譯家多重角色，出入於中外古今及方言國語之間，含英咀華數十年。」作者孜孜不倦，將人生的智慧、深刻的心得，用最「敏感，敏銳，敏捷」的文字表達出來，揉合了現實生活和思想深度，充滿了個性和情趣。

6. 羅孚：《我重讀香港》，大山文化，2014 年（初版）。

　　本書中的文章，既評論中國時政，談內地發展，也寫關於香港人和香港事。自一九七〇年代起，作者放眼世界，文章所觸及之處，關乎到民主、自由及法制思想等，透過對人和事的再思再想，每每有截然不同的新觀點及新角度，因此選集名為「我重讀香港」。

　　本書後部份附有〈香港文壇伯樂——羅孚〉，為由不同人士撰寫關於作者的一部小小回憶錄。

7.　鍾國強：《記憶有樹》，川漓社，2012 年（初版）。

　　本書收錄散文數十篇，分為「木樓梯」、「秋光色」、「小渡輪」、「流動信」、「日常見」及「風雨窗」六輯，文章多是作者於網誌上發表的，因此按其所言，多是較為零散的作品，但歸類之後，又可以呈現書寫當時的狀態。書名原意稱作「生命樹」，但思前想後，最終定名為《記憶有樹》。

8.　亦舒：《無暇失戀》，天地圖書，2014 年（初版）。

　　有人將作者的散文歸作「言情類」，本書的主題正是這種類別的顯現。目錄中多出現關於戀愛、失戀、結婚等，對於戀愛，作者自是有一番看法。

　　一般人所謂失戀，嘻嘻哈哈，不過是換個異性伴侶走走吧，被拒的感覺當然不好受，但是一支歌一瓶酒，一段日子亦可沖淡。所謂言情類的散文，也明顯帶出一種人生觀和愛情觀。

9.　李碧華：《橘子不要哭》，天地圖書，2000 年（初版）。

　　作者長年撰寫專欄，本書是其專欄文章的輯錄，取名為「橘子不要哭」，因為她發覺，一年四季都有橘子（橙），其實是一種感情相當豐富的水果，「剝皮滲了滿手淚，刀切流了一桌的血」，而當這種水果在笑，為了取悅大眾，其實已經默默表達了一份傷痛。

10.　杜杜：《住家風景》，天地圖書，2008 年（初版）。

　　「住家風景」所暗示的，的確是生活上的細碎瑣事，如編者劉紹銘在前言中所述：「論題目大小，確也雞毛蒜皮，幸見感情真摯，文字溫潤如玉，讀來不覺繁瑣……因為素有從砂粒觀宇宙的習慣，杜杜善於自得其樂」，意即從生活上即使多細微的事物，只要有一雙洞察的眼睛，就能從小事小物中看出大道理。

11. 林青霞：《窗裏窗外》，天地圖書，2011 年 (初版)。

　　作者為資深電影演員。全書的數十篇散文作品分為六輯：「戲」——是她的出道故事、拍戲的甘苦、對於作品的內心話；「親」談她的家人親情；「友」則書寫她與摯友的交往，細談她與三毛、黃霑、張國榮、龍應台、瓊瑤、徐克等人的往來互動；「趣」是她的生活記趣，有旅行見聞，也有她與影迷的邂逅；「緣」則書寫她一生難忘的相遇，像是和影劇記者的友誼，和季羨林的會面之緣；「悟」裏紀錄了她對人生的體悟和感動，以及她向聖嚴法師求道的故事。此外，本書還完整收錄了作者一些從未公開的照片。

12. 陳耀南：《鴻爪雪泥袋鼠邦》，天地圖書，2001 年 (初版)。

　　「袋鼠邦」即澳洲，但本書並不單單是講述作者在澳洲的生活，書中分「花甲年華憶舊遊」、「移民南陸寫心聲」、「議政論時傷激切」、「談文說藝指瑕瑜」、「方圓百變感浮生」及「百年力命仰穹蒼」六輯。

　　除了其關於移民的澳洲生活外，書中文章談得最多的其實是作者在香港的人和事，而「百年力命仰穹蒼」則是關於作者對基督教的感悟。書中文章都是移居澳洲後的作品，雖然都是「私事」，但亦可看到風雲變幻。

---

13. 農婦：《月亮與鐘聲》，天地圖書，2004 年 (初版)。

本書是作者由一九九〇年到二〇〇一年的散文集，點題作〈月亮與鐘聲〉，將夜空月色配合鐘聲，繪出一幅心景圖，從「問月」寫到教堂的鐘聲，觀照自己的內心。月下靜聽鐘聲，是將自的己的行為、內心、思想等等，盡然交給它們作出「公正的評價和真誠的勸導」，每個人，都應該在心底裏的月亮和鐘聲中，不斷求善。

---

14. 蔡瀾：《病中記趣》，天地圖書，2005 年 (初版)。

作者每天在不同報刊撰寫專欄數十年，其輯錄成書的散文集亦達數十本，《病中記趣》只是其一，收錄其「病中記趣」及「倪匡對話」文章數十篇。其文筆生動諧趣，但又富有人生歷煉，信手拈來皆可成文，短短的文章，既可消閒，亦是學習的良好讀本。

15. 潘國靈：《靈魂獨舞》，天地圖書，2010 年（初版）。

本書以散文為主，並在後部份收錄三輯新作品。散文部份中，分「影像」、「身體」、「家園」、「玩樂」、「父母」、「動物」及「旅行」，詩作部份收「書寫」、「憂鬱」及「時光」。

作者以文字檢拾成長路上遺留的碎片——從童年玩樂到父母家人，從社區實景到影像記憶，從身體微語到動物輓歌，從寫作掙扎到憂鬱時光等，書寫青春期的種種敏感經驗。

16. 鍾曉陽：《春在綠蕪中》，天地圖書，2009 年（初版）。

《春在綠蕪中》一書結集作者創作《停車暫借問》時期前後十數篇散文，記述故鄉、一九八〇年代的香港與求學美國時的遊歷與交遊。親情、友情、愛情，當年三條景色參差、風光各異的路徑，三十年後在生命中交匯，回顧半生所歷情緣，莫不是恩情的體現。

全書收錄作者提供十餘幀珍貴照片搭配每篇散文，並補上「後傳」略述前文成稿之後的年月裏、人事變遷的種種。另特別收錄〈為了啟動靜止的引擎〉：鍾曉陽接受香港作家鍾玲玲專訪，一談停筆十年的心境變化。

17. 謝雨凝：《長流不息》，天地圖書，1997 年（初版）。

　　本書收錄短文過百篇，分為「長流不息」、「悠悠天地」及「深深的懷念」三輯。所謂「長流不息」，顯出作者對世事、人情抱持一種淡然的心態。本書所輯錄的文章，是作者於一九九〇至一九九三這四年間，於報章發表的專欄文字，因此作者自言這些文章均有一些「時間上的局限性」，不過，她的文字仍然為她在急促的社會中，保留一份淡然和慢的意義。

18. 小思：《一瓦之緣》，中和出版，2016 年（初版）。

　　一九七二三年，作者負笈京都大學人文科學研究所，度過一段「脫胎換骨的歲月」。從那以後，她與日本結下了緣分。日本文化之美浸透在現實中，也封存在作者的回憶中。可是，靖國神社前參拜的人群、再版的戰時地圖、掩映在細節中的大東亞意識……又在感情中投下陰影，記恨有之，戒惕有之，難以釋懷。在作者筆下，日本展現出讓人敬恨交織的性格。

19.　西西：《羊吃草》，中華書局，2012 年（初版）。

　　《羊吃草》是由何福仁為作者的部份散文作品編輯而成，內容多是圍繞著作者日常生活的體驗和所見所聞。

　　按編者所言，作者的散文往往以專欄形式，刊登在不同的時間不同的空間，有的寫生活，有的談閱讀、談畫、談音樂，或者一段文字，拼貼一幅畫，以至應邀專談足球等等。無論是甚麼特定的欄目，都有一種平實、朋友家常的語調，這語調親切，富於情趣，時見獨特的角度、奇妙的想像。這種筆調，和她的小說、詩，無疑是一脈相通。

20.　阿濃：《日日是好日》，中華書局，2016 年（初版）。

　　擅寫兒童文學作品的作者，在本書中記述了他年少時有趣的生活點滴，同時以其細膩的情感與筆觸，記錄現居加拿大溫哥華的生活和閒情逸趣。其「日日是好日」的意思，除了是對過去的眷戀和將來的憧憬，更是對當下的掌握。作者時以父親的口吻對女兒細細叮嚀，有時又以作家及老師的身分，分享寫作及學習心得。文章時而閒話家常、時而輕鬆幽默、有時又像溫情軟語，保持其一貫為兒童文學作者的風格。

21. 金耀基：《是那片古趣的聯想》，中華書局，2012 年（初版）。

本書為中華書局出版的「香港散文典藏」系列之一，是香港中文大學前校長金耀基教授的散文集。書中收錄作者的「語絲」，即是將其造訪過的古老建築，那些「永遠年輕的古跡」，化作萬千心緒的散文。寫七百年校史的劍橋，六百年傳統的海德堡，千餘年風霜的敦煌石窟，黃子平序中有言：「越是人文積澱極深的去處，越是徘徊流連，一往情深。」

22. 胡燕青：《長椅的兩頭》，中華書局，2016 年（初版）。

作者長年寫作，本書是匯合她四十年來的散文選編。選集分作五輯，收錄四十五篇文章，其中有約十五篇是舊作。文章中，作者以不同角度、不同身分出發，有時是作者，有時是朋友、母親、老師或女兒，透過不同視角，發表自己對於社會、家庭和創作的見解，是一次自我審視的生命歷程，亦是對自己數十年生命的一次詳細記錄。

23. 廖偉棠：《有情枝——廖偉棠散文選》，中華書局，2014 年
（初版）。

　　作者是詩人、作家、旅行家、攝影師，本書收錄四十篇散文，分「初心與故夢」及「雲遊和霧隱」兩輯。本書文章內容豐富，有懷念一代巨星張國榮、梅艷芳的迷人風采，對作家詩人三毛、商禽及馬驊的深切哀悼，以及記錄自己初為人父的喜悅。

　　本書更帶領讀者雲遊四方，不論是文化名城或是邊遠小鎮，作者均以其文字讓讀者沉浸在彼時彼地的文化風景之中。

24. 劉克襄：《虎地貓》，中華書局，2016 年（初版）。

　　作者曾於嶺南大學擔任駐校作家，大學位於屯門虎地，而校園內處處遍佈貓蹤，堪稱為一個小小的貓之國度。這個貓之國度，成為了作者旅居香港時一個駐足觀察點，每天巡查，用動物行為學的角度，記錄貓群的行為、互動和日常。文集是從作者對貓的觀察中，歸納出來的關於貓的生活與網絡。

25. 羅孚：《繁花時節》，中華書局，2012 年（初版）。

　　本書為《香港散文典藏》之一，按黃子平序中所言，作者是最初鼓吹香港散文典藏價值的人，他以其「曉動靈暢的文筆，彩繪了一幅『鶯飛草長、雜花生樹』的香江文苑風景」。

　　本書收錄的文章，均是關乎香港作者及香港文學，如劉以鬯、小思、曹聚仁等。只緣身在此山中，黃序中更言，作者其人，「更是不容忽視的，風景中的風景」。

26. 小思：《香港故事》，牛津大學出版社，2002 年（初版）。

　　在香港生活數十年，少時經歷過日佔時期三年零八個月的香港淪陷歲月，作者的「香港故事」，扣人心弦。本書分「香港故事」、「行街」、「久違的滋味」及「香港文蹤」四輯。

　　作者認為香港難以說得清楚，因為這是個朦朧之城，使得香港人也有種朦朧個性。土生土長的香港人，會與這個城市訂下一種愛恨交纏的關係。因此，每一個香港人，自有一個獨特的香港故事。

27. 也斯：《浮世巴哈》，牛津大學出版社，2013 年（初版）。

厚達三百五十頁的散文集，是作者的遺著，是他病重、臨終前兩三年的香港書寫。

作者說他完全無意美化我們生活其中的香港都市。生活其中，尤其感到其中的欠缺傾側。地產霸權、過份強調商業發展，令生態失衡，大部份市民無法安居，漠視人文精神、文化修養，實際上造成惡性競爭、環境污染、價值混淆、生活素質的趨下。本來可以發揮言論自由、監察權勢的傳媒，亦有部份會因集團利益而不辨黑白、混淆視聽。生活在城市中，有時感到它的自由文明，但有時也感到文明帶來的拘謹、自由帶來的放任自私。還是得自己不斷調整。

28. 李歐梵：《情迷現代主義》，牛津大學出版社，2013 年（初版）。

本書書名來自於活地亞倫《情迷午夜巴黎》，表面上是懷舊，其實是文化品味的表現，作者以自己的方式向他心目中的大師致敬。

二十年代是一個失落的年代，妙的是這種失落感由一群自願流落在巴黎的美國文人身上表現得淋漓盡致。作者說：「記得我在台灣上大學的時代生活苦困，一眼讀到費滋傑羅的文字就覺得迷人之至，內容猶如天方夜譚，特別是他的短篇小說，英文不難，浪漫之至。」

29. 陳之藩：《蔚藍的天》，牛津大學出版社，2003 年（初版）。

　　作者在本書中介紹自己喜愛及翻譯的詩，包括濟慈、雪萊、柯勒律治及華茲華斯等名家。這些譯詩和介紹在《學生》雜誌刊登，從而令作者認識到很多詩壇的朋友。

　　作者自謙的說，自己的譯作未臻妥善，但朋友們都「不忍責備」，亦自感對不起原作者，所以一直不願提起這些事。不過，數十年轉瞬即逝，回顧自己的譯作，呆視著蔚藍的天，想起「涼風起天末」這句詩。

30. 陳寧：《八月寧靜》，牛津大學出版社，2007 年（初版）。

　　作者曾旅居巴黎，本書是一本巴黎的記錄。作者不否認，一般巴黎那來自咖啡店或美術館的印象，那已足夠浪漫有餘，但旅居巴黎一段日子之後，對這個城市有細緻的觀察，於是寫下多篇文章，為讀者呈現巴黎真實的一面。

　　旅居多個地方的作者，對不同城市有不同的感悟，以其獨特的觀察和文字，寫出八月份那寧靜的巴黎，展現出這個浪漫城市的另一種風貌。

31. 童元方：《閱讀陳之藩》，牛津大學出版社，2012 年（初版）。

「十年夫妻，三千多個日子，終究是林花謝了春紅，太匆匆」。作者為陳之藩先生妻子，也是他的知音。

當陳之藩解釋麥克士韋方程：「世間只有兩種現象：一種是聚散無常，一種是迴旋無已。」他的氣味飄逝，他的音聲遠颺，作者只有在字裏行間尋尋覓覓，閱讀和書寫丈夫。

這就是童元方的《閱讀陳之藩》。

32. 董橋：《記憶的腳註》，牛津大學出版社，2005 年（初版）。

作者重遊歐洲，為了散文，他說，「我的羅馬假期跟意大利的晚春一樣多心。」本書收錄散文五十二篇，文集名為「記憶的腳註」，作者憑著記憶，為眼下的景物加上註腳，這無疑是其讀書生涯的回報，但同是旅行分心的虧損。然而，此「回報」信手拈來，作者眼前的景物，以回憶的片段重現讀者眼前，這個「腳註」，同時是讀者記憶的腳註。

33. 羅維明：《香港新想像》，牛津大學出版社，2009 年（初版）。

　　作者從事電影及寫作相關的工作多年，對於香港的藝文發展頗為關注。書中文章講西九文化區、講海濱長廊、二手書店、半山電梯等，一個個獨特的香港城市景像，其實圍繞著一個核心問題：發展為甚麼？將城市士紳化，將藝術注入生活之後，這種所謂的發展，其實為市民帶來了甚麼？生活又是否真的得到改善？

34. 也斯：《喝一口茶》，文化工房，2015 年（初版）。

　　本書是也斯的一本專欄結集，是其在一九七七年九月十一日至一九七八年八月一五日於《星島晚報》中，題為「喝一口茶」專欄的文章。每篇通常分三段，不到二百字的小文章，多是記述生活瑣事（如〈喝茶〉、〈吃芒果〉、〈寫信〉及〈看卡通〉等），亦有關於文學藝術的闡發（如〈看電影〉、〈女作家〉及〈聶魯達〉等）。文字親切自然，舒坦直率。

35. 黎穎詩：《城市日記》，水煮魚，2015 年 (初版)。

　　雖名為「日記」，實為作者走訪本地十八位不同社區的人士，從而整理而成的城市記錄。因為作者深信，要成就可持續的城市，人是當中最重要的一環。每個市民的信念和行為，決定香港的未來：我們能否既能滿足當下的需求，又不會剝奪後人的需要，世世代代，共享可持續生活。

　　走訪的人物均有其獨特之處，包括大坑舞火龍的總指揮及首位女鼓手、旅遊作家及詩人等，本書所記錄的，是一群本不平凡的人如何努力不懈，建立一個屬於自己、不枉此生的人生。

36. 古德明：《明月晚濤‧叁集》，次文化堂，2005 年 (初版)。

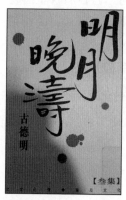

　　「明月晚濤」為作者在《明報》專欄的名字，此專欄斷斷續續由一九八九年寫到一九九三年。後收輯錄成書共三冊。既是專欄文章，自是跟當時社會局勢有關，作者以其幽默文筆，不少文章均諷刺及針砭時弊，文章短小簡潔，雖緊貼時局，但讀來從不過時。

37. 馬家輝：《我們已經走投無路》，花千樹出版社，2014 年（初版）。

　　一個透露絕望的名稱，說的不止是政治、社會與家國，還有關於生活的大小事。不論是時政、看電影或是旅行，大多關於謊言與真相，都可視作為作者對香港的絮語和情書，因為生活處處都是「道路」，但道路可能由人「打」出來的，但有路之後，就得走路、認路，以及繼續打路。所以，走投無路的時候，就是要將路「打」出來。書中分五輯，分別為「此城彼邦」、「異鄉故鄉」、「影像真像」、「男人女人」及「不見不散」。

38. 陳雲：《童年往事——香港山村舊俗》，花千樹出版社，2008 年（初版）。

　　本書為作者在《信報》文化版「我私故我在」的專欄結集，主題為追憶逝去的水土與人情，其簡介為「故土風物，一去不返。低首沉吟，無力回天，聊以文字，錄存舊蹟。兩朝政府為香港撰寫偽史，我為山村癡情朋友、叔伯婆娘、游方術士、剃頭匠人作傳，為野魚昆蟲、山精水怪、番薯芋仔寫記。黃鐘委地，豺狼當道。山窮水盡，風流雲散。」

39. 張五常：《多情應笑我》，花千樹出版社，2011 年（初版）。

作者既為經濟學者，習慣寫學術文章，但本書收錄的，卻是純粹的感情表達、順其自然毫不造作的文字。按作者所言，則是「邏輯推理用不著那麼講究，而事實的考查也可以馬虎一點」，倒是苛求文氣與文采。

本書收錄散文六十篇，分「千年回顧」、「經改三十與甲子之慶」、「執著的希望」、「北京奧運」、「張文來的家」、「少年的回憶」、「狂語任天真」、「金錢與福利」、「弗里德曼」、「說風流人物」及「逝者如斯」十一輯。

40. 舒巷城：《小點集》，花千樹出版社，2008 年（初版）。

「本書記錄了作者業餘讀書、寫作、交友、旅行及篤思的見聞、感想和心得，筆照國是、世情、人性、物象、史地、文藝、語言、民俗等，凡熱愛生活、創作者關心的認知領域，無不涉及。為求情理兼備，腹笥經綸竭力出之以平實、靈動、富有新境的語句。全書記敘有之、抒情有之、描繪有之、議論亦有之，時或手法單純，時或並雜多姿，凡機智充沛、創意豐盈者喜聞樂見的格局，一一嘗試。在表現出作家文字生涯的輕鬆自在，美好宏瞻。」——《小點集》封底語

41. 王仁芸：《如此》，青文書屋，1997 年（初版）。

　　本書收錄作者於八十年代的作品，分作兩輯，第一輯主要是其發表在《快報》及《新晚報》的專欄，內容主要是探索散文藝術的一次嘗試。第二輯則多是評論文章，主要發表在《文藝》、《香港文學》、《新晚報》、《讀者良友》及《讀書人》等報刊中。

42. 丘世文：《一人觀眾》，青文書屋，1999 年（初版）。

　　本書收錄作者在一九九六至一九九七年間，在《明報》的「一人觀眾」及「倒數三十年」的專欄文章。「一人觀眾」是作者第一個報章專欄，其時正值香港回歸中國的過渡時期，政治、社會及民生方面起了不少變化。作者以「觀眾」的身分，嘗試抽離以冷眼靜看這些變化，針對商務與文學、傳統與革命、歷史與未來，以作者自身的興趣出發，探認香港人和香港文化，書寫出屬於一個時代的文章。

43. 李國威：《李國威文集》，青文書屋，1996 年（初版）。

　　作者是由一九六○年代末開始發表創作的年輕作家，生前以多個筆名在不同媒體發表文章，如《中國學生周報》、《公教報》、《大拇指》、《快報》及《文林》等。本書得作者及編者好友提供文章，輯成一本個人文集，收錄作者未結集的散文、談文說藝的文字、報告文學及一些小說創作。在私人角度，本書是為懷念一位已故的作者，但從宏觀角度，亦可視作對七十年代文化融匯的一個反映。

44. 陳冠中：《半唐番城市筆記》，青文書屋，2000 年（初版）。

　　作者以「九十年代」、「八十年代」至「七十年代」三輯，是作者在這三個年代發表在《號外》或《明報》等的專欄文章，文章書寫三個年代中的東西文化碰撞的事記。從篇幅而言，作者似乎偏重八十年代，或暗示這種文化碰撞在八十年代最為興旺。因此，在這種書寫的態度下，一個「半唐番」的文字，總是中英夾雜、旁徵博引⋯⋯

45. 黃碧雲：《我們如此很好》，青文書屋，1996 年（初版）。

本書是作者的旅遊和報道的散文結集。「我們如此很好」是一句關於紐約的對白，而作者每到一個地方，就會有不同的情感與記憶，例如巴黎是哀傷的，布拉格是關於天鵝絨革命，羅馬尼亞那被殺掉的獨裁者，柬埔寨那完成的革命，遺下一城血跡……文明，在腳下開始。

本書獲第四屆香港中文文學雙年獎散文獎。

46. 葉輝：《浮城後記》，青文書屋，1997 年（初版）。

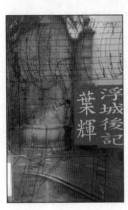

本書收錄作者在一九九二至一九九四年間在專欄撰寫的散文。這些文章流露了作者在那數年間身處「浮城」的所思所感。在這個城市裏，作者想尋回回家的路，卻發現自己已消耗了那麼多，自己所能擁有的似乎只是零，似乎已甚麼也沒有了。這本書是關於生命的強韌和軟弱，關於這個階段和那個階段的鬥爭、拗撬、冷戰和對談。關於人和城市的一段最紛亂消沉的存在。關於精神上的馬戲。關於日常生活的消耗。關於撫之猶覺體溫未散的消失和烏有。關於無限複製以至無法尋回原裝正版的愛或不愛、悲哀或超越悲哀。

47. 吳靄儀：《吃喝玩樂》，明報出版社，1997 年 (初版)。

　　本書輯錄的文章，大部份原載於《明報周刊》和《明報》的專欄。全書分七輯，包括「吃：中菜」、「吃：西餐」、「下廚：中」、「下廚：西」、「讀書樂（中文書）」、「讀書樂（英文書）」及「胡扯」，主要圍繞「吃」和「讀書」兩個主題。而兩者的共通點是，同是物質的填補，亦是一種精神享受。

48. 岑逸飛：《求得學問》，明窗出版社，2006 年 (初版)。

　　本書是「生活智慧」散文系列的第六冊，內容分為「論劍篇」、「中國文化篇」及「西方文化篇」三輯。談學問，中西文化都要兼顧，道德與知識並重、倫理與科學並行。求學問須直追「本心」，更要有好奇求知的「本性」，使學問扣緊人文關懷。

　　本書將《中庸》論學問之道來一個「五部曲」的現代詮釋：「博學」是經廣泛並仔細觀察來蒐集資料；「審問」是揀選其中有用的資料；「慎思」是邏輯推理；「明辨」是反覆查證；「篤行」是付諸實踐。一書在手，讓你參透浸淫學海無涯的苦與樂。

49. 董橋：《博覽一夜書》，明窗出版社，1998 年 (初版)。

　　作者相信語言文字與時並進。《博覽一夜書》是作者《英華浮沉錄》的第十卷，主要是講讀書的事。作者云：「書者，法力無邊之利器也，既可娛人，也可傷人，連狐仙都敬畏三分。我愛書讀書幾十年，蠱毒日深，彷彿中了狐媚之術，夜半人靜幽會，不知東方之既白。在書堆中，作者覺得身在福中要知福，因此以「博覽一夜書」為《英華浮沉錄》第十卷之題。

50. 關夢南：《關夢南散文選》，風雅出版社，2010 年 (初版)。

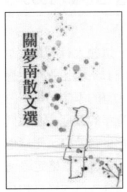

　　作者在寫詩和編輯文學雜誌之餘，還多寫散文，在不同渠道發表，本書所收錄的，卻是因他「不認老」，在網誌上所寫的文章，本有百餘篇，結集出版自選七十篇。按其所言，「教散文，老師最好落水。如何寫人、狀物、敘事？部份為當時示範之作，或不全佳，卻含相長、互勉之意。」

51. 陶傑：《有光的地方》，皇冠出版社，2003 年（初版）。

　　作者散文產量極豐，文章每天均見於報刊雜誌，其文集出版亦甚多，本書只為其一。作者文章範圍及內容廣泛，談文說藝，評論時政，甚至風花雪月，可謂應有盡有。本書名為「有光的地方」，意指無論在哪一種危險的境況裏，一定會有光亮，問題是局中人會不會主動尋找，還是早已擁抱了絕望。要找，就要找有光亮的地方，光就是希望。

52. 凌鈍、杜家祁、黃燦然、樊善標、游靜、林幸謙：《香港後青年散文集合》，凌鈍、杜家祁、樊善標編，香江出版，1996 年（初版）。

　　本書收錄六位作者的散文。這些人有男有女；有的在香港出生，有的不是；有的肯定是異性戀者，有的不肯定；有的結了婚，有的不想結婚……但共通點是，當時他們均處於青年的後期，而他們都寫作，所以將他們不同身分背景為前提，輯錄他們「後青年」時期的散文作品，在難以嚴格定義何謂散文的情況下，六位作者分別以各自的風格和見聞，「集合」成此書。

53. 陶然：《秋天的約會》，香江出版，1998 年（初版）。

　　本書收錄文章逾百篇，分「走過從前」、「心中的地圖」、「單聲道」、「雙程路」及「短笛」五輯，其中「短笛」屬數句一題的短文章。內容豐富，不論追溯往事、描畫人生小景、吟頌親情、抒寫人世滄桑等，均有涉及，因應不同的題材，作者更以不同的寫法，為其寫作的不斷嘗試與求新之證。

54. 顏純鈎：《自得集》，香江出版，1996 年（初版）。

　　本書收錄散文數十篇，分為「往事與故人」、「沉溺與美感」與「堅執與泰然」三輯。作者是少數曾經親身經歷上山下鄉的香港作家，他不吝以這些經驗來創作，寫出與近代內地歷史相關的小說及散文作品，並透過散文書寫，冷靜回憶其成長經歷，本書是作者其中一本回憶青年時期的文集。

55. 張漢基：《四季燈》，香港文學報社，1996 年（初版）。

　　本書輯錄五十二篇散文，分為「腳印一串」、「行旅遊蹤」及「藝海求知」三輯。文章有在鄉中拾趣，也有在大都會的生活概況，不論身在何方，處處盡關乎人情。遊記中，更多次抒發作者對祖國山河壯麗的感嘆與讚美。亦於藝海中，探求知與美的本質，人與自然的融合。

56. 曾敏之：《短長書》，香港文藝出版社，2011 年（初版）。

　　作者為香港作家聯會創會會長，曾任《香港作家》雜誌社社長，著作甚豐，出版小說及散文集多部。本書收錄文章逾百篇，分為「讀史札記」、「倫理瑣談」及「藝苑摘枝」三輯。作者對於治史及讀書自有一番心得，文章中多以古文、史書為靈感，同時亦有關於倫理道德或娛樂的文章，嚴肅與諧趣兼而有之。

57. 許定銘：《書人書事》，香港作家協會，1998 年（初版）。

　　作者一生都離不開書本，自言與書有關的八件事都做齊：買、賣、藏、寫、編、讀、教、出版，並以寫「書話」聞名，對五四新文學和香港文學如數家珍。本書名為「書人書事」，分為兩輯，前輯寫買書賣書的所見所聞，後輯則以文社過來人的身分，記錄當年一個熱愛新詩的文藝青年經歷過的文社高潮。

58. 林夕：《原來你非不快樂》，亮光文化，2008 年（初版）。

　　本書並非列出一千種快樂方法的勵志書。還沒放下心裏的包袱，逍遙得到哪裏去？作者謙稱不自量力試圖扮神農嚐草開藥，殘忍地打開這個包袱，理解痛苦的來源，才能為心把關，只有心無掛礙，才能讓煩惱與痛苦貶值到視而不見，才能找回快樂的生母──安樂自在。

　　書名叫「原來你非不快樂」，按作者的歌詞作品看，那麼本書副題該是「得你一人未發覺」。

59. 林燕妮：《女人最重要的不是愛情，而是品味》，亮光文化，2010 年 (初版)。

　　作者提出，到底人（尤其女人）一生汲汲追求的是甚麼？作者告訴你，生活中最要緊的是，有品味。

　　品味好，別人會尊重你，欣賞你，你的自信心隨之提高。品味隱藏在所有東西裏面，不只是打扮那麼簡單。品味讓你有自己的一套，不是孤芳自賞，而是自我增值。

　　培養品味，其實可以很簡單。

60. 周耀輝：《紙上染了藍》，亮光文化，2014 年 (初版)。

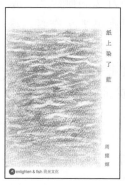

　　這是作者關於思念其離世的母親的作品。他決定以文章紀念母親，細膩地記錄自己從小與母親相處的畫面，以及一起經歷的大小事物及點滴，為了證實她的一生沒有白過。由作者親述，《紙上染了藍》這名稱，「二〇一〇年，我媽離世。有一天，我為了思念，跑到一個我認為最值得我坐下來思念的地方，從傍晚一直坐到天黑，暮色居然爬到我眼裏。我在紙上試圖寫下我所記得關於我媽的事。這頁紙後來放在我新買的牛仔褲袋裡。染了藍。紙上若隱若現的藍，就當是一個約定。」

61. 沈西城：《風月留痕》，美加出版，2012 年（初版）。

　　本書是作者的回想錄，內容以作者多年在風俗場所浪遊的經驗為經，以當時的社會人情為緯，交織成一本反映香港過去幾十年風俗歷史的精采作品。

　　書中提及當年風俗場的風貌，當年的人情世故，當年的風俗場所制度，以及過去幾十年風俗場所的演變，另外，也有不少那時候風俗場中人物的真實故事，為香港的風俗歷史補寫了一筆。

62. 周淑屏：《生於亂世，有種責任》，突破出版社，2015 年（初版）。

　　本書分為四部份，分別是：「毋忘初衷」、「兩袖清風」、「以古喻今」及「教學相長」，均是作者和讀者分享有關時局、職業生涯、教學、生活與閱讀古文的看法或感悟，冀能與讀者有良好互動，互相啟發。

63. 梁永泰：《滿地楓華——一座城市的靈魂》，突破出版社，
　　2015 年（初版）。

　　「楓」指楓葉國，即是加拿大，加拿大是很多
香港人選擇移民的國家。作者以這個地方的靈魂
作題，看出多少的命運交錯、多元文化的兩地城市
人，在相互扶持中，將靈魂拉近……

　　作者發現，即使兩地的人民那麼多的命運交
錯，彼此建樹，同時亦存在誤解、悔恨、不願記起
的回憶，於是提筆，特別為兩地的華人重塑一個帶
有個人感情的文化觀察，告訴大家，城市不是冷冰
冰的，它有血脈，有溫度，更有靈魂……

64. 杜家祁：《我在／我不在》，素葉出版社，1999 年（初版）。

　　作者一直探索散文的「寫法」，例如散文的形
式與內容、當中的時序是否一直要線性，散文一定
不可虛構等等。此文集收錄文章十五篇，均是以作
者求新的心態，對於「跨文類」及「現實與虛構之
間的關係」的不斷探索，在書寫的過程中，亦跟不
同的散文作者、詩人交流。雖然書寫的形式頗具實
驗性，但如作者所言，「世界是複雜的、人生是複
雜的，不可能到了散文裏就變得有條有理。」

65. 江瓊珠：《個人就是政治》，素葉出版社，1997 年（初版）。

　　本書是作者由一九九四年起在《華僑日報》的專欄結集。「個人就是政治」是作者第一句學到的婦女運動口號，但其專欄中所寫的，並非全部關於性別或政治，作者以其記者的觸覺，留意身邊發生的所有事，刻劃的人物與事情，自有一個獨特視角。

　　文章題材廣泛，「個人就是政治」，作者理解到私人與公眾的辯證關係，因此文章既是私人的，但也是直接向讀者。

66. 肯肯：《眉間歲月》，素葉出版社，2004 年（初版）。

　　作者旅居英國，離港前曾任《大拇指》半月刊編輯，離港居英期間，作者沒有放棄寫作，記錄其異國情懷，雖然文章創作份量不多，但日積月累下終成此書。按編者之言，作者的文字於婉約中見跳脫，文意每乍起乍止，富啟發與感染力。逗點的運用尤其具個人風格，突破慣例，效果出人意表，如援用這一點特色，本書的書名大可以成為《眉間，歲，月》。

67. 淮遠：《蝠女闖關》，素葉出版社，2012 年（初版）。

　　作者的文字生動有趣，按其自序所言，本書由八十一篇新作，及二十五篇從千禧年結集的舊作輯成。舊作的書寫由一九七九年至一九九〇年不等。將新舊作放在一起輯錄成書，為的是看看「初期寫的勞什子跟現在寫的勞什子有些甚麼分別，那時的自己跟眼下的自己有些甚麼不同」。後來發覺，一直以來，他的創作原動力，是不斷挖掘別人和自己的醜態。

68. 黃仁逵：《放風》，素葉出版社，1998 年（初版）。

　　《放風》收錄作者九十年代中在《華僑日報》、《新報》、《現代日報》所撰專欄的散文，分為兩輯。第一輯為「四百擊」，共六十五篇，均為庶民人物的精妙速寫；第二輯為「畫外音」，共一百零二篇，主要從生活中的人事物起興，討論藝術，尤其是繪畫的問題。《放風》於一九九八年由素葉出版社出版，暢銷多刷、而至一度絕版；二十年後，二〇一八年香港文學館修訂再版《放風》，黃仁逵並為「四百擊」部份重繪全部插圖。

69. 綠騎士：《壺底咖啡店》，素葉出版社，1999 年 (初版)。

　　本書收錄文章近百篇，分作「筷子族的法國茶」、「牛奶與果汁之間」、「路上的水壺」、「陳酒香澀」、「咖啡豆的談笑」、「共飲」及「失憶愛神的杯子」等輯，文章曾發表於《中國時報》、《聯合報》、《星島日報》、《明報》、《明報周刊》及《歐洲日報》等。文集前後均有詩一首，以作代序及結語。

　　作者筆下的異國情調，令人悠然神往，而這種神往，是一種生活態度。文章中，作者直言人情冷暖及世態的涼薄，並以其文字的寬厚與溫婉，予人安穩與溫馨。

70. 蔡浩泉：《自說自畫‧蔡浩泉文集之二》，素葉出版社，2006 年 (初版)。

　　作者是香港知名的畫家，曾為不少專欄繪畫插圖，本書收錄的是作者的專欄文字，以及他為自己文字配上的插圖，專欄是《星島日報》的，編者許迪鏘在整理作者遺稿時，才發現作者如此驚人的文字產量，雖然只每每一小段，但自寫自畫將近二十年。

71. 樊善標：《力學》，振然出版社，1999 年（初版）。

　　以「力學」為名，本書曾經給放置在書店中「自然科學」的書架上。其實內裏收錄作者數十篇散文，分作「力學」、「酒關」、「親交」及「擬人」四輯。記錄的是作者九本小小的記事簿中所載過的文章，經過時間的洗刷，《力學》也是作者的某段成長經歷。後半部份用倒置的印刷，收錄作者的詩集，收錄新詩有廿五首。

72. 黃燦然：《格拉斯的煙斗》，麥穗出版，2007 年（初版）。

　　這是作者數年來在海內外報刊撰寫的專欄文章結集，亦是他首次將自己幾個不同身分：詩人、翻譯家和評論家，與其新聞工作者的本職連結起來。作者利用互聯網的方便，盡量如海綿般吸取國際文化的精髓，經過作者的思考與沉澱，這些不同文化「被撮要、被轉述、被直譯、被意譯、被評論、被壓縮、被稀釋、被曲解、被挖苦、被戲仿、被虛擬」，總之，就是一次再生。

73. 王良和：《山水之間》，匯智出版，2002 年（初版）。

　　本書所收篇章，均經作者精心挑選，既有新稿，也有舊作。全書共分兩輯：第一輯收錄作者近年的作品：如〈中秋與花燈〉寫母子間的愛，在淡淡的生活小節中，透現濃郁的親情，細膩感人；〈逡巡於飛鳥的圓周〉、〈白鱔〉等篇，則以詩人的觸覺、精練的文字，表達對自然、生命的感應與沉思。第二輯收錄了舊作，主要以山水和動植物為題材，有寫佳山秀水，有寫樹、竹，也有寫鳥、蟬、鷹、兔，以至蝙蝠。在寫景寫物之中，又寄寓了作者對事物、人情、生活的體味，啟人深思。

74. 王良和：《女馬人與城堡》，匯智出版，2014 年（初版）。

　　作者散文風格多變，在散文的底色中暈染詩與小說的技巧。書中的散文，或回顧往昔，抒情寫意；或通過對人與物的外部觀察，轉入內部對精神意識的層層剖析；或通過「我」與陌生人的互動關係，在情境、事件中探析人的心理，觀照自我。

75. 朱少璋：《灰闌記》，匯智出版，2007 年（初版）。

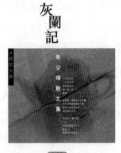

　　作者把那一塊塊斑駁的鏽蝕面，湊拼成一段段文字，歲月流逝無聲，文筆書寫有情，讀者也許可以在這輯散文中找到一點點的共鳴。分作「馬前覆水」及「爛柯觀棋」兩輯，共收錄二十五篇。此書獲得第十屆「香港中文文學雙年獎」散文組雙年獎。

76. 朱少璋：《梅花帳》，匯智出版，2013 年（初版）。

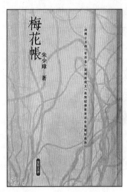

　　作者曾出版不少學術著作、散文集及古典詩集。《梅花帳》是其對人生、文藝、品味及價值的反覆思考而成。作者融合抒情與說理，另闢新徑以「抒理」筆法落脈於濃淡剛柔雅俗莊諧之間，成功營造「感性」與「磊落」兼容的散文風貌。澳門著名畫家亞正為本書精繪二十八頁插圖，以水墨的塗抹與飛白演繹書中散文的優雅意蘊。

77. 呂永佳：《午後公園》，匯智出版，2009 年 (初版)。

　　本書輯錄作者在二〇〇五至二〇〇九年的文章，分作「原來已是曾經」、「城市的命名術」及「門外鋪滿九月落霞」三輯。作者自言這些文章都是「我手寫我心」，放棄了寫文章的那些所謂氣魄、結構和技法等等，他決定將文字交給時間和空間，在和諧裏尋找安靜、快樂和愛，於是將文集命名為《午後公園》。

78. 吳淑鈿：《常夜燈》，匯智出版，2013 年 (初版)。

　　本書分為兩輯：第一輯有十五篇長文；第二輯有二十七篇短文。在這數十篇文章中，除了可以找到旅遊的趣味、食物的滋味、藝術的韻味、歷史的意味，也飽含人間的情味。

　　第一輯裏的「至味」，回憶與祖母一起用石磨弄杏仁米漿；〈還看紅棉〉，從對植物的體察，寫到對人生的感慨；點題之作〈常夜燈〉，由日本京都古寺的常夜燈說起，娓娓道出自己的成長經驗。

　　第二輯的「白千層」、〈雜花生樹〉、〈蜻蜓〉狀物寫情，寓意深刻。〈粥之情結〉、〈一盆果凍在途上〉以食物為題，寫出人生真味。〈良會無多價〉、〈行當〉從藝術看人生，〈東京物語的扇〉、〈西西的熊偶〉以小見大。

79. 秀實：《九個城塔》，匯智出版，2008 年（初版）。

　　本書分為三輯，第一輯「雪」有生活小品十四篇，第二輯「影」有旅程心影等十一篇，第三輯「羽」有散文詩十五篇，共四十篇，各輯以一字記之，幻化成不同的畫面，各有各的精彩。作者以詩人的身分來寫散文，文筆凝練，意象紛繁，詩意濃郁，節奏輕快，帶領讀者在時空的軌跡中飛翔，出入古今中外的文學世界，挖掘很深，感染力很強，同時也散發出一股強烈的滄桑味道。

80. 胡燕青：《蝦子香》，匯智出版，2012 年（初版）。

　　本書收錄散文二十八篇。作者以敏銳的筆觸、樸素的真情，抒發她對家庭、工作、生活、人事以至宗教的感受和看法。

　　〈鈴聲〉顯出作者對生活的敏感，就是生活中的尋常事，也引發她浮想聯翩。〈也談嫉妒〉及〈幽默和刻薄〉則是從對世道的準確觀察而寫出的雋智文章。〈抄襲魔風〉和〈大學教育的天空好小〉均是對工作遇到的不快所作的不平之鳴。最後幾篇，包括〈從老房子到小山坡〉、〈懷念母親宋慕璇女士〉、〈媽媽去後〉、〈洞〉，以及點題之作〈蝦子香〉，結合起來，是作者對自己、對父母、對家庭的深情反思。

81. 莫仲平：《生命的護照》，匯智出版，2004 年（初版）。

　　本書是作者的第一部散文集，共收錄文章十四篇，既有寫人，也有寫情，貫串起來，是作者半生的深刻歷練和體驗。書中，作者以細緻的筆觸，勾畫出一個個性格鮮明的人物，也帶出人與人之間複雜且微妙的關係。當中的人情變化，跌宕起伏，通過作者以豁達的襟懷，舒徐的文字，細細道來，令人感受殊深。

82. 陳德錦：《身外物》，匯智出版，2004 年（初版）。

　　文章原是身外物，得失只有寸心知。

　　集內的作品，有以動物為喻，提醒人類要主觀愛物，也要客觀看物；有思想或觀察的記錄，發為隨筆小品，雜諷刺與幽默；另外還有溫煦、抒情、懷舊的敘事寫景文字。在雅與俗、情與理、科技與鄉土之間，作者力求摸索自我的語境，合為一集，略顯二十年創作的心跡夢痕。

83. 麥華嵩：《聽濤見浪》，匯智出版，2006 年（初版）。

　　本書收錄散文三十餘篇，大致依題材分類為「追憶」、「感世」、「人間旅」和「賞藝」四輯。作者透過文章觀賞生命，寫出他隨緣地聽閱世海浪濤的所思所感，有記述故人，有追憶往事，也有對世道、藝術的獨特看法。感思化為文字，譜寫成一闋闋無聲的詠嘆調。

84. 麥樹堅：《絢光細瀧》，匯智出版，2016 年（初版）。

　　《絢光細瀧》是作者第三本散文集，收錄十六篇散文。建基於真實體會，〈橫龍街〉、〈屯門河〉串連私人記憶與地方歷史；〈路上的釘〉、〈電子眼睛〉記述生活反思；〈看鯨記〉、〈琉璃珠〉是人生轉折的感悟。篇章有睹物思人，有借景抒情，內容與情感豐富。

85. 麥樹堅：《對話無多》，匯智出版，2003 年（初版）。

　　作者以其敏銳的觀察，加上細膩的感情和精煉的文字，編成本書。全書分兩輯：第一輯收錄了作者歷次比賽的得獎作品，如：〈從外緣到外緣〉、〈外婆的家〉、〈齊魯行記〉及〈千世貴族〉等。

　　第二輯收錄了作者對日常生活的所思所感：如點題之作〈對話無多〉寫人與人之間的相處。另有〈西洋菜街的笛聲〉、〈旺角夜行〉、〈舊區記憶〉及〈藍天下的早晨〉等，寫對周遭環境的微妙感覺，筆觸富有詩意。

86. 黃秀蓮：《歲月如煙》，匯智出版，2004 年（初版）。

　　作者任職教育界，常於報章撰寫專欄，並數次獲得公開徵文比賽的獎項。《歲月如煙》，顧名思義是一本懷緬過去的文集，亦是作者出版的第二本文集。收錄的文章均是舊香港的風貌，舊香港的奮鬥精神，作者貧而不苦的童年。同時收錄一些遊記文章。

87. 鄭鏡明：《情陷大磡村》，匯智出版，2006 年（初版）。

　　本書是作者第一本散文集。大磡村是香港消失了的一條市區村落，其位置原本在鑽石山與新蒲崗之間。但文章記錄的，又並不限於這條小小村落。書中描寫的，雖是作者身邊的「小人小事」，卻富有極強的香港生活感和鄉土氣息。

　　不論是已清拆的大磡村，城門河畔的老理髮師，或只是一杯茶餐廳的鴛鴦，作者無不寄以深情，小人小事在作者筆下，盡是值得凝神細看的東西。

88. 劉偉成：《持花的小孩》，匯智出版，2007 年（初版）。

　　作者是香港詩人，本書是作者的首部散文集。書中作者以詩人的筆觸，審視自己的過去，以及世間的人和事，從一條山道、一個天台、一塊菊石到一個「公仔」，均滿載感情，所思所感，視角獨特，加上文字優美，內容豐富。

89. 劉偉成：《翅膀的鈍角》，匯智出版，2012 年（初版）。

　　作者以「赤子之心」，寫他心目中的世界。著名作家王璞曾對此書有以下評語：「其實這部書稿的每一篇散文，都有童話的元素，從以隨想沉思為主的『故事』輯，到以憶舊和遊記為主的『事故』輯，都有童話的性質。這部書稿是一部以童話的手法書寫的現代都市沉思錄。」

　　本書收錄了十六篇文章，有長有短，有上二萬字的，也有僅數百字的。但無論文章長短，在作者雋永的文字引領下讀來均趣味盎然，加上與內容緊扣的彩色圖像穿插其間，更令讀者感到整本文集豐富而多彩。

90. 黎翠華：《左岸的雨天》，匯智出版，2013 年（初版）。

　　作者旅居法國多年，本書收錄了她這十多年來所寫下的人生片段。

　　書中記錄著她的種種人事、見聞、感受。因應主題，全書共分成三輯：「左岸的雨天」、「終點・起點」和「節日與夢」。「左岸的雨天」以人物為主，不同的人物或明或暗地折射著時代和命運的浮光淡影；「終點・起點」大都是旅遊記事，當中所述，是一些企圖透過藝術作品回看人生的嘗試；「節日與夢」則是感官的探尋──酒和食物，這是一個極其富麗的天地，香氣和味道兼備。

91. 潘步釗:《邯鄲記》,匯智出版,2002 年 (初版)。

　　本書是一本以「關懷和感動」為主題的散文集。

　　正如作者在自序所說:「我寫散文很少想到虛構與真實的問題,只在乎關懷和感動。」文集中,作者以細膩多變的筆觸,對環繞身邊的一切人情事理,作深刻而真摯的描摹、回應和思考。一個情感細膩的知識文人,如何檢點生活中四濺的倫常悲喜、如何奮筆回應時代的乍明乍晦,如何將這一切思考感受內化,然後用文字凝固成為一種敲打時代的聲音。

92. 鄺龑子:《隔岸留痕》,匯智出版,2012 年 (初版)。

　　這本散文小集收錄了十五篇主要以香港境外的遊歷見聞為題材的散文。五湖七海,隨題發揮,結合近思遙情,湊泊成恢弘而統一的氣象和格局。文章並非攝影式的遊記描述,依舊是以自然抒情寫意、求真問道為旨。以我觀物,自由往復於彼岸與此岸,偶爾忘己感應,「超以象外,得其環中」。

93. 陸沛如：《如真如幻》，當代文藝出版社，2003 年（初版）。

　　本書輯錄的文章，是作者移民加拿大後，在工餘時間寫作而成。當時正值《明報》在加拿大開創加東版，其副刊「明楓」廣邀不同的作者投稿專欄，作者正是其中一個常刊作者，亦是當時多倫多華人作家協會會員。

　　本書由生活小品，到信仰隨筆，以至專題專輯，均是作者一抒己見之作，最後部份更有「小小說」輯，包含作者的小小說創作。

94. 謝君豪：《跳進人間煙火》，熱文潮，2004 年（初版）。

　　作者為香港資深演員。本書收錄其散文作品，分為「劇場戲味」、「都市文化」及「現實世界」三輯。文章中，作者輕輕透露了他的世界觀：「當我們靜下來思想一下自己過往的生活，其實就如一杯凍檸茶少甜，充滿著苦澀酸甜的非一般味道。」身為一個演員，作者深深明白面對自我的重要性，人如何享受當下，享受目前擁有的一切，才是上算。

95. 惟得：《字的華爾滋》，練習文化實驗室，2016 年 (初版)。

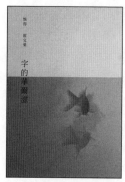

本書所收選的文章，由作者親自挑選其一九七八至二〇一四的文章輯錄而成。

第一輯「與你共舞」，收錄憶舊念故人之作十五篇；第二輯「霹靂水雲山」，十篇小品文道出山水之美；在第三輯「生活探戈」，試圖於尋常生活中跳一場節奏明快、流暢的探戈；第四輯「城市曼波」，共十篇，把大城小事款款道來，描摹細膩而深刻。

96. 莊元生：《如夢紀》，練習文化實驗室，2016 年 (初版)。

作者老家位於上水石湖新村，是在發展新界東北的過程中面臨滅村的村莊，在作者的記憶中，這山村滿載童年的悲歡歲月，但當地產商買下整條村莊，剷平了野草雜樹，原本一條人住的村莊變成荒蕪的空地，待價而沽，童年的點滴頓變成回憶。

新界東北發展來勢洶洶，作者有感於兒時舊日風景的淪落，唯有用個人記憶，去對抗無法逆轉的現實。

97. 東瑞：《談談情‧交交心》，獲益出版社，2000 年（初版）。

　　作者認為所有書寫的人，總是對世間有一份獨特的情意，才有可能發而為文。本書話題牽涉親情、閒情、世情、人情及文情。而「談談情　交交心」的意思，則是作者喜歡與讀者成為朋友，愛透過文字與讀者交心，因此文章都寫得親切自然，如話家常。

98. 吳佩芳：《浪漫旅程》，獲益出版社，2011 年（初版）。

　　收錄作者數十篇散文作品，分為「旅遊篇」、「生活篇」、「創作篇」及「附錄」四部份。顧名思義，分別關於作者的遊記，記述其所及之處廣布世界多個國家，如澳洲、挪威、冰島及內地不同城市等；「生活篇」則關於親情、記事、探親或生活瑣事等；「創作篇」就是作者在創作路上的心得分享。

99. 妍瑾:《淡淡幽情》,獲益出版社,1999 年 (初版)。

　　收錄作者數十篇散文,分作「溫情」、「難忘片段」、「書邊隨拾」及「遊記」四輯。作者原名潘如蘭,最初替東瑞初創的出版社撰寫書籍推廣,後來慢慢建立自己寫作的軌跡。東瑞所言,作者的文字十分女性化,筆觸細緻凝煉,總是在溫馨和平淡中有著震撼和遺憾。

100. 蔣英豪:《文人的香港》,獲益出版社,1999 年。

　　近百篇散文作品,分為「香港感舊錄」、「香港反思錄」、「文人的香港」及「異域香港客」四輯。顧名思義,是一本十分地道的香港文學散文作品。作者以在香港生活數十年的生活,回顧小時來港後的經歷(感舊),再細思過去數十年與現今的轉變(反思),以寫作人的身分記錄香港的生活(文人的香港),以及身處異地的記憶(異域香港客)。

新詩類

1.　曹疏影：《金雪》，Kubrick，2013 年 (初版)。

　　《金雪》收錄了詩人二〇〇〇至二〇一二年的詩作，內容分三個部份，以二〇〇九至二〇一二為第一部份，二〇〇五至二〇〇八為第二部份，二〇〇〇至二〇〇五為第三部份，三部份共收錄詩作一百二十五首。《金雪》是繼詩人沒有正式出版的《拉線木偶》及《茱萸箱》後，正式出版的詩集，是詩人在這十多年間在香港、意大利和其他地方的詩作合集，當中也有收錄在《拉線木偶》和《茱萸箱》的部份詩作。例如〈拿波里不勒斯〉（2009，napoli）「我在拿波里 / 動念那不勒斯 / 就有七十二道 / 西班牙區的巷子口 / 將這感傷結絮」。而在香港的詩作中，多有在大嶼山寫成，或者以「東涌線」為寫作地點，許是在鐵路旅程中寫成的作品，例如〈微笑〉（2012，東涌線）「微笑可以囚禁漂浮嗎 / 痛可以囚禁虛空嗎 / 生長的閃電可以囚禁一場雨嗎 / 愛人愛人你的嘴唇太美 / 請熄滅我一個囚徒的哀傷」。

2.　游靜：《大毛蛋》，Kubrick，2011 年（初版）。

　　《大毛蛋》收錄游靜詩作五十六首，是詩人於一九八九至二〇一〇年間的詩作。最早的詩作是一九八九年的〈一首適合四百九十五字專欄的連載詩〉和〈家私奏鳴曲〉，直至二〇一〇年的〈悟〉、〈我是一隻腳〉和〈轉圈〉等，但主要是千禧年以後的詩作。二十一年間的詩作包含詩人多年的經歷，如〈在洛杉機見書璇〉（2000）「很難想像你電影中的慢 / 來自這灰濛濛的城 / 你的黑眼鏡也 / 來自這不饒人的陽光？」許是記錄與電影導演唐書璇的會面。以及〈算算十年〉（2010）「妳知道嗎 / 我不懂愛人 / 所以你來教我 / 甚麼是無條件的愛」，訴說人與貓的感情。詩人洛楓評此詩集「跨越地域、性別、文化與人獸的疆界，游靜以飛揚的想像和語境，為我城千瘡百孔的生活把脈。」而當中亦有些詩作加入了粵語，成為本書一大特色。

3. 廖偉棠：《和幽靈一起的香港漫遊》，Kubrick，2008 年（初版）。

　　此詩集是詩人第一本完全以香港為書寫對象的詩集，收錄詩作六十五首，並配有詩人的攝影作品。詩集分四輯，分別為「幽靈們的地志學」（配攝影「女燒衣・男燒衣」系列）、「不失者的街道圖」（配攝影作品「香港夜與霧」系列）、「未隱士的島嶼記」（配攝影作品「傍晚草地上的物件」系列）及「Bonus Tracks：為未來的鬼魂寫詩」（配攝影作品「臨終眼」系列）。

　　以香港實景入詩，並有多首致歷史人物之作。如〈薄扶林道，尋林泉居——致戴望舒〉「我用了一個小時在浦飛路、士美菲路／尋找你的蹤跡，甚至向貓問路。」詩作對於舊事（如〈南昌街街頭——致蔡炎培〉、當下（如〈灣仔情歌〉和未來（如〈香港島未來史〉）均有感懷慨嘆的抒發。攝影作品與詩作互相闡釋，為詩作中的幽靈空間提供幻想餘地。

　　此詩集曾獲第十屆香港中文文學雙年獎（新詩組）。

4. 潘國靈：《無有紀年：遊忽詩集 1994-2013》，Kubrick，
   2013 年（初版）。

　　本詩集收錄詩人於一九九四至二〇一三年這二十年間的作品，超過一百首，包括詩人以英語寫就的詩作。收錄次序以逆時光序排列，如一次回顧，從一點回頭察看之前的詩作。結尾附有「主題目錄（另一種讀法）」，顧名思義是此詩集的「另一種讀法」，不單單是時間順序的順讀，而是可歸納為不同話語者的部份，包括「書寫者言」、「浪遊者語」、「憂鬱者言」、「悼時者語」、「愛癡者言」及「幻滅者語」。

　　「遊忽」是詩人的小說作品中反覆出現的角色名字，偶而也是詩人寫詩時的筆名，「遊忽詩集」是從小說到詩，詩人化身成筆下角色後的不同身分的自畫像，並以「存在之難」為始，說「你有多敏感於靈魂的震顫 / 你便有多承受於內心的不安 / 上帝沒問准你 / 便把一個內窺鏡植入你的靈魂深處 / 以此作為恩賜 / 也是畢生之詛咒 / 自我毀滅與創造燃燒不可分割 / 其結果難免殆盡 / 是為一個藝術者的殉道或殉情情結」，有詩，有能承受日子。

5. 姚楓盈：《日照良好＝Ensoleillé》，三聯書店，2011年（初版）。

日照良好

　　本詩集是第三屆「年輕作家創作比賽」的得獎作品。全書分四卷，分別為「卷一‧逃走路線圖」、「卷二‧飛翔的步履」、「卷三‧味的留痕」及「卷四‧說聲幸會了」，四個部份共收錄二十三首，配以詩人的攝影作品，記錄其瑣碎的時間片段，影像經過詩人的眼而停留轉化成美好的回憶。正如在〈寄給您的明信片（一）〉中說「在別人的城市裏／我只想／尋找一些能夠轉化成／屬於自己的感動／留給記憶和／親愛的／您」。或者從微小的事物中，找回失落的感覺，如在〈剝開一顆栗〉中，因為父親總為她剝栗，她從小就輕易的吃到栗仁，長大後發現剝栗竟如斯困難，就寫成「長大以後／格外思念／這段吃栗子的美好時光／記得自己／是如何／被無條件的餵養過」。

　　詩人自己也說，「我選擇用最緩慢的筆尖，在急促的步伐下自在慢舞，在狹窄的空間肆意飛翔。」

6.　盧勁馳：《後遺：給健視人仕‧看不見的城市照相簿》，
　　三聯書店，2009 年（初版）。

　　這本詩集記錄了詩人九年來的生活，收錄四十一首詩作，並附以詩人的攝影作品。詩人因為眼疾而使生活變得模糊，而當他用相機記錄城市面貌之際，對他來說有何意義？

　　詩集分為五輯，依次為：「盲人自畫像」、「唯物主義的樂觀態度」、「定向」、「支離」及「時間的和聲」。詩人透過自己的文字和照片，試圖尋找一種呈現視障人士生活的方式。純白的封面上有凸字設計，顯示詩集是詩人身為視障人士觀照世界的方式，但詩作同時透露了詩人生活上的不便，由於視覺畏光，詩人使用電腦時對熒光幕的光極度敏感，於是寫下〈熒光屏〉一詩，「在掀開房間窗簾前的一秒／聲音，凝結成眼前散碎朦朧的微軟視窗環境」。

　　生活上的不便，詩人還記錄了〈夜裡，我總是無法認出下車的位置〉，「你小聲地說，這是超級市場，對面有一座小學／過了前面的天橋，有燈光忽閃而過／然後是上星期我們吃過早餐的小店」，借助別人的聲音來確認身處的位置，讓讀者可親身感受詩人的經驗。

　　如詩人之言，這些詩作是「斷句」，並「以某種類近瀕危動物的姿勢予以詩之名，把自己一切無法理解的部份傳留下來。」

7.　西草：《連花開的聲音都沒有》，川漓社，2011 年 (初版)。

　　《連花開的聲音都沒有》收錄詩人五十七首詩作，分作「夜夜煙圈」、「城市老鼠」、「遠悼」、「夢見香港」、「我們將會重遇在巴黎南端偏遠的茶館」、「西伯利亞的信仰」及「大悲咒」七輯。

　　關夢南在序言的介紹中說，七輯各有明顯的話題，「夜夜煙圈」及「夢見香港」「對作者意義特殊，見題思義」；「城市老鼠」和「我們將會重遇在巴黎南端偏遠的茶館」是「生活的風景與思辨」，「遠悼」是「歷史印記」，「大悲咒」是「文字遊戲」，而「西伯利亞的信仰」「卻好像沒有明顯的主題，說是『信仰』，大概指冷記憶吧。」而這輯卻被認為是全詩集中「最成熟的一輯」。見「連花開的聲音都沒有」：「地上沒有草 / 沒有花 / 人代替了獸 / 獸因此依賴 / 幾何代替了樹 / 樹因此荒廢 / 車代替了馬 / 馬因此高雅」。

8.　林幸謙：《五四詩刻》，天地圖書，2013 年（初版）。

詩人寫下九卷以五四作家為主題的詩作，詩集共收錄六十八首詩作，提及過的五四作家分別有魯迅、沈從文、張愛玲、郁達夫、徐志摩、林徽因、蕭紅、丁玲、巴金及茅盾等等。

詩集中大部份以「我」為第一身書寫的詩作，如〈青春擺渡人──沈從文的素描之二〉中「一切不可逃避的光影形線／用藝術的美感用身體的孤絕／逼害我／令我忘掉苦難／令老年忘懷死亡」。或者以「敞開的窗／把我留在世界之外」（〈如果──重寫張愛玲〉）來描寫張愛玲，等等。

詩人亦會以旁觀者的視角去描寫作家，例如〈郁達夫的羅浮一夢〉中的「獅城之島淪陷以後／你的行旅遠赴更南的孤島／成為傳奇」。以「想飛的夜晚」寫徐志摩的愛情，以「香江異旅」寫蕭紅的落寞，使人物活靈活現，場面鮮明。

詩人化身為五四時期的作家或思想家（如熊十力和弘一大師），談論家國政治、愛情慾望，設身處地寫出那時代的傷痛，同時寫了個人的寄託，這本詩集，創作泉源純粹是來自五四新文學傳統。

9.　林幸謙：《原詩》，天地圖書，2001 年（初版）。

　　《五四詩刻》時的詩人化身五四作家群，或者冷眼旁觀他們的際遇，《原詩》中詩人則是在叩問學院和城市的意義（劉再復語）。詩集收錄六十三首詩作，分「原道」、「城體」、「原詩」、「體論」及「原城」五輯。

　　從題目已可見詩人關於學院的書寫，例如〈書院之死〉及〈大學〉等，可詩句更是辛辣：「許多陌生人書寫的論文寄寓在院子裏 / 說實確點，被軟禁著 / 像妓女接待不同男人的需求」（〈博士候選人〉）；「今日的榮銜見證了集體的寂寞 / 權威淪為骨骸衰竭的身影」（〈最後的榮譽博士〉）。可除了對學院的批判外，詩人亦寫下對城市的叩問。

　　詩人用「器官」一詞形容城市中的街道，用「沉迷寂寞的地底」來反抗「土地與城市的情慾」，用愛情來詰問快樂的泉源。而「每個人，都是地圖的構成物」（〈香港地圖〉）。

　　就如劉再復所言，《原詩》是詩人揭開城堡（學院）的面紗，也給正在淪落的城市敲下警鐘。

10. 袁兆昌：《出沒男孩》，天地圖書，2007 年（初版）。

　　《出沒男孩》分作六個部份，依次為「instead of a pear 的圖」、「鄧小樺的序」、「袁兆昌的詩」、「出沒男孩的創作年表」、「袁兆昌的後記」和「instead of a pear 也寫些字」。收錄詩人四十七首詩作，詩的部份又分為「懂得給 L」、「出沒男孩 For TJKY」、「甜蜜的肅穆」、「語詞癲癇」、「我們忘了那是再見還是慰問給新界喇沙小詩友」和「疾病與焦慮」六個部份。

　　詩集的簡介中，對「圖」的部份如是說：「以叢林、動物、大廈和人體為主，充滿立體感的工藝詩意，……不限於文藝思維，讓他們（讀者）能從視覺途徑，更靈巧地解讀詩歌。」而詩的題材有親情、愛情、友情和悼亡，亦有創新破格的語言實驗。

11. 黃燦然：《我的靈魂：詩選 1994-2005》，天地圖書，2009 年（初版）。

　　詩集按年份分為五輯，共收九十七首詩作，是詩人在香港出版的第二本詩集。當中大部份詩作曾發表於香港、內地及海外報刊，或者收錄於其他選集，只有小部份未曾發表。

　　評論人葉輝評詩人的詩「越來越澄明，猶如清潭照人而不知水有多深。」如〈給妻子〉中說「我們都會改變，但相去不會太遠，／生活就是這樣，大概就是這樣，／只要你還保持單純，對愛情抱有幻想／我呢，還繼續寫詩，並且越寫越玄。」可見在生活不太糟但又不期望更好的情況下，詩人對妻子的愛情依舊。

　　評論人凌越更說詩人的詩「在平淡中見神奇，在平靜中顯激情」，如〈你沒錯，但你錯了〉中，「你」以為一個平平庸庸的「他」，可是「你那些幸運的經歷他全都經歷過，／而他經歷過的，正等待你去重複。」實在耐人尋味。

　　詩集中的五首詩〈在地鐵裡〉、〈冬天的下午〉、〈在咖啡室〉、〈她非要徵求他的意見〉和〈陸阿比〉，曾以《芸芸眾生》為總標題，獲得二○○一年中文文學創作獎新詩組冠軍。

12. 鄭雅麗：《薄海扶林》，天地圖書，2006 年（初版）。

《薄海扶林》連序詩與跋詩在內收錄九十三首詩作，當中一部份為其詩人朋友的作品、回應或同題之作。

詩作多以短句組成，簡單直接，而回應的詩作中亦仿類似的寫法，如：「原來有些創傷／時間不會治療／原來有些道路／一生不能安穩」（〈原來──致嚴泳霞同學〉），及由鄺美蘭寫的回應：「原來有些記憶／時間不會洗掉／原來有些幸福／已悄悄落在身旁」（〈回應〈原來〉〉）。

至於同題，則有游社媛及詩人的〈梅龍鎮餘興〉：「乘上車船／追尋夢幻／在燈的海／然後混入人流／喋喋絮絮」（游）；「迷失魚兒別忘記／那晚曾經相約／遊戲海上人家／穿梭江湖／永不回來」（鄭）。

13. 蔡炎培：《從零到零——蔡炎培自選集》，天地圖書，2013 年
　　（初版）。

　　　詩人自選多於二〇〇〇年以後的作品，詩集收錄詩作連〈代後記〉在內共一百四十九首詩作，分為「點絳唇」、「青島夫人」及「從零到零」三卷。

　　　詩集中不少詩作為記事或念故人，並以粵語寫成，例如〈該隱的路——聞莫言諾獎〉中，詩人寫道「獻祭後 / 沒有預期恩賜很惱怒 / 懺悔天使文學家 / 或愁或眉或苦或口或面 / 默劇大師有符」，又或者「沒有誰來通知我 / 很多人當作娛樂新聞 / 你很會娛樂朋友」的〈陳任走了〉。

　　　〈代後記〉簡單以詩的形式記錄出版詩集的過程，清脆利落，但詩人也不忘記道，個人詩風嘗試平白如話，並以港式三及第居多，「希望也是一個可能」

14. 曉靜：《天堂鳥》，天馬圖書，1997 年（初版）。

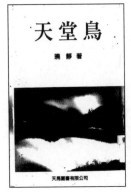

　　　詩集收錄一百首詩作，另有藍海文所撰，以詩人一百首詩的題目而綴成的序詩。

　　　序詩中云「朝霞翩翩 / 綺夢飄飄，飄成一條 / 愛的彩帶，一株 / 忘憂草」就已包含了〈朝霞〉、〈綺夢飄飄〉、〈愛的彩帶〉及〈忘憂草〉四首詩作。詩人多以景或物入詩，如〈讀夜〉「春夜的語言乃是緩緩流動的柔情」、〈望外〉那「催人團圓的知更鳥」，以及〈色士風〉的「吹出太多 / 逗點 / 劃著生動的 / 弧線 / 天空的畛域 / 若隱若現」等，均是詩人以細微的事物帶出所引發情感。

15. 不清：《卌二排浪》，石磬文化事業，2016 年（初版）。

　　《卌二排浪》收錄詩人四十多首詩作，分〈海〉和〈岸〉兩個部份，並有自序詩、梁匡哲的序言及彭依仁的跋。

　　梁匡哲言詩人「專心致志地鑽研情詩的套路，使我（梁）常想像一個情景：熟悉現代詩的讀者可能會搖搖頭，而不清彷彿是一個惡作劇的小孩，在一旁掩著嘴笑。」例如他的〈無詩可寫〉，作為一個詩題，與詩篇的關係變得吊詭。

　　又如彭依仁的評論：「它雖然天馬行空，但一點也不虛弱。寫作這樣的詩需要過多的思考，起碼每一個意象的運用都是紮實無誤的，不然不需要評論家的地震，這幢詩歌大廈已經倒塌了。」且看詩人的〈送你僅剩的這一瓣〉，「還記得我們把秋天／移植到一群梅花鹿的頭頂嗎？／身體如乾旱的草原，而我們／遺憾沒能遇上半個野蘋果」。

16. 西草：《海灘像停擺的鐘一樣寧靜》，石磬文化事業，2015 年（初版）。

　　詩人將詩跟塔羅占卜混合，用塔羅牌寫成了五十七首詩作。按詩人所言，詩集可以當作整體來解讀，不單單是零碎地閱讀內裡的詩作，以塔羅牌二十二張「大秘儀」牌來匯聚成一部詩集，本身就是一個整體。

　　以第一張「大秘儀」愚者作序幕，也以最後一張「世界」作閉幕，中間以詩作不同的需要而收編在不同的占卜牌內，例如「魔術師」輯中的〈我〉，是一首圖像詩，「正義」輯中的〈公眾諮詢〉、〈政策有問題〉，「審判」輯中的〈深入大陸〉和〈歧異〉，都顯而易見詩人為詩作「分類」。至於閉幕之後，詩人又以塔羅牌所沒有的一張牌——「傘」作「下場序幕」。「大秘儀」塔羅牌可虛擬一次人生旅程，不同的牌可代表不同的象徵，提供了大範圍的象徵意義，因此在這個「框架」內收錄詩作，看似把詩置於框架之內，實質卻沒有任何限制。

17. 迅清：《迅清詩集》，石磬文化事業，2015 年（初版）。

　　迅清，原名姚啟榮，曾任《大拇指》書話版及文藝版編輯，七、八十年代多於《大拇指》、《星島日報》等刊物發表詩、小說及評論等。《迅清詩集》收錄五十五首詩作，為詩人重新整理自己作品的詩集。

　　一九七七年，詩人憑〈方向〉一詩首次獲青年文學獎詩初級組第一名。「另一些街道上 / 還有血染的痕跡 / 交通燈的前面 / 白色的粉末裏 / 有冷酷的陽光 / 生存也是 / 死亡也是 / 帶著 / 似是而非的 / 偶然和 / 茫茫的 / 神色」。

　　惟得在序言中說詩人「把詩人的精神賦予頑石，重新思索詩人的意義，在遺忘與肯定間，找尋一個新的匯合。」

18. 吳耀宗：《逐想像而居》，石磬文化事業，2015 年（初版）。

《逐想像而居》收錄五十七首詩作，是詩人於二〇〇八至二〇一五年間的作品，當中一首〈局〉為圖像詩，詩集中有與詩作對應的攝影作品，以及編在附錄中的詩選評。詩集中不少詩作都是描述不同地域的詩作，例如布拉格、希臘、斯德哥爾摩、倫敦、河內及梵蒂岡等，亦有不少關於香港的作品。

對於外在環境所帶來的喧囂與動盪，詩人認為唯有寫詩，才能給他帶來清澄寧靜的狀態。

19. 關天林：《本體夜涼如水》，石磬文化事業，2014 年（初版）。

《本體夜涼如水》收錄五十三首詩作，分為「夢幻」、「本體」及「異域」三輯，創作年份為二〇〇六年至二〇一四年，是詩人首本個人詩作結集。

書名來自集中一首同名的詩，象徵一種在語言與現實的張力／浮力場內自在昇華的理想創作狀態：「設想游泳賴於永恆的庇蔭／任何姿態都值得感人／如黃昏點亮藍火你也貪戀那暖和的上層／由掙扎以至於攤開／偉大紛紛成為現象」（〈本體夜涼如水〉）。

20. 可洛：《幻聽樹》，廿九几，2005 年（初版）。

　　《幻聽樹》是詩人的第一本詩集，收錄詩人三十七首詩作，分四章，分別為「燒焦的日子」、「支離破碎的天空」、「我和樹的相依關係」和「在那條循環線上徘徊做夢」。每章之間，有詩人為每首詩下的注解。詩集記錄詩人的青春歲月，可說是詩人的個人成長經歷，又或是詩人對於逝去青春的感嘆，例如一共四首的「在燒焦的日子」系列，以「呼吸」、「哭泣」、「釣魚」和「寫詩」為題，以「燃燒的日子」代表青春歲月，寫下關於失落的愛情、友情、理想和青春的詩作。

　　除了青春之外，第二章詩人開始染指生離死別這些永恆的主題，例如〈叔叔〉中記述嬸嬸離世時叔叔與堂妹在靈堂上的對比，〈清明三題〉中抒發與家人掃墓所見之事（「天空飄著灰黑的雪，落入煉獄般的道觀且溶化」）等。

　　首三章詩人都從自身出發，第四章才試著突破自我框架。第三章與第四章分別寫日常的工作生活和社會上的事情。如〈在告士打道上老死〉記述熬夜工作後回家時已天亮的景況。第四章的〈塞車的時候〉和〈對話〉，則講述戀愛中的無奈。《幻聽樹》的詩作多帶傷感，但又如詩人之言：儘管傷痕處處，但這世界還是美麗的。

21. 鄧小樺：《不曾移動瓶子》，廿九几，2005 年（初版）。

　　詩集收錄由一九九九至二○○三年共六十一首詩作，按年期編排共分五輯，分「斑駁而容易」和「液態修辭」兩章，是詩人分別在中文大學和科技大學前半段時的詩作。

　　詩人表示「否定句總是令我著迷」，單從書名可見，「不曾移動瓶子」就是一本充滿否定句的詩集，例如「並非剛過去的颱風才令我們省起自身的靈魂飄蕩」（〈介乎〉，1999）、「一首無法被刪節的歌／註定被評為冗贅。」（〈夜行獸之歌〉，2000）和「世界與你無關／為甚麼還要告別世界呢／就讓世界／兩不相干地／在你身邊／吧」（〈一路走來〉，2003）。

　　如詩人所言，自己是個「情感激烈，敏於變幻的人」，詩作在處理自己紛亂的內部時，難免是抒情的，而讀者往往會留意到詩作中揭露了甚麼，而不是掩藏了些甚麼，詩人為此種揭露而感到不安，唯有常用否定句，才能令自己安心一點。

22. 李天命：《李天命詩集：寒武紀》，牛津大學出版社，1996 年（初版）。

　　「思方學」學者李天命的詩集，連三首序詩和兩首跋詩在內共收錄五十九首詩作。第一首序詩是著名的「我在沙上寫了一首詩／又在沙上抹去那首詩／只讓海知道／我在空中寫了一首詩／又在空中抹去那首詩／只讓雲知道／我在心裏寫了一首詩／又在心裏抹去那首詩／只讓你知道」。

　　詩集分八輯，依次為「〈輕之思〉與〈西湖秋〉」、「〈六闋〉與〈雲河湖的變奏〉」、「從〈秋謎〉到〈荒城之月〉」、「從〈雲夜〉到〈逝〉」、「酸瓜」、「短歌行」、「〈連環念〉及其他」及「〈在塵封下面脈動的〉〈時空奧德賽〉」。

　　詩作的題目不少都有濃厚的哲學色彩，或者直接以哲學題目為題，例如〈命定論〉和〈存在與虛無〉等，但都是詩人直接借用為題，如「深濃的黑，混和著／深濃的夜，混和著／深濃的死寂」（〈存在與虛無〉）。

　　此詩集於二○○七年由明報出版社再次出版「增訂本」，新收錄「新一輯：微笑亭見」，增加十四首詩作。

23. 梁秉鈞：《東西》，牛津大學出版社，2000 年（初版）。

　　《東西》收錄詩人六十八首詩作，分為「東西」、「東與西：澳門」、「東西牆」、「東與西：南法到巴黎」、「聊齋」、「東西走」、「新邊界」及「東與西：書信」八輯。

　　詩人喜歡以城市和食物為主題寫詩，例如有名的〈帶一枚苦瓜旅行〉：「咀嚼清涼的瓜肉／總有那麼多不如意的事情／人間總有它的缺憾／苦瓜明白的」，又或者以藍天空來比喻城市和郊外的差距，道出人雖喜歡清新空氣卻又要擠在城市裏討活（〈藍色的天空〉，1999 年寫於南法）。

　　詩人對食物的興趣開始，逐漸發現自己沉迷於不同城市的跨文化對比，而食物又是所有人每天都需要的，因此創作的靈感源源不絕，而且很實在，就如詩人所說「寫詩像進食一樣，本身是並不依據理論進行的。……（寫詩）有時覺得拘謹不舒服了也自然選擇更放鬆的寫法，……烹飪也看時鮮的性質，舉炊的心情，有法度也不能光拘於法度。」

24. 梁秉鈞：《蔬菜的政治》，牛津大學出版社，2006 年（初版）。

　　《蔬菜的政治》收錄詩人七十四首詩作，分為「北京戲墨」、「亞洲的滋味」、「蔬菜的政治」、「香港 2、3 事」、「富士拼貼」、「異鄉的餐桌」和「即事」七輯，書後並有羅貴祥與詩人對談錄。

　　詩人持續遊歷不同的城市，並以城市和食物的文化探討為寫作的泉源，從食物和城市出發再寫到人。例如〈新加坡的海南雞飯〉、〈香港盆菜〉及〈耶加達黃飯〉，用二十二個「最辣的是⋯⋯」描寫冬蔭功湯等等。

　　因為食物而寫成而又跟城市有關的詩作，還有「香港 2、3 事」的香港，和「富士拼貼」的日本。詩句諷刺又不失詼諧，如〈豬肉的論述〉中的「躺在屠房的豬隻表示／目前的豬肉減價戰／只是人類單方面的行為／牠們不能對此負責」。以及〈清酒與天麩羅〉（副題「記與藤井教授共飲」）中「到最後發覺冰凍的冰淇淋／也可炸成滾熱的天麩羅／食物的變化裏充滿驚訝／文字何嘗不也如此？」

25. 呂永佳：《而我們行走》，文化工房，2011 年（初版）。

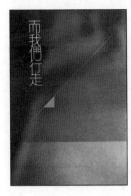

　　《而我們行走》收錄四十二首詩作，分為「空城」、「平衡線的對望」、「亞熱帶長歌」、「剪碎失憶的白霧」、「那棵樹還在」和「無聲的瘟疫」六輯，作品的創作年份由二〇〇七年至二〇一一年上半年。

　　「空城」的四首詩作都寫香港，分別為〈淡藍月光〉、〈無人之境〉、〈天橋上看風景〉和〈巨大的石頭〉。描寫沉重的城市和單薄的城市人的對比。「平衡線的對望」則都以每節兩行的結構，寫成九首「對望式」的情詩。「亞熱帶長歌」則希望營造詩的音樂感。

　　按詩人所言，「剪碎失憶的白霧」是較蕪雜的一輯。而「那棵樹還在」則是寫家人和成長，是「不太敢面對」的詩。至於「無聲的瘟疫」，則是仿效波蘭詩人辛波絲卡的作品。

26. 洛謀：《島嶼之北》，文化工房，2010 年 (初版)。

　　《島嶼之北》連卷首卷末兩首詩在內，共收錄四十八首詩作，並分為「廣場或街壘」、「根源與路徑」、「鄉土・地誌」及「寓言的島嶼」四輯。

　　詩集收錄關於香港的故事的詩作，在記錄中同時為城市翻天覆地的變化提供歷史的印記，如〈島的西邊或城的西邊〉說「無官員無富人問津／屹立鬼屋、屠房、殮房／和精神病院」，同時述說了「鐵路延伸」的記錄，熟悉「島的西邊」的人，見到詩句會心微笑。

　　詩作是詩人以文學作品回應社會的一種手段，如〈憂憂愁愁的走了〉和〈我們所知的煤礦〉等，而詩人認為，文學介入或者回應社會，並不等於文學庸俗化，或把文學淪為意識形態的附庸，關心自己生活的地方，對身邊的城市不能視而不見，詩人選擇直抒胸臆，為城市留下情感記錄。

27. 袁兆昌：《肥是一個減不掉的詞》，文化工房，2014 年 （初版）。

　　詩集收錄二十七首詩作，分為「悟」、「悼」、「念」、「政」及「慶」五輯。詩人在 Facebook 發起了「寫一個你討厭的詞」的公開活動，收集這個年代不同人認為討厭的詞，結果收集到逾千條「討人厭的詞」，與詩作一併收錄在詩集中，而「肥」字與「討人厭」，總是有著不可分割的關係。

　　這本詩集可以理解為身體，詩人說當中有「寫壞了的詩」，就如身體上的贅肉，這種肥他選擇不減。詩人認為：「文學有時是尋求時代共識卻又試著擺脫／背叛／否定那個共識的美學，常被引述的經典，人人都懂的好東西，會被說成濫俗。而詩則是詩人可忠於自己，也是自己可做、想做的事。」

28. 淮遠：《跳虱》，文化工房，2015 年（復刻版）。
　　（香港：淮遠，1988 年（初版））

　　《跳虱》分兩卷，收錄了四十首詩作。原本有個一九八八年的版本，按詩人的「前言」所記，當年是因擔任編輯之便，自行出版《跳虱》，由於當時的校對、編輯及排版等都屬義務，所以印量有限，並以「非賣品」形式面世。黃燦然甚至稱之為「傳說中的詩集」。

　　原先的《跳虱》的詩作由一九六九至一九八七年寫成，後來新收錄的詩作於二○一一年及二○一四年寫成，分別有〈手錶〉（2011）、換物、禮物、雞、手指、螞蟻及理髮店的清場（以上五首均寫於二○一四年）。

　　由於有新作，亦有當年散失的六首作品取代被剔除的詩作，（即跟一九八八年的「傳說中的詩集」相比，共有十二首新作。）詩人強調這不算是再版，而應將之看成一本全新的詩集。

29. 陸穎魚：《淡水月亮》，文化工房，2010 年（初版）。

　　《淡水月亮》收錄五十首詩作，分作「關於：每個人都有創造死亡的權利」、「關於：凡有生命者，凡有愛」、「關於：我們還能孩子多久？」、「關於：我厭倦生活，而其實生活愛我」及「關於：我愛你。是因為我懂你」五輯，開首有蔡炎培的序詩〈穿耳洞的女孩〉。詩集中的作品曾發表在《秋螢》、《字花》、《明報》等報章雜誌。

　　詩作關乎到生死愛欲，是詩人自身的渴望與情感，或喜或憂。如〈寫給健在的人〉中，直白說出「不知如何表達」死亡，或〈天使的胎音〉中的「人都是會傷害人的動物／天空裏他們劃出最沉默又最喧囂的傷口」。

　　詩集中亦有不少關於愛的作品，例如〈聽愛〉中的錯過與失落，以及〈怕他卻上心頭〉、〈Honey 告訴我〉等。

　　《淡水月亮》是詩人第一本詩集，關夢南在序言中寫道，詩人的「跨度很大，……是一個可持續發展的詩人。」

30. 陳麗娟：《有貓在歌唱》，文化工房，2010 年 (初版)。

　　詩集分四輯，分別為「而貓仍在那裏笑著」、「用一首詩的時間聽鸚鵡悲鳴」、「乘著鱒魚的翅膀」和「亡星之城」，總共收錄四十六首詩作。

　　詩人陳智德形容詩人是「以奇瑰的想像描述也哀告自由呼喚的徒然」，以〈假如劇院現在倒下來〉為例，如果劇院倒下，被囚禁其中的幽靈、躲得嚴密的貓和「窩居化妝間的小偷」將會得到自由，但前提是劇院先要倒下，要不，就只會「留下鬱鬱寡歡的劇場經理 / 站在風裏 / 囑咐帶位員給野豬查票 / 地上 / 某位熱心於投訴的市民留下假牙罵得蹦蹦跳」，陳智德說「是對矛盾，夾縫處境的適切呈現」。

　　以奇瑰、幽微的想像呈現文藝真實，抗衡社會預設並表現自我、穿透社會表象，是詩人作品的重要特點。詩集中配有插畫，按詩人的介紹，是「靈感來自明朝《詩餘畫譜》圖像與詩文的若即若離，也源自在藝術中心的版畫選修。」

31. 葉輝：《鯨鯨詩集：在日與夜的夾縫裡》，文化工房，2009 年（初版）。

詩人化名「鯨鯨」，出版了「鯨鯨」的第一本詩集，詩集分三卷，收錄六十八首由二〇〇〇至二〇〇九年的詩作。

這些詩作積壓經年，當詩人有機會重讀詩稿時，竟然發覺當中有所距離，詩人形容為「青青的陌生」，於是重新發現了另一個自己，這個自己，詩人名其為「鯨鯨」，「鯨鯨」跟詩人不同，詩人寫詩寫散文寫評論，但「鯨鯨」只寫詩。

「在日與夜的夾縫裏」，「鯨鯨」總是在生活上細微的事物找到詩的想像，如〈手勢〉中，看到「你」一個繞圈的手勢，到底是要我等待，或是有別的意思？到最後「很多年後才明白／那手勢也許只是說／地球每天在旋轉」。

除了詩人發現「鯨鯨」的作品有陌生感外，詩人的朋友也有這種感覺，例如黃燦然在〈附錄〉中說「祈求老葉輝別礙手礙腳，阻擋『鯨鯨』更成熟，更獨立。我相信老葉輝與『鯨鯨』是衝突的。」

32. 熒惑：《突觸間隙》，文化工房，2015 年 (初版)。

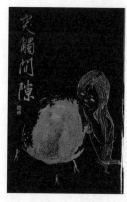

　　詩人是唸科學的，「突觸間隙」是生物學名詞。詩集收錄了七十一首作品，分為「我們將會永遠清醒」、「我們便各自看見了人間」、「我們可能是最後一代香港人」、「我們數算著壞的日子所餘不多」、「我們專注聽著聲音」和「我們就這樣好嗎」六輯。

　　第一、二輯「我們將會永遠清醒」及「我們便各自看見了人間」以音樂為主題，詩人甚至以外文直接為詩起題。再往下看，可發現詩人對於很多課題都能入詩，包括政治時事、文學科學等，如〈骨將鳴〉中，「我們可能是最後一代 / 香港人。但我們的骨灰有魔力 / 你可以在月圓之夜 / 點燃它們。你會看見那張 / 大於人類的臉孔升起： / 我們尚未失蹤」。正因為課題範圍廣，詩人亦喜運用大量意象構造成詩，如〈錦衣夜行〉的「鐵定衣車是滑過黑布，在紉好的手工書本上 / 生命的金線，繡出錦衣夜行的山路。」

33. 鄧小樺：《眾音的反面》，文化工房，2014 年（初版）。

　　《眾音的反面》是詩人的第二本詩集，收錄詩作三十五首，為詩人於二〇〇四至二〇一三的作品，全書分三章，分別為「眾音」、「眾音的反面」及「反面」。

　　「眾音」是一些比較公共性的作品，是詩人參與社會運動時的記錄和抒發，例如〈菜園斷句〉「對立者在四周環伺／它們甚至在你裏面，就是你」，就是在二〇一一年菜園舊村舉辦的「新春糊士托‧菜園滾滾來」文化節，在當中「廢屋文學館」取材的作品。

　　第二章「眾音的反面」則是一些自語式的詩作，如詩人之言「詩中的自我不是單純顯形，而是多半是瀕臨崩解」，像〈指證〉中「我在筆直的高樓裏寫信，錯亂而獨斷／等待陌生的跛足的鳥來把信啣走」。至於「反面」，是詩人面對情感的失敗，像〈提取〉中說「心不防衛，無可凝結／我隨時可以流淌成烏黑血泊／在萬人踩過的街道／無縫的強硬／極端的液態」。

　　「剩餘」是這本詩集的關鍵詞，把剩餘包紮起來，就是詩作的主題，也如詩集首數頁所言：「眾音的反面／就是／眾音自身」。

34. 若紅:《狂情實錄》,文思出版社,2004 年 (初版)。

　　《狂情實錄》收錄超過一百五十首詩作,是詩人反覆對愛情的叩問。按其所言,是「不加裝飾不作掩飾 / 完完整整地向妳告白 / 一個煎熬痛苦的靈魂 / 曾經為愛 / 許下了千千番痴 / 萬萬次狂……」

　　百多首詩中的那個「妳」,那個「卿」,若有所指,但有時與其說是特定指涉,不如將「妳」當作愛情本身,詩人的痛苦和煎熬,皆因「緣」、「情」和「愛」。雖然沒有艱澀隱晦的意象,卻是直抒胸臆,是一部「赤裸裸的實錄」。

35. 謝傲霜:《在霧裡遇上一尾孔雀魚》,文星文化教育協會,2006 年 (初版)。

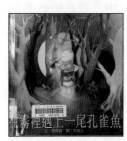

　　詩集收錄一百零一首詩作,並附有由區紹文所繪的插圖。詩集分為十三輯,分為「捉迷藏」、「連環套」、「我是烏鴉」、「荒謬是幸福的」、「在霧裏遇上一尾孔雀魚」、「雨天」、「暴風雪裏的一個秘密」、「天氣有點苦」、「鬼臉」、「流浪」、「永遠的孩子」、「我是誰」和「失語」。

　　詩的次序是倒敘的,由當時最近期的作品開始,倒敘至詩人於大學文社時期的作品,所謂「用詩去說話,用詩去溝通,用詩去尋找友誼和愛情……用文字說文字以外的話。」當重新檢閱過去的作品,就像重新發現一個被遺忘的自我。

36. 柯振中：《南中國海》，司諾機構，2006 年（初版）。

　　《南中國海》收錄九十三首詩作，以由六十年代起，每十年為一卷至二○○○年代，共有五卷。一九六○年代卷多是由《行矣！流浪客》詩集的修訂或改寫，反映那時代的大環境和個人心境看法希冀。

　　一九七○年代卷至二○○○年代卷均是未曾結集的歷年詩作，當中佔有一半曾經於不同報章刊物發表，另一半則是私藏未曾發表，直至《南中國海》面世。

　　有發表者，有些為其他作品的序詩，例如一九八○年代卷的〈冰雕〉副題為「讀西西小說《玩具》偶感」，實為散文集《還墨賦——無花果樹上的花果》的序詩。另有二○○年代卷的〈調〉，是《柳菊行——心靈的醫院》長篇小說的序詩等。

37. 李紹端：《靜夏思》，向日葵工作室，1999 年（初版）。

　　《靜夏思》收錄三十二首詩作，分為「某地」、「靜夏思」及「常常下著雨」三輯。

　　「某地」有詩九首，均是記錄一地的作品，如〈廣州〉、〈巴黎〉、〈新加坡〉及〈羅馬〉，當中的〈某地〉云：「回憶到了這裏敗退／海浪試探時間／沙沙／腳印能埋葬嗎」。

　　盧偉力認為詩人的詩「有很多閃念，散散碎碎的，或許需要一個很寧靜的心靈才能完全體會」，而偏偏我們身處的世界是多麼不安寧，不過，只要讀著詩人的詩，「心裏就有一份安詳感，閒適自在，如在後樓梯中暫時把世界遺忘。」

38. 葉英傑：《只有名字的聖誕卡》，我們詩社，1999 年 (初版)。

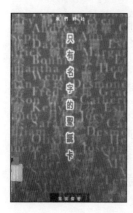

　　《只有名字的聖誕卡》收錄詩人於一九九一至一九九八年間共六十五首的詩作，分為「真義」、「地球」、「再造紙」、「交通底下的心象」、「十字路口」、「只有名字的聖誕卡」和「擁擠三重奏」七卷。

　　詩集以編年的方式收錄詩作，如詩人所言，「我的詩全部都是一些抒發感情的作品，如果能讓讀者順著那些感覺走，可能會使他們看得更舒服，而整本詩集，看來也許不會太突兀吧。」

　　雖然詩集的副題為「一九八九至一九九〇年詩選」，但作者認為八九年開始寫的詩連自己都看不上眼，「選了出來簡直浪費紙張」，因此「真義」的第一編組詩〈心軌組詩〉是於一九九一年寫成的，然後每年的詩，都顯出詩人嘗試以不同的方法寫成，例如比喻運用、意象運用及以感覺入詩等。

39. 錢雅婷編：《十人詩選》，青文書屋，1998 年（初版）。

《十人詩選》是青文書屋「文化視野叢書」之一，內裡收錄十位詩人共二百一十二首詩作，十位詩份別是李國威、葉輝、阿藍、馬若、李家昇、黃楚喬、禾迪、吳煦斌、關夢南及梁秉鈞。收錄的詩作部份曾發表於不同的刊物如《秋螢詩刊》、《中國學生周報》及《大拇指周報》等。

《十人詩選》的緣起，是這十人在八十年代中發起出版一本詩合集，計劃「擱置」十多年後，於一九九八年出版，按照葉輝的序言中說，這十個人有十種個性，十個不同的故事，但總有些共通點促成這本詩合集的出版，除了十人都寫詩外，就是這十人「對不同的藝術形式都有出奇開放的胃口，對世界時有奇奇怪怪的想像，對事物和詞語總有不落俗套的聯想，最重要的，是對人和人的處境感興趣，耐心地觀察和感應他人的個性，所以，他們所寫的往往不是典型」。

40. 鍾國強：《生長的房子》，青文書屋，2004 年（初版）。

　　《生長的房子》是詩人的第五本詩集，全書分「房子」、「比例」、「微物」、「雜色」和「眾生」五輯，共收錄三十九篇作品，部份是散文詩，是詩人主要在二〇〇四年的作品。書中並有鄭焯儀的插畫。

　　二〇〇三年香港一場「非典型肺炎」，詩人寫下了自始成為了符號的一組數字：一比九十九，「當我把稀釋的漂白水倒進浴室的 U 型去水位 / 當我第二十三次用酒精紙巾揩抹雙手……」這是由房子（住所）所引伸出來的一組符號。又或者，詩人以「瞪向天空的一隻眼睛」來形容老家的水井，用罐頭內的東西比喻為「母親習慣要說的東西」。

　　葉輝的長序中指出，讀了多年詩人的詩作後，發現了一種詩人獨有的「語碼（乃至隱喻）系統」，詩人在詩中運用意象，信手拈來，按葉輝所言已是「蓋住作者之名，也可認出是鍾國強作品了。」可見詩人出版第五本詩集之時，已經明顯地建立了自己的寫作風格。

41. 鍾國強：《門窗風雨》，青文書屋，2000 年（初版）。

　　《門窗風雨》共分七輯，依次為「開門」、「風雨」、「聲音」、「記憶」、「窗外」、「對岸」和「煙火」，總共收錄六十首詩作，是詩人於一九九九至二〇〇〇年的作品。

　　第一輯「開門」，以「開門七件事」為題得詩七首，顯示這是一組關於日常生活的詩，如〈柴〉中，「只要我們看到一縷升起的水氣／便會相信／生活的柴火猶在」。至於第二輯「風雨」，則是以雨中必須的用具——傘——為主題得詩七首，借物抒情，如〈失傘〉中的「在一個偶然的雨天／與我相逢在街上／而我已把你遺忘」。

　　第三輯「聲音」，多是寫給兒女的詩，詩作較為輕鬆。第四輯「記憶」則以事或物來勾勒出記憶的輪廓，細小如「米」，大如「在忘記的路上尋找記憶」，近如「我的小學生活」，遠如「一家不存在的茶餐廳」，都是記憶的泉源。

　　第五輯「窗外」和第六輯「對岸」，是以別的空間為創作主題，例如「窗外」的〈馬來西亞四首〉，「對岸」則是詩人在台北的所見所聞。第七輯「煙火」，詩人以虛構的人或物構建成想像或控訴，如〈第三者〉的「我把拳打到你身上／是要他感到痛楚」。

　　就如詩人所說，「看生活中，有甚麼東西留下來。」

42. 鍾國強：《城市浮游》，青文書屋，2002 年 (初版)。

　　《城市浮游》是詩人介乎二〇〇一和二〇〇二年間的詩作，收錄三十六首詩，分為五輯，依次為「商場」、「街道」、「浮游」、「時間」和「陽光」。

　　這是一本關於詩人心目中的「城市」的詩集，而其「浮游」，卻是可在城市裏穿梭自如的交通工具。詩人在城市蹓躂，觸碰到這座城市的景觀，並為之一一記錄。如〈時代廣場〉說「是大屏幕，是射失一球後碩大無朋的噓／是時代，是廣場，是甚麼也無所謂」，也像〈鵝頸橋〉中的「已沒承載甚麼，撕下的一邊／看來也沒有隱隱作痛」，是鵝頸橋那聞名的驚蟄「打小人」的習俗。是詩人眼中城市的景觀。

　　城市除了景物和事，還有人，於是詩人寫道「你不像其他露宿者／大包小包圍繞身邊／是一無所有還是／一無牽掛」（〈睡在路邊的人〉）。而在第三輯「浮游」中，也加插了在別的城市的「浮遊」，就像與本來身處的城市作一比照，而在記錄城市種種，也需要留意「時間」，於是就有第四輯的〈舊照〉三首和〈夏夜〉等，然後再在第五輯寫下天氣，從多個角度勾劃出城市的面貌。

43. 鍾國強：《路上風景》，青文書屋，1998 年（初版）。

　　《路上風景》是詩人的第二本詩集，收錄一九九三至一九九八年間的詩作，共收四十四首，全書分五輯，分別為：「關卡」、「流動」、「尺素」、「拾果」及「寄子」。

　　第一輯「關卡」是記錄關於詩人在中國大陸的經驗，例如〈從羅湖過關往深圳的路上〉說「是最後一班列車嗎？為何仍驅不去 / 被背後人潮洶洶掩沒的恐懼 / 恐懼都壓縮在一張薄薄的身份證上」，是詩人眼中出現的「風景」而生成的詩句。第二輯「流動」，則包括香港景色如茶餐廳、維多利亞公園、港澳碼頭等，還有新加坡二首，一般風景中細微的事物都逃不過詩人的眼睛，如〈高登電腦商場的關羽〉。第三輯「尺素」，則多是致別人之作，如〈贈 SY〉是以詩贈再為人母的舊同學，〈香港仔避風塘——別官由珠己〉是致於新疆旅行認識的日本友人等等。

　　第四輯「拾果」似是詠物，以多種水果入題，是以眼前所見之物以水果比擬，寫下詩人居住深圳時的所見所感，如〈梨〉的「日子漸漸瘦削，時間那快刀 / 我早已藏得嚴嚴密密了」。至於第五輯「寄子」，八首無題詩，是為兒子出生而寫的，為著當時兒子仍未能言語，而竟能和詩人有最大的溝通而作。

44. 舒巷城：《長街短笛》，花千樹出版社，2004 年（初版）。

　　本詩集是《舒巷城詩選》的第三卷，共收錄了四十至九十年代的一百二十三首作品。除四十年代所作的十三首及《樹之歌》和《郵簡上的詩》，可見於詩人自編的《舒巷城卷》（香港三聯書店出版的《香港文叢》之一）外，其餘在詩人生前均未結集。

　　集內詩作當初發表時，絕大部份署名舒巷城，另有一些則署名秦西寧、秦城洛、石流金、方河等。此次結集以寫作年代分為三輯，輯名分別取自輯內某一詩題，括號內標示寫作年代。《長街短笛》係詩人在某刊用過的詩作欄名，詩人喜歡這個名稱；故以之作為書名。

　　摘自：《長街短笛》出版說明。

45. 陳汗:《黃禍未完成之一:佛釘十架》,東岸書店,1999 年
　　(初版)。

　　詩集收錄詩人(連序言〈書在生長中〉在內和部份譯作的)六十六首詩作,分為「六道輪迴」、「歡喜禪」、「卍」、「中國的時間」、「2001 太空漫遊」、「曼陀羅」及「孩子　野花　地雷」七章。

　　詩人融合中西文化,寫下一首首動人的詩作,在序詩〈書在生長中〉,詩人寫「馬奎斯魔書 / 鍾馗生死簿　代代相傳的說唱 / 一本自傳再版又再版 / 還未誕生 / 以此書　開我道場」,這個「道場」,有「六道輪迴」,有三世書,有卦象,有曼陀羅,也有世界藍圖。

　　也如〈宇宙之門〉中,詩人以多種中西學說或人物交融,但最後卻說「上帝失眠　祂走近我床前　說這宇宙 / 是未完成 / 祂想找最好的樂工和詩人　為自己 / 譜安魂曲」

　　上帝在詩集中經常出場,除了會失眠之外,也會與魔鬼同行,可見詩人的反宗教傾向。

　　此詩集獲得第六屆香港中文文學雙年獎(新詩組)。

46. 陳滅：《單聲道》，東岸出版，2002 年（初版）。

　　陳滅原名陳智德，曾創辦呼吸詩社並出版《呼吸》詩刊。出版詩集數種，《單聲道》收錄五十首詩作，分為「寄小讀者」、「最後一課」、「我剪紙城」、「夜渡」、「一點光」及「不見不散」六輯，是詩人的第二本詩集。

　　詩集的序言由小西執筆，題為〈《單聲道》的時間意識〉，後記則是詩人的〈紀念無形〉。概括詩集中的詩作，均是關於消逝、關於記憶，在時間流逝中，是否有一個「另一空間」盛載著所有事物？如「發光的事物在負片裏成為黝黑／那是彼一個世界的真實」（〈為了忘卻的記念〉），「路旁火趜是不斷超前而去的汽車／乘客是火中垂死的紙錢」（〈電灰燼車〉），以及「變幻的現代，歷劫的孩子／鞦韆往復」（〈鞦孩子韆〉）等，都有時空交錯的手法。

47. 羈魂：《回力鏢》，明德出版社，2002 年（初版）。

　　《回力鏢》收錄四十三首詩作，分為「內篇」、「外篇」、「雜篇」及「組詩：浮屠・浮土・浮圖」四輯，創作年份為九十年代。

　　於詩人而言，九十年代是轉變的十年，外在環境有香港回歸、新舊世紀的交接，自身則決定移民澳洲的時刻，甚至因遭到車禍而徘徊生死間，感激妻子陪伴左右，可是「不及一年卻要初嘗『沒有你在身旁』的澀味」，當中生命歷程的轉折，不可謂不小。

48. 劉偉成：《一天》，呼吸詩社，1997 年（初版）。

《一天》是詩人第一本詩集，是一本份量頗重的詩集，全書分七輯，分別是：「一天」、「兩極」、「看掌和看掌以後」、「星與影」、「西遊記」、「獨白」和「讓流離的思緒鑲在心櫺上」，最後一輯為組詩。

第一輯「一天」將一天分作微曦、破曉、清晨、正午、黃昏及深夜，分別記錄與情人觀看霧、海、月、石、雨及星六個自然景物的記憶。第二輯「兩極」分別是關於象的五首及「吸血動物三題」，描寫碩大的象和微小的吸血動物如蝙蝠、蚊和水蛭。其中〈尋象墳〉一詩中「獅子老虎都不敢小覷，草原的真主／傳說中，你的墓塚，神秘如人類歷代的皇陵」，至於〈水蛭〉，則是「鬼魅般的原始生命／竟不再苛求任何進化」。以動物入詩，詩人認為是受到桂冠詩人泰德休斯（Ted Hughes）的影響。

第三至第六輯都是由詩人的自身經驗而寫成，如〈深夜獨自歸家〉、〈坪洲觀雨〉、〈沿米埔浮橋走抵邊境〉等，第五輯「西遊記」是詩人遊歷歐洲的記錄。

第七輯關於玻璃的組詩份量甚重，詩人苦思十多首詩在互相補足及推衍的情況下，而又不損各自的獨立性，最後得出此組作品。

49. 鍾國強：《圈定》，呼吸詩社，1997 年（初版）。

　　《圈定》是詩人第一本詩集，收錄七十七首詩作，寫作日期由一九八三至一九九二年，是詩人十年經歷的「一個小總結」，詩集分七輯，以年份排序，依次為：「鞦韆（1983-1984）」、「圈定（1985）」、「獨坐（1986）」、「門前（1987）」、「船程（1988）」、「堅持（1989）」及「華東（1992）」。

　　「圈定」是指詩人在不同的工作崗位「一圈一圈的跳」，並在不同圈中的感受。教書生涯中一次監考經驗，辭去教職後到中國大陸旅遊的經歷，在《文匯報》當記者，做基本法起草委員會立法局的新聞，採訪溺斃意外的經驗，任職廣告公司等，都是他寫詩的題材。

50. 黃國彬：《雪魄》，香江出版，1998 年（初版）。

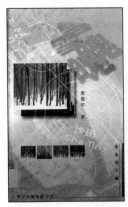

　　《雪魄》是詩人的第十一本詩集，收錄長短作品八十九首，當中包括微型詩劇〈干將與莫邪〉。

　　詩集可見詩人對生命、歷史、社會和藝術的深微觀照。詩人精通中外詩歌傳統，一向善於獨闢蹊徑，並蓄兼收，善於在知性與感性、嚴肅與輕鬆、樸素與絢爛、至柔與至剛等眾極間逍遙。無論是繪景、抒情、詠物、寫人或說理，都表現得游刃與從容。如〈大嶼山天壇大佛〉中的「風雲從八方湧來，／繞你的髮頂靜旋。／髮上，青天無邊，／大如你的智慧。」

51. 吳東南：《香港人之歌》，香港文學報社，1998 年（初版）。

　　《香港人之歌》是詩人的第四本作品，共收錄五十八首詩作，名為〈香港人之歌〉，當然有不少關於香港的詩作，例如〈維多利亞港〉、〈獅子山〉及〈青馬大橋〉等，另有多首詩人遊歷中國大陸時的作品，例如〈新疆之歌〉、〈黔南第一山〉及〈山海關的風雲〉等。

　　關於地方的詩作，並不限於描寫景色，如〈李麗珊讚〉、〈訪菜農劉嘉海〉等，就如詩人所說，「足跡所至，觸景生情，因情而歌！」可見詩作均發自內心的激情。

52. 紅葉：《紅葉芳菲》，香港文學報社，1996 年（初版）。

　　《紅葉芳菲》收錄詩人於八、九十年代的詩作，分「秋的律動」、「雪災」、「地域性的分龍雨」、「山的形象其徙變的流程」、「送友出海」及「秋日鄉郊雜詠」六輯，共收詩作八十四首，並收錄文友的贈詩和附錄。

　　廣州暨南大學教授潘亞暾說詩人是「為了報答繆斯深情／你日夜向大地／傾吐永不消褪的激情／終於／用心血釀造富有的金秋」，詩人經歷豐富，但同時保持年輕的心境，年屆耄耋仍孜孜寫詩，致使筆下的詩句輕盈有之、浪漫有之、滄桑有之，如〈歲月傾斜〉「后羿曾射九日的遺愛／福蔭塵寰／減輕了太陽的酷熱／仍免不了浴火的痛苦」。

　　詩人亦於詩作中顯露憤慨一面，如〈罵顧城〉中，對於顧城殺妻的舉動不以為然，並說他「死不足惜　何悼之有／半個詩人　半個狂人」。

　　詩人自言這些詩作「燥動時寫得真，衝動時寫得美」，《紅葉芳菲》算是他最滿意的一部詩集。

53. 譚帝森：《海洋公園之歌》，香港文學報社，1997 年（初版）。

　　《海洋公園之歌》是詩人的第二本詩集，收錄詩人一百零二首詩作，當中分為「長洲」、「邂逅蜻蜓」、「塑像」、「大小聖誕老人」、「狐狸和葡萄」和「天星碼頭的人力車」六輯。

　　自第一部詩集《樓梯街的祝福》起，香港的景物已多是詩人書寫的對象，單是以海洋公園為對象的，在這本詩集中已有十首，包括〈登山吊車〉、〈金魚大觀園〉和〈集古村〉等，另有「維園的風采」八首，書寫維多利亞公園的年宵花市和中秋花燈等。

　　描寫香港景物的，還有〈長洲〉、〈天星碼頭的人力車〉和〈電車〉等等，詩人喜歡虛實交錯的詩句，如引入魯智深去舉起長洲這個「啞鈴」，最後也得掉落在大嶼山旁，或者來一段電車的自白：「我們的都市／歷史比腳趾頭還短／少了我們／這現代都市就顯得／太嫩」（〈不服老的叮叮〉）。

54. 關懷廣：《陰晴無定》，香港文學報社，1999 年（初版）。

　　《陰晴無定》收錄詩人七十一首詩作，詩人喜歡用三言數語寫成一首作品，短小精悍。

　　詩人最引以自豪的，是詩作中一種「逆流而上的精神」，致每首詩都「極有個人風格」，每首詩都有自己獨立的生命，但也沒有趕潮流可言，亦無所謂落伍。例如當中的〈閱讀〉，將螞蟻比喻為目光，將閱讀的過程比喻為扛米粒進腦袋，而頭腦就是「風雨侵犯不到的蟻巢」。

　　詩人說霧是「多愁」和「多疑」的，弄得世界一團「詭秘」，也令大地「鬱鬱寡歡」。詩人喜歡用自然的事物入詩，如夜、曙光、盛夏及嚴冬等。將露水比喻為往事、時鐘的跳動形容為房子的心跳、煙是「隨風變幻的墨跡」等，都是詩人細心觀察之後引發聯想而成的詩句。

55. 溫乃堅：《溫乃堅詩選》，香港文藝出版社，2001年（初版）。

　　溫乃堅，筆名海男，一九六一年開始寫詩，《溫乃堅詩選》收錄詩人一百二十五首由一九六〇至一九九〇年代的詩作，分為「藍河的薔薇」、「芒鞋」、「越州公路」及「小詩」四輯。

　　詩人的作品多刊登在《青年樂園》、《中國學生周報》、《海光文藝》及《呼吸詩刊》等文藝雜誌多種。

　　詩人的作品以短詩為主，且喜歡直接運用一個意象寫成，如「當你的心和寂寞流浪／它卻跌落在你的身邊」的「愛神之星」，以及「踏盡了一個春天／又踏盡了一個秋天」的「芒鞋」等。而在第四輯「小詩」中，更有多首不多於八行的「小詩」，可見詩人信手拈來皆可成詩。

56. 黃祖植：《偶然集》，科華圖書，2007年（初版）。

　　詩集收錄六十九首詩作，主要為詩於二〇〇〇至二〇〇四年的作品。

　　「偶然集」一名，乃詩人思考著現今科技發達，工商業及軍備等不斷發展，發展的後果將會怎樣？人類越來越脫離自然又將會怎樣？胡思亂想下，寫下一些「人家以為像夢囈的東西」，或許會有一兩位讀者覺得有趣，引起共鳴，此名為「偶然」。

57. 魏鵬展：《在最黑暗的地方尋找最美麗的疤》，科華圖書出版
有限公司，2014 年 (初版)。

詩集收錄八十九首詩作，是詩人於二〇〇三至二〇一四年間的詩作，都發表在中港台和外國的文學雜誌及報紙等。詩人每個月寫一首詩，是他自小希望成為作家的一份堅持，在「生活經驗不足的情況下」，詩人認為自己最好先從寫詩做起，將感受和靈感轉化成詩。

詩人的創作信念是，以同情和共鳴的心看世界，作品是人與人之間的一種溝通橋樑，而以此種心思去創作，作品才能感動人心。

詩集沒有分輯，如詩人所說，作品是他堅持一個月寫一首詩的成果，也是他生活上接觸到不同事物所產生不同感受的成果，是詩人用心以自己的文字記錄那當下的感受的作品。當中包括以地方為題的〈青馬大橋〉、〈長白山〉及〈天水圍〉等，也有耐人尋味的〈橙色的光〉、〈沉淪的太陽〉、和〈白色工廠〉等。

58. 李聖華：《和諧集》，風雅出版社，2010 年（初版）。

《和諧集》寫於一九二二至一九三〇年，推斷在香港印刷。收錄新詩三十二首，散文八篇，小說一篇，是至今發現香港最早的一本詩集。風雅出版社於二〇一〇年重印。

詩集原有黃石的序〈和諧集的意味〉，並言讀完後最深刻的印象是「一種朦朧，幽微的美感，輕盈隱約的幻象，清淡宜入旳美味。」舉作品如下：

我的心靈仍未充盈，
那怪你滿載愛情的船隻，
莫能駛入我心中。
——〈充滿的心〉

我知你慣像折花般
折了詩人的年華，
供養花般
供在你永生的仙瓶裏。
——〈無香無色的花〉

59. 崑南：《詩大調》，風雅出版社，2006 年（初版）。

　　《詩大調》收錄最早的詩作是詩人寫於一九五〇年的〈一個港式的夢〉，但也有千禧年後至二〇〇六年的詩作，是詩人半個世紀以來的詩作，由青年時代那來自反抗精神而對外界的批評，到中年的愛情和慾望之歌，到晚近的「渴望重新開始」，詩人半世紀以來的變化，《詩大調》確是一個詩的記錄。

　　詩集分了九輯，依次為：「詩吼記」、「詩生戀」、「詩惆路」、「詩指山」、「詩友化」、「詩房菜」、「詩織話」、「詩汝時」和「詩人醒」。

　　收錄詩人寫於五十年代的〈吻，創世紀的冠冕〉為組詩部份，另有寫於六十年代的〈仙弦〉、七十年代的〈我係香港出世──自由方式哼唱〉等，亦有「私房菜」內以英語寫的詩作。

　　詩人原以《三世詩》命名詩集，恰恰是詩人這超過半世紀的轉化，以葉輝的說法，詩人學生時代開始寫作為第一世，後來辦《香港青年周報》時保持寫作時是第二世，到了九十年代再生出一個年輕的靈魂為第三世，後來定名為《詩大調》，是一種「玩字」，正如詩集中九輯的名字，也都是「玩字」而得來的。

60. 戴天：《骨的呻吟》，風雅出版社，2009 年 (初版)。

　　詩人為台灣《現代文學》創辦人之一，香港《盤古》創辦人。《骨的呻吟》收錄詩人一百二十三首詩作，當中分三輯，分別為「岣嶁山論辯」（再分五卷）、「石頭的研究」（再分六卷）及「佚詩」，第四輯為「戴天論詩」，收錄詩人的評論文章九篇。並有關夢南先生作序，葉輝、林年同及黃繼持的文章作附錄，及杜漸和趙衛民二人訪問詩人的訪問稿，最後有詩人的著作年表。

　　詩集收錄少有的長詩〈蛇〉，此千行長詩於一九七〇年發表於《中國學生周報》，分成「時間」、「靈魂」和「肉體」三部，以蛇象徵中國的歷史發展──曲折、蜿蜒。如關夢南在序中所言，詩人是一個極具憂患意識的人，詩人的詩「開一代之詩風」。

61. 關夢南:《看海的日子》,風雅出版社,2008 年 (初版)。

　　《看海的日子》分為五輯,分別為:「舊詩拾遺」、「看海的日子」、「清明三題」、「與腿子的對話」及「歸去來兮」,共收錄詩作五十六首。

　　這是詩人第二本個人詩集,距離第一本《關夢南詩集》(風雅出版社,2001)達八年,詩人直言這幾年間累積了幾十首作品,這幾十首作品與舊作有所不同,是對世界多了一重透視。

　　〈悼羅志華〉是紀念已故青文書屋老闆的作品,「書後來的難過 / 其實也與你 / 和我一樣 / 覺得不應該 / 這樣對待一個 / 長期與書生活的人」,流露出淡淡的哀傷和不捨。也如〈多餘　也許就是美麗〉中的「好像你現在贏得高樓的遠眺 / 卻可能忘記了輪渡的嘆息 / 坐在冬日暗淡的風中我沉思 / 甚麼是得到 / 甚麼是失去?」顯出詩人為觀看世界提供多個角度。

　　詩人認為「寫詩是驢子的事業」,寫詩就像驢子轉動石磨,其實相當無趣,但當詩作寫成時,就是「生活的顆粒被磨成麵粉」,就是一種生活的成果。

62. 關夢南：《關夢南詩集》，風雅出版社，2001 年（初版）。

　　詩人寫詩數十年，這是他出版的第一本個人詩集，詩集的部份詩作創作年份已不詳，只粗略的分作四輯：「近作：2000-2001 年」、「九十年代作品」、「八十年代作品」及「七十年代作品」。

　　詩人一九六二年從廣州經澳門偷渡來港，七十年代風起雲湧，詩人身處香港經歷多場社會運動，自是有所憤怒和思考，七十年代的作品，於詩人而言或許雖然略為矯情，但對個人而言卻是饒有意義，如〈我們這一系家族〉、〈登樓賦〉及〈尾巴的故事〉等。

　　八十年代，詩人有很多發表園地，因此詩集中有不少是當時發表到不同刊物的詩作，如一九八三年發表於《素葉文學》的〈偶感〉，一九八三年發表於《大拇指》〈詩之頁〉的〈憂患〉，一九八七年於《秋螢》的〈看雨〉等。事實上，從詩人記錄自己詩作的出處，可見七至九十年代詩作的不同發表渠道。

63. 杜家祁：《女巫之歌：1989 至 2001》，素葉出版社，2002 年（初版）。

《女巫之歌》收錄詩人一九八九至二○○一年之間的詩作，共有二十三首詩作。雖然詩作數量不多，但都是詩感到「有些東西要說」的作品，亦反映詩人對不同事物、景像所產生的感覺。

甫開首詩人就以女巫自居而勾畫出她視角下的宏大景象，她是一個孤獨飛翔的女巫，陸地海洋都在她眼底，甚麼都沒有名字，女巫也不停留，她和大地的關係，是互相放逐，經過一番歷煉，留下決絕的表態：「億兆光年後，我迴望地球／地球將是一顆星／地球望我／我亦將是一顆星」。

詩作多由寫景物開始，從而抒發詩人個人情感。如〈在中環五星級酒店午餐〉，詩人嘲諷中環的發展及現代化，於是寫道「一艘機動遊艇的航道被一座商業大廈切斷／我們被包圍，在鋼筋水泥的包圍內」，重複使用「包圍」構成兩重包圍，摩天大廈就如牢籠一般，把人困在內。

《女巫之歌》是詩人第一本詩集，出版這本詩集於詩人而言，是和過去的詩和自己做個了斷。

64. 麥榮浩：《時候》，陳湘記圖書，2004 年（初版）。

　　《時候》是舞台劇編導麥榮浩的第一本詩集，收錄四十一首詩作，分為「接近洛麗塔」、「潛時間動物」、「一個女孩遇上」、「城外吹風」、「有時朋友」、「休息星期七」、「旺角浩男的地理誌」、「休息星期七」、「橋」、「太平・天國（未完成）」及「時候」十一輯。

　　詩人喜歡用敘事的手法交代事象，如記錄自殺事件的〈恐怖份子〉和〈那夜我們在城外吹風〉，或者如〈忘了時間的鐘〉那「我的好朋友拍拖了 / 有朋友分手了 / 又有人暗戀和吵架 / 而我在聆聽一些心事一些記憶 / 然後在腦海中演繹自己並且 / 心跳告訴我今晚很寧靜」。

　　亦因為此，雖然詩人沒將詩當成日記，但每每重讀自己的詩，詩人都會回想起當刻發生的事，而詩是一個記錄，就如詩人說，「也許，發生一件事情，正是為了發生另一件事情。」

65. 李華川：《詩感覺》，現代漢語文學基金會，1998 年（初版）。

《詩感覺》收錄一百零一首詩作，分為「詩品一　人生異彩詩感覺」及「詩品二　山水怡情感覺詩」兩個部份。「詩品一」有詩七十四首，「詩品二」有詩二十首。

詩人自言「詩作除了寫自己，也寫自己對人生對世界的看法，對世俗、對戰爭、對侵略者也有不滿和批判。關於寫自己的詩，也沒有完全脫離人生，因個性的使然，多少總把生活拉在一起」，因此強調詩與「感覺」的關係。

而在「感覺詩」中，詩人刻意把詩的限在三、四行內，寫大自然對人生即興的感覺。

66. 胡燕青：《攀緣之歌》，基督教文藝出版社，2000 年（初版）。

詩集收錄五十二首詩作，分為「視窗邊沿」、「感情流域」、「小我之心」、「深處逆航」及「終極宏圖」五輯。詩集中附有水彩插圖，為詩人父親的作品，《攀緣之歌》是詩人為賀其父七十大壽而出版。

詩人說「沿詩尋索，知詩有源頭。而我，正好就是祂的詩。」可見詩人將詩與信仰結合，由序詩〈攀緣之歌──如果你也來讀我的詩〉至集內多首，均有詩人引用《聖經》的詩作。對詩的「熱戀」，詩人言「要它表現或敗露我這個人」，或「成為我的禱告」，均是詩人對詩的態度，也是這本《攀緣之歌》得以出版的其中一個原因。

67. 小西：《貓河》，麥穗出版，2006 年（初版）。

　　《貓河》收錄連序詩〈貓河〉在內的六十九首詩作，分為「石頭記」、「感情生活」、「失樂園」、「我們活在虛幻的大世界」、「微物之神」、「關於」和「遊歌」七輯，是詩人的第一本詩集，詩作由一九八六至二○○四年寫成。

　　詩人以敏銳的觸覺與想像力，從日常生活的細節、社會及歷史事件，或從遊歷出發，嘗試以簡約與富感染力的藝術語言，捕捉日常生活中的見與未見。如〈貓不捕魚記〉的「貓不捕魚／因為泡沫是好的／照見了他的前世今生」。又如〈離開天國〉的「離開天國，我們開始／尋找事物的真相　以及時間」。

　　詩集的另一特點是設計，強調文本與設計是不可分割的整體，在書頁中，設計師加上頭髮及指紋等，顯現出詩集除文字之外的另一種視覺。

68. 小沖：《這樣的一段日子》，麥穗出版，2005 年 (初版)。

《這樣的一段日子》收錄三十三首詩作，分為「那年，我開始寫詩……」、「然後，忽然長大了……」及「然後，過著生活的日子……」三輯。從分輯的題目看來，可見是詩人慢慢成為詩人的一個階段。《這》是詩人的第一本詩集。

陳智德在序言中說，從詩集中的詩可看出，它們的共同主題就是「成長」。如〈濃〉的「我站在 / 渾圓跳脫的橙色皮球 / 你在青蔥中奔跑 / 我滿眼都是捉摸不定的影像 / 與腐肉的手」，借助外物述說；或者如〈這樣的一段日子〉開宗明義說「那年九八 / 我握著藍色學生証站在一大片一大片的 / 藍 / 成為大學生」等，都是直接關於成長。

或許成長就是每人的主題，詩人希望藉由詩作，讓讀者找到共鳴，找到觸動的句子。

69. 文於天：《狼狽》，麥穗出版，2014 年 (初版)。

文於天，本名林志華。《狼狽》收錄六十一首詩作，分為「學習摹繪彼此的姓氏」、「但我是雁，是野禽」、「沒人開辦憂傷的回憶講談社」及「一些你繞不過去的東西」四輯。

詩人自言，詩集是收錄了他那十年的詩作，當中有些甚至連詩人自己都「確實說不上是喜歡的」，但也是詩人成長的例證，詩人常以呼吸來比喻自己和詩的關係，於是「漸漸忘記了呼吸的存在，它似乎不曾發生過，我需要狼狽地，以寫詩來練習呼吸的秩序。」於是詩集名為《狼狽》。

70. 馬若、鄧阿藍：《兩種習作在交流》，麥穗出版，2006 年（初版）。

　　《兩種習作在交流》，編者陳智德，為馬若和鄧阿藍兩位詩人的詩集，「交流」的意思，乃將詩集分開上下兩半，上半部份收錄馬若的詩五十七首，下半部份收錄鄧阿藍的詩七十六首，同一頁同時讀到兩位詩人的詩。書末並有由蔡惠廷的法文譯作，分別為馬若的〈滾過我身旁的時候〉和鄧阿藍的〈寒冷的早晨——給工讀生〉。

　　兩位詩都有寫香港的詩作，如馬若的〈失業，坐在黃石碼頭前看海〉、〈破邊洲遊記——寫給也斯〉、鄧阿藍的〈蒲台島二首〉及〈城門河的盼望〉等。也斯在序中所言：「如果有政客能引用阿藍或馬若的詩，我才相信他們對香港有一點不同的認識」。

71. 馬博良:《焚琴的浪子》,麥穗出版,2011 年 (復刻版)。

　　《焚琴的浪子》是詩人於一九八二年由素葉出版社出版的詩集,收錄三十四首詩作,二〇一一年由麥穗出版再次出版。詩集分四輯。此版本乃根據一九八二年素葉的初版重排,扉頁中表示「除個別漏字、別字、異體字,經作者同意予以更正外,其他不作更改動。」

　　麥穗出版社出版詩人詩集三種,分別為《江山夢雨》、《美洲十三弦》及《焚琴的浪子》,收錄詩人的全部詩作。詩集中有梁秉鈞教授(也斯)的序言,總序為〈現代漢詩中的馬博良——「馬博良詩集」新版總序〉,《焚琴的浪子》序言題為〈從懷緬的聲音裏逐漸響現了現代的聲音〉。

　　詩人在〈跋〉中表示,此三十四首詩作包括了十七年的記錄,而都是個人情感的記錄,而這些情感,都是時代的產物。「焚琴的浪子」,正是「這時代卻是一個焚琴煮鶴的時代,⋯⋯也是浪子回家重上征途而一去不返的時代。」

72. 郭紹洋：《盧三嫂》，麥穗出版，2016 年 (初版)。

　　《盧三嫂》收錄六十首詩作，分為「樹下」、「漏斗」、「路」、「沙」及「天涯」五輯，是詩人的第一本詩集。

　　詩集扉頁載有盧三嫂的照片，盧三嫂是詩人不能忘懷的人，〈盧三嫂〉分作「鳥籠」、「渡河」和「洗帕」三部份，如詩人所言，那是代表了「社會中漸漸被忘記了的人」，因此有「她替十隻馬騮剪過頭髮／沒有人在意　鐵剪的碎髮聲」及「生個孩子　為他說一個平凡的／故事　走一段平凡的路」等詩句。

　　相比起「懂得」，詩人認為人和詩關係更重要的是「愛」，不需要真的「懂得」，而是當讀詩的時候，你可否帶著大個敏銳的心靈，去進入詩的世界，然後是否又有一兩首詩，令你覺得震憾、觸動？

73. 黃茂林：《魚化石》，麥穗出版，2005 年（初版）。

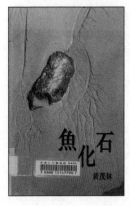

　　詩集收錄了五十七首詩作，是詩人主要在一九九九至二〇〇四年間的作品。詩人幼時在福建成長，十三歲來港定居，之後又到了廣州求學，在三個地方生活的經驗，形成詩人觸覺的對象。

　　詩人在廣州求學時的生活經驗，尤其影響其詩作，在福建生活的經驗，就是「記憶的表層」的事。不過，如詩人所言，詩作大部份都隱藏其感情，唯獨當中的〈中國病人〉較為爆發，這首超過一百行的詩，說「我一直躲在／人群　忍受／每個人都像我／一樣醜／這種溫存／叫我一直感到歡暢」，可見詩人的爆發亦不失內斂。至於香港，詩人就以「屋邨孩子」作代表，「人們都說／這孩子長得真快／卻沒有人夠膽讚他聰明」。

　　詩集中部份詩作為得獎作品，如〈死亡、冬天和一張蒼涼的煤氣繳費單〉獲第二十六屆青年文學獎詩組冠軍、〈鯉魚門採訪〉獲二〇〇四年中文文學獎詩組優異獎等。

74. 樊善標：《暗飛》，麥穗出版，2006 年（初版）。

　　《暗飛》收錄四十八題五十四首詩作，包括數量相若的新體詩和舊體詩，為詩人於一九九八至二〇〇五年間的作品。

　　詩人表示，新舊二體合編，沒有特別意思，只是按著時間來排序的話，到了某時，他又重新寫起舊體詩來，可是「無論略去新詩或舊詩，都難免殘缺之感，覺得無法代表過去了的抒情的我。」

　　詩人用新詩寫〈杭州遊記〉、〈雨聲〉和〈峇里木匣〉，他在〈疊影〉中說懷舊：「要是走過太子道天橋下 / 彷彿看見鐵欄桿上 / 曾貼過火鳥電影會的海報 / 抬頭似乎認得出舊唐樓外牆 / 萬國藝專的字樣」。

　　另一方面，詩人卻以舊體詩寫〈周旋〉、〈四月〉和〈七月朔日作〉，並有「人間幽恨徹。/ 冥索亦良圖。」的〈友人面告近決奉耶教悵然久之賦此〉。

　　如詩人所說，這些詩，是年歲長大留下來的痕跡，足證那往昔的他不是虛構。

75. 梁家恆：《在午夜撒謊》，清平詩社，2009 年（初版）。

　　《在午夜撒謊》收錄了五十首詩作，分作一、二兩輯，是詩人寫於二○○一、二○○四至二○○八年的作品。

　　詩人認為詩就如撒謊，就如魔術表演，為了掩飾一些甚麼。如詩集的封底中「面對荒謬的步步進逼、不斷剝削，除了赤身露體地任由宰割外，不外乎兩種抵抗的方式：要麼從對立的層面起來抗暴；要麼投身其中，以更誇張更瘋狂的方式來揭示它的荒謬。我們在語言中跌得遍體鱗傷，然而我們無法舉證，施暴者無處不在。因此我們選擇了撒謊，這是沒有辦法的逼於無奈。撒謊是避免凍傷的斗篷，也是一種抵抗的方式。」

76. 劉煥聰，《夢‧回憶‧未來》，超媒體出版，2015 年（初版）。

　　詩集收錄五十首詩作，分為「展開翅膀」、「沒有窗框的窗」、「月影」、「兩種語言」及「回歸大海」五輯。

　　詩人透過詩來處理「回憶」，這種每個人都有，可以是美好或傷痛的東西，到底有哪些是思念，有哪些是執念？如那隻被遺棄的紙杯，從辦公室的茶水間被遺棄到公路旁；又或是以「一種莫名的惆悵」形容「回眸的剎那」。不論回憶有否遺憾，詩人樂觀地表示這一切，都是「成就今天恍然大悟的素材」。

77. 盧偉力,《或者是偶然的遇合》,創造書店,2010 年（初版）。

　　《或者是偶然的遇合》收錄詩人於一九九〇至二〇〇三年的四十四首詩作,分「午後」、「人生組詩」、「麗人行」、「痛楚」及「十四行情愫」五輯。

　　「午後」寫「九七」前的生活,反映詩人的「生活詩觀」;「人生組詩」是生活詩觀的延伸,隱隱透現步入中年的微妙;「麗人行」則是以舞者梅卓燕、文化人文潔華及朋友 W 君三位女性而成的詩作,仿效古人以詩贈友,表達對幾位的欣賞和關心;「痛楚」則是根據詩人好朋友的畫作而成;「十四行情愫」是詩人的情詩,寫在「一段似有還無的關係之後」。「痛楚」和「十四行情愫」可以說是詩人的「情感詩觀」。

78. 楊慧思:《思@情》,瑋業出版社,2005 年（初版）。

　　《思@情》收錄七十三首詩作,分為「詩‧情」、「世‧情」、「恩‧情」、「愛‧情」、「友‧情」及「旅‧情」六卷。

　　「思」一字除了是詩人的名字外,更顯出詩人下筆當經過一番深思,而「情」則是在將思考投放在情感上,兩者結合而成詩。如〈黑色遊行〉中那要飽經汗血洗禮的洋紫荊、那「永不褪色」的〈濃情巧克力〉或「悠然於天地間／穿梭」的〈鷹〉等等,都是詩人對大自然或社會觀察入微的成果。

　　六卷均以「情」作主題,顧名思義,各卷都以題材歸類。「詩‧情」是詩的追求和探索;「世‧情」是關於社會和人生的主題;「恩‧情」歌頌親情及師恩;「愛‧情」是對愛情的描述;「友‧情」當是友誼之歌;「旅‧情」則是山水遊記。全書題材豐富。

79. 蔡炎培：《真假詩鈔》，瑋業出版社，2006 年 (初版)。

　　《真假詩鈔》收錄詩人（連代序詩〈賭之為博〉在內）九十一首詩作，連吳興華原作的代後記〈彈琵琶的婦人〉共九十二首作品，除了幾首在六、八及九十年代的詩作外，其他大部份都是二○○三至二○○五年的詩作。

　　詩集題材廣泛，一如詩人其他詩集，有贈友，有寫景也有記事。有明顯的敘事，如〈與浩泉在金塘共飯〉、〈同遊肇慶七星岩〉，有晦澀的詩題如〈唇上人〉和〈螞蟻紅兵〉，也有耐人尋味的〈黃泉路上〉、〈所有元素還原後〉和〈真假詩鈔〉。不過，詩人依然津津樂道女人，單是〈XX的女人〉（或女子）就有七首。在〈香港的女人〉中，詩人說「望出去／維園有人集會／他們學著伊，跟你／說些民主的情話」。

　　詩集也記載很多「一件小事」，例如〈幼稚園放學〉和〈賽馬日誌〉，《真假詩鈔》當可見詩人事事也可入詩的能耐。

80. 王良和：《時間問題》，匯智出版，2008 年 (初版)。

　　《時間問題》收錄三十五首詩作，分為「聖誕老人的故事」、「軍事機場」、「時間問題」及「鐘樓我城」四輯。

　　詩人堅持詩的抒情本質，無論是以仿夢筆法作小說意味的詩體敘事，還是以一氣呵成的長句追求戲劇化的諧謔語調，或物化為夢魘的異象直抵摺意識的幽境，以至對死生聚散、日常生活的記憶陳辭，都不脫抒情本色。

81. 吳美筠：《時間的靜止》，匯智出版，2009 年（初版）。

　　《時間的靜止》是詩人第三本詩集，共收錄（連代跋詩〈你以詩的方式呈現我〉在內的四十三首詩作，分為「寂寞的完成」、「第十度」、「從地震爬出來的禱告」和「時間的靜止（組詩）」四輯。詩集中並有黃立邦的攝影作品。

　　詩集中有詩人女性身分的詩作，例如〈第十度〉，就是探討孕婦生產過程的作品，詩人沒有激情地描寫那種撕心裂肺的痛楚，反而用客觀的語氣和科學的元素，記錄生產的過程和感受，「知識和言語／完全與我的靈魂脫鈎／吸氣——呼氣／是獨一的人生目標」，詩中還向陪產的丈夫和醫生幽了一默，讀之令人莞爾。

　　詩集中也有詩人關注社會的作品，有讀到兩則棄嬰新聞有感而發的〈拉鍊〉和〈棄置〉，有悼念「沙士」期間逝去的謝婉雯醫生的〈一雙柔柔的手〉，也有描寫都市人生活壓力的〈下班的老師〉，「她打算以最後的一口氣／教導孩子辨認課本的文字／督促孩子把練習本寫滿／她陪伴著孩子的書桌／讓做改正的孩子看她打瞌睡」，輕描淡寫的道出當中壓力和無可奈何。

　　《時間的靜止》是詩人探討多個主題的作品集，冷靜得來包含了多種情感，如詩人所言「我以詩的方式呈現你」。

82. 林浩光：《新祭典》，匯智出版，2006 年 (初版)。

　　《新祭典》收錄詩人五十四首詩作，另附有「詩餘漫筆」六篇，詩作分為「冬瓜盅的世界」、「節日・假期」、「時間的旁觀者」、「旋轉木馬」及「新祭典」五輯。

　　「冬瓜盅的世界」主要由寫二〇〇三年世界大事匯聚而成，輯中收錄了詩人寫關於美國九一一事件、同年美軍攻打伊拉克及香港的「沙士」疫情的詩作。詩人亦為節日假期寫下了關於端午節、重陽、中秋及新年的詩作，「而歷史帶著英雄遠行 ／ 除了說前進！前進！／ 他們沒有說出抵達目的地的時間」來紀念那已不是假期的孫中山先生的誕辰。

　　詩人說那沉思者不知是人還是石頭，說蒙娜麗莎已經「笑了五個世紀」，在旋轉木馬中遺下了童年，「新祭典」一詞，是詩人用了自己的方法，寫下了一連串「思古」的作品。

83. 胡燕青：《夕航》，匯智出版，2009 年（初版）。

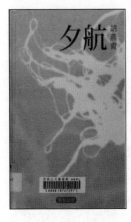

　　《夕航》收錄五十二首詩作，分為「我們在下山的車上聽彼得保羅與瑪麗」、「鋼琴和咳嗽」、「截肢」和「脫險」四輯。

　　詩人以老師的身分，寫下多首關於教學和師生關係的詩作，例如〈學府〉、〈新學年〉和〈三個男孩〉等，也寫下三首回應詩人瘂弦的作品，包括〈修女的鯖魚〉回應〈修女〉、〈上校的孩子〉回應〈上校〉和〈水夫和他的海〉回應〈水夫〉，是向前輩詩人致敬的作品，也有有趣的〈香港作家二三事〉，分「訪問」、「講座」和「工作」三部份，講述香港作家的瑣事。

　　詩集中也不乏詩人描寫地方的作品，或者是以描寫地方來抒情的作品，例如〈弟弟和橙〉講述小時候居住在廣州的事，或者「彷彿一隻巨錨」的嶼南小屋，還有把西營盤、華富邨和英皇書院這些地方入詩的〈紅嘴藍鵲〉，副題為「我們，永遠的香港仔」，揭示「香港仔」既為身分亦為地名的兩重意義。

84. 胡燕青、鄭雅麗：《午後推門》，匯智出版，2001 年 (初版)。

　　《午後推門》是一本二人合集，收錄胡燕青的詩作二十首，鄭雅麗的詩作十九首，〈午後推門〉是二人分別的同名詩作。

　　二人的詩風不同，胡燕青的較為鮮活，意象較多，例如將洗澡時的「花灑」寫成「蓮蓬雨」，或者就「雨」一種事物而寫成的〈雨的酒旗〉、〈腳跟雨〉和〈雨夜還我長歌的小鼓〉等。

　　鄭雅麗的詩作明顯較著重音律和節奏，詩句較短，如〈遇行人〉的「長霄日落 / 斜陽進廳堂 / 世界婆娑 / 不怪麻雀多事 / 常常喜氣洋洋 / 不遑多讓」。都是蘊含古典美的詩作。

　　〈午後推門〉是兩人的同名作品，胡燕青說「門那邊 / 花葉閃爍 / 風忽忽如思索 / 光湧佔 / 你悄然通過」，而鄭雅麗說「似水流年 / 過去了的從前 / 盡是褪色照片」。或許就如胡序中所說「成為你身邊的一陣風，一陣永遠只是在經過的風。」

85. 陳德錦：《疑問》，匯智出版，2004 年（初版）。

　　《疑問》收錄四十九首詩作，是詩人的第四部詩集，分為「秘釀的回憶」、「詩學」、「節氣」、「動物」及「街道」五卷。附錄有詩人記錄所有詩作的寫作時間，發表刊物以及注釋。

　　如詩人所言，詩集中大部份詩作是抒情詩，而且是依附主題和事件而成。題材離不開推窗所見、乘車所感、季候嬗遞中所想所思。如〈吃橙〉的「把芬香緩緩送入口裏，在唇齒之間／釀造一場最甜蜜的水災」，也如〈春分〉中的「既恨山上北風不烈／也怨花底東風無力／笑杜鵑太早啼血／笑舉頭已不能見月」。

　　詩集名為「疑問」，因詩人一直寫詩，但又想不出為何繼續寫詩的理由。

86. 麥樹堅:《石沉舊海》,匯智出版,2004 年 (初版)。

　　《石沉舊海》分為五輯,共收錄詩人五十首作品,五輯依次為:「下沉的記憶」、「煙雨門窗」、「生活之實」、「靜觀默想」和「樹下流星」,是詩人於一九九九至二〇〇四年間的詩作。

　　詩人喜歡看石頭的紋理,喜歡掂捻石頭的重量,喜歡聽石頭碰撞的聲音,也喜歡看濕了的石頭水分在它表面蒸發,而他認為,記憶一旦詩化,就像石頭,所以詩人喜歡在餘暇時掏出這些石頭慢慢欣賞。詩集中的詩作,有些是得獎作品,有些也曾於不同刊物發表,只有少部份是在詩集中才「首次亮相」的。

　　按照詩人的說法,這些詩作是他那五年間的記憶,現在以詩的形式保留了下來,而詩作中所流露的情感,卻是「壓倒性的悲,快樂則絕無僅有」,致使詩人整理舊作準備付梓時,讀著自己昔日的詩作卻感到陌生,使詩人驚覺某些記憶已真如石沉,而今記憶重現,叫詩人恐懼和嘆息。

　　《石沉舊海》的出版,倒使詩人的作品不致真的「石沉大海」。

87. 鄒文律：《刺繡鳥》，匯智出版，2008 年（初版）。

　　《刺繡鳥》收錄四十五首詩作，是詩人於二〇〇〇至二〇〇六年的作品，分為「尚未誕生時序的年代」、「編織翅膀的日子」、「穿越消逝的光影」和「在暗夜裏滑翔」四輯。

　　樊善標在序中說，詩集裏持久地有一種「與人對話的姿態」，因此詩作中多出現「你」這個角色，例如〈很想為你做一件事〉中的「很想為你做一件事／讓你很快樂的事／——比方說／用你送的頸圈／把心愛的貓兒勒死」、〈我看見你在死亡〉中的「你會跳舞，用剩下的一隻腳／注釋哀傷」等等，好像總在跟讀者直接對話，或者是詩人的自我分裂，又或者是詩人代入某個角色等，都是詩集中常見的表達，為讀者提供了多個層次的閱讀。

　　詩人以文字為針線、詩藝為針法，寫詩就如編織，於是詩集名為「刺繡鳥」。

88. 游欣妮：《紅豆湯圓》，匯智出版，2013 年（初版）。

《紅豆湯圓》收錄四十二首詩作，分為「距離」、「時光」、「散步」和「陪伴」四輯，是詩人的第一本詩集。

詩作主要是詩人對於工作、社會及家庭等的感受，例如〈拼貼教室〉中的「伸手抓去教師用書隨意丟下 / 今天補課嗎原來 / 書帶著獨特的圖騰回到我手上 / 來回磨擦未能熨平深蝕的筆痕 / 『唔好嬲啦呢啲係我同你嘅集體回憶』/ 二人又算甚麼合理的集體」，當中又有些描寫師生關係的詩，如〈考試其實是我們的共同課題〉等。

關於社會感受的詩，有以不同元素寫成一幅圖畫的〈雜貨店剪影〉，或者是「明明並非夏季但我竟會覺得熱」的〈暖化〉等。呂永佳在〈序言〉中說，「《紅豆湯圓》是一本在詩壇罕見的、滲雜大量以中學教育生活為題的詩集，在教育與文學的研究上，處於一個重要的位置。」

89. 鄭鏡明：《二十四味》，匯智出版，2005 年（初版）。

　　《二十四味》很多詩作都跟火車有關，正如詩集內的三輯都是以火車（站）為題，三輯分別是「火車汽笛聲，漸漸冰涼」、「偶然流落瑞典某個火車站」和「夜半，列車停在江南某小站」，共收四十三首詩作，當中部份是詩人於八十年代寫成的作品，其餘多是二〇〇三至二〇〇五年的詩作。

　　關於列車，詩人寫地鐵，寫粉嶺火車站，寫「遙望很親切無盡頭的車軌」的瑞典車站，如詩人自己所言，火車站、月台和汽笛聲，都溶進他的血液裏，成為寫詩的要素。

　　《二十四味》是社會味道較濃的詩集，如〈人民大會堂石階上點一根火柴〉、〈電話投訴錄音〉等。

　　二〇〇七年詩集入選「第十八屆中學生好書龍虎榜」，同年再版。

90. 劉振宇：《韶華如夢》，匯智出版，2006 年 (初版)。

《韶華如夢》收錄連序詩在內的六十四首詩作，分作「掙扎在邊緣中──家國情」、「起伏不定的思緒──愛情」、「從自我反映到反省──親情‧友情‧心情」三輯。是詩人的首部詩集。

三輯中以第二輯──即愛情一輯──篇幅最長，收錄最多詩作。詩人在〈後記〉中表明，「希望本詩集的『愛情篇』是你（讀者）的課外新詩閱讀入門」，對於愛情，詩人多數選擇直抒胸臆，如〈愛情感慨〉中「活在這個世代 / 情愛總是太多傷害 / 離離合合 / 淚影縱橫 / 倒映了人間萬種哀愁」，或者〈如果我愛妳〉中的「如果我愛妳 / 我的生命再沒有冬天 / 妳是我的陽光，灑下 / 春日的和暖」。

詩集中的詩作是詩於二十至三十歲間的作品，是一部關於年青人對愛情的憧憬和理想的追求的詩集。

91. 劉偉成：《陽光棧道有多寬》，匯智出版，2014 年（初版）。

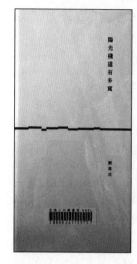

　　《陽光棧道有多寬》收錄七十五首作品，分「還原演化」、「斷章取城」、「人事代謝」、「逆光旅行」、「花木皆隱」、「生活拍岸」及「半途之旅」七輯。

　　「陽光棧道有多寬」七個字，剛好是詩人「一年一字」來分享七年來的創作成果，如詩人所說，陽光是直線行進的、是寬闊的、坦蕩蕩的普照，可棧道卻是彎曲、陝隘、依山纏繞的。陽光棧道實際上並不存在，可陽光棧道有多寬，心便有多寬。

　　詩人關心社會，詩作寫城市風景、街巷人物，也有政治環境。例如〈電車‧破折號〉中，詩人說「多少年了，一起在平緩的顛簸中 / 見證岸線一代一代的推移 / 始終同心，不曾錯失 / 彼此並行，怎麼卻成了 / 荒謬最經典的印證？」

　　詩集中也有詩人描寫外國風景的詩作，丹麥蓋倫格峽灣的冰川、輕井澤的雪及日內瓦的噴泉等等，所有美景也是詩人眼中詩的泉源。

92. 鍾玲：《霧在登山》，匯智出版，2010 年（初版）。

《霧在登山》收錄四十八首詩作，分為「感情的城池」、「古典美人圖」、「致敬愛的人」和「天地的懷抱」四輯。

按詩人所言，寫詩是「捕捉自己強烈的情緒、感覺，或回顧、挖掘自己內心深層」，所以就有〈打鼓山之歌〉、〈三角習題〉、〈貼上我眼簾的一張臉〉等在「感情的城池」的詩作。

詩人認為女性在歷史上過著委曲、痛苦和受壓抑的生活，因此以西施、王昭君、綠珠、蘇小小、武則天、鶯鶯、花蕊夫人、李清照和唐琬入詩，試著描繪她們的內心。至於「致敬愛的人」和「天地的懷抱」，就是寫詩人敬重、感謝的人，和接觸身邊的世界的詩作。例如〈血祭〉、〈不知名的蓋世英雄〉等，還有〈蘭嶼風景三帖〉和〈致旗津三帖〉等。

93. 曾敏卓：《心雨》，當代文藝出版社，2000 年（初版）。

　　《心雨》收錄詩人六十首於九十年代發表於不同報刊雜誌的詩作，分為「心雨」、「火紅木棉花」、「我心中的太陽」和「失約」四卷。

　　詩人不乏描寫香港的作品，例如〈砵蘭街之夜〉、〈立法局競選人〉、〈黃大仙廟〉及〈獅子山〉等，在〈砵蘭街雛妓〉中，詩人寫道「貧困把妳的頭壓得很低 / 妳相信只要富有 / 妳就能驕傲地挺起胸膛 / 於是妳藉旅遊香港努力『淘金』……妳該明白這裏 / 快樂和幸福不屬妳的 / 好的東西不屬妳的」直接抒發眼見之事，也如〈看相的老人〉的「你」，「看手錶　指針一圈一圈軋過你 / 憂慮的心　明天 / 那頓飯　那杯酒　那包香煙 / 有沒有著落？ / 你卻看不透」道盡生活的無奈和諷刺。

94. 慕容羽軍：《長夏詩葉》，當代文藝出版社，1996 年（初版）。

　　《長夏詩葉》分為七輯，共收錄五十五首詩作。

　　從有記錄日期的作品中看出，詩集收錄最早期的詩作於六十年代，包括於日本寫成的〈二重橋〉及〈心齋橋心路〉，直至九十年代的作品，包括於美國普林斯頓寫成的〈普林斯頓松鼠〉，因此詩集是「歷經四十年、涵蓋半個地球的詩踪，……不僅描繪了時代面貌的光暗陰晴轉化，也表達了時光河流的情意躍動的傾向。」詩人自言那四十年間的詩作，存在著一份「赤子之心」。

95. 蕭可鷗：《鷗之歌》，當代文藝出版社，2002 年（增訂再版）。

　　《鷗之歌》於一九七四由高原出版社初版，初版收錄一百二十五首詩作，是詩人在中國大陸的作品。當代文藝版保留原版之餘，更收錄詩人在《伴侶文藝》、《當代文藝》及《中山僑刊》等雜誌的詩作六首，新增詩作為〈懷念〉、〈竹〉、〈新客〉、〈寄給您──故鄉〉、〈母親〉及〈故鄉行〉，最新的作品為二〇〇〇年刊於《當代文藝》月刊的〈故鄉行。

　　詩人認為詩是一種反映生活、歌頌愛情、歌頌自由、詛咒黑暗、詛咒權勢和揭示真理的工具。例如有「愛玩炸彈的人，／最後總會受其回敬。」「月亮嫁給黑夜，／於是，／她皎潔了！」等詩句。

96. 陳李才：《只不過倒下了一棵樹》，練習文化實驗室，2016 年（初版）。

　　《只不過倒下了一棵樹》收錄詩人三十七首詩作。詩人以冷靜的語調，叩問生死、時間等等形上的問題。

　　在〈今天，他逃不過他的死亡〉，開宗明義的是一首關於死亡的詩作，用一個旁觀的態度，以時間的流逝描繪一個人死前死後的狀況，「五秒鐘前／他還躺在陽臺，但現在／肉身的密度已所剩無幾／連月光也無法維持他的形狀了／明天，他將會玻璃般破碎／成為時間／成為地點／成為人／物」，這種冷酷直到最尾，直至死者「將被某明星的私生子取代」。

　　關於一個人的「消失」，詩人筆下都只揭露了「對於不認識她的人來說／每天候車的時間縮短了一些／升降機略過一個樓層／電話裏接外賣的聲音少了一把」，無他，一切都沒有影響，或者是微不足道的影響，為的只是證明「世界仍在」，只要世界仍在，誰消失又有何相干？

97. 許定銘:《詩葉片片》,練習文化實驗室,2016 年 (初版)。

　　許定銘較為人知的是寫書話,關於書話的著作甚豐,《詩葉片片》是收錄詩人早期於六十年代的詩作共六十首,是發表在《星島日報》、《藍馬季》或《大專月刊》等刊物的作品。

　　事實上,年輕時的許定銘,埋首於小說、詩及散文的創作,直到九十年代才開始寫書話。他同意某種說法,認為寫詩要感情豐富、愛幻想、有衝勁,所以適宜年輕人寫作,因此是次結集,可當作是他翻出年輕時的作品,細味舊時的過程。

98. 秀實:《紙屑》,獲益出版社,1996 年 (初版)。

　　《紙屑》收錄詩人一九九二至一九九六年的作品,共有詩作五十二題,分為「紙屑」、「落羽杉」、「黑夜」及「加州柚子林」四輯。

　　詩人在後記中說:「自覺九二年後寫詩進入了另一個情況,彷彿是從前心裏的繩索都斷了,有一種任意為之的舒暢。我不考慮繩規,不思索客體,只老實的面對自己。」這種情況,在詩集中的〈與友談詩〉、〈公路事件〉及〈我編織我的帽子〉中可見。

99. 黃河浪：《風的腳步》，獲益出版社，1999 年（初版）。

　　《風的腳步》收錄詩人一百一十五首詩作，全書分四輯，分別為「都市感覺」、「生命的姿采」、「歷史的苔痕」和「草原和雪山」。

　　詩人在一九七五年移居香港後，就出版過《海外浪花》、《大地詩情》、《天涯回聲》和《香江潮汐》等詩集，《風的腳步》是詩人的第五本詩集。

　　東瑞在序言中說詩人的詩，對於其生活了二十幾年的香港，是「投入其中又跳出其外的，既有著無奈的認知又保持清醒的批判意識」，像〈魚的語言〉，「睡不安寧的魚 / 厭倦了海和礁石的論辯 / 張口想說些甚麼 / 只吐出一串 / 誰也聽不見的泡沫」。詩人也喜歡在外遊時用詩寫下所見所聞，如〈姑娘與駱駝〉、〈草原奔馳〉及〈百馬圖〉等，文字思古，同時寫景。

　　詩人曾說過，「香港已成為我的第二故鄉。日夕相對，休戚與共，複雜的情緒不能不在作品中表露出來。」《風的腳步》正好是詩人以香港入詩的一部作品集。

100.　夢如：《穿越》，獲益出版社，1996 年 (初版)。

　　《穿越》收錄六十三首詩作，分為「一種寂寞　坐於蒲團」、「瓷瓶紋身」、「夜還睡在你烏黑的髮辮」、「潮及其他」、「收集四季的腳印」、「風　請輕些兒」及「再會楓樹林」七輯，是詩人於八、九十年代的作品。

　　詩人認為寫詩是進入一種「精神的遊離狀態」。對於詩，是一種追求完美的藝術，詩人認為「以詩的無限可能拓展心靈的疆土：以詩的瞬間閃光提煉生命的價值；以詩的完美抗衡人世的不完美；以詩的真實抵換精神荒原的虛無。」寫詩，是「醒著做夢」，而且「詩成即夢醒」。

101.　劉渼：《迴聲》，獲益出版社，1999 年 (初版)。

　　《迴聲》收錄一百六十首詩作，分為「那不太遙遠的歲月」、「愛情抒情詩系列」、「摩登都市抒情詩系列」、「昨日的足音抒情詩系列」及「詩之寫作、欣賞及其它二十六首」五輯。

　　詩人六十年代起就寫了一些「知青歲月」的詩作，例如〈一群一群〉及〈八圓〉，和一九九九年寫於香港的〈知青三十年祭〉等，都是在記錄或回想過去日子的點滴，稱之為「那不太遙遠的歲月」。

　　詩人用雲、雨、霧寫愛情，是「羽翼下的捕捉」、「飛砂的任性」和「天與地的纏綿」。用紅燈、黃燈和綠燈寫摩登都市，紅燈是「說不上討人嫌的眼」、四面八方都視為「女神」的綠燈和「夾在中間的第三者」的黃燈。

　　《迴聲》可說是記錄詩人早期從山村走到摩登都市的個人抒情史。

102. 戴方:《心的放歌》,獲益出版社,1999 年 (初版)。

　　《心的放歌》收錄十首詩作,並有散文兩篇,主要是詩人於一九九七及一九九八年的作品。

　　詩作是詩人抒發香港回歸的感情,包括〈東方之珠〉、〈紫荊花〉及〈香港會展中心新翼〉等,其中〈紫荊花朵朵嬌艷〉更由廖保恆作曲,編成歌曲。兩篇散文分別為〈香港〉及〈可愛的香港〉,是詩人為香港回歸而寫成的文章。

其他類

其卅賤

1. 香港世界華文文藝研究學會編：《我與金庸：全球華文散文徵
   文獎獲獎作品集》，大山文化，2016 年（初版）。

　　為紀念金庸首部作品發表發表六十週年，康樂及文化事務署、香港藝術發展局、香港世界華文文藝研究學會聯合主辦「我與金庸——全球華文散文徵文獎」，投稿來自三十六個國家，稿量逾萬，反應空前熱烈。台灣的盲人教師李堯的〈撼動心靈的完美藝術——金庸筆下的生離死別〉獲得公開組一等獎，香港聖保羅男女中學學生孔雪珩憑作品〈我與金庸〉獲學生組一等獎。

2. 天地圖書編輯部：《「天地 30」徵文比賽得獎作品集》，
   天地圖書，2006 年（初版）。

　　天地圖書為慶祝成立三十週年，也為推動閱讀與寫作風氣，於二○○六年舉辦「天地 30」徵文比賽，以「閱讀與人生」及「我與天地」為題徵稿。得獎者為冠軍冠軍文秉懿〈閱讀與人生〉、亞軍另余〈閱讀與人生——呼吸作用〉、季軍已涼〈閱讀與人生〉。比賽另選出十位優異獎得獎者收錄於作品集。

3.　何杏楓主編：《燕自四方來：第四屆新紀元全球華文青年文學獎作品集》，天地圖書，2012 年（初版）。

　　香港中文大學文學院主辦的新紀元全球華文青年文學獎來到二〇一二年，書題《燕自四方來》除了有文學獎已來到第四屆的暗示，亦揭示了來稿的跨地域特質。得獎者為散文組冠軍曾淑陽、短篇小說組冠軍陸蓓容；文學翻譯組冠軍從缺。另收錄各組亞軍、季軍、一等優秀獎、二等優秀獎、鼓勵獎作品。

4.　林幸謙主編：《丫城：徐訏文學獎作品選集》，天地圖書，2011 年（初版）。

　　徐訏先生為三十至四十年代中國重要作家，並於一九七〇至一九七七年擔任香港浸會大學中文系系主任。中文系為紀念徐訏先生貢獻，設立徐訏文學獎以秉承遺志，鼓勵後進。本書把一九八七年至二〇〇〇年二十九篇得獎佳作結集成書，分成散文、新詩、小說三部份。散文卷以「時光」為題，收錄〈光與影〉、〈丫城〉作品十二篇；新詩卷以「圖騰」為題，收錄〈對‧反〉、〈自動販賣機〉等詩四首；小說卷以「訪客」為題，收錄〈足球老將〉、〈訪客〉等小說十三篇。最後附上徐訏作品簡編及歷屆得獎名錄，持續鼓勵學生創作。

5.　金聖華主編：《三聞燕語聲：第三屆新紀元全球華文青年文學
　　獎作品集》，天地圖書，2007 年（初版）。

　　　　香港中文大學文學院主辦的新紀元全球華文
青年文學獎來到第三屆，投稿量及獲獎數量創下歷
屆新高。散文組冠軍為來自蒙古黃金家族的鮑爾
金娜、短篇小說組冠軍朱崧琪，而張海燕則成為歷
屆惟一一位文學翻譯組冠軍得獎者。另收錄各組
亞軍、季軍、一等優秀獎、二等優秀獎、鼓勵獎作
品。

6.　陳惠英編：《香港當代作家作品選集・亦舒卷》，天地圖書，
　　2016 年（初版）。

　　　　亦舒是個多產的作家，筆下現代都市女性形象
反映她本人特立獨行的個性。本書收錄其散文作品
為主，包括與任職編劇有關的〈電影與明星〉、與
其家庭有關的〈為何不做賢妻良母〉等八十餘篇，
以及短篇小說〈家明與玫瑰〉、長篇小說〈我的前
半生〉等十三篇。

7.　曹臻編：《香港當代作家作品選集‧曹聚仁卷》，天地圖書，2015 年（初版）。

　　曹聚仁出生於浙江，晚年在香港辦報並於澳門病逝。本書以曹聚仁為「文學創作多面手」，將其選錄作品分為「國學」四篇、「新聞學」八篇、「政論」四篇、「評論」十一篇、「雜文」九篇、「人物」十二篇、「自傳」九篇、「小說」二篇、「書信問答」六篇與「序跋」七篇。文集收錄序跋並不常見，從此部份與「人物」、「書信問答」等結合起來，可窺曹聚仁極具人緣的一面。

8.　梅子編：《香港當代作家作品選集‧劉以鬯卷》，天地圖書，2014 年（初版）。

　　劉以鬯是香港著名小說家，作品蘊含無限創意，創新的寫作手法往往為讀者帶來無限驚喜。本書收錄中、短篇小說與微型小說二十七篇，包括名作〈對倒〉、〈我和我的對話〉、〈打錯了〉；散文十三篇，如描繪香港風物的〈渡輪〉、〈九十八歲的電車〉和〈尖沙咀鐘樓〉；又有文學評論十四篇，包括論香港文學發展的〈五十年代初期的香港文學〉和論作家或作品的〈吳煦斌的短篇小說〉等。

9.　許定銘編：《香港當代作家作品選集・侶倫卷》，天地圖書，
　　2014 年（初版）。

　　　　侶倫生於一九一一年，是個早期香港文學的重
要作家，作品包括散文、長篇小說、電影編劇等，
創作回應時代，由戰前刻劃愛情，到淪陷時期書寫
戰爭，至晚年描繪都市人風貌，題材離不開生活。
本書收錄小說〈以麗沙白〉等十二篇、散文〈無名
草〉等二十篇、新詩〈九月的夢〉等六首。

10.　張初編：《香港當代作家作品選集・梁羽生卷》，天地圖書，
　　　2015 年（初版）。

　　　　梁羽生原名陳文統，是香港「新派武俠小說」
開山祖師，後移居澳洲。本書除了收錄其最有名
的武俠小說節選，亦選錄他有關武俠小說的整理稿
及講詞以豐富其文學創作面貌，另有詩詞對聯十四
首、雜文散文四十四篇，讓讀者從中一窺這個亦狂
亦俠亦文的「白髮魔女」在大漠以外，同樣綻放異
彩的另一面。

11. 張嘉俊編：《香港當代作家作品選集・高雄卷》，天地圖書，
　　2016 年（初版）。

　　高雄曾執教鞭及經商，擅於書寫各種有香港
社會特色，內容有趣而「貼地」的小說。本書收錄
其代表作〈經紀日記〉、〈石狗公自記〉等小說，
並按種類劃分為「私記小說」、「記遊小說」、「借
仙小說」、「世情小說」、「一日完小說」各輯。書
中亦選錄了高雄在報紙上撰寫的怪論和散文，即使
時移世易，現今看來也毫不過時。

12. 張詠梅編：《醒世懵言──懵人日記選》，天地圖書，2011 年
　　（初版）。

　　本書輯錄五六十年代刊於大公報的《懵人日
記》，每篇以「是日也」開首，主角夢中人的經歷
跟社會事件也有相當關係，故全書亦從《大公報》
選出與小說內容有關的新聞時事互相對照。莊周夢
蝶，大愚若智。有時候活在香港，可能懵人才是最
醒。書末附錄編者研究《懵人日記》，有助讀者理
解作品所指涉的當時社會現實。

13. 黃元編：《香港當代作家作品選集·陳實卷》，天地圖書，2016 年（初版）。

　　陳實成長於廣州，在二次大戰時曾任英軍服務團翻譯。本書收錄其未刊行譯作手稿，包括來自墨西哥、美國、英國、秘魯詩人作品及智利諾貝爾文學獎得主聶魯達的詩作，亦有來自英美、法國和智利的散文及小說，足見陳實的才情遍及歐美及拉丁美洲，為香港文學翻譯以至當代中國文學作出重大貢獻。

14. 馮偉才編：《香港當代作家作品選集·羅孚卷》，天地圖書，2015 年（初版）。

　　羅孚出生於桂林，是香港資深報刊編輯，曾經促成金庸和梁羽生開創新武俠小說先河。本書以地緣與人緣來輯錄羅孚作品，包括「北京去來」三十三篇、「香港情」十篇、「懷人」四十三篇，包括曹聚仁、葉靈鳳、周作人、蕭乾及畫家林風眠等。本書作者生前「私淑弟子」馮偉才編選，俱見編者的識見。

15. 鄭蕾編：《香港當代作家作品選集・崑南卷》，天地圖書，
　　2016 年（初版）。

　　　　如果說崑南是現當代香港文學一個極具份量
的人物，相信也當之無愧。時至今日，他仍筆耕不
輟，並順應世界潮流創辦《香港本土文學大笪地》
網站及電子詩刊《詩++》。本書收錄其詩作為主，
輔以長篇小說《慾季》、《天堂舞哉足下》節選；
短篇小說〈戲鯨的風流〉等，另有若干翻譯和評論
作品。編者專研香港大學現代主義思潮，可說是編
輯的不二人選。

16. 熊志琴編：《異鄉猛步──司明專欄選》，天地圖書，2011 年
　　（初版）。

　　　　閱讀本書就像走了一趟烽火大地的旅程──
跟著「上海鬼」到香港看的士、看渡輪，接待自
上海來的老鄉再談「幾種上海佬」；接著完全忘記
上海，只談香港，大至「評新天星碼頭」，小到留
意「奇異的洗衣單」。接著又縮小範圍，思考作為
作家「爬格子」的種種，最後又回到家國，「十年
一覺赤色夢」，到底是待作香港鬼，還是香港中國
人？

17. 熊志琴編：《經紀眼界——經紀拉系列選》，天地圖書，
　　2011 年（初版）。

高雄的《經紀日記》橫跨四十至五十年代，以市井之徒經紀拉的角度寫當時的生活與社會風貌。本書按年代劃分，輯錄由一九四七年「經紀拉登場」開始到一九五五年一月〈孔家駒辦學〉；接著鏡頭轉至拉嫂身上，輯錄三篇拉嫂心底話；再回到一九五五年的經紀拉角度，輯選終篇再以〈午茶經〉作結。書中亦選錄三蘇其他作品如〈萬花筒〉、〈飛天南外傳〉、〈石九公自記〉等。千百年來普羅市民生活離不開通俗，通俗的舊夢亦須記。

18. 樊善標編：《犀利女筆——十三妹專欄選》，天地圖書，
　　2011 年（初版）。

沒有人知道十三妹是誰。她犀利、辛辣、尖銳，至死仍是謎，是文壇神秘孤僻的化身。本書輯錄十三妹副刊專欄文章，當中多以歐美報刊取材，例如〈讀「紐約時報」之報導比較〉、〈諾貝爾文學獎〉之不良傾向。儘管邊看邊罵，你還是會為其豐富而獨特的學識而驚訝，例如〈記拉丁文教師〉系列、〈東歐國家的出版界與美國多產作家〉等，你還是會邊罵邊看。

19. 樊善標、葉嘉詠編：《陌生天堂：五十年代都市故事選》，
　　天地圖書，2011 年（初版）。

　　　「舊夢須記」系列一般以作家為主，這一本卻是從五十年代《新生晚報》不同專欄選錄都市故事，每一篇都是你我身邊發生的尋常事，每一個主角都可以是你和我。本書挑選近四十位作家八十五篇作品，風格通俗但求同存異，就像講故佬在榕樹頭下每天說書那樣熟悉而新鮮。

20. 羅琅編：《香港當代作家作品選集‧高旅卷》，天地圖書，
　　2015 年（初版）。

　　　高旅在八十至九十年代在《大公報》副刊撰寫文史專欄，以旁徵博引，以古喻今的雜文聞名。本書收錄散文〈唐代的貶官〉等近五十篇、小說〈杜秋娘〉等七篇、詩詞三十餘篇，當中不乏感傷時代悲劇的作品，如〈周恩來病篤時局甚危二首〉等。

21. 羅琅編：《鑪峰文集 2013》，天地圖書，2015 年 (初版)。

　　鑪峰雅集由本港文化出版界前輩羅琅、小說家海辛先生及李陽、譚秀牧等於 1959 年成立，是香港歷史最悠久的文學團體。《鑪峰文集 2013》收錄了不少不少前輩作家的新發表文章，諸如創作的盧因、柯振中、鄭炳南、江思岸、盧文敏；以及研究評論的張詠梅、馬輝洪、林樹勛、古松，等等，都是香港文學的前輩代表。

22. 中文文學創作獎：《送給弟弟的第一份禮物：二零一四年中文文學創作獎兒童圖畫故事組獲獎作品集》，中文文學創作獎・兒童圖畫故事組，2015 年 (初版)。

　　本集為《兒童文學叢書第二十二輯》，收錄二〇一四年「中文文學創作獎」兒童圖畫故事組三篇獲獎作品。〈送給弟弟的第一份禮物〉描寫哥哥為即將出世的弟弟準備禮物的興奮心情，充滿溫馨；〈奇妙的旅程〉透過小女孩由討厭下雨天、到欣賞雨後新景象的轉變，帶出大自然的奧妙等待我們去發掘；〈爸爸和媽媽〉藉著小男孩某次在街上和父母失散的故事，道出父母照顧兒女不同方法和共同心意。

23. 青年文學獎：《第四十一屆青年文學獎得獎作品結集》，
　　水煮魚，2015 年（初版）。

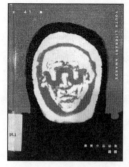

　　　　由青年文學獎協會主辦，香港藝術發展局及
聯合出版資助，於二〇一四至二〇一五年舉辦的第
四十一屆青年文學獎以一套五冊形式收錄得獎作
品。新詩初級組冠軍為李嘉裕、高級組由俞道涵奪
得；小說初級組冠軍為林禮勤，高級組從缺；散文
初級組冠軍為王宇昆，高級組則為箭雲芳。另小小
說、兒童文學、翻譯文學及戲劇只設公開組：分別
由陳詠雯、童子、陳俊暉奪冠；戲劇組冠、亞、季
軍從缺。

24. 香港市政局公共圖書館：《香港文學展顏・第十一輯，市政局
　　中文文學創作獎獲獎作品集》，市政局公共圖書館，1996 年
　　（初版）。

　　　　本集收錄一九九四年度「市政局中文文學創
作獎」十二篇得獎作品，包括新詩、散文、小說及
文學評論各三篇。是屆增設文學評論組，更全面反
映本地文學的創作及欣賞水平。本集每一組作品均
附有評判短評，並加插作者簡介及作者的話，以講
述創作感受，可使讀者進一步了解作品的創作過程
和神髓。

25. 黃瑞恩編：《香港文學展顏・第十二輯，一九九六年度市政局
　　中文文學創作獎獲獎作品集》，市政局公共圖書館，1998 年
　　（初版）。

　　　　本集收錄一九九六年度「市政局中文文學創
作獎」十二篇得獎作品，包括新詩、散文、小說及
文學評論各三篇。每篇作品均附有評判短評，亦有
作者簡介及作者的話，以講述創作感受。散文組冠
軍為許軍〈初為人母〉，新詩組冠軍為黃燦然〈哀
歌〉（組詩），小說組冠軍為許榮輝〈心情〉，文
學評論組冠軍為佘俊熹〈論戴望舒詩中的意象〉。

26. 香港市政局公共圖書館：《香港文學展顏・第十三輯，市政局中文文學創作獎獲獎作品集》，市政局公共圖書館，1999 年（初版）。

本集收錄一九九八年度第十六屆「市政局中文文學創作獎」得獎作品，包括兩篇新詩，散文、小說及文學評論各三篇，共十一篇。新詩組和散文組冠軍從缺，小說組冠軍為謝淑香〈乳岩〉，文學評論組冠軍為梁偉詩〈解讀《美利大廈》的都市心象圖〉。每篇作品均附有評判短評，亦有作者簡介及作者的話，以講述創作感受。一眾作者以現實生活為材，結合出色的寫作技巧、巧妙縝密的心思和個人獨特風格，與讀者分享生活經歷和人生哲理。

27. 李國威：《李國威文集》，青文書屋，1996 年（初版）。

本書輯錄李國威在《中國學生周報》專欄「魚網集」及「魚眼集」文章，「魚眼集」亦以題材分為「觀影」和「讀詩」兩輯，以及「春日讀書」、「有感有思」等。「編餘散墨」摘錄他四篇〈編思〉和與不同作家交流的所思所感，包括王幀和、王司馬、聶魯達、黃碧雲，也有引人追看的〈請戴望舒原諒余光中〉。另有〈家事〉、〈黑健的決定〉兩篇「小說試筆」。

28. 香港浸會大學文學院及語文中心主編：《第一屆大學文學獎得
　　獎作品集》，東岸書店，2005 年（初版）。

　　　　大學文學獎由香港浸會大學文學院與香港浸
會大學語文中心共同主辦，宗旨為提高同學對創
作的興趣及提高同學的創作水平。二〇〇〇年至
二〇〇一年第一屆得獎者，不難發現今天耳熟能詳
的香港作家名字：包辦小說組及散文組冠軍，就讀
香港科技大學的謝曉虹；同時獲得小說組及散文組
亞軍，來自香港浸會大學的麥樹堅，終在新詩組奪
冠；新詩組亞軍為香港浸會大學的馮志弘。

29. 我心中的香港 -- 全球華文散文大賽：《我心中的香港：全球華
　　文散文大賽獲獎作品集》，明報月刊，2010 年（初版）。

　　　　全球華文散文大賽由明報月刊主辦，《明報周
刊》、《香港文學》、《散文》海外版雜誌、《美文》
雜誌和北美《明報》合辦，共收到來自中國、香
港、澳門、台灣、美加、澳洲、新加坡、馬來西亞
等地逾七千份投稿。冠軍得獎者為張曉林，亞軍為
兩位來自中國的參賽者陳啟文及閻純德；季軍為分
別來自香港、中國及加拿大的鍾小玲、黃永健、蕭
元愷、黃亞鳳、蔡以瓦。

30. 「世界華文旅遊文學徵文獎」籌委會編：《旅遊文學的百花園：
世界華文旅遊文學徵文獎作品集》，明報出版社，2005 年
（初版）。

本書繼承了華文記敘旅途見聞的遊記傳統，
與一般吃喝玩樂旅遊指南有別，成為獨特的文學派
別。徵文獎獲四十家世紀各地華文文學團體及傳媒
參與，由奇異的湘山、秀麗的雲南山水、十三朝古
都西安，衝出國土到別具風情的東南亞、神秘的土
耳其、夢幻花都與一海之隔的霧都倫敦，收錄得獎
作品共二十三篇。

31. 青年文學獎：《第四十屆青年文學獎文集：爭鳴》，思網絡，
2014 年（初版）。

青年文學獎以鼓勵青年閱讀和寫作，推廣文
學、為香港文壇發掘新血以及紀錄香港文學的發展
為目標，於七十年代舉辦徵文比賽，至二〇一三至
二〇一四年已舉辦四十屆。第四十屆新詩初級組
冠軍為李昭駿、高級組由葉丹奪得；小說初級組冠
軍為本地文壇新秀梁莉姿，高級組為王証恆；散文
初級組冠軍為張文馨，高級組則為周文笛。另小
小說、兒童文學、翻譯文學及戲劇只設公開組：分
別由羅志強、余晉、周琪奪冠；戲劇組冠、亞軍從
缺。

32. 香港中文大學中國語言及文學系編：《問學二集：香港中文大學中國語言及文學系本科生畢業論文選》，香港中文大學中國語言及文學系，1997 年（初版）。

　　一九九四年，香港中文大學中國語言及文學系出版了結集優秀畢業論文的《問學初集》，為八十年代中期起中文系恢復畢業論文要求作成果小結。本書於一九九七年出版，繼續初集「問業學習」之意向，輯錄十三篇優秀畢業論文。由周原甲骨到《儒林外史》，再到黃念欣教授當年作品〈台灣鄉土文學的異質之作——王禎〉和《玫瑰玫瑰我愛你》探析的現代文學，論文橫跨古今，也涉及文字學及文學研究。

33. 香港中文大學中國語言及文學系編：《問學三集：香港中文大學中國語言及文學系本科生畢業論文選》，香港中文大學中國語言及文學系，2003 年（初版）。

　　八十年代中期，香港中文大學中國語言及文學系設立「專題研究」課程，恢復學生撰寫畢業論文的要求。十多年過去，縱然對本科生而言是很大挑戰，仍然優秀論文輩出，結成二集。本書為第三輯優秀論文結集，收錄十五篇論文，包括張錦少教授〈郭店楚簡、漢帛書〈五行〉篇通假字比研究〉、作家黃燕萍〈從曹聚仁《酒店》探析南來人筆下咬嚙性的煩惱〉等。

34. 王惠屏編：《2006 年學生中文故事創作比賽獲獎作品集》，
　　香港公共圖書館，2006 年（初版）。

　　本屆「學生中文故事創作比賽」已進入第十二屆，共接獲逾二千九百多份投稿。比賽分高小組、初中組及高中組，各組收錄冠、亞、季軍各一篇，及優異獎各五篇，共二十四篇，題材自由多元，各具特色。高小組冠軍為王凱齡〈媽媽？豬！〉，初中組冠軍為劉卓欽〈許願池的故事〉，高中組冠軍為蔡倩玲〈老房客的記憶〉。

35. 王惠屏編：《2007 年學生中文故事創作比賽獲獎作品集》，
　　香港公共圖書館，2007 年（初版）。

　　本屆得獎作品整體水平優異，參加者認真用心地創作故事，更有評審發現不少曾參賽學生在這一年大有進步，例如從落選到獲獎，或從優異獎到更高名次。得獎者包括高小組冠軍鄧朗希、亞軍陳孔禹、季軍曾孝慈；初中組冠軍陳芷穎、亞軍陸紫琼、季軍王嘉瑩；高中組冠軍符尹琇、亞軍尤曉思、季軍楊俊鴻。

36. 王惠屏編：《2008 年學生中文故事創作比賽獲獎作品集》，
　　香港公共圖書館，2008 年（初版）。

　　　　本屆「學生中文故事創作比賽」分高小組、初中組及高中組，各組收錄冠、亞、季軍各一篇，及優異獎各五篇，共二十四篇。高小組冠軍為龔琪欣〈草坪上的一棵大樹〉，初中組冠軍為王文君〈毛衣〉，高中組冠軍為劉潔瑩〈電器街的聯想〉。

37. 王惠屏編：《2009 年學生中文故事創作比賽獲獎作品集》，
　　香港公共圖書館，2009 年（初版）。

　　　　本屆比賽一如去年分高小組、初中組及高中組，各組收錄冠、亞、季軍各一篇，及優異獎各五篇，共二十四篇，題材自由多元，各具特色。高小組冠軍為陳卓怡〈三十二封信〉，初中組冠軍為袁詠斯〈機會〉，高中組冠軍為蔡佳敏〈香煙〉。

38. 王惠屏編：《2010 年學生中文故事創作比賽獲獎作品集》，
香港公共圖書館，2010 年 (初版)。

　　本屆「學生中文故事創作比賽」收到二千一百
多份參賽故事，得到老師和同學的積極支持。同學
們運用想像和創意，以文字描述自己對身邊事物的
看法，以寫作抒發個人對生活的感悟，創作出一篇
篇精彩動人的故事。比賽分高小組、初中組及高中
組，本集收錄各組冠、亞、季軍獲獎作品各一篇，
及優異獎各五篇，共二十四篇。高小組冠軍為陳子
峰〈小男孩和小溪〉，初中組冠軍為顧千蔚〈心靈
之茶〉，高中組冠軍為廖惠玲〈手錶〉。

39. 王惠屏、陳志偉編：《香港文學展顏‧第 16 輯，2004 年度
中文文學創作獎獲獎作品集》，香港公共圖書館，2005 年
(初版)。

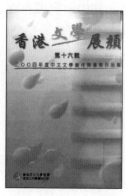

　　今屆「中文文學創作獎」投稿數量為歷來之
冠。本集輯錄二〇〇四年度「中文文學創作獎」
十一篇得獎作品，包括新詩兩篇，散文、小說及文
學評論各三篇。新詩組冠軍為謝曉虹〈床〉，散文
組冠軍為鄧小樺〈狗的病〉，小說組冠軍為李梓榮
〈海豚街上的穿墻貓〉，文學評論組冠軍為陳子謙
〈如入無「我」之境？——論黃仁逵〈四百擊〉系
列的敘述聲音〉。

40. 中文文學創作獎:《二零一四年中文文學創作獎兒童故事組獲獎作品集:王安妮的痣》,香港公共圖書館,2015 年(初版)。

　　「中文文學創作獎」自一九八一年起增設兒童故事組和兒童圖畫故事組,並把得獎作品輯錄成《兒童文學叢書》,以期推動中文文學創作和培養小朋友喜愛閱讀的興趣。冠軍黃敏敏〈王安妮的痣〉帶出學習接受自己身體「獨特之處」;亞軍李彩嫻〈雲中的小孩〉寫出孤兒努力學習獨立,適應新生活;季軍温倩明〈新孩子·舊孩子〉道出同學友愛互助,不應盲目追求物質生活的正面訊息。

41. 香港中央圖書館特藏文獻系列編輯委員會:《香港中央圖書館特藏文獻系列·朱鈞珍文庫》,香港公共圖書館,2013 年(初版)。

　　本書為香港中央圖書館特藏朱鈞珍文庫目錄,二〇〇三年朱鈞真教授響應香港公共圖書館文獻徵集行動,所捐贈與園林、環保有關的文獻資料。內容包括涵蓋園林山水、城市規劃與建築等範疇的中外文書籍三百餘冊;探討園林規劃的中文期刊五百餘冊;朱教授著作《香港寺觀園林景觀》等手稿四十餘篇,以及教授的學習筆記、手繪地圖等手稿。

42. 香港中央圖書館特藏文獻系列編輯委員會：《香港中央圖書館
　　特藏文獻系列‧杜祖貽文庫》，香港公共圖書館，2011 年
　　（初版）。

　　　　　本書為香港中央圖書館特藏杜祖貽文庫目錄，
文庫收錄杜祖貽教授捐中外文書籍期刊，內容涵蓋
教育、語言、社會文化、文學、歷史、藝術等，部
份更為珍貴罕本。另有杜教授於教育、語言和社會
科學等範疇的個人著作，以及杜教授評審之論文、
世界和本地教育院校資料，甚至中港兩地五十年代
至千禧年代的中學、小學、幼稚園課本等，是研究
本地語文教育的重要資料。

43. 香港中央圖書館特藏文獻系列編輯委員會：《香港中央圖書館
　　特藏文獻系列‧杜國威文庫》，香港公共圖書館，2013 年
　　（初版）。

　　　　　本書為香港中央圖書館特藏杜國威文庫目錄，
文庫收錄杜國威由一九七〇年後期至二〇〇〇年代
的劇作、手稿、個人文獻與藝術品收藏、與作品有
關的宣傳單張和報刊評論等，由劇作家本人向圖書
館捐贈。收錄作品有香港人熟悉的舞台劇，如《人
間有情》、《劍雪浮生》、《我和春天有個約會》；
亦有電影、電視劇、廣播劇、小說及於學校任教時
與學生的共同創作和個人作品。

44. 香港中央圖書館特藏文獻系列編輯委員會：《香港中央圖書館特藏文獻系列·高旅文庫》，香港公共圖書館，2003年（初版）。

本書為香港中央圖書館特藏高旅文庫目錄，由高旅遺族響應香港公共圖書館文獻徵集行動捐贈其著作、手稿與藏書逾萬項。個人著作包括武俠小說、歷史小說、翻譯作品等；亦有已出版的五集報刊雜文及六千五百篇未出版文章；另有電影劇本等其他種類著作。文獻藏品則有信札、書跡、地圖及剪報等資料。

45. 香港中央圖書館特藏文獻系列編輯委員會：《香港中央圖書館特藏文獻系列·舒巷城文庫》，香港公共圖書館，2008年（初版）。

本書為香港中央圖書館特藏舒巷城文庫目錄，由舒巷城遺族捐贈其手稿及收藏文獻予香港公共圖書館。文庫內容包括書刊、著作手稿、報章剪報和文獻藏品。個人著作有著名的《霧香港》及《鯉魚門的霧》等，另有小說、舊體詩、新詩、英文詩、詞作、散文、隨筆以及樂譜等作品，創作時間橫跨五十年。

46. 香港中央圖書館特藏文獻系列編輯委員會：《香港中央圖書館特藏文獻系列‧魯金文庫》，香港公共圖書館，2004 年（初版）。

　　本書為香港中央圖書館特藏魯金文庫目錄，文庫收錄魯金與香港掌故作品，分為書刊及著作剪報兩種。書刊為魯金中外文藏書，內容主要是粵港澳的歷史文化等資料，逾三千餘冊；著作剪報則包括其七十年代至九十年代於港澳報刊發表的文章九千餘篇，除了香港澳門兩地的掌故，也有當時社會現況的報導，對了解港澳發展極具參考價值。

47. 香港中央圖書館特藏文獻系列編輯委員會：《香港中央圖書館特藏文獻系列‧羅忼烈文庫》，香港公共圖書館，2010 年（初版）。

　　本書為香港中央圖書館特藏羅慷烈文庫目錄，文庫收錄羅忼烈教授捐贈經史子集珍本古籍、名家簽名本書刊，以及羅教授著作手稿，包括個人墨寶、教學資料、詩詞作品等，學術著作涵蓋詩、詞、曲、文字學、聲韻學等多方面範疇。文庫另有名家墨蹟等文獻藏品。

48. 香港中央圖書館特藏文獻系列編輯委員會：《香港中央圖書館特藏文獻系列‧劉以鬯文庫》，香港公共圖書館，2003 年（初版）。

　　本書為香港中央圖書館特藏劉以鬯文庫目錄，文庫收錄劉以鬯捐贈香港中央圖書館五千餘冊文學書刊，大部份為香港文學著作，例如也斯著《香港文化》、馬家輝著《香港啟示錄》等。亦有來自新加坡、泰國、美加等海外華文文學作品。另有外文藏書及與藝術有關的譯作，如余光中譯《梵高傳》。

49. 香港中央圖書館特藏文獻系列編輯委員會：《香港中央圖書館特藏文獻系列‧劉唯邁文庫》，香港公共圖書館，2007 年（初版）。

　　本文庫收錄劉唯邁博士所藏中英書刊及文獻近九千項，書刊方面包括書畫藝術圖書以及文史哲各類書刊；文獻方面有剪報資料和劉博士父親劉敬之先生的手稿文獻，包括聯抄、先祖筆墨、教科書手抄本、筆記、時文及應用文彙抄、話劇劇本、地方戲曲抄本等，為市民提供參考資料。

50. 香港中央圖書館特藏文獻系列編輯委員會：《香港中央圖書館
特藏文獻系列‧劉靖之文庫》，香港公共圖書館，2003 年
（初版）。

本書為香港中央圖書館特藏劉靖之文庫目錄。
香港中央圖書館於二○○一年起設立劉靖之文庫特
藏，收藏劉教授捐贈書刊，包括手稿、學術論文、
專欄文章等，包涵其大部份著作，包括《香港音樂
史論》系列；內容亦包括中港台五十餘位音樂家的
資料，記述不同時代音樂家的創作發展歷程。另外
有逾三百份翻譯資料，成為研究香港翻譯與口譯的
重要文獻。

51. 香港公共圖書館編：《2011 年學生中文故事創作比賽獲獎作
品集》，香港公共圖書館，2011 年（初版）。

本屆「學生中文故事創作比賽」共收到
二千八百六十六份，來稿中題材廣泛，除了兒童
一向喜愛的校園、家庭、動物故事外，更有不少涉
及現今社會現象和時事議題，如港孩、種族歧視、
環保等，寫出青少年對世事人情的關懷，令人感
動。比賽分高小組、初中組及高中組，本集收錄
各組冠、亞、季軍獲獎作品各一篇，及優異獎各五
篇，共二十四篇。高小組冠軍為盧樂謙〈哥哥的微
笑〉，初中組冠軍為江欣慧〈茶餐廳〉，高中組冠
軍為岑麗華〈黃狗〉。

52. 香港公共圖書館編：《2012 年學生中文故事創作比賽獲獎作品集》，香港公共圖書館，2012 年（初版）。

「學生中文故事創作比賽」至今已十八屆，收到參賽作品逾二千份。本集輯錄今屆「學生中文故事創作比賽」獲獎作品二十四篇，包括高小組、初中組及高中組等各組冠、亞、季軍獲獎作品各一篇，及優異獎各五篇。高小組冠軍為何心妍〈十二生肖的會議〉，初中組冠軍為趙文慧〈最後一株沉香〉，高中組冠軍為歐陽翠詩〈醒來了〉。

53. 香港公共圖書館編：《2013 年學生中文故事創作比賽獲獎作品集》，香港公共圖書館，2013 年（初版）。

本集收錄各組冠、亞、季軍獲獎作品各一篇，及優異獎各五篇，共二十四篇。高小組冠軍為梁仲言〈早餐歷險記〉，初中組冠軍為薛梓晴〈這裏的天空沒有星〉，高中組冠軍為陳錦龍〈黑暗中的彩虹〉。獲獎作品中可以看到同學的創意、對生活的觀察和感悟，反映青少年面對繁重課業的心聲、對家庭生活和成長的理解、對地球環境的關心等。

54. 香港公共圖書館編：《2014 年學生中文故事創作比賽獲獎作品集》，香港公共圖書館，2014 年（初版）。

　　本屆「學生中文故事創作比賽」題材廣泛，有親情、環保、懷舊和說理等，內容豐富，情節吸引。比賽分高小組、初中組及高中組，本集收錄各組冠、亞、季軍獲獎作品各一篇，及優異獎各五篇，共二十四篇。高小組冠軍為金伊瑩〈水哥〉，初中組冠軍為陳清怡〈桌子走過的三十年〉，高中組冠軍為鄭立婷〈與母親的對話〉。

55. 香港公共圖書館編：《2015 年學生中文故事創作比賽獲獎作品集》，香港公共圖書館，2015 年（初版）。

　　本屆「學生中文故事創作比賽」收到逾一千八百份參賽故事，題材多元，同學能把日常聽到、看到、遇到的人和事，加上個人想像，使之成為別具特色的寫作素材，創作出富想像力、有趣感人的故事。比賽分高小組、初中組及高中組，本集收錄各組冠、亞、季軍獲獎作品各一篇，及優異獎各五篇，共二十四篇。高小組冠軍為布嘉堯〈食物大變身記〉，初中組冠軍為康楚烜〈入戲〉，高中組冠軍為溫振達〈房間〉。

56. 香港公共圖書館編：《香港文學展顏·第十四輯，二〇〇〇年
　　度香港公共圖書館中文文學創作獎獲獎作品集》，香港公共圖
　　書館，2002 年（初版）。

　　　　　本集收錄了二〇〇〇年第十七屆「中文文學
創作獎」十二篇得獎作品，包括新詩、散文、小說
及文學評論各三篇。每篇風格各有特色，有的平實
真摯，清新純樸；有的苦心經營，佈局巧妙；有的
懸疑詭秘，耐人尋味。這些作品的引人入勝之處是
透過文字，讓讀者感受作者的思想世界，而且趣味
盎然，值得細讀。

57. 香港公共圖書館編：《香港文學展顏·第十九輯，二零一零年
　　中文文學創作獎獲獎作品集》，香港公共圖書館，2011 年
　　（初版）。

　　　　　本集輯錄二〇一〇年度「中文文學創作獎」
十三篇得獎作品，包括新詩、散文、小說各三篇，
及文學評論四篇。這些得獎作品素材多樣、風格各
異，或述說個人與他人的故事，或憶念童年生活，
或表達對現實社會的關懷與思考，或解讀文學理論
的深層意義，各在文章中展現不同的文學風貌，值
得細讀。

58. 香港公共圖書館編：《香港文學展顏・第二十輯，二零一二年
　　中文文學創作獎獲獎作品集》，香港公共圖書館，2013 年
　　（初版）。

　　　　本集輯錄二〇一二年度第二十三屆「中文文
學創作獎」得獎作品，包括新詩兩篇，散文、小說
及文學評論各三篇，共十一篇。新詩組冠軍從缺，
散文組冠軍為潘子健〈右邊鈕扣〉，小說組冠軍
為麥樹堅〈辮子〉，文學評論組冠軍為李嘉慧〈試
論香港報章連載小說的意義——以〈酒徒〉和〈我
城〉為例〉。這些作品題材多樣，風格各異，或追
憶已逝的人情物事，或流露濃厚的本土情懷，或就
文學理論提出多角度的研究或詮釋。文字精煉，筆
觸細膩，各具特色。

59. 香港公共圖書館編：《香港文學展顏・第二十一輯，二零一四
　　年中文文學創作獎獲獎作品集》，香港公共圖書館，2016 年
　　（初版）。

　　　　本集輯錄二〇一四年度「中文文學創作獎」
十二篇得獎作品，包括新詩、散文、小說及文學評
論各三篇。新詩組冠軍為周漢輝〈禮儀〉，散文組
冠軍為梁莉姿〈房間、牙痛和搬家〉，小說組冠軍
為李梓榮〈海豚街上的穿牆貓〉，文學評論組冠軍
為李薇婷〈從蘇絲黃到玉蘭：論劉以鬯〈吧女〉中
的女性與香港形象〉。

60. 香港公共圖書館編：《第七屆及第八屆香港文學節徵文比賽獲獎作品集》，香港公共圖書館，香港藝術發展局，2011 年（初版）。

　　香港文學節由香港公共圖書館主辦，首屆於一九九七年創辦。文學節宗旨為推動本地的文學創作及閱讀風氣，其中重點項目包括舉行徵文比賽。第七屆以「香港地方風情」為題，參賽者選擇香港十八區其中一區為題材創作，冠軍得獎者鄧潔雯、亞軍得獎者范元豪、季軍得獎者彭志文，另有優異獎作品六篇。第八屆主題為「感悟城市脈動」，參賽者以自身對城市生活的體驗寫作，城市的概念不限於香港。公開組冠軍得獎者梁翠賢、亞軍得獎者王粲華、季軍得獎者彭志文，中學組冠軍得獎者張可欣、亞軍得獎者吳其謙、季軍得獎者李慧勉。

61. 香港公共圖書館編：《深情絮語：第九屆香港文學節情書徵文比賽獲獎作品集》，香港公共圖書館，2012 年（初版）。

　　來到第九屆，香港文學節主辦機構香港公共圖書館探索文學創作之根源，發乎情，寫於文字，抒情寫意，以「情繫筆墨間」為主題。徵文比賽亦以「深情絮語」為題，參賽者以書信體投稿，題材不限。中學組得獎者為冠軍梁莉姿、亞軍黃蘭香、季軍羅敏珊；公開組得獎者為冠軍陳麗茵、亞軍霍森棋、季軍周駿逸。另收錄兩組別優異獎作品各三篇。

62. 香港公共圖書館編：《第十屆香港文學節當我想起你徵文比賽獲獎作品集》，香港公共圖書館，2014 年（初版）。

香港公共圖書館主辦的第十屆香港文學節以「念念不忘」為主題，探究記憶、懷念與文學創作的緊密關係。記憶是作家重要的寫作養分，徵文比賽亦以「當我想起你」為骨幹，徵稿題材不限，並可附上照片配合文字參賽。中學組得獎者為冠軍王瑾、亞軍吳思祺、季軍馮政瑾；公開組得獎者為冠軍黎曜銘、亞軍朱嘉榮、季軍陳耀麟。另收錄兩組別優異獎作品各三篇。

63. 香港公共圖書館編：《第十一屆香港文學節自然的律動徵文比賽獲獎作品集》，香港公共圖書館，2016 年（初版）。

第十一屆香港文學節徵文比賽以「自然的律動」為主題，以書寫香港的郊野風光和自然景物，走進香港的後花園，感受鄉郊自然的美，體會人生的百味。本屆共設中學組和公開組，本集收錄各組別冠軍、亞軍、季軍各一篇，及優異獎各三篇，共十二篇得獎作品。中學組冠軍為麥妙然〈南山圍的電影院〉，亞軍為陳樂兒〈棕色與藍色〉，季軍為梁詠然〈融雪〉；公開組冠軍為施偉諾〈逆旅〉，亞軍為林志超〈城門水塘〉，季軍為謝海勤〈候潮小記〉。

64. 陳小丹編：《香港文學展顏・第十五輯，二〇〇二年度中文文學創作獎獲獎作品集》，香港公共圖書館，2002 年（初版）。

　　本集收錄了二〇〇二年第十八屆「中文文學創作獎」十二篇得獎作品，包括新詩、散文、小說及文學評論各三篇。得獎者以年輕作者為主，每篇作品皆展現獨特的風格和深邃的意義，正面反映社會與生活面貌，迸發著生命的活力與文學的魅力。新詩組冠軍為黃茂林〈關於旅行的一種問題〉，散文組冠軍為何嘉慧〈辭〉，小說組冠軍為〈與女朋友一起賣私煙的好日子〉，文學評論組冠軍為黃燕萍〈從曹聚仁〈酒店〉探析南來人筆下咬嚙性的煩惱〉。

66. 陳志偉、葉潔貞編：《香港文學展顏・第十七輯，二零零六年度中文文學創作獎獲獎作品集》，香港公共圖書館，2007 年（初版）。

　　本集收錄了二〇〇六年度第二十屆「中文文學創作獎」十二篇得獎作品，包括新詩、散文、小說及文學評論各三篇。得獎作品以凝練優美的文字描述人情物事、城市變遷、乃至個人際遇或感悟，體現香港文壇的多元面貌。新詩組冠軍為呂永佳〈而我們行走〉，散文組冠軍為黃茂林〈素描之瞳〉，文學評論組冠軍為鄒芷茵〈論香港文學下的「老灣區」〉，惟小說組冠軍從缺，本集輯錄亞軍得獎作品一篇、季軍兩篇。

67. 陳惠吟編:《二〇〇二年學生中文故事創作比賽獲獎作品集》,
香港公共圖書館,2002 年 (初版)。

　　本屆「學生中文故事創作比賽」分高小組、初
中組及高中組,各組收錄冠、亞、季軍各一篇,及
優異獎各五篇,共二十四篇。高小組冠軍為韓劍美
〈小烏龜找工作〉,初中組冠軍為嚴子駿〈當你沉
睡時〉,高中組冠軍為張瑋芳〈相約看虹彩〉。

68. 陳惠吟編:《二〇〇三年度學生中文故事創作比賽獲獎作品
集》,香港公共圖書館,2003 年 (初版)。

　　本屆「學生中文故事創作比賽」與上海「少年
日報故事創作比賽」評委會合作,比賽分高小組、
初中組及高中組,各組別收錄冠、亞、季軍各一
篇,及優異獎各五篇;除此之外,高小、初中及高
中各組別增設一篇「港滬交流優勝獎」,共二十七
篇。「港滬交流」高小組得獎作品為香港沈佳琪
〈難忘的一次「傷心」比賽〉,初中組得獎作品為
上海馮吉嬌〈粉紅色的髮夾〉,高中組得獎作品為
香港周湜萍〈水晶娃娃〉。

69. 陳惠吟編：《2004 學生中文故事創作比賽獲獎作品集》，香港
　　公共圖書館，2004 年（初版）。

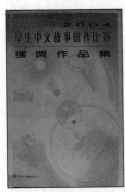

　　　　本屆「學生中文故事創作比賽」共接獲逾二千二百多份投稿。比賽分高小組、初中組及高中組，各組收錄冠、亞、季軍各一篇，及優異獎各五篇，共二十四篇，創作題材自由多元，如生活故事、科幻故事、童話故事或偵探故事等。高小組冠軍為嚴倩雲〈寬容的小狗旺旺〉，初中組冠軍為梁寶瑜〈低能兒〉，高中組冠軍為徐淑薇〈溫馨的手〉。

70. 梁曉姿編：《第四屆香港文學節「香港寫照」徵文比賽獲獎作
　　品集》，香港公共圖書館，2003 年（初版）。

　　　　「香港寫照」徵文比賽設公開組和青少年組，收錄冠、亞、季軍各一篇，優異獎三篇，兩個組別共十二篇。每篇作品以寫作和攝影結合，共同體現香港社會民生及文化特色。公開組冠軍為梁曉姿〈被空氣凝注了的鐘〉，亞軍為鄧小樺〈城市隱喻〉，季軍為沈岩〈梅雲理髮室〉；青少年組冠軍為何海棠〈碗仔翅〉，亞軍為張煦風〈湯裏親情〉，季軍為何雋〈雨〉。

71. 陳娟：《陳娟文集》，香港文學報社，1996 年 (初版)。

　　本書收錄作為作家，也作為作家妻子之陳娟的文章七十四篇。全書分為五輯：第一是與香港生活有關的「香江月」，如〈「大減價」揭秘〉、〈水上人家〉；第二是懷念故人故國的「海峽情」，輯內多是懷人作品如〈祭蕭軍〉、〈悼慈母〉；第三是與藝術有關的小品「金陵夢」如〈秋水小語〉、〈人名小談〉；接著是書寫地緣情懷的「河山戀」，作品有「大海的縈念」、「星湖遊」等。最後是一些評論作品「詩文品」，閱讀面向橫跨港台，包括〈讀《台灣小說選講》〉及〈生動的香港農村風情畫〉。

72. 鄭培凱主編：《心田萌生的綠意：二零一二城市文學獎作品集‧徵文集》，香港城市大學文康委員會，2013 年 (初版)。

　　香港城市大學於二〇一二年以大自然為題徵稿，挑選出能微觀於生活、飛躍於想像、具浩瀚意象、兼收理性與激情的佳作收錄。包括散文組冠軍馮佩馨、小說組冠軍林志華、新詩組冠軍容浩鈞及文化與藝術評論組冠軍楊秀玲的作品。另外，書中亦記錄城市文學節開幕及各組別交流會的盛況，亦有名作家的專訪。最重要的，作為城市文學節一部份，就是邀請城大人投稿，寫出城大生活的所思所感。

73. 鄭培凱主編：《聆聽‧城市的音符：城市文學創作獎文集，
　　2007》，香港城市大學文康委員會：天地圖書，2007 年
　　（初版）。

　　　　本書為二〇〇七年香港城市大學主辦的城市
文學獎及城市文學節成果結集。這兩項活動旨在鼓
勵年輕人創作，傳承想像與探索的火焰。當中除了
文學獎得獎作品，亦收錄「城大人」透過聆聽與觀
察，寫出商場、城市生活，以及生活種種細膩深刻
的感受。作者的觀察可以如〈又一城啟示錄：商場
與大學的隱密關係〉那麼接近城大，又可以飄送至
遠處〈透過水霧賞成都〉、〈秦淮河的簫聲〉的鄉
愁。

74. 鄭培凱主編：《歲月光影：2009 城市文學獎作品集‧徵文
　　集》，香港城市大學文康委員會：文化工房，2010 年
　　（初版）。

　　　　本書不單是文學獎得獎作品結集，亦記載了
城市文學節中八位名作家對城市、對歲月流逝、對
光影虛實交替的看法。青年作家與名家對談穿插在
得獎佳作中，包括散文組冠軍陸源、小說組冠軍王
喆、新詩組冠軍沈褘及文化與藝術評論組李璇的作
品。另外亦有城大學生不同形式如古詩、新詩、散
文、小說、戲劇、評論及譯介創作，抒發在生活與
時光中的內心情感思考。

75. 香港浸會大學文學院主編：《第二、三屆大學文學獎得獎作品集》，香港浸會大學文學院，2007 年（初版）。

　　大學文學獎由香港浸會大學文學院與香港浸會大學語文中心共同主辦，宗旨為提高同學對創作的興趣及提高同學的創作水平。第二屆、第三屆分別於二〇〇二至二〇〇三年度及二〇〇四至二〇〇五年度舉辦。比賽分為小說、散文、新詩三組，第二屆由香港城市大學的林健娜奪小說組冠軍、香港中文大學的陳世樂奪散文組冠軍及香港科技大學的鄧小樺奪新詩組冠軍；第三屆由香港教育學院的鍾思媛及鄭政恆奪小說和新詩組冠軍，而散文組冠軍則由香港中文大學的王蘇琦獲取。

76. 香港理工大學中文及雙語學系中文進修課程部編：《青果文集》，香港理工大學，1996 年（初版）。

　　本書收錄理工大學數十學子的文學創作及十位師長的評講佳作。青果可能還未熟透，正如年輕人的作品不一定已臻完熟，但也不失其「滿目琳瑯」的玩賞味道。文集先分成「訪談」、「推介」、「佳作」、「薪傳」四系列，又以學生佳作篇幅佔最多，共收錄作品六十二篇，當中以抒發內心感受，書寫生活的作品最多，亦有收錄諧趣小品、小說評點等文章。

77. 蔡麗雙主編：《詩情畫意話香江：香港文藝創作賽得獎作品集》，國際中華文化藝術協會，2004 年（初版）。

香港文藝創作獎由國際中華文化藝術協會主辦，於二○○三特邀嘉賓投稿及公開徵稿。比賽以香港為主題，創作範疇廣泛，包括水墨畫、漫畫、攝影、新詩、遊記文化評論、歌詞創作等。

78. 曾偉強：《想飛：詩・散文集》，陽虹國際，2004 年（初版）。

封面一隻綠鳥，站在枝頭上向天仰望，而枝頭就是一個小篆的「飛」字，作者「想飛」的欲望得到三番四次強調。全書分為四章，首二章以「劍！不必在手中」及「生死兩無憾」為題，充滿武俠味道，探討的也是〈東邪西毒的情意結〉和〈看破了但仍放不下〉等令人於心有戚戚的話題。第三章「香港精神」反思香港社會與時事現象；壓軸一章「想飛」則輯錄了多愁善感的〈低泣的多瑙河〉、〈永遠的等待〉等。

79. 工人文學獎：《工人佔領文學：第四及第六屆工人文學獎得獎
　　作品合集》，進一步多媒體，2015 年（初版）。

　　　　工人文學早於一九八〇年由荃灣新青學社創
辦，於一九八四年第四屆後停辦，第四屆得獎作品
亦未曾結集。時隔二十年，新青學社重辦第五及第
六屆工人文學獎，並乘第六屆之便出版與第四屆之
結集。第六屆陳偉哲獲詩歌組冠軍。全桂榮獲散
文組冠軍，伍剛獲小說組冠軍，李世豪獲攝影組冠
軍，朱英子和諶夢獲錄像短片冠軍，報告文學冠、
亞軍從缺。作品集另收錄比賽亞軍、季軍、建議主
題及推薦獎。

80. 工人文學獎：《第五屆工人文學獎得獎作品集》，進一步多媒
　　體，2012 年（初版）。

　　　　本書收錄時隔二十六年第五屆工人文學獎得
獎作品。岑文勁憑〈半義民打工記〉及〈五月一日
的那一天〉包攬新詩與散文兩組冠軍，台灣作家阿
派同時以〈星期天上午的惆悵〉奪得小說組冠軍。
楊紹穩以〈食得棒棒好〉奪得攝影組冠軍，小說冠
軍則從缺。作品集另收錄比賽亞軍、季軍、建議主
題、推薦獎及特別嘉許作品。

81. 香港中文大學香港文學研究中心：《疊印——漫步香港文學地景 1》，商務印書館，2016 年（初版）。

　　香港地緣與文學創作一直是本土作家的靈感來源，也是不少研究者的切入點。本書邀請劉偉成、呂永佳、蘇偉柟、梁旋筠、陳子謙、鄒文律、唐睿、陳麗娟和阿修八位香港作家由開埠的群帶路走遍灣仔、中西區、東區、香港仔再過海至旺角、鷹巢山、黃大仙、九龍城至藍田，重踏文壇前人的路，在同一個空間上書寫出跨時代想像。

82. 香港中文大學香港文學研究中心：《疊印——漫步香港文學地景 2》，商務印書館，2016 年（初版）。

　　本書為《疊印 1》的延續，腳步踏進新界和離島，可見除了空間設計外，在歷史進程鋪排的用心。本書邀請李凱琳、張婉雯、鄧小樺、阿三、徐焯賢、鄭政恆、陳德錦、袁兆昌和廖偉棠漫步各新界地區，藉著聯想翩翩的地景書寫，肯定文學與地緣間的趣味與價值。

83. 黃仲鳴編：《香港文學大系 1919-1949：通俗文學卷》，商務
印書館，2014 年（初版）。

　　中國文學沿流中，通俗流行的書寫一向不能
登大雅之堂，小說一度被蔑視為裨類。本卷由晚清
走到一九四九，以編年方式收錄佳作七十餘篇。小
說、粵謳、文言、現代白話、粵語方言皆有。讀者
接受論的「商業價值」在本卷固然重要，但從通俗
中也可找到不少民俗學、方言等的寶貴資料，例如
高雄名作〈經紀日記〉刻劃一個具香港特色的經紀
之生活，其「地踎」風格在高舉本土味的年代相當
重要。

84. 「匯知・世界中學生華文微型小說創作大賽」：《「匯知・世
界中學生華文微型小說創作大賽」得獎作品集》，超域國際教
育服務中心，2007 年（初版）。

　　世界中學生華文微型小說創作大賽由香港匯
知教育機構、伯裘教育機構、毅智教育學會主辦，
世界華文微型小說研究會合辦，於二〇〇七年舉
行，分為香港賽事及世界賽事，投稿來自台灣、馬
來西亞、中國、新加坡、汶萊及澳洲、紐西蘭等國
家。得獎結集收錄了初中組、高中組一二三等獎
與優等獎作品共五十六篇，還附錄了來自澳洲、印
尼、中國、日本及香港五地六位終審評委的評判感
言。

85. 盧因：《一指禪》，華漢文化，1999 年（初版）。

　　本書選自作者在《星島晚報》「大會堂文學」及於大公報、新晚報等發表的小說及散文選篇。另外亦有選自《香港文學》及於海外地區發表的師友回憶與文論畫評。《一指禪》書名除了取自其中一篇收錄小說，也有作者縱橫文壇四十七年，時間彷似一彈指過去，滄海桑田的意味。全書收錄小說〈看女〉、〈嫁女〉等十六篇、散文〈櫻葬〉、〈珍本海明威〉等二十七篇、評介〈文學不能在香港立足？〉等五篇及「印象‧回憶」〈香港文壇印象〉等五篇。

86. 臨時市政局公共圖書館編：《最美的聲音：一九九九年學生中文故事創作比賽獲獎作品集》，臨時市政局公共圖書館，2005 年（初版）。

　　臨時市政局與香港兒童文藝協會自一九九五年開始合辦「學生中文故事創作比賽」，至今已第五年，共收到稿件達一千七百多份，比賽得到學校和同學的熱烈支持。本集收錄高小組、初中組及高中組獲獎作品共二十二篇。除高小組冠軍從缺，各組別皆輯錄冠、亞、季軍作品一篇及多篇優異作品。每篇作品取材多元，以純真的筆調，描寫親情、友情的可貴，抒發對生命的領悟，吐露對社會的關注。

87. 臨時市政局公共圖書館編：《摘星星：一九九六年學生中文
　　故事創作比賽作品集》，臨時市政局公共圖書館，1998 年
　　（初版）。

本屆參賽作品達一千六百份，以寫現實生活故
事為主，較少幻想性創作，除了傳統的寫親情、友
情、學校生活和家庭生活外，還有青澀的初戀，和
反映當今香港社會所面對的問題，代表年輕一代的
心聲和價值觀。比賽分高小組、初中組及高中組，
本集收錄各組冠、亞、季軍獲獎作品各一篇，及優
異獎各五篇，共二十四篇。高小組冠軍為張煦風
〈摘星星〉，初中組冠軍為楊婉婷〈千里尋親記〉，
高中組冠軍為古麗紅〈紙飛機〉。

88. 臨時市政局公共圖書館編：《瘋狂教育署：一九九七年學生
　　中文故事創作比賽獲獎作品集》，臨時市政局公共圖書館，
　　1999 年（初版）。

本集收錄一九九七年度「學生中文故事創作比
賽」獲獎作品共二十四篇，包括高小組、初中組及
高中組各組別的冠軍、季軍、亞軍作品各一篇，及
優異作品各五篇。本屆來稿題材豐富，有童話、小
動物、太空科幻、現實校園生活、家庭生活、新移
民生活等，更包括今年熱門話題如複製動物和飼養
電子寵物。高小組冠軍為張煦風〈瘋狂教育署〉，
初中組冠軍為鄧穎之〈信〉，高中組冠軍為黃慧瑜
〈並不孤獨的我〉。

書目清單

小說類

221 世紀人文出版社

韋婭:《逃離角色》,香港:21 世紀人文出版社,2000 年(初版)。

Creative Dragon Holdings Limited

歐十十:《ONAIR:第一輯:上海圍城》,香港:Creative Dragon Holdings Limited,2006 年(初版)。

Kubrick

潘國靈:《失樂園》,香港:Kubrick,2005 年(初版)。

海雪、寒敍:《會看地圖的貓》,香港:Kubrick,2006 年(初版)。

張秀然:《星期一的海邊》,香港:Kubrick,2006 年(初版)。

葉志偉:《重疊》,香港:Kubrick,2006 年(初版)。

葉愛蓮:《腹稿》,香港:Kubrick,2007 年(初版)。

陳志華:《失蹤的象》,香港:Kubrick,2008 年(初版)。

葉愛蓮:《男人與狗》,香港:Kubrick,2008 年(初版)。

李維怡:《行路難》,香港:Kubrick,2009 年(初版)。

陳慢由:《自圓記》,香港:Kubrick,2010 年(初版)。

葉志偉:《我和我的五個 Kelvin》(上下兩冊),香港:Kubrick,2010 年(初版)。

鄒文律:《N 地之旅》,香港:Kubrick,2010 年(初版)。

潘國靈:《親密距離 Fort/Da》,香港:Kubrick,2010 年(初版)。

夏力、夏芝然:《甜美黑洞》,香港:Kubrick,2011 年(初版)。

張秀然:《慢風街》,香港:Kubrick,2011 年(初版)。

麥樹堅:《未了》,香港:Kubrick,2011 年(初版)。

李維怡:《短衣夜行紀》,香港:Kubrick,2013 年(初版)。

夏芝然:《異色的橙》,香港:Kubrick,2013 年(初版)。

鄒文律:《籠子裡的天鵝》,香港:Kubrick,2014 年(初版)。

林三維:《白漬》,香港:Kubrick,2016 年(初版)。

黃仁逵、陳慧、王良和:《年代小說·記住香港》,香港:Kubrick,2016 年(初版)。

Vertex Concept Development Consultancy

溫紹賢:《梅萼之歌》,香港:Vertex Concept Development Consultancy,1998 年(初版)。

WHY 出版

藍天:《黑夜中的挑燈者》,香港:WHY 出版,2006 年(初版)。

七字頭

陳兆坤、魏愛芳、黎慧明合編:《中大愛的故事》,香港:七字頭,1998 年(初版)。

陳嘉銘:《去一個沒有人的地方》,香港:七字頭,1998 年(初版)。

陳嘉銘:《野心》,香港:七字頭,1998 年(初版)。

陳慧:《味道/聲音》,香港:七字頭,1998 年(初版)。

陳慧:《拾香紀》,香港:七字頭,1998 年(初版)。

陳穎雯：《戀愛世紀》，香港：七字頭，1998 年（初版）。
謝傲霜：《一半自己：曲戀癲瘋症》，香港：七字頭，2007 年（初版）。
彭志銘：《恆仔的日與夜》，香港：七字頭，2011 年（初版）。
彭志銘：《恆仔的心繫家國》，香港：七字頭，2012 年（初版）。
韓連山：《讓我躺下化成石橋》，香港：七字頭，2015 年（初版）。
黃增健：《浮光掠影》，香港：七字頭，2016 年（初版）。

三人出版
張灼祥：《半年半生》，香港：三人出版，1998 年（初版）。
鍾玲玲：《玫瑰念珠》，香港：三人出版，1998 年（初版）。

三聯書店
馮偉才編：《香港短篇小說選 1986 － 1989》，香港：三聯書店，1998 年（初版）。
許子東編：《香港短篇小說選 1994 － 1995》，香港：三聯書店，2000 年（初版）。
許子東編：《香港短篇小說選 1996 － 1997》，香港：三聯書店，2000 年（初版）。
許子東編：《香港短篇小說選 1998 － 1999》，香港：三聯書店，2001 年（初版）。
關愚謙：《浪》，香港：三聯書店，2002 年（初版）。
韋然：《小城故事 II 戀愛巷》，香港：三聯書店，2003 年（初版）。
韋然：《小城故事 I 小孩與狗》，香港：三聯書店，2003 年（初版）。
韋然：《小城故事 III 玫瑰花園》，香港：三聯書店，2003 年（初版）。
許子東編：《香港短篇小說選 2000 － 2001》，香港：三聯書店，2004 年（初版）。
祁壽華：《紫金山燃燒的時刻》，香港：三聯書店，2005 年（初版）。
許子東、黃子平編：《香港短篇小說選 2002 － 2003》，香港：三聯書店，2006 年（初版）。
劉以鬯：《香港短篇小說百年精華》（上下兩冊），香港：三聯書店，2006 年（初版）。
唐睿：《Footnotes》，香港：三聯書店，2007 年（初版）。
錢瑪莉：《穿 Kenzo 的女人》，香港：三聯書店，2010 年（修訂新版）。
洛華：《逆風千里》，香港：三聯書店，2011 年（初版）。
葛亮：《阿德與史蒂夫》，香港：三聯書店，2012 年（初版）。
楚：《十年未晚》，香港：三聯書店，2013 年（初版）。
潘步釗編：《香港短篇小說選 2006 － 2007》，香港：三聯書店，2013 年（初版）。
鄭政恆編：《香港短篇小說選 2004 － 2005》，香港：三聯書店，2013 年（初版）。
權聆：《夜馳白馬》，香港：三聯書店，2013 年（初版）。
鄧小樺：《若無其事》，香港：三聯書店，2014 年（初版）。
陳韻文：《小心》，香港：三聯書店，2014 年（初版）。
關愚謙：《情》，香港：三聯書店，2014 年（初版）。
艾文：《世界已經變了》，香港：三聯書店，2015 年（初版）。
迎曦：《飛魚神的信差》，香港：三聯書店，2015 年（初版）。
黎海華、馮偉才編：《香港短篇小說選 2010 － 2012》，香港：三聯書店，2015 年（初版）。

大文館
余四：《動物公司》，香港：大文館，2002 年（初版）。
文秉懿：《紅》，香港：大文館，2003 年（初版）。

廿九几

葉愛蓮：《腹稿》，香港：廿九几，2007 年（初版）。

陳志華：《失蹤的象》，香港：廿九几，2008 年（初版）。

葉愛蓮：《男人與狗》，香港：廿九几，2008 年（初版）。

王先強

王先強：《香江滄桑》，香港：王先強，2005 年（初版）。

王先強：《草根階層》，香港：王先強，2005 年（初版）。

天地圖書

亦舒：《三小無猜》，香港：天地圖書，1996 年（初版）。

亦舒：《我心》，香港：天地圖書，1996 年（初版）。

亦舒：《承歡記》，香港：天地圖書，1996 年（初版）。

亦舒：《花解語》，香港：天地圖書，1996 年（初版）。

亦舒：《美嬌娥》，香港：天地圖書，1996 年（初版）。

亦舒：《寂寞鴿子》，香港：天地圖書，1996 年（初版）。

亦舒：《密碼》，香港：天地圖書，1996 年（初版）。

亦舒：《等待》，香港：天地圖書，1996 年（初版）。

亦舒：《憔悴三年》，香港：天地圖書，1996 年（初版）。

海辛：《戴臉譜的香港人》，香港：天地圖書，1996 年（初版）。

鍾曉陽：《遺恨傳奇》，香港：天地圖書，1996 年（初版）。

譚秀牧：《看霧的季節》，香港：天地圖書，1996 年（初版）。

張宇：《疼痛與撫摸》，香港：天地圖書，1996 年（初版）。

蔡瀾：《客窗閒話》，香港：天地圖書，1996 年（初版）。

樹棻：《繁華夢 2：風雨洋場》，香港：天地圖書，1996 年（初版）。

羅啟銳：《歲月神偷》，香港：天地圖書，1996 年（初版）。

嚴歌苓：《扶桑》，香港：天地圖書，1996 年（初版）。

蘇童：《橋邊茶館》，香港：天地圖書，1996 年（初版）。

王璞：《補充記憶》，香港：天地圖書，1997 年（初版）。

亦舒：《真男人不哭泣》，香港：天地圖書，1997 年（初版）。

亦舒：《假使蘇西墮落》，香港：天地圖書，1997 年（初版）。

亦舒：《綺色佳》，香港：天地圖書，1997 年（初版）。

亦舒：《錯先生》，香港：天地圖書，1997 年（初版）。

李碧華：《吃貓的男人》，香港：天地圖書，1997 年（初版）。

黃碧雲：《七種靜默》，香港：天地圖書，1997 年（初版）。

劉以鬯：《香港短篇小說選：五十年代》，香港：天地圖書，1997 年（初版）。

黎海華：《香港短篇小說選：九十年代》，香港：天地圖書，1997 年（初版）。

劉紹銘：《二殘遊記》，香港：天地圖書，1997 年（初版）。

樹棻：《繁華夢 3：百足之蟲》，香港：天地圖書，1997 年（初版）。

戴平：《微笑標本》，香港：天地圖書，1997 年（初版）。

酈國惠：《普洱茶》，香港：天地圖書，1997 年（初版）。

也斯：《香港短篇小說選：六十年代》，香港：天地圖書，1998 年（初版）。

亦舒：《女神》，香港：天地圖書，1998 年（初版）。

亦舒：《我愛我不愛》，香港：天地圖書，1998 年（初版）。

亦舒：《直至海枯石爛》，香港：天地圖書，1998 年（初版）。

亦舒：《黑羊》，香港：天地圖書，1998 年（初版）。

亦舒：《請你請你原諒我》，香港：天地圖書，1998 年（初版）。

李碧華：《川島芳子：滿洲國妖艷》，香港：天地圖書，1998 年（初版）。

李碧華：《吃眼睛的女人》，香港：天地圖書，1998 年（初版）。

梅子：《香港短篇小說選：八十年代》，香港：天地圖書，1998 年（初版）。

馮偉才：《香港短篇小說選：七十年代》，香港：天地圖書，1998 年（初版）。

潘國靈：《傷城記》，香港：天地圖書，1998 年（初版）。

蔡瀾：《追蹤十三妹》（上下兩冊），香港：天地圖書，1998 年（初版）。

林白：《一個人的戰爭》，香港：天地圖書，1998 年（初版）。

王璞：《么舅傳奇》，香港：天地圖書，1999 年（初版）。

亦舒：《不羈的風》，香港：天地圖書，1999 年（初版）。

亦舒：《天上所有的星》，香港：天地圖書，1999 年（初版）。

亦舒：《如果牆會說話》，香港：天地圖書，1999 年（初版）。

亦舒：《故園》，香港：天地圖書，1999 年（初版）。

亦舒：《寂寞的心俱樂部》，香港：天地圖書，1999 年（初版）。

亦舒：《這雙手雖然小》，香港：天地圖書，1999 年（初版）。

亦舒：《尋找失貓》，香港：天地圖書，1999 年（初版）。

亦舒：《緊些，再緊些》，香港：天地圖書，1999 年（初版）。

李碧華：《流星雨解毒片》，香港：天地圖書，1999 年（初版）。

李碧華：《荔枝債》，香港：天地圖書，1999 年（初版）。

李碧華：《逆插桃花》，香港：天地圖書，1999 年（初版）。

黃碧雲：《烈女圖》，香港：天地圖書，1999 年（初版）。

李伯衡：《走近一點，愈走愈遠》，香港：天地圖書，1999 年（初版）。

風保臣：《深海恐光》，香港：天地圖書，1999 年（初版）。

楊漪珊：《尋找白金》，香港：天地圖書，1999 年（初版）。

謝政：《約會》，香港：天地圖書，1999 年（初版）。

亦舒：《一個女人兩張床》，香港：天地圖書，2000 年（初版）。

亦舒：《只有眼睛最真》，香港：天地圖書，2000 年（初版）。

亦舒：《印度墨》，香港：天地圖書，2000 年（初版）。

亦舒：《老房子》，香港：天地圖書，2000 年（初版）。

亦舒：《我答應你》，香港：天地圖書，2000 年（初版）。

亦舒：《幽靈吉卜賽》，香港：天地圖書，2000 年（初版）。

亦舒：《要多美麗，就多美麗》，香港：天地圖書，2000 年（初版）。

亦舒：《蟬》，香港：天地圖書，2000 年（初版）。

林馥：《宇宙傳說》，香港：天地圖書，2000 年（初版）。

草雪：《灰飛》，香港：天地圖書，2000 年（初版）。

張初：《悲歡異地情》，香港：天地圖書，2000 年（初版）。

陳慧：《四季歌》，香港：天地圖書，2000 年（初版）。

陶然：《美人關》，香港：天地圖書，2000 年（初版）。

黃碧雲：《媚行者》，香港：天地圖書，2000 年（初版）。

廖一原：《廖一原小說集》，香港：天地圖書，2000 年（初版）。

洪詠瑜：《快樂謀殺了我》，香港：天地圖書，2000 年（初版）。

劉天賜：《駭客》，香港：天地圖書，2000 年（初版）。

戴平：《蛤蟆面具》，香港：天地圖書，2000 年（初版）。

亦舒：《一點舊一點新》，香港：天地圖書，2001 年（初版）。

亦舒：《小人兒》，香港：天地圖書，2001 年（初版）。

亦舒：《吃南瓜的人》，香港：天地圖書，2001 年（初版）。

亦舒：《她成功了我沒有》，香港：天地圖書，2001 年（初版）。

亦舒：《明年給你送花來》，香港：天地圖書，2001 年（初版）。

亦舒：《悄悄的一線光》，香港：天地圖書，2001 年（初版）。

亦舒：《鄰室的音樂》，香港：天地圖書，2001 年（初版）。

亦舒：《艷陽天》，香港：天地圖書，2001 年（初版）。

李伯衡、陳立諾、賴雪敏：《女人不是等腰三角形》，香港：天地圖書，2001 年（初版）。

李碧華：《凌遲》，香港：天地圖書，2001 年（初版）。

陳慧：《人間少年遊》，香港：天地圖書，2001 年（初版）。

王安妮：《慾望俱樂部》，香港：天地圖書，2002 年（初版）。

亦舒：《小紫荊》，香港：天地圖書，2002 年（初版）。

亦舒：《同門》，香港：天地圖書，2002 年（初版）。

亦舒：《我確是假裝》，香港：天地圖書，2002 年（初版）。

亦舒：《花常好月常圓人長久》，香港：天地圖書，2002 年（初版）。

亦舒：《這樣的愛拖一天是錯一天》，香港：天地圖書，2002 年（初版）。

亦舒：《噓》，香港：天地圖書，2002 年（初版）。

李碧華：《赤狐花貓眼》，香港：天地圖書，2002 年（初版）。

李碧華：《櫻桃青衣》，香港：天地圖書，2002 年（初版）。

陳慧：《好味道》，香港：天地圖書，2002 年（初版）。

陳慧：《看過去》，香港：天地圖書，2002 年（初版）。

陶然：《歲月如歌》，香港：天地圖書，2002 年（初版）。

隱郎：《無常》，香港：天地圖書，2002 年（初版）。

亦舒：《她的二三事》，香港：天地圖書，2003 年（初版）。

亦舒：《如果你是安琪》，香港：天地圖書，2003 年（初版）。

亦舒：《早上七八點鐘的太陽》，香港：天地圖書，2003 年（初版）。

亦舒：《我情願跳舞》，香港：天地圖書，2003 年（初版）。

亦舒：《莫失莫忘》，香港：天地圖書，2003 年（初版）。

亦舒：《紫色平原》，香港：天地圖書，2003 年（初版）。

亦舒：《電光幻影》，香港：天地圖書，2003 年（初版）。

亦舒：《鄰居太太的情人》，香港：天地圖書，2003 年（初版）。

夏婕：《飄泊》，香港：天地圖書，2003 年（初版）。

林創成：《彼得與狼》，香港：天地圖書，2003 年（初版）。

亦舒：《乒乓》，香港：天地圖書，2004 年（初版）。

亦舒：《特首小姐你早》，香港：天地圖書，2004 年（初版）。

亦舒：《剪刀替針做媒人》，香港：天地圖書，2004 年（初版）。

亦舒：《雪肌》，香港：天地圖書，2004 年（初版）。

亦舒：《愛可以下載嗎》，香港：天地圖書，2004 年（初版）。

亦舒：《葡萄成熟的時候》，香港：天地圖書，2004 年（初版）。

亦舒：《蓉島之春》，香港：天地圖書，2004 年（初版）。

李碧華：《新歡》，香港：天地圖書，2004 年（初版）。

李碧華：《餃子》，香港：天地圖書，2004 年（初版）。

周蜜蜜：《香江情式》，香港：天地圖書，2004 年（初版）。

黃碧雲：《沉默‧暗啞‧微小》，香港：天地圖書，2004 年（初版）。

顏純鈎：《心版圖》，香港：天地圖書，2004 年（初版）。

亦舒：《大君》，香港：天地圖書，2005 年（初版）。

亦舒：《忘記他》，香港：天地圖書，2005 年（初版）。

亦舒：《恨煞》，香港：天地圖書，2005 年（初版）。

亦舒：《迷藏》，香港：天地圖書，2005 年（初版）。

亦舒：《愛情只是古老傳說》，香港：天地圖書，2005 年（初版）。

亦舒：《漫長迂迴的路》，香港：天地圖書，2005 年（初版）。

亦舒：《孿生》，香港：天地圖書，2005 年（初版）。

何嘉慧：《花季》，香港：天地圖書，2005 年（初版）。

李碧華：《最後一塊菊花糕》，香港：天地圖書，2005 年（初版）。

阿濃：《人間喜劇》，香港：天地圖書，2005 年（初版）。

張漢基：《灰影》，香港：天地圖書，2005 年（初版）。

陳慧：《愛情戲》，香港：天地圖書，2005 年（初版）。

賴慶芳（筆名：冷月）：《錯失的緣份》，香港：天地圖書，2005 年（初版）。

吳克勤：《最快樂的事》，香港：天地圖書，2005 年（初版）。

蔡瀾：《蔡瀾的鬼故事》，香港：天地圖書，2005 年（初版）。

亦舒：《一個複雜故事》，香港：天地圖書，2006 年（初版）。

亦舒：《吻所有女孩》，香港：天地圖書，2006 年（初版）。

亦舒：《眾裡尋他》，香港：天地圖書，2006 年（初版）。

亦舒：《畫皮》，香港：天地圖書，2006 年（初版）。

亦舒：《靈心》，香港：天地圖書，2006 年（初版）。

袁兆昌：《拋棄熊》，香港：天地圖書，2006 年（初版）。

陳慧：《小事情》，香港：天地圖書，2006 年（初版）。

陳慧：《愛未來》，香港：天地圖書，2006 年（初版）。

亦舒：《地盡頭》，香港：天地圖書，2007 年（初版）。

亦舒：《有時他們回家》，香港：天地圖書，2007 年（初版）。

亦舒：《你的素心》，香港：天地圖書，2007 年（初版）。

亦舒：《愛情慢慢殺死你》，香港：天地圖書，2007 年（初版）。

亦舒：《禁足》，香港：天地圖書，2007 年（初版）。

亦舒：《謊容》，香港：天地圖書，2007 年（初版）。

吳羊璧：《富有‧富有》，香港：天地圖書，2007 年（初版）。

李碧華：《紫禁城的女鬼》，香港：天地圖書，2007 年（初版）。

林蔭：《日落調景嶺》，香港：天地圖書，2007 年（初版）。

胡幗英：《生命如詩、如斯》，香港：天地圖書，2007 年（初版）。

袁兆昌：《修理熊》，香港：天地圖書，2007 年（初版）。

袁兆昌、林偉倫、陳蓓妮：《欣月童話》，香港：天地圖書，2007 年（初版）。

鄺國惠：《消失了樹》，香港：天地圖書，2007 年（初版）。

鄺國熙：《夕陽天使》，香港：天地圖書，2007 年（初版）。

王璞：《嘉年華會》，香港：天地圖書，2008 年（初版）。

亦舒：《三思樓》，香港：天地圖書，2008 年（初版）。

亦舒：《四部曲》，香港：天地圖書，2008 年（初版）。

亦舒：《從前有一隻粉蝶》，香港：天地圖書，2008 年（初版）。

亦舒：《潔如新》，香港：天地圖書，2008 年（初版）。

李碧華：《枕妖》，香港：天地圖書，2008 年（初版）。

陳慧：《他和她的二三事》，香港：天地圖書，2008 年（初版）。

李碧華：《冷月夜》，香港：天地圖書，2008 年（初版）。

李碧華：《妖夢夜》，香港：天地圖書，2008 年（初版）。

李碧華：《奇幻夜》，香港：天地圖書，2008 年（初版）。

李碧華：《幽寂夜》，香港：天地圖書，2008 年（初版）。

李碧華：《迷離夜》，香港：天地圖書，2008 年（初版）。

麥浪：《夢黑匣》，香港：天地圖書，2008 年（初版）。

亦舒：《少年不愁》，香港：天地圖書，2009 年（初版）。

亦舒：《世界換你微笑》，香港：天地圖書，2009 年（初版）。

亦舒：《君還記得我否》，香港：天地圖書，2009 年（初版）。

亦舒：《佩鎗的茱麗葉》，香港：天地圖書，2009 年（初版）。

亦舒：《塔裏的六月》，香港：天地圖書，2009 年（初版）。

亦舒：《德芬郡奶油》，香港：天地圖書，2009 年（初版）。

李碧華：《未經預約》，香港：天地圖書，2009 年（初版）。

林蔭：《硝煙歲月，「日落調景嶺」前傳》，香港：天地圖書，2009 年（初版）。

夏婕：《灰藍色地帶，船長與我》，香港：天地圖書，2009 年（初版）。

陳慧：《女人戲》，香港：天地圖書，2009 年（初版）。

鄺國惠：《新聞在另一端》，香港：天地圖書，2009 年（初版）。

亦舒：《天堂一樣》，香港：天地圖書，2010 年（初版）。

亦舒：《那一天，我對你說》，香港：天地圖書，2010 年（初版）。

亦舒：《掰》，香港：天地圖書，2010 年（初版）。

亦舒：《蜜糖只有你》，香港：天地圖書，2010 年（初版）。

李碧華：《冰蠶》，香港：天地圖書，2010 年（初版）。

冼國林：《葉問前傳》，香港：天地圖書，2010 年（初版）。

草雪：《沒有錯的草原》，香港：天地圖書，2010 年（初版）。

羅泉報：《漂》，香港：天地圖書，2010 年（初版）。

野夫：《父親的戰爭》，香港：天地圖書，2010 年（初版）。

亦舒：《代尋失去時光》，香港：天地圖書，2011 年（初版）。

亦舒：《外遇》，香港：天地圖書，2011 年（初版）。

亦舒：《我倆不是朋友》，香港：天地圖書，2011 年（初版）。

亦舒：《實在平凡的奇異遭遇》，香港：天地圖書，2011 年（初版）。

亦舒：《燦爛的美元》，香港：天地圖書，2011 年（初版）。

李碧華：《羊眼包子》，香港：天地圖書，2011 年（初版）。

黃虹堅：《和誰在陽台看日落》，香港：天地圖書，2011 年（初版）。

黃碧雲：《末日酒店》，香港：天地圖書，2011 年（初版）。

蔡瀾：《蔡瀾精選原創 140 字微小說 140 篇》，香港：天地圖書，2011 年（初版）。

關品方：《地球末日拯救隊》，香港：天地圖書，2011 年（初版）。

李碧華：《青蛇》，香港：天地圖書，2011 年（初版）。

亦舒：《佳偶》，香港：天地圖書，2012 年（初版）。

亦舒：《陌生人的糖果》，香港：天地圖書，2012 年（初版）。

亦舒：《藍襪子之旅》，香港：天地圖書，2012 年（初版）。

亦舒：《櫻唇》，香港：天地圖書，2012 年（初版）。

李碧華：《喜材》，香港：天地圖書，2012 年（初版）。

黃碧雲：《烈佬傳》，香港：天地圖書，2012 年（初版）。

亦舒：《紅杏與牆》，香港：天地圖書，2013 年（初版）。

亦舒：《悠悠我心》，香港：天地圖書，2013 年（初版）。

亦舒：《黑、白、許多灰》，香港：天地圖書，2013 年（初版）。

李碧華：《烏鱧》，香港：天地圖書，2013 年（初版）。

李碧華：《離奇》，香港：天地圖書，2013 年（初版）。

夏婕：《那個築建北京城的人好孤寂——金蓮川上的傳說》，香港：天地圖書，
　　　2013 年（初版）。

陳冠中：《裸命》，香港：天地圖書，2013 年（初版）。

陳慧：《心如鐵》，香港：天地圖書，2013 年（初版）。

羅泉報：《煉》，香港：天地圖書，2013 年（初版）。

亦舒：《大宅》，香港：天地圖書，2014 年（初版）。

亦舒：《有你，沒有你》，香港：天地圖書，2014 年（初版）。

亦舒：《那男孩》，香港：天地圖書，2014 年（初版）。

亦舒：《露水的世》，香港：天地圖書，2014 年（初版）。

陳慧：《浪遊黑羊事件簿》，香港：天地圖書，2014 年（初版）。

黃碧雲：《微喜重行》，香港：天地圖書，2014 年（初版）。

鍾曉陽：《哀傷紀》，香港：天地圖書，2014 年（初版）。

沙葉新：《張大千和他的女人們》，香港：天地圖書，2014 年（初版）。

亦舒：《幸運星》，香港：天地圖書，2015 年（初版）。

亦舒：《某家的女兒》，香港：天地圖書，2015 年（初版）。

亦舒：《微積分》，香港：天地圖書，2015 年（初版）。
羅啟銳、張婉婷：《三城記》，香港：天地圖書，2015 年（初版）。
亦舒：《不一樣的口紅》，香港：天地圖書，2016 年（初版）。
亦舒：《阿波羅的神壇》，香港：天地圖書，2016 年（初版）。
亦舒：《衷心笑》，香港：天地圖書，2016 年（初版）。
亦舒：《新女孩》，香港：天地圖書，2016 年（初版）。
李碧華：《紅緞荷包》，香港：天地圖書，2016 年（初版）。
孫恩立：《東京‧遇見，獻給你，夢の人》，香港：天地圖書，2016 年（初版）。
陳慧：《K》，香港：天地圖書，2016 年（初版）。

天成出版
陳少華：《克勞蒂婭》，香港：天成出版，2002 年（初版）。
陳少華：《陳少華微型小說選》，香港：天成出版，2002 年（初版）。
陳少華：《聖克魯斯》，香港：天成出版，2003 年（初版）。
陳少華：《頓巴戈山莊》，香港：天成出版，2003 年（初版）。
陳少華：《綠園》，香港：天成出版，2004 年（初版）。
陳少華：《紅屋》，香港：天成出版，2005 年（初版）。
陳少華：《映月樓》，香港：天成出版，2008 年（初版）。
陳少華：《陳少華文集‧中篇小說卷》，香港：天成出版，2010 年（初版）。
陳少華：《陳少華文集‧短篇（微型）小說卷》，香港：天成出版，2010 年（初版）。

中原社
子荣：《聖門》，香港：中原社，2009 年（初版）。

中華書局
何故：《孔子無雙》，香港：中華書局，2008 年（初版）。
力匡：《長夜以後的故事──力匡短篇小說選》，香港：中華書局，2013 年（初版）。

川漓社
雨希：《隱物：TheUntoldLie》，香港：川漓社，2011 年（初版）。
梁品亮：《細說：梁品亮小說集》，香港：川漓社，2011 年（初版）。
適然：《屋不是家：混聲合唱》，香港：川漓社，2011 年（初版）。
譚以諾：《黑目的快樂年代》，香港：川漓社，2011 年（初版）。

文化工房
俞若玫：《小東西》，香港：文化工房，2010 年（初版）。
洛楓：《炭燒的城》，香港：文化工房，2011 年（初版）。
陳家樂：《浮愛》，香港：文化工房，2011 年（初版）。
黃勁輝：《變形的俄羅斯娃娃》，香港：文化工房，2012 年（初版）。
黃淑嫻：《中環人》，香港：文化工房，2013 年（初版）。
也斯、黃勁輝：《電影小說》，香港：文化工房，2014 年（初版）。
梁莉姿：《住在安全島上的人》，香港：文化工房，2014 年（初版）。
鄭井：《在海中森》，香港：文化工房，2014 年（初版）。

黃怡：《補丁之家》，香港：文化工房，2015 年（初版）。
黃愛華：《城市的長頸鹿》，香港：文化工房，2015 年（初版）。
陳韻文：《有鬼用》，香港：文化工房，2016 年（初版）。
陳寶珣：《發給每個閉塞頭腦幾顆理性的子彈》，香港：文化工房，2016 年（初版）。
陳曦靜：《爆炸糖殺人事件及其他》，香港：文化工房，2016 年（初版）。
蔣曉薇：《家・寶》，香港：文化工房，2016 年（初版）。

文怡工作坊
文怡：《聽風的日子》，香港：文怡工作坊，2002 年（初版）。
文怡：《沈睡的靈魂》，香港：文怡工作坊，2006 年（初版）。
文怡：《迷走愛情黑森林》，香港：文怡工作坊，2013 年（初版）。

文林社出版
鍾偉民：《哭泣小丑的微笑：短篇小說自選集》，香港：文林社出版，1999 年（初版）。

文滙出版社
海辛：《缸瓦陶瓷魔幻緣》，香港：文滙出版社，2005 年（初版）。

日閱堂出版社
可洛：《神諭女孩》，香港：日閱堂出版社，2009 年（初版）。
可洛：《鯨魚之城》，香港：日閱堂出版社，2009 年（初版）。
可洛：《約定之地》，香港：日閱堂出版社，2010 年（初版）。
可洛：《陸行鳥森林》，香港：日閱堂出版社，2010 年（初版）。
可洛：《小說面書》，香港：日閱堂出版社，2011 年（初版）。
可洛：《吃夢的獸》，香港：日閱堂出版社，2011 年（初版）。
可洛：《末日絮語》，香港：日閱堂出版社，2012 年（初版）。
可洛：《雲端記憶》，香港：日閱堂出版社，2012 年（初版）。

水煮魚
洪嘉：《Playlist》，香港：水煮魚，2016 年（初版）。
陳志華編：《聲音與象限：字花十年選小說卷》，香港：水煮魚，2016 年（初版）。

牛津大學出版社
陳冠中：《香港三部曲》，香港：牛津大學出版社，2004 年（初版）。
黃虹堅：《我媽的老套愛情》，香港：牛津大學出版社，2007 年（初版）。
也斯：《後殖民食物與愛情》，香港：牛津大學出版社，2009 年（初版）。
陳冠中：《盛世：中國，2013 年）》，香港：牛津大學出版社，2009 年（初版）。

加略山房
陳贊一：《路途上》，香港：加略山房，1996 年（初版）。
陳贊一：《一點道理》，香港：加略山房，2000 年（初版）。
陳贊一：《死亡死亡》，香港：加略山房，2002 年（初版）。

司諾機構
柯振中：《鶴飄記——愛在虛無縹緲間》，香港：司諾機構，2000 年（初版）。

柯振中：《洗顏：魔靈情結》，香港：司諾機構，2001 年（初版）。
柯振中：《柳菊行：心靈的醫院》，香港：司諾機構，2002 年（初版）。
柯振中：《老殘殘記：知命故事》，香港：司諾機構，2005 年（初版）。

叫好出版

小橋宅：《和詩人一起漫步》，香港：叫好出版，2004 年（初版）。
小橋宅：《街上的詩人》，香港：叫好出版，2006 年（初版）。

四筆象

毛孟靜：《戀我危城》，香港：四筆象，2014 年（初版）。
高立：《馬鹿野狼》，香港：四筆象，2014 年（初版）。

田園書屋

嚴力：《最高的葬禮：嚴力中短篇小說集》，香港：田園書屋，1998 年（初版）。

向日葵工作室

二元對立：《藍田遺夢》，香港：向日葵工作室，2000 年（初版）。
李紹端：《午後的第一步》，香港：向日葵工作室，2002 年（初版）。

次文化堂

周淑屏：《彌敦道兩岸》，香港：次文化堂，2001 年（初版）。
馬傑偉、朱偉昇：《熱鹿迷途》，香港：次文化堂，2008 年（初版）。
倪匡、黃仲鳴編：《倪匡‧未成書》，香港：次文化堂，2010 年（初版）。
吳昊：《香港淪陷前‧危城十日》，香港：次文化堂，2014 年（初版）。

宏亞出版

甄拔濤：《鉛筆擦膠：城市魔幻繪本》，香港：宏亞出版，2009 年（初版）。

更新資源

畢華流：《桑梓荒原記》（卷一、卷二、卷三共三冊），香港：更新資源，2000 年（初版）。
陳天賜：《尋星緣》，香港：更新資源，2000 年（初版）。
畢華流：《桑梓荒原記》（卷四、卷五共兩冊），香港：更新資源，2001 年（初版）。
畢華流：《桑梓荒原記》（卷六），香港：更新資源，2002 年（初版）。

狂想網絡

鍾偉民：《突然發生的愛情故事》，香港：狂想網絡，2002 年（初版）。

花千樹出版社

舒巷城：《太陽下山了》，香港：花千樹出版社，1999 年（初版）。
舒巷城：《巴黎兩岸》，香港：花千樹出版社，1999 年（初版）。
舒巷城：《白蘭花》，香港：花千樹出版社，1999 年（初版）。
舒巷城：《艱苦的行程》，香港：花千樹出版社，1999 年（初版）。
舒巷城：《鯉魚門的霧》，香港：花千樹出版社，2000 年（初版）。
舒巷城：《霧香港》，香港：花千樹出版社，2000 年（初版）。
舒巷城：《玻璃窗下》，香港：花千樹出版社，2000 年（初版）。
關麗珊：《七月：小說 VS 小說創作》，香港：花千樹出版社，2005 年（初版）。

關麗珊：《十七歲的地圖》，香港：花千樹出版社，2006年（初版）。
李美連：《花兒哪裡去》，香港：花千樹出版社，2008年（初版）。
曹寇：《鞭炮齊鳴》，香港：花千樹出版社，2012年（初版）。
舒巷城：《劫後春歸》，香港：花千樹出版社，2013年（初版）。
舒巷城：《都市場景》，香港：花千樹出版社，2013年（初版）。
楊顯惠：《夾邊溝記事》，香港：花千樹出版社，2013年（初版）。
楊顯惠：《定西孤兒院紀事》，香港：花千樹出版社，2013年（初版）。
舒巷城：《水泥邊》，香港：花千樹出版社，2014年（初版）。

阿湯圖書

張婉雯：《快快樂樂》，香港：阿湯圖書，2002年（初版）。
陸德錦編：《未完成的夢：十二位香港小說家誠意之作》，香港：阿湯圖書，2002年（初版）。
張婉雯：《甜蜜蜜》，香港：阿湯圖書，2004年（初版）。

亞文出版社

陳文威：《水像流水‧洋紫荊》，香港：亞文出版社，2015年（初版）。

明文出版社

鄧潔雯：《青青橋》，香港：明文出版社，2003年（初版）。
劉耀光：《羊城三月暮》，香港：明文出版社，2015年（初版）。
馮祖鋼：《戰火塗農村》，香港：明文出版社，2016年（初版）。
獨立小姐：《不要揮霍緣分》，香港：明文出版社，2016年（初版）。

明報月刊

也斯，葉輝，鄭政恆編：《香港當代作家作品合集選，小說卷》上下冊，香港：明報月刊，
　　2011年（初版）。

明報出版社

梅子、陶然：《世相：《香港作家》短篇小說選1995－2000》，香港：明報出版社，2001年（初
　　版）。
巫一毛：《暴風雨中一羽毛》，香港：明報出版社，2007年（初版）。
胡慕嫻：《我在輪椅上挑戰命運》，香港：明報出版社，2007年（初版）。
王玉鳳：《王玉鳳中篇小說選》，香港：明報出版社，2008年（初版）。
黃國器：《人生，彩虹》，香港：明報出版社，2008年（初版）。
靛：《人間節氣》，香港：明報出版社，2008年（初版）。
王玉鳳：《王玉鳳中篇小說 2》，香港：明報出版社，2009年（初版）。
王貽興：《我可能不再愛你》，香港：明報出版社，2012年（初版）。
尚可：《絕倫暴徒》，香港：明報出版社，2012年（初版）。

明報周刊

陳慧：《愛情街道圖》，香港：明報周刊，2006年（初版）。

明窗出版社

明報出版社：《明報小小說選》，香港：明窗出版社，1996 年（初版）。

劉孝偉：《你是傷感的真相》，香港：明窗出版社，1996 年（初版）。

毛孟靜：《一隻叫渡渡的季候鳥》，香港：明窗出版社，1997 年（初版）。

葉文玲：《秋瑾之死》，香港：明窗出版社，1997 年（初版）。

史海穎：《透明人》，香港：明窗出版社，1998 年（初版）。

余過：《地獄來的女人》，香港：明窗出版社，1998 年（初版）。

李韡玲：《那一年的雨季》，香港：明窗出版社，1998 年（初版）。

李韡玲：《哭泣在巴黎鐵塔下》，香港：明窗出版社，1998 年（初版）。

杜明明：《被隔離的女孩》，香港：明窗出版社，1998 年（初版）。

侯蕙：《圍村夕照》，香港：明窗出版社，1998 年（初版）。

依琪：《不羈的心》，香港：明窗出版社，1999 年（初版）。

王躍：《國畫》，香港：明窗出版社，2000 年（初版）。

許多：《你不是我今生的所有》，香港：明窗出版社，2000 年（初版）。

吳應廈：《女人啊，女人》，香港：明窗出版社，2001 年（初版）。

陳頌恩：《錯了》，香港：明窗出版社，2001 年（初版）。

周蜜蜜編：《人間：香港作家聯會會員短篇小說集》，香港：明窗出版社，2002 年（初版）。

黃碧雲：《血卡門》，香港：明窗出版社，2002 年（初版）。

鄒琳：《踏莎行》，香港：明窗出版社，2002 年（初版）。

霜靜：《過去未來》，香港：明窗出版社，2003 年（初版）。

劉綖：《1/2 個戀愛誓言》，香港：明窗出版社，2006 年（初版）。

劉綖：《六度分離》，香港：明窗出版社，2006 年（初版）。

劉綖：《無距愛情》，香港：明窗出版社，2006 年（初版）。

可洛：《時空的裂縫》，香港：明窗出版社，2007 年（初版）。

尹浩鏐：《月光下的拉斯維加斯》，香港：明窗出版社，2008 年（初版）。

可洛：《煙火少年》，香港：明窗出版社，2008 年（初版）。

李純恩：《珊瑚墜》，香港：明窗出版社，2008 年（初版）。

李純恩：《黑社會爸爸》，香港：明窗出版社，2008 年（初版）。

李純恩：《最是瘟疫難捨時》，香港：明窗出版社，2009 年（初版）。

青文書屋

心猿：《狂城亂馬》，香港：青文書屋，1996 年（初版）。

丘世文：《周日牀上的顧西蒙》，香港：青文書屋，1998 年（初版）。

陳冠中：《甚麼都沒有發生》，香港：青文書屋，1999 年（初版）。

崑南：《地的門》：香港：青文書屋，2001 年（初版）。

王良和：《魚咒》，香港：青文書屋，2002 年（初版）。

韋銅雀：《火般冷》，香港：青文書屋，2002 年（初版）。

謝曉虹：《好黑》，香港：青文書屋，2003 年（初版）。

韓麗珠：《寧靜的獸》，香港：青文書屋，2004 年（初版）。

陳汗：《滴水觀音》，香港：青文書屋，2006 年（初版）。

青春文化事業出版

王貽興：《最好的黃昏》，香港：青春文化事業出版，2006 年（初版）。
楊一沖：《月季忘記了》，香港：青春文化事業出版，2006 年（初版）。
楊一沖：《窗外》，香港：青春文化事業出版，2006 年（初版）。

青森文化

李思進：《愚情記》，香港：青森文化，2009 年（初版）。
曾繁裕：《日日》，香港：青森文化，2010 年（初版）。

亮光文化

韋婭：《戲劇少女：100 天後，我將從此消失》，香港：亮光文化，2009 年（初版）。

宣道出版社

麥耀安：《殺人都值得》，香港：宣道出版社，2014 年（初版）。

指南針

俞若玫：《小東西》，香港：指南針，2001 年（初版）。
潘國靈：《病忘書》，香港：指南針，2001 年（初版）。

皇冠出版社

鍾偉民：《雪狼湖》，香港：皇冠出版社，1996 年（初版）。
關麗珊：《與天使同眠》，香港：皇冠出版社，1996 年（初版）。
周蜜蜜：《末世紀雙城記》，香港：皇冠出版社，1997 年（初版）。
鍾偉民：《四十四次日落》，香港：皇冠出版社，1997 年（初版）。
周蜜蜜：《飛越情空》，香港：皇冠出版社，1998 年（初版）。
鍾偉民：《吃掉你的愛》，香港：皇冠出版社，2000 年（初版）。
鍾偉民：《當魚愛上鳥》，香港：皇冠出版社，2000 年（初版）。
區樂民：《浪花在微笑》，皇冠出版社，2001 年（初版）。
鍾偉民：《請讓我給你幸福》，皇冠出版社，2001 年（初版）。
鍾偉民：《玩具》，香港：皇冠出版社，2003 年（初版）。
鍾偉民：《八十八夜》，香港：皇冠出版社，2006 年（初版）。
鍾偉民：《花渡》，香港：皇冠出版社，2007 年（初版）。

科華圖書

甘豐穗：《普慶坊風情》，香港：科華圖書，1996 年（初版）。
黃文湘：《情繫金門橋》，香港：科華圖書，1997 年（初版）。
黃康顯：《香港最後的探戈》，香港：科華圖書，1997 年（初版）。
雲碧琳：《椰林月》，香港：科華圖書，1998 年（初版）。
鄭炳南：《鄭炳南短篇小說選》，香港：科華圖書，1998 年（初版）。
甘豐穗：《赤鱲角英雄傳：張保仔香港拓荒錄》，香港：科華圖書，1999 年（初版）。
鄭炳南：《冬至無雨》，香港：科華圖書，1999 年（初版）。
青谷彥：《青谷彥極短篇》，香港：科華圖書，2000 年（初版）。
雲碧琳：《裸像》，香港：科華圖書，2000 年（初版）。
鄭炳南：《事無不可對人言》，香港：科華圖書，2000 年（初版）。

崑南：《天堂舞哉足下》，香港：科華圖書，2001 年（初版）。
胡振海：《悲傷的母親》，香港：科華圖書，2003 年（初版）。
穗青：《金山有約》上集，香港：科華圖書，2003 年（初版）。
穗青：《金山有約》下集，香港：科華圖書，2004 年（初版）。
何子楓：《等待死亡》，香港：科華圖書，2005 年（初版）。
李立明：《風雪下的野草》，香港：科華圖書，2005 年（初版）。
鄭炳南：《玻璃：短篇小說集》，香港：科華圖書，2005 年（初版）。
龔靜儀：《香港風情畫》，香港：科華圖書，2005 年（初版）。
王立忱：《女伶》，香港：科華圖書，2006 年（初版）。
慕容羽軍：《天上，人間》，香港：科華圖書，2006 年（初版）。
鄭炳南：《多情未必不丈夫》，香港：科華圖書，2006 年（初版）。
金城文：《一生最愛》，香港：科華圖書，2009 年（初版）。
慕容羽軍：《慕容羽軍中短篇小說選》，香港：科華圖書，2009 年（初版）。
陳斯駿：《劫灰絮語》，香港：科華圖書，2012 年（初版）。
鄭炳南：《食物鏈》，香港：科華圖書，2012 年（初版）。

突破出版社

胡燕青：《一米四八》，香港：突破出版社，2003 年（初版）。
可洛：《夢想 Seed》，香港：突破出版社，2007 年（初版）。
布正峯：《戀愛實習報告》，香港：突破出版社，2008 年（初版）。
胡燕青：《野花果》，香港：突破出版社，2009 年（初版）。
胡燕青：《剪髮》，香港：突破出版社，2011 年（初版）。

紅出版

陳苑珊：《愚木：短篇小說集》，香港：紅出版，2016 年（初版）。

風雅出版社

李洛霞：《門外風景：短篇小說集》，香港：風雅出版社，2010 年（初版）。

香江出版

陶然：《一樣的天空》，香港：香江出版，1996 年（初版）。
袁穆倫：《風雨古城》，香港：香江出版，1998 年（初版）。
袁木子：《翹鼻子阿姨》，香港：香江出版，2001 年（初版）。
華泰：《八月桂花》，香港：香江出版，2004 年（初版）。
江楠：《空城》，香港：香江出版，2016 年（初版）。
芳草：《石佛灣》，香港：香江出版，2016 年（初版）。

香江書房出版社

林先遠：《飄零》，香港：香江書房出版社，2008 年（初版）。

香港天苑文化

韋婭：《小鞋子，小辮子》，香港：香港天苑文化，2010（初版）。

香港日月星

鍾毓材：《淘金夢土[三部曲]》，香港：香港日月星，1996 年（初版）。

夏馬：《風雨湄南河》，香港：香港日月星，2002 年（初版）。

香港公開大學出版社
黃勁輝：《香港：重複的城市》，香港：香港公開大學出版社，2009 年（初版）。

香港文學出版社
陶然編：《DannyBoy——香港文學小說選》，香港：香港文學出版社，2003 年（初版）。
陶然編：《傘——香港文學小說選》，香港：香港文學出版社，2003 年（初版）。
王尚政：《兄妹競走獨木橋》，香港：香港文學出版社，2005 年（初版）。
陶然編：《垂楊柳——香港文學小說選》，香港：香港文學出版社，2005 年（初版）。
陶然編：《野炊圖——香港文學小說選》，香港：香港文學出版社，2005 年（初版）。
陶然編：《鷥或羔羊——香港文學小說選》，香港：香港文學出版社，2009 年（初版）。
陶然編：《銀犂牛尾——香港文學小說選》，香港：香港文學出版社，2009 年（初版）。
陶然編：《西遊補——香港文學小說選》，香港：香港文學出版社，2012 年（初版）。
陶然編：《解凍——香港文學小說選》，香港：香港文學出版社，2012 年（初版）。
王良和：《蟑螂變》，香港：香港文學出版社，2015 年（初版）。
周蜜蜜：《蛇纏》，香港：香港文學出版社，2015 年（初版）。
崑南：《旺角記憶條》，香港：香港文學出版社，2015 年（初版）。
陳寶珍：《夢創世》，香港：香港文學出版社，2015 年（初版）。
陶然：《沒有帆的船》，香港：香港文學出版社，2015 年（初版）。
潘國靈：《存在之難》，香港：香港文學出版社，2015 年（初版）。
蔡益懷：《東行電車》，香港：香港文學出版社，2015 年（初版）。
羅貴祥：《有時沒口哨》，香港：香港文學出版社，2015 年（初版）。

香港文學報社
王彤：《香港這座橋》，香港：香港文學報社，1996 年（初版）。
漢聞：《太平山之戀》，香港：香港文學報社，1996 年（初版）。
盼耕：《紫荊樹下》，香港：香港文學報社，1998 年（初版）。
陳娟：《蘭馨焚書》，香港：香港文學報社，1998 年（初版）。
張漢基：《野寮》，香港：香港文學報社，1999 年（初版）。
巴桐：《無塵》，香港：香港文學報社，2010 年（初版）。
劉大珍子：《暮戀之禍》，香港：香港文學報社，2010 年（初版）。
平德：《海角浪子》，香港：香港文學報社，2011 年（初版）。
釗藝：《風暴》，香港：香港文學報社，2013 年（初版）。
溫盛裕：《薔薇帶血開》，香港：香港文學報社，2013 年（初版）。
許琳：《拿著南非萬花筒的女人》，香港：香港文學報社，2014 年（初版）。
香港文學促進協會：《香港文學促進協會作品集・小說卷》，香港：香港文學報社，2015 年
　　（初版）。

香港作家出版社
金依：《金依小說選》，香港：香港作家出版社，1997 年（初版）。
東瑞：《東瑞小說選》，香港：香港作家出版社，1997 年（初版）。

陶然：《陶然中短篇小說選》，香港：香港作家出版社，1997年（初版）。

梅子、陶然、史達編：《世相：《香港作家》短篇小說選》，香港：香港作家出版社，2001年（初版）。

陶然編：《香港作家聯會作品‧小說卷》，香港：香港作家出版社，2013年（初版）。

香港東西文化事業

寒山碧：《還鄉》，香港：香港東西文化事業，2001年（初版）。

香港青年寫作協會

《滄浪》作者：《半桶水加半桶水》，香港：香港青年寫作協會，2002年（初版）。

真源

鍾偉民：《大童話》，香港：真源，2011年（初版）。

鍾偉民：《四十四次日落：再見《小王子》》，香港：真源，2016年（初版）。

素葉出版社

綠騎士：《石夢》，香港：素葉出版社，1997年（初版）。

余非：《暖熱》，香港：素葉出版社，1998年（初版）。

陳寶珍：《角色的反駁》，香港：素葉出版社，1999年（初版）。

余非：《鐵票白票》，香港：素葉出版社，2001年（初版）。

余非：《第一次寫大字報》，香港：素葉出版社，2005年（初版）。

辛其氏：《漂移的崖岸》，香港：素葉出版社，2012年（初版）。

伍淑賢：《山上來的人》，香港：素葉出版社，2014年（初版）。

惟得：《請坐》，香港：素葉出版社，2014年（初版）。

陳湘記圖書

王貽興：《一半的房子、一半的他》，香港：陳湘記圖書，2004年（初版）。

米娃娃：《柒》，香港：陳湘記圖書，2005年（初版）。

袁兆昌：《情感不良》，香港：陳湘記圖書，2005年（初版）。

黃曼儀：《情約他生》，香港：陳湘記圖書，2005年（初版）。

梁迪倫：《白船》，香港：陳湘記圖書，2006年（初版）。

黃曼儀：《戀愛長生‧初戀由天》，香港：陳湘記圖書，2006年（初版）。

黃曼儀：《戀愛長生》，香港：陳湘記圖書，2006年（初版）。

方娥真：《今夜的月色分外好》，香港：陳湘記圖書，2007年（初版）。

黃曼儀：《想你，無論哪一天》，香港：陳湘記圖書，2007年（初版）。

澤優：《紫日的未來世界》，香港：陳湘記圖書，2007年（初版）。

林頌華：《空中小姐》，香港：陳湘記圖書，2008年（初版）。

程志森：《仍是一首老曲》，香港：陳湘記圖書，2009年（初版）。

張晉傑：《糖果紙》，香港：陳湘記圖書，2010年（初版）。

華漢文化

梁錫華：《愛恨移民曲》，香港：華漢文化，1997年（初版）。

董千里：《夢外夢》，香港：華漢文化，1997年（初版）。

陳浩泉：《天涯何處是吾家》，香港：華漢文化，1999年（初版）。

黎玉萍：《突圍》，香港：華漢文化，2011 年（初版）。

基督教文藝出版社

王璞：《知更鳥》，香港：基督教文藝出版社，1998 年（初版）。

洛楓：《末代童話》，香港：基督教文藝出版社，1998 年（初版）。

黎翠華：《靡室靡家》，香港：基督教文藝出版社，1998 年（初版）。

蓬草：《老實人的假期》，香港：基督教文藝出版社，2000 年（初版）。

王璞：《送父親回故鄉》，香港：基督教文藝出版社，2002 年（初版）。

綠騎士：《啞箏之醒》，香港：基督教文藝出版社，2002 年（初版）。

麥穗出版

陳嘉銘：《積木小屋》，香港：麥穗出版，2001 年（初版）。

可洛、徐振：《SimpleLove》，香港：麥穗出版，2002 年（初版）。

可洛：《繪逃師》，香港：麥穗出版，2005 年（初版）。

徐焯賢：《天馬行兇》，香港：麥穗出版，2013 年（初版）。

徐焯賢：《放學後的異世界生物室》，香港：麥穗出版，2013 年（初版）。

徐焯賢：《球場上的幻影第六人》，香港：麥穗出版，2013 年（初版）。

曾繁裕：《無聲的愛慾與虛無》，香港：麥穗出版，2014 年（初版）。

江澄：《像你這樣的一個女子》，香港：麥穗出版，2016 年（初版）。

商務印書館

黃念欣編：《香港文學大系 1919－1949：小說卷二》，香港：商務印書館，2015 年（初版）。

謝曉虹編：《香港文學大系 1919－1949：小說卷一》，香港：商務印書館，2015 年（初版）。

博益

蔣慈：《只愛普通人》，香港：博益，2000 年（初版）。

梁科慶：《給我一口咳藥水》，香港：博益，2002 年（初版）。

俞若玫：《六角園》，香港：博益，2003 年（初版）。

喜閱文化

阿谷：《左手的烏鴉》，香港：喜閱文化，2002 年（初版）。

俞若玫：《7086》，香港：喜閱文化，2002 年（初版）。

壹出版

李志超：《等待颶風》，香港：壹出版，1996 年（初版）。

李志超：《心猿意馬》，香港：壹出版，1999 年（初版）。

普普工作坊

陳惠英：《遊城》，香港：普普工作坊，1996 年（初版）。

關麗珊、董啟章編：《我們不是天使：香港短篇小說選》，香港：普普工作坊，1996年（初版）。

董啟章：《名字的玫瑰》，香港：普普工作坊，1997 年（初版）。

羅貴祥：《欲望肚臍眼》，香港：普普工作坊，1997 年（初版）。

郭麗容：《某些生活日誌》，香港：普普工作坊，1998 年（初版）。

韓麗珠：《輸水管森林》，香港：普普工作坊，1998 年（初版）。

關麗珊、邱心編：《我們的小說》，香港：普普工作坊，1998 年（初版）。

關麗珊編：《我們的城市：香港短篇小說選》，香港：普普工作坊，1998 年（初版）。
關麗珊編：《我們的故事：短篇小說新人選》，香港：普普工作坊，1998 年（初版）。
關麗珊：《快樂的蜜糖圈餅》，香港：普普工作坊，1999 年（初版）。
曹拔：《左手的信札》，香港：普普工作坊，2000 年（初版）。

超媒體出版
饒遙：《隨意門‧重生》，香港：超媒體出版，2015 年（初版）。

匯智出版
陳泰：《海城傳說》，香港：匯智出版，2004 年（初版）。
陳潔儀：《娃娃回家》，香港：匯智出版，2004 年（初版）。
陳寶珍：《改寫神話的時代：陳寶珍短篇小說》，香港：匯智出版，2004 年（初版）。
鄭鏡明：《連島沙洲》，香港：匯智出版，2005 年（初版）。
可洛：《她和他的盛夏》，香港：匯智出版，2006 年（初版）。
吳美筠：《愛情卡拉 OK》，香港：匯智出版，2006 年（初版）。
陳德錦：《盛開的桃金孃》，香港：匯智出版，2006 年（初版）。
麥華嵩：《浮世蜃影》，香港：匯智出版，2006 年（初版）。
葛亮：《相忘江湖的魚》，香港：匯智出版，2006 年（初版）。
鄒文律：《尋找消失的花園》，香港：匯智出版，2006 年（初版）。
鄭鏡明：《共剪西窗燭》，香港：匯智出版，2006 年（初版）。
陸秀娟：《鏡花水月》，香港：匯智出版，2007 年（初版）。
王良和：《魚話》，香港：匯智出版，2008 年（初版）。
王璞：《家事》，香港：匯智出版，2008 年（初版）。
唐雅欣：《隔壁的變奏人生》，香港：匯智出版，2008 年（初版）。
莊柔玉：《走沙漱塵：微言‧小小說》，香港：匯智出版，2008 年（初版）。
麥華嵩：《回憶幽靈》，香港：匯智出版，2008 年（初版）。
胡燕青：《好心人》，香港：匯智出版，2010 年（初版）。
麥華嵩：《繆斯女神》，香港：匯智出版，2010 年（初版）。
莊柔玉：《止於至蝕：概念‧小小說》，香港：匯智出版，2010 年（初版）。
麥華嵩：《死亡與阿發》，香港：匯智出版，2011 年（初版）。
王璞：《貓部落》，香港：匯智出版，2012 年（初版）。
鍾玲：《鍾玲極短篇》，香港：匯智出版，2012 年（初版）。
麥華嵩：《天方茶餐廳夜譚》，香港：匯智出版，2013 年（初版）。
王良和：《破地獄》，香港：匯智出版，2014 年（初版）。
黎翠華：《記憶裁片》，香港：匯智出版，2014 年（初版）。
陳德錦：《獵貓者》，香港：匯智出版，2016 年（初版）。

當代文藝出版社
何瑞麟：《三城記［上、下卷］》，香港：當代文藝出版社，1996 年（初版）。
白洛：《福地》，香港：當代文藝出版社，1997 年（初版）。
慕容羽軍：《瘦了，紅紅》，香港：當代文藝出版社，1997 年（初版）。
徐速：《沉沙》，香港：當代文藝出版社，1999 年（初版）。

綠野：《沙崙的玫瑰》，香港：當代文藝出版社，1999 年（初版）。
張華：《宜昌的雪》，香港：當代文藝出版社，2000 年（初版）。
曾敏卓：《危險邊緣》，香港：當代文藝出版社，2001 年（初版）。
汪鏡：《水盼蘭情》，香港：當代文藝出版社，2003 年（初版）。
汪鏡：《冰凝淚燭》，香港：當代文藝出版社，2003 年（初版）。
汪鏡：《柳鎖鶯魂》，香港：當代文藝出版社，2003 年（初版）。
曾敏卓：《她的秘密》，香港：當代文藝出版社，2003 年（初版）。
蕭可鷗：《青春無悔》，香港：當代文藝出版社，2007 年（初版）。
謝越芳：《慾‧憨‧色——高頭巷的故事》：香港：當代文藝出版社，2008 年（初版）。
謝越芳：《紅粉奇緣》：香港：當代文藝出版社，2011 年（初版）。
柯可貝爾：《星空下的心空：虎年》，香港：當代文藝出版社，2012 年（初版）。
區展才：《月朗雲空》：香港：當代文藝出版社，2012 年（初版）。
謝越芳：《紅顏》：香港：當代文藝出版社，2013 年（初版）。
陳少華、歐陽觀：《三姊妹》，香港：當代文藝出版社，2016 年（初版）。

瑋業出版社
蔡炎培、朱珺：《上下卷》，香港：瑋業出版社，2006 年（初版）。

練習文化實驗室
黃可偉：《田園誌》，香港：練習文化實驗室，2016 年（初版）。
鍾逆：《有時或忘》，香港：練習文化實驗室，2016 年（初版）。

獲益出版社
王方：《木屋人家》，香港：獲益出版社，1996 年（初版）。
宋詒瑞：《石屎森林中的故事》，香港：獲益出版社，1996 年（初版）。
東瑞：《迷城》，香港：獲益出版社，1996 年（初版）。
東瑞：《還是覺得你最好》，香港：獲益出版社，1996 年（初版）。
林蔭：《九龍城寨煙雲》，香港：獲益出版社，1996 年（初版）。
海辛：《廟街兩妙族》，香港：獲益出版社，1996 年（初版）。
陳德錦：《夢想的開信刀》，香港：獲益出版社，1996 年（初版）。
陶里：《百慕她的誘惑》，香港：獲益出版社，1996 年（初版）。
駱賓路：《她說藍的是天空》，香港：獲益出版社，1996 年（初版）。
蘭心：《流星在夜空劃過》，香港：獲益出版社，1996 年（初版）。
白放情：《春夢》，香港：獲益出版社，1997 年（初版）。
阿五：《人約黃昏後：阿五小說‧散文集》，香港：獲益出版社，1997 年（初版）。
忠揚：《回首夕陽紅》，香港：獲益出版社，1997 年（初版）。
東瑞：《再來的愛情》，香港：獲益出版社，1997 年（初版）
林萬里：《印華短篇小說選》，香港：獲益出版社，1997 年（初版）。
韋婭：《織你的名字》，香港：獲益出版社，1997 年（初版）。
袁霓：《花夢》，香港：獲益出版社，1997 年（初版）。
伍美心：《一世有清安》，香港：獲益出版社，1998 年（初版）。
秀實：《某個休士頓女子》，香港：獲益出版社，1998 年（初版）。

東瑞：《尖沙咀叢林》，香港：獲益出版社，1998 年（初版）。

東瑞：《留在記憶裏》，香港：獲益出版社，1998 年（初版）。

東瑞：《無言年代》，香港：獲益出版社，1998 年（初版）。

東瑞：《讓我們再對坐一次》，香港：獲益出版社，1998 年（初版）。

東瑞編：《印華微型小說選》，香港：獲益出版社，1998 年（初版）。

林蔭：《生辰快樂》，香港：獲益出版社，1998 年（初版）。

海辛：《豪門‧寒門‧空門》，香港：獲益出版社，1998 年（初版）。

莫名妙：《莫名妙極短篇》，香港：獲益出版社，1998 年（初版）。

曾三清：《掙扎》，香港：獲益出版社，1998 年（初版）。

蔡益懷：《情網》，香港：獲益出版社，1998 年（初版）。

蘭心：《眾裏尋她》，香港：獲益出版社，1998 年（初版）。

夏易：《幸運島》，香港：獲益出版社，1998 年（初版）。

慶年：《寫給少女看的故事》，香港：獲益出版社，1998 年（初版）。

尼爾：《不是英雄》，香港：獲益出版社，1999 年（初版）。

朱少璋：《透視者》，香港：獲益出版社，1999 年（初版）。

李逆熵：《無限春光在太空》，香港：獲益出版社，1999 年（初版）。

非林：《多情的四月》，香港：獲益出版社，1999 年（初版）。

林蔭：《煩惱，十七歲》，香港：獲益出版社，1999 年（初版）。

阿薰：《我一直珍惜你》，香港：獲益出版社，1999 年（初版）。

海辛：《離島少年泥鰍奇遇》，香港：獲益出版社，1999 年（初版）。

愛山：《網上情迷》，香港：獲益出版社，1999 年（初版）。

碧玲：《摘星夢》，香港：獲益出版社，1999 年（初版）。

蔡益懷：《隨風而逝》，香港：獲益出版社，1999 年（初版）。

蘭心：《紫色疊影》，香港：獲益出版社，1999 年（初版）。

朱少璋：《說不盡夜深如許》，香港：獲益出版社，2000 年（初版）。

東瑞：《朝朝暮暮》，香港：獲益出版社，2000 年（初版）。

朗情：《昂步人生》，香港：獲益出版社，2000 年（初版）。

梁科慶：《我不再寫日記》，香港：獲益出版社，2000 年（初版）。

東瑞：《匿名信》，香港：獲益出版社，2001 年（初版）。

東瑞：《擒兇記》，香港：獲益出版社，2001 年（初版）。

林萬里：《托你的福》，香港：獲益出版社，2001 年（初版）。

林蔭：《天鵝之死》，香港：獲益出版社，2001 年（初版）。

林蔭：《狩獵行動》，香港：獲益出版社，2001 年（初版）。

林馥：《網路巡邏隊長》，香港：獲益出版社，2001 年（初版）。

劉以鬯：《打錯了》，香港：獲益出版社，2001 年（初版）。

劉以鬯：《對倒》，香港：獲益出版社，2001 年（初版）。

陳葒：《校園風雲》，香港：獲益出版社，2002 年（初版）。

華文微型小說學會編：《做臉》，香港：獲益出版社，2002 年（初版）。

賴雪敏：《天空花園》，香港：獲益出版社，2002 年（初版）。

朱少璋：《結拜大贏家》，香港：獲益出版社，2003 年（初版）。

吳佩芳：《跳出孤獨》，香港：獲益出版社，2003 年（初版）。

阿兆：《迷你青春痘》，香港：獲益出版社，2003 年（初版）。

東瑞：《東瑞小小說》，香港：獲益出版社，2003 年（初版）。

金梅子：《第六胎女嬰》，香港：獲益出版社，2004 年（初版）。

東瑞：《我在等你》，香港：獲益出版社，2004 年（初版）。

東瑞、陳贊一編：《香港微型小說選》，香港：獲益出版社，2004 年（初版）。

東瑞編：《印華微型小說選‧二集》，香港：獲益出版社，2004 年（初版）。

祝君華：《芭芭拉的晚裝》，香港：獲益出版社，2004 年（初版）。

黃琮瑜：《也許》，香港：獲益出版社，2004 年（初版）。

黃琮瑜：《也許》，香港：獲益出版社，2004 年（初版）。

鄭若瑟：《情債》，香港：獲益出版社，2004 年（初版）。

李獲期：《大學宿舍殺人檔案》，香港：獲益出版社，2006 年（初版）。

林蔭：《古鏡》，香港：獲益出版社，2006 年（初版）。

林蔭：《荒屋魅影》，香港：獲益出版社，2006 年（初版）。

魏根民：《秋來也早》，香港：獲益出版社，2006 年（初版）。

李獲期：《數字魔殺人檔案》，香港：獲益出版社，2007 年（初版）。

劉以鬯：《天堂與地獄》，香港：獲益出版社，2007 年（初版）。

吳佩芳：《誰可相依》，香港：獲益出版社，2008 年（初版）。

東瑞：《相逢未必能相見》，香港：獲益出版社，2008 年（初版）。

徐煬：《愛‧情書》，香港：獲益出版社，2009 年（初版）。

麥瑞茹：《愛讓夢飛翔》，香港：獲益出版社，2009 年（初版）。

東瑞、瑞芬編：《香港極短篇》，香港：獲益出版社，2010 年（初版）。

袁霓：《失落的鎖匙圈》，香港：獲益出版社，2010 年（初版）。

劉以鬯：《甘榜》，香港：獲益出版社，2010 年（初版）。

劉以鬯：《熱帶風雨》，香港：獲益出版社，2010 年（初版）。

陳愴：《筆架山下》，香港：獲益出版社，2011 年（初版）。

劉以鬯：《吧女》，香港：獲益出版社，2011 年（初版）。

鄧飛：《蒼山如海殘陽血》，香港：獲益出版社，2011 年（初版）。

Amy：《帕特的命運》，香港：獲益出版社，2012 年（初版）。

東瑞：《小站》，香港：獲益出版社，2012 年（初版）。

潘宣靖：《情債》，香港：獲益出版社，2012 年（初版）。

陳愴：《靈神與凡人》，香港：獲益出版社，2013 年（初版）。

陳愴：《日升日落九龍城》，香港：獲益出版社，2014 年（初版）。

東瑞：《蒲公英之眸》，香港：獲益出版社，2015 年（初版）。

許穎娟：《彩蝶：許穎娟小小說》，香港：獲益出版社，2015 年（初版）。

陳愴：《回望》，香港：獲益出版社，2015 年（初版）。

劉以鬯：《香港居》，香港：獲益出版社，2016 年（初版）。

駿弘集團

紀文怡：《困乏我多情》，香港：駿弘集團，2014 年（初版）。

點出版

黃敏華：《見字請回家》，香港：點出版，2008 年（初版）。

雨希：《穿高跟鞋的大象》，香港：點出版，2010 年（初版）。

紅眼：《紙烏鴉》，香港：點出版，2010 年（初版）。

黃怡：《據報有人寫小說》，香港：點出版，2010 年（初版）。

藍出版

麻手：《鴛鴦》，香港：藍出版，2008 年（初版）。

麻手：《紙城》，香港：藍出版，2009 年（初版）。

黃駿：《蜘蛛》，香港：藍出版，2011 年（初版）。

寶雯：《那些瓶子，那四堵牆》，香港：藍出版，2011 年（初版）。

麻手：《觸‧愛‧取》，香港：藍出版，2012 年（初版）。

蟻窩

王貽興：《無城有愛》，香港：蟻窩，2002 年（初版）。

王貽興：《十八相送》，香港：蟻窩，2003 年（初版）。

王貽興：《鐵人甲》，香港：蟻窩，2003 年（初版）。

董啟章：《體育時期》（共兩冊），香港：蟻窩，2003 年（初版）。

灣岸製作

唐希文：《迴旋記憶中的棉花糖》，香港：灣岸製作，2004 年（初版）。

古典文學類

Anything & Everything
蒲沛球：《城市吟草堂詩詞集》，香港：Anything & Everything，2009 年（初版）。

三聯書店
陳洪、孫勇進：《漫說水滸》，香港：三聯書店，2001 年（初版）。
施議對編纂：《李清照全閱讀》，香港：三聯書店，2006 年（初版）。
陳耀南：《唐詩新賞》，香港：三聯書店，2006 年（初版）。
楊義：《中國古典小說十二講》，香港：三聯書店，2006 年（初版）。
劉長春：《王羲之傳》，香港：三聯書店，2008 年（初版）。
甘玉貞：《古代散文導讀》，香港：三聯書店，2014 年（初版）。

中文大學出版社
何乃文、洪肇平、黃坤堯、劉衛林編：《香港名家近體詩選》，香港：中文大學出版社，
　　2007 年（初版）。（修訂版 2010 年）
陳步墀：《繡詩樓集》，香港：中文大學出版社，2007 年（初版）。
中文大學中文系編：《吐露滋蘭》，香港：中文大學出版社，2009 年（初版）。
鄒穎文編：《李景康先生百壺山館藏故舊書畫函牘》，香港：中文大學出版社，2009 年（初
　　版）。

中華商務彩色印刷
馬桂綿：《燃藜集》，香港：中華商務彩色印刷，2002 年（初版）。

中華書局
陳一豫：《山近樓詩詞手寫本》，香港：中華書局，2009 年（初版）。
鄒穎文：《香港古典詩文集經眼錄》，香港：中華書局，2011 年（初版）。

中華詩詞出版社
中華詩詞年鑒編委會、中華詩詞學會、中華詩詞文化研究所：《中華詩詞年鑒》，香港：中
　　華詩詞出版社，2004 年（初版）。
許連進：《興翠簃詞稿》，香港：中華詩詞出版社，2004 年（初版）。
許連進：《興翠簃律草》，香港：中華詩詞出版社，2005 年（初版）。
許連進：《興翠簃古風集》，香港：中華詩詞出版社，2006 年（初版）。

中國藝術家出版社
陳文巖：《洗硯集》，香港：中國藝術家出版社，2015 年（初版）。

中港語文教育學會
林翼勳：《揖梅齋詩稿》，香港：中港語文教育學會，2007 年（初版）。

天地圖書
鄺龑子：《水雲詩草》，香港：天地圖書，2000 年（初版）。
鄺龑子：《春花集》，香港：天地圖書，2002 年（初版）。
鄺龑子：《秋月集》，香港：天地圖書，2002 年（初版）。

鄺龑子：《默絃詩草》，香港：天地圖書，2003 年（初版）。

楊健思編：《統覽孤懷：梁羽生詩詞、對聯選輯》，香港：天地圖書，2008 年（初版）。

陳耀南：《陳耀南讀孔子》，香港：天地圖書，2009 年（初版）。

陳耀南：《陳耀南讀孫子》，香港：天地圖書，2009 年（初版）。

陳耀南：《陳耀南讀老子》，香港：天地圖書，2010 年（初版）。

鄺健行編：《剖璞浮光集──諸家評議璞社大專社員歌詩選》，香港：天地圖書，2010 年（初版）。

董就雄：《聽車廬詩艸》，香港：天地圖書，2011 年（初版）。

黃金典：《詩經通譯新詮》，香港：天地圖書，2013 年（初版）。

天馬圖書

何祥榮：《逐雲軒詩詞鈔》，香港：天馬圖書，2002 年（初版）。

戴樾：《戴樾詩詞選・乙酉輯》，香港：天馬圖書，2006 年（初版）。

屯青書屋

金達凱：《吟嘯集：凱風樓詩詞續集》，香港：屯青書屋，1998 年（初版）。

文壇出版社

方寬烈：《漣漪詩詞》，香港：文壇出版社，2000 年（初版）。

田園書屋

郁增偉：《增偉詩文續集》，香港：田園書屋，1999 年（初版）。

名流出版社

岑文濤：《文濤詩詞》，香港：名流出版社，1998 年（初版）。

成達出版社

蔡麗雙：《芙蓉軒詩詞》，香港：成達出版社，2004 年（初版）。

妙韻出版社

許連進：《香港回歸情結》，香港：妙韻出版社，2008 年（初版）。

許連進：《興翠簃絕句續》，香港：妙韻出版社，2009 年（初版）。

蔡麗雙：《蘭蕙清音》，香港：妙韻出版社，2009 年（初版）。

許連進：《興翠簃絕句再續》，香港：妙韻出版社，2010 年（初版）。

香港長青詩社：《長青韻響第二集》，香港：妙韻出版社，2013 年（初版）。

許連進：《興翠簃古風續》，香港：妙韻出版社，2014 年（初版）。

許連進：《興翠簃律再續》，香港：妙韻出版社，2015 年（初版）。

岑文濤藝朮工作室

岑文濤：《岑文濤詩詞書法集》香港：岑文濤藝朮工作室，1996 年（初版）。

花千樹出版社

舒巷城：《詩國巷城》，香港：花千樹出版社，2006 年（初版）。

明文出版社

守拙：《行旅竹枝詞》，香港：明文出版社，2002 年（初版）。

潘偉強：《紅塵錄》，香港：明文出版社，2003 年（初版）。

潘偉強：《疏狂集》，香港：明文出版社，2004 年（初版）。

劉清：《柳青高雲集》，香港：明文出版社，2007 年（初版）。

明窗出版社

曾敏之：《文史叢談：《史記》：居今之世，表古之道》，香港：明窗出版社，2004 年（初版）。

明雙硯齋

何乃文：《窩山集》，香港：明雙硯齋，2010 年（初版）。

俊良文化事業

吳文英：《思妙齋集》，香港：俊良文化事業，2002 年（初版）。

吳文英：《思妙齋詩鈔：晚晴篇百首》，香港：俊良文化事業，2007 年（初版）。

科華圖書

陳泰來：《雙星樓清韻》，香港：科華圖書，1997 年（初版）。

高謫生：《謫生詩集》，香港：科華圖書，1998 年（初版）。

郭魂：《夢鄉：詩詞和詩詞評論集》，香港：科華圖書，1999 年（初版）。

李國霞：《集馨樓詩選》，香港：科華圖書，2002 年（初版）。

金達凱：《心弦集》，香港：科華圖書，2003 年（初版）。

金達凱：《心弦集：凱風樓詩詞之三》，香港：科華圖書，2003 年（初版）。

陳潞：《雙星樓詩詞：港風集、塵緣集、畫鵠詞》，香港：科華圖書，2003 年（初版）。

潘兆賢：《近代十家詩舉要》，香港：科華圖書，2003 年（初版）。

林律光：《花間新詠》，香港：科華圖書，2005 年（初版）。

黃碩雄：《崖文》，香港：科華圖書，2005 年（初版）。

潘兆賢：《采薇廔吟草》，香港：科華圖書，2005 年（初版）。

金達凱：《文史論集》，香港：科華圖書，2006 年（初版）。

周錫瑤：《守拙詩稿》，香港：科華圖書，2006 年（初版）。

韋金滿：《希真詩存》，香港：科華圖書，2006 年（初版）。

孫國棟：《慕稼軒文存》，香港：科華圖書，2007 年（初版）。

守拙：《香港竹枝詞：韻語紀遊續》，香港：科華圖書，2008 年（初版）。

孫國棟：《慕稼軒文存第二集》，香港：科華圖書，2008 年（初版）。

黃君良：《子史雜述》，香港：科華圖書，2008 年（初版）。

金達凱：《合璧集：新體篇‧舊體篇》，香港：科華圖書，2009 年（初版）。

鄺士元：《歲寒堂詩鈔》，香港：科華圖書，2009 年（初版）。

守拙：《觀瀾集》，香港：科華圖書，2010 年（初版）。

林律光：《維摩集：山居詩畫篇》，香港：科華圖書，2010 年（初版）。

詹杭倫：《天佑詩賦集》，香港：科華圖書，2011 年（初版）。

林律光、張志豪著：《壺中山月集》，香港：科華圖書，2012 年（初版）。

林律光：《維摩集詩草䛵首》，香港：科華圖書，2013 年（初版）。

紅出版

嚴偉：《未濟詩草》，香港：紅出版，2011 年（初版）。

白川：《悄悄間：白川詩選四》，香港：紅出版，2016 年（初版）。

風采出版社

許連進：《辛巳壬午半年吟》，香港：風采出版社，2002 年（初版）。

蔡麗雙：《馳騁古今》，香港：風采出版社，2006 年（初版）。

蔡麗雙：《劍龍鳴籟》，香港：風采出版社，2007 年（初版）。

蔡麗雙：《織錦年華》，香港：風采出版社，2009 年（初版）。

香江出版

周南：《周南詩詞選》，香港：香江出版，1996 年（初版）。

香港日月星

朱祖仁：《醫餘吟草》，香港：香港日月星，2004 年（初版）。

許昭華：《閒齋漫拾》，香港：香港日月星，2009 年（初版）。

香港大學出版社

林汝珩、魯曉鵬：《碧城樂府：林碧城詞集》，香港：香港大學出版社，2011 年（初版）。

香港中文大學古典精華編輯室

張啓煌：《殷粟齋集抄本》，香港：香港中文大學古典精華編輯室，1998 年（初版）。

香港中文大學圖書館

何幼惠：《何幼惠自書詞作品》，香港：香港中文大學圖書館，2009 年（初版）。

香港公共圖書館

王惠屏編：《全港詩詞創作比賽獲獎作品（1991-2002）》，香港：香港公共圖書館，2003 年
　　（初版）。

陳志偉編：《香港詩詞瓊玉》，香港：香港公共圖書館，2010 年（初版）。

香港文學報

蔡麗雙：《愛蓮吟草》，香港：香港文學報，2004 年（初版）。

蔡麗雙：《古韻新聲》，香港：香港文學報，2005 年（初版）。

蔡麗雙：《澄懷觀道》，香港：香港文學報，2005 年（初版）。

蔡麗雙：《靜照忘求》，香港：香港文學報，2006 年（初版）。

香港文學報社

許連進：《興翠簃律續》，香港：香港文學報社，2011 年（初版）。

香港文藝出版社

曾敏之：《望雲樓詩話》，香港：香港文藝出版社，2010 年（初版）。

林峰：《峰迴園詩詞後壹千首》，香港：香港文藝出版社，2013 年（初版）。

香港作家出版社

曾敏之：《望雲樓詩詞》，香港：香港作家出版社，1998 年（初版）。

香港東西文化事業

方寬烈：《二十世紀香港詞鈔》，香港：香港東西文化事業，2010 年（初版）。

香港佛教文化基金會

林律光：《維摩集·茂峰（一）篇》，香港：香港佛教文化基金會，2009 年（初版）。
林律光：《維摩集·茂峰（二）篇》，香港：香港佛教文化基金會，2010 年（初版）。
林律光：《維摩集·茂峰（三）篇》，香港：香港佛教文化基金會，2010 年（初版）。
林律光：《維摩集·茂峰（四）篇》，香港：香港佛教文化基金會，2012 年（初版）。

香港科學藝術交流中心

周朗山：《周朗山先生紀念集》，香港：香港科學藝術交流中心，2009 年（初版）。

香港城市大學中國文化中心

董就雄、張為群編：《新松詩集》，香港：香港城市大學中國文化中心，2008 年（初版）。
董就雄編：《城大校園題咏集》，香港：香港城市大學中國文化中心，2012 年（初版）。

香港城市大學中文、翻譯及語言學系

城市大學中文、翻譯及語言學系編：《墨樂——香港城市大學中文、翻譯及語言學系校友、
　　　學生文集》，香港：香港城市大學中文、翻譯及語言學系，2010 年（初版）。

香港筆會

莊如發：《兩東居吟草》，香港：香港筆會，2001 年（初版）。

香港順德藝文社

何竹平：《節廬遺稿：附哀思錄》，香港：香港順德藝文社，2005 年（初版）。

香港德教紫靖閣叢書流通處

吳慕瑜：《紫靖詩鈔》，香港：香港德教紫靖閣叢書流通處，2002 年（初版）。

香港樹仁大學中國語言文學系

香港樹仁大學中國語言文學系編：《仁聲》，1999-2009（每年一冊）、2000-2012、2014、
　　　2015-2016，香港：香港樹仁大學中國語言文學系（初版）。

素茂文化出版

李國明：《晴軒詩詞皕首》，香港：素茂文化出版，2007 年（初版）。
張建白（字采庵）：《待焚集》，香港：素茂文化出版，2008 年（初版）。

通行出版

施子清：《雪香詩鈔》，香港：通行出版，2000 年（初版）。

商務印書館

程中山編：《香港文學大系 1919-1949：舊體文學卷》，香港：商務印書館，2014 年（初版）。

問學社

陳文巖：《陳文巖詩詞選》，香港：問學社，1999 年（初版）。
陳文巖：《陳文巖詩詞續集》，香港：問學社，2001 年（初版）。
許習文：《五世詩繩》，香港：問學社，2001 年（初版）。
陳文巖：《吁餘語遇集》，香港：問學社，2004 年（初版）。
陳文巖：《吹水集》，香港：問學社，2007 年（初版）。
陳文巖：《吹水續集》，香港：問學社，2009 年（初版）。

國際中華文化藝術協會

國際中華文化藝術協會：《詩情畫意話香江——香港文藝創作賽得獎作品集》，香港：國際中華文化藝術協會，2004 年（初版）。

國際中華文化藝術協會：《詩情畫意話香江——香港文藝創作賽得獎作品集》，香港：國際中華文化藝術協會，2006 年（初版）。

晚晴出版社

林峰：《峰迴園詩稿》，香港：晚晴出版社，1999 年（初版）。

清平詩社

余劍龍：《寒窗月》，香港：清平詩社，2003 年（初版）。

博益

何文匯、何乃文、洪肇平：《香港詩情：何乃文洪肇平何文匯酬唱錄》，香港：博益，1998 年（初版）。

開益出版社

林峰：《峰回園吟草》，香港：開益出版社，2002 年（初版）。

萬里機構出版

邱卓恭：《邱卓恭詩書集》，香港：萬里機構出版，2001 年（初版）。

匯智出版

何祥榮：《懷蓀室詩詞集》，香港：匯智出版，2003 年（初版）。

朱少璋編：《荊山玉屑》，香港：匯智出版，2004 年（初版）。

酈龔子：《冬青集》，香港：匯智出版，2005 年（初版）。

酈龔子：《夏木集》，香港：匯智出版，2005 年（初版）。

酈龔子：《婉雯詩草》，香港：匯智出版，2005 年（初版）。

酈龔子：《曉嵐詩草》，香港：匯智出版，2005 年（初版）。

朱少璋編：《荊山玉屑·續編》，香港：匯智出版，2006 年（初版）。

周策縱著，陳致編：《周策縱舊詩存》，香港：匯智出版，2006 年（初版）。

董就雄：《荊山屑·三編》，香港：匯智出版，2006 年（初版）。

酈龔子：《九思林》，香港：匯智出版，2006 年（初版）。

酈龔子：《小千界》，香港：匯智出版，2006 年（初版）。

方富永：《晚晴閣詩詞選》，香港：匯智出版，2007 年（初版）。

陳一豫：《山近樓詩稿》，香港：匯智出版，2007 年（初版）。

酈龔子：《十二霞峰》，香港：匯智出版，2007 年（初版）。

酈龔子：《伯仲之間》，香港：匯智出版，2007 年（初版）。

朱少璋：《琴影樓詩》，香港：匯智出版，2008 年（初版）。

董就雄：《聽車廬詩艸》，香港：匯智出版，2008 年（初版）。

酈龔子：《一日三秋》，香港：匯智出版，2008 年（初版）。

酈龔子：《七雙河》，香港：匯智出版，2008 年（初版）。

朱少璋：《燈前說劍：任劍輝劇藝八十詠》，香港：匯智出版，2009 年（初版）。

酈健行：《光希晚拾稿》，香港：匯智出版，2009 年（初版）。

鄺龑子：《莫愁湖畔》，香港：匯智出版，2009 年（初版）。
鄺龑子：《淡影乾坤》，香港：匯智出版，2009 年（初版）。
程中山：《香港竹枝詞初編》，香港：匯智出版，2010 年（初版）。
鄺龑子：《烟雨閒燈》，香港：匯智出版，2010 年（初版）。
朱少璋編：《天衣集——璞社序跋存錄》，香港：匯智出版，2011 年（初版）。
潘新安、程中山合編：《愉社詩詞輯錄》，香港：匯智出版，2011 年（初版）。
鄺龑子：《清風嶺》，香港：匯智出版，2011 年（初版）。
鄺龑子：《瀟湘月》，香港：匯智出版，2011 年（初版）。
程中山：《江山萬里樓詩詞鈔續編》，香港：匯智出版，2012 年（初版）。
鄺龑子：《東山零雨》，香港：匯智出版，2012 年（初版）。
鄺龑子：《翠韻芊芊》，香港：匯智出版，2012 年（初版）。
張志豪：《三癡堂詩草》，香港：匯智出版，2013 年（初版）。
李耀章、張志豪、余龍傑編：《荊山玉屑‧五編》，香港：匯智出版，2014 年（初版）。
黃啟深：《咿啞吟草》，香港：匯智出版，2014 年（初版）。
鄺龑子：《千里晨芳》，香港：匯智出版，2014 年（初版）。
鄺龑子：《滄海浪迹》，香港：匯智出版，2014 年（初版）。
劉奕航編：《荊山玉屑‧六編》，香港：匯智出版，2016 年（初版）。
鄺龑子：《白鶴清江》，香港：匯智出版，2016 年（初版）。
鄺龑子：《雲溪蝶舞》，香港：匯智出版，2016 年（初版）。

新民主出版社
招祥麒：《風蔚樓叢稿續編》，香港：新民主出版社，2013 年（初版）。

新市鎮文化教育協會
新市鎮文化教育協會：《懷玉集：全港學界律詩及對聯創作比賽作品集》，香港：新市鎮文化教育協會，2012 年（初版）。

新怡印刷
梁子光：《良詩三百首：梁子光詩集》，香港：新怡印刷，2002 年（初版）。

溯蘭文社
梁偉民：《溯蘭軒詩賦選》，香港：溯蘭文社，2010 年（初版）。

當代文藝出版社
慕容羽軍：《島上箋：慕容羽軍詩詞集》，香港：當代文藝出版社，2001 年（初版）。
何瑞麟：《修蕪齋詩稿》，香港：當代文藝出版社，1997 年（初版）。
區展才：《香江鏡海詩草》，香港：當代文藝出版社，2009 年（初版）。

銀河出版社
曾敏之：《望雲樓詩詞續集》，香港：銀河出版社，2005 年（初版）。

鳴社
鳴社：《鳴社詩輯續編》，香港：鳴社，1997 年（初版）。
蘇文擢：《邃加室遺稿》，香港：鳴社，1998 年（初版）。

樂天書法學會

王齊樂：《王齊樂詩書集：清遊篇》，香港：樂天書法學會，1999 年（初版）。

學海書樓

俞叔文：《俞叔文文存》，香港：學海書樓，2004 年（初版）。

曉風學社

梁子江：《曉風樓藝文集》，香港：曉風學社，1996 年（初版）。

璞社

璞社：《韓城集》，香港：璞社，2007 年（初版）。

龍冠出版社

林峰：《峰迴園詩詞壹千首》，香港：龍冠出版社，2005 年（初版）。

獲益出版社

陳本：《參天閣集》，香港：獲益出版社，2001 年（初版）。
常秀峰：《問心堂詩詞集》，香港：獲益出版社，2002 年（初版）。
招祥麒：《風蔚樓叢稿》香港：獲益出版社，2003 年（初版）。

駿程顧問

林翼勳：《揖梅齋詩稿二集》，香港：駿程顧問，2010 年（初版）。
林翼勳：《揖梅齋詩稿三集》，香港：駿程顧問，2013 年（初版）。
林翼勳：《松月集》，香港：駿程顧問，2016 年（初版）。

藏用樓

陳志清：《鑒塘使草》，香港：藏用樓，2009 年（初版）。
劉衛林：《致遠軒吟草》，香港：藏用樓，2010 年（初版）。

藍出版

楊利成編：《荊山玉屑・四編》，香港：藍出版，2012 年（初版）。

鷺達文化

唐明我：《夕陽又輝》，香港：鷺達文化，2003 年（初版）。
楊致良注：《論語新注》，香港：鷺達文化，2004 年（初版）。
黃兆漢：《百花書屋詩詞稿》，香港：鷺達文化，2010 年（初版）。

（個人）

尤列：《尤列集》，香港：尤嘉博，2002 年（修訂版）。
方富永：《晚晴集》，香港：方富永，2001 年（初版）。
王齊樂：《行吟集》，香港：王齊樂，1997 年（初版）。
何乃文：《窗山集》，香港：何乃文，2010 年（初版）。
何竹平：《節廬詩文全集》，香港：何竹平，2001 年（初版）。
何伯釗：《半讀草堂詩稿續集》，香港：何伯釗，1998 年（初版）。
何叔惠：《薇盦存稿》，香港：何叔惠，2001 年（初版）。
宋麗娟：《春在軒集》，香港：宋麗娟，2006 年（初版）。
李直方：《詩詞聯謎集》，香港：李直方，2014 年（初版）。

李甯漢：《診餘詩話：香港杏林剪影》，香港：李甯漢，2009 年（初版）。

陳秉昌：《陳秉昌詩書篆刻》，香港：陳正誠，2001 年（初版）。

張曼儀：《瀟碧軒詩》，香港：張曼儀，2016 年（初版）。

（出版單位不詳）

白福臻編：《香港聯謎社十一週年紀念特輯》，香港：出版單位不詳，1996 年（初版）。

邱亦山：《隨唱選集》，香港：出版單位不詳，1997 年（初版）。

香港基本法起草委員會唱和：《香草詩詞》第三集，香港：出版單位不詳，1997 年（初版）。

徐又陵：《小闊樓詩集》，香港：出版單位不詳，1997 年（初版）。

張紉詩：《張紉詩詩詞文集》，香港：出版單位不詳，1998 年（初版）。

梁朗秋：《朗吟小草續集》，香港：出版單位不詳，1998 年（初版）。

石人（梁小中）：《借情樓詩集》，香港：出版單位不詳，2000 年（初版）。

胡景苹：《胡景苹遺集》，香港：出版單位不詳，2000 年（初版）。

方富永：《晚晴集》，香港：出版單位不詳，2001 年（初版）。

張江美：《康廬詩鈔》，香港：出版單位不詳，2002 年（初版）。

吳兆坼：《吳兆坼詩存》，香港：出版單位不詳，2010 年（初版）。

陳文巖：《澆心集》，香港：出版單位不詳，2011 年（初版）。

（出版年份／地區不肯定）

梁玉民：《蘐園集》，香港：出版單位不詳，1996 ？年（初版）。

梁耀明：《聽曉山房三集》，香港：出版單位不詳，2001 ？年（初版）。

區伯堅：《蘅齋存稿》，香港：出版單位不詳，2007 ？年（初版）。

岑東明、岑子遙《千葉樓遙岑集詩詞稿合編》，香港：出版單位不詳，2010 ？年（初版）。

史料評論類

《告別人間滋味》也斯紀念特刊編輯委員會

黃淑嫻、許旭筠編：《告別人間滋味》，香港：《告別人間滋味》也斯紀念特刊編輯委員會，2013 年（初版）。

「劉以鬯主編《香港時報・淺水灣》1960.2.15-1962.6.30 時期研究」計劃

何杏楓、張詠梅編：《劉以鬯主編《香港時報・淺水灣》（1960.2.15-1962.6.30）時期研究資料冊》，香港：「劉以鬯主編《香港時報・淺水灣》1960.2.15-1962.6.30 時期研究」計劃，2004 年（初版）。

21 世紀人文出版社

陳家春：《駝跡：香港新生代小說一瞥》，香港：21 世紀人文出版社，2002 年（初版）。

kubrick

陳智德：《憶齋讀書錄》，香港：kubrick，2008 年（初版）。

陳智德：《抗世詩話》，香港：kubrick，2009 年（初版）。

三人出版

黃念欣、董啟章：《講話文章：訪問、閱讀十位香港作家》，香港：三人出版，1996年（初版）。

黃念欣、董啟章：《講話文章 II：香港青年作家訪談與評介》，香港：三人出版，1997年（初版）。

三聯書店

李輝：《雲與火的景象：當代文人訪談錄》，香港：三聯書店，1998 年（初版）。

楊瀾：《楊瀾訪談錄》，香港：三聯書店，1999 年（初版）。

張國風：《漫說三國》，香港：三聯書店，2001 年（初版）。

張錦池：《漫說西遊》，香港：三聯書店，2001 年（初版）。

劉永良：《漫說紅樓》，香港：三聯書店，2001 年（初版）。

王璞編著：《散文十二講》，香港：三聯書店，2003 年（初版）。

黃志華：《香港詞人詞語》，香港：三聯書店，2003 年（初版）。

黃志華：《粵語歌詞創作談》，香港：三聯書店，2003 年（初版）。

劉再復：《《紅樓夢》悟》，香港：三聯書店，2006 年（初版）。

劉紹銘：《到底是張愛玲》，香港：三聯書店，2007 年（初版）。

盧瑋鑾、熊志琴：《文學與影像比讀》，香港：三聯書店，2007 年（初版）。

王德威：《一九四九：傷痕書寫與國家文學》，香港：三聯書店，2008 年（初版）。

何福仁：《浮城 1.2.3：西西小說新析》，香港：三聯書店，2008 年（初版）。

黃志華：《曲詞雙絕：胡文森作品研究》，香港：三聯書店，2008 年（初版）。

陶方宣：《霓裳・張愛玲》，香港：三聯書店，2009 年（初版）。

劉再復：《共鑑「五四」：與李澤厚、李歐梵等共論「五四」》，香港：三聯書店，2009年（初版）。

劉再復：《紅樓人三十種解讀》，香港：三聯書店，2009 年（初版）。

盧瑋鑾：《辛苦種成花錦繡——品味唐滌生《帝女花》》，香港：三聯書店，2009 年（初版）。

李歐梵：《文學改編電影》，香港：三聯書店，2010 年（初版）。
施議對：《文學與神明：饒宗頤訪談錄》，香港：三聯書店，2010 年（初版）。
劉再復：《紅樓哲學筆記》，香港：三聯書店，2010 年（初版）。
李婉薇：《清末民初的粵語書寫》，香港：三聯書店，2011 年（初版）。
何福仁：《歷史的際會：先秦史傳散文新讀》，香港：三聯書店，2012 年（初版）。
張隆溪：《文學、歷史、思想、中西比較研究》，香港：三聯書店，2012 年（初版）。
傅光明：《老舍之死：口述實錄》，香港：三聯書店，2012 年（初版）。
黃子平：《歷史碎片與詩的行程》，香港：三聯書店，2012 年（初版）。
廖偉棠：《浮城述夢人：香港作家訪談錄》，香港：三聯書店，2012 年（初版）。
陳國球：《抒情中國論》，香港：三聯書店，2013 年（初版）。
潘步釗：《一本讀懂中國文學史》，香港：三聯書店，2013 年（初版）。
陳平原：《學問、思想與情懷》，香港：三聯書店，2014 年（初版）。
盧瑋鑾、熊志琴：《香港文化眾聲道 1》，香港：三聯書店，2014 年（初版）。
杜漸：《長相憶：師友回眸》，香港：三聯書店，2015 年（初版）。
黃志華：《盧國沾詞評選》，香港：三聯書店，2015 年（初版）。
葉倬瑋：《情意流轉》，香港：三聯書店，2015 年（初版）。
劉再復：《什麼是文學：文學常識二十二講》，香港：三聯書店，2015 年（初版）。
陳墨：《陳墨評說金庸》，香港：三聯書店，2016 年（初版）。
趙雨樂：《近代南來文人的香港印象與國族意識》，香港：三聯書店，2016 年（初版）。
鄭政恆：《字與光：文學改編電影談》，香港：三聯書店，2016 年（初版）。

大山文化

劉再復：《高行健引論》，香港：大山文化，2011 年（初版）。
李澤厚、林崗、杜特萊：《讀高行健》，香港：大山文化，2013 年（初版）。

大世界出版

夏馬編：《香港散文詩研詩會論文集》，香港：大世界出版，2001 年（初版）。

川漓社

葉輝：《Metaxy：中間詩學的誕生》，香港：川漓社，2011 年（初版）。

中和出版

劉再復：《莫言了不起：一條游弋於中國當代文學困境的鯨魚》，香港：中和出版，2013 年
　　（初版）。
張敏慧：《開鑼》，香港：中和出版，2014 年（初版）。

中國文史哲出版社

黃坤堯：《香港舊體文學論集》，香港：中國文史哲出版社，2008 年（初版）。

中國科學文化出版社

王劍叢：《香港澳門文學論集》，香港：中國科學文化出版社，2004 年（初版）。

中華書局

黃子平編：《中國小說與宗教》，香港：中華書局，1998 年（初版）。
劉楚華編：《唐代文學與宗教》，香港：中華書局，2004 年（初版）。

寒山碧：《中國新文學的歷史命運：二十世紀中國文學的回顧與廿一世紀的展望》，香港：中華書局，2007 年（初版）。

許子東：《張愛玲的文學史意義》，香港：中華書局，2011 年（初版）。

陳岸峰：《詩學的政治及其闡釋》，香港：中華書局，2013 年（初版）。

黃淑嫻編：《也斯的五○年代：香港文學與文化論集》，香港：中華書局，2013 年（初版）。

林幸謙：《身體與符號建構：重讀中國現代女性文學》，香港：中華書局，2014 年（初版）。

陳岸峰：《文學史的書寫及其不滿》，香港：中華書局，2014 年（初版）。

陳岸峰：《醍醐灌頂：金庸武俠小說中的思想世界》，香港：中華書局，2015 年（初版）。

楊玉峰：《黃谷柳的顛簸人生與創作》，香港：中華書局，2015 年（初版）。

劉燕萍、陳素怡：《粵劇與改編：論唐滌生的經典作品》，香港：中華書局，2015 年（初版）。

朱耀偉：《香港研究作為方法》，香港：中華書局，2016 年（初版）。

陳岸峰：《文學考古：金庸武俠小說中的「隱型結構」》，香港：中華書局，2016年（初版）。

鄭蕾：《香港現代主義文學與思潮》，香港：中華書局，2016 年（初版）。

山邊社

何紫：《何紫談兒童文學》，香港：山邊社，1997 年（初版）。

天地圖書

高行健：《沒有主義》，香港：天地圖書，1996 年（初版）。

施子清：《雪香集》，香港：天地圖書，1996 年（初版）。

李輝：《滄桑看雲：當化文人的「罪與罰」》，香港：天地圖書，1997 年（初版）。

林崗：《邊緣解讀》，香港：天地圖書，1998 年（初版）。

鄭樹森、黃繼持、盧瑋鑾編：《早期香港新文學作品選（一九二七──一九四一年）》，香港：天地圖書，1998 年（初版）。

鄭樹森、黃繼持、盧瑋鑾：《早期香港新文學資料選（一九二七──一九四一年）》，香港：天地圖書，1998 年（初版）。

于青：《張愛玲傳》，香港：天地圖書，1998 年（初版）。

王崗：《浪漫情感與宗教精神：晚明文學與文學思潮》，香港：天地圖書，1999 年（初版）。

鄭樹森、黃繼持、盧瑋鑾編：《國共內戰時期香港文學資料選（一九四五──一九四九年）》，香港：天地圖書，1999 年（初版）。

鄭樹森、黃繼持、盧瑋鑾：《國共內戰時期香港本地與南來文人作品選（一九四五──一九四九年）》上下冊，香港：天地圖書，1999 年（初版）。

陳子善：《許我一個未來：徐志摩的生死情愛》，香港：天地圖書，1999 年（初版）。

孫立川：《西還集：魯迅研究札記》，香港：天地圖書，2000 年（初版）。

齊桓：《《談文說藝》初輯》，香港：天地圖書，2000 年（初版）。

鄭振偉：《中文文學拾論》，香港：天地圖書，2000 年（初版）。

鄭樹森、黃繼持、盧瑋鑾編：《香港新文學年表（一九五○──一九六九年）》，香港：天地圖書，2000 年（初版）。

陳晴：《蝴蝶飛》，香港：天地圖書，2001 年（初版）。

賈植芳：《獄裏獄外》，香港：天地圖書，2001 年（初版）。

郭偉川：《饒宗頤的文學與藝術》，香港：天地圖書，2001 年（初版）。

于青：《最後一爐香》，香港：天地圖書，2002 年（初版）。

黃繼持：《魯迅・陳映真・朱光潛》，香港：天地圖書，2002 年（初版）。

劉再復：《書園思緒：劉再復學術思想精粹》，香港：天地圖書，2002 年（初版）。

孫立川：《南耕錄》，香港：天地圖書，2003 年（初版）。

梅子：《人文心影》，香港：天地圖書，2003 年（初版）。

張詠梅：《邊緣與中心：論香港左翼小說中的「香港」》，香港：天地圖書，2003年（初版）。

黃繼持：《現代化・現代性・現代文學》，香港：天地圖書，2003 年（初版）。

許子東：《香港短篇小說初探》，香港：天地圖書，2005 年（初版）。

黃子平：《害怕寫作》，香港：天地圖書，2005 年（初版）。

黃燦然：《在兩大傳統的陰影下》，香港：天地圖書，2005 年（初版）。

葉輝：《新詩地圖私繪本》，香港：天地圖書，2005 年（初版）。

劉紹銘：《激流倒影》，香港：天地圖書，2005 年（初版）。

劉紹銘：《文字的再生》，香港：天地圖書，2005 年（初版）。

王宏志：《本土香港》，香港：天地圖書，2006 年（初版）。

古兆申：《長言雅音論崑曲》，香港：天地圖書，2007 年（初版）。

許迪鏘：《形勢比人強》，香港：天地圖書，2007 年（初版）。

馮偉才：《遊方吟》，香港：天地圖書，2007 年（初版）。

黃念欣：《晚期風格：香港女作家三論》，香港：天地圖書，2007 年（初版）。

黃燦然：《香港新詩名篇》，香港：天地圖書，2007 年（初版）。

楊牧：《譯事》，香港：天地圖書，2007 年（初版）。

黎海華：《細緻與磅礴》，香港：天地圖書，2007 年（初版）。

羅孚：《文苑繽紛》，香港：天地圖書，2007 年（初版）。

司徒秀英：《舊時月色：古典詩詞漫步》，香港：天地圖書，2008 年（初版）。

香港浸會大學文學院：《紅樓夢獎 2006：賈平凹《秦腔》得獎專輯》，香港：天地圖書，2008 年（初版）。

徐霞：《文學・女性・知識：西西《哀悼乳房》及其創作譜系研究》，香港：天地圖書，2008 年（初版）。

高辛勇：《修辭學與文學閱讀》，香港：天地圖書，2008 年（初版）。

許定銘：《愛書人手記》，香港：天地圖書，2008 年（初版）。

陳耀南：《陳耀南讀杜詩》，香港：天地圖書，2008 年（初版）。

寒山碧：《我的文學思考：文藝論文集》，香港：天地圖書，2008 年（初版）。

羅貴祥：《他地在地：訪尋文學的評論》，香港：天地圖書，2008 年（初版）。

周英雄：《異地文化：餘光閱讀》，香港：天地圖書，2009 年（初版）。

林幸謙：《「時代的盜火者」上卷：文學的信念與反思》，香港：天地圖書，2009年（初版）。

胡洛卿：《詩人謝山和他的托派朋友們》，香港：天地圖書，2009 年（初版）。

香港浸會大學文學院：《論莫言《生死疲勞》：紅樓夢獎 2008 得獎作品專輯》，香港：天地圖書，2009 年（初版）。

奚密：《台灣現代詩論》，香港：天地圖書，2009 年（初版）。

孫立川：《北窗集》，香港：天地圖書，2010 年（初版）。

陳潔儀：《香港小說與個人記憶》，香港：天地圖書，2010 年（初版）。

劉再復：《李澤厚美學概論》，香港：天地圖書，2010 年（初版）。

劉麗北：《紋身的牆：劉火子詩歌賞評》，香港：天地圖書，2010 年（初版）。

危令敦：《香港小說五家》，香港：天地圖書，2011 年（初版）。

許定銘：《舊書刊摭拾》，香港：天地圖書，2011 年（初版）。

危令敦：《一生二，二生三：高行健小說研究》，香港：天地圖書，2012 年（初版）。

香港浸會大學文學院：《論駱以軍《西夏旅館》：紅樓夢獎 2010 得獎作品專輯》，
　　香港：天地圖書，2012 年（初版）。

陳岸峰：《神話的叩問：現當代中國小說研究》，香港：天地圖書，2012 年（初版）。

白先勇：《牡丹情緣：白先勇的崑曲之旅》，香港：天地圖書，2013 年（初版）。

梁羽生：《梁羽生評點民國聞人詩詞》，香港：天地圖書，2013 年（初版）。

文潔華：《獨與天地精神往來：當代中國美學新視域》，香港：天地圖書，2014 年（初版）。

香港浸會大學文學院：《第五屆紅樓夢獎評論集：黃碧雲《烈佬傳》》，香港：天地圖書，
　　2015 年（初版）。

莫名：《管窺錐指盡須彌：讀錢鍾書兩部書》，香港：天地圖書，2015 年（初版）。

蔡益懷：《小說，開門》，香港：天地圖書，2015 年（初版）。

陳家春：《文學精義：文學概論‧語法學概論‧寫作概論》，香港：天地圖書，2016 年（初版）。

陳家春：《古典文學名篇鑒賞》，香港：天地圖書，2016 年（初版）。

陳家春：《現代小說名篇評析》，香港：天地圖書，2016 年（初版）。

陳麗芬：《華語文學與文化政治》，香港：天地圖書，2016 年（初版）。

馮偉才：《本土、邊緣與他者：香港文學評論學會文集》，香港：天地圖書，2016 年
　　（初版）。

文化工房

洛楓：《請勿超越黃線：香港文學的時代記認》，香港：文化工房，2008 年（初版）。

陳素怡主編：《僭越的夜行：梁秉鈞新詩作品評論資料彙編》，香港：文化工房，2012 年
　　（初版）。

黃淑嫻：《理性的游藝：從卡夫卡談起》，香港：文化工房，2015 年（初版）。

鍾國強：《浮想漫讀》，香港：文化工房，2015 年（初版）。

文星文化教育協會

陳智德、小西編：《咖啡還未喝完：香港新詩論》，香港：文星文化教育協會，2005年（初版）。

文星圖書

崑南：《打開文論的視窗》，香港：文星圖書，2003 年（初版）。

文壇出版社

葉盛生：《青鋒出鞘》，香港：文壇出版社，2001 年（初版）。

牛津大學出版社

黃子平：《革命、歷史、小說》，香港：牛津大學出版社，1996 年（初版）。

王宏志：《歷史的偶然：從香港看中國現代文學史》，香港：牛津大學出版社，1997 年（初版）。

陳清僑：《情感的實踐：香港流行歌詞研究》，香港：牛津大學出版社，1997 年（初版）。

張旭東：《幻想的秩序：批評理論與當代中國文學話語》，香港：牛津大學出版社，1997 年
　　（初版）。

黃子平：《邊緣閱讀》，香港：牛津大學出版社，1997 年（初版）。

羅孚：《燕山詩話》，香港：牛津大學出版社，1997 年（初版）。

古蒼梧：《書想戲夢》，香港：牛津大學出版社，1998 年（初版）。

陳潔儀：《閱讀「肥土鎮」：論西西的小說敘事》，香港：牛津大學出版社，1998 年（初版）。

黃繼持、盧瑋鑾、鄭樹森：《追跡香港文學》，香港：牛津大學出版社，1998 年（初版）。

劉小楓：《沉重的肉身：現代性倫理的敘事緯語》，香港：牛津大學出版社，1998 年（初版）。

劉再復：《現代文學諸子論》，香港：牛津大學出版社，2000 年（初版）。

譚國根：《主體建構政治與現代中國文學》，香港：牛津大學出版社，2000 年（初版）。

劉禾：《持燈的使者》，香港：牛津大學出版社，2001 年（初版）。

古蒼梧：《今生此時今世此地：張愛玲、蘇青、胡蘭成的上海》，香港：牛津大學出版社，2002 年（初版）。

洛楓：《盛世邊緣——香港電影的性別、特技與九七政治》，香港：牛津大學出版社，2002 年（初版）。

張美君、朱耀偉編：《香港文學 @ 文化研究》，香港：牛津大學出版社，2002 年（初版）。

梁秉鈞：《書與城市》，香港：牛津大學出版社，2002 年（初版）。

劉再復、林崗：《罪與文學：關於文學懺悔意識與靈魂維度的考察》，香港：牛津大學出版社，2002 年（初版）。

李歐梵：《清水灣畔的臆語》，香港：牛津大學出版社，2004 年（初版）。

孔在齊：《你傲慢，我偏見》，香港：牛津大學出版社，2006 年（初版）。

李陀：《昨天的故事：關於重寫文學史》，香港：牛津大學出版社，2006 年（初版）。

李歐梵：《蒼涼與世故：張愛玲的啟示》，香港：牛津大學出版社，2006 年（初版）。

胡燕青：《文學平民：談寫作教學與本地創作》，香港：牛津大學出版社，2006 年（初版）。

林幸謙編：《張愛玲：文學・電影・舞台》，香港：牛津大學出版社，2007 年（初版）。

李歐梵：《睇色，戒：文學・電影・歷史》，香港：牛津大學出版社，2008 年（初版）。

樊善標、危令敦、黃念欣編：《墨痕深處：文學、歷史、記憶論集》，香港：牛津大學出版社，2008 年（初版）。

劉小楓：《昭告幽微：古希臘詩品讀》，香港：牛津大學出版社，2009 年（初版）。

王德威、陳思和、許子東編：《一九四九以後》，香港：牛津大學出版社，2010 年（初版）。

盧瑋鑾、熊志琴：《雙程路：中西文化的體驗與思考 1963-2003：古兆申訪談錄》，香港：牛津大學出版社，2010 年（初版）。

張敏慧：《一台風景》，香港：牛津大學出版社，2011 年（初版）。

張旭東、莫言：《我們時代的寫作：對話《酒國》《生死疲勞》》，香港：牛津大學出版社，2012 年（初版）。

也斯：《浮世巴哈》，香港：牛津大學出版社，2013 年（初版）。

李歐梵：《情迷現代主義》，香港：牛津大學出版社，2013 年（初版）。

世界華文文學家協會出版社

茅盾等：《當代名家談王一桃》，香港：世界華文文學家協會出版社，2009 年（初版）。

市政局公共圖書館

劉以鬯編：《香港文學作家傳略》，香港：市政局公共圖書館，1996 年（初版）。

香港文學節研討會：《香港文學節研討會講稿匯編》，香港：市政局公共圖書館，1997年（初版）。

徐潔貞編：《第二屆香港文學節：「香港文學多面體」研討會講稿彙編》，香港：臨時市政局公共圖書館，1998年（初版）。

吳萱人：《香港六七十年代文社運動整理及研究》，香港：臨時市政局公共圖書館，1999年（初版）。

曾敏之編：《第三屆香港文學節研討會講稿彙編》，香港：臨時市政局公共圖書館，1999年（初版）。

石磬文化事業

張曼儀：《揚塵集》，香港：石磬文化事業，2013年（初版）。

張曼儀：《翻譯十談》，香港：石磬文化事業，2015年（初版）。

次文化堂

小思編：《舊行路人：中國學生周報文輯》，香港：次文化堂，1997年6月（初版）。

潘國森：《解析笑傲江湖》，香港：次文化堂，1999年（初版）。

吳昊：《孤城記：論香港電影及俗文學》，香港：次文化堂，2008年（初版）。

潘國森：《修理金庸》，香港：次文化堂，2010年（初版）。

利文出版社

沈西城：《倪匡傳》，香港：利文出版社，1996年（初版）。

沈西城：《香港三大才子：金庸，倪匡，蔡瀾》，香港：利文出版社，2008年（初版）。

妙思創作室

舒慧主編：《夜，正緩步遠行：丁平紀念專輯》，香港：妙思創作室，2009年（初版）。

里波出版社

王璞：《一個孤獨的講故事人——徐訏小說研究》，香港：里波出版社，2003年（初版）。

花千樹出版社

王曉明：《魯迅傳》，香港：花千樹出版社，2000年（初版）。

張五常：《五常談學術》，香港：花千樹出版社，2000年（初版）。

宋明煒：《張愛玲傳》，香港：花千樹出版社，2001年（初版）。

宋炳輝：《徐志摩傳》，香港：花千樹出版社，2001年（初版）。

袁慶豐：《郁達夫傳》，香港：花千樹出版社，2001年（初版）。

舒巷城：《淺談文學語言》，香港：花千樹出版社，2005年（初版）。

林翠芬：《作家的魅力：文學名家採訪錄》，香港：花千樹出版社，2009年（初版）。

陳智德：《解體我城：香港文學1950-2005》，香港：花千樹出版社，2009年（初版）。

葉輝、馬家輝編：《活在書堆下：我們懷念羅志華》，香港：花千樹出版社，2009年（初版）。

馬輝洪編：《回憶舒巷城》，香港：花千樹出版社，2012年（初版）。

王臣：《我們都是受過的：蕭紅傳》，香港：花千樹出版社，2014年（初版）。

陳雲：《讀破萬卷書：陳雲的書評及藝評》，香港：花千樹出版社，2014年（初版）。

樊善標、陳燕遐、馬輝洪編：《二十一世紀中大的一日》，香港：花千樹出版社，2015年（初版）。

馬輝洪編：《舒巷城書信集》，香港：花千樹出版社，2016 年（初版）。

阿湯圖書

秀實：《散文詩的蛹與蝶》，香港：阿湯圖書，2005 年（初版）。

林浩光：《新詩的鏡與象》，香港：阿湯圖書，2005 年（初版）。

阿兆：《微型小說的鯤與鵬》，香港：阿湯圖書，2005 年（初版）。

奔馬出版社

王一桃：《王一桃文論選》，香港：奔馬出版社，1998 年（初版）。

明河社

劉紹銘、陳永明編：《武俠小說論卷》，香港：明河社，1998 年（初版）。

林麗君編：《金庸小說與二十世紀中國文學：國際學術研討會論文集》，香港：明河社，
　　　2000 年（初版）。

明報月刊

董啟章：《致同代人》，香港：明報月刊，2009 年（初版）。

明報出版社

易明善：《劉以鬯傳》，香港：明報出版社，1997 年（初版）。

林曼叔：《解讀高行健》，香港：明報出版社，2000 年（初版）。

劉心武：《瞭解高行健》，香港：明報出版社，2000 年（初版）。

劉再復：《論高行健狀態》，香港：明報出版社，2000 年（初版）。

高行健：《文學的理由》，香港：明報出版社，2001 年（初版）。

黃健威：《西遊記研究入門》，香港：明報出版社，2005 年（初版）。

梁秉鈞、許旭筠編：《東亞文化與中文文學》，香港：明報出版社，2006 年（初版）。

劉再復：《思想者十八題：海外訪談錄》，香港：明報出版社，2007 年（初版）。

聶華苓：《三生影像》，香港：明報出版社，2007 年（初版）。

高行健：《論創作》，香港：明報出版社，2008 年（初版）。

張雙慶、危令敦編：《情思滿江山，天地入沉吟：第一屆世界華文旅遊文學國際學術研討會
　　　文集》，香港：明報出版社，2008 年（初版）。

張雙慶、馮國培編：《看山不是山，看水不是水：第二屆世界華文旅遊文學國際學術研討會
　　　文集》，香港：明報出版社，2011 年（初版）。

劉再復：《狂語莫言》，香港：明報出版社，2013 年（初版）。

明窗出版社

三毛等著：《諸子百家看金庸四》，香港：明窗出版社，1997 年（初版）。

杜南發等著：《諸子百家看金庸五》，香港：明窗出版社，1997 年（初版）。

倪匡、陳沛然等著：《五看金庸小說》，香港：明窗出版社，1997 年（初版）。

倪匡：《三看金庸小說》，香港：明窗出版社，1997 年（初版）。

倪匡：《四看金庸小說》，香港：明窗出版社，1997 年（初版）。

倪匡：《再看金庸小說》，香港：明窗出版社，1997 年（初版）。

倪匡：《我看金庸小說》，香港：明窗出版社，1997 年（初版）。

翁靈文等著：《諸子百家看金庸三》，香港：明窗出版社，1997 年（初版）。

陳沛然：《情之探索與神鵰俠侶》，香港：明窗出版社，1997 年（初版）。

楊瑞生：《聯賞聯想》，香港：明窗出版社，1997 年（初版）。

溫瑞安：《天龍八部欣賞舉隅》，香港：明窗出版社，1997 年（初版）。

溫瑞安：《析雪山飛狐與鴛鴦刀》，香港：明窗出版社，1997 年（初版）。

溫瑞安：《談笑傲江湖》，香港：明窗出版社，1997 年（初版）。

餘子：《諸子百家看金庸》，香港：明窗出版社，1997 年（初版）。

薛興國：《通宵達旦讀金庸》，香港：明窗出版社，1997 年（初版）。

羅龍治等著：《諸子百家看金庸二》，香港：明窗出版社，1997 年（初版）。

蘇墱基：《金庸的武俠世界》，香港：明窗出版社，1997 年（初版）。

江曾培：《微型小說的特性與技巧》，香港：明窗出版社，1998 年（初版）。

呂少群、秀實：《香港作家散文導賞》，香港：明窗出版社，1998 年（初版）。

陳佐才：《天龍八部的閃閃靈光》，香港：明窗出版社，1998 年（初版）。

舒國治：《讀金庸偶得》，香港：明窗出版社，1998 年（初版）。

潘國森：《話說金庸》，香港：明窗出版社，1998 年（初版）。

吳羊璧：《水滸傳之逆境出英雄》，香港：明窗出版社，1999 年（初版）。

吳羊璧：《水滸傳之強者造時勢》，香港：明窗出版社，1999 年（初版）。

王蕙玲：《人間四月天之徐志摩的愛情故事：一個詩人的愛與死》，香港：明窗出版社，
　　　2000 年（初版）。

施愛東：《點評金庸之江湖手冊》，香港：明窗出版社，2001 年（初版）。

施愛東：《點評金庸之妙趣橫生》，香港：明窗出版社，2001 年（初版）。

施愛東：《點評金庸之性情中人》，香港：明窗出版社，2001 年（初版）。

曾敏之：《人文紀事》，香港：明窗出版社，2002 年（初版）。

曾敏之：《文史叢談》，香港：明窗出版社，2004 年（初版）。

曾敏之：《文旅：與名作家名文化人文學活動紀實》，香港：明窗出版社，2004 年（初版）。

曾敏之：《文林漫筆：王安石詩：丹青難寫是精神》，香港：明窗出版社，2006 年（初版）。

嚴浩：《浮城》，香港：明窗出版社，2012 年（初版）。

江迅文，倪匡口述：《倪匡傳：哈哈哈哈》，香港：明窗出版社，2014 年（初版）。

青文書屋

也斯：《香港文化空間與文學》，香港：青文書屋，1996 年（初版）。

香港文學書目編輯小組：《香港文學書目》，香港：青文書屋，1996 年（初版）。

香港文學書目編輯小組：《香港文學書目：補充資料》，香港：青文書屋，1997 年（初版）。

黃淑嫻：《女性書寫：電影與文學》，香港：青文書屋，1997 年（初版）。

陳耀成：《情色地圖》，香港：青文書屋，2001 年（初版）。

葉輝：《書寫浮城：香港文學評論集》，香港：青文書屋，2001 年（初版）。

鄧樹榮、羅貴祥、陳志樺編：《生與死三部曲之劇場探索：劇本、評論及其他》，香港：青
　　　文書屋，2001 年（初版）。

王良和編：《鍾偉民新詩評論集》，香港：青文書屋，2003 年（初版）。

危令敦：《天南海外讀小說：當代華文作品評論集》，香港：青文書屋，2004 年（初版）。

南島出版社
李君哲：《海外華文文學札記》，香港：南島出版社，2000 年（初版）。

迪志文化出版
白先勇：《遊園驚夢二十年》，香港：迪志文化出版，2001 年（初版）。

科華圖書
殷德厚：《情文學詩意》，香港：科華圖書，1999 年（初版）。

蔡輝龍：《張衡賦賞析：蔡輝龍文學藝術評論集》，香港：科華圖書，1999 年（初版）。

李立明：《香港作家懷舊》，香港：科華圖書，2000 年（初版）。

張文燦：《詩詞鑒賞圭臬》，香港：科華圖書，2000 年（初版）。

程盤銘：《推理小說研究》，香港：科華圖書，2000 年（初版）。

黃祖植：《詩美十談》，香港：科華圖書，2000 年（初版）。

沈惠英：《丁西林喜劇作品欣賞》，香港：科華圖書，2001 年（初版）。

廖雲：《南海十三郎之正傳》，香港：科華圖書，2001 年（初版）。

鄭炯堅：《荀子文學與美學》，香港：科華圖書，2001 年（初版）。

秀實：《文本透視》，香港：科華圖書，2002 年（初版）。

陳潞：《韻海拾貝》，香港：科華圖書，2002 年（初版）。

李立明：《香港作家懷舊第二集》，香港：科華圖書，2004 年（初版）。

簡敦獻：《謝靈運山水詩研究》，香港：科華圖書，2004 年（初版）。

葉鷹：《徐無鬼析註釋：一篇有關與之與不與之問題的古哲文》，香港：科華圖書，2005 年
　　（初版）。

潘兆賢：《浮生錦繡錄》，香港：科華圖書，2006 年（初版）。

方寬烈：《情詩三百首評釋》，香港：科華圖書，2007 年（初版）。

陳德錦：《宏觀散文》，香港：科華圖書，2008 年（初版）。

陳健榮：《清水灣文集》，香港：科華圖書，2009 年（初版）。

潘兆賢：《群芳譜》，香港：科華圖書，2011 年（初版）。

魏鵬展：《新詩創作法》，香港：科華圖書，2014 年（初版）。

林樹勛：《香港文學作品欣賞筆記：獻給愛學寫作的青少年朋友》，香港：科華圖書，2015
　　年（初版）。

皇冠出版社
鍾偉民：《狼八式：寫作與思考》，香港：皇冠出版社，2008 年（初版）。

秋海棠文化企業
黃康顯：《香港文學的發展與評價》，香港：秋海棠文化企業，1996 年（初版）。

突破出版社
梁科慶：《在書架上飛行》，香港：突破出版社，2002 年（初版）。

梁科慶：《文學想多了》，香港：突破出版社，2011 年（初版）。

梁科慶、阿谷、周淑屏：《文學大師的理與情》，香港：突破出版社，2014 年（初版）。

紅出版
韓牧：《剪虹集：韓牧藝評小品》，香港：紅出版，2006 年（初版）。

韓牧：《韓牧評論選》，香港：紅出版，2006 年（初版）。

紅高粱書架

秀實：《劉半農詩歌研究》，香港：紅高粱書架，1999 年（初版）。

風雅出版社

關夢南、葉輝主編：《香港文學新詩資料彙編（1922-2000）》，香港：風雅出版社，2006 年
　　（初版）。

關夢南、潘步釗主編：《唐詩 100 首創作談》，香港：風雅出版社，2009 年（初版）。

關夢南：《小學寫新詩其實並不難》，香港：風雅出版社，2011 年（初版）。

李洛霞、關夢南主編：《香港六十年代青年小說作者群像（1960-1969）》，香港：風雅出版
　　社，2012 年（初版）。

關夢南：《香港新詩：七個早逝優秀詩人》，香港：風雅出版社，2012 年（初版）。

香江出版

梅子：《香港文學識小》，香港：香江出版，1996 年（初版）。

黃維樑：《香港文學再探》，香港：香江出版，1996 年（初版）。

董啟章：《說書人：閱讀與評論合集》，香港：香江出版，1996 年（初版）。

戈雲：《文壇是非多：文藝評論選集》，香港：香江出版，1997 年（初版）。

陳家春編：《香港學生佳作賞評》，香港：香江出版，1998 年（初版）。

黃維樑、錢學武：《自足的宇宙：余光中詩題材研究》，香港：香江出版，1998 年（初版）。

曾焯文：《達夫心經》，香港：香江出版，1999 年（初版）。

孫立川：《《西遊記》辨證》，香港：香江出版，2000 年（初版）。

香港人民出版社

古遠清：《香港當代新詩史》，香港：香港人民出版社，2008 年（初版）。

香港大學中文系

香港大學中文系編：《白先勇與二十世紀華文文學國際研討會》，香港：香港大學中文系，2003
　　年（初版）。

香港大學比較文學系

黃德偉編：《閱讀張愛玲》，香港：香港大學比較文學系，1998 年（初版）。

香港大學出版社

劉燕萍：《女性與命運：粵劇‧粵語戲曲電影論集》，香港：香港大學出版社，2010 年（初版）。

黃淑嫻：《香港影像書寫：作家、電影與改編》，香港：香港大學出版社，2013 年（初版）。

香港大學亞洲研究中心

香港八十年代文學現象國際學術研討會：《香港八十年代文學現象國際學術研討會：會議論
　　文集》，香港：香港大學亞洲研究中心，1999 年（初版）。

香港大學饒宗頤學術館

何祥榮：《漢魏六朝鄴都詩賦析論》，香港：香港大學饒宗頤學術館，2009 年（初版）。

陳岸峰：《王士禎的神韻說及其實踐》，香港：香港大學饒宗頤學術館，2011 年（初版）。

陳岸峰：《鏡花水月：《天龍八部》中蕭峰的原型及其命運》，香港：香港大學饒宗頤學術
　　館，2015 年（初版）。

黃兆漢：《學藝相輝：饒宗頤教授書畫藝術我見》，香港：香港大學饒宗頤學術館，2015 年（初版）。

香港小說學會

楊興安：《太平廣記豪俠小說》，香港：香港小說學會，2006 年（初版）。

楊興安編：《春日風：香港小說學會 2012 春季文藝沙龍特刊》，香港：香港小說學會，2012 年（初版）。

香港中文大學中國語言及文學系

張麗燕編：《《星島日報 · 文藝氣象》目錄》，香港：香港中文大學中國語言及文學系，1997 年（初版）。

香港中文大學出版社

陳耀南：《古文今讀：續編》，香港：香港中文大學出版社，1999 年（初版）。

黃維樑編：《活潑紛繁的香港文學：一九九九年香港文學國際研討會論文集》，香港：香港中文大學出版社，2000 年（初版）。

劉紹銘：《愛玲說》，香港：香港中文大學出版社，2015 年（初版）。

陳國球：《香港的抒情史》，香港：香港中文大學出版社，2016 年（初版）。

香港中文大學音樂系粵劇研究計劃

陳守仁：《神功粵劇在香港》，香港：香港中文大學音樂系粵劇研究計劃，1996 年（初版）。

陳守仁：《實地考查與戲曲研究》，香港：香港中文大學音樂系粵劇研究計劃，1997年（初版）。

陳守仁：《香港粵劇導論》，香港：香港中文大學音樂系粵劇研究計劃，1999 年（初版）。

李少恩、鄭寧恩、戴淑茵編：《香港戲曲的現況與前瞻》，香港：香港中文大學音樂系粵劇研究計劃，2005 年（初版）。【戲曲表演研討會：回顧，現況與前瞻（2004：香港中央圖書館）】

陳守仁編：《香港粵劇劇目概說：1900-2002》，香港：香港中文大學音樂系粵劇研究計劃，2007 年（初版）。

香港中文大學圖書館

香港中文大學圖書館：《盧瑋鑾教授捐贈香港文學書目》，香港：香港中文大學圖書館，2002 年（初版）。

香港中文大學圖書館：《2000 年諾貝爾文學獎得主高行健先生捐贈展》，香港：香港中文大學圖書館，2004 年（初版）。

陳智德、馬輝洪、陳露明編：《香港相思：余光中的文學生命》，香港：香港中文大學圖書館，2004 年（初版）。

香港中文大學圖書館：《薪火相傳：香港兒童文學發展 65 年回顧展》，香港：香港中文大學圖書館，2005 年（初版）。

黃潘明珠主編：《香港中文大學圖書館中國現代作家簽名本展覽特刊》，香港：香港中文大學圖書館，2005 年（初版）。

香港中文大學圖書館及澳門大學圖書館：《香港澳門早期書刊展專輯資料》，香港：香港中文大學圖書館，2006 年（初版）。

馬輝洪編：《香港兒童文學作家書目》，香港：香港中文大學圖書館，2006 年（初版）。

香港中文大學圖書館：《書影留蹤：中國現代文學珍本選：以民國時期上海、香港出版物為例》，香港：香港中文大學圖書館，2007 年（初版）。

香港中文大學圖書館：《香港中文大學圖書館特藏展——「高行健：文學與藝術」：展品選錄》，香港：香港中文大學圖書館，2008 年（初版）。

新加坡南洋理工大學圖書館及香港中文大學大學圖書館：《中國與新加坡現代作家簽名本展覽》，香港：香港中文大學圖書館，2008 年（初版）。

香港中文大學圖書館：《佳色掇英：香港中文大學圖書館香港文學建藏十周年展》，香港：香港中文大學圖書館，2013 年（初版）。

香港中央圖書館

方寬烈：《香港中央圖書館口述歷史訪問紀錄：香港舊詩詩人創立詩社的歷史和刊物》，香港：香港中央圖書館，2004 年（初版）。

香港中國語文學會

劉楚華編：《魯迅論壇專輯》，香港：香港中國語文學會，2007 年（初版）。

黃坤堯編：《香港舊體文學論集》，香港：香港中國語文學會，2008 年（初版）。

香港公共圖書館

許迪鏘編：《第八屆香港文學節研討會論稿匯編》，香港：香港公共圖書館，2011 年（初版）。

香港文學節研討會：《第九屆香港文學節研討會論稿匯編》，香港：香港公共圖書館，2013 年（初版）。

香港文學節研討會：《念念不忘：第十屆香港文學節研討會論稿匯編》，香港：香港公共圖書館，2015 年（初版）。

香港公開大學出版社

梁秉鈞、譚國根、黃勁輝、黃淑嫻編：《劉以鬯與香港現代主義》，香港：香港公開大學出版社，2010 年（初版）。

香港文學出版社

陶然編：《香港文學文論選——面對都市叢林》，香港：香港文學出版社，2003 年（初版）。

蔡益懷：《本土內外：文學文化評論集》，香港：香港文學出版社，2015 年（初版）。

香港文學生活館

香港文學生活館：《文學是一場寧靜的奮鬥：香港（未有）文學館》，香港：香港文學生活館，2015 年（初版）。

香港文學研究出版社

寒山碧編：《徐訏作品評論集》，香港：香港文學研究出版社，2009 年（初版）。

方寬烈：《香港文壇往事》，香港：香港文學研究出版社，2010 年（初版）。

香港文學報社

霍漢姬：《歷史真實與藝術真實：文藝評論集》，香港：香港文學報社，1998 年（初版）。

潘亞暾：《三打詩人：香港詩歌評論集》，香港：香港文學報社，1999 年（初版）。

張詩劍、香港文學促進協會：《香港作家作品研究：第一至七卷》，香港：香港文學報社，2005 年（初版）。

張詩劍、香港文學促進協會：《香港作家作品研究：第八卷，專輯》，香港：香港文學報社，2007 年（初版）。

香港文學評論出版社

林曼叔編：《司馬長風作品評論集》，香港：香港文學評論出版社，2009 年（初版）。

璧華編：《曹聚仁作品評論集》，香港：香港文學評論出版社，2009 年（初版）。

林曼叔：《文學歲月：文學評論集》，香港：香港文學評論出版社，2010 年（初版）。

黃國兆：《酒徒：從小說到電影》，香港：香港文學評論出版社，2010 年（初版）。

方寬烈編：《葉靈鳳作品評論集》，香港：香港文學評論出版社，2011 年（初版）。

陳素怡編：《也斯作品評論集：小說部份》，香港：香港文學評論出版社，2011 年（初版）。

蔡益懷編：《陶然作品評論集》，香港：香港文學評論出版社，2011 年（初版）。

閻純德：《黃慶雲評傳》，香港：香港文學評論出版社，2011 年（初版）。

何達、秀實編：《何達作品評論集》，香港：香港文學評論出版社，2012 年（初版）。

梁秉鈞、黃勁輝編：《劉以鬯作品評論集》，香港：香港文學評論出版社，2012 年（初版）。

卡桑編：《犂青作品評論集》，香港：香港文學評論出版社，2014 年（初版）。

李充陽：《魯迅思想初探》，香港：香港文學評論出版社，2014 年（初版）。

林曼叔：《編餘漫筆》，香港：香港文學評論出版社，2014 年（初版）。

林曼叔：《魯迅論稿：香港魯迅研究史》，香港：香港文學評論出版社，2016 年（初版）。

香港文學資料蒐集及整理計畫

盧瑋鑾編：《《星島晚報 · 大會堂》目錄及資料選輯》，香港：香港文學資料蒐集及整理計畫，1996 年（初版）。

香港文藝出版社

曾敏之：《望雲樓詩話》，香港：香港文藝出版社，2010 年（初版）。

香港文藝家協會出版社

王一桃：《鴿哨與警鐘：新世紀詩及其評論》，香港：香港文藝家協會出版社，2006年（初版）。

王一桃：《王一桃創作回憶錄》，香港：香港文藝家協會，2013 年（初版）。

香港作家協會

許定銘：《書人書事》，香港：香港作家協會，1998 年（初版）。

香港東西文化事業公司

寒山碧：《寒山碧小卷：詩歌 · 散文 · 小說 · 文藝評論》，香港：東西文化事業公司，1998 年（初版）。

白樺、寒山碧、葉永烈編：《香港傳記文學發展特色及其影響》，香港：東西文化事業公司，2000 年（初版）。

寒山碧：《香港傳記文學發展史》，香港：東西文化事業公司，2003 年（初版）。

香港浸會大學

鍾玲編：《香港浸會大學駐校作家二〇〇四：陳映真》，香港：香港浸會大學，2004 年（初版）。

香港教育圖書公司

吳倫霓霞、余炎光編：《中國名人在香港：30、40 年代在港活動紀實》，香港：香港教育圖書公司，1997 年（初版）。

陳家春：《慾魔的透視：中國當代小說與性文化》，香港：香港教育圖書公司，1999年（初版）。

白先勇：《跟白先勇一起創作：嶺大文學創作坊筆記》，香港：香港教育圖書公司，2008 年
　　　（初版）。
許旭筠、梁秉鈞編：《書寫香港 @ 文學故事》，香港：香港教育圖書公司，2008 年（初版）。
余非、陳潔儀編著：《香港文學這樣讀》，香港：香港教育圖書公司，2015 年（初版）。

香港教育學院
梁敏兒、白雲開編：《現代詩——教與學論文集》，香港：香港教育學院，2002 年（初版）。

香港現代文學研究——新晚報文學周刊：星海資料搜集
盧瑋鑾編：《〈新晚報‧星海〉目錄（1979-1991）》，香港：香港現代文學研究——新晚報文
　　　學周刊：星海資料搜集，1998 年（初版）。

香港智匯語文培訓中心
陳家春：《心淵覓蹤：西方現代小說解讀》，香港：香港智匯語文培訓中心，1999 年（初版）。

香港粵劇學者協會
陳守仁、李少恩、戴淑茵編：《省、港、澳粵劇藝人走過的路：三地學者論粵劇》，香港：
　　　香港粵劇學者協會，2016 年（初版）。

香港榮譽出版
李遠榮：《郁達夫研究》，香港：香港榮譽出版，2001 年（初版）。

香港嶺南學院中文系
陳炳良、陳惠英編：《《考功集》二輯：畢業論文選萃》，香港：香港嶺南學院中文系，1998
　　　年（初版）。

香港藝術中心
黃淑嫻編：《寫作班：從寫作到編排》，香港：香港藝術中心，1997 年（初版）。

香港藝術發展局
李蘊娜編：《第四屆香港文學節論稿匯編》，香港：香港藝術發展局，2003 年（初版）。
香港文學節研討會：《第五屆香港文學節研討會論稿匯編》，香港：香港藝術發展局，2004
　　　年（初版）。
翁文英編：《第六屆香港文學節研討會論稿匯編：香港文學：本土與跨地域意識》，香港：
　　　香港藝術發展局，2006 年（初版）。
香港文學節研討會：《第七屆香港文學節研討會論稿匯編》，香港：香港藝術發展局，2008
　　　年（初版）。

夏菲爾國際出版
江迅：《行筆香港》，香港：夏菲爾國際出版，1999 年 9 月（初版）。
江迅：《漣漪香江》，香港：夏菲爾國際出版，2001 年 10 月（初版）。

素葉出版社
陳耀成：《最後的中國人》，香港：素葉出版社，1998 年（初版）。
黃燦然：《必要的角度》，香港：素葉出版社，1999 年（初版）。

華漢文化
梁兆元：《紅樓舊事與君說》，香港：華漢文化，2010 年（初版）。

商務印書館

陳炳良：《形式、心理、反應——中國文學新詮》，香港：商務印書館，1996 年（初版）。

段國強：《酒歌》，香港：商務印書館，2003 年（初版）。

李雄溪、郭鵬飛、陳遠止編：《耕耨集：漢語與經典論集》，香港：商務印書館，2007 年（初版）。

孫紹振：《如何讀名作：小說篇》，香港：商務印書館，2010 年（初版）。

孫紹振：《如何讀名作：詩歌散文篇》，香港：商務印書館，2010 年（初版）。

鍾玲：《我心所屬：動人的理想主義》，香港：商務印書館，2011 年（初版）。

陳湛銓：《元遺山論詩絕句講疏》，香港：商務印書館，2014 年（初版）。

陳湛銓：《周易講疏》，香港：商務印書館，2014 年（初版）。

陳湛銓：《蘇東坡編年詩選講疏》，香港：商務印書館，2014 年（初版）。

林曼叔編：《香港文學大系 1919-1949：評論卷二》，香港：商務印書館，2016 年（初版）。

陳國球編：《香港文學大系 1919-1949：評論卷一》，香港：商務印書館，2016 年（初版）。

陳智德編：《香港文學大系 1919-1949：文學史料卷》，香港：商務印書館，2016 年（初版）。

唯美生活

葉輝：《KAIROS：身體、房子及其他》，香港：唯美生活，2010 年（初版）。

國際演藝評論家協會香港分會

陳志樺編：《香港戲劇評論選（1960-1999）》，香港：國際演藝評論家協會香港分會，2007 年（初版）。

基督教文藝出版社

黎海華：《文學花園》，香港：基督教文藝出版社，1997 年（初版）。

基道出版社

胡燕青：《開鎖人的曲別針：解讀文字世界裏的香港、人生和信仰》，香港：基道出版社，2016 年（初版）。

康樂及文化事務署

黃淑嫻、吳煦斌編：《回看，也斯》，香港：康樂及文化事務署，2014 年（初版）。

麥穗出版

陳智德：《愔齋書話：香港文學札記》，香港：麥穗出版，2006 年（初版）。

葉輝：《詩話：詩緣與教詩》，香港：麥穗出版，2008 年（初版）。

創作企業

許定銘：《醉書室談書論人》，香港：創作企業，2002 年（初版）。

創研神隱出版社

餘暉：《永恒的錯誤，傳奇的承續——鄭愁予《錯誤》的研究》，香港：創研神隱出版社，2001 年（初版）。

普文社

慕容羽軍：《為文學作證——親歷的香港文學史》，香港：普文社，2005 年（初版）。

壹出版

鍾偉民：《狼的八種表情》，香港：壹出版，1999 年（初版）。

道風山基督教叢林

陳佐才：《武俠靈修：金庸筆下的心靈超越》，香港：道風山基督教叢林，2009 年（初版）。

匯智出版

吳淑鈿：《書窗內外》，香港：匯智出版，2000 年（初版）。

陳鎮輝：《武俠小說逍遙談》，香港：匯智出版，2000 年（初版）。

胡燕青：《我走過書桌的曠野》，香港：匯智出版，2001 年（初版）。

陳鎮輝：《金庸小說版本追昔》，香港：匯智出版，2003 年（初版）。

何祥榮：《南北朝駢文藝術探賾》，香港：匯智出版，2005 年（初版）。

張佩兒、胡燕青編著：《新詩捕手：與初學者談初學者的詩》，香港：匯智出版，2005 年（初版）。

鄺健行：《金梁武俠小說長短談》，香港：匯智出版，2005 年（初版）。

李蘊娜：《曹溶《靜惕堂詞》研究》，香港：匯智出版，2007 年（初版）。

羅貴祥編：《時間：香港浸會大學國際作家工作坊文集》，香港：匯智出版，2007 年（初版）。

王璞：《怎樣寫小說：小說創作十二講》，香港：匯智出版，2008 年（初版）。

朱少璋：《規矩與方圓：從經典作品學習寫作》，香港：匯智出版，2008 年（初版）。

陳德錦：《情之理，意之象：詩歌評論集》，香港：匯智出版，2008 年（初版）。

黃兆漢、潘步釗編：《明十大家詞選》，香港：匯智出版，2008 年（初版）。

王良和：《余光中、黃國彬論》，香港：匯智出版，2009 年（初版）。

朱少璋：《燈前說劍：任劍輝劇藝八十詠》，香港：匯智出版，2009 年（初版）。

伍家偉：《寫作好年華：香港新生代作家訪談與導賞》，香港：匯智出版，2009 年（初版）。

黃志華、朱耀偉：《香港歌詞導賞》，香港：匯智出版，2009 年（初版）。

潘步釗：《五十年欄杆拍遍：唐滌生粵劇劇本文學探微》，香港：匯智出版，2009 年（初版）。

羅國洪、朱少璋編：《文學‧十年：24 位匯智作家談創作》，香港：匯智出版，2009 年（初版）。

胡燕青：《捫石渡河：新詩的欣賞、創作與教學》，香港：匯智出版，2010 年（初版）。

梁科慶：《大時代裏的小雜誌：《新兒童》半月刊（1941-1949）研究》，香港：匯智出版，2010 年（初版）。

張曉宇：《唐宋詩詞導賞》，香港：匯智出版，2010 年（初版）。

潘步釗：《脂粉與顏色：散文寫作技巧談》，香港：匯智出版，2010 年（初版）。

朱少璋：《天衣集：璞社序跋存錄》，香港：匯智出版，2011 年（初版）。

朱少璋：《說亮話》，香港：匯智出版，2011 年（初版）。

胡燕青、麥樹堅：《起點：從年輕人的作品學個功課》，香港：匯智出版，2011 年（初版）。

陳玉音：《陳老師的四節編劇課》，香港：匯智出版，2011 年（初版）。

陳永康：《新詩讀寫基本法》，香港：匯智出版，2011 年（初版）。

黃志華、朱耀偉：《香港歌詞八十談》，香港：匯智出版，2011 年（初版）。

李夏：《紀曉嵐的對聯及聯論》，香港：匯智出版，2012 年（初版）。
黃志華：《呂文成與粵曲、粵語流行曲》，香港：匯智出版，2012 年（初版）。
簡嘉明：《逝去的樂言：七十年代以方言入詞的香港粵語流行曲研究》，香港：匯智出版，
　　　 2012 年（初版）。
劉燕萍編：《神祇、崇拜與文化：神話文學論集》，香港：匯智出版，2013 年（初版）。
汪雲：《思前‧想後：廖一原及其時代》，香港：匯智出版，2014 年（初版）。
林浩光：《香港新詩導賞》，香港：匯智出版，2014 年（初版）。
陳永康：《新詩賞析基本法》，香港：匯智出版，2014 年（初版）。
戴淑茵：《驚艷紅梅：粵劇《再世紅梅記》賞析》，香港：匯智出版，2014 年（初版）。
陳守仁：《唐滌生粵劇劇目概說（任白卷）》，香港：匯智出版，2015 年（初版）。
麥樹堅、鄧擎宇：《途上：賞閱年輕人的文章風景》，香港：匯智出版，2015 年（初版）。
馮佩兒：《白蛇與白娘子：論中國古典小說白蛇之變形》，香港：匯智出版，2015 年（初
　　　 版）。
葉紹德、張敏慧：《唐滌生戲曲欣賞（一）：帝女花、牡丹亭驚夢》，香港：匯智出版，2015
　　　 年（初版）。
陳永康：《愛情詩賞：讀新詩串起的愛情故事》，香港：匯智出版，2016 年（初版）。
陳守仁：《唐滌生創作傳奇》，香港：匯智出版，2016 年（初版）。
陳德錦：《易悟寫作法：學好寫作的 25 條門徑》，香港：匯智出版，2016 年（初版）。
黃志華：《詞家有道：香港十九詞人訪談錄》，香港：匯智出版，2016 年（初版）。
葉紹德、張敏慧：《唐滌生戲曲欣賞（二）：紫釵記、蝶影紅梨記》，香港：匯智出版，2016
　　　 年（初版）。

新天出版
楊興安：《金庸小說與文學》，香港：新天出版，2011 年（初版）。

新穗出版社
陳德錦：《邊緣回歸》，香港：新穗出版社，1997 年（初版）。

當代文藝出版社
慕容羽軍：《詩僧蘇曼殊評傳》，香港：當代文藝出版社，1996 年（初版）。
王一桃：《香港，文藝之緣》，香港：當代文藝出版社，1999 年（初版）。
王一桃：《香港文學與現實主義》，香港：當代文藝出版社，2000 年（初版）。
黃坤堯：《香港詩詞論稿》，香港：香港當代文藝出版社，2004 年（初版）。
覃盛發：《王一桃人物詩研究》，香港：當代文藝出版社，2006 年（初版）。

詩雙月刊出版社
區仲桃：《論林徽因》，香港：詩雙月刊出版社，1998 年（初版）。

瑋業出版社
林浩光：《詞法與詞統：周濟詞論研究》，香港：瑋業出版社，2005 年（初版

銀河出版社
王尚政：《也曾走過《靈山》一段路》，香港：銀河出版社，2001 年（初版）。

練習文化實驗室

許定銘：《香港文學醉一生一世》，香港：練習文化實驗室，2016年（初版）。

璞社

朱少璋、張軒誦編：《璞社談藝錄・朱少璋博士主講：因情定體——談詩歌創作「情」與「體」的配合》，香港：璞社，2015年（初版）。

獲益出版社

孔祥河：《採菊東籬下》，香港：獲益出版社，1997年（初版）。

朱少璋：《燕子山僧傳》，香港：獲益出版社，1997年（初版）。

陶里：《水湄集》，香港：獲益出版社，1997年（初版）。

李學勤：《王一桃詩欣賞》，香港：獲益出版社，2000年（初版）。

東瑞：《流金季節：印華文學之旅》，香港：獲益出版社，2000年（初版）。

東瑞：《循序漸進》，香港：獲益出版社，2000年（初版）。

黃澤佩：《王一桃散文佳作賞析》，香港：獲益出版社，2000年（初版）。

梁科慶：《在書架上漫遊》，香港：獲益出版社，2002年（初版）。

劉以鬯：《暢談香港文學》，香港：獲益出版社，2002年（初版）。

陳德錦：《文學面面觀》，香港：獲益出版社，2003年（初版）。

東南西北高飛客：《河山大地》，香港：獲益出版社，2005年（初版）。

東瑞：《流金季節續篇：印華文學之旅》，香港：獲益出版社，2006年（初版）。

東瑞：《邊飲咖啡，邊談文學》，香港：獲益出版社，2012年（初版）。

東瑞：《文學不了情》，香港：獲益出版社，2013年（初版）。

東瑞、葉竹：《印華新詩欣賞》，香港：獲益出版社，2013年（初版）。

嶺南大學人文學科研究中心

陳智德編：《三四〇年代香港新詩論集》，香港：嶺南大學人文學科研究中心，2004年（初版）。

陳炳良、梁秉鈞、陳智德編：《現代漢詩論集》，香港：嶺南大學人文學科研究中心，2005年（初版）。

梁秉鈞、黃淑嫻編：《香港文學電影片目》，香港：嶺南大學人文學科研究中心，2005年（初版）。

豐林文化傳播

沈西城：《八十年代的戲劇人生》，香港：豐林文化傳播，2013年（初版）。

沈西城：《我看衛斯理》，香港：豐林文化傳播，2013年（初版）。

藝苑文化工作室

沈西城：《妙人倪匡》，香港：藝苑文化工作室，1998年（初版）。

鷺達文化

廖國輝：《粵語論文三集：金線集》，香港：鷺達文化，2003年（初版）。

兒童文學類

Bliss Press Ltd
謝立文文字；麥家碧插畫：《不如有小小詩意仲好》，香港：Bliss Press Ltd，1996 年（初版）。

Fire Fly Co Ltd
劉惠瓊著；Dawn 圖：《小魚兒出海》，香港：Fire Fly Co Ltd，2004 年（初版）。

MCCM Creations
沙沙奇緣鼻子：《爸爸森林巴士》，香港：MCCM Creations，2007 年（初版）。

七字頭
周淑屏：《童年，愛》，香港：七字頭，2007 年（初版）。

三聯書店
楊學德：《標童話集》，香港：三聯書店，2006 年（初版）。
大眼妹：《偷睇音樂人》，香港：三聯書店，2007 年（初版）。
John Ho：《蜂蜜綠茶》，香港：三聯書店，2008 年（初版）。
阿拔：《我伴我閒談》，香港：三聯書店，2008 年（初版）。
楊學德：《標童話集 3 之門外漢》，香港：三聯書店，2008 年（初版）。
John Ho：《John Ho 少年事件》，香港：三聯書店，2009 年（初版）。
Stella So：《老少女基地》，香港：三聯書店，2009 年（初版）。
楊學德：《標童話集 4 之我恨我痴心》，香港：三聯書店，2009 年（初版）。
大眼妹：《大婚迷》，香港：三聯書店，2010 年（初版）。
智海：《花花世界・2：暑假要延長》，香港：三聯書店，2010 年（初版）。
楊倩玲：《我阿媽係外星人》，香港：三聯書店，2010 年（初版）。
貓室：《癲噹：神奇玫瑰花》，香港：三聯書店，2010 年（初版）。
江康泉：《pandaman・2：頹城花火》，香港：三聯書店，2011 年（初版）。
智海：《花花世界・3：我老師係貓》，香港：三聯書店，2011 年（初版）。
貓室：《癲噹・2：免費去旅行》，香港：三聯書店，2011 年（初版）。
Chocolate Rain：《百家村，百家事》，香港：三聯書店，2012 年（初版）。
Lucia：《第一次當媽媽》，香港：三聯書店，2012 年（初版）。
李香蘭圖，貝貝文：《尋人啟事》上下，香港：三聯書店，2012 年（初版）。
智海：《花花世界・4：親一下爸爸》，香港：三聯書店，2012 年（初版）。
Stella So：《老少女心事》，香港：三聯書店，2013 年（初版）。
小巫：《接納孩子》，香港：三聯書店，2013 年（初版）。
草日：《草草貓事》，香港：三聯書店，2013 年（初版）。
草日：《貓貓咪咪麼》，香港：三聯書店，2013 年（初版）。
陳妮妮：《去一個不用被吃的地方》，香港：三聯書店，2013 年（初版）。
智海：《花花世界・5：隻字點寫》，香港：三聯書店，2013 年（初版）。
王思澄：《阿仔阿囡 go go go》，香港：三聯書店，2014 年（初版）。
草日：《貓貓圓圓正好眠》，香港：三聯書店，2014 年（初版）。

智海：《花花世界‧6：咬者愛也》，香港：三聯書店，2014年（初版）。

黃照達：《Hello world‧2》，香港：三聯書店，2014年（初版）。

楊學德：《標童話集6之舊偏執》，香港：三聯書店，2014年（初版）。

John Ho：《人生就是流行曲》，香港：三聯書店，2015年（初版）。

Stella So：《老少女之我是村姑》，香港：三聯書店，2015年（初版）。

草日：《說故事的貓》，香港：三聯書店，2015年（初版）。

智海：《花花世界‧7：雨水味道》，香港：三聯書店，2015年（初版）。

Lucia：《第二次當媽媽》，香港：三聯書店，2016年（初版）。

飛天豬：《老店風情畫》，香港：三聯書店，2016年（初版）。

草日：《好奇笑死貓》，香港：三聯書店，2016年（初版）。

智海：《花花世界‧8：歸家訊號》，香港：三聯書店，2016年（初版）。

小麥文化

劉慈欣：《十億分之一的文明》，香港：小麥文化，2016年（初版）。

劉慈欣：《動物園裡的救世主》，香港：小麥文化，2016年（初版）。

小樹苗教育出版社

趙冰波：《叮鈴鈴》，香港：小樹苗教育出版社，2008年（初版）。

趙靜：《頂嘴小孩的煩惱》，香港：小樹苗教育出版社，2009年（初版）。

趙靜：《出逃一天》，香港：小樹苗教育出版社，2012年（初版）。

林翔：《喬比王子擊敗大魔王》，香港：小樹苗教育出版社，2013年（初版）。

徐瑞蓮：《小小精靈上學去》，香港：小樹苗教育出版社，2013年（初版）。

孫慧玲著；野人圖：《小書包大秘密》，香港：小樹苗教育出版社，2014年（初版）。

孫慧玲著；野人圖：《我的野蠻同學》，香港：小樹苗教育出版社，2014年（初版）。

嚴吳嬋霞著；黃佑琦圖：《輝輝兔不怕黑》，香港：小樹苗教育出版社，2014年（初版）。

嚴吳嬋霞著；黃佑琦圖：《輝輝兔不偏吃》，香港：小樹苗教育出版社，2014年（初版）。

嚴吳嬋霞著；黃佑琦圖：《輝輝兔不賴牀》，香港：小樹苗教育出版社，2014年（初版）。

嚴吳嬋霞著；黃佑琦圖：《輝輝兔愛清潔》，香港：小樹苗教育出版社，2014年（初版）。

嚴吳嬋霞著；黃佑琦圖：《輝輝兔愛運動》，香港：小樹苗教育出版社，2014年（初版）。

嚴吳嬋霞著；黃佑琦圖：《輝輝兔愛閱讀》，香港：小樹苗教育出版社，2014年（初版）。

孫慧玲著；野人圖：《牀褥下的寶貝》，香港：小樹苗教育出版社，2015年（初版）。

孫慧玲著；野人圖：《就是愛管閒事》，香港：小樹苗教育出版社，2015年（初版）。

孫慧玲著；野人圖：《媽媽，你真的愛我嗎？》，香港：小樹苗教育出版社，2015年（初版）。

孫慧玲著；野人圖：《魔鬼的較量》，香港：小樹苗教育出版社，2015年（初版）。

嚴吳嬋霞著；波浪人繪圖：《手臂是用來擁抱的》，香港：小樹苗教育出版社，2016年（初版）。

嚴吳嬋霞著；波浪人繪圖：《我可以不發脾氣》，香港：小樹苗教育出版社，2016年（初版）。

嚴吳嬋霞著；波浪人繪圖：《我要說真話》，香港：小樹苗教育出版社，2016年（初版）。

嚴吳嬋霞著；波浪人繪圖：《最好吃的生日蛋糕》，香港：小樹苗教育出版社，2016年（初版）。

山邊社

何紫：《C班仔手記》，香港：香港：山邊社，1996年（初版）。

陳華英、倫文標等著；何宗插圖：《大自然的反擊！》，香港：山邊社，1996年（初版）。

何紫：《天才表演》，香港：山邊社，1997年（初版）。

何紫：《我想飛》，香港：山邊社，1997年（初版）。

何紫：《姊姊出嫁》，香港：山邊社，1997年（初版）。

何紫：《國王的怪病》，香港：山邊社，1997年（初版）。

何紫：《感人故事集》，香港：山邊社，1997年（初版）。

何紫：《小風箏飄飄》，香港：山邊社，1998年（初版）。

何紫：《月兒彎彎像甚麼》，香港：山邊社，1998年（初版）。

何紫：《水上人家》，香港：山邊社，1998年（初版）。

何紫：《宇宙飛行》，香港：山邊社，1998年（初版）。

何紫：《老師不要走》，香港：山邊社，1998年（初版）。

何紫：《肚裏的秘密》，香港：山邊社，1998年（初版）。

何紫：《那一棵榕樹》，香港：山邊社，1998年（初版）。

何紫：《拇指姑娘》，香港：山邊社，1998年（初版）。

何紫：《偏心》，香港：山邊社，1998年（初版）。

何紫：《淘氣鬼》，香港：山邊社，1998年（初版）。

何紫：《童年的我》，香港：山邊社，1998年（初版）。

何紫：《褪色的友誼》，香港：山邊社，1998年（初版）。

馬翠蘿：《瓜田假期》，香港：山邊社，1998年（初版）。

何紫：《不是童話》，香港：山邊社，1999年（初版）。

何紫：《巨大的母雞》，香港：山邊社，1999年（初版）。

何紫：《神奇大蘿蔔》，香港：山邊社，1999年（初版）。

何紫：《智鬥惡女巫》，香港：山邊社，1999年（初版）。

何紫：《精靈小矮人》，香港：山邊社，1999年（初版）。

潘明珠、潘金英：《明星同學》，香港：山邊社，1999（初版）

孫慧玲：《真愛在校園》，香港：山邊社，1999年（初版）。

嚴吳嬋霞著；王葯葯圖：《一隻減肥的豬》，香港：山邊社，1999年（初版）。

馬翠蘿、麥曉帆著：《拯救未來》，香港：山邊社，2000（初版）

孫慧玲著；溫世勤圖：《旋風少年手記》，香港：山邊社，2000年（初版）。

何紫：《花衣吹笛人》，香港：山邊社，2000年（初版）。

何紫：《飛馬王子》，香港：山邊社，2000年（初版）。

何紫：《獵人與女神》，香港：山邊社，2000年（初版）。

馬翠蘿：《偶像插班生》，香港：山邊社，2000年（初版）。

宋詒瑞：《難為了班長》，香港：山邊社，2000年（初版）。

何紫：《勇敢的毛毛》，香港：山邊社，2001年（初版）。

東瑞：《重要的是活下去：願你擁有快樂人生》，香港：山邊社，2001年（初版）。

院海棠、溫世勤圖：《再見，黎明》，香港：山邊社，2001（初版）

馬翠蘿著；溫世勤圖：《這個男孩不太冷》，香港：山邊社，2001 年（初版）。

君比：《他叫 Uncle Joe》，香港：山邊社，2002 年（初版）。

孫慧玲著；溫世勤圖：《魔鏡奇幻錄》，香港：山邊社，2002 年（初版）。

李文英：《節制好處多》，香港：山邊社，2003 年（初版）。

馬翠蘿：《網上友情》，香港：山邊社，2003 年（初版）。

孫慧玲：《成功新一代》，香港：山邊社，2003 年（初版）。

孫慧玲：《快樂新一代》，香港：山邊社，2003 年（初版）。

陳淑英：《樂觀最重要》，香港：山邊社，2003 年（初版）。

黃虹堅：《五月的第一天》，香港：山邊社，2003 年（初版）。

馬翠蘿：《非典型女孩》，香港：山邊社，2004（初版）。

馬翠蘿著；楊志雄圖：《跨越生死的愛》，香港：山邊社，2005 年（初版）。

黃虹堅著；靛圖：《媽媽不是慈母》，香港：山邊社，2005 年（初版）。

馬翠蘿：《鋼琴女孩》，香港：山邊社，2006（初版）。

關麗珊：《浩然的抉擇》，香港：山邊社，2006 年（初版）。

馬翠蘿著；權迎升圖：《看不見的情緣》，香港：山邊社，2007 年（初版）。

韋婭：《兩個 cute 女孩》，香港：山邊社，2008 年（初版）。

關麗珊：《睡公主和騎士》，香港：山邊社，2008 年（初版）。

韋婭：《成長的煩惱》，香港：山邊社，2009 年（初版）。

馬翠蘿著；靛圖：《迷失歲月》，香港：山邊社，2010 年（初版）。

馬翠蘿：《重複的十五號》，香港：山邊社，2012 年（初版）。

黃虹堅：《醉倒他鄉的夢》，香港：山邊社，2012 年（初版）。

麥曉帆：《盜盒特工隊（上）》，香港：山邊社，2014 年（初版）。

麥曉帆：《盜盒特工隊（下）》，香港：山邊社，2014 年（初版）。

周蜜蜜著；Aster 圖：《來自星星的小王子 1 神秘的約定》，香港：山邊社，2015（初版）。

周蜜蜜著；Aster 圖：《來自星星的小王子 2 真假「王子」之謎》，香港：山邊社，2015 年（初版）。

周蜜蜜著；Aster圖：《來自星星的小王子3小王子的星球》，香港：山邊社，2015年（初版）。

黃虹堅：《月亮下的奔跑上》，香港：山邊社，2015 年（初版）。

麥曉帆：《追擊紅衣少女》，香港：山邊社，2015 年（初版）。

黃虹堅：《十三歲的深秋》，香港：山邊社，2015 年（修訂新版）。

黃虹堅：《月亮下的奔跑下》，香港：山邊社，2016 年（初版）。

中華書局

韋婭、陳葒、孫愛玲：《給小學生的 45 封鼓勵信》，香港：中華書局，2005 年（初版）。

公教報

綠騎士著；葛臨安圖：《心形月亮》，香港：公教報，2006 年（初版）。

公民教育委員會

周蜜蜜：《王天的手錶》，香港：公民教育委員會，1996 年（初版）。

周蜜蜜：《成績表風波》，香港：公民教育委員會，1996 年（初版）。

周蜜蜜：《奇怪的「小魚」》，香港：公民教育委員會，1996 年（初版）。

周蜜蜜：《新來的「格格」》，香港：公民教育委員會，1996 年（初版）。

阿濃：《同學勇勇》，香港：公民教育委員會，1996 年（初版）。

阿濃：《回家了》，香港：公民教育委員會，1996 年（初版）。

阿濃：《我的自由》，香港：公民教育委員會，1996 年（初版）。

阿濃：《狗屎故事》，香港：公民教育委員會，1996 年（初版）。

謝立文編著；麥家碧插畫：《麥嘜大道理小故事之沒有人在的時候》，香港：公民教育委員會，1999 年（初版）。

天地圖書

何貫和原創；潘明珠改編；鄧美心插圖：《光影術師》，香港：天地圖書，2006 年（初版）。

袁兆昌：《拋棄熊》，香港：天地圖書，2006 年（初版）。

林偉倫、陳蓓妮編劇，袁兆昌改編：《欣月童話》，香港：天地圖書，2007 年（初版）。

張堅庭：《Doubt 爸聲》，香港：天地圖書，2008 年（初版）。

華容道：《校園 O 嘴事件簿》，香港：天地圖書，2010 年（初版）。

少年讀者

周蜜蜜：《太空垃圾》，香港：少年讀者，1996 年（初版）。

周蜜蜜：《杜鵑花開了》，香港：少年讀者，1996 年（初版）。

文林社

鍾偉民：《聾貓大白燦的感情瓜葛》，香港：文林社，1999 年（初版）。

文房（香港）出版

陶綺彤：《一二三木偶人》，香港：文房（香港）出版，2014 年（初版）。

木棉樹出版社

韋婭：《會飛的葉子》，香港：木棉樹出版社，2000 年（初版）。

韋婭：《濕月亮》，香港：木棉樹出版社，2004 年（初版）。

韋婭：《飛旋的夕陽》，香港：木棉樹出版社，2005 年（初版）。

周銳：《其其小小故事》，香港：木棉樹出版社，2006 年（初版）。

孫幼軍：《毛毛和大鬼》，香港：木棉樹出版社，2008 年（初版）。

孫幼軍：《自己畫的故事》，香港：木棉樹出版社，2008 年（初版）。

黃蓓佳：《肩膀上的天使》，香港：木棉樹出版社，2010 年（初版）。

肖定麗：《同桌是害人精》，香港：木棉樹出版社，2011 年（初版）。

周銳：《俠路相逢沙門島》，香港：木棉樹出版社，2011 年（初版）。

黃蓓佳：《飄落的白棉花》，香港：木棉樹出版社，2012 年（初版）。

金曾豪：《鵝鵝鵝》，香港：木棉樹出版社，2015 年（初版）。

梅子涵：《曹迪民先生的故事》，香港：木棉樹出版社，2016 年（初版）。

牛津大學出版社

胡燕青作；高文灝繪：《孩子不見了》，香港牛津大學出版社，2006 年（初版）。

胡燕青作；高文灝繪：《捉賊記》，香港牛津大學出版社，2006 年（初版）。

胡燕青作；高文灝繪：《跑步媽媽》，香港牛津大學出版社，2006 年（初版）。

胡燕青作；高文灝繪：《媽媽的畫像沒有我》，香港牛津大學出版社，2006 年（初版）。

黃慶雲：《香港歸來的孩子》，香港牛津大學出版社，2007 年（初版）。
黃慶雲：《英雄樹唱歌》，香港：牛津大學出版社，2011 年（初版）。
黃慶雲：《童年的花園》，香港：牛津大學出版社，2011 年（初版）。

世界出版社

陳文威、劉振華：《自強不息的智慧》，香港：世界出版社，2005 年（初版）。
陳文威著；劉家諾插圖：《夢伴童話集》，香港：世界出版社，2005 年（初版）。
陳文威著；劉家諾插圖：《夢夢‧童話》，香港：世界出版社，2006 年（初版）。
周宛潤：《精靈傘 1 實習小精靈》，香港：世界出版社，2010 年（初版）。

世紀文化

林超榮：《瘋狂拉登》，香港：世紀文化，2001 年（初版）。
亞牛：《牛頭搭馬咀》，香港：世紀文化，2002 年（初版）。
林超榮：《拖肥超人》，香港：世紀文化，2004 年（初版）。
方舒眉：《心靈充實潔淨的追求》，香港：世紀文化，2005 年（初版）。
方舒眉：《此時此刻最快樂》，香港：世紀文化，2005 年（初版）。
方舒眉：《明天永遠在那兒悄候》，香港：世紀文化，2005 年（初版）。
方舒眉：《許久許久以前：我已傾心愛你》，香港：世紀文化，2006 年（初版）。
方舒眉：《尋找幸福的感覺》，香港：世紀文化，2006 年（初版）。
方舒眉：《鬼屋請柬》，香港：世紀文化，2008 年（初版）。
方舒眉：《城市之戀》，香港：世紀文化，2010 年（初版）。
方舒眉：《眉間心上》，香港：世紀文化，2011 年（初版）。

幼兒教育出版社

江李志豪、甘謝璧珠編著：劉兆源繪圖：《小白耳變小虎子》，香港：幼兒教育出版社，
　　2001 年（初版）。
江李志豪、甘謝璧珠編著：劉兆源繪圖：《他們不喜歡我》，香港：幼兒教育出版社，2001
　　年（初版）。
江李志豪、甘謝璧珠編著：劉兆源繪圖：《再見，還可以再見》，香港：幼兒教育出版社，
　　2001 年（初版）。
江李志豪、甘謝璧珠編著：劉兆源繪圖：《我其實想……》，香港：幼兒教育出版社，2001
　　年（初版）。
江李志豪、甘謝璧珠編著：劉兆源繪圖：《是誰的錯》，香港：幼兒教育出版社，2001 年（初
　　版）。
江李志豪、甘謝璧珠編著：劉兆源繪圖：《原來是你》，香港：幼兒教育出版社，2001 年（初
　　版）。
江李志豪、甘謝璧珠編著：劉兆源繪圖：《媽媽不見了》，香港：幼兒教育出版社，2001 年
　　（初版）。
江李志豪、甘謝璧珠編著：劉兆源繪圖：《愈幫愈忙》，香港：幼兒教育出版社，2001 年（初
　　版）。
江李志豪、甘謝璧珠編著：劉兆源繪圖：《誰是爸媽的寶貝兒》，香港：幼兒教育出版社，
　　2001 年（初版）。

江李志豪、甘謝璧珠編著：劉兆源繪圖：《還是做回自己好》，香港：幼兒教育出版社，
　　2001 年（初版）。

立法會行政管理委員會

孫慧玲作；野人插畫：《我要做議員！》，香港：立法會行政管理委員會，2011 年（初版）。
嚴吳嬋霞作；鄧美心插畫：《小動物大行動》，香港：立法會行政管理委員會，2011年（初版）。

多芬園

唐巾雄著；陳子沖圖：《乖乖圖書・1》，香港：多芬園，1997 年（初版）。
唐巾雄著；陳子沖圖：《乖乖圖書・2》，香港：多芬園，1997 年（初版）。
唐巾雄著；陳子沖圖：《乖乖圖書・3》，香港：多芬園，1997 年（初版）。
唐巾雄著；陳子沖圖：《乖乖圖書・4》，香港：多芬園，1997 年（初版）。

狂想網絡

鍾偉民：《再見貓世界》，香港：狂想網絡，2002 年（初版）。

快樂書房

屈穎妍：《親親小熊貓》，香港：快樂書房，2009 年（初版）。
鄧藹霖：《母心事》，香港：快樂書房，2009 年（初版）。
潘麗瓊：《我的蝦碌 Family》，香港：快樂書房，2010 年（初版）。
鄧藹霖：《會笑的媽媽》，香港：快樂書房，2010 年（初版）。
潘麗瓊：《愛 Fun 事家庭》，香港：快樂書房，2013 年（初版）。

和平圖書

周蜜蜜：《虛幻王國之謎》，香港：和平圖書，2001 年（初版）。
周蜜蜜、陳立著：《教子成龍俱樂部：幫助兒童克服情緒問題》，香港：和平圖書，2003 年
　　（初版）。
黃慶雲：《小小的船兒》，香港：和平圖書，2003 年（初版）。
黃慶雲編：《露珠》，香港：和平圖書，2003 年（初版）。
黃慶雲編：《讀吧，小牧童》，香港：和平圖書，2003 年（初版）。
周蜜蜜：《小貓咪聯網》，香港：和平圖書，2004 年（初版）。
周蜜蜜：《好笑看！看！看！》，香港：和平圖書，2004 年（初版）。
周蜜蜜：《跳跳和妙妙：化解兒童情緒困擾的童話故事》，香港：和平圖書，2004 年（初
　　版）。
周蜜蜜：《網中人的網上夢》，香港：和平圖書，2004 年（初版）。
韋婭：《中三女生的心事》，香港：和平圖書，2004 年（初版）。
馬翠蘿：《兩個闖禍的少年》，香港：和平圖書，2004 年（初版）。
許顯良：《飛餅》，香港：和平圖書，2004 年（初版）。
黃慶雲作；白賴仁繪圖：《兩隻蚊子遊學記》，香港：和平圖書，2004 年（初版）。
黃慶雲：《兩隻蚊子遊學記》，香港：和平圖書，2004 年（初版）。
黃慶雲：《和媽媽一起講故事》，香港：和平圖書，2004 年（初版）。
黃慶雲：《蓮花和老虎：美麗的傳說》，香港：和平圖書，2004 年（初版）。
黃慶雲：《貓咪愛自由》，香港：和平圖書，2004 年（初版）。

潘明珠：《故事樹》，香港：和平圖書，2004 年（初版）。
何巧嬋：《大手牽小手》，香港：和平圖書，2005 年（初版）。
周蜜蜜：《愛你！愛你！綠寶貝》，香港：和平圖書，2005 年（初版）。
周蜜蜜：《數碼公主愛網絡》，香港：和平圖書，2005 年（初版）。
阿濃：《笑一笑‧想一想》，香港：和平圖書，2005 年（初版）。
韋婭：《新鮮壞女孩》，香港：和平圖書，2005 年（初版）。
韋婭：《蟑螂王》，香港：和平圖書，2005 年（初版）。
潘明珠：《蛋人的故事》，香港：和平圖書，2005 年（初版）。
潘明珠、潘金英：《愛可樂的男孩》，香港：和平圖書，2005 年（初版）。
陳文威：《小草找媽媽》，香港：和平圖書，2005 年（初版）。
潘明珠：《蛋人的故事》，香港：和平圖書，2005 年（初版）。
韋婭：《青澀夢工場》，香港：和平圖書，2006 年（初版）。
韋婭：《三寶、流浪狗及菲比》，香港：和平圖書，2006 年（初版）。
周蜜蜜：《飛吧，飛吧，美麗的生命》，香港：和平圖書，2006 年（初版）。
周蜜蜜：《聽！聽！說不完的風中傳奇》，香港：和平圖書，2006 年（初版）。
何巧嬋：《光蛋惹的禍》，香港：和平圖書，2006 年（初版）。
何巧嬋：《告老師》，香港：和平圖書，2006 年（初版）。
周蜜蜜：《神奇貓約會》，香港：和平圖書，2007 年（初版）。
周蜜蜜：《觀星王子與星座魔女》，香港：和平圖書，2007 年（初版）。
周蜜蜜選編：《芬芳港》，香港：和平圖書，2007 年（初版）。
周蜜蜜選編：《飛翔的海盜魂》，香港：和平圖書，2007 年（初版）。
黃慶雲：《快樂的兒歌》，香港：和平圖書，2007 年（初版）。
周蜜蜜：《問題少女的秘密》，香港：和平圖書，2008 年（初版）。
韋婭：《頑皮的風：韋婭中英文童詩集》，香港：和平圖書，2008 年（初版）。
韋婭：《小戴維的萬聖節》，香港：和平圖書，2008 年（初版）。
潘金英，潘明珠：《不一樣的暑假》，香港：和平圖書，2008 年（初版）。
潘金英，潘明珠：《龜兔賽車》，香港：和平圖書，2008 年（初版）。
韋婭：《紅裙子公主》，香港：和平圖書，2009 年（初版）。
黃慶雲；野人繪圖：《從小搖籃到大世界》，香港：和平圖書，2009 年（初版）。
潘金英，潘明珠：《妙計選妃》，香港：和平圖書，2009 年（初版）。

宗教教育中心
何紫、潘金英、潘明珠：《春雨：兒童故事集》，香港：宗教教育中心，1996 年（初版）。
潘明珠、潘金英：《春雨：兒童故事集 II》，香港：宗教教育中心，2003 年（初版）。

明報出版社
周蜜蜜主編：《香江兒夢話百年：香港兒童文學探源（二十至五十年代）》，香港：明報出
　　版社，1996 年（初版）。
周蜜蜜主編：《香江兒夢話百年：香港兒童文學探源（六十至九十年代）》，香港：明報出
　　版社，1996 年（初版）。
呂少群，陳少荃編：《假如我是……》，香港：明報出版社，1997 年（初版）。

呂少群，陳少荃編：《愚人》，香港：明報出版社，1997年（初版）。
呂少群編：《一個荒唐的想法》，香港：明報出版社，1998年（初版）。
呂少群編：《風箏的獨白》，香港：明報出版社，1998年（初版）。
呂少群編：《留言》，香港：明報出版社，1998年（初版）。
劉美儀編：《貓咒》，香港：明報出版社，1998年（初版）。
小飯：《我的禿頭老師》，香港：明報出版社，2004年（初版）。

明報兒童周刊
Benny 主編：《俏皮笑話 2》，香港：明報兒童周刊，2002年（初版）。
Benny 主編：《故事時間 2》，香港：明報兒童周刊，2002年（初版）。
Benny 主編：《繪畫講場》，香港：明報兒童周刊，2002年（初版）。
子華作：《栗子天使》，香港：明報兒童周刊，2003年（初版）。
子華作：《栗子天使，火星大作戰》，香港：明報兒童周刊，2004年（初版）。
子華作：《栗子天使，栗子群俠傳》，香港：明報兒童周刊，2004年（初版）。

明窗出版社
笨蛋姐姐：《七彩鱗衣》，香港：明窗出版社，1999年（初版）。
陳頌恩：《化妝箱內的朋友》，香港：明窗出版社，1999年（初版）。
陳頌恩：《沒心人》，香港：明窗出版社，2002年（初版）。
陳頌恩：《秘密的顏色》，香港：明窗出版社，2002年（初版）。
蘇子：《同話故事》，香港：明窗出版社，2002年（初版）。
陳頌恩：《初戀 2 次方》，香港：明窗出版社，2005年（初版）。
陳頌恩：《朋友戀人 2 in 1》，香港：明窗出版社，2005年（初版）。
陳頌恩：《後來後悔》，香港：明窗出版社，2005年（初版）。
陳頌恩：《還你 1/2 個擁抱》，香港：明窗出版社，2005年（初版）。
陳頌恩：《雙了心》，香港：明窗出版社，2005年（初版）。
靛：《妝苑》，香港：明窗出版社，2006年（初版）。
靛：《雙對輪》，香港：明窗出版社，2006年（初版）。
Mya：《帝皇企鵝的長影子》，香港：明窗出版社，2007年（初版）。
Mya：《錯過了最盛放的花火》，香港：明窗出版社，2007年（初版）。
林澤銘：《巧克力的毒咒》，香港：明窗出版社，2007年（初版）。
林澤銘：《青蔥「報」局》，香港：明窗出版社，2007年（初版）。
靛：《二對輪》，香港：明窗出版社，2007年（初版）。
靛：《扩》，香港：明窗出版社，2007年（初版）。
Mya：《微笑的溫柔弧度》，香港：明窗出版社，2009年（初版）。
林振宇：《力奇遇上暴風雨》，香港：明窗出版社，2012年（初版）。
林振宇：《小米叫救命》，香港：明窗出版社，2012年（初版）。
林振宇：《小蘇飛離家出走》，香港：明窗出版社，2012年（初版）。
林振宇：《不得了，樹倒了》，香港：明窗出版社，2012年（初版）。
林振宇：《父親的肖像》，香港：明窗出版社，2012年（初版）。
林振宇：《史路路參加運動會》，香港：明窗出版社，2012年（初版）。

林振宇：《好孩子大聲說早安》，香港：明窗出版社，2012 年（初版）。

林振宇：《好孩子不偏食》，香港：明窗出版社，2012 年（初版）。

林振宇：《好孩子自己上廁所》，香港：明窗出版社，2012 年（初版）。

林振宇：《好孩子自己刷牙》，香港：明窗出版社，2012 年（初版）。

林振宇：《好孩子自己執玩具》，香港：明窗出版社，2012 年（初版）。

林振宇：《救救森林家園》，香港：明窗出版社，2012 年（初版）。

林振宇：《森林有樹妖》，香港：明窗出版社，2012 年（初版）。

林振宇：《森美的皇冠》，香港：明窗出版社，2012 年（初版）。

林振宇：《勤奮的力奇》，香港：明窗出版社，2012 年（初版）。

許承恩：《四季學園祭》，香港：明窗出版社，2012 年（初版）。

楊媽媽：《小樹苗與發明家》，香港：明窗出版社，2012 年（初版）。

楊媽媽：《吃桃子的樹熊》，香港：明窗出版社，2012 年（初版）。

楊媽媽：《我們的香江》，香港：明窗出版社，2012 年（初版）。

楊媽媽：《啄木鳥與木棉樹》，香港：明窗出版社，2012 年（初版）。

楊媽媽：《聰明的百科全書》，香港：明窗出版社，2012 年（初版）。

楊媽媽：《鯨魚與珊瑚》，香港：明窗出版社，2012 年（初版）。

楊媽媽：《驕傲的微波爐》，香港：明窗出版社，2012 年（初版）。

楊媽媽：《攣生的熊貓》，香港：明窗出版社，2012 年（初版）。

楊媽媽：《好孩子早睡早起》，香港：明窗出版社，2013 年（初版）。

楊媽媽：《好孩子愛上學》，香港：明窗出版社，2013 年（初版）。

楊媽媽：《好孩子愛家庭》，香港：明窗出版社，2013 年（初版）。

楊媽媽：《好孩子愛做家務》，香港：明窗出版社，2013 年（初版）。

LisaTam：《故事的魔法》，香港：明窗出版社，2014 年（初版）。

梁永樂、趙公梃：《八爪魚家長：孩子愛玩不是罪》，香港：明窗出版社，2014 年（初版）。

楊媽媽：《八爪魚總裁》，香港：明窗出版社，2014 年（初版）。

楊媽媽：《不要下雨天》，香港：明窗出版社，2014 年（初版）。

楊媽媽：《炎熱的聖誕節》，香港：明窗出版社，2014 年（初版）。

楊媽媽：《時間獵人》，香港：明窗出版社，2014 年（初版）。

楊媽媽：《蜜瓜與哈密瓜》，香港：明窗出版社，2014 年（初版）。

ChocolateRain：《暖暖南極》，香港：明窗出版社，2015 年（初版）。

LisaTam：《隨心去追夢》，香港：明窗出版社，2015 年（初版）。

Sara&JeremyWalenn：《勇闖兔星球》，香港：明窗出版社，2015 年（初版）。

Sara&JeremyWalenn：《勇闖狗星球》，香港：明窗出版社，2015 年（初版）。

Sara&JeremyWalenn：《勇闖雀鳥星球》，香港：明窗出版社，2015 年（初版）。

Sara&JeremyWalenn：《勇闖貓星球》，香港：明窗出版社，2015 年（初版）。

君比：《一刹那的傾慕：最懂你的心情》，香港：明窗出版社，2015 年（初版）。

君比：《每天擁抱你的孩子》，香港：明窗出版社，2015 年（初版）。

君比：《跟孤獨及自卑說再見》，香港：明窗出版社，2015 年（初版）。

童心：《不願小朋友成為功課奴隸》，香港：明窗出版社，2015 年（初版）。

ChocolateRain：《法天娜日記》，香港：明窗出版社，2016 年（初版）。
ChocolateRain：《法天娜夢想：希望，友愛》，香港：明窗出版社，2016 年（初版）。
ChocolateRain：《魔法黑森林》，香港：明窗出版社，2016 年（初版）。
君比：《犬之純愛物語》，香港：明窗出版社，2016 年（初版）。
君比：《生命中沒有如果》，香港：明窗出版社，2016 年（初版）。
君比：《無法觸及的彩虹》，香港：明窗出版社，2016 年（初版）。
君比：《搞鬼搣時日記》，香港：明窗出版社，2016 年（初版）。
君比：《闖進心中的守護天使》，香港：明窗出版社，2016 年（初版）。
趙榮德：《不一樣的怪獸家長》，香港：明窗出版社，2016 年（初版）。

青桐社

黃虹堅：《明天你就十五歲了》，香港：青桐社，2003 年（初版）。
黃虹堅：《還有我的夢》，香港：青桐社，2003 年（初版）。
君比：《你也聽見蝴蝶在說話嗎？》，香港：青桐社，2004 年（初版）。
韋婭：《女生手記》，香港：青桐社，2004 年（初版）。
馬翠蘿：《迷失在 ICQ 的少女》，香港：青桐社，2004 年（初版）。
黃虹堅：《再見！喜多郎》，香港：青桐社，2004 年（初版）。
韋婭：《六樓 A 的四姊妹》，香港：青桐社，2005 年（初版）。
韋婭：《夏日的憂鬱》，香港：青桐社，2005 年（初版）。
韋婭：《班上來了個小長今》，香港：青桐社，2005 年（初版）。
馬翠蘿：《話說狼性》，香港：青桐社，2005 年（初版）。
黃虹堅：《一個女子的消失：那些人那些事》，香港：青桐社，2005 年（初版）。
黃虹堅：《哥哥從天上掉下來》，香港：青桐社，2005 年（初版）。
韋婭：《小長今 .2, 籃球少女隊》，香港：青桐社，2006 年（初版）。
韋婭：《小長今 .3, 青春少女心》，香港：青桐社，2006 年（初版）。
韋婭：《季節的疼痛》，香港：青桐社，2006 年（初版）。
韋婭：《藍球少女隊》，香港：青桐社，2006 年（初版）。
韋婭：《小長今 .4, 水瓶座少女》，香港：青桐社，2007 年（初版）。
韋婭：《小長今 .5, 我的班主任媽媽》，香港：青桐社，2007 年（初版）。
馬翠蘿：《迷失在 MSN 的少女》，香港：青桐社，2008 年（初版）。
君比：《你也看見月亮上的小狗》，香港：青桐社，2009 年（初版）。
君比：《掉進海裡的小星星》，香港：青桐社，2009 年（初版）。
君比：《給你一個幸福的洋娃娃》，香港：青桐社，2009 年（初版）。
君比：《會變魔術的媽媽》，香港：青桐社，2009 年（初版）。
周蜜蜜：《小小 X 檔案》，香港：青桐社，2009 年（初版）。
君比：《喂呀，你明白我嗎？》，香港：青桐社，2010 年（初版）。
君比：《爸媽，快來救我！》，香港：青桐社，2011 年（初版）。
君比：《嘩鬼學生反轉校園》，香港：青桐社，2011 年（初版）。
辛辛：《我的野蠻上司校長》，香港：青桐社，2011 年（初版）。
君比：《六歲細路是總裁》，香港：青桐社，2013 年（初版）。

青田教育中心

江李志豪著：洪波插圖：《一束花》，香港：青田教育中心，1996年（初版）。

江李志豪著：洪波插圖：《下雨了》，香港：青田教育中心，1996年（初版）。

江李志豪著：洪波插圖：《小明和氣球》，香港：青田教育中心，1996年（初版）。

江李志豪著：洪波插圖：《小胡塗》，香港：青田教育中心，1996年（初版）。

江李志豪著：洪波插圖：《小飛機》，香港：青田教育中心，1996年（初版）。

江李志豪著：洪波插圖：《小烏龜換房子》，香港：青田教育中心，1996年（初版）。

江李志豪著：洪波插圖：《小墨魚》，香港：青田教育中心，1996年（初版）。

江李志豪著：洪波插圖：《小蝸牛上學》，香港：青田教育中心，1996年（初版）。

江李志豪著：洪波插圖：《分果果》，香港：青田教育中心，1996年（初版）。

江李志豪著：洪波插圖：《冬冬請客》，香港：青田教育中心，1996年（初版）。

江李志豪著：洪波插圖：《生日禮物》，香港：青田教育中心，1996年（初版）。

江李志豪著：洪波插圖：《回家》，香港：青田教育中心，1996年（初版）。

江李志豪著：洪波插圖：《在哪裏？》，香港：青田教育中心，1996年（初版）。

江李志豪著：洪波插圖：《弟弟穿衣》，香港：青田教育中心，1996年（初版）。

江李志豪著：洪波插圖：《快跑呀》，香港：青田教育中心，1996年（初版）。

江李志豪著：洪波插圖：《快樂的假期》，香港：青田教育中心，1996年（初版）。

江李志豪著：洪波插圖：《我不要睡》，香港：青田教育中心，1996年（初版）。

江李志豪著：洪波插圖：《我可以進來嗎？》，香港：青田教育中心，1996年（初版）。

江李志豪著：洪波插圖：《我的房子》，香港：青田教育中心，1996年（初版）。

江李志豪著：洪波插圖：《我的氣球呢？》，香港：青田教育中心，1996年（初版）。

江李志豪著：洪波插圖：《我的夢想》，香港：青田教育中心，1996年（初版）。

江李志豪著：洪波插圖：《我想》，香港：青田教育中心，1996年（初版）。

江李志豪著：洪波插圖：《汽車和自行車》，香港：青田教育中心，1996年（初版）。

江李志豪著：洪波插圖：《到百貨公司去》，香港：青田教育中心，1996年（初版）。

江李志豪著：洪波插圖：《到遊樂場去》，香港：青田教育中心，1996年（初版）。

江李志豪著：洪波插圖：《花貓和青蛙》，香港：青田教育中心，1996年（初版）。

江李志豪著：洪波插圖：《表妹的巧克力豆》，香港：青田教育中心，1996年（初版）。

江李志豪著：洪波插圖：《雨傘》，香港：青田教育中心，1996年（初版）。

江李志豪著：洪波插圖：《信》，香港：青田教育中心，1996年（初版）。

江李志豪著：洪波插圖：《昨晚》，香港：青田教育中心，1996年（初版）。

江李志豪著：洪波插圖：《是誰打我？》，香港：青田教育中心，1996年（初版）。

江李志豪著：洪波插圖：《是誰來了？》，香港：青田教育中心，1996年（初版）。

江李志豪著：洪波插圖：《風在哪裏？》，香港：青田教育中心，1996年（初版）。

江李志豪著：洪波插圖：《風跟我玩》，香港：青田教育中心，1996年（初版）。

江李志豪著：洪波插圖：《飛》，香港：青田教育中心，1996年（初版）。

江李志豪著：洪波插圖：《第一個》，香港：青田教育中心，1996年（初版）。

江李志豪著：洪波插圖：《貪吃的安安》，香港：青田教育中心，1996年（初版）。

江李志豪著：洪波插圖：《等一下》，香港：青田教育中心，1996年（初版）。

江李志豪著：洪波插圖：《黃葉》，香港：青田教育中心，1996 年（初版）。
江李志豪著：洪波插圖：《獅子的肚子餓了》，香港：青田教育中心，1996 年（初版）。
江李志豪著：洪波插圖：《聖誕公公是怎樣來的》，香港：青田教育中心，1996 年（初版）。
江李志豪著：洪波插圖：《農場》，香港：青田教育中心，1996 年（初版）。
江李志豪著：洪波插圖：《綿羊叔叔》，香港：青田教育中心，1996 年（初版）。
江李志豪著：洪波插圖：《誰吃了蛋糕》，香港：青田教育中心，1996 年（初版）。
江李志豪著：洪波插圖：《誰在叫》，香港：青田教育中心，1996 年（初版）。
江李志豪著：洪波插圖：《鞋子》，香港：青田教育中心，1996 年（初版）。
江李志豪著：洪波插圖：《聰明的翠兒》，香港：青田教育中心，1996 年（初版）。
江李志豪著：洪波插圖：《懶惰的小麻雀》，香港：青田教育中心，1996 年（初版）。
江李志豪編選：陸泉丁福插圖：《彩虹系列‧青（2）》，香港：青田教育中心，1996 年（初版）。
江李志豪編選：陸泉丁福插圖：《彩虹系列‧紫（2）》，香港：青田教育中心，1996 年（初版）。
江李志豪編選：陸泉丁福插圖：《彩虹系列‧藍（2）》，香港：青田教育中心，1996 年（初版）。
何巧嬋編寫；陸泉丁福插圖：《彩虹系列‧紅（2）》，香港：青田教育中心，1996 年（初版）。
何巧嬋編寫；陸泉丁福插圖：《彩虹系列‧黃（2）》，香港：青田教育中心，1996 年（初版）。
何巧嬋編寫；陸泉丁福插圖：《彩虹系列‧橙（2）》，香港：青田教育中心，1996 年（初版）。
何巧嬋著；達思美林繪圖：《同一天空》，香港：青田教育中心，1996 年（初版）。
何巧嬋：《手足情》，香港：青田教育中心，1996 年（初版）。
何巧嬋：《同一天空》，香港：青田教育中心，1996 年（初版）。
何巧嬋：《紅‧預備組》，香港：青田教育中心，1996 年（初版）。
何巧嬋：《男生手記：樂然的天空》，香港：青田教育中心，1998 年（初版）。
江李志豪編寫：洪波插圖：《彩虹系列‧青（3）》，香港：青田教育中心，1999 年（初版）。
江李志豪編寫：洪波插圖：《彩虹系列‧紫（3）》，香港：青田教育中心，1999 年（初版）。
江李志豪編寫：洪波插圖：《彩虹系列‧藍（3）》，香港：青田教育中心，1999 年（初版）。
江李志豪編寫：黃金滿插圖：《彩虹系列‧青（4）》，香港：青田教育中心，1999 年（初版）。
江李志豪編寫：黃金滿插圖：《彩虹系列‧紫（4）》，香港：青田教育中心，1999 年（初版）。
江李志豪編寫：黃金滿插圖：《彩虹系列‧藍（4）》，香港：青田教育中心，1999 年（初版）。
何巧嬋編寫；洪波插圖：《彩虹系列‧黃（3）》，香港：青田教育中心，1999 年（初版）。
何巧嬋編寫；洪波插圖：《彩虹系列‧橙（3）》，香港：青田教育中心，1999 年（初版）。
何巧嬋編寫；陸泉丁福插圖：《彩虹系列‧紅（3）》，香港：青田教育中心，1999 年（初版）。
何巧嬋編寫；洪波插圖：《彩虹系列‧橙（4）》，香港：青田教育中心，2002 年（初版）。
何巧嬋編寫：黃金滿插圖：《彩虹系列‧紅（4）》，香港：青田教育中心，2002 年（初版）。
何巧嬋編寫：黃金滿插圖：《彩虹系列‧黃（4）》，香港：青田教育中心，2002 年（初版）。
謝錫金、羅嘉怡編著：《我是小一生》，香港：青田教育中心，2003 年（初版）
江李志豪著：洪波插圖：《山坡着火了》，香港：青田教育中心，2007 年（初版）。
江李志豪著：洪波插圖：《外面真冷啊》，香港：青田教育中心，2007 年（初版）。
江李志豪著：洪波插圖：《民族舞真好看》，香港：青田教育中心，2007 年（初版）。
江李志豪著：洪波插圖：《我愛祖國》，香港：青田教育中心，2007 年（初版）。
江李志豪著：洪波插圖：《春天》，香港：青田教育中心，2007 年（初版）。

江李志豪著；洪波插圖：《春天來了》，香港：青田教育中心，2007 年（初版）。
江李志豪著；洪波插圖：《看煙花》，香港：青田教育中心，2007 年（初版）。
江李志豪著；洪波插圖：《祖國的名勝》，香港：青田教育中心，2007 年（初版）。
江李志豪著；洪波插圖：《敏希生病了》，香港：青田教育中心，2007 年（初版）。
江李志豪著；洪波插圖：《寒冷的冬天》，香港：青田教育中心，2007 年（初版）。
江李志豪著；洪波插圖：《新年大巡遊》，香港：青田教育中心，2007 年（初版）。
江李志豪著；洪波插圖：《新年的聲音》，香港：青田教育中心，2007 年（初版）。

南華傳媒

許顯良：《大貓阿福》，香港：南華傳媒，2004 年（初版）。
許顯良：《西施阿寶上太空》，香港：南華傳媒，2005 年（初版）。

政府印務局

謝立文編著；麥家碧插畫：《飛豬麥嘜》，香港：政府印務局，1997 年（初版）。
謝立文編著；麥家碧插畫：《麥嘜大道理小故事之麥兜的擦膠：家長篇》，香港：政府印務
　　局，1999 年（初版）。

星（香港）出版

楊紅櫻：《貪玩爸爸》，香港：星（香港）出版，2004 年（初版）。
楊鵬：《時空飄移記》，香港：星（香港）出版，2005 年（初版）。

星島出版

黃黑妮：《動物總動員》，香港：星島出版，2006 年（初版）。

皇冠出版社

周蜜蜜：《女相》，香港：皇冠出版社，1999 年（初版）。
鍾偉民：《白毛王子與夢中鬱金香》，香港：皇冠出版社，2000 年（初版）。
鍾偉民：《賣火柴的女巫》，香港：皇冠出版社，2000 年（初版）。

科華圖書

彩虹姐姐：《彩虹心聲》，香港：科華圖書，2009 年（初版）。

風雅出版社

關夢南：《小學寫新詩　其實並不難》，香港：風雅出版社，2011 年（初版）。
陳櫻枝：《陳櫻枝童話選》，香港：風雅出版社，2015 年（初版）。

香港中外文化推廣協會

戴玉明著、潘明珠編：《珊瑚集》，香港：香港中外文化推廣協會，2001 年（初版）。
潘明珠、潘金英：《超級哥哥》，香港：香港中外文化推廣協會；啟思兒童文化事業，2003
　　年（初版）。
潘明珠著；鄧美心圖：《曠野銀球》，香港：香港中外文化推廣協會，2003 年（初版）。
潘明珠：《球場上的甜蜜聖誕》，香港：香港中外文化推廣協會，2009 年（初版）。
潘金英、潘明珠著；野人繪圖：《神奇的毛衣》，香港：香港中外文化推廣協會，2012 年（初
　　版）。
潘金英，潘明珠：《四季摩天輪》，香港：香港中外文化推廣協會，2014 年（初版）。
潘金英、潘明珠著：《為夢想找顆心》，香港：香港中外文化推廣協會，2014 年（初版）。

香港公共圖書館

賴雪敏、可洛、張雅琴：《樹和石頭、媽媽的大袋、非法入境者》，香港：香港公共圖書館，
2003 年（初版）。

香港兒童文藝協會

潘明珠、潘金英編：《媽媽要我一百分》，香港：香港兒童文藝協會，1998 年（初版）。

潘明珠、潘金英編；余國康插圖：《21 世紀的禮物》，香港：香港兒童文藝協會，2001 年（初
版）。

香港青春唯美館

韋婭著；劉江萍圖：《來吧，成長的季候風》，香港：香港青春唯美館，2011 年（初版）。

香港基督教服務處

何巧嬋：《兩隻看月亮的貓貓》，香港：香港基督教服務處，2015 年（初版）。

何巧嬋：《明天，回家了》，香港：香港基督教服務處，2015 年（初版）。

何巧嬋作；咖啡插畫：《兩個半家》，香港：香港基督教服務處，2015 年（初版）。

何巧嬋作；鄧美心插畫：《七件離家的寶貝》，香港：香港基督教服務處，2015 年（初版）。

香港萬國兒童佈道團

唐巾雄著；劉燕娣圖：《溫哥華的小移民》，香港：香港萬國兒童佈道團，2003 年（初版）。

香港藝術發展局

潘明珠、潘金英、關夢南等編著；沈立雄插圖：《小園丁：兒童文學創作坊》，香港：香港
藝術發展局，1997 年（初版）。

郊野公園之友會

潘明珠著；鄧美心圖：《樹影鵂鶹》，香港：郊野公園之友會，2004 年（初版）。

亮光文化

何巧嬋著；ClaraCheang 繪：《貓咪種魚》，香港：亮光文化，2008 年（初版）。

何巧嬋著；MaggieWong 繪：《木棉樹和吱喳》，香港：亮光文化，2008 年（初版）。

何巧嬋著；MaximTang 繪：《選舉蟹國王》，香港：亮光文化，2008 年（初版）。

君比：《兔媽媽，我很肚餓！》，香港：亮光文化，2008 年（初版）。

韋婭：《當小螞蟻遇上大黃葉》，香港：亮光文化，2008 年（初版）。

何巧嬋：《遇上快樂的自己》，香港：亮光文化，2012 年（初版）。

突破出版社

阿濃：《本班最後一個乖仔：阿濃校園小說集》，香港：突破出版社，1996 年（初版）。

阿濃：《快樂有巢氏》，香港：突破出版社，1996 年（初版）。

阿濃：《開心家庭啟示錄》，香港：突破出版社，1996 年（初版）。

胡燕青：《一米四八》：香港：突破出版社，1997 年（初版）。

阿濃著；王建衡圖：《童眼看世界》，香港：突破出版社，1998 年（初版）。

林植森：《串燒父子心：醒目爹哋圖文傳真》，香港：突破出版社，1999 年（初版）。

阿濃：《不一樣的故事》，香港：突破出版社，1999 年（初版）。

阿濃等：《不能比貓更寂寞》，香港：突破出版社，1999 年（初版）。

阿濃、羅菁等：《逆境樂園》，香港：突破出版社，2000 年（初版）。

阿濃：《新愛的教育》，香港：突破出版社，2000 年（初版）。

胡燕青：《三線一族》，香港：突破出版社，2000 年（初版）。

林浣心、侯傑泰等：《原來孩子是這樣》，香港：突破出版社，2001 年（初版）。

阿濃：《與年輕人的真情對話》，香港：突破出版社，2001 年（初版）。

阿濃詩；有米畫：《是我心上的溫柔》，香港：突破出版社，2002 年（初版）。

邱心：《校園溝通事件簿》，香港：突破出版社，2003 年（初版）。

阿濃等：《少女日記》，香港：突破出版社，2004 年（初版）。

胡燕青：《心頁開敞》，香港：突破出版社，2004 年（初版）。

巧兒；劉碧雲插圖：《單手拍掌》，香港：突破出版社，2005 年（初版）。

何巧嬋；Dawn 插圖：《大食懶甲甲》，香港：突破出版社，2006 年（初版）。

何巧嬋；Olimipia 插圖：《小魚兒出海》，香港：突破出版社，2006 年（初版）。

何巧嬋；Olimipia 插圖：《太公的魔法》，香港：突破出版社，2006 年（初版）。

阿濃著；棗田圖：《細說心語》，香港：突破出版社，2006 年（初版）。

孫慧玲：《溝通小高手》，香港：突破出版社，2006 年（初版）。

阿濃：《美麗的中國人》，香港：突破出版社，2009 年（初版）。

胡燕青：《野地果》，香港：突破出版社，2009 年（初版）。

真文化出版

黃虹堅：《有意義的星期天》，香港：真文化出版，1996 年（初版）。

黃虹堅：《煒力的童年》，香港：真文化出版，1997 年（初版）。

黃慶雲：《豆豆看天星》，香港：真文化出版，1997 年（初版）。

周蜜蜜：《夢斷童年》，香港：真文化出版，1999 年（初版）。

黃慶雲：《我愛香港》，香港：真文化出版，1999 年（初版）。

黃慶雲：《月光光》，香港：真文化出版，2000 年（初版）。

周蜜蜜：《我的鐵達尼》，香港：真文化出版，2003 年（初版）。

荷花

陳文威：《4 至 12 歲啟智親子笑話集》，香港：荷花，2001 年（初版）。

商務印書館

霍玉英編：《香港文學大系 1919-1949：兒童文學卷》，香港：商務印書館，2014 年（初版）。

基道文字事工

黃慶雲著，王曉明圖：《神奇大樓之夜裏誰在叫？》，香港：基道文字事工，1997 年（初版）。

基道出版社

胡燕青著；王曉明繪圖：《啟啟上小學》，香港：基道出版社，1997 年（初版）。

胡燕青著；王曉明繪圖：《你就是二年級的啟啟嗎？》，香港：基道出版社，1998 年（初版）。

胡燕青著；王曉明繪圖：《啟啟怕不怕考試？》，香港：基道出版社，1998 年（初版）。

胡燕青著；王曉明繪圖：《啟啟的腳趾有話說》，香港：基道出版社，1998 年（初版）。

黃慶雲著，王曉明圖：《神奇大樓之彩虹孩子》，香港：基道出版社，1998 年（初版）。

胡燕青：《護城河：一位老師與十八個年輕人的真誠對話》，香港：基道出版社，2000 年（初版）。

基督教文藝出版社

唐巾雄：《好孩子圖書書目》，香港：基督教文藝出版社，1997 年（初版）。

胡燕青：《攀緣之歌》，香港：基督教文藝出版社，2000 年（初版）。

綠騎士：《魔牆的秘密》，香港：基督教文藝出版社，2000 年（初版）。

綠騎士著；葛臨安圖：《飛樹謎》，香港：基督教文藝出版社，2005 年（初版）。

從心會社

潘明珠：《故事小珍珠》，香港：從心會社，2004 年（初版）。

教育出版社

唐巾雄：《好孩子圖書（中、英文版）》，香港：教育出版社，1997 年（初版）。

潘明珠：《蚯蚓開大會》，香港：教育出版社，2001 年（初版）。

鄭春華：《米球球的大本營》，香港：教育出版社，2004 年（初版）。

陳丹燕：《狗仔》，香港：教育出版社，2005 年（初版）。

啟思出版社

胡燕青：《大小姐》，香港：啟思出版社，2006 年（初版）。

胡燕青：《小競與小赫》，香港：啟思出版社，2006 年（初版）。

胡燕青：《安兒表姐的家鄉》，香港：啟思出版社，2006 年（初版）。

胡燕青：《巫婆的湯》，香港：啟思出版社，2006 年（初版）。

胡燕青：《林林找媽媽》，香港：啟思出版社，2006 年（初版）。

胡燕青：《林林真的是女孩子嗎？》，香港：啟思出版社，2006 年（初版）。

胡燕青：《數學測驗卷》，香港：啟思出版社，2006 年（初版）。

胡燕青：《樓梯的暗角》，香港：啟思出版社，2006 年（初版）。

啟思兒童文化事業

陳華英：《天外小怪客》，香港：啟思兒童文化事業，1996 年（初版）。

陳華英：《奇妙的聖誕夜》，香港：啟思兒童文化事業，1996 年（初版）。

陳華英：《零用錢的故事》，香港：啟思兒童文化事業，1996 年（初版）。

黃慶雲：《小魚仙的禮物》，香港：啟思兒童文化事業，1999 年（初版）。

黃慶雲：《美麗童話集》，香港：啟思兒童文化事業，2000 年（初版）。

周蜜蜜：《蜜蜜看世界：中國情》，香港：啟思兒童文化事業，2003 年（初版）。

陳華英、唐姨姨：《不回家的晚上》，香港：啟思兒童文化事業，2003 年（初版）。

周蜜蜜：《蜜蜜看世界：歐洲行》，香港：啟思兒童文化事業，2006 年（初版）。

現代教育研究社

韋婭：《蒲公英不說一語》，香港：現代教育研究社，2006 年（初版）。

周蜜蜜文；樂彩圖：《吉吉的故事》，香港：現代教育研究社，2007 年（初版）。

韋婭：《會跑的燈光》，香港：現代教育研究社，2007 年（初版）。

馬翠蘿文；欽吟之圖：《小豬也聰明》，香港：現代教育研究社，2007 年（初版）。

設計及文化研究（香港）工作室：何鴻毅家族基金

謝立文著；麥家碧繪：《幸福的碗》，香港：設計及文化研究（香港）工作室：何鴻毅家族基金，2010 年（初版）。

謝立文著；麥家碧繪：《您們這裡真好！：小動物起宮殿》，香港：設計及文化研究（香港）工作室：何鴻毅家族基金，2010 年（初版）。

博識出版

謝立文編著；麥家碧插畫：《生命裏的一天》，香港：博識出版，1997 年（初版）。

謝立文編著；麥家碧插畫：《完美的擦膠》，香港：博識出版，1997 年（初版）。

謝立文編著；麥家碧插畫：《麥太兜兜》，香港：博識出版，1997 年（初版）。

謝立文編著；麥家碧插畫：《麥兜的禮物》，香港：博識出版，1997 年（初版）。

謝立文編著；麥家碧插畫：《麥嘜微小小說》，香港：博識出版，1997 年（初版）。

謝立文編著；麥家碧插畫：《麥兜分餅》，香港：博識出版，1997 年（初版）。

謝立文編著；麥家碧插畫：《豬來了》，香港：博識出版，1997 年（初版）。

謝立文編著；麥家碧插圖：《春田花花幼稚園》，香港：博識出版，1997 年（初版）。

謝立文著；梁智添畫：《屎撈人：浮屎六記》，香港：博識出版，1998 年（初版）。

謝立文編著；麥家碧插畫：《麥太菜肉關係》，香港：博識出版，1998 年（初版）。

謝立文編著；麥家碧插畫：《麥嘜完美故事》，香港：博識出版，1998 年（初版）。

謝立文著；區德浩美術；鄭素蘭攝影：《樣衰阿澗・第 1 部》，香港：博識出版，1999 年（初版）。

謝立文著；梁智添畫：《屎撈人：在路途上》，香港：博識出版，1999 年（初版）。

謝立文編著；麥家碧插畫：《小心肉滑》，香港：博識出版，1999 年（初版）。

謝立文編著；麥家碧插畫：《這大脾是你的嗎？》，香港：博識出版，1999 年（初版）。

謝立文編著；麥家碧插畫：《麥嘜聖誕故事》，香港：博識出版，1999 年（初版）。

謝立文編著；麥家碧插畫：《麥嘜寧靜聲音》，香港：博識出版，1999 年（初版）。

謝立文編著；麥家碧插畫：《菜肉肉肉：兒童歌劇》，香港：博識出版，1999 年（初版）。

謝立文編著；麥家碧插畫：《DearMcDull 麥兜咚咚咚》，香港：博識出版，2000 年（初版）。

謝立文編著；麥家碧插畫：《HelloMcMug：麥嘜，花和小便》，香港：博識出版，2000 年（初版）。

謝立文作；麥家碧繪；謝莉珠譯：《麥嘜的禮物》，香港：博識出版，2001 年（初版）。

謝立文著；區德浩美術；鄭素蘭攝影：《OvertheRainbow 第一部半，到那裏去》，香港：博識出版，2001 年（初版）。

謝立文編著；麥家碧插畫：《麥兜 Sampler 好笑部位》，香港：博識出版，2001 年（初版）。

謝立文編著；麥家碧插畫：《麥兜 Sampler 感人部份》，香港：博識出版，2001 年（初版）。

謝立文編著；梁智添插畫：《誰去搬走這督屎》，香港：博識出版，2002 年（初版）。

謝立文編著；麥家碧插畫：《麥兜，尿水遙遙》，香港：博識出版，2002 年（初版）。

謝立文編著；麥家碧插畫：《麥兜故事：電影原著故事》，香港：博識出版，2002 年（初版）。

謝立文編著；麥家碧插畫：《麥兜・這是愛》，香港：博識出版，2009 年（第 2 版）。

謝立文編著；麥家碧插畫：《麥兜响噹噹》，香港：博識出版，2009 年（初版）。

謝立文編著；麥家碧插畫：《麥太奇技淫巧》，香港：博識出版，2014 年（初版）。

晶晶幼童教育出版社

陸趙鈞鴻編著：《可愛的動物》，香港：晶晶幼童教育出版社，1997 年（初版）。

陸趙鈞鴻編著：《丁丁睡覺了》，香港：晶晶幼童教育出版社，1997 年（初版）。

陸趙鈞鴻編著：《又神奇又有用的船》，香港：晶晶幼童教育出版社，1997 年（初版）。

陸趙鈞鴻編著：《小晶晶》，香港：晶晶幼童教育出版社，1997 年（初版）。

陸趙鈞鴻編著：《小鴨鴨肯說話了》，香港：晶晶幼童教育出版社，1998 年（初版）。

陸趙鈞鴻編著：《一起上街去》，香港：晶晶幼童教育出版社，1999 年（初版）。

陸趙鈞鴻編著：《幼小的歌》，香港：晶晶幼童教育出版社，2002 年（初版）。

晶晶教育出版社

陸趙鈞鴻編著：《認識你的身體》，香港：晶晶教育出版社，1996 年（初版）。

陸趙鈞鴻編著：《認識汽車》，香港：晶晶教育出版社，1996 年（初版）。

陸趙鈞鴻編著：《牛》，香港：晶晶教育出版社，1996 年（初版）。

陸趙鈞鴻編著：《羊》，香港：晶晶教育出版社，1996 年（初版）。

陸趙鈞鴻編著：《我的家》，香港：晶晶教育出版社，1996 年（初版）。

陸趙鈞鴻編著：《我的第一本字典》，香港：晶晶教育出版社，1996 年（初版）。

陸趙鈞鴻編著：《我會數》，香港：晶晶教育出版社，1996 年（初版）。

陸趙鈞鴻編著：《馬》，香港：晶晶教育出版社，1996 年（初版）。

陸趙鈞鴻編著：《豬》，香港：晶晶教育出版社，1996 年（初版）。

陸趙鈞鴻著：《花鳥》，香港：晶晶教育出版社，1997 年（初版）。

陸趙鈞鴻著：《老虎》，香港：晶晶教育出版社，1997 年（初版）。

陸趙鈞鴻編著：《大家去旅行》，香港：晶晶教育出版社，1997 年（初版）。

陸趙鈞鴻編著：《幼兒的書 5：美美的生日》，香港：晶晶教育出版社，1997 年（初版）。

陸趙鈞鴻編著：《幼兒的書 6：明明到公園去》，香港：晶晶教育出版社，1997 年（初版）。

陸趙鈞鴻編著：《交通工具》，香港：晶晶教育出版社，1997 年（初版）。

陸趙鈞鴻編著：《在農場裏》，香港：晶晶教育出版社，1997 年（初版）。

陸趙鈞鴻編著：《快樂的小貓》，香港：晶晶教育出版社，1997 年（初版）。

陸趙鈞鴻編著：《快樂的生活》，香港：晶晶教育出版社，1997 年（初版）。

陸趙鈞鴻編著：《我是屬於哪裏的？》，香港：晶晶教育出版社，1997 年（初版）。

陸趙鈞鴻編著：《我們住在哪裏？》，香港：晶晶教育出版社，1997 年（初版）。

陸趙鈞鴻編著：《我愛去的地方》，香港：晶晶教育出版社，1997 年（初版）。

陸趙鈞鴻編著：《我愛吃的東西》，香港：晶晶教育出版社，1997 年（初版）。

陸趙鈞鴻編著：《我會看時鐘》，香港：晶晶教育出版社，1997 年（初版）。

陸趙鈞鴻編著：《到郊外去》，香港：晶晶教育出版社，1997 年（初版）。

陸趙鈞鴻編著：《看一看，是甚麼顏色？》，香港：晶晶教育出版社，1997 年（初版）。

陸趙鈞鴻編著：《看時鐘》，香港：晶晶教育出版社，1997 年（初版）。

陸趙鈞鴻編著：《美麗的藍地球》，香港：晶晶教育出版社，1997 年（初版）。

陸趙鈞鴻編著：《飛機真奇妙》，香港：晶晶教育出版社，1997 年（初版）。

陸趙鈞鴻編著：《祖母的生日》，香港：晶晶教育出版社，1997 年（初版）。

陸趙鈞鴻編著：《動物》，香港：晶晶教育出版社，1997 年（初版）。

陸趙鈞鴻編著：《帶小鹿回家》，香港：晶晶教育出版社，1997年（初版）。

陸趙鈞鴻編著：《量一量》，香港：晶晶教育出版社，1997年（初版）。

陸趙鈞鴻編著：《算一算》，香港：晶晶教育出版社，1997年（初版）。

陸趙鈞鴻編著：《數一數，是甚麼數字？》，香港：晶晶教育出版社，1997年（初版）。

陸趙鈞鴻編著：《數一數》，香港：晶晶教育出版社，1997年（初版）。

陸趙鈞鴻編著：《數數目》，香港：晶晶教育出版社，1997年（初版）。

陸趙鈞鴻編著：《誰是我的媽媽？》，香港：晶晶教育出版社，1997年（初版）。

陸趙鈞鴻編著：《樹是有生命的》，香港：晶晶教育出版社，1997年（初版）。

陸趙鈞鴻編著：《顏色和形狀》，香港：晶晶教育出版社，1997年（初版）。

陸趙鈞鴻編寫：《用甚麼工具》，香港：晶晶教育出版社，1997年（初版）。

陸趙鈞鴻編寫：《有用的東西》，香港：晶晶教育出版社，1997年（初版）。

陸趙鈞鴻編寫：《我的小書》，香港：晶晶教育出版社，1997年（初版）。

陸趙鈞鴻編寫：《我會自己吃東西》，香港：晶晶教育出版社，1997年（初版）。

陸趙鈞鴻編寫：《我會自己穿衣服》，香港：晶晶教育出版社，1997年（初版）。

陸趙鈞鴻編寫：《我會自己清潔身體》，香港：晶晶教育出版社，1997年（初版）。

陸趙鈞鴻編寫：《我會自己睡覺》，香港：晶晶教育出版社，1997年（初版）。

陸趙鈞鴻編撰：《全語文圖畫創作填色冊：白兔跳》，香港：晶晶教育出版社，1997年（初版）。

陸趙鈞鴻著：《花豹》，香港：晶晶教育出版社，1997年（初版）。

陸趙鈞鴻編著：《長頸鹿》，香港：晶晶教育出版社，1997年（初版）。

陸趙鈞鴻編著：《打結的鼻子》，香港：晶晶教育出版社，1998年（初版）。

陸趙鈞鴻編著：《多了一個月亮》，香港：晶晶教育出版社，1998年（初版）。

陸趙鈞鴻編著：《我愛唱歌‧1》，香港：晶晶教育出版社，1998年（第2版）。

陸趙鈞鴻編著：《我愛唱歌‧2》，香港：晶晶教育出版社，1998年（第2版）。

陸趙鈞鴻編著：《我愛唱歌‧3》，香港：晶晶教育出版社，1998年（初版）。

陸趙鈞鴻編著：《我愛唱歌‧4》，香港：晶晶教育出版社，1998年（初版）。

陸趙鈞鴻編著：《長尾巴不見了》，香港：晶晶教育出版社，1998年（初版）。

陸趙鈞鴻編著：《會走路的石頭》，香港：晶晶教育出版社，1998年（初版）。

陸趙鈞鴻編撰：《我愛香港》，香港：晶晶教育出版社，1998年（初版）。

陸趙鈞鴻編撰：《優質全語文閱讀系列1：我愛清潔》，香港：晶晶教育出版社，1998年（初版）。

陸趙鈞鴻編撰：《優質全語文閱讀系列2：生日會》，香港：晶晶教育出版社，1998年（初版）。

陸趙鈞鴻編撰：《優質全語文閱讀系列3：玩皮球》，香港：晶晶教育出版社，1998年（初版）。

陸趙鈞鴻編撰：《優質全語文閱讀系列4：紅花和黃花》，香港：晶晶教育出版社，1998年（初版）。

陸趙鈞鴻編撰：《優質全語文閱讀系列5：我參加比賽》，香港：晶晶教育出版社，1998年（初版）。

陸趙鈞鴻編撰：《優質全語文閱讀系列6：晶晶喜愛的食物》，香港：晶晶教育出版社，1998年（初版）。

陸趙鈞鴻編撰：《優質全語文閱讀系列 7：再見氣球》，香港：晶晶教育出版社，1998 年（初版）。

陸趙鈞鴻編撰：《優質全語文閱讀系列 8：水果》，香港：晶晶教育出版社，1998 年（初版）。

陸趙鈞鴻編撰：《優質全語文閱讀系列 9：做衣服》，香港：晶晶教育出版社，1998 年（初版）。

陸趙鈞鴻編撰：《優質全語文閱讀系列 10：自己爬起來》，香港：晶晶教育出版社，1998 年（初版）。

陸趙鈞鴻著：《小小音樂家‧1》，香港：晶晶教育出版社，1999 年（初版）。

陸趙鈞鴻著：《小小音樂家‧2》，香港：晶晶教育出版社，1999 年（初版）。

陸趙鈞鴻編著：《小雞和小鴨》，香港：晶晶教育出版社，1999 年（初版）。

陸趙鈞鴻編著：《全語文故事‧1》，香港：晶晶教育出版社，1999 年（第 2 版）。

陸趙鈞鴻編著：《全語文故事‧2》，香港：晶晶教育出版社，1999 年（第 2 版）。

陸趙鈞鴻編著：《全語文故事‧3》，香港：晶晶教育出版社，1999 年（第 2 版）。

陸趙鈞鴻編著：《向前走》，香港：晶晶教育出版社，1999 年（初版）。

陸趙鈞鴻編著：《有趣的農莊》，香港：晶晶教育出版社，1999 年（初版）。

陸趙鈞鴻編著：《我們到牧場去》，香港：晶晶教育出版社，1999 年（初版）。

陸趙鈞鴻編著：《我愛太陽和雨點》，香港：晶晶教育出版社，1999 年（初版）。

陸趙鈞鴻編著：《美麗的花園》，香港：晶晶教育出版社，1999 年（初版）。

陸趙鈞鴻編著：《動物園》，香港：晶晶教育出版社，1999 年（初版）。

陸趙鈞鴻編著：《開心校園》，香港：晶晶教育出版社，1999 年（初版）。

陸趙鈞鴻編著：《難忘的生日》，香港：晶晶教育出版社，1999 年（初版）。

陸趙鈞鴻編著：《歡樂家庭》，香港：晶晶教育出版社，1999 年（初版）。

陸趙鈞鴻編著；晶晶教育出版社美術部繪圖：《小小科學家‧1：放大鏡、萬花筒、哈哈鏡》，香港：晶晶教育出版社，1999 年（初版）。

陸趙鈞鴻編著：《我愛工作》，香港：晶晶教育出版社，2000 年（初版）。

陸趙鈞鴻編著：《我愛旅遊》，香港：晶晶教育出版社，2000 年（初版）。

陸趙鈞鴻編著：《我會想一想》，香港：晶晶教育出版社，2000 年（初版）。

陸趙鈞鴻編著：《幫助我們的人》，香港：晶晶教育出版社，2000 年（初版）。

陸趙鈞鴻編撰：《我的第一本字典：MyFirstDictionary》，香港：晶晶教育出版社，2001 年（初版）。

陸趙鈞鴻編撰：《一起上街去》，香港：晶晶教育出版社，2002 年（初版）。

陸趙鈞鴻編撰：《有趣的農莊》，香港：晶晶教育出版社，2002 年（初版）。

陸趙鈞鴻編撰：《開心校園》，香港：晶晶教育出版社，2002 年（初版）。

陸趙鈞鴻編撰：《歡樂家庭》，香港：晶晶教育出版社，2002 年（初版）。

陸趙鈞鴻著：《歡樂音樂伴成長》，香港：晶晶教育出版社，2002 年（初版）。

陸趙鈞鴻編寫：《我愛寫字（十）》，香港：晶晶教育出版社，2003 年（初版）。

陸趙鈞鴻著：《紅色的書》，香港：晶晶教育出版社，2004 年（初版）。

陸趙鈞鴻著：《陸趙鈞鴻博士創作兒歌精選》，香港：晶晶教育出版社，2004 年（初版）。

陸趙鈞鴻著：《黃色的書》，香港：晶晶教育出版社，2004 年（初版）。

陸趙鈞鴻著：《綠色的書》，香港：晶晶教育出版社，2004 年（初版）。

陸趙鈞鴻著：《藍色的書》，香港：晶晶教育出版社，2004 年（初版）。
陸趙鈞鴻著：《寶寶的生活》，香港：晶晶教育出版社，2004 年（初版）。
陸趙鈞鴻著：《寶寶的用具》，香港：晶晶教育出版社，2004 年（初版）。
陸趙鈞鴻著：《寶寶的好孩子》，香港：晶晶教育出版社，2004 年（初版）。
陸趙鈞鴻著：《寶寶的玩具》，香港：晶晶教育出版社，2004 年（初版）。
陸趙鈞鴻著：《寶寶的家》，香港：晶晶教育出版社，2004 年（初版）。
陸趙鈞鴻著：《寶寶穿衣服》，香港：晶晶教育出版社，2004 年（初版）。
陸趙鈞鴻著：《寶寶愛吃的食物》，香港：晶晶教育出版社，2004 年（初版）。
陸趙鈞鴻著：《小紅鞋冒險記》，香港：晶晶教育出版社，2005 年（初版）。
陸趙鈞鴻著：《捲髮的小刺蝟》，香港：晶晶教育出版社，2005 年（初版）。
陸趙鈞鴻著：《最特別的鳥窩》，香港：晶晶教育出版社，2005 年（初版）。
陸趙鈞鴻著：《鼴鼠的秘密》，香港：晶晶教育出版社，2005 年（初版）。
陸趙鈞鴻著：《晶晶的手》，香港：晶晶教育出版社，2005 年（初版）。
陸趙鈞鴻編著：《寶寶到公園去》，香港：晶晶教育出版社，2005 年（初版）。
陸趙鈞鴻編著：《寶寶的生日會》，香港：晶晶教育出版社，2005 年（初版）。
陸趙鈞鴻編著：《寶寶看見有趣的動物》，香港：晶晶教育出版社，2005 年（初版）。
陸趙鈞鴻著：《晶晶的眼睛》，香港：晶晶教育出版社，2006 年（初版）。
陸趙鈞鴻著：《晶晶的腿》，香港：晶晶教育出版社，2006 年（初版）。
陸趙鈞鴻著：《小象的本領》，香港：晶晶教育出版社，2007 年（初版）。
陸趙鈞鴻著：《晶晶的耳朵》，香港：晶晶教育出版社，2007 年（初版）。
陸趙鈞鴻著：《節日書上冊》，香港：晶晶教育出版社，2007 年（初版）。
陸趙鈞鴻著：《節日書下冊》，香港：晶晶教育出版社，2007 年（初版）。
陸趙鈞鴻編著：《小晶晶比一比大和小》，香港：晶晶教育出版社，2008 年（初版）。
陸趙鈞鴻編著：《小晶晶識數字 1》，香港：晶晶教育出版社，2008 年（初版）。
陸趙鈞鴻編著：《小晶晶識數字 2》，香港：晶晶教育出版社，2008 年（初版）。
陸趙鈞鴻編著：《小晶晶識數字 3》，香港：晶晶教育出版社，2008 年（初版）。
陸趙鈞鴻編著：《小林笑了》，香港：晶晶教育出版社，2009 年（初版）。
陸趙鈞鴻編著：《小晶晶比一比相同》，香港：晶晶教育出版社，2009 年（初版）。
陸趙鈞鴻編著：《小糊塗漫畫 .1》，香港：晶晶教育出版社，2009 年（初版）。
陸趙鈞鴻編著：《不喜歡下雨天》，香港：晶晶教育出版社，2009 年（初版）。
陸趙鈞鴻編著：《我的傘子》，香港：晶晶教育出版社，2009 年（初版）。
陸趙鈞鴻編著：《笑笑畫圖畫》，香港：晶晶教育出版社，2009 年（初版）。

壹出版

鍾偉民：《大頭人獸行錄》，香港：壹出版，2001 年（初版）。

景行

潘明珠、潘金英：《站在世紀的彎角》，香港：景行，2001 年（初版）。

進一步多媒體

阿志：《未來作家日記；十二、三歲版》，香港：進一步多媒體，1998 年（初版）。
阮志雄等著、郭達年編：《十二爸爸》，香港：進一步多媒體，2001 年（初版）。

童藝少兒文化

鍾桂蘭：《跳躍的音符》，香港：童藝少兒文化，2011 年（初版）。

開明書店

潘明珠：《開心熊教你講故事》，香港：開明書店，2009 年（初版）。

匯智出版

馮珍今著；綠騎士，葛臨安圖：《奇幻泡泡與石頭貓》，香港：匯智出版，2014 年（初版）。

廉政公署社區關係署；公民教育委員會

謝立文編著；麥家碧插畫：《麥嘜大道理小故事之嘜兜分餅》，香港：廉政公署社區關係署；
　　公民教育委員會，1999 年（初版）。

新雅文化事業

黃慶雲：《恐龍蛋的夢》，香港：新雅文化事業，1996 年（初版）。

黃慶雲：《聰明狗和百變貓》，香港：新雅文化事業，1996 年（初版）。

馬翠蘿著；美心內文繪圖：《想生病的小熊》，香港：新雅文化事業，1997 年（初版）。

馬翠蘿著；美心內文繪圖：《愛偷雞蛋的狐狸》，香港：新雅文化事業，1997 年（初版）。

嚴吳嬋霞主編；蘇子著：《秋天天氣好》，香港：新雅文化事業，1997 年（初版）。

嚴吳嬋霞總策劃；何良懋著：《香港的童年》，香港：新雅文化事業，1997 年（初版）。

周銳：《老鼠氣球》，香港：新雅文化事業，1998 年（初版）。

嚴吳嬋霞：《一隻減肥的豬》，香港：新雅文化事業，1999 年（初版）。

嚴吳嬋霞：《大雨嘩啦啦》，香港：新雅文化事業，1999 年（初版）。

嚴吳嬋霞：《會哭的鱷魚》，香港：新雅文化事業，1999 年（初版）。

品德教育小老師：《專心的故事》，香港：新雅文化事業，2000 年（初版）。

嚴吳嬋霞編著：《三隻小蝴蝶》，香港：新雅文化事業，2000 年（初版）。

嚴吳嬋霞編著：《大蘿蔔》，香港：新雅文化事業，2000 年（初版）。

嚴吳嬋霞編著；章禺、趙淑娟霞繪圖：《三隻小豬》，香港：新雅文化事業，2000 年（初
　　版）。

嚴吳嬋霞：《十三號快樂課室》，香港：新雅文化事業，2000 年（初版）。

嚴吳嬋霞：《小紅雞》，香港：新雅文化事業，2000 年（初版）。

嚴吳嬋霞：《兒童文學採英》，香港：新雅文化事業，2000 年（初版）。

嚴吳嬋霞編著；朴紅仙繪圖：《金髮姑娘和三隻熊》，香港：新雅文化事業，2001 年（初版）。

嚴吳嬋霞編著；章禺、阿娟繪圖：《小紅帽》，香港：新雅文化事業，2001 年（初版）。

嚴吳嬋霞作；曼妮娜·申斯繪：《奇異的種子》，香港：新雅文化事業，2001 年（初版）。

馬翠蘿著；王曉明、王葤葤、雨插圖：《團結友愛的故事》，香港：新雅文化事業，2002 年
　　（初版）。

馬翠蘿著；美心、王曉明、李成宇插圖：《尊敬長輩的故事》，香港：新雅文化事業，2002
　　年（初版）。

馬翠蘿著；美心、王曉明、野人插圖：《關心家人的故事》，香港：新雅文化事業，2002 年
　　（初版）。

黃慶雲：《貓咪的 QQ 奇遇》，香港：新雅文化事業，2002 年（初版）。

葛翠琳：《樹葉鼻子》，香港：新雅文化事業，2002 年（初版）。

嚴吳嬋霞著：《一個快樂的叉燒包》，香港：新雅文化事業，2002 年（初版）。

馬翠蘿：《誠實孩子的故事》，香港：新雅文化事業，2003 年（初版）。

馬翠蘿、甄艷慈：《愛護小動物的故事》，香港：新雅文化事業，2003 年（初版）。

馬翠蘿、甄艷慈：《樂於分享的故事》，香港：新雅文化事業，2003 年（初版）。

新雅語文教學研究組：《士多店的男孩》，香港：新雅文化事業，2003 年（初版）。

新雅語文教學研究組：《和星星月亮交朋友》，香港：新雅文化事業，2003 年（初版）。

新雅語文教學研究組：《狐狸登廣告》，香港：新雅文化事業，2003 年（初版）。

新雅語文教學研究組：《誰應得獎》，香港：新雅文化事業，2003 年（初版）。

新雅語文教學研究組：《懶人城》，香港：新雅文化事業，2003 年（初版）。

孫慧玲著；鄧美心圖：《大冬瓜》，香港：新雅文化事業，2005 年（初版）。

孫慧玲著；鄧美心圖：《小欣的腳不見了》，香港：新雅文化事業，2005 年（初版）。

孫慧玲：《上錯車》，香港：新雅文化事業，2006 年（初版）。

孫慧玲：《種瓜得瓜》，香港：新雅文化事業，2006 年（初版）。

馬翠蘿著；靛圖：《我不是公主》，香港：新雅文化事業，2007 年（初版）。

馬翠蘿著；靛圖：《尋找他鄉的公主》，香港：新雅文化事業，2007 年（初版）。

翌平：《騎狼的小兔》，香港：新雅文化事業，2007 年（初版）。

馬翠蘿著；靛圖：《不是公主不聚頭》，香港：新雅文化事業，2008 年（初版）。

馬翠蘿著；靛圖：《藍月亮戒指》，香港：新雅文化事業，2008 年（初版）。

孫慧玲：《伙記出更》，香港：新雅文化事業，2008 年（初版）。

馬翠蘿著；王曉鵬繪：《淘氣的髒髒女巫》，香港：新雅文化事業，2009 年（初版）。

馬翠蘿著；靛圖：《公主河的秘密》，香港：新雅文化事業，2009 年（初版）。

馬翠蘿著；靛圖：《穿越時空的公主》，香港：新雅文化事業，2009 年（初版）。

馬翠蘿著；羅來達繪：《小河姐姐生病了》，香港：新雅文化事業，2009 年（初版）。

馬翠蘿：《遇上百分百王子》，香港：新雅文化事業，2010 年（初版）。

馬翠蘿著；靛圖：《守護寶藏的公主》，香港：新雅文化事業，2010 年（初版）。

童文：《逝去的精靈》，香港：新雅文化事業，2010 年（初版）。

孫慧玲：《搜爆三犬子》，香港：新雅文化事業，2010 年（初版）。

馬翠蘿著；蒼狼野獸圖：《兩顆追月的星》，香港：新雅文化事業，2011 年（初版）。

馬翠蘿著；靛圖：《當公主遇上大俠》，香港：新雅文化事業，2011 年（初版）。

孫慧玲：《緝毒猛犬》，香港：新雅文化事業，2011 年（初版）。

何紫：《尖沙咀海旁的聚會》，香港：新雅文化事業，2012 年（初版）。

周蜜蜜：《兒童院的孩子》，香港：新雅文化事業，2012 年（初版）。

阿濃：《漢堡包和叉燒包〉，香港：新雅文化事業，2012 年（初版）。

哲也：《變身頸圈和黃金蛋》，香港：新雅文化事業，2012 年（初版）。

韋婭：《長翅膀的夜》，香港：新雅文化事業，2012 年（初版）。

馬翠蘿：《雨衣怪》，香港：新雅文化事業，2012 年（初版）。

馬翠蘿：《胖胖豬看書》，香港：新雅文化事業，2012 年（初版）。

馬翠蘿：《會打噴嚏的「橋」》，香港：新雅文化事業，2012 年（初版）。

馬翠蘿：《獻給大象伯伯的演唱會》，香港：新雅文化事業，2012 年（初版）。

馬翠蘿著；美心繪；RickySham 英文翻譯：《我們不要「麻煩鬼」》，香港：新雅文化事業，
　　2012 年（初版）。

馬翠蘿著；靛圖：《拯救未來的公主》，香港：新雅文化事業，2012 年（初版）。

馬翠蘿著；靛圖：《第一公主》，香港：新雅文化事業，2012 年（初版）。

劉惠瓊：《動物園的秘密》，香港：新雅文化事業，2012 年（初版）。

關景峰：《口袋裡的證據》，香港：新雅文化事業，2012 年（初版）。

東瑞著；立雄插畫：《小強和四方形西瓜》，香港：新雅文化事業，2012 年（初版）。

孫慧玲著；陳焯嘉圖：《少女的「秘密」》，香港：新雅文化事業，2012 年（初版）。

嚴吳嬋霞：《誰是麻煩鬼》，香港：新雅文化事業，2012 年（初版）。

金力明：《小羊豐三》，香港：新雅文化事業，2013 年（初版）。

胡燕青：《馬老師點兵》，香港：新雅文化事業，2013 年（初版）。

馬翠蘿著；蒼狼野獸繪：《你喜歡哪顆星》，香港：新雅文化事業，2013 年（初版）。

馬翠蘿著；靛圖：《大秦公主》，香港：新雅文化事業，2013 年（初版）。

馬翠蘿著；靛圖：《公主小福星》，香港：新雅文化事業，2013 年（初版）。

馬翠蘿著；靛圖：《第二次擁抱》，香港：新雅文化事業，2013 年（初版）。

潘金英、潘明珠著；美心插畫：《時間偵探》，香港：新雅文化事業，2013 年（初版）。

潘金英、潘明珠著；野人插畫：《兩個噴泉》，香港：新雅文化事業，2013 年（初版）。

陳華英：《火星人的樂土》，香港：新雅文化事業，2013 年（初版）。

黃虹堅：《零點五分》，香港：新雅文化事業，2013 年（初版）。

劉素儀：《反斗三星》，香港：新雅文化事業，2013 年（初版）。

孫慧玲作；野人插畫：《我愛光頭仔》，香港：新雅文化事業，2013 年（初版）。

孫慧玲著；陳焯嘉圖：《男孩的第一滴淚》，香港：新雅文化事業，2013 年（初版）。

韋婭著；Sayatoo 插圖：《誰是我的守護神》，香港：新雅文化事業，2014 年（初版）。

馬翠蘿著；伍中仁、陳子沖、靜宜插圖：《愛漂亮的小兔》，香港：新雅文化事業，2014 年
　　（初版）。

馬翠蘿著；蒼狼野獸繪：《今夜星月璀璨》，香港：新雅文化事業，2014 年（初版）。

馬翠蘿著；靛圖：《捍衛國土的公主》，香港：新雅文化事業，2014 年（初版）。

黃虹堅著；美心插圖：《講不完的故事》，香港：新雅文化事業，2014 年（初版）。

周蜜蜜：《這個聖誕真特別》，香港：新雅文化事業，2014 年（初版）。

關景峰：《他們創造了奇跡》，香港：新雅文化事業，2014 年（初版）。

孫慧玲著；小黑繪畫：《走進人間道》，香港：新雅文化事業，2014 年（初版）。

孫慧玲著；沈立雄插圖：《口水王子的魔法咒語》，香港：新雅文化事業，2014 年（初版）。

嚴吳嬋霞著；鄧美心插圖：《姓鄧的樹》，香港：新雅文化事業，2014 年（初版）。

馬翠蘿著；陳子沖，美心插圖：《想當冠軍的小烏龜》，香港：新雅文化事業，2015 年（初
　　版）。

馬翠蘿著；陳子沖、伍中仁等插圖：《減肥的小熊貓》，香港：新雅文化事業，2015 年（初
　　版）。

馬翠蘿著；靛圖：《公主駕到》，香港：新雅文化事業，2015 年（初版）。

馬翠蘿著；靛圖：《迷失歲月》，香港：新雅文化事業，2015 年（初版）。

馬翠蘿著；靛圖：《超時空天使》，香港：新雅文化事業，2015 年（初版）。

東瑞著；美心圖：《老爸的神秘地下室》，香港：新雅文化事業，2015 年（初版）。
孫慧玲著；沈立雄圖：《單車王子怎麼啦？》，香港：新雅文化事業，2015 年（初版）。
韋婭著；Sayatoo 插圖：《書包輕輕飛》，香港：新雅文化事業，2016 年（初版）。
馬翠蘿著；靛圖：《失蹤的校花》，香港：新雅文化事業，2016 年（初版）。
馬翠蘿著；靛圖：《被囚禁的公主》，香港：新雅文化事業，2016 年（初版）。
關麗珊：《公主的內在美》，香港：新雅文化事業，2016 年（初版）。
何巧嬋著；Sayatoo 插圖：《三個女生的秘密》，香港：新雅文化事業，2016 年（初版）。
孫慧玲著；沈立雄圖：《甲由王子的神秘傷口》，香港：新雅文化事業，2016 年（初版）。

經濟日報出版社

周蜜蜜：《不一樣的公公》，香港：經濟日報出版社，2014 年（初版）。

蒲公英出版社

王文華：《花貓公主的一百層蛋糕》，香港：蒲公英出版社，2016 年（初版）。

慢慢走故事坊

阮志雄著、小兜插圖：《豆釘豆釘靜靜聽》，香港：慢慢走故事坊，1997 年（初版）。
阮志雄著、歐潔儀插圖：《啤頭和月亮》，香港：慢慢走故事坊，1997 年（初版）。
阮志雄著、簡慈瑤插圖：《這樹不高呢！》，香港：慢慢走故事坊，1997 年（初版）。
阮志雄、蘇淑蓮編；杜慧貞故事；野人插圖：《小鞋遇上大鞋》，香港：慢慢走故事坊，2001 年（初版）。
阮志雄、蘇淑蓮編；許婉鳳、李錦晶故事；靜宜插圖：《誰來伴我睡？》，香港：慢慢走故事坊，2001 年（初版）。
阮志雄、蘇淑蓮編；黃美心著；王建衡插圖：《鬈毛和布布》，香港：慢慢走故事坊，2001 年（初版）。
阮志雄、蘇淑蓮編；黎婉怡著；小善插圖：《脫牙歷險記》，香港：慢慢走故事坊，2001 年（初版）。

漁農自然護理署；郊野公園之友會；天地圖書

潘明珠著；鄧美心圖：《七色花環》，香港：漁農自然護理署；郊野公園之友會；天地圖書，2003 年（初版）。
潘明珠著；鄧美心圖：《八哥的新朋友》，香港：漁農自然護理署；郊野公園之友會；天地圖書，2003 年（初版）。
潘明珠著；鄧美心圖：《樹的家族》，香港：漁農自然護理署；郊野公園之友會；天地圖書，2003 年（初版）。

遼寧少年兒童；真文化出版

何紫：《奇怪的聖誕包裹》，瀋陽；香港：遼寧少年兒童；真文化出版，1998 年（初版）。
阿濃：《說不完的故事》，瀋陽；香港：遼寧少年兒童；真文化出版，1998 年（初版）。
陳華英：《美麗的 1993》，瀋陽；香港：遼寧少年兒童；真文化出版，1998 年（初版）。
黃虹堅：《男孩子的陽光》，瀋陽；香港遼寧少年兒童；真文化出版，1998 年（初版）。
黃慶雲著；王曉明圖：《花市的悄悄話》，瀋陽；香港：遼寧少年兒童；真文化出版，1998 年（初版）。
嚴吳嬋霞作：《失踪的媽媽》，瀋陽；香港：遼寧少年兒童；真文化出版，1998 年（初版）。

學生福音團契出版社

陳慧：《浪遊黑羊事件簿 1》，香港：學生福音團契出版社，2005 年（初版）。

陳慧：《浪遊黑羊事件簿 2》，香港：學生福音團契出版社，2005 年（初版）。

陳慧：《浪遊黑羊事件簿 3》，香港：學生福音團契出版社，2006 年（初版）。

螢火蟲文化事業

鍾偉民：《十萬株烏薯花》，香港：螢火蟲文化事業，1998 年（初版）。

鍾偉民：《安地查東的羅密鷗與茱麗葉》，香港：螢火蟲文化事業，1998 年（初版）。

鍾偉民：《想飛》，香港：螢火蟲文化事業，1998 年（初版）。

鍾偉民：《藍天窗・紅月亮》，香港：螢火蟲文化事業，1998 年（初版）。

何巧嬋：《大青蛙笑了》，香港：螢火蟲文化事業，1999 年（初版）。

何巧嬋：《大腳板和小腳板》，香港：螢火蟲文化事業，1999 年（初版）。

何巧嬋：《四隻失業的動物》，香港：螢火蟲文化事業，1999 年（初版）。

何巧嬋：《打開課室的大門》，香港：螢火蟲文化事業，1999 年（初版）。

何巧嬋：《吹牛比賽》，香港：螢火蟲文化事業，1999 年（初版）。

何巧嬋：《逃出地獄》，香港：螢火蟲文化事業，1999 年（初版）。

何巧嬋：《鬼追人》，香港：螢火蟲文化事業，1999 年（初版）。

周蜜蜜：《灣仔雷爺的故事》，香港：螢火蟲文化事業，1999 年（初版）。

鍾偉民：《金花王朝的誕生》，香港：螢火蟲文化事業，1999 年（初版）。

何巧嬋：《三兄弟》，香港：螢火蟲文化事業，2000 年（初版）。

何巧嬋：《要殺獅子的老馬》，香港：螢火蟲文化事業，2000 年（初版）。

何巧嬋：《神樹》，香港：螢火蟲文化事業，2000 年（初版）。

何巧嬋：《驢子吞月》，香港：螢火蟲文化事業，2000 年（初版）。

周蜜蜜：《油尖區的並蒂蓮》，香港：螢火蟲文化事業，2000 年（初版）。

鍾偉民：《冰雪的容顏》，香港：螢火蟲文化事業，2000 年（初版）。

君比：《送你一片秋天的葉子》，香港：螢火蟲文化事業，2001 年（初版）。

何巧嬋：《立即長大》，香港：螢火蟲文化事業，2001 年（初版）。

何巧嬋：《我的心在說話》，香港：螢火蟲文化事業，2001 年（初版）。

何巧嬋：《找最勇敢的──》，香港：螢火蟲文化事業，2001 年（初版）。

何巧嬋：《牧羊仙》，香港：螢火蟲文化事業，2001 年（初版）。

何巧嬋：《虎娃》，香港：螢火蟲文化事業，2001 年（初版）。

何巧嬋：《蛋孵雞，雞生蛋》，香港：螢火蟲文化事業，2001 年（初版）。

何巧嬋：《造一個太陽》，香港：螢火蟲文化事業，2001 年（初版）。

何巧嬋：《誰見過惡鬼》，香港：螢火蟲文化事業，2001 年（初版）。

何巧嬋：《養一條飛龍》，香港：螢火蟲文化事業，2001 年（初版）。

何巧嬋：《懶國王選舉》，香港：螢火蟲文化事業，2001 年（初版）。

周蜜蜜：《天宇追蹤》，香港：螢火蟲文化事業，2001 年（初版）。

周蜜蜜：《真心救地球》，香港：螢火蟲文化事業，2001 年（初版）。

周蜜蜜：《複製驚魂》，香港：螢火蟲文化事業，2001 年（初版）。

周蜜蜜：《鱷魚頭鷹風雲》，香港：螢火蟲文化事業，2001 年（初版）。

潘明珠、潘金英：《驛動少年互動故事》，香港：螢火蟲文化事業，2001 年（初版）。

潘明珠著；高嶽插圖：《小麻雀童話》，香港：螢火蟲文化事業，2001 年（初版）。

君比：《馬克要飛》，香港：螢火蟲文化事業，2002 年（初版）。

君比：《掉進海裡的星星》，香港：螢火蟲文化事業，2002 年（初版）。

何巧嬋：《四季孩子話》，香港：螢火蟲文化事業，2002 年（初版）。

何巧嬋：《我會變》，香港：螢火蟲文化事業，2002 年（初版）。

何巧嬋：《孤單天使》，香港：螢火蟲文化事業，2002 年（初版）。

何巧嬋：《幸運的小獵人》，香港：螢火蟲文化事業，2002 年（初版）。

何巧嬋：《最善良的姑娘》，香港：螢火蟲文化事業，2002 年（初版）。

何巧嬋：《誰來當國王》，香港：螢火蟲文化事業，2002 年（初版）。

何巧嬋：《應聲蟲》，香港：螢火蟲文化事業，2002 年（初版）。

何巧嬋：《貓貓和我捉迷藏》，香港：螢火蟲文化事業，2002 年（初版）。

阮志雄著；Murphy 繪圖：《矮蛋阿夢》，香港：螢火蟲文化事業，2002 年（初版）。

阮志雄著；PatrickNg 繪圖：《阿花和大個》，香港：螢火蟲文化事業，2002 年（初版）。

阮志雄著；王建衡繪圖：《一家人看月亮》，香港：螢火蟲文化事業，2002 年（初版）。

阮志雄著；楊東龍繪圖：《只要你相信他是一頭恐龍》，香港：螢火蟲文化事業，2002 年（初版）。

阮志雄著；橙色鳥繪圖：《大力踩單車》，香港：螢火蟲文化事業，2002 年（初版）。

君比：《神秘的羽毛》，香港：螢火蟲文化事業，2003 年（初版）。

何巧嬋：《水珠兒衣裳》，香港：螢火蟲文化事業，2003 年（初版）。

何巧嬋：《冰雪女皇》，香港：螢火蟲文化事業，2003 年（初版）。

黃慶雲：《肥國王》，香港：螢火蟲文化事業，2003 年（初版）。

黃慶雲：《埋藏了的陽光》，香港：螢火蟲文化事業，2003 年（初版）。

黃慶雲：《媽媽，我很醜嗎？》，香港：螢火蟲文化事業，2003 年（初版）。

何巧嬋：《奇異之旅》，香港：螢火蟲文化事業，2004 年（初版）。

韋婭：《小女孩和紅狐狸的故事》，香港：螢火蟲文化事業，2004 年（初版）。

劉惠瓊著；霍玉英編；Terry 插圖：《我的小檔案》，香港：螢火蟲文化事業，2004 年（初版）。

黃慶雲：《花園裏的神話》，香港：螢火蟲文化事業，2004 年（初版）。

黃慶雲：《秘密山谷》，香港：螢火蟲文化事業，2004 年（初版）。

黃慶雲：《我們都盼望長大》，香港：螢火蟲文化事業，2004 年（初版）。

黃慶雲：《要我扮老婆婆》，香港：螢火蟲文化事業，2004 年（初版）。

黃慶雲：《請不要輸給我》，香港：螢火蟲文化事業，2004 年（初版）。

黃慶雲：《屬馬的女孩》，香港：螢火蟲文化事業，2004 年（初版）。

何巧嬋：《養一個小颱風》，香港：螢火蟲文化事業，2005 年（初版）。

劉惠瓊著；霍玉英編；Terry 插圖：《玉石榴》，香港：螢火蟲文化事業，2005 年（初版）。

劉惠瓊著；霍玉英編；Terry 插圖：《我的哥哥》，香港：螢火蟲文化事業，2005 年（初版）。

何巧嬋；Olimipia 插圖：《鼻尖上的小飛蟲》，香港：螢火蟲文化事業，2006 年（初版）。

何巧嬋主編及導讀：《二月，這一天》，香港：螢火蟲文化事業：現代教育研究社，2006 年（初版）。

何巧嬋主編及導讀：《小魚兒出海》，香港：螢火蟲文化事業：現代教育研究社，2006年（初版）。

何巧嬋主編及導讀：《太公的魔法》，香港：螢火蟲文化事業：現代教育研究社，2006年（初版）。

何巧嬋主編及導讀：《我沒有放棄，你呢？》，香港：螢火蟲文化事業：現代教育研究社，2006年（初版）。

何巧嬋主編及導讀：《沉默的樹》，香港：螢火蟲文化事業：現代教育研究社，2006年（初版）。

何巧嬋主編及導讀：《花斑虎家的電話》，香港：螢火蟲文化事業：現代教育研究社，2006年（初版）。

何巧嬋主編及導讀：《寂寞》，香港：螢火蟲文化事業：現代教育研究社，2006年（初版）。

何巧嬋主編及導讀：《第二次再見》，香港：螢火蟲文化事業：現代教育研究社，2006年（初版）。

何巧嬋：《育兒可以這樣好玩》，香港：螢火蟲文化事業，2006年（初版）。

何巧嬋主編及導讀：《暑假，你不要走》，香港：螢火蟲文化事業：現代教育研究社，2006年（初版）。

何巧嬋主編及導讀：《蒲公英不說一語》，香港：螢火蟲文化事業：現代教育研究社，2006年（初版）。

黃慶雲著，何巧嬋主編及導讀：《大食懶甲甲》，香港：螢火蟲文化事業：現代教育研究社，2006年（初版）。

獲益出版社

東瑞著；保蓮繪圖：《相約在末來》，香港：獲益出版社，1996年（初版）。

東瑞著；保蓮繪圖：《帶 call 機的女孩》，香港：獲益出版社，1996年（初版）。

東瑞著；保蓮圖：《怪獸島歷險記》，香港：獲益出版社，1996年（初版）。

東瑞著；保蓮繪圖：《還是覺得你最好：東瑞小小說集》，香港：獲益出版社，1996年（初版）。

唐巾雄著；沈立雄繪圖：《成長一族》，香港：獲益出版社，1996年（初版）。

劉鳳鸞：《傻瓜黃 SIR》，香港：獲益出版社，1996年（初版）。

孫慧玲著；沈立雄繪圖：《跳出愛的旋渦》，香港：獲益出版社，1996年（初版）。

吳佩芳：《輪流轉》，香港：獲益出版社，1997年（初版）。

唐巾雄：《成長一族》，香港：獲益出版社，1997年（初版）。

劉鳳鸞：《學校裡的怪獸》，香港：獲益出版社，1997年（初版）。

嚴吳嬋霞：《迷你鬼話》，香港：獲益出版社，1997年（初版）。

東瑞著；沈立雄繪圖：《笑》，香港：獲益出版社，1998年（初版）。

東瑞著；保蓮繪圖：《馬戲團小丑》，香港：獲益出版社，1998年（初版）。

東瑞著；保蓮繪圖：《讓我們再對坐一次：東瑞小小說集》，香港：獲益出版社，1998年（初版）。

胡燕青：《全天候跑道》，香港：獲益出版社，1998年（初版）。

劉鳳鸞：《天地拾零》，香港：獲益出版社，1998年（初版）。

魏月媚：《媽媽原是女強人》，香港：獲益出版社，1998年（初版）。

魏月媚：《愛哭愛笑的日子》，香港：獲益出版社，1998年（初版）。

吳佩芳：《笨豬跳》，香港：獲益出版社，1999 年（初版）。

東瑞：《一天》，香港：獲益出版社，1999 年（初版）。

東瑞：《行李‧照片‧人》，香港：獲益出版社，1999 年（初版）。

東瑞著；黃志民繪圖：《末來小戰士》，香港：獲益出版社，1999 年（初版）。

阿濃：《癡心留一角》，香港：獲益出版社，1999 年（初版）。

海辛：《離島少年泥鰍奇遇》，香港：獲益出版社，1999 年（初版）。

陳葒：《青春出於籃》，香港：獲益出版社，1999 年（第 4 版）。

賴雪敏著；沈立雄繪圖：《小天使的風波》，香港：獲益出版社，1999 年（初版）。

胡燕青：《全天候跑道》，香港：獲益出版社，1999 年（初版）。

《校園，校園》編委會：《回眸》，香港：獲益出版社，2000 年（初版）。

《校園，校園》編委會：《真情》，香港：獲益出版社，2000 年（初版）。

王鎮偉：《一年容易又升班》，香港：獲益出版社，2000 年（初版）。

邵仕雄：《一對好朋友》，香港：獲益出版社，2000 年（初版）。

東瑞：《循序漸進》，香港：獲益出版社，2000 年（初版）。

東瑞：《朝朝暮暮》，香港：獲益出版社，2000 年（初版）。

東瑞、愛薇編：《與女兒的貼心話》，香港：獲益出版社，2000 年（初版）。

東瑞著；周文彬賞析：《美文一籃》，香港：獲益出版社，2000 年（初版）。

東瑞：《晨夢夕錄》，香港：獲益出版社，2000 年（增訂新版）。

陸愛華：《別人為甚麼長得漂亮》，香港：獲益出版社，2000 年（初版）。

吳佩芳：《雨天、晴天》，香港：獲益出版社，2001 年（初版）。

邵仕雄：《半邊魚的故事》，香港：獲益出版社，2001 年（初版）。

東瑞：《甜夢》，香港：獲益出版社，2001 年（初版）。

東瑞著；保蓮繪圖：《擒兇記》，香港：獲益出版社，2001 年（初版）。

東瑞：《匿名信》，香港：獲益出版社，2001 年（初版）。

林蔭：《天鵝之死》，香港：獲益出版社，2001 年（初版）。

阿糞：《心靈花雨》，香港：獲益出版社，2002 年（初版）。

周遊：《粉筆灰》，香港：獲益出版社，2002 年（初版）。

陳葒著；保蓮圖：《校園風雲》，香港：獲益出版社，2002 年（第 2 版）。

賴雪敏：《天空花園》，香港：獲益出版社，2002 年（初版）。

吳佩芳：《跳出孤獨》，香港：獲益出版社，2003 年（初版）。

東瑞：《奶茶一杯》，香港：獲益出版社，2003 年（初版）。

東瑞：《東瑞小小說》，香港：獲益出版社，2003 年（初版）。

東瑞著；周文彬賞析：《精緻短文》，香港：獲益出版社，2003 年（初版）。

胡燕青：《嘆息的速度》，香港：獲益出版社，2003 年（初版）。

陳葒著；黃海瑩、歐陽偉恩繪圖：《校園情思》，香港：獲益出版社，2003 年（初版）。

《校園，校園》編委會：《懷念》，香港：獲益出版社，2004 年（初版）。

宋詒瑞：《咪咪潛游海底世界》，香港：獲益出版社，2004 年（初版）。

東瑞著；保蓮繪圖：《校園偵破事件簿》，香港：獲益出版社，2004 年（初版）。

東瑞著；黃海瑩圖：《我在等你》，香港：獲益出版社，2004 年（初版）。

陳華英著；J-toon 圖：《流星的女兒》，香港：獲益出版社，2004 年（初版）。

潘金英、潘明珠：《買回來的美麗》，香港：獲益出版社，2004 年（初版）。

劉鳳鸞著；黃海瑩插圖：《可怖的電話鈴聲》，香港：獲益出版社，2004 年（初版）。

《校園，校園》編委會：《獻禮》，香港：獲益出版社，2005 年（初版）。

吳佩芳：《幸運的風鈴》，香港：獲益出版社，2005 年（初版）。

東瑞：《魔幻樂園》，香港：獲益出版社，2005 年（初版）。

東瑞主編：《獻禮《校園校園》‧5 集》，香港：獲益出版社，2005 年（初版）。

周淑屏：《大牌檔‧當舖‧涼茶舖》，香港：獲益出版社，2006 年（初版）。

東瑞：《地鐵非常事件簿》，香港：獲益出版社，2006 年（初版）。

東瑞：《愛的旅程（修訂版）》，香港：獲益出版社，2006 年（初版）。

東瑞著；保蓮圖：《屋邨奇異事件簿》，香港：獲益出版社，2007 年（初版）。

東瑞：《雨中尋書》，香港：獲益出版社，2008 年（初版）。

東瑞：《相逢未必能相見》，香港：獲益出版社，2008 年（初版）。

非林：《陽光下的孩子》，香港：獲益出版社，2011 年（初版）。

東瑞：《雨後青綠》，香港：獲益出版社，2011 年（初版）。

東瑞：《小站》，香港：獲益出版社，2012 年（初版）。

《校園，校園》編委會：《浪花》，香港：獲益出版社，2013 年（初版）。

東瑞：《蒲東英之眸》，香港：獲益出版社，2015 年（初版）。

東瑞：《飄浮在風中的記憶》，香港：獲益出版社，2015 年（初版）。

臨時市政局公共圖書館

劉鳳鸞：《婆婆上學了》，香港：臨時市政局公共圖書館，1998 年（初版）。

藍出版

左右們：《怪豆劇場》，香港：藍出版，2015 年（初版）。

藍藍的天

藍藍的天創作組編：《醐豆豆，大夢想》，香港：藍藍的天，2007 年（初版）。

阿咩：《羊愛狼，見見面》，香港：藍藍的天，2008 年（初版）。

藍藍的天創作組編：《醐豆豆，情書書》，香港：藍藍的天，2008 年（初版）。

小敏：《雲仔朋友仔講故仔》，香港：藍藍的天，2011 年（初版）。

寶華數碼印刷

潘明珠：《好同學小米》，香港：寶華數碼印刷，2006 年（初版）。

潘明珠：《愛因思的小屋》，香港：寶華數碼印刷，2006 年（初版）。

散文類

21 世紀人文出版社

韋婭：《人隨月色淨》，香港：21 世紀人文出版社，2003 年（初版）。

E+E·進念·二十面體

胡恩威：《好風如水》，香港：E+E·進念·二十面體，2007 年（初版）。

Kubrick

梁寶山：《活在平常》，香港：Kubrick，2012 年（初版）。

林知陽：《這顆行星上所有的酒館》，香港：Kubrick，2014 年（初版）。

MCCM Creations

鄭秀慧：《傳說我城一〇三》，香港：MCCM Creations，2012 年（初版）。

吳文芳：《所以我旅遊》，香港：MCCM Creations，2016 年（初版）。

七字頭

謝傲霜：《愛情廢話》，香港：七字頭，1998 年（初版）。

天涯不曉生：《香港英雄》，香港：七字頭，2003 年（初版）。

文潔華：《身語心語》，香港：七字頭，2003 年（初版）。

文潔華：《愛與痛的流程》，香港：七字頭，2003 年（初版）。

又有文化傳播

蔡炎培：《明報歲月》，香港：又有文化傳播，2015 年（初版）。

三人出版

張灼祥：《獨樂橋》，香港：三人出版，1996 年（初版）。

三聯書店

王充閭：《滄浪之水》，香港：三聯書店，1996 年（初版）。

孔憲鐸：《快人快語》，香港：三聯書店，2000 年（初版）。

關愚謙：《浪》，香港：三聯書店，2001 年（初版）。

蘇立群：《傅雷別傳》，香港：三聯書店，2002 年（初版）。

方成：《漫畫的幽默》，香港：三聯書店，2003 年（初版）。

彭國梁文，何立偉：《情文情畫》，香港：三聯書店，2003 年（初版）。

彭國梁文，何立偉：《閒文閒畫》，香港：三聯書店，2003 年（初版）。

彭國梁文，何立偉：《癡文癡畫》，香港：三聯書店，2003 年（初版）。

張立：《筆底風雲》，香港：三聯書店，2004 年（初版）。

何志平：《此心安處是吾鄉》，香港：三聯書店，2005 年（初版）。

劉紹銘：《文字還能感人的時代》，香港：三聯書店，2005 年（初版）。

鄭培凱：《真理愈辯愈昏》，香港：三聯書店，2006 年（初版）。

鄭學仁：《吳大江傳》，香港：三聯書店，2006 年（初版）。

顧媚：《從破曉到黃昏》，香港：三聯書店，2006 年（初版）。

袁蕙嬋：《如果沒看錯，這是吃蕃茄薯片》，香港：三聯書店，2007 年（初版）。

梁嘉儀：《消隱》，香港：三聯書店，2007 年（初版）。
藍星人：《迷戀人間》，香港：三聯書店，2007 年（初版）。
大街：《一百態》，香港：三聯書店，2009 年（初版）。
方盈：《自在住》，香港：三聯書店，2009 年（初版）。
西西：《縫熊志》，香港：三聯書店，2009 年（初版）。
李子玉：《雲想衣裳》，香港：三聯書店，2009 年（初版）。
何福仁：《上帝的角度》，香港：三聯書店，2009 年（初版）。
陳耀南：《讀中文，看世界》，香港：三聯書店，2009 年（初版）。
智海：《花花世界》，香港：三聯書店，2009 年（初版）。
鄧小宇：《吃羅宋餐的日子》，香港：三聯書店，2009 年（初版）。
葛亮：《繪色》，香港：三聯書店，2010 年（初版）。
胡金銓：《胡金銓隨筆》，香港：三聯書店，2011 年（初版）。
孫維妙：《聞香記》，香港：三聯書店，2011 年（初版）。
高聲：《富中作樂》，香港：三聯書店，2011 年（初版）。
廖偉棠：《波希香港，嬉皮中國》，香港：三聯書店，2011 年（初版）。
大泥：《因為愛》，香港：三聯書店，2012 年（初版）。
何秀萍：《一個女心》，香港：三聯書店，2012 年（初版）。
柴路得：《不存在的旅行》，香港：三聯書店，2013 年（初版）。
陳瓜：《西柚》，香港：三聯書店，2013 年（初版）。
鄭國江：《鄭國江詞畫人生》，香港：三聯書店，2013 年（初版）。
小洋：《青春的力度》，香港：三聯書店，2014 年（初版）。
陳耀南：《讀中文看世界（增訂版）》，香港：三聯書店，2014 年（初版）。
芊禕：《阿怪》，香港：三聯書店，2015 年（初版）。
劉再復：《吾師吾友》，香港：三聯書店，2015 年（初版）。
方太初：《衣飾無憂》，香港：三聯書店，2016 年（初版）。

大山文化

羅孚：《我重讀香港》，香港：大山文化，2014 年（初版）。
沈西城：《舊日風景：香港文化的吉光片羽》，香港：大山文化，2015 年（初版）。
沈西城：《西城紀事》，香港：大山文化，2016 年（初版）。

山邊社

黃維樑：《突然，一朵蓮花》，香港：山邊社，2002 年（初版）。
何紫：《童年的我・少年的我》，香港：山邊社，2016 年（初版）。

川漓社

葉輝：《最薄的黑，最厚的白：給石頭的情書》，香港：川漓社，2010 年（初版）。
鍾國強：《記憶有樹》，香港：川漓社，2012 年（初版）。

廿九几

廿九几編：《所以美好》，香港：廿九几，2007 年（初版）。
李智良著、郭詩詠編：《房間》，香港：廿九几，2008 年（初版）。

天地圖書

亦舒：《隨心》，香港：天地圖書，1996年（初版）。

亦舒：《隨意》，香港：天地圖書，1996年（初版）。

李碧華：《基情十一刀》，香港：天地圖書，1996年（初版）。

李碧華：《礦泉水》，香港：天地圖書，1996年（初版）。

海辛：《戴臉譜的香港人》，香港：天地圖書，1996年（初版）。

高旅：《高旅雜文》，香港：天地圖書，1996年（初版）。

梁曉聲：《95隨想錄》，香港：天地圖書，1996年（初版）。

陳邇冬：《閒話三分》，香港：天地圖書，1996年（初版）。

陶傑：《暗夜裡那艷紅的寇丹》，香港：天地圖書，1996年（初版）。

黃蒙田、黃復生：《黃蒙田散文‧回憶篇》，香港：天地圖書，1996年（初版）。

農婦：《水泡泡》，香港：天地圖書，1996年（初版）。

劉天賜：《亂世備忘手冊》，香港：天地圖書，1996年（初版）。

羅隼：《羅隼選集》，香港：天地圖書，1996年（初版）。

譚秀牧：《看霧的季節》，香港：天地圖書，1996年（初版）。

吳羊璧、雙翼：《香港五十秋》，香港：天地圖書，1997年（初版）。

李碧華：《630電車之旅》，香港：天地圖書，1997年（初版）。

李碧華：《咳出一隻高跟鞋》，香港：天地圖書，1997年（初版）。

李碧華：《聰明丸》，香港：天地圖書，1997年（初版）。

柳蘇、羅孚：《絲韋隨筆》，香港：天地圖書，1997年（初版）。

張帆：《再見英倫》，香港：天地圖書，1997年（初版）。

張君默、張景雲：《聚散依依》，香港：天地圖書，1997年（初版）。

舒巷城：《夜闌瑣記》，香港：天地圖書，1997年（初版）。

楊柳風：《覆瓿小集》，香港：天地圖書，1997年（初版）。

劉再復：《西尋故鄉》，香港：天地圖書，1997年（初版）。

蔡瀾：《十字街頭》，香港：天地圖書，1997年（初版）。

蔡瀾：《海外情4，澳洲》，香港：天地圖書，1997年（初版）。

蔡瀾：《給年輕人的信》，香港：天地圖書，1997年（初版）。

蔡瀾：《街頭巷尾》，香港：天地圖書，1997年（初版）。

蔡瀾：《霧裡看花》，香港：天地圖書，1997年（初版）。

謝雨凝：《長流不息》，香港：天地圖書，1997年（初版）。

李偉民：《活得更風騷》，香港：天地圖書，1998年（初版）。

李碧華：《八十八夜》，香港：天地圖書，1998年（初版）。

孫立川：《驛站短簡》，香港：天地圖書，1998年（初版）。

蔡瀾：《山窗小品》，香港：天地圖書，1998年（初版）。

蔡瀾：《半日閒園》，香港：天地圖書，1998年（初版）。

蔡瀾：《花開花落》，香港：天地圖書，1998年（初版）。

蔡瀾：《草草不工》，香港：天地圖書，1998年（初版）。

丘世文、陶傑、文潔華、劉天賜：《香港老照片》，香港：天地圖書，1999年（初版）。

李碧華：《女巫詞典》，香港：天地圖書，1999 年（初版）。

梁羽生：《筆花六照》，香港：天地圖書，1999 年（初版）。

劉天賜：《指東講西》，香港：天地圖書，1999 年（初版）。

劉再復：《獨語天涯：一千零一夜不連貫的思索》，香港：天地圖書，1999 年（初版）。

蔡瀾：《百思不解》，香港：天地圖書，1999 年（初版）。

蔡瀾：《狂又何妨》，香港：天地圖書，1999 年（初版）。

蔡瀾：《痴人說夢》，香港：天地圖書，1999 年（初版）。

樹棻：《上海舊夢》，香港：天地圖書，1999 年（初版）。

蘇守忠：《蘇守忠文集》，香港：天地圖書，1999 年（初版）。

李怡：《變臉》，香港：天地圖書，2000 年（初版）。

李碧華：《水雲散髮》，香港：天地圖書，2000 年（初版）。

李碧華：《橘子不要哭》，香港：天地圖書，2000 年（初版）。

李碧華：《藍狐別心軟》，香港：天地圖書，2000 年（初版）。

張初：《悲歡異地情》，香港：天地圖書，2000 年（初版）。

梅子：《葦思散葉》，香港：天地圖書，2000 年（初版）。

楊瑞生：《意在聯外》，香港：天地圖書，2000 年（初版）。

劉再復：《漫步高原》，香港：天地圖書，2000 年（初版）。

劉再復、劉劍梅：《共悟人間：父女兩地書》，香港：天地圖書，2000 年（初版）。

蔡瀾：《老瀾遊記》，香港：天地圖書，2000 年（初版）。

蔡瀾：《吶喊，徬徨》，香港：天地圖書，2000 年（初版）。

蔡瀾：《給年輕人的信二集》，香港：天地圖書，2000 年（初版）。

蔡瀾：《蔡瀾四談日本》，香港：天地圖書，2000 年（初版）。

黎翠華：《悠遊巴黎》，香港：天地圖書，2000 年（初版）。

李碧華：《真假美人湯》，香港：天地圖書，2001 年（初版）。

李碧華：《涼風秋月夜》，香港：天地圖書，2001 年（初版）。

康子：《靈氣迫人》，香港：天地圖書，2001 年（初版）。

陳耀南：《鴻爪雪泥袋鼠邦》，香港：天地圖書，2001 年（初版）。

程步奎：《出土的愉悅》，香港：天地圖書，2001 年（初版）。

蔡瀾：《老瀾遊記第二冊》，香港：天地圖書，2001 年（初版）。

蔡瀾：《撫今追昔》，香港：天地圖書，2001 年（初版）。

蔡瀾：《蔡瀾五談日本》，香港：天地圖書，2001 年（初版）。

蔡瀾：《醉鄉漫步》，香港：天地圖書，2001 年（初版）。

蔡瀾：《繡花枕頭》，香港：天地圖書，2001 年（初版）。

樹棻：《上海的豪門舊夢》，香港：天地圖書，2001 年（初版）。

譚寶碩：《葉落天地間》，香港：天地圖書，2001 年（初版）。

李怡：《人生網絡》，香港：天地圖書，2002 年（初版）。

李碧華：《如痴如醉》，香港：天地圖書，2002 年（初版）。

李碧華：《把帶血刀子包起來》，香港：天地圖書，2002 年（初版）。

李碧華：《赤狐花貓眼》，香港：天地圖書，2002 年（初版）。

李碧華：《鴉片粉圓》，香港：天地圖書，2002 年（初版）。

李碧華：《櫻桃青衣》，香港：天地圖書，2002 年（初版）。

李歐梵，李玉瑩：《過平常日子》，香港：天地圖書，2002 年（初版）。

張雲楓：《報苑尋蹤：港澳筆耕四十年文選》，香港：天地圖書，2002 年（初版）。

蔡瀾：《一樂也》，香港：天地圖書，2002 年（初版）。

蔡瀾：《七樂也》，香港：天地圖書，2002 年（初版）。

蔡瀾：《九樂也》，香港：天地圖書，2002 年（初版）。

蔡瀾：《二樂也》，香港：天地圖書，2002 年（初版）。

蔡瀾：《十樂也》，香港：天地圖書，2002 年（初版）。

蔡瀾：《三樂也》，香港：天地圖書，2002 年（初版）。

蔡瀾：《五樂也》，香港：天地圖書，2002 年（初版）。

蔡瀾：《六樂也》，香港：天地圖書，2002 年（初版）。

蔡瀾：《四樂也》，香港：天地圖書，2002 年（初版）。

蔡瀾：《老瀾遊記第三冊》，香港：天地圖書，2002 年（初版）。

蔡瀾：《秋雨梧桐》，香港：天地圖書，2002 年（初版）。

蔡瀾：《蔡瀾六談日本》，香港：天地圖書，2002 年（初版）。

樹棻：《上海的浮華歲月》，香港：天地圖書，2002 年（初版）。

毛尖：《慢慢微笑》，香港：天地圖書，2003 年（初版）。

李登：《你老婆和你是燉蛋》，香港：天地圖書，2003 年（初版）。

李碧華：《人盡可呼》，香港：天地圖書，2003 年（初版）。

李碧華：《還是情願痛》，香港：天地圖書，2003 年（初版）。

林行止：《閑筆生花：林行止隨筆第二集》，香港：天地圖書，2003 年（初版）。

康子：《愈夜，愈圓，愈美麗》，香港：天地圖書，2003 年（初版）。

康子：《識個有錢人》，香港：天地圖書，2003 年（初版）。

劉紹銘：《煙雨平生》，香港：天地圖書，2003 年（初版）。

蔡瀾：《一趣也》，香港：天地圖書，2003 年（初版）。

蔡瀾：《二趣也》，香港：天地圖書，2003 年（初版）。

蔡瀾：《老瀾遊記第四冊》，香港：天地圖書，2003 年（初版）。

蔡瀾：《抱樸含真》，香港：天地圖書，2003 年（初版）。

蔡瀾：《前塵往事》，香港：天地圖書，2003 年（初版）。

蔡瀾：《虛無恬澹》，香港：天地圖書，2003 年（初版）。

蔡瀾：《夢裡奔波》，香港：天地圖書，2003 年（初版）。

黎翠華：《在諾曼第的日子》，香港：天地圖書，2003 年（初版）。

李碧華：《後殖民誌》，香港：天地圖書，2004 年（初版）。

李碧華：《風流花吹雪》，香港：天地圖書，2004 年（初版）。

林太乙：《女王與我》，香港：天地圖書，2004 年（初版）。

林行止：《不「文」集》，香港：天地圖書，2004 年（初版）。

林行止：《閱讀偶拾》，香港：天地圖書，2004 年（初版）。

施友朋：《色相‧人間》，香港：天地圖書，2004 年（初版）。

陳耀南：《晨光清景》，香港：天地圖書，2004 年（初版）。
農婦：《月亮與鐘聲》，香港：天地圖書，2004 年（初版）。
農婦：《猴把戲》，香港：天地圖書，2004 年（初版）。
劉再復：《面壁沉思錄》，香港：天地圖書，2004 年（初版）。
劉再復：《滄桑百感》，香港：天地圖書，2004 年（初版）。
蔡瀾：《三趣也》，香港：天地圖書，2004 年（初版）。
蔡瀾：《老瀾遊記第五冊》，香港：天地圖書，2004 年（初版）。
蔡瀾：《笑話和趣事》，香港：天地圖書，2004 年（初版）。
顏純鈎：《心版圖》，香港：天地圖書，2004 年（初版）。
王貽興：《路中拾遺》，香港：天地圖書，2005 年（初版）。
平路：《點滴纏綿》，香港：天地圖書，2005 年（初版）。
余非：《香江大男人，小故事》，香港：天地圖書，2005 年（初版）。
李碧華：《紅耳墜》，香港：天地圖書，2005 年（初版）。
李碧華：《黑眼線》，香港：天地圖書，2005 年（初版）。
黃偉文：《俗》，香港：天地圖書，2005 年（初版）。
劉紹銘：《一爐煙火》，香港：天地圖書，2005 年（初版）。
蔡萱：《蔡萱的緣》，香港：天地圖書，2005 年（初版）。
蔡瀾：《四位老友》，香港：天地圖書，2005 年（初版）。
蔡瀾：《四趣也》，香港：天地圖書，2005 年（初版）。
蔡瀾：《雨後斜陽》，香港：天地圖書，2005 年（初版）。
蔡瀾：《病中記趣》，香港：天地圖書，2005 年（初版）。
蔡瀾：《蔡瀾七談日本》，香港：天地圖書，2005 年（初版）。
李碧華：《女巫法律詞典》，香港：天地圖書，2006 年（初版）。
李碧華：《季節限定》，香港：天地圖書，2006 年（初版）。
李碧華：《緣份透支》，香港：天地圖書，2006 年（初版）。
李碧華主編：《給母親的短柬》，香港：天地圖書，2006 年（初版）。
林行止：《物外消遙》，香港：天地圖書，2006 年（初版）。
林行止：《意趣悠然》，香港：天地圖書，2006 年（初版）。
林行止：《當年 2005》，香港：天地圖書，2006 年（初版）。
林行止：《樂在其中》，香港：天地圖書，2006 年（初版）。
孫方中：《千絲萬縷不了情》，香港：天地圖書，2006 年（初版）。
劉紹銘：《文字的再生》，香港：天地圖書，2006 年（初版）。
蔡瀾：《五趣也》，香港：天地圖書，2006 年（初版）。
蔡瀾：《六趣也》，香港：天地圖書，2006 年（初版）。
蔡瀾：《老友寫老友》，香港：天地圖書，2006 年（初版）。
蔡瀾：《老瀾遊記第六冊》，香港：天地圖書，2006 年（初版）。
蔡瀾：《松下對弈》，香港：天地圖書，2006 年（初版）。
蔡瀾：《掃雪烹茶》，香港：天地圖書，2006 年（初版）。
蔡瀾：《淺斟低唱》，香港：天地圖書，2006 年（初版）。

蔡瀾：《撫琴按簫》，香港：天地圖書，2006 年（初版）。

蔡瀾：《蔡瀾八談日本》，香港：天地圖書，2006 年（初版）。

關品方：《對決》，香港：天地圖書，2006 年（初版）。

李碧華：《一夜浮花》，香港：天地圖書，2007 年（初版）。

李碧華：《七滴甜水》，香港：天地圖書，2007 年（初版）。

李碧華：《生命是個面紙盒》，香港：天地圖書，2007 年（初版）。

林行止：《當年 2006》，香港：天地圖書，2007 年（初版）。

林行止：《遠近隨心》，香港：天地圖書，2007 年（初版）。

梁錫華：《如寄集》，香港：天地圖書，2007 年（初版）。

劉天均：《風流近來都忘了：劉天均小說散文集》，香港：天地圖書，2007 年（初版）。

劉天均：《旅途說書人》，香港：天地圖書，2007 年（初版）。

劉以鬯：《舊文新編》，香港：天地圖書，2007 年（初版）。

劉紹銘：《風月無邊》，香港：天地圖書，2007 年（初版）。

劉紹銘：《能不依依》，香港：天地圖書，2007 年（初版）。

蔡瀾：《七趣也》，香港：天地圖書，2007 年（初版）。

蔡瀾：《小雨移花》，香港：天地圖書，2007 年（初版）。

杜杜：《住家風景》，香港：天地圖書，2008 年（初版）。

李碧華：《三尺三寸》，香港：天地圖書，2008 年（初版）。

李碧華：《青黛》，香港：天地圖書，2008 年（初版）。

李碧華：《歡喜就好》，香港：天地圖書，2008 年（初版）。

林行止：《淺讀輕談》，香港：天地圖書，2008 年（初版）。

林行止：《當年 2007》，香港：天地圖書，2008 年（初版）。

郭浩民：《緣繫今生》，香港：天地圖書，2008 年（初版）。

黃偉文：《生於天橋底》，香港：天地圖書，2008 年（初版）。

蔡瀾：《九趣也》，香港：天地圖書，2008 年（初版）。

蔡瀾：《八趣也》，香港：天地圖書，2008 年（初版）。

蔡瀾：《好色男女》，香港：天地圖書，2008 年（初版）。

蔡瀾：《老瀾遊記第七冊》，香港：天地圖書，2008 年（初版）。

蔡瀾：《老瀾遊記第八冊》，香港：天地圖書，2008 年（初版）。

蔡瀾：《倪匡閑話：老友寫老友續編》，香港：天地圖書，2008 年（初版）。

蔡瀾：《御風而行》，香港：天地圖書，2008 年（初版）。

蔡瀾：《麻辣愛情》，香港：天地圖書，2008 年（初版）。

李碧華：《52 號的殺氣》，香港：天地圖書，2009 年（初版）。

林行止：《色識嫵媚》，香港：天地圖書，2009 年（初版）。

林行止：《當年 2008》，香港：天地圖書，2009 年（初版）。

劉紹銘：《方留戀處》，香港：天地圖書，2009 年（初版）。

劉紹銘：《渾家・拙荊・夫人》，香港：天地圖書，2009 年（初版）。

蔡瀾：《老瀾遊記第九冊》，香港：天地圖書，2009 年（初版）。

蔡瀾：《紅塵深處》，香港：天地圖書，2009 年（初版）。

鍾曉陽：《春在綠蕪中》，香港：天地圖書，2009 年（初版）。

邱立本：《文字冒險家》，香港：天地圖書，2010 年（初版）。

李碧華：《十種矛盾的快樂》，香港：天地圖書，2010 年（初版）。

李碧華：《天天都在「準備中」》，香港：天地圖書，2010 年（初版）。

林行止：《好食，好食》，香港：天地圖書，2010 年（初版）。

林行止：《當年 2009》，香港：天地圖書，2010 年（初版）。

林行止：《說來話兒長》，香港：天地圖書，2010 年（初版）。

馮照明：《留住那清歡與閒愁》，香港：天地圖書，2010 年（初版）。

劉再復：《大觀心得》，香港：天地圖書，2010 年（初版）。

潘國靈：《靈魂獨舞》，香港：天地圖書，2010 年（初版）。

蔡瀾：《老瀾遊記第十冊》，香港：天地圖書，2010 年（初版）。

蔡瀾：《煙蘿飄飛》，香港：天地圖書，2010 年（初版）。

李碧華：《一杯清朝的紅茶》，香港：天地圖書，2011 年（初版）。

李碧華：《細腰》，香港：天地圖書，2011 年（初版）。

李碧華：《裸著來裸著去》，香港：天地圖書，2011 年（初版）。

李學數：《夢裡尋她千百度》，香港：天地圖書，2011 年（初版）。

林行止：《唯德維真》，香港：天地圖書，2011 年（初版）。

林行止：《當年 2010》，香港：天地圖書，2011 年（初版）。

林青霞：《窗裏窗外》，香港：天地圖書，2011 年（初版）。

伍白蘭：《朝雲暮雨》，香港：天地圖書，2012 年（初版）。

江揚：《留住那晚的星星》，香港：天地圖書，2012 年（初版）。

李碧華：《虎落笛之悲鳴》，香港：天地圖書，2012 年（初版）。

林行止：《涉趣之行》，香港：天地圖書，2012 年（初版）。

林行止：《當年 2011》，香港：天地圖書，2012 年（初版）。

蔡瀾：《二妙也》，香港：天地圖書，2012 年（初版）。

蔡瀾：《花徑不掃》，香港：天地圖書，2012 年（初版）。

蔡瀾：《醉弄扁舟》，香港：天地圖書，2012 年（初版）。

林行止：《當年 2012》，香港：天地圖書，2013 年（初版）。

林行止：《龍迷津渡》，香港：天地圖書，2013 年（初版）。

亦舒：《無暇失戀》，香港：天地圖書，2014 年（初版）。

沙予：《海角夢華錄：釣翁澳洲手記》，香港：天地圖書，2014 年（初版）。

李怡：《一個人是一生行為總和》，香港：天地圖書，2014 年（初版）。

李碧華：《不見了》，香港：天地圖書，2014 年（初版）。

林行止：《知味尋》，香港：天地圖書，2014 年（初版）。

林行止：《當年 2013》，香港：天地圖書，2014 年（初版）。

周清霖、顧臻編：《還珠樓主散文集》，香港：天地圖書，2014 年（初版）。

孫立川編：《歲月黃花──三代人的求索》，香港：天地圖書，2014 年（初版）。

劉紹銘：《冰心在玉壺》，香港：天地圖書，2014 年（初版）。

蔡瀾：《五妙也》，香港：天地圖書，2014 年（初版）。

林行止：《雨傘驕陽》，香港：天地圖書，2015 年（初版）。
林行止：《當年 2014》，香港：天地圖書，2015 年（初版）。
徐斯年編：《王度廬散文集》，香港：天地圖書，2015 年（初版）。
渠誠編：《梁羽生散文集》，香港：天地圖書，2015 年（初版）。
蔡瀾：《七妙也》，香港：天地圖書，2015 年（初版）。
蔡瀾：《六妙也》，香港：天地圖書，2015 年（初版）。
林行止：《正行得意》，香港：天地圖書，2016 年（初版）。
林行止：《當年 2015》，香港：天地圖書，2016 年（初版）。
金聖華：《樹有千千花》，香港：天地圖書，2016 年（初版）。
陳舜儀編：《古龍散文集》，香港：天地圖書，2016 年（初版）。
蔡瀾：《九妙也》，香港：天地圖書，2016 年（初版）。
蔡瀾：《八妙也》，香港：天地圖書，2016 年（初版）。

中文進修學會

楊興安：《浪蕩散文》，香港：中文進修學會，2002 年（初版）。

中和出版

小思：《一瓦之緣》，香港：中和出版，2016 年（初版）。

中華書局

羅孚：《繁花時節》，香港：中華書局，2012 年（初版）。
小思著、黃念欣編選：《翠拂行人首：小思集》，香港：中華書局，2013 年（初版）。
廖偉棠：《有情枝——廖偉棠散文選》，香港：中華書局，2014 年（初版）。
程步奎：《在乎山水之間》，香港：中華書局，2015 年（初版）。
程步奎：《徐霞客遊記》，香港：中華書局，2015 年（初版）。
阿濃：《日日是好日》，香港：中華書局，2016 年（初版）。
胡燕青：《長椅的兩頭》，香港：中華書局，2016 年（初版）。
程步奎：《妙筆緣來》，香港：中華書局，2016 年（初版）。
劉克襄：《虎地貓》，香港：中華書局，2016 年（初版）。

今日出版

黃天頤：《愛我別說穿》，香港：今日出版，2015 年（初版）。

文化工房

葉輝：《臥底主義》，香港：文化工房，2009 年（初版）。
也斯：《喝一口茶》，香港：文化工房，2015 年（初版）。
謝丹、林迪生、王秋婷、劉善茗、陳彥林、王樂儀、李宗泰、林淼著，周耀輝、王樂儀、劉善茗編：《漂城記》，香港：文化工房，2016 年（初版）。

文化教育出版社

文灼非：《中國采風》，香港：文化教育出版社，1996 年（初版）。

文林社出版

鍾偉民：《在記憶那紅紅的郵筒》，香港：文林社出版，1998 年（初版）。

鍾偉民：《國王的新稿》，香港：文林社出版，1998年（初版）。

鍾偉民：《如果玫瑰會說話》，香港：文林社出版，1999年（初版）。

文明魚

周耀輝：《假如我們什麼都不怕》，香港：文明魚，2012年（初版）。

水禾田製作室

林翠芬：《遍訪江山：中國文化之旅》，香港：水禾田製作室，2004年（初版）。

水煮魚

黎穎詩：《城市日記》，香港：水煮魚，2015年（初版）。

水煮魚文化製作編：《遊城塗鴉記——三十種香港地貌想像》，香港：水煮魚，2016年（初版）。

牛津大學出版社

小思：《香港故事》，香港：牛津大學出版社，1996年（初版）。

也斯：《在柏林走路》，香港：牛津大學出版社，2002年（初版）。

古蒼梧：《祖父的大宅》，香港：牛津大學出版社，2002年（初版）。

董橋：《從前》，香港：牛津大學出版社，2002年（初版）。

劉紹銘：《吃馬鈴薯的日子》，香港：牛津大學出版社，2002年（初版）。

劉紹銘：《舊時香港》，香港：牛津大學出版社，2002年（初版）。

陳之藩：《蔚藍的天》，香港：牛津大學出版社，2003年（初版）。

童元方：《水流花靜：科學與詩的對話》，香港：牛津大學出版社，2003年（初版）。

董橋：《小風景》，香港：牛津大學出版社（中國）有限公司，2003年（初版）。

胡燕青：《小板凳》，香港：牛津大學出版社，2004年（初版）。

陳之藩：《散步》，香港：牛津大學出版社（中國）有限公司，2004年（初版）。

董橋：《甲申年紀事》，香港：牛津大學出版社（中國）有限公司，2004年（初版）。

董橋：《白描》，香港：牛津大學出版社（中國）有限公司，2004年（初版）。

邁克：《互吹不如單打》，香港：牛津大學出版社（中國）有限公司，2004年（初版）。

董橋：《記憶的腳註》，香港：牛津大學出版社，2005年（初版）。

胡燕青：《更暖的地方》，香港：牛津大學出版社，2006年（初版）。

董橋：《故事》，香港：牛津大學出版社，2006年（初版）。

陳寧：《八月寧靜》，香港：牛津大學出版社，2007年（初版）。

董橋：《今朝風日好》，香港：牛津大學出版社，2007年（初版）。

程步奎：《樹倒猢猻散之後》，香港：牛津大學出版社，2008年（初版）。

董橋：《絕色》，香港：牛津大學出版社，2008年（初版）。

董橋：《青玉案》，香港：牛津大學出版社，2009年（初版）。

羅維明：《香港新想像》，香港：牛津大學出版社，2009年（初版）。

董橋：《記得》，香港：牛津大學出版社，2010年（初版）。

董橋：《景泰藍之夜》，香港：牛津大學出版社，2010年（初版）。

程步奎：《吹笛到天明》，香港：牛津大學出版社，2011年（初版）。

程步奎：《流觴曲水的感懷》，香港：牛津大學出版社，2011年（初版）。

董橋：《清白家風》，香港：牛津大學出版社，2011 年（初版）。

董橋：《橄欖香：小說人生初集》，香港：牛津大學出版社，2011 年（初版）。

童元方：《閱讀陳之藩》，香港：牛津大學出版社，2012 年（初版）。

董橋：《一紙平安》，香港：牛津大學出版社，2012 年（初版）。

董橋：《小品，卷一》，香港：牛津大學出版社，2012 年（初版）。

董橋：《小品，卷二》，香港：牛津大學出版社，2012 年（初版）。

董橋：《立春前後》，香港：牛津大學出版社，2012 年（初版）。

也斯：《浮世巴哈》，香港：牛津大學出版社，2013 年（初版）。

李歐梵：《情迷現代主義》，香港：牛津大學出版社，2013 年（初版）。

程步奎：《行腳八方》，香港：牛津大學出版社，2013 年（初版）。

董橋：《克雷莫納的月光》，香港：牛津大學出版社，2013 年（初版）。

董橋：《夜望》，香港：牛津大學出版社（中國）有限公司，2014 年（初版）。

董橋：《讀書人家》，香港：牛津大學出版社（中國）有限公司，2014 年（初版）。

董橋：《字裏相逢》，香港：牛津大學出版社，2015 年（初版）。

董橋：《蘋果樹下》，香港：牛津大學出版社，2016 年（初版）。

世紀文化

方舒眉：《蝴蝶翅膀》，香港：世紀文化，1999 年（初版）。

譚寶碩：《筆墨自在》，香港：世紀文化，2013 年（初版）。

司諾機構

柯振中：《還墨賦——無花果樹上的花果》，香港：司諾機構，2003 年（初版）。

柯振中：《還墨賦》，香港：司諾機構，2003 年（初版）。

柯振中：《老殘殘記：知命故事》，香港：司諾機構，2005 年（初版）。

柯振中：《南中國海》，香港：司諾機構，2006 年（初版）。

柯振中：《風的哲學：尋美》，香港：司諾機構，2007 年（初版）。

柯振中：《獨釣：人地部》，香港：司諾機構，2009 年（初版）。

柯振中：《心念藥散：空天空地》，香港：司諾機構，2011 年（初版）。

甘葉堂

葉輝：《親密閃光：葉輝散文集》，香港：甘葉堂，2008 年（初版）。

次文化堂

古德明：《以古非今集，乙編》，香港：次文化堂，1996 年（初版）。

古德明：《以古非今集，丁編》，香港：次文化堂，1996 年（初版）。

古德明：《以古非今集，丙編》，香港：次文化堂，1996 年（初版）。

古德明：《以古非今集，甲編》，香港：次文化堂，1996 年（初版）。

古德明：《尋根究底，1》，香港：次文化堂，1996 年（初版）。

古德明：《尋根究底，2》，香港：次文化堂，1996 年（初版）。

古德明：《尋根究底，3》，香港：次文化堂，1996 年（初版）。

唐羚、鍾晴：《快樂少女》，香港：次文化堂，1996 年（初版）。

唐羚：《萬里書蹤》，香港：次文化堂，1996 年（初版）。

馬家輝、林美枝：《女兒情》，香港：次文化堂，1996 年（初版）。
黃子津、黃子程：《小津的信》，香港：次文化堂，1996 年（初版）。
廖鳳明：《窗外有藍天》，香港：次文化堂，1996 年（初版）。
黎文卓：《黎文卓之橋》，香港：次文化堂，1996 年（初版）。
彭志銘：《私人照相簿》，香港：次文化堂，1997 年（初版）。
黎文卓：《心靈雞碎》，香港：次文化堂，1997 年（初版）。
司徒華：《捨命陪君子》，香港：次文化堂，1998 年（初版）。
司徒華：《胸中海嶽》，香港：次文化堂，1999 年（初版）。
司徒華：《猶吐青絲》，香港：次文化堂，1999 年（初版）。
馬傑偉：《香港記憶》，香港：次文化堂，1999 年（初版）。
魯金：《香江舊語》，香港：次文化堂，1999 年（初版）。
司徒華：《去尚纏綿》，香港：次文化堂，2000 年（初版）。
司徒華：《回眸時看》，香港：次文化堂，2000 年（初版）。
司徒華：《夜聽春雨》，香港：次文化堂，2001 年（初版）。
司徒華：《悲欣交集》，香港：次文化堂，2001 年（初版）。
司徒華：《隨風潛入夜》，香港：次文化堂，2001 年（初版）。
司徒華：《望斷天涯》，香港：次文化堂，2002 年（初版）。
司徒華：《滋蘭又樹蕙》，香港：次文化堂，2003 年（初版）。
司徒華：《滄浪之水》，香港：次文化堂，2003 年（初版）。
古德明：《明月晚濤》，香港：次文化堂，2004 年（初版）。
古德明：《明月晚濤・2 集》，香港：次文化堂，2004 年（初版）。
司徒華：《化作春泥》，香港：次文化堂，2004 年（初版）。
司徒華：《江山無限》，香港：次文化堂，2004 年（初版）。
古德明：《明月晚濤・叄集》，香港：次文化堂，2005 年（初版）。
司徒華：《一枝清采》，香港：次文化堂，2005 年（初版）。
司徒華：《山鳥山花》，香港：次文化堂，2005 年（初版）。
司徒華：《塵土雲月》，香港：次文化堂，2006 年（初版）。
司徒華：《橙黃橘綠》，香港：次文化堂，2006 年（初版）。
吳靄儀：《賞心樂事》，香港：次文化堂，2006 年（初版）。
古德明：《少年翰墨》，香港：次文化堂，2007 年（初版）。
司徒華：《弦斷誰聽》，香港：次文化堂，2007 年（初版）。
司徒華：《俯首甘為》，香港：次文化堂，2007 年（初版）。
吳志森：《當命運之神來敲門》，香港：次文化堂，2007 年（初版）。
吳靄儀：《良辰美景》，香港：次文化堂，2007 年（初版）。
吳靄儀：《劍橋歸路》，香港：次文化堂，2007 年（初版）。
司徒華：《青山不老》，香港：次文化堂，2008 年（初版）。
司徒華：《煙雨平生》，香港：次文化堂，2008 年（初版）。
林沛理：《能說「不」的秘密》，香港：次文化堂，2008 年（初版）。
司徒華：《一寸春心》，香港：次文化堂，2009 年（初版）。

司徒華：《又綠江南》，香港：次文化堂，2009 年（初版）。

李怡：《思緒，靜夜低迴的心曲》，香港：次文化堂，2009 年（初版）。

松山千秋：《香港大：一名本地女子與記憶交涉實錄》，香港：次文化堂，2009 年（初版）。

古德明：《少年殊調》，香港：次文化堂，2010 年（初版）。

司徒華：《起看星斗》，香港：次文化堂，2010 年（初版）。

司徒華：《欄干拍遍》，香港：次文化堂，2010 年（初版）。

吳志森：《折翼牢籠》，香港：次文化堂，2010 年（初版）。

劉天賜：《我愛怪力亂神：進入子不語世界的八達通》，香港：次文化堂，2010 年（初版）。

司徒華：《竦聽荒雞》，香港：次文化堂，2011 年（初版）。

李怡：《念・情》，香港：次文化堂，2011 年（初版）。

李怡：《遐想・徜徉世事閒情間》，香港：次文化堂，2011 年（初版）。

張文光：《九十九個夢》，香港：次文化堂，2011 年（初版）。

張文光：《風簷展書讀》，香港：次文化堂，2012 年（初版）。

張文光：《悠然見南山》，香港：次文化堂，2012 年（初版）。

陳雲：《亂世修行》，香港：次文化堂，2014 年（初版）。

吳昊：《香港電視筆記》，香港：次文化堂，2016 年（初版）。

花千樹出版社

張五常：《挑燈集》，香港：花千樹出版社，1999 年（初版）。

張五常：《捲簾集》上下卷，香港：花千樹出版社，1999 年（初版）。

張五常：《學術上的老人與海》，香港：花千樹出版社，2000 年（初版）。

張五常：《隨意集》，香港：花千樹出版社，2000 年（初版）。

張五常：《離群之馬》，香港：花千樹出版社，2002 年（初版）。

區聞海：《記得 SARS 這一年》，香港：花千樹出版社，2004 年（初版）。

張五常：《冷靜看世界》，香港：花千樹出版社，2004 年（初版）。

曾繁光：《我們生命中的最愛》，香港：花千樹出版社，2004 年（初版）。

陳雲：《我思故我在》，香港：花千樹出版社，2005 年（初版）。

陳雲：《新不如舊：香港舊事返照》，香港：花千樹出版社，2005 年（初版）。

張五常：《大哉斯道》，香港：花千樹出版社，2006 年（初版）。

陳雲：《童年往事——香港山村舊俗》，香港：花千樹出版社，2008 年（初版）。

舒巷城：《小點集》，香港：花千樹出版社，2008 年（初版）。

關麗珊：《狐狸的四季》，香港：花千樹出版社，2008 年（初版）。

陸灝：《東寫西讀》，香港：花千樹出版社，2009 年（初版）。

張五常：《重尋無處：五常行遊錄》，香港：花千樹出版社，2010 年（初版）。

張五常：《多情應笑我：五常散文集》，香港：花千樹出版社，2011 年（初版）。

陳雲：《舊時風光：香港往事回味》，香港：花千樹出版社，2011 年（初版）。

林美枝，馬家輝：《小妹》，香港：花千樹出版社，2013 年（初版）。

馬家輝：《大叔》，香港：花千樹出版社，2013 年（初版）。

郭梓祺：《積風集》，香港：花千樹出版社，2013 年（初版）。

馬家輝：《我們已經走投無路》，香港：花千樹出版社，2014 年（初版）。

陳雲：《劫後餘生——香港風俗錄存》，香港：花千樹出版社，2014 年（初版）。
岑朗天：《懺悔錄——八九一代的懺思》，香港：花千樹出版社，2015 年（初版）。
郭梓祺：《積風二集》，香港：花千樹出版社，2015 年（初版）。
舒巷城：《我們相逢，我們分別，我們長相憶》，香港：花千樹出版社，2015 年（初版）。
馬家輝：《小小事》，香港：花千樹出版社，2016 年（初版）。

阿湯圖書

方華：《好香的港：百分百喜愛香港的感覺》，香港：阿湯圖書，2002 年（初版）。
阿谷、張婉雯：《那個盛夏，在日不落》，香港：阿湯圖書，2003 年（初版）。

和平圖書

周蜜蜜：《網中人的網上夢》，香港：和平圖書，2004 年（初版）。
阿濃：《好說好說》，香港：和平圖書，2004 年（初版）。

奔馬出版社

王一桃：《王一桃散文》，香港：奔馬出版社，1996 年（初版）。
陳曉輝：《巴士隨想曲》，香港：奔馬出版社，2003 年（初版）。
下里巴人：《歲月留聲》，香港：奔馬出版社，2007 年（初版）。
下里巴人：《天涯海角情》，香港：奔馬出版社，2009 年（初版）。
周國裕：《美味的人生》，香港：奔馬出版社，2010 年（初版）。

明報月刊

陶傑：《滿香園的一朵朵笑靨》，香港：明報月刊，2002 年（初版）。
劉再復：《閱讀美國》，香港：明報月刊，2002 年（初版）。
潘耀明：《尋找香港人》，香港：明報月刊，2002 年（初版）。
陶傑：《她把靈魂銘刻在水上》，香港：明報月刊，2005 年（初版）。
劉再復：《漂泊傳：劉再復海外散文選》，香港：明報月刊，2009 年（初版）。
陶然編：《香港當代作家作品合集選，散文卷》上下冊，香港：明報月刊，2011 年（初版）。

明報出版社

王啟明：《太陽之下有新事》，香港：明報出版社，1996 年（初版）。
吳靄儀：《在九七的這一邊》，香港：明報出版社，1996 年（初版）。
吳靄儀：《吃喝玩樂》，香港：明報出版社，1997 年（初版）。
吳靄儀：《知識分子的乳房》，香港：明報出版社，1997 年（初版）。
董橋：《天氣是文字的顏色》，香港：明報出版社，1997 年（初版）。
董橋：《留住文字的綠意》，香港：明報出版社，1997 年（初版）。
董橋：《新聞是歷史的初稿》，香港：明報出版社，1997 年（初版）。
王啟明：《第一口香檳酒》，香港：明報出版社，1998 年（初版）。
吳靄儀：《我思，我在》，香港：明報出版社，1998 年（初版）。
董橋：《給自己的筆進補》，香港：明報出版社，1998 年（初版）。
董橋：《上帝不聽電話》，香港：明報出版社，2000 年（初版）。
董橋：《中年是下午茶》，香港：明報出版社，2000 年（初版）。
董橋：《馬克思博士到海邊度假》，香港：明報出版社，2000 年（初版）。

董橋：《繆姑太的扇子》，香港：明報出版社，2000年（初版）。

董橋：《藏書家的心得》，香港：明報出版社，2000年（初版）。

董橋：《鏡子裡的展望》，香港：明報出版社，2000年（初版）。

陶然，梅子主編：《浪影：《香港作家》散文選1995-1997.6》，香港：明報出版社，2001年（初版）。

陶然，梅子主編：《濤聲：《香港作家》散文選1997.7-2000》，香港：明報出版社，2001年（初版）。

董橋：《竹雕筆筒辯證法，上下》，香港：明報出版社，2001年（初版）。

董橋：《紅了文化，綠了文明，上下》，香港：明報出版社，2001年（初版）。

董橋：《酒肉歲月太匆匆，上下》，香港：明報出版社，2001年（初版）。

董橋：《鍛句鍊字是禮貌，下下》，香港：明報出版社，2001年（初版）。

馮碧若：《飛鴻踏雪》，香港：明報出版社，2003年（初版）。

劉以鬯：《他的夢和他的夢》，香港：明報出版社，2003年（初版）。

劉劍梅：《狂歡的女神》，香港：明報出版社，2004年（初版）。

張利中：《一生與過客》，香港：明報出版社，2005年（初版）。

木令耆：《讀書拾遺》，香港：明報出版社，2007年（初版）。

倪匡：《倪匡說三道四，1：偷情》，香港：明報出版社，2007年（初版）。

倪匡：《倪匡說三道四，2：情話》，香港：明報出版社，2007年（初版）。

倪匡：《倪匡說三道四，3：示愛》，香港：明報出版社，2007年（初版）。

倪匡：《倪匡說三道四，4：真愛》，香港：明報出版社，2007年（初版）。

倪匡：《倪匡說三道四，5：博懵》，香港：明報出版社，2007年（初版）。

張灼祥：《仲夏夜之夢》，香港：明報出版社，2010年（初版）。

張曼娟：《女人的幸福造句》，香港：明報出版社，2012年（初版）。

張曼娟：《今日香港有煙霞》，香港：明報出版社，2012年（初版）。

張曼娟：《戒不了甜》，香港：明報出版社，2012年（初版）。

張曼娟：《呼喊快樂》，香港：明報出版社，2012年（初版）。

張曼娟：《幸福號列車》，香港：明報出版社，2012年（初版）。

潘石屹：《我的價值觀》，香港：明報出版社，2012年（初版）。

張曼娟：《永恆的傾訴》，香港：明報出版社，2013年（初版）。

張曼娟：《時間的旅人》，香港：明報出版社，2014年（初版）。

明窗出版社

李純恩：《好色之徒》，香港：明窗出版社，1996年（初版）。

黃擎天：《寫在留學的日子》，香港：明窗出版社，1996年（初版）。

董橋：《人道是傷春悲秋不長進》，香港：明窗出版社，1997年（初版）。

董橋：《為紅袖文化招魂》，香港：明窗出版社，1997年（初版）。

董橋：《博覽一夜書》，香港：明窗出版社，1998年（初版）。

王啟明：《人間彩虹》，香港：明窗出版社，1999年（初版）。

王啟明：《迷人的風采》，香港：明窗出版社，1999年（初版）。

吳康民：《生活語絲：吳康民隨筆選》，香港：明窗出版社，1999年（初版）。

王明青：《雲在青天水在瓶》，香港：明窗出版社，2001 年（初版）。

余杰：《老鼠愛大米》，香港：明窗出版社，2001 年（初版）。

岑逸飛：《活得自在》，香港：明窗出版社，2001 年（初版）。

岑逸飛：《理得心安》，香港：明窗出版社，2001 年（初版）。

金東方：《寫意空間》，香港：明窗出版社，2001 年（初版）。

陳原：《拍馬屁和馬屁精》，香港：明窗出版社，2001 年（初版）。

陳慧：《物以情聚》，香港：明窗出版社，2001 年（初版）。

陳慧：《物以情緣》，香港：明窗出版社，2001 年（初版）。

陳翹英：《坐下》，香港：明窗出版社，2001 年（初版）。

劉天蘭：《講開話》，香港：明窗出版社，2001 年（初版）。

岑逸飛：《美得歡欣》，香港：明窗出版社，2002 年（初版）。

岑逸飛：《樂得賞玩》，香港：明窗出版社，2002 年（初版）。

王明青：《撫摸香港》，香港：明窗出版社，2003 年（初版）。

李慎之：《廿一世紀的憂思：李慎之文選（續一）》，香港：明窗出版社，2003 年（初版）。

李慎之：《風雨蒼黃五十年：李慎之文選》，香港：明窗出版社，2003 年（初版）。

李慎之：《被革命吃掉的兒子：李慎之文選（續二）》，香港：明窗出版社，2003年（初版）。

沈旭暉：《耶魯酒月的童話：美國留學雜憶》，香港：明窗出版社，2003 年（初版）。

胡雪姬：《琉璃世界》，香港：明窗出版社，2003 年（初版）。

胡雪姬：《尋常心事》，香港：明窗出版社，2003 年（初版）。

黃河浪：《生命的足音》，香港：明窗出版社，2003 年（初版）。

毛羨寧：《說一點牛津》，香港：明窗出版社，2004 年（初版）。

黃霑：《滄海一聲笑 1：未夠不文集》，香港：明窗出版社，2004 年（初版）。

黃霑：《滄海一聲笑 2：想到就寫》，香港：明窗出版社，2004 年（初版）。

黃霑：《滄海一聲笑 3：過癮人過癮事》，香港：明窗出版社，2004 年（初版）。

黃霑：《滄海一聲笑 4：廣告人自白》，香港：明窗出版社，2004 年（初版）。

黃霑：《滄海一聲笑 5：開心半世紀》，香港：明窗出版社，2004 年（初版）。

岑逸飛：《求得學問》，香港：明窗出版社，2006 年（初版）。

李焯芬：《應當如是》，香港：明窗出版社，2006 年（初版）。

阿濃：《品上來的滋味》，香港：明窗出版社，2006 年（初版）。

阿濃：《點到即止》，香港：明窗出版社，2006 年（初版）。

谷德昭：《每步路》，香港：明窗出版社，2008 年（初版）。

倪匡：《倪匡吾寫又寫 1》，香港：明窗出版社，2008 年（初版）。

倪匡：《倪匡吾寫又寫 2》，香港：明窗出版社，2008 年（初版）。

李純恩：《好好吃一頓》，香港：明窗出版社，2009 年（初版）。

李純恩：《好好過日子》，香港：明窗出版社，2009 年（初版）。

倪匡：《倪匡吾寫又寫 3》，香港：明窗出版社，2009 年（初版）。

倪匡：《倪匡吾寫又寫 4》，香港：明窗出版社，2009 年（初版）。

李純恩：《還是好好過日子》，香港：明窗出版社，2010 年（初版）。

倪匡：《何必認真》，香港：明窗出版社，2010 年（初版）。

倪匡：《為極權抬轎的奴隸》，香港：明窗出版社，2010 年（初版）。
小董：《似懂非董》，香港：明窗出版社，2011 年（初版）。
李純恩：《一方水土》，香港：明窗出版社，2011 年（初版）。
倪匡：《不寄的信》，香港：明窗出版社，2011 年（初版）。
倪匡：《心中的信》，香港：明窗出版社，2011 年（初版）。
倪匡：《酒後的信》，香港：明窗出版社，2011 年（初版）。
倪匡：《夢裡的信》，香港：明窗出版社，2011 年（初版）。
江迅：《世情微痕》，香港：明窗出版社，2015 年（初版）。
江迅：《思想的流螢》，香港：明窗出版社，2016 年（初版）。

青文書屋

也斯：《越界書簡》，香港：青文書屋，1996 年（初版）。
李國威：《李國威文集》，香港：青文書屋，1996 年（初版）。
梁春發：《梁春發文集》，香港：青文書屋，1996 年（初版）。
黃碧雲：《我們如此很好》，香港：青文書屋，1996 年（初版）。
王仁芸：《如此》，香港：青文書屋，1997 年（初版）。
丘世文：《看眼難忘：在香港長大》，香港：青文書屋，1997 年（初版）。
葉輝：《浮城後記》，香港：青文書屋，1997 年（初版）。
也斯、羅貴祥等：《觀景窗》，香港：青文書屋，1998 年（初版）。
丘世文：《一人觀眾》，香港：青文書屋，1999 年（初版）。
陳冠中：《半唐番城市筆記》，香港：青文書屋，2000 年（初版）。
陳雲：《故我猶在：香港山居憶舊》，香港：青文書屋，2003 年（初版）。

青桐社

黃虹堅：《還有我的夢》，香港：青桐社，2003 年（初版）。
林溢欣、歐陽偉豪：《生活、文筆、細節──兩代「中」師散文對讀》，香港：青桐社，2014
　　年（初版）。
林溢欣：《寫給年輕人的話》，香港：青桐社，2015 年（初版）。

青森文化

AlanChan：《劍河長篙──留學札記》，香港：青森文化，2015 年（初版）。

亮光文化

林夕：《原來你非不快樂》，香港：亮光文化，2008 年（初版）。
林夕：《毫無代價唱最幸福的歌》，香港：亮光文化，2010 年（初版）。
林燕妮：《女人最重要的不是愛情，而是品味》，香港：亮光文化，2010 年（初版）。
周耀輝：《突然十年便過去：像永遠在轉圈圈的筆劃》，香港：亮光文化，2010 年（初版）。
周耀輝：《7749：四十九個我試過‧聽過‧想過的創作練習》，香港：亮光文化，2011 年（初
　　版）。
林夕：《都什麼時候了》，香港：亮光文化，2012 年（初版）。
林夕：《是非疲勞》，香港：亮光文化，2013 年（初版）。
林夕：《我所痛愛的香港》，香港：亮光文化，2014 年（初版）。
周耀輝：《紙上染了藍》，香港：亮光文化，2014 年（初版）。

林夕:《任你行》,香港:亮光文化,2015 年(初版)。
周耀輝:《一個身體兩個人》,香港:亮光文化,2015 年(初版)。
林夕:《夏花秋葉剛剛好》,香港:亮光文化,2016 年(初版)。
林夕:《無常,所以有膽》,香港:亮光文化,2016 年(初版)。

洪葉書店

思念:《藝想心開》,香港:洪葉書店,1999 年(初版)。
楊秀慧:《吃一碗玉米飯,再上路》,香港:洪葉書店,2002 年(初版)。

珍熊靜出版社

游靜:《裙拉褲甩》,香港:珍熊靜出版社,1999 年(初版)。

皇冠出版社

林超榮:《笑裏情懷總是黐》,香港:皇冠出版社,1996 年(初版)。
黃明堅:《迷迷糊糊過日子》,香港:皇冠出版社,1996 年(初版)。
黃霑:《我自求我道》,香港:皇冠出版社,1996 年(初版)。
鄧達智:《一個人走在日落月出的日子》,香港:皇冠出版社,1996 年(初版)。
陶傑:《不給一口釘》,香港:皇冠出版社,1997 年(初版)。
陶傑:《權力的地圖》,香港:皇冠出版社,1997 年(初版)。
黃霑:《開心快活人》,香港:皇冠出版社,1997 年(初版)。
黃霑:《黃霑不設防》,香港:皇冠出版社,1997 年(初版)。
阿寬:《男人的遊戲規則》,香港:皇冠出版社,1998 年(初版)。
陶傑:《再見蘇絲黃》,香港:皇冠出版社,1998 年(初版)。
陶傑:《馬戲班主走了之後》,香港:皇冠出版社,1998 年(初版)。
陶傑:《中國化的魚眼睛》,香港:皇冠出版社,1999 年(初版)。
陶傑:《日暮荒老的地平線上》,香港:皇冠出版社,1999 年(初版)。
陶傑:《香港這杯雞尾酒》,香港:皇冠出版社,1999 年(初版)。
水瓶鯨魚:《寂寞的人,要自己負責》,香港:皇冠出版社,2000 年(初版)。
區樂民:《杏林裏的一片葉》,香港:皇冠出版社,2000 年(初版)。
區樂民:《開懷醫生》,香港:皇冠出版社,2000 年(初版)。
區樂民:《輕輕鬆鬆看醫生》,香港:皇冠出版社,2000 年(初版)。
陶傑:《因為它在那裏》,香港:皇冠出版社,2000 年(初版)。
陶傑:《偉大的十字街頭》,香港:皇冠出版社,2000 年(初版)。
林以亮著,陳子善編:《林以亮佚文集》,香港:皇冠出版社,2001 年(初版)。
區樂民:《我是醫生,又是學生》,香港:皇冠出版社,2001 年(初版)。
區樂民:《醫者孩子心》,香港:皇冠出版社,2001 年(初版)。
陶傑:《那一頭是甚麼景色》,香港:皇冠出版社,2001 年(初版)。
陶傑:《香港,你要活下去!》,香港:皇冠出版社,2001 年(初版)。
陶傑:《颱風和島的約會》,香港:皇冠出版社,2001 年(初版)。
區樂民:《笑口良藥》,香港:皇冠出版社,2002 年(初版)。
陶傑:《天涯遠望的焦點》,香港:皇冠出版社,2002 年(初版)。
陶傑:《思考在命運之上》,香港:皇冠出版社,2002 年(初版)。

陶傑：《香港，你要爭口氣！》，香港：皇冠出版社，2002 年（初版）。

區樂民：《快樂醫院》，香港：皇冠出版社，2003 年（初版）。

陶傑：《有光的地方》，香港：皇冠出版社，2003 年（初版）。

陶傑：《風流花相》，香港：皇冠出版社，2003 年（初版）。

陶傑：《泰晤士河畔》，香港：皇冠出版社，2003 年（初版）。

陶傑：《圖騰下的銀河》，香港：皇冠出版社，2003 年（初版）。

區樂民：《每天笑一笑》，香港：皇冠出版社，2004 年（初版）。

陶傑：《她是他的一場宿命》，香港：皇冠出版社，2004 年（初版）。

陶傑：《自戀紅燭》，香港：皇冠出版社，2004 年（初版）。

陶傑：《迷宮三千祭》，香港：皇冠出版社，2004 年（初版）。

陶傑：《魚的哲學》，香港：皇冠出版社，2004 年（初版）。

陶傑：《無眠在世紀末》，香港：皇冠出版社，2004 年（初版）。

鍾偉民：《我是大白燦》，香港：皇冠出版社，2004 年（初版）。

區樂民：《快樂在你手》，香港：皇冠出版社，2005 年（初版）。

陶傑：《那一夜星斗》，香港：皇冠出版社，2005 年（初版）。

陶傑：《青木瓜之戀》，香港：皇冠出版社，2005 年（初版）。

陶傑：《國度的零時》，香港：皇冠出版社，2005 年（初版）。

陶傑：《霓虹花憶》，香港：皇冠出版社，2005 年（初版）。

鍾偉民：《搜石記》，香港：皇冠出版社，2005 年（初版）。

林夕：《曾經：林夕 90 前後》，香港：皇冠出版社，2006 年（初版）。

區樂民：《開開心心又一天》，香港：皇冠出版社，2006 年（初版）。

陶傑：《天神的微笑》，香港：皇冠出版社，2006 年（初版）。

陶傑：《黑嶺魔宮》，香港：皇冠出版社，2006 年（初版）。

陶傑：《歷史和地理間的沉思》，香港：皇冠出版社，2006 年（初版）。

林夕：《我所愛的香港》，香港：皇冠出版社，2007 年（初版）。

區樂民：《把憂傷特到天空》，香港：皇冠出版社，2007 年（初版）。

陶傑：《快樂鄉的一天》，香港：皇冠出版社，2007 年（初版）。

陶傑：《芳菲花田》，香港：皇冠出版社，2007 年（初版）。

陶傑：《海豚男的終極夜空》，香港：皇冠出版社，2007 年（初版）。

陶傑：《莎士比亞的安魂曲》，香港：皇冠出版社，2007 年（初版）。

區樂民：《做個快樂人》，香港：皇冠出版社，2008 年（初版）。

陶傑：《天國的凱歌》，香港：皇冠出版社，2008 年（初版）。

陶傑：《乳房裏的異世》，香港：皇冠出版社，2008 年（初版）。

蔡瀾：《飲酒抽煙不運動的蔡瀾》，香港：皇冠出版社，2008 年（初版）。

蔡瀾：《蔡瀾的豬朋狗友》，香港：皇冠出版社，2008 年（初版）。

蔡瀾：《蔡瀾眼中的八婆與美女》，香港：皇冠出版社，2008 年（初版）。

區樂民：《直升機上看海嘯》，香港：皇冠出版社，2009 年（初版）。

區樂民：《逆境如春雨》，香港：皇冠出版社，2009 年（初版）。

區樂民：《當下的禮物》，香港：皇冠出版社，2009 年（初版）。

區樂民：《聽筒傳愛》，香港：皇冠出版社，2009 年（初版）。

陶傑：《流金千蕊》，香港：皇冠出版社，2009 年（初版）。

陶傑：《暗夜寇丹》，香港：皇冠出版社，2009 年（初版）。

區樂民：《轉一念，海闊天空》，香港：皇冠出版社，2010 年（初版）。

陶傑：《小奴才的修煉之道》，香港：皇冠出版社，2010 年（初版）。

陶傑：《這個荒謬的快樂年代》，香港：皇冠出版社，2010 年（初版）。

陶傑：《集體低智的精英？》，香港：皇冠出版社，2010 年（初版）。

區樂民：《快樂總比痛苦多》，香港：皇冠出版社，2011 年（初版）。

區樂民：《喜樂在人間》，香港：皇冠出版社，2011 年（初版）。

陶傑：《丟雞蛋的和諧美》，香港：皇冠出版社，2011 年（初版）。

陶傑：《裸露的潛規則》，香港：皇冠出版社，2011 年（初版）。

區樂民：《何必愁眉苦臉》，香港：皇冠出版社，2012 年（初版）。

陶傑：《上等英文詞典》，香港：皇冠出版社，2012 年（初版）。

陶傑：《砧板上的洗腦宣言》，香港：皇冠出版社，2012 年（初版）。

陶傑：《高等中文大典》，香港：皇冠出版社，2012 年（初版）。

陶傑：《剩女時代的通識智慧》，香港：皇冠出版社，2012 年（初版）。

陶傑：《絕頂女人德育調教課》，香港：皇冠出版社，2012 年（初版）。

陶傑：《與陶傑同床》，香港：皇冠出版社，2012 年（初版）。

陶傑：《頭等英文金句錄》，香港：皇冠出版社，2012 年（初版）。

蔡瀾：《蔡瀾索到的女人味》，香港：皇冠出版社，2012 年（初版）。

蔡瀾：《蔡瀾眼中好吃的女人》，香港：皇冠出版社，2012 年（初版）。

區樂民：《心中陽光燦爛》，香港：皇冠出版社，2013 年（初版）。

陶傑：《五星級男人的滋補腰骨》，香港：皇冠出版社，2013 年（初版）。

陶傑：《水濃於血的早洩民主》，香港：皇冠出版社，2013 年（初版）。

陶傑：《低智保育 BB 班》，香港：皇冠出版社，2013 年（初版）。

陶傑：《頂尖中英文精讀班》，香港：皇冠出版社，2013 年（初版）。

陶傑：《罵人的藝術》，香港：皇冠出版社，2013 年（初版）。

蔡瀾：《叫蔡瀾過足癮的女人》，香港：皇冠出版社，2013 年（初版）。

蔡瀾：《食不絕口的中國菜》，香港：皇冠出版社，2013 年（初版）。

蔡瀾：《蔡瀾笑看人生》，香港：皇冠出版社，2013 年（初版）。

蔡瀾：《蔡瀾飲食男女百科全書‧2》，香港：皇冠出版社，2013 年（初版）。

蔡瀾：《蔡瀾飲食男女百科全書》，香港：皇冠出版社，2013 年（初版）。

區樂民：《釋放快樂能量》，香港：皇冠出版社，2014 年（初版）。

陶傑：《Made in China 的香港民主》，香港：皇冠出版社，2014 年（初版）。

陶傑：《抽水的藝術》，香港：皇冠出版社，2014 年（初版）。

陶傑：《英國人有沒有害香港？》，香港：皇冠出版社，2014 年（初版）。

區樂民：《做個快樂人》，香港：皇冠出版社，2015 年（初版）。

區樂民：《輕鬆點吧！》，香港：皇冠出版社，2015 年（初版）。

陶傑：《智商短缺的全球危機》，香港：皇冠出版社，2015 年（初版）。

陶傑：《語言的偽術》，香港：皇冠出版社，2015 年（初版）。

陶傑：《謊言的大時代》，香港：皇冠出版社，2015 年（初版）。

區樂民：《在醫學院外學到的東西》，香港：皇冠出版社，2016 年（初版）。

陶傑：《廢話連篇的魅力之都》，香港：皇冠出版社，2016 年（初版）。

陶傑：《癲佬與偽精英的年代》，香港：皇冠出版社，2016 年（初版）。

科華圖書

紅葉：《時間的投影》，香港：科華圖書，1997 年（初版）。

胡振海：《野火集》，香港：科華圖書，1997 年（初版）。

黃康顯：《香江歲月：懷舊與懷念》，香港：科華圖書，1997 年（初版）。

廖雲：《風雨人生沉浮錄》，香港：科華圖書，1997 年（初版）。

陳潞：《陳潞生活藝術隨筆集：鼓腹之歌》，香港：科華圖書，1998 年（初版）。

紅葉：《昨日與今日》，香港：科華圖書，1999 年（初版）。

飛白（漢姬）：《道是無情卻有情》，香港：科華圖書，1999 年（初版）。

孫滌靈：《孫滌靈文集》，香港：科華圖書，1999 年（初版）。

謝孟林：《孟林文集》，香港：科華圖書，1999 年（初版）。

謝怡配：《反璞歸真》，香港：科華圖書，1999 年（初版）。

華沙：《希望仍在人間》，香港：科華圖書，2000 年（初版）。

鄧玉嬋：《光柱中的塵埃》香港：科華圖書，2000 年（初版）。

羅丹：《望斷南飛雁：羅丹自傳體散文》，香港：科華圖書，2001 年（初版）。

殷德厚：《愛的讚歌》，香港：科華圖書，2002 年（初版）。

劉鳳竹：《我愛故我在》，香港：科華圖書，2002 年（初版）。

何睦：《海外鄉心：《欲休還說集》之三》，香港：科華圖書，2003 年（初版）。

鄧玉嬋：《閒思錄》，香港：科華圖書，2003 年（初版）。

蘭心：《裝飾心情》，香港：科華圖書，2003 年（初版）。

李國參：《都是回憶的滋味》，香港：科華圖書，2004 年（初版）。

黃碩雄：《崖文：湘西懸崖》，香港：科華圖書，2005 年（初版）。

鄭紀農：《香港境界》，香港：科華圖書，2005 年（初版）。

蕭幹醒：《如夢文鈔》，香港：科華圖書，2005 年（初版）。

李國參：《鄉土情懷》，香港：科華圖書，2006 年（初版）。

黃祖植：《童年的夢》，香港：科華圖書，2006 年（初版）。

蔡利民：《謝書隆恩》，香港：科華圖書，2006 年（初版）。

何睦：《雪泥鴻爪集》，香港：科華圖書，2007 年（初版）。

郝一星：《翠園漫筆》，香港：科華圖書，2007 年（初版）。

慕容羽軍：《我到江南趕上春》，香港：科華圖書，2007 年（初版）。

吳國良：《三集馬事》，香港：科華圖書，2008 年（初版）。

過了時的流行：《追夢消失在地平線》，香港：科華圖書，2008 年（初版）。

譚炯雄：《雪泥鴻爪》，香港：科華圖書，2008 年（初版）。

PT4Writer：《某天某篇》，香港：科華圖書，2009 年（初版）。

吳國良：《四方馬事》，香港：科華圖書，2009 年（初版）。

張成覺：《時代風雷響筆端》，香港：科華圖書，2010 年（初版）。

李國參：《嘸吟齋瑣記：飄泊、落草、夢的童話》，香港：科華圖書，2011 年（初版）。

譚炯雄：《雪落無聲》，香港：科華圖書，2012年（初版）。

霍北全：《我的水鄉大澳》，香港：科華圖書，2013年（初版）。

譚炯雄：《歲月如夢》，香港：科華圖書，2016年（初版）。

突破出版社

霍玉蓮：《怎可一生一世》，香港：突破出版社，1996年（初版）。

羅青：《當人間碰見天堂》，香港：突破出版社，1996年（初版）。

文潔華：《誰說女人都是一樣》，香港：突破出版社，1997年（初版）。

陳鈞潤：《殖民歲月：陳鈞潤的城市記事簿》，香港：突破出版社，1998年（初版）。

余滿華：《香港老地方見》，香港：突破出版社，1999年（初版）。

秉國：《最愛最疼》，香港：突破出版社，1999年（初版）。

胡燕青：《我在乎天長地久》，香港：突破出版社，1999年（初版）。

黎婉嫻：《當差來的天使走了》，香港：突破出版社，1999年（初版）。

曉林：《我還有一分力》，香港：突破出版社，1999年（初版）。

關俊棠：《步入紅塵》，香港：突破出版社，1999年（初版）。

梅林寶貞：《雨後彩虹》，香港：突破出版社，2000年（初版）。

余非：《慧眼看名家》，香港：突破出版社，2002年（初版）。

余非：《聽聽你要說什麼》，香港：突破出版社，2002年（初版）。

阿濃：《古典今趣》，香港：突破出版社，2003年（初版）。

胡燕青：《心頁開敞》，香港：突破出版社，2004年（初版）。

周淑屏：《邊吃邊寫——由味覺到創意寫作》，香港：突破出版社，2014年（初版）。

胡秀英、關麗珊、徐振邦、一群80後本土青年寫作人：《我哋涼茶係正嘢》，香港：突破出版社，2014年（初版）。

周淑屏：《生於亂世，有種責任》，香港：突破出版社，2015年（初版）。

梁永泰：《滿地楓華——一座城市的靈魂》，香港：突破出版社，2015年（初版）。

阿濃：《當好學生遇上好老師》，香港：突破出版社，2016年（初版）。

紅出版

劉永音：《回望十八歲》，香港：紅出版，2005年（初版）。

美加出版

沈西城：《風月留痕》，香港：美加出版，2012年（初版）。

風雅出版社

關夢南編：《香港散文選讀》，香港：風雅出版社，2007年（初版）。

關夢南：《關夢南散文選》，香港：風雅出版社，2010年（初版）。

香江出版

王良和、江弱水編：《坐看雲起時：中大校園散文選》，香港：香江出版，1996年（初版）。

李洛霞：《自在天》，香港：香江出版，1996年（初版）。

凌鈍、杜家祁、黃燦然、樊善標、游靜、林幸謙：《香港後青年散文集合》，香港：香江出版，1996年（初版）。

涂陶然、史達：《一樣的天空》，香港：香江出版，1996年（初版）。

張文達：《香江夢痕》，香港：香江出版，1996 年（初版）。
顏純鈎：《自得集》，香港：香江出版，1996 年（初版）。
思果：《浮世管窺》，香港：香江出版，1998 年（初版）。
韋婭：《那夜的情緒》，香港：香江出版，1998 年（初版）。
袁穆倫：《風雨古城》，香港：香江出版，1998 年（初版）。
陶然：《秋天的約會》，香港：香江出版，1998 年（初版）。
潘銘燊：《天地一書囚》，香港：香江出版，1998 年（初版）。
璧華、懷冰：《夜半私語》，香港：香江出版，1998 年（初版）。
曾焯文：《達夫心經》，香港：香江出版，1999 年（初版）。
林墉：《大珠小珠集》，香港：香江出版，2002 年（初版）。
華泰：《八月桂花》，香港：香江出版，2004 年（初版）。
芳草：《石佛灣》，香港：香江出版，2016 年（初版）。

香港人民出版社
陳章福：《我一直在想》，香港：香港人民出版社，2005 年（初版）。

香港中文大學香港文學研究中心
樊善標、馬輝洪主編：《輕鬆散步學中文：文學景點考察資料及創作集》，香港：香港中文
　　大學香港文學研究中心，2015 年（初版）。
樊善標、馬輝洪主編：《少年文學私地圖》，香港：香港中文大學香港文學研究中心，2016
　　年（初版）。

香港文匯出版社
劉再明：《初學集（增訂本）》，香港：香港文匯出版社，1998 年（初版）。
劉再明：《神采》，香港：香港文匯出版社，1998 年（初版）。
戚小彬：《百味人生》，香港：香港文匯出版社，2000 年（初版）。
黃南翔：《半畝方塘》，香港：香港文匯出版社，2005 年（初版）。
沉浮：《無法回避》，香港：香港文匯出版社，2007 年（初版）。
阿瑩：《俄羅斯日記》，香港：香港文匯出版社，2008 年（初版）。
靜波：《坎坷人生》，香港：香港文匯出版社，2009 年（初版）。
胡東光：《綠風集》，香港：香港文匯出版社，2011 年（初版）。

香港文學報社
王彤：《香港這座橋》，香港：香港文學報社，1996 年（初版）。
石金：《圓月賦》，香港：香港文學報社，1996 年（初版）。
張漢基：《四季燈》，香港：香港文學報社，1996 年（初版）。
陳娟：《陳娟文集》，香港：香港文學報社，1996 年（初版）。
楊芳菲：《午夜芳菲》，香港：香港文學報社，1996 年（初版）。
張繼春：《張繼春文選》，香港：香港文學報社，1997 年（初版）。
宋詒瑞：《神秘的老花樹》，香港：香港文學報社，1998 年（初版）。
李遠榮：《翰墨情緣》，香港：香港文學報社，1998 年（初版）。
夏智定：《紫星星》，香港：香港文學報社，1998 年（初版）。
招小波：《流浪的將軍》，香港：香港文學報社，2015 年（初版）。

編委會香港文學促進協會；總編輯張詩劍，蔡麗雙，張繼春；執行主編唐至量：《香港文學
　　促進協會作品集・散文卷》，香港：香港文學報社，2015 年（初版）。

香港文藝出版社
曾敏之：《短長書》，香港：香港文藝出版社，2011 年（初版）。

香港作家
潘銘燊：《為螃蟹翻案：潘銘燊散文選》，香港：香港作家，1997 年（初版）。

香港作家協會
施友朋：《野外茶話》，香港：香港作家協會，1998 年（初版）。
柳岸：《柳岸傳情》，香港：香港作家協會，1998 年（初版）。
許定銘：《書人書事》，香港：香港作家協會，1998 年（初版）。
蘇賡哲：《文學・世態・情》，香港：香港作家協會，1998 年（初版）。
施友朋：《裸夜茶話》，香港：香港作家協會，1999 年（初版）。
香港作家協會：《百家聯寫：香港歲月》，香港：香港作家協會，1999 年（初版）。

香港高科技
張灼祥：《一個人在旅途上》，香港：香港高科技，2008 年（初版）。
張灼祥：《仲夏夜之夢》，香港：香港高科技，2010 年（初版）。

香港財經出版社
鍾偉民：《摸石錄》，香港：香港財經出版社，2009 年（初版）。

香港榮譽
李遠榮：《雪泥鴻爪》，香港：香港榮譽，2001 年（初版）。

香港藝術發展局
董志發：《鐵耕詩文集》，香港：香港藝術發展局，1999 年（初版）。

恩奇書業
李慕華：《大地恩情》，香港：恩奇書業，1999 年（初版）。
李慕華：《生命的容顏》，香港：恩奇書業，1999 年（初版）。
李慕華：《啟示與人生》，香港：恩奇書業，1999 年（初版）。

振然出版社
樊善標：《力學》，香港：振然出版社，1999 年（初版）。

時代文化出版社
張吉武：《歲月情韻》，香港：時代文化出版社，2010 年（初版）。

素葉出版社
江瓊珠：《個人就是政治》，香港：素葉出版社，1997 年（初版）。
康夫：《雲柱集》，香港：素葉出版社，1997 年（初版）。
湯禎兆：《書叢中的冒險》，香港：素葉出版社，1997 年（初版）。
綠騎士：《石夢》，香港：素葉出版社，1997 年（初版）。
辛其氏：《閒筆戲寫》，香港：素葉出版社，1998 年（初版）。

陳耀成：《最後的中國人》，香港：素葉出版社，1998 年（初版）。

黃仁逵：《放風》，香港：素葉出版社，1998 年（初版）。

杜家祁：《我在／我不在》，香港：素葉出版社，1999 年（初版）。

綠騎士：《壺底咖啡店》，香港：素葉出版社，1999 年（初版）。

蔡浩泉：《天邊一朵雲》，香港：素葉出版社，2001 年（初版）。

淮遠：《水鎗扒手》，香港：素葉出版社，2003 年（初版）。

肯肯：《眉間歲月》，香港：素葉出版社，2004 年（初版）。

麥華嵩：《觀海存照》，香港：素葉出版社，2004 年（初版）。

蔡浩泉：《自說自畫‧蔡浩泉文集之二》，香港：素葉出版社，2006 年（初版）。

何福仁：《飛行的禱告》，香港：素葉出版社，2007 年（初版）。

淮遠：《蝠女闖關》，香港：素葉出版社，2012 年（初版）。

真源

鍾偉民：《驚青集》，香港：真源，2011 年（初版）。

陳湘記圖書

森遜：《森遜的神奇蚊型習作》，香港：陳湘記圖書，2004 年（初版）。

張晉傑：《糖果紙》，香港：陳湘記圖書，2010 年（初版）。

劉安廉、秋強：《情人哲》，香港：陳湘記圖書，2010 年（初版）。

程志森：《蝴蝶與墨水筆》，香港：陳湘記圖書，2015 年（初版）。

華漢文化

小思（盧瑋鑾）：《不遷》，香港：華漢文化，1996 年（初版）。

阿濃、阿丹、朱燕、陸健：《展眉集》，香港：華漢文化，1997 年（初版）。

梁錫華：《愛恨移民曲》，香港：華漢文化，1997 年（初版）。

陳浩泉：《紫荊，楓葉》，香港：華漢文化，1997 年（初版）。

梁錫華：《放風箏》，香港：華漢文化，1999 年（初版）。

梁錫華、施淑儀：《月與鏡》，香港：華漢文化，2005 年（初版）。

羅鏘鳴：《煮字烹情：一個傳播人的文字實驗室》，香港：華漢文化，2007 年（初版）。

商務印書館

危令敦編：《香港文學大系 1919-1949：散文卷二》，香港：商務印書館，2014 年（初版）。

樊善標編：《香港文學大系 1919-1949：散文卷一》，香港：商務印書館，2016 年（初版）。

基督教文藝出版社

草雪：《浮生物語》，香港：基督教文藝出版社，1999 年（初版）。

黎翠華：《山水遙遙》，香港：基督教文藝出版社，2002 年（初版）。

基道出版社

胡燕青：《十九歲的天空》，香港：基道出版社，2000 年（初版）。

胡燕青：《護城河》，香港：基道出版社，2000 年（初版）。

鄧紹光：《此後之前》，香港：基道出版社，2000 年（初版）。

龔立人：《我們四個人》，香港：基道出版社，2000 年（初版）。

胡燕青：《野興：城市步調中的心靈取向》，香港：基道出版社，2001 年（初版）。

麥穗出版

黃秀蓮：《灑淚暗牽袍》，香港：麥穗出版，2000 年（初版）。
陳嘉銘：《積木小屋》，香港：麥穗出版，2001 年（初版）。
斯濃：《草圖》，香港：麥穗出版，2002 年（初版）。
鄭曉春：《我帶著背囊看雲舒雲卷》，香港：麥穗出版，2003 年（初版）。
黃夏柏：《憶記戲院記憶》，香港：麥穗出版，2006 年（初版）。
葉輝：《煙迷你的眼》，香港：麥穗出版，2006 年（初版）。
黃燦然：《格拉斯的煙斗》，香港：麥穗出版，2007 年（初版）。
鍾國強：《兩個城市》，香港：麥穗出版，2007 年（初版）。
非雨：《給孤獨》，香港：麥穗出版，2010 年（初版）。
黃秀蓮：《此生或不虛度》，香港：麥穗出版，2013 年（初版）。
曾憲冠：《吟到梅花句亦香》，香港：麥穗出版，2015 年（初版）。

進一步多媒體

初生、莫永雄：《極點》，香港：進一步多媒體，1998 年（初版）。
雷競璇：《窮風流》，香港：進一步多媒體，2004 年（初版）。

壹出版

鍾偉民：《遠離勞役》，香港：壹出版，1998 年（初版）。
鍾偉民：《懶出彩虹》，香港：壹出版，1998 年（初版）。

創造書店

盧偉力：《找著，別的》，香港：創造書店，2002 年（初版）。

博益

周耀輝：《道德男人》，香港：博益，1996 年（初版）。

普普工作坊

陳惠英：《遊城》，香港：普普工作坊，1996 年（初版）。
關麗珊：《藍色夏日》，香港：普普工作坊，1996 年（初版）。
關麗珊：《遊戲時讀書》，香港：普普工作坊，1997 年（初版）。
曹拔：《左手的信札》，香港：普普工作坊，2000 年（初版）。
關麗珊：《閱讀城市 1997-1999》，香港：普普工作坊，2000 年（初版）。

開益出版社

李悅：《井中天地》，香港：開益出版社，1997 年（初版）。
舒非：《記憶中的風景》，香港：開益出版社，1997 年（初版）。

雅典文庫

胡燕青：《我的老師》，香港：雅典文庫，1996 年（初版）。

匯智出版

吳淑鈿：《書窗內外》，香港：匯智出版，2000 年（初版）。
朱少璋：《佯看羅襪》，香港：匯智出版，2001 年（初版）。
胡燕青：《我走過書桌的曠野》，香港：匯智出版，2001 年（初版）。

胡燕青：《彩店：胡燕青散文集》，香港：匯智出版，2001 年（初版）。

劉慶華：《飛鴻踏雪》，香港：匯智出版，2001 年（初版）。

王良和：《山水之間》，香港：匯智出版，2002 年（初版）。

潘步釗：《邯鄲記》，香港：匯智出版，2002 年（初版）。

麥樹堅：《對話無多》，香港：匯智出版，2003 年（初版）。

莫仲平：《生命的護照》，香港：匯智出版，2004 年（初版）。

陳德錦：《身外物》，香港：匯智出版，2004 年（初版）。

黃秀蓮：《歲月如煙》，香港：匯智出版，2004 年（初版）。

王璞：《小屋大夢：王璞散文集》，香港：匯智出版，2005 年（初版）。

麥華嵩：《聽濤見浪》，香港：匯智出版，2006 年（初版）。

鄭鏡明：《情陷大磡村》，香港：匯智出版，2006 年（初版）。

朱少璋：《灰闌記》，香港：匯智出版，2007 年（初版）。

劉偉成：《持花的小孩》，香港：匯智出版，2007 年（初版）。

秀實：《九個城塔》，香港：匯智出版，2008 年（初版）。

麥華嵩：《眸中風景》，香港：匯智出版，2008 年（初版）。

呂永佳：《午後公園》，香港：匯智出版，2009 年（初版）。

朱少璋：《隱指》，香港：匯智出版，2010 年（初版）。

胡燕青：《蝦子香》，香港：匯智出版，2012 年（初版）。

劉偉成：《翅膀的鈍角》，香港：匯智出版，2012 年（初版）。

鄺龔子：《隔岸留痕》，香港：匯智出版，2012 年（初版）。

朱少璋：《梅花帳》，香港：匯智出版，2013 年（初版）。

吳淑鈿：《常夜燈》，香港：匯智出版，2013 年（初版）。

黎翠華：《左岸的雨天》，香港：匯智出版，2013 年（初版）。

羅國洪、陳錦德主編：《文學・香港：30 位作家的香港素描》，香港：匯智出版，2013 年（初版）。

王良和：《女馬人與城堡》，香港：匯智出版，2014 年（初版）。

麥樹堅：《絢光細瀧》，香港：匯智出版，2016 年（初版）。

黎翠華：《尋夢者》，香港：匯智出版，2016 年（初版）。

新穗出版社

梁世榮：《還是讀書好》，香港：新穗出版社，1997 年（初版）。

當代文藝出版社

慕容羽軍：《濃濃淡淡港灣情》，香港：當代文藝出版社，1996 年（初版）。

王一桃：《真善美之歌》，香港：當代文藝出版社，1998 年（初版）。

程西平：《香江浮世繪》，香港：當代文藝出版社，1999 年（初版）。

林力安：《集外集》，香港：當代文藝出版社，2000 年（初版）。

張華：《宜昌的雪》，香港：當代文藝出版社，2000 年（初版）。

陳少華、歐陽觀；《筆掠南美》，香港：當代文藝出版社，2001 年（初版）。

汪鏡：《水盼蘭情——「同心木棉」之一》，香港：當代文藝出版社，2002 年（初版）。

汪鏡：《冰凝淚燭——「同心木棉」之二》，香港：當代文藝出版社，2003 年（初版）。

徐國強：《香港的燈光》，香港：當代文藝出版社，2003 年（初版）。

陸沛如：《如真如幻》，香港：當代文藝出版社，2003 年（初版）。

蕭可鷗、綠野、華山：《鷗之歌》，香港：當代文藝出版社，2003 年（初版）。

關懷廣：《自從盛夏有了風》，香港：當代文藝出版社，2004 年（初版）。

周國裕：《詩意的人生》，香港：當代文藝出版社，2005 年

秋如：《回首輕風淡月》，香港：當代文藝出版社，2007 年（初版）。

徐國強：《苔花野草自風流》，香港：當代文藝出版社，2007 年（初版）。

真珍：《歲月有情》，香港：當代文藝出版社，2007 年（初版）。

曾敏卓：《前世情緣》，香港：當代文藝出版社，2007 年（初版）。

曾敏卓：《燭光‧舞影》，香港：當代文藝出版社，2008 年（初版）。

則言：《彎彎的月牙》，香港：當代文藝出版社，2009 年（初版）。

麗雨：《芬芳小莊拾穗》，香港：當代文藝出版社，2009 年（初版）。

則言：《楓葉紅了》，香港：當代文藝出版社，2010 年（初版）。

黃南翔：《晚晴心影》，香港：當代文藝出版社，2011 年（初版）。

楊圭賢：《草根春秋》，香港：當代文藝出版社，2015 年（初版）。

經濟日報出版社
鄭品茹：《不會和你說再見》，香港：經濟日報出版社，2014 年（初版）。

零度出版社
葉輝：《幽明書簡》，香港：零度出版社，2016 年（初版）。

嘉昱
城珠：《西藏旅情》，香港：嘉昱，2001 年（初版）。

張珮華：《我叫風息了》，香港：嘉昱，2001 年（初版）。

銀河出版社
路羽：《路羽散文選》，香港：銀河出版社，1999 年（初版）。

鄰舍輔導會
董志發：《論衡集》，香港：鄰舍輔導會，2000 年（初版）。

熱文潮
謝君豪：《跳進人間煙火》，香港：熱文潮，2004 年（初版）。

練習文化實驗室
莊元生：《如夢紀》，香港：練習文化實驗室，2016 年（初版）。

惟得：《字的華爾滋》，香港：練習文化實驗室，2016 年（初版）。

獲益出版社
王方：《木屋人家》，香港：獲益出版社，1996 年（初版）。

朱少璋：《拾貝》，香港：獲益出版社，1996 年（初版）。

林力安：《林力安選集》，香港：獲益出版社，1996 年（初版）。

非林：《三色堇》，香港：獲益出版社，1996 年（初版）。

東瑞：《一串燒烤的日子》，香港：獲益出版社，1996 年（初版）。

東瑞：《寫作路上》，香港：獲益出版社，1996年（初版）。
陳德錦：《夢想的開信刀》，香港：獲益出版社，1996年（初版）。
蘭心：《淡藍色煙霞》，香港：獲益出版社，1996年（初版）。
王碧容：《細水長流》，香港：獲益出版社，1997年（初版）。
秀實：《福永書簡》，香港：獲益出版社，1997年（初版）。
東瑞：《藝術感覺》，香港：獲益出版社，1997年（初版）。
許穎娟：《少年情懷》，香港：獲益出版社，1997年（初版）。
朱少璋：《塵土雲月》，香港：獲益出版社，1998年（初版）。
林力安：《林力安續集》，香港：獲益出版社，1998年（初版）。
妍瑾：《淡淡幽情》，香港：獲益出版社，1999年（初版）。
李昭孔：《昔日趣事》，香港：獲益出版社，1999年（初版）。
東瑞：《活著，真好》，香港：獲益出版社，1999年（初版）。
梁錫華：《給青少年》，香港：獲益出版社，1999年（初版）。
黃兆顯、黃嫣梨：《南薰隨筆》，香港：獲益出版社，1999年（初版）。
葉輝：《水在瓶》，香港：獲益出版社，1999年（初版）。
蔣英豪：《文人的香港》，香港：獲益出版社，1999年（初版）。
蘭心：《紫色疊影》，香港：獲益出版社，1999年（初版）。
東瑞：《談談情，交交心》，香港：獲益出版社，2000年（初版）。
東瑞：《生命芳香》，香港：獲益出版社，2001年（初版）。
黃擎天：《維多利亞港的海市蜃樓》，香港：獲益出版社，2001年（初版）。
劉以鬯：《不是詩的詩》，香港：獲益出版社，2001年（初版）。
胡燕青：《嘆息的速度》，香港：獲益出版社，2003年（初版）。
千仞：《故居的天井》，香港：獲益出版社，2004年（初版）。
東南西北高飛客：《一毛錢的中國地圖》，香港：獲益出版社，2004年（初版）。
黎怡：《浪子帝國》，香港：獲益出版社，2004年（初版）。
非林：《早來的花季》，香港：獲益出版社，2008年（初版）。
吳佩芳：《浪漫旅程》，香港：獲益出版社，2011年（初版）。
東瑞：《走過紅地氈》，香港：獲益出版社，2013年（初版）。

藍出版
麻手：《友一個拾年：相隔10年的交換日記》，香港：藍出版，2008年（初版）。
李慶餘：《徘徊在港大與城大之間》，香港：藍出版，2013年（初版）

蘋果日報
鍾偉民：《如何處理仇人的骨灰》，香港：蘋果日報，2006年（初版）。
鍾偉民：《樹上掉下來的一個和尚》，香港：蘋果日報，2006年（初版）。
鍾偉民：《讓時間治療心碎》，香港：蘋果日報，2006年（初版）。
鍾偉民：《回眸》，香港：蘋果日報，2007年（初版）。
鍾偉民：《衣櫥裡那一片月色》，香港：蘋果日報，2007年（初版）。
鍾偉民：《留白》，香港：蘋果日報，2007年（初版）。

蘭窗出版社

書蘭：《放飛月亮》，香港：蘭窗出版社，2000 年（初版）。

書蘭：《煙雨十八伴》，香港：蘭窗出版社，2007 年（初版）。

鷺達文化

唐明我：《夕陽又輝》，香港：鷺達文化，2003 年（初版）。

馮之約：《之約集》，香港：鷺達文化，2005 年（初版）。

新詩類

Anything & Everything
橘樹寒蟬：《苜蓿之歌》，香港：Anything & Everything，2009 年（初版）。

City Poetry Project
陳智德：《詩城市集》，香港：City Poetry Project，2001 年（初版）。

Design Coop
路雅：《劍聲與落花》，香港：Design Coop，2015 年（初版）。

Hong Kong Poetry Club
蔡炎培：《芙蓉》，香港：Hong Kong Poetry Club，2009 年（初版）。

Kubrick
袁紹珊：《太平盛世的形上流亡》，香港：Kubrick，2008 年（初版）。
廖偉棠：《和幽靈一起的香港漫遊》，香港：Kubrick，2008 年（初版）。
游靜：《大毛蛋》，香港：Kubrick，2011 年（初版）。
曹疏影：《金雪》，香港：Kubrick，2013 年（初版）。
潘國靈：《無有紀年：遊忽詩集 1994-2013》，香港：Kubrick，2013 年（初版）。

MCCM Creations
支宇濤：《史魂》，香港：MCCM Creations，2012 年（初版）。
梁秉鈞：《蠅頭與鳥爪》，香港：MCCM Creations，2012 年（初版）。

Open Source
符瑋：《曈矓》，香港：Open Source，2001 年（初版）。
符瑋：《腥紅熱》，香港：Open Source，2002 年（初版）。
符瑋：《夏日的折翼事件》，香港：Open Source，2003 年（初版）。

三人出版
劉芷韻：《心的全部》，香港：三人出版，1996 年（初版）。
鍾曉陽：《槁木死灰集》，香港：三人出版，1997 年（初版）。
李巧欣：《糖罐子》，香港：三人出版，1998 年（初版）。

三葉文化
關夢南編：《零點詩集》，香港：三葉文化，1998 年（初版）。

三聯書店
鄭政恆：《記憶前書》，香港：三聯書店，2007 年（初版）。
盧勁馳：《後遺：給健視人仕·看不見的城市照相簿》，香港：三聯書店，2009 年（初版）。
姚楓盈：《日照良好 =Ensoleillé》，香港：三聯書店，2011 年（初版）。
戰丹：《往回跑》，香港：三聯書店，2013 年（初版）。

山舍書房
秀實：《鳥圖說》，香港：山舍書房，1997 年（初版）。
秀實：《福永書簡》，香港：山舍書房，1998 年（初版）。

川漓社

西草：《連花開的聲音都沒有》，香港：川漓社，2011 年（初版）。

江濤：《七日之城》，香港：川漓社，2012 年（初版）。

鍾國強：《只道尋常》，香港：川漓社，2012 年（初版）。

羅貴祥：《記憶暫時收藏：羅貴祥詩集》，香港：川漓社，2012 年（初版）。

廿九几

可洛：《幻聽樹》，香港：廿九几，2005 年（初版）。

鄧小樺：《不曾移動瓶子》，香港：廿九几，2005 年（初版）。

天地圖書

林幸謙：《原詩》，香港：天地圖書，2001 年（初版）。

黃河浪：《海的呼吸》，香港：天地圖書，2001 年（初版）。

鄭雅麗：《薄海扶林》，香港：天地圖書，2006 年（初版）。

袁兆昌：《出沒男孩》，香港：天地圖書，2007 年（初版）。

黃燦然：《我的靈魂：詩選 1994-2005》，香港：天地圖書，2009 年（初版）。

潘國靈：《靈魂讀舞》，香港：天地圖書，2010 年（初版）。

劉麗北：《紋身的牆：劉火子詩歌賞評》，香港：天地圖書，2010 年（初版）。

林幸謙：《五四詩刻》，香港：天地圖書，2013 年（初版）。

蔡炎培：《從零到零——蔡炎培自選集》，香港：天地圖書，2013 年（初版）。

蔡炎培：《雅歌可能漏掉的一章》，香港：天地圖書，2014 年（初版）。

陳實：《陳實詩文卷》，香港：天地圖書，2015 年（初版）。

嘉勵：《嘉勵的詩》，香港：天地圖書，2015 年（初版）。

天馬圖書

藍海文：《藍海文詩選：新詩三百首》，香港：天馬圖書，1996 年（初版）。

朱茵：《六弦琴》，香港：天馬圖書，1997 年（初版）。

曉靜：《天堂鳥》，香港：天馬圖書，1997 年（初版）。

楊慧敏：《生命紅裙》，香港：天馬圖書，1998 年（初版）。

曉靜：《萬頃煙波》，香港：天馬圖書，1999 年（初版）。

藍海文編、香港詩人協會：《一九九六年度詩選》，香港：天馬圖書，1999 年（初版）。

藍海文編、香港詩人協會：《九七‧九八兩年詩選》，香港：天馬圖書，1999 年（初版）。

文榕：《風帶我走》，香港：天馬圖書，2000 年（初版）。

古松：《咫尺天涯：現代新詩選》，香港：天馬圖書，2002 年（初版）。

藍海文編、香港詩人協會：《二〇〇二年度香港校園詩選》，香港：天馬圖書，2002 年（初版）。

蔡佩珊：《飛翔》，香港：天馬圖書，2003 年（初版）。

蔡曜陽：《朝陽》，香港：天馬圖書，2003 年（初版）。

譚緯亮：《行塵》，香港：天馬圖書，2003 年（初版）。

蔡衍善：《守望》，香港：天馬圖書，2004 年（初版）。

藍海文編、香港詩人協會：《01/04 四年詩選》，香港：天馬圖書，2005 年（初版）。

中大學生會

李紹基、璇筠編：《不準停留》，香港：中大學生會，2002 年（初版）。

中文大學出版社

蔣英豪主編：《綠水青山盡是詩：崇基的詩，詩的崇基》，香港：中文大學出版社，2002 年
　　（初版）。

方梓勳、北島、陳嘉恩等編：《另一種聲音》，香港：中文大學出版社，2009 年（初版）。

香港國際詩歌之夜：《詞與世界》，香港：中文大學出版社，2011 年（初版）。

香港國際詩歌之夜：《島嶼或大陸》，香港：中文大學出版社，2013 年（初版）。

北島、陳嘉恩、方梓勳、柯夏智、馬德松、宋子江編：《詩歌與衝突》，香港：中文大學出
　　版社，2015 年（初版）。

香港國際詩歌之夜：《香港之夜》，香港：中文大學出版社，2015 年（初版）。

文怡工作坊

旻楓：《浮游在青煙藍霧間》，香港：文怡工作坊，2000 年（初版）。

文化工房

梁秉鈞：《雷聲與蟬鳴》，香港：文化工房，2009 年（復刻版）。

葉輝：《鯨鯨詩集：在日與夜的夾縫裡》，香港：文化工房，2009 年（初版）。

洛謀：《島嶼之北》，香港：文化工房，2010 年（初版）。

陳麗娟：《有貓在歌唱》，香港：文化工房，2010 年（初版）。

陸穎魚：《淡水月亮》，香港：文化工房，2010 年（初版）。

飲江：《於是：搬石你沿街看節日的燈飾》，香港：文化工房，2010 年（初版）。

呂永佳：《而我們行走》，香港：文化工房，2011 年（初版）。

洪慧：《最後，調酒師便在 Salsa 裡失蹤》，香港：文化工房，2013 年（初版）。

跋之：《白蘭花》，香港：文化工房，2013 年（初版）。

袁兆昌：《肥是一個減不掉的詞》，香港：文化工房，2014 年（初版）。

鄧小樺：《眾音的反面》，香港：文化工房，2014 年（初版）。

淮遠：《跳虱》，香港：文化工房，2015 年（復刻版）。

熒惑：《突觸間隙》，香港：文化工房，2015 年（初版）。

鍾國強：《開在馬路上的雨傘》，香港：文化工房，2015 年（初版）。

陳子謙：《豐饒的陰影》，香港：文化工房，2016 年（初版）。

文星文化教育協會

謝傲霜：《在霧裡遇上一尾孔雀魚》，香港：文星文化教育協會，2006 年（初版）。

文思出版社

若紅：《狂情實錄》，香港：文思出版社，2004 年（初版）。

文壇出版社

夏斐：《夏斐詩集》，香港：文壇出版社，2000 年（初版）。

水煮魚

洪曉嫻：《浮蕊盪蔻》，香港：水煮魚，2016 年（初版）。

牛津大學出版社

李天命：《李天命詩集：寒武紀》，香港：牛津大學出版社，1996 年（初版）。
梁秉鈞：《東西》，香港：牛津大學出版社，2000 年（初版）。
梁秉鈞：《蔬菜的政治》，香港：牛津大學出版社，2006 年（初版）。
梁秉鈞：《普羅旺斯的漢詩》，香港：牛津大學出版社，2012 年（初版）。

出一點文創

熒惑：《香港夜雪》，香港：出一點文創，2016 年（初版）。

加略山房

陳贊一：《清淨的心》，香港：加略山房，1996 年（初版）。
陳贊一：《先覺者》，香港：加略山房，1997 年（初版）。
陳贊一：《高唱頌歌》，香港：加略山房，1997 年（初版）。

司諾機構

柯振中：《南中國海》，香港：司諾機構，2006 年（初版）。

未來文化出版社

君臨：《死亡詩經》，香港：未來文化出版社，2003 年（初版）。

生命流出版社

陳信蓮：《小思·小詩風雨中上路》，香港：生命流出版社，2015 年（初版）。

田園書屋

白蓮達：《抒情的抗爭》，香港：田園書屋，2014 年（初版）。

石磬文化事業

黎漢傑編：《2011 香港詩選》，香港：石磬文化事業，2013 年（初版）。
葉英傑：《尋找最舒適的坐姿》，香港：石磬文化事業，2014 年（初版）。
黎漢傑編：《2012 香港詩選》，香港：石磬文化事業，2014 年（初版）。
關天林：《本體夜涼如水》，香港：石磬文化事業，2014 年（初版）。
米米：《尖削與圓渾之間》，香港：石磬文化事業，2015 年（初版）。
西草：《海灘像停擺的鐘一樣寧靜》，香港：石磬文化事業，2015 年（初版）。
迅清：《迅清詩集》，香港：石磬文化事業，2015 年（初版）。
吳耀宗：《逐想像而居》，香港：石磬文化事業，2015 年（初版）。
曾瑞明：《上有天堂的地方》，香港：石磬文化事業，2015 年（初版）。
黎漢傑：《漁父》，香港：石磬文化事業，2015 年（初版）。
不清：《冊二排浪》，香港：石磬文化事業，2016 年（初版）。

向日葵工作室

李紹端：《靜夏思》，香港：向日葵工作室，1999 年（初版）。

名人出版社

孫重貴：《歌者無疆》，香港：名人出版社，2009 年（初版）。

百花深處

阿三：《單程票》，香港：百花深處，2008 年（初版）。

利源書報社

巧絲（李潔儀）：《潮新體詩集》，香港：利源書報社，2006年（初版）。

妙韻出版社

向塱：《鵬騰》，香港：妙韻出版社，2006年（初版）。

蔡麗雙：《火把：1996-2005新詩選集》，香港：妙韻出版社，2006年（初版）。

蔡麗雙：《海鷗：朗誦詩處女作集》，香港：妙韻出版社，2006年（初版）。

蔡佩珊：《詩情畫意》，香港：妙韻出版社，2007年（初版）。

蔡曜陽：《飛躍千山》，香港：妙韻出版社，2007年（初版）。

蔡麗雙：《甜甜的夢鄉》，香港：妙韻出版社，2007年（初版）。

蔡麗雙：《參天樹》，香港：妙韻出版社，2007年（初版）。

蔡麗雙主編：《力量：中國汶川「抗震教災、眾志成城」詩歌選》，香港：妙韻出版社，2008
　　年（初版）。

蔡麗雙、張寶林主編：《中原風姿》，香港：妙韻出版社，2008年（初版）。

我們詩社

我們詩社成員：《漆咸道22P-詩選我們》，香港：我們詩社，1999年（初版）。

葉英傑：《只有名字的聖誕卡》，香港：我們詩社，1999年（初版）。

灼華文字工藝坊

郁瑩：《藍》，香港：灼華文字工藝坊，2007年（初版）。

黃燕萍：《心林童話》，香港：灼華文字工藝坊，2007年（初版）。

芳華發展

春華：《紫荊樹開花的季節》，香港：芳華發展，2000年（初版）。

花千樹出版社

舒巷城：《長街短笛》，香港：花千樹出版社，2004年（初版）。

舒巷城：《都市詩鈔》，香港：花千樹出版社，2004年（初版）。

阿湯圖書

萊耳、秀實編：《燈火隔河守望——深港詩選》，香港：阿湯圖書，2003年（初版）。

劉偉成：《瓦當背後》，香港：阿湯圖書，2006年（初版）。

兩岸三地作家協會

古松：《客裏相逢》，香港：兩岸三地作家協會，2007年（初版）。

呼吸詩社

王良和：《樹根頌》，香港：呼吸詩社，1997年（初版）。

洛楓：《錯失》，香港：呼吸詩社，1997年（初版）。

智瘋：《停屍間：1989—1997》，香港：呼吸詩社，1997年（初版）。

飲江：《於是你沿街看節日的燈飾》，香港：呼吸詩社，1997年（初版）。

劉偉成：《一天》，香港：呼吸詩社，1997年（初版）。

鍾國強：《圈定》，香港：呼吸詩社，1997年（初版）。

鄧阿藍：《一首低沉的民歌》，香港：呼吸詩社，1998年（初版）。

奔馬出版社

王一桃：《王一桃詩選》，香港：奔馬出版社，1996 年（初版）。

明文出版社

何建宗 / 林文：《穹蒼綠韻》，香港：明文出版社，2002 年（初版）。

小葉：《鄉人短語》，香港：明文出版社，2005 年（初版）。

明師出版社

詹禮敬：《我從雨中走來》，香港：明師出版社，1997 年（初版）。

詹禮敬：《禪‧香港》，香港：明師出版社，2000 年（初版）。

明報月刊

黃燦然編：《香港當代作家作品合集選，詩歌卷》，香港：明報月刊，2011 年（初版）。

明報出版社

張詩劍編：《天韻》，香港：明報出版社，2002 年（初版）。

明德出版社

冬夢：《十根手指咬出一種痛》，香港：明德出版社，2002 年（初版）。

冬夢：《牆聲》，香港：明德出版社，2002 年（初版）。

洛謀：《黑鐵時代之歌》，香港：明德出版社，2002 年（初版）。

鄧皓明、黃家儀：《牛奶瓶夢遊太陽》，香港：明德出版社，2002 年（初版）。

羈魂：《回力鏢》，香港：明德出版社，2002 年（初版）。

東岸書店

王良和：《王良和詩選——尚未誕生（一九八六至一九九八）》，香港：東岸書店，1999 年
　　（初版）。

陳汗：《黃禍未完成之一：佛釘十架》，香港：東岸書店，1999 年（初版）。

廖偉棠：《花園的角落，或角落的花園》，香港：東岸書店，1999 年（初版）。

袁兆昌：《結賬》，香港：東岸書店，2000 年（初版）。

劉偉成：《感覺自燃 1997-1999》，香港：東岸書店，2000 年（初版）。

大學詩會：《大學詩選》，香港：東岸書店，2001 年（初版）。

陳滅：《單聲道》，香港：東岸出版，2002 年（初版）。

葉英傑：《電話下的自由》，香港：東岸書店，2002 年（初版）。

胡燕青：《摺頁》，香港：東岸書店，2006 年（初版）。

松社

古松：《松濤依舊》，香港：松社，1999 年（初版）。

古松：《清風幾許》，香港：松社，1999 年（初版）。

空洞盒子

秀實：《天空之城》，香港：空洞盒子，2002 年（初版）。

圓桌詩社：《圓桌詩選》，香港：空洞盒子，2003 年（初版）。

青文書屋

佘俊熹：《小畫冊》，香港：青文書屋，1997 年（初版）。

錢雅婷編：《十人詩選》，香港：青文書屋，1998 年（初版）。
鍾國強：《路上風景》，香港：青文書屋，1998 年（初版）。
游靜：《不可能的家》，香港：青文書屋，2000 年（初版）。
鍾國強：《門窗風雨》，香港：青文書屋，2000 年（初版）。
鍾國強：《城市浮游》，香港：青文書屋，2002 年（初版）。
何美寶：《唱和時時》，香港：青文書屋，2003 年（初版）。
鍾國強：《生長的房子》，香港：青文書屋，2004 年（初版）。
洛楓：《飛天棺材》，香港：青文書屋，2006 年（初版）。

拾出版

麥美燕：《黑蟻的悲哀》，香港：拾出版，2004 年（初版）。
鄧蕙虹：《某年·某月·某日·晴》，香港：拾出版，2005 年（初版）。

洪業書店

廖偉棠：《隨著魚們下沉》，香港：洪業書店，1998 年（初版）。

皇冠出版社

鍾偉民：《大白燦的思考藝術》，香港：皇冠出版社，2000 年（初版）。
鍾偉民：《故事》，香港：皇冠出版社，2001 年（初版）。
鍾偉民：《我是大白燦》，香港：皇冠出版社，2004 年（初版）。

科華圖書

紅葉：《時間的投影》，香港：科華圖書，1997 年（初版）。
林湄：《生命愛希望》，香港：科華圖書，1998 年（初版）。
紅葉：《昨日與今天》，香港：科華圖書，1999 年（初版）。
黃袓植：《悠悠集》，香港：科華圖書，1999 年（初版）。
鄧玉嬋：《光柱中的塵埃》香港：科華圖書，2000 年（初版）。
胡國燦：《遺失梭羅河》，香港：科華圖書，2002 年（初版）。
丁岸：《都市餘音》，香港：科華圖書，2003 年（初版）。
古今：《隨唱我的歌》，香港：科華圖書，2006 年（初版）。
巧絲：《潮：新體詩集》，香港：科華圖書，2006 年（初版）。
高泓：《瀚海情天》，香港：科華圖書，2006 年（初版）。
黃袓植：《偶然集》，香港：科華圖書，2007 年（初版）。
李兆俅：《曉風知真》，香港：科華圖書，2009 年（初版）。
金達凱：《合璧集》，香港：科華圖書，2009 年（初版）。
朱壽裕：《愛母頌：李婉珍女士紀念詩集》，香港：科華圖書，2011 年（初版）。
朱壽裕：《大愛讚頌詩集》，香港：科華圖書，2013 年（初版）。
魏鵬展：《在最黑暗的地方尋找最美麗的傷疤》，香港：科華圖書，2014 年（初版）。

突破出版社

黃幗坤：《少年遊詩集》，香港：突破出版社，1997 年（初版）。
胡燕青：《時間麥皮》，香港：突破出版社，2012 年（初版）。

紅出版
海喬：《二人對話》，香港：紅出版，2004 年（初版）。

美高製作室
關夢南：《中學生新詩選》，香港：美高製作室，1998 年（初版）。

風采出版社
春華：《香港旅遊詩畫》，香港：風采出版社，2005 年（初版）。

風雅出版社
關夢南：《關夢南詩集》，香港：風雅出版社，2001 年（初版）。

關夢南、葉輝編：《香港新詩選讀》，香港：風雅出版社，2002 年（初版）。

崑南：《詩大調》，香港：風雅出版社，2006 年（初版）。

關夢南、葉輝、禾迪等編：《瞧，他們的 21gram 在飛》，香港：風雅出版社，2006 年（初版）。

關夢南：《看海的日子》，香港：風雅出版社，2008 年（初版）。

司徒榮宗等：《九三詩絮》，香港：風雅出版社，2009 年（初版）。

蔡炎培：《水調歌頭》，香港：風雅出版社，2009 年（初版）。

戴天：《骨的呻吟》，香港：風雅出版社，2009 年（初版）。

關夢南編：《香港中學生新詩佳作一百首（2001-2009）》，香港：風雅出版社，2009年（初版）。

禾迪：《詩前相後：禾迪詩＋視藝作品集》，香港：風雅出版社，2010 年（初版）。

李聖華：《和諧集》，香港：風雅出版社，2010 年（初版）。

蔡炎培：《代寫情書》，香港：風雅出版社，2010 年（初版）。

蔡炎培：《離鳩譜》，香港：風雅出版社，2011 年（初版）。

蔡炎培：《無語錄》，香港：風雅出版社，2012 年（初版）。

香江出版
黃燦然、陳智德、劉偉成編：《從本土出發：香港青年詩人十五家》，香港：香江出版，
　　　1997 年（初版）。

羅沙：《旅美小詩》，香港：香江出版，1997 年（初版）。

黃國彬：《雪魄》，香港：香江出版，1998 年（初版）。

香港人民出版社
江嬰：《江嬰詩存》，香港：香港人民出版社，2009 年（初版）。

香港大學比較文學系
馬覺：《寫在九七前——馬覺詩選（二）》，香港：香港大學比較文學系，1997 年（初版）。

香港小說網
素華：《素一葉天堂》，香港：香港小說網，2004 年（初版）。

香港本土文學大笪地
崑南選編：《80 後十位香港女詩人：詩性家園》，香港：香港本土文學大笪地，2011 年（初
　　　版）。

香港日月星
林峰：《天聲海韻》，香港：香港日月星，2003 年（初版）。

陶然：《生命流程》，香港：香港日月星，2004年（初版）。

海若：《情繞心間》，香港：香港日月星，2004年（初版）。

文榕：《都市舞蹈》，香港：香港日月星，2006年（初版）。

香港中文大學人文學科研究所香港文化研究計劃

黃繼持、盧瑋鑾、鄭樹森編：《香港新詩選：1948-1969》，香港：香港中文大學人文學科研究所香港文化研究計劃，1998年（初版）。

香港中文大學吐露詩社

香港中文大學吐露詩社：《夢土：中大學生詩選第二輯》，香港：香港中文大學吐露詩社，1997年（初版）。

香港中文大學吐露詩社：《吃掉一個又一個水果：香港中文大學吐露詩社年度詩集》，香港：香港中文大學吐露詩社，2000年（初版）。

香港中文大學吐露詩社：《除草：香港中文大學吐露詩社年度詩集》，香港：香港中文大學吐露詩社，2001年（初版）。

香港中文大學吐露詩社：《合桃樹下的松果》，香港：香港中文大學吐露詩社，2003年（初版）。

香港中文大學吐露詩社：《郊遊──香港中文大學吐露詩社2009-2013年度詩集》，香港：香港中文大學吐露詩社，2015年（初版）。

香港中國理想出版社

秦鳥：《渴望夏季雨》，香港：香港中國理想出版社，1999年（初版）。

周蓉、秦島：《和弦》，香港：香港中國理想出版社，2001年（初版）。

香港公共圖書館

胡國賢：《香港近五十年新詩創作選》，香港：香港公共圖書館，2001年（初版）。

香港文學報社

紅葉：《紅葉芳菲》，香港：香港文學報社，1996年（初版）。

聶適之：《風鈴》，香港：香港文學報社，1996年（初版）。

古松：《庭裏庭外》，香港：香港文學報社，1997年（初版）。

古松：《舊盟都在》，香港：香港文學報社，1997年（初版）。

盼耕：《綠色的音符》，香港：香港文學報社，1997年（初版）。

夏智定：《綠孔雀》，香港：香港文學報社，1997年（初版）。

張詩劍：《流火醉花》，香港：香港文學報社，1997年（初版）。

鄞北荻：《韓江水語》，香港：香港文學報社，1997年（初版）。

譚帝森：《海洋公園之歌》，香港：香港文學報社，1997年（初版）。

吳東南：《香港人之歌》，香港：香港文學報社，1998年（初版）。

孫重貴：《香港魂》，香港：香港文學報社，1998年（初版）。

曉帆：《香港那片曉帆》，香港：香港文學報社，1998年（初版）。

王方：《王方詩選》，香港：香港文學報社，1999年（初版）。

夏智定：《蝶語》，香港：香港文學報社，1999年（初版）。

黃啟樺：《情繫故土》，香港：香港文學報社，1999年（初版）。

關懷廣：《陰晴無定》，香港：香港文學報社，1999年（初版）。

西彤：《昨夜風雨》，香港：香港文學報社，2000年（初版）。

林奮儀：《回歸之歌》，香港：香港文學報社，2000 年（初版）。

張海澎：《語言無言：張海澎詩集》，香港：香港文學報社，2000 年（初版）。

張詩劍：《秋的思索：張詩劍詩選》，香港：香港文學報社，2000 年（初版）。

蔡麗雙：《一片冰心》，香港：香港文學報社，2003 年（初版）。

蔡麗雙：《星光下的情懷》，香港：香港文學報社，2003 年（初版）。

夏智定：《一葉蘭》，香港：香港文學報社，2007 年（初版）。

唐至量：《如是》，香港：香港文學報社，2010 年（初版）。

夏智定：《仲夏夜》，香港：香港文學報社，2011 年（初版）。

招小波：《我用牙齒耕種鐵的時代》，香港：香港文學報社，2014 年（初版）。

編委會香港文學促進協會：總編輯張詩劍，蔡麗雙，張繼春；執行主編張繼征：《香港文學促進協會作品集‧詩歌卷》，香港：香港文學報社，2015 年（初版）。

香港文藝出版社

丁岸：《丁岸詩歌》，香港：香港文藝出版社，2001 年（初版）。

溫乃堅：《溫乃堅詩選》，香港：香港文藝出版社，2001 年（初版）。

藍海文：《2000 年度詩選》，香港：香港文藝出版社，2001 年（初版）。

香港兒童文藝協會

潘明珠、潘金英編：《媽媽要我一百分》，香港：香港兒童文藝協會，1998 年（初版）。

香港青年寫作協會

龍苑：《歲月的轆轤》，香港：香港青年寫作協會，2002 年（初版）。

香港智匯語文培訓中心

韋婭：《泉與少女》，香港：香港智匯語文培訓中心，1999 年（初版）。

香港散文詩學會

天涯：《但願人長久》，香港：香港散文詩學會，2002 年（初版）。

夏馬：《相約在城門河畔》，香港：香港散文詩學會，2002 年（初版）。

華而實：《香港情懷》，香港：香港散文詩學會，2002 年（初版）。

香港詩歌協會

秀實：《與貓一樣的孤寂》，香港：香港詩歌協會，2016 年（初版）。

香港榕文出版社

黃鐵民：《名人風采》，香港：香港榕文出版社，2004 年（初版）。

悅讀空間

葉英傑：《背景音樂：1989 年至 2008 年詩選》，香港：悅讀空間，2008 年（初版）。

振然出版社

樊善標：《力學》，香港：振然出版社，1999 年（初版）。

素葉出版社

黃燦然：《十年詩選》，香港：素葉出版社，1997 年（初版）。

盧偉力：《我找》，香港：素葉出版社，1997 年（初版）。

李金鳳：《出鄉》，香港：素葉文學出版社，1998 年（初版）。

黃襄：《失物記》，香港：素葉出版社，1998年（初版）。

廖偉棠：《手風琴裡的浪遊》，香港：素葉出版社，2001年（初版）。

杜家祁：《女巫之歌：1989至2001》，香港：素葉出版社，2002年（初版）。

何福仁：《飛行的禱告》，香港：素葉出版社，2007年（初版）。

真源

鍾偉民：《稻草人》，香港：真源，2012年（初版）。

紙藝軒

路雅、古松、溫乃堅、秀實、葦鳴：《五人詩選》。香港：紙藝軒，2009年（初版）。

陳湘記圖書

劉芷韻：《與幽靈同處的居所》，香港：陳湘記圖書，2003年（初版）。

麥榮浩：《時候》，香港：陳湘記圖書，2004年（初版）。

梁迪倫：《白船》，香港：陳湘記圖書，2006年（初版）。

梁智：《靈魂之歌‧慾望篇》，香港：陳湘記圖書，2008年（初版）。

秋強：《J的故事》，香港：陳湘記圖書，2009年（初版）。

銘予：《茶餐時光》，香港：陳湘記圖書，2009年（初版）。

白蓮達：《中女情懷總是詩》，香港：陳湘記圖書，2012年（初版）。

華盛實業

阮溪沙：《生命進行曲》，香港：華盛實業，1999年（初版）。

華漢文化

陳浩泉：《紫荊，楓葉》，香港：華漢文化，1997年（初版）。

商務印書館

王麗瓊、吳美筠、胡燕青等編：《港大‧詩‧人》，香港：商務印書館，2007年（初版）。

陳智德編：《香港文學大系1919-1949：新詩卷》，香港：商務印書館，2014年（初版）。

基道出版社

黃慶雲：《神奇大樓之夜裏誰在叫？》，香港：基道出版社，1997年（初版）。

黃慶雲：《神奇大樓之彩虹孩子》，香港：基道出版社，1998年（初版）。

香港浸會大學「大學詩會」：《詩的挪亞方舟》，香港：基道出版社，2000年（初版）。

胡燕青：《護城河》，香港：基道出版社，2000年（初版）。

基督教文藝出版社

吳美筠：《第四個上午》，香港：基督教文藝出版社，1998年（初版）。

胡燕青：《攀緣之歌》，香港：基督教文藝出版社，2000年（初版）。

陳潔心編著：《奇思妙想》，香港：基督教文藝出版社，2004年（初版）。

王良和編著：《西瓜開門冬瓜開門：香港優秀童詩欣賞》，香港：基督教文藝出版社，2005年（初版）。

晚晴出版社

林峰：《時代的回聲》，香港：晚晴出版社，2000年（初版）。

清平詩社

梁家恆：《在午夜撒謊》，香港：清平詩社，2009 年（初版）。

清森文化

一粒塵：《家緣》，香港：清森文化，2009 年（初版）。

一粒塵：《家緣 2》，香港：清森文化，2009 年（初版）。

一粒塵：《童緣》，香港：清森文化，2009 年（初版）。

一粒塵：《塵緣》，香港：清森文化，2009 年（初版）。

一粒塵：《塵緣 2》，香港：清森文化，2009 年（初版）。

現代漢語文學基金會

長隨、金力明：《靜寂的窗口》，香港：現代漢語文學基金會，1996 年（初版）。

蔡炎培：《中國時間》，香港：現代漢語文學基金會，1996 年（初版）。

李華川：《詩感覺》，香港：現代漢語文學基金會，1998 年（初版）。

陳昌敏：《雜工手記》，香港：現代漢語文學基金會，1998 年（初版）。

藍宇：《花與劍》，香港：現代漢語文學基金會，1998 年（初版）。

青頭巾：《草葉鋪地的樹林》，香港：現代漢語文學基金會，2010 年（初版）。

麥穗出版

陳滅：《低保真》，香港：麥穗出版，2004 年（初版）。

小沖：《這樣的一段日子》，香港：麥穗出版，2005 年（初版）。

雨希：《生病了》，香港：麥穗出版，2005 年（初版）。

徐振：《身體出航》，香港：麥穗出版，2005 年（初版）。

黃茂林：《魚化石》，香港：麥穗出版，2005 年（初版）。

小西：《貓河》，香港：麥穗出版，2006 年（初版）。

徐振：《身體出航》，香港：麥穗出版，2006 年（初版）。

馬若、鄧阿藍：《兩種習作在交流》，香港：麥穗出版，2006 年（初版）。

莫梨：《除了蜘蛛和神經質的女人》，香港：麥穗出版，2006 年（初版）。

樊善標：《暗飛》，香港：麥穗出版，2006 年（初版）。

洛楓：《飛天棺材》，香港：麥穗出版，2007 年（修訂再版）。

馬博良：《江山夢雨》，香港：麥穗出版，2007 年（初版）。

陳滅：《市場，去死吧》，香港：麥穗出版，2008 年（初版）。

周瀚：《靈魂，在陽光中飛舞》，香港：麥穗出版，2009 年（初版）。

璇筠：《水中木馬》，香港：麥穗出版，2009 年（初版）。

非雨：《給孤獨》，香港：麥穗出版，2010 年（初版）。

藍朗：《危城》，香港：麥穗出版，2010 年（初版）。

非雨：《相對論》，香港：麥穗出版，2011 年（初版）。

馬博良：《美洲三十弦》，香港：麥穗出版，2011 年（復刻版）。

馬博良：《焚琴的浪子》，香港：麥穗出版，2011 年（復刻版）。

文於天：《狼狽》，香港：麥穗出版，2014 年（初版）。

梁智：《被重建者首部曲：失去方向的太陽》，香港：麥穗出版，2014 年（初版）。

陳暉健：《關於以太》，香港：麥穗出版，2014 年（初版）。

岑文勁：《以硯的容量》，香港：麥穗出版，2016 年（初版）。

郭紹洋：《盧三嫂》，香港：麥穗，2016 年（初版）。

關天林：《空氣辛勞》，香港：麥穗出版，2016 年（初版）。

創造書店

盧偉力：《或者是偶然的遇合》，香港：創造書店，2010 年（初版）。

森之出版

森美：《陰晴筆定》，香港：森之出版，2008 年（初版）。

超媒體出版

劉煥聰：《夢・回憶・未來》，香港：超媒體出版，2015 年（初版）。

開卷出版社

吳約：《也罷》，香港：開卷出版社，1997 年（初版）。

開益出版社

關懷廣：《我和時間賽跑》，香港：開益出版社，2002 年（初版）。

雅苑出版社

孫重貴：《香港約會》，香港：雅苑出版社，1998 年（初版）。

匯才出版社

章日永：《雙江水》，香港：匯才出版社，1997 年（初版）。

匯智出版

秀實：《假如你坐在對面》，香港：匯智出版，2000 年（初版）。

胡燕青、鄭雅麗：《午後推門》，香港：匯智出版，2001 年（初版）。

柒佰：《雪豹》，香港：匯智出版，2001 年（初版）。

馬俐：《焚夢》，香港：匯智出版，2001 年（初版）。

陳德錦：《疑問》，香港：匯智出版，2004 年（初版）。

麥樹堅：《石沉舊海》，香港：匯智出版，2004 年（初版）。

鄭鏡明：《二十四味》，香港：匯智出版，2005 年（初版）。

潘步釗：《不老的叮嚀》，香港：匯智出版，2005 年（初版）。

呂永佳：《無風帶》，香港：匯智出版，2006 年（初版）。

林浩光：《新祭典》，香港：匯智出版，2006 年（初版）。

秀實：《昭陽殿記事》，香港：匯智出版，2006 年（初版）。

劉振宇：《韶華如夢》，香港：匯智出版，2006 年（初版）。

王良和：《時間問題》，香港：匯智出版，2008 年（初版）。

鄒文律：《刺繡鳥》，香港：匯智出版，2008 年（初版）。

吳美筠：《時間的靜止》，香港：匯智出版，2009 年（初版）。

胡燕青：《夕航》，香港：匯智出版，2009 年（初版）。

莊柔玉：《思覺上調──弔詭・詩》，香港：匯智出版，2010 年（初版）。

溫國樑：《夜巷》，香港：匯智出版，2010 年（初版）。

鍾玲：《霧在登山》，香港：匯智出版，2010 年（初版）。

游欣妮：《紅豆湯圓》，香港：匯智出版，2013 年（初版）。
劉偉成：《陽光棧道有多寬》，香港：匯智出版，2014 年（初版）。
胡燕青：《無花果》，香港：匯智出版，2015 年（初版）。
鄭政恒：《記憶後書》，香港：匯智出版，2016 年（初版）。

新華書店
莊柔玉：《寂入流感》，香港：新華書店，2007 年（初版）。

新穗出版社
盧展源：《後巷》，香港：新穗出版社，1996 年（初版）。
梁世榮：《第一課：童詩新詩合集》，香港：新穗出版社，1997 年（初版）。

當代文藝出版社
慕容羽軍：《長夏詩葉》，香港：當代文藝出版社，1996 年（初版）。
陳中禧：《刮風的日子》，香港：當代文藝出版社，1997 年（初版）。
王一桃：《王一桃詩世界》，香港：當代文藝出版社，1998 年（初版）。
王一桃：《香港火鳳凰》，香港：當代文藝出版社，1998 年（初版）。
王一桃：《生命的讚歌》，香港：當代文藝出版社，1999 年（初版）。
林力安：《集外集》，香港：當代文藝出版社，2000 年（初版）。
曾敏卓：《心雨》，香港：當代文藝出版社，2000 年（初版）。
曾敏卓：《思念是一條長長的河》，香港：當代文藝出版社，2002 年（初版）。
蕭可鷗：《鷗之歌》，香港：當代文藝出版社，2002 年（增訂再版）。
黃國彬：《秋分點》，香港：當代文藝出版社，2004 年（初版）。
關懷廣：《自從盛夏有了風》，香港：當代文藝出版社，2004 年（初版）。
周國裕：《詩意的人生》，香港：當代文藝出版社，2005 年（初版）。
曾敏卓：《前世情緣》，香港：當代文藝出版社，2005 年（初版）。
綠野：《銅錢素顏》，香港：當代文藝出版社，2006 年（初版）。
則言：《彎彎的月牙》，香港：當代文藝出版社，2009 年（初版）。
麗雨：《芬芳小莊拾穗》，香港：當代文藝出版社，2009 年（初版）。

詩雙月刊出版社
胡燕青：《地車裏》，香港：詩雙月刊出版社，1997 年（初版）。

瑋業出版社
王偉明：《2004 年度詩網絡詩獎作品選》，香港：瑋業出版社，2004 年（初版）。
路雅：《活》，香港：瑋業出版社，2004 年（初版）。
蔡炎培：《十項全能》，香港：瑋業出版社，2004 年（初版）。
路雅：《生之禁錮》，香港：瑋業出版社，2005 年（初版）。
楊慧思：《思@情》，香港：瑋業出版社，2005 年（初版）。
冬夢：《岸不回頭》，香港：瑋業出版社，2006 年（初版）。
溫明：《青山粉絲廠》，香港：瑋業出版社，2006 年（初版）。
蔡炎培：《真假詩鈔》，香港：瑋業出版社，2006 年（初版）。

蓮峰書舍

葦鳴：《傳說》，香港：蓮峰書舍，1998 年（初版）。

廖文傑

康夫編：《徐訏抒情詩一百首》，香港：廖文傑，1999 年（初版）。

榮華出版社

鄭炳堅：《自我超越與新生》，香港：榮華出版社，1998 年（初版）。

銀河出版社

路羽：《藍色的午夜》，香港：銀河出版社，1997 年（初版）。

傅天虹：《香港抒情詩》，香港：銀河出版社，1998 年（初版）。

路羽：《路羽詩選》，香港：銀河出版社，1998 年（初版）。

斯夫：《詩雨》，香港：銀河出版社，1999 年（初版）。

韋英超：《天街小雨》，香港：銀河出版社，2000 年（初版）。

傅天虹：《傅天虹短詩選》，香港：銀河出版社，2002 年（初版）。

楊賈郎：《山海情懷》，香港：銀河出版社，2002 年（初版）。

葉芹：《葉芹短詩選》，香港：銀河出版社，2002 年（初版）。

文榕：《文榕短詩選》，香港：銀河出版社，2003 年（初版）。

春華：《春華短詩選》，香港：銀河出版社，2003 年（初版）。

萍兒：《萍兒短詩選》，香港：銀河出版社，2003 年（初版）。

路羽：《路羽自選集》，香港：銀河出版社，2007 年（初版）。

黃河浪：《黃河浪短詩選》，香港：銀河出版社，2009 年（初版）。

練習文化實驗室

黎漢傑編：《香港詩選 2013》，香港：練習文化實驗室，2015 年（初版）。

律銘：《所望之事》，香港：練習文化實驗室，2016 年（初版）。

浪目：《謬論》，香港：練習文化實驗室，2016 年（初版）。

許定銘：《詩葉片片》，香港：練習文化實驗室，2016 年（初版）。

梁璧君：《記得》，香港：練習文化實驗室，2016 年（初版）。

陳立諾：《魚的來歷》，香港：練習文化實驗室，2016 年（初版）。

陳李才：《只不過倒下了一棵樹》，香港：練習文化實驗室，2016 年（初版）。

甄國暉：《另一個身體》，香港：練習文化實驗室，2016 年（初版）。

黎漢傑編：《香港詩選 2014》，香港：練習文化實驗室，2016 年（初版）。

鍾國強：《生長的房子》，香港：練習文化實驗室，2016 年（復刻版）。

蘇苑姍：《我這樣回答自己》，香港：練習文化實驗室，2016 年（初版）。

學生福音團契出版社

胡燕青主編：《我把禱告留在校園裏》，香港：學生福音團契出版社，2000 年（初版）。

盧明輝

盧明輝：《我們的年代》，香港：盧明輝，2004 年（初版）。

龍冠出版社

香港散文詩學會編：《中外華文散文詩選集》，香港：龍冠出版社，2005年（初版）。

獲益出版社

王心果：《罌粟花之怨》，香港：獲益出版社，1996年（初版）。
林力安：《林力安選集》，香港：獲益出版社，1996年（初版）。
秀實：《紙屑》，香港：獲益出版社，1996年（初版）。
夢如：《穿越》，香港：獲益出版社，1996年（初版）。
秀實：《福永書簡》，香港：獲益出版社，1997年（初版）。
張艾：《浮世吟繪》，香港：獲益出版社，1997年（初版）。
林力安：《林力安續集》，香港：獲益出版社，1998年（初版）。
魏根民：《觀潮》，香港：獲益出版社，1998年（初版）。
林浩光：《古典的黃昏》，香港：獲益出版社，1999年（初版）。
馮世才：《秋實》，香港：獲益出版社，1999年（初版）。
黃河浪：《風的腳步》，香港：獲益出版社，1999年（初版）。
劉溟：《迴聲》，香港：獲益出版社，1999年（初版）。
戴方：《心的放歌》，香港：獲益出版社，1999年（初版）。
陳煒舜：《話梅》，香港：獲益出版社，1999年（初版）。
劉溟：《迴聲》，香港：獲益出版社，1999年（初版）。
林浩光：《琵琶行》，香港：獲益出版社，2000年（初版）。
馮世才：《遙寄》，香港：獲益出版社，2000年（初版）。
林浩光：《逐日與飛翔》，香港：獲益出版社，2001年（初版）。
陳葒：《校園情思》，香港：獲益出版社，2003年（初版）。
非林：《我在地鐵站口》，香港：獲益出版社，2004年（初版）。
文榕：《輕飛的月光》，香港：獲益出版社，2008年（初版）。
關懷廣：《鬧哄哄的茶餐廳》，香港：獲益出版社，2009年（初版）。
谷福海：《丹青遠行》，香港：獲益出版社，2012年（初版）。

優皮社

西茜鳳：《西茜鳳詩詞選》，香港：優皮社，1998年（初版）。

繁榮出版社

徐淑：《海燕》，香港：繁榮出版社，1998年（初版）。
徐淑：《不是一般的握手》，香港：繁榮出版社，2000年（初版）。

點出版社

草飛：《來不及纏綿》，香港：點出版社，2009年（初版）。

藍葉詩社

舒慧編：《四葉詩箋》，香港：藍葉詩社，2006年（初版）。

藝邦文教出版社

趙玲：《秋天像舞倦了蝴蝶》，香港：藝邦文教出版社，2001年（初版）。

麒麟書業

黃建國：《執迷者之歌》，香港：麒麟書業，1997 年（初版）。

蘭窗出版社

書蘭（廖書蘭）：《放飛月亮》，香港：蘭窗出版社，2000 年（初版）。

鷺達文化

伍慧珠：《萬水千山汗漫遊》，香港：鷺達文化，1999 年（初版）。

林軒：《詩畫情意》，香港：鷺達文化，2004 年（初版）。

（個人出版）

黃燦然：《十二行詩》，香港，1996 年（初版）。

李允傑：《可憐世紀》，香港，1996 年（初版）。

陳愷令：《游絲共話》，香港，1999 年（初版）。

謝政：《謝政詩選（一）》，香港，2000 年（初版）。

路雅：《花鳥集》，香港，2003 年（初版）。

盧明輝：《我們的年代》，香港，2004 年（初版）。

劉祖榮：《家》，香港，2007 年（初版）。

杜若鴻：《若鴻的詩》，香港，2008 年（初版）。

戲劇類

7A 班戲劇組

一休：《公路戲劇》，香港：7A 班戲劇組，2001 年（初版）。

一休：《幸福太太》，香港：7A 班戲劇組，2008 年（初版）。

一休：《櫻桃帝國》，香港：7A 班戲劇組，2010 年（初版）。

一休：《SEVEN：慾望迷室》，香港：7A 班戲劇組，2012 年（初版）。

卓柏麟：《鐵道緣》，香港：7A 班戲劇組，2012 年（初版）。

一休：《上一輩子的情人》，香港：7A 班戲劇組，2014 年（初版）。

一休：《抱歉，我正忙着失戀》，香港：7A 班戲劇組，2015 年（初版）。

一休：《大笑喪：喪笑大晒》，香港：7A 班戲劇組，2016 年（初版）。

Cup 出版

彭秀慧《再見不再見：看見‧故事》，香港：Cup 出版，2007 年（初版）。

彭浩翔：《彭浩翔電影劇本集 001-010》，香港：Cup 出版，2015 年（初版）。

Dorib Concept

何韻詩、黎達達榮：《十八相送》，香港：Dorib Concept，2005 年（初版）。

Kubrick:

楊秉基：《吉蒂與死人頭》，香港：Kubrick，2016 年（初版）。

R&D 劇場

何敏文：《殺哪愛》，香港：R&D 劇場，2009 年（初版）。

何敏文：《林風未眠》，香港：R&D 劇場，2010 年（初版）。

一葉出版社

許月白：《第一頁夢歌》，香港：一葉出版社，2003 年（初版）。

三聯書店

吳昊：《文藝，歌舞，輕喜劇》，香港：三聯書店，2005 年（初版）。

楊智深：《唐滌生的文字世界：仙鳳鳴卷》，香港：三聯書店，2006 年（初版）。

黃兆漢：《長天落彩霞：任劍輝的劇藝世界：一代藝人任劍輝女士逝世二十周年紀念專刊》
        上下冊，香港：三聯書店，2009 年（初版）。

孔在齊：《京劇六講》，香港：三聯書店，2012 年（初版）。

戴和冰：《粉墨千秋：中國戲曲》，香港：三聯書店，2015 年（初版）。

天地圖書

楊世彭：《閻惜姣》（中英劇本與演出資料），香港：天地圖書，2000 年（初版）。

趙毅衡：《高行健與中國實驗戲劇：建立一種現代禪劇》，香港：天地圖書，2001 年（初
        版）。

羅啟銳、張婉婷：《移民 3 部曲》，香港：天地圖書，2013 年（初版）。

莊梅岩：《莊梅岩劇本集——五個得獎作品》，香港：天地圖書，2015 年（初版）。

中大粵劇研究計劃

唐滌生作、葉紹德改編：《帝女花（青年版）演出劇本集》，香港：中大粵劇研究計劃，2008
　　年（初版）。

文化協進中心

馬曼霞：《月亮姐姐睡何鄉──馬曼霞劇本專輯》，香港：文化協進中心，2014 年（初版）。

文化傳信

杜國威：《上海之夜》，香港：文化傳信，1997 年（初版）。

文林社出版

杜國威：《梁祝》，香港：文林社出版，1998 年（初版）。

杜國威：《地久天長》，香港：文林社出版，1999 年（初版）。

杜國威：《劍雪浮生》，香港：文林社出版，1999 年（初版）。

火石文化

一條褲製作：《67．騷動》，香港：火石文化，2016 年（初版）。

同窗文化工房

莊梅岩：《法吻》，香港：同窗文化工房，2011 年（初版）。

王敏豪：《砵砵車的一生 / 爸媽我真的愛你》，香港：同窗文化工房，2012 年（初版）。

余翰廷：《這裏加一點顏色》，香港：同窗文化工房，2014 年（初版）。

好戲量

陳子文：《陰質教育》，香港：好戲量，2006 年（初版）。

楊秉基：《好戲量劇本集》，香港：好戲量，2007 年（初版）。

楊秉基：《吉蒂與死人頭（15 週年限定版）》，香港：好戲量，2016 年（初版）。

次文化堂

杜國威：《虎度門》，香港：次文化堂，1996 年（初版）。

杜國威：《聊齋新誌》，香港：次文化堂，1996 年（初版）。

杜國威：《遍地芳菲》，香港：次文化堂，1997 年（初版）。

杜國威：《愛情觀自在》，香港：次文化堂，1997 年（初版）。

杜國威：《人間有情》，香港：次文化堂，1998 年（初版）。

杜國威：《城寨風情》，香港：次文化堂，1998 年（初版）。

杜國威：《誰遣香茶挽夢回》，香港：次文化堂，1998 年（初版）。

杜國威：《Miss 杜十娘》，香港：次文化堂，1999 年（初版）。

杜國威：《沙角月明火炭約》，香港：次文化堂，1999 年（初版）。

杜國威：《我和春天有個約會》，香港：次文化堂，1999 年（初版）。

杜國威：《一籠風月》，香港：次文化堂，2000 年（初版）。

杜國威：《珍珠衫》，香港：次文化堂，2000 年（初版）。

杜國威：《昨天．孩子．色》，香港：次文化堂，2001 年（初版）。

杜國威：《小明星》，香港：次文化堂，2003 年（舞臺刻本版）。

杜國威：《寒江釣雪》，香港：次文化堂，2003 年（初版）。

明日藝術教育機構

《校園短劇劇本精選集，2006：戲劇推廣計劃：校園戲劇小樹苗項目》，香港：明日藝術教育機構，2006 年（初版）。

《戲劇發展 2001：《兒童劇藝小樹苗計劃》短劇劇本精選集》，香港：明日藝術教育機構，2003 年（初版）。

青文書屋

張貴歡編：《流動塑像——一人一故事劇場的香港經驗》，香港：青文書屋，2001 年（初版）。

游靜：《好郁》，香港：青文書屋，2002 年（初版）。

鄧樹榮、羅貴祥、陳志樺：《生與死三部曲之劇場探索：劇本、評論及其他》，香港：青文書屋，2001 年（初版）。

鄧樹榮：《梅耶荷德表演理論：研究與反思》，香港：青文書屋，2001 年（初版）。

青森文化／紅出版

文華、周潔萍：《文華粵劇劇本選》，香港：青森文化／紅出版，2015 年（初版）。

亮劍影畫

甘國亮：《我愛萬人迷》，香港：亮劍影畫，2009 年（初版）。

前進進戲劇工作坊／國際演藝評論家協會（香港分會）

陳炳釗：《再一次，進入符號世界》，香港：前進進戲劇工作坊、國際演藝評論家協會（香港分會），2011 年（初版）。

陳炳釗：《我不是哈姆雷特》，香港：前進進戲劇工作坊、國際演藝評論家協會（香港分會），2011 年（初版）。

春天實驗劇團

何冀平：《第下第一樓——原著劇本及粵語首演記錄》，香港：春天實驗劇團，2001 年（初版）。

皇冠出版社

杜國威：《小謫紅塵》，香港：皇冠出版社，1999 年（初版）。

科華圖書

鄭炳南：《死裡逃生——電影編劇創作範本》，香港：科華圖書，2006 年（初版）。

香港大學教育學院中文教育研究中心

吳鳳平、陳鈞潤：《葉紹德粵劇劇本精選（漢英雙語）》，香港：香港大學教育學院中文教育研究中心，2013 年（初版）。

香港日月星

鍾毓材：《施大娘子：一個愛上鄭和的女人》，香港：香港日月星，2003 年（初版）。

鍾毓材：《花外鐘聲》，香港：香港日月星，2005 年（初版）。

香港青年協會

香港青年協會：《鄰舍第一愛里？不理？廣播音樂劇》，香港：香港青年協會，2014 年（初版）。

香港筆會

陳蝶衣：《陳蝶衣劇作集》，香港：香港筆會，1998 年（初版）。

香港電影資料館

張愛玲：《張愛玲——電懋劇本集》，香港：香港電影資料館，2010 年（初版）。

香港電影編劇家協會

杜國威：《南海十三郎》，香港：香港電影編劇家協會，1999 年（初版）。

鍾繼昌：《1997－98 年度香港優秀電影劇本集：去吧！揸 FIT 人兵團》，香港：香港電影編
　　　劇家協會，1999 年（初版）。

香港話劇團

杜國威：《讓我愛一次》，香港：香港話劇團，2001 年（初版）。

張達明：《旋轉 270°》，香港：香港話劇團，2004 年（初版）。

蔣維國：《桃花扇》，香港：香港話劇團，2004 年（初版）。

冼杞然、鍾偉雄：《鄭和與成祖》，香港：香港話劇團，2005 年（初版）。

香港話劇團、上海話劇藝術中心聯合演出：《求証》，香港：香港話劇團，2005 年（初版）。

陳冠中、毛俊輝、喻榮軍：《新傾城之戀 2005》，香港：香港話劇團，2005 年（初版）。

司徒慧焯：《愈笨愈開心》，香港：香港話劇團，2006 年（初版）。

毛俊輝：《暗戀桃花源》，香港：香港話劇團，2007 年（初版）。

何冀平《梨花夢》，香港：香港話劇團，2007 年（初版）。

鍾燕詩編：《遍地芳菲的舞台藝術》，香港：香港話劇團，2010 年（初版）。

潘璧雲編：《一年皇帝夢的舞台藝術》，香港：香港話劇團，2012 年（初版）。

潘璧雲編：《黑盒劇場節劇本集》，香港：香港話劇團，2012 年（初版）。

香港話劇團：《新劇發展計劃劇本集（2010-2012）》，香港：香港話劇團，2013 年（初版）。

莊梅岩：《教授》，香港：香港話劇團，2014 年（初版）。

陳敢權、張飛帆：《困獸·吾想死！》，香港：香港話劇團，2014 年（初版）。

潘惠森：《都是龍袍惹的禍》，香港：香港話劇團，2014 年（初版）。

鄭國偉（張其能編）：《最後作孽》，香港：香港話劇團，2016 年（初版）。

香港影視劇團

朱克：《西關風情》，香港：香港影視劇團，2003 年（初版）。

香港戲劇協會

《戲劇匯演 2004 優異劇本》，香港：香港戲劇協會，2004 年（初版）。

《戲劇匯演二零零七：優異劇本》，香港：香港戲劇協會，2007 年（初版）。

《戲劇匯演 08：優異劇本》，香港：香港戲劇協會，2008 年（初版）。

香港藝術節協會

一休：《黑天鵝》，香港：香港藝術節協會，2009 年（初版）。

毛俊輝、莊文強、麥兆輝：《情話紫釵》，香港：香港藝術節協會，2010 年（初版）。

黃詠詩：《香港式離婚》，香港：香港藝術節協會，2010 年（初版）。

莊梅岩：《聖荷西謀殺案》，香港：香港藝術節協會，2011 年（初版）。

意珩、鍾意詩：《矯情·回收旖旎時光》，香港：香港藝術節協會，2011 年（初版）。

潘燦良：《重回凡間的凡人》，香港：香港藝術節協會，2011 年（初版）

李穎蕾：《愛之初體驗》，香港：香港藝術節協會，2012 年（初版）。

莊梅岩：《野豬》，香港：香港藝術節協會，2012 年（初版）。

潘惠森：《示範單位》，香港：香港藝術節協會，2012 年（初版）。

王昊然：《爆‧蛹》，香港：香港藝術節協會，2013 年（初版）。

黃詠詩：《屠龍記》，香港：香港藝術節協會，2013 年（初版）。

意珩：《蕭紅：三幕室內歌劇》，香港：香港藝術節協會，2013 年（初版）。

Jingan MacPherson Young：《末族》，香港：香港藝術節協會，2014 年（初版）。

王昊然：《森林海中的紅樓》，香港：香港藝術節協會，2014 年（初版）。

李恩霖、黃詠詩：《金蘭姊妹》，香港：香港藝術節協會，2015 年（初版）。

陳耀成：《大同》，香港：香港藝術節協會，2015 年（初版）。

喻榮軍：《烏合之眾》，香港：香港藝術節協會，2015 年（初版）。

鄧智堅：《論語》，香港：香港藝術節協會，2016 年（初版）。

臭皮匠

陳敢權：《陳敢權獨幕劇集（二）——星光延續》，香港：臭皮匠，1998 年（初版）。

區文鳳：《新白蛇傳》，香港：臭皮匠，1999 年（初版）。

陳米記

林奕華：《包法利夫人，是我：由福樓拜，ZARA, H&M, Forever 21 到「每個人都有個價錢」》，香港：陳米記，2012 年（初版）。

陳湘記圖書

劉浩翔：《獨坐婚姻介紹所》，香港：陳湘記圖書，2011 年（初版）。

商務印書館

盧偉力編：《香港文學大系 1919-1949：戲劇卷》，香港：商務印書館，2016 年（初版）。

國際演藝評論家協會（香港分會）

鄭振初：《鄭振初劇本集：〈咪玩嘢〉〈玩反轉〉》，香港：國際演藝評論家協會（香港分會），1999 年（初版）。

譚國根：《香港的聲音：香港話劇 1997》，香港：國際演藝評論家協會（香港分會），1999 年（初版）。

李健文：《排場好戲——本土創作劇本嘗試集》，香港：國際演藝評論家協會（香港分會），2000 年（初版）。

張秉權：《煙花過後：香港戲劇1998》，香港：國際演藝評論家協會（香港分會），2000年（初版）。

楊慧儀：《落地開花：香港戲劇1999》，香港：國際演藝評論家協會（香港分會），2001年（初版）。

小西：《千禧以前：香港戲劇 2000》，香港：國際演藝評論家協會（香港分會），2002年（初版）。

李健文：《排場好戲——15至45夠嘞》，香港：國際演藝評論家協會（香港分會），2002年（初版）。

佛琳：《八色風采：香港劇本十年集（九十年代篇）》，香港：國際演藝評論家協會（香港分會），2003 年（初版）。

張秉權：《躁動的青春：香港劇本十年集（七十年代篇）》，香港：國際演藝評論家協會（香港分會），2003 年（初版）。

盧偉力：《破浪的舞台：香港劇本十年集（八十年代篇）》，香港：國際演藝評論家協會（香港分會），2003 年（初版）。

林聰：《臨界點上：香港戲劇 2001》，香港：國際演藝評論家協會（香港分會），2004 年（初版）。

盧偉力：《煙花再放：香港戲劇2002》，香港：國際演藝評論家協會（香港分會），2005年（初版）。

梵谷：《瘋祭圖譜──何應豐的完全劇場觀》，香港：國際演藝評論家協會（香港分會），2006 年（修訂新版）。

盧偉力：《出走戲游──盧偉力劇作初集》，香港：國際演藝評論家協會（香港分會），2008 年（初版）。

陳志樺：《夠黑》，香港：國際演藝評論家協會（香港分會），2013 年（初版）。

洪曉嫻：《一劇之本：【影話戲】青年編劇劇本寫作計劃劇本集》，香港：國際演藝評論家協會（香港分會），2014 年（初版）。

陳志樺：《頂白》，香港：國際演藝評論家協會（香港分會），2015 年（初版）。

甄拔濤：《浪漫的挑釁：創作新文本》，香港：國際演藝評論家協會（香港分會），2015 年（初版）。

麥穗出版

一休：《十年一戲》，香港：麥穗出版，2007 年（初版）。

進一步多媒體

潘惠森：《男人之虎》，香港：進一步多媒體，2005 年（初版）。

侯萬雲：《1970s：不為懷舊的文化政治重訪》，香港：進一步多媒體，2009 年（初版）。

創建傳播

朱延平：《蘋果咬一口》，香港：創建傳播，2001 年（初版）。

壹出版

陳沖、嚴歌苓：《天浴》，香港：壹出版，1998 年（初版）。

超媒體出版

灣仔劇團：《龍志成劇本集》，香港：超媒體出版，2016 年（初版）。

開心出版社 Key publishing ltd.

黃錢其濂：《兩齣獨幕喜劇──生態必勝·忽然愛國》（中英雙語），香港：開心出版社，2009 年（初版）。

匯智出版

林大慶、陳麗音、凌嘉勤：《滿天星劇場（第四輯）──香港人的音樂劇》，香港：匯智出版，2005 年（初版）。

李小良：《香港粵劇選：芳艷芬卷》，香港：匯智出版，2014 年（初版）。

馬曼霞：《點解點解大封相——馬曼霞劇本專輯》，香港：匯智出版，2016 年（初版）。

圓源紙品

滿道作；望晴編：《獨角行？獨腳行！》，香港：圓源紙品，2007 年（初版）。

電影雙週刊

陳嘉上、陳慶嘉：《戀戰沖繩》，香港：電影雙周刊，2000 年（初版）。

韋家輝、游乃海：《瘦身男女》，香港：電影雙周刊，2001 年（初版）。

漢域文化

滿道：《愛在加州瘟疫時：關愛自閉症的引思》，香港：漢域文化，2009 年（初版）。

劇場組合

詹瑞文：《男人之虎》，香港：劇場組合，2006 年（初版）。

樂清傳播

岳清編：《新艷陽傳奇》，香港：樂清傳播，2008 年（初版）。

熱文潮

張達明：《張達明舞台劇讀——香港人・情篇》，香港：熱文潮，2004 年（初版）。

張達明：《張達明舞台劇讀——偉大・虛空篇》，香港：熱文潮，2004 年（初版）。

余翰廷：《鬼劇院》，香港：熱文潮，2008 年（初版）。

余翰廷：《流浪在彩色街頭》，香港：熱文潮，2009 年（初版）。

余翰廷：《愛上愛上誰人的新娘》，香港：熱文潮，2009 年（初版）。

余翰廷：《山村老師》，香港：熱文潮，2010 年（初版）。

糊塗戲班

關頌陽等：《冬瓜豆腐劇本／小說集》，香港：糊塗戲班，2000 年（初版）。

獲益出版社

陳華英：《流星的女兒》，香港：獲益出版社，2004 年（初版）。

點出版

廖志強：《舞影集》，香港：點出版，2012 年（初版）。

藍天圖書

楊秉基：《駒歌——向家駒致敬的音樂劇場》，香港：藍天圖書，2008 年（初版）。

懿津出版

區文鳳：《淝水之戰》，香港：懿津出版，2004 年（初版）。

區文鳳：《烽火揚州》，香港：懿津出版，2004 年（初版）。

區文鳳：《蘇小卿月夜泛茶船》，香港：懿津出版，2008 年（初版）。

（個人出版）

鄭國偉：《最美夏天》，香港：鄭國偉，1998 年（初版）。

陳敢權：《陳敢權獨幕劇集（三）——苗銳常青》，香港：陳敢權，2006 年（初版）。

其他類

《詩潮》詩月刊
周夢南編：《中學教師新詩研習坊》，香港：《詩潮》詩月刊，2003 年（初版）。

三聯書店
鄧珂雲、曹雷：《曹聚仁卷》，香港：三聯書店，1998 年（初版）。

大山文化
香港世界華文文藝研究學會編：《我與金庸：全球華文散文徵文獎獲獎作品集》，香港：大
　　山文化，2016 年（初版）。

大埔區議會社會服務委員會青少年計劃工作小組
大埔區議會社會服務委員會青少年計劃工作小組主辦：《紀念 54 運動八十九周年學生徵文
　　比賽：學生得獎作品集》，香港：大埔區議會社會服務委員會青少年計劃工作小組，
　　2008 年（初版）。

文思出版社
吳尚智：《舞文弄法：游走於中國文學與法律中文之間，香港：文思出版社，2013 年（初版）。

天地圖書
金基：《留痕》，香港：天地圖書，2000 年（初版）。

金聖華主編：《春來第一燕：新紀元全球華文青年文學獎作品集》，香港：天地圖書，2002
　　年（初版）。

金聖華主編：《春燕再來時：第二屆新紀元全球華文青年文學獎作品集》，香港：天地圖書，
　　2004 年（初版）。

天地圖書編輯部：《「天地 30」徵文比賽得獎作品集》，香港：天地圖書，2006 年（初版）。

金聖華主編：《三聞燕語聲：第三屆新紀元全球華文青年文學獎作品集》，香港：天地圖書，
　　2007 年（初版）。

鄭培凱編：《察看・城市的顏色：城市文學節徵文文集 2007》，香港：天地圖書，2008 年（初
　　版）。

羅琅主編：《鑪峰文集 2007》，香港：天地圖書，2008 年（初版）。

凌雁：《昨夜星辰：澳門的舊日風情》，香港：天地圖書，2009 年（初版）。

羅琅主編：《鑪峰文集 2008》，香港：天地圖書，2009 年（初版）。

羅琅主編：《鑪峰文集 2009》，香港：天地圖書，2010 年（初版）。

林幸謙主編：《Y 城：徐訏文學獎作品選集》，香港：天地圖書，2011 年（初版）。

張詠梅編：《醒世憒言——憒人日記選》，香港：天地圖書，2011 年（初版）。

熊志琴編：《異鄉猛步——司明專欄選》，香港：天地圖書，2011 年（初版）。

熊志琴編：《經紀眼界——經紀拉系列選》，香港：天地圖書，2011 年（初版）。

樊善標、葉嘉詠編：《陌生天堂：五十年代都市故事選》，香港：天地圖書，2011 年（初
　　版）。

樊善標編：《犀利女筆——十三妹專欄選》，香港：天地圖，2011 年（初版）。

羅琅主編：《鑪峰文集 2010》，香港：天地圖書，2011 年（初版）。

何杏楓主編：《燕自四方來：第四屆新紀元全球華文青年文學獎作品集》，香港：天地圖書，2012年（初版）。

羅琅主編：《鑪峰文集 2011》，香港：天地圖書，2012年（初版）。

盧瑋鑾，鄭樹森主編：《淪陷時期香港文學作品選：葉靈鳳、戴望舒合集》，香港：天地圖書，2013年（初版）。

羅琅主編：《鑪峰文集 2012》，香港：天地圖書，2013年（初版）。

梅子編：《香港當代作家作品選集·劉以鬯卷》，香港：天地圖書，2014年（初版）。

許定銘編：《香港當代作家作品選集·侶倫卷》，香港：天地圖書，2014年（初版）。

鄭培凱主編：《且看人文環保：二零一三年城市文學創作獎作品集》，香港：天地圖書，2014年（初版）。

中文文學創作獎：《送給弟弟的第一份禮物二零一四年中文文學創作獎兒童圖畫故事組獲獎作品集》，香港：中文文學創作獎.兒童圖畫故事組，2015年（初版）。

張初編：《香港當代作家作品選集·梁羽生卷》，香港：天地圖書，2015年（初版）。

曹臻編：《香港當代作家作品選集·曹聚仁卷》，香港：天地圖書，2015年（初版）。

馮偉才編：《香港當代作家作品選集·羅孚卷》，香港：天地圖書，2015年（初版）。

鄭培凱主編：《生活在城市：二零一四年城市文學創作獎作品集》，香港：天地圖書，2015年（初版）。

羅琅主編：《鑪峰文集 2013》，香港：天地圖書，2015年（初版）。

羅琅編：《香港當代作家作品選集·高旅卷》，香港：天地圖書，2015年（初版）。

張嘉俊編：《香港當代作家作品選集·高雄卷》，香港：天地圖書，2016年（初版）。

陳惠英編：《香港當代作家作品選集·亦舒卷》，香港：天地圖書，2016年（初版）。

黃元編：《香港當代作家作品選集·陳實卷》，香港：天地圖書，2016年（初版）。

鄭蕾編：《香港當代作家作品選集·崑南卷》，香港：天地圖書，2016年（初版）。

天馬圖書

張庸、李巍：《張庸李巍文學作品集》，香港：天馬圖書，2008年（初版）。

中大學生會

李紹基、璇筠：《不準停留》，香港：中大學生會，2002年（初版）。

中文大學中國文化研究所翻譯研究中心

李奭：《譯述：明末耶穌會翻譯文學論》，香港：中文大學中國文化研究所翻譯研究中心，2012年（初版）。

中國文化出版

福建省台灣香港澳門暨海外華文文學研究會：《蕉風華韻：東南亞華文詩歌國際研討會論文集，香港：中國文化出版，2006年（初版）。

中國文化院

全港中學生中華文化徵文比賽：《2016 全港中學生中華文化徵文比賽得獎作品集》，香港：中國文化院，2016年（初版）。

中國評論學術出版社

顧萬明：《那個知青的年代：顧萬明文學作品集》，香港：中國評論學術出版社，2012年（初版）。

中華書局

寒山碧編：《中國新文學的歷史命運：二十世紀中國文學的回顧與廿一世紀的展望國際學術研討會論文集》，香港：中華書局，2007 年（初版）。

張俊彪、郭久麟：《大中華二十世紀文學簡史》，香港：中華書局，2014 年（初版）。

中華國際出版社

中華杯編輯委員會：《中華杯兩岸三地少年兒童文學、書畫大賽獲獎作品集》，香港：中華國際出版社，1999 年（初版）。

文壇出版社

曉靜、文榕編：《香港國際詩歌節 2000 年特輯》，香港：文壇出版社，2000 年（初版）。

吳其敏：《吳其敏文集 1》（文學編：小說，小品，新詩，早期雜著，文史小品），香港：文壇出版社，2001 年（初版）。

吳其敏：《吳其敏文集 2》（電影戲劇編：電影劇本，影評，影事今昔，影人傳記），香港：文壇出版社，2001 年（初版）。

水煮魚

青年文學獎：《第四十一屆青年文學獎得獎作品結集》，香港：水煮魚，2015 年（初版）。

市政局公共圖書館

香港市政局公共圖書館：《香港文學展顏・第 11 輯，市政局中文文學創作獎獲獎作品集》，香港：市政局公共圖書館，1996 年（初版）。

陳小娟編：《多多和少少》，香港：市政局公共圖書館，1996 年（初版）。

潘明珠、羅樂淇、王江曉女編：《七色燒餅：市政局中文文學創作獎兒童故事組獲獎作品集》，香港：市政局公共圖書館，1996 年（初版）。

黃瑞恩編：《食物王國》，香港：市政局公共圖書館，1997 年（初版）。

黃瑞恩編：《香港文學展顏・第12輯，1996年度市政局中文文學創作獎獲獎作品集》，香港：市政局公共圖書館，1998 年（初版）。

香港市政局公共圖書館編：《香港文學展顏・第13輯，市政局中文文學創作獎獲獎作品集》，香港：市政局公共圖書館，1999 年（初版）。

向日葵工作室

盧偉力：《紐約筆記》，香港：向日葵工作室，1999 年（初版）。

全港青年學藝比賽大會

何沛雄主編：《楊芬集：全港青年學藝比賽中文詩創作比賽十周年優勝作品集》，香港：全港青年學藝比賽大會，2007 年（初版）。

名人出版社

王其健主編：《中國西部大開發的脊樑：大型報告文學徵文獲獎作品集錦》，香港：名人出版社，2005 年（初版）。

色式設計

白福臻：《我和香港六十年》，香港：色式設計，1999 年（初版）。

青文書屋

李國威：《李國威文集》，香港：青文書屋，1996 年（初版）。

丘世文、譚國基：《顧西蒙的信》，香港：青文書屋，2000 年（初版）。

東岸書店

香港浸會大學文學院及語文中心主編：《第一屆大學文學獎得獎作品集》，香港：東岸書店，
　　2005 年（初版）。

花千樹出版社

樊善標、馬輝洪：《輕鬆散步學中文：文學景點考察資料及創作集》，香港：花千樹出版社，
　　2015 年（初版）。

明報月刊

我心中的香港 -- 全球華文散文大賽：《我心中的香港：全球華文散文大賽獲獎作品集》，香
　　港：明報月刊，2010 年（初版）。

明報出版社

明窗出版社編輯部編：《一百人說一百天》，香港：明報出版社，1997 年（初版）。

明窗出版社編輯部編：《名人的初戀》，香港：明報出版社，1997 年（初版）。

明窗出版社編輯部編：《名人談戀愛》，香港：明報出版社，1997 年（初版）。

鄭啟明主編：《新星的風采：青年文學創作營文集》，香港：明報出版社，1998 年（初版）。

「世界華文報告文學獎」籌委會編：《世界華文報告文學獎作品集》，香港：明報出版社，
　　2001 年（初版）。

「世界華文旅遊文學徵文獎」籌委會編：《旅遊文學的百花園：世界華文旅遊文學徵文獎作
　　品集》，香港：明報出版社，2005 年（初版）。

明窗出版社

明窗出版社編輯部編：《誰是你的最佳情侶》，香港：明窗出版社，1997 年（初版）。

明窗出版社編：《寫出我天地：優異作品集》，香港：明窗出版社，2004 年（初版）。

思網絡

青年文學獎：《第四十屆青年文學獎文集：爭鳴》，香港：思網絡，2014 年（初版）。

香港人民出版社

主編吳永生；執行主編施清杯：《綠浪：石獅——中綠浪文學社十年作品集》，香港：香港人
　　民出版社，2006 年（初版）。

丘峰、汪義：《澳門文學簡史》，香港：香港人民出版社，2007 年（初版）。

古遠清：《香港當代新詩史》，香港：香港人民出版社，2008 年（初版）。

香港大學亞洲研究所

香港大學亞洲研究所主編：《九十年代兩岸三地文學現象國際學術研討會》，香港：香港大
　　學亞洲研究所，2000 年（初版）。

香港小說學會

楊興安、霍森棋編：《意洋洋：香港小說學會2015十周年紀念文集》，香港：香港小說學會，
　　2015 年（初版）。

香港中文大學中國語言及文學系

香港中文大學中國語言及文學系編：《問學二集：香港中文大學中國語言及文學系本科生畢
　　業論文選》，香港：香港中文大學中國語言及文學系，1997 年（初版）。

鄧仕樑編：《歲華：香港中文大學三十五年中國語言及文學系教師文藝作品集》，香港：香港中文大學中國語言及文學系，1998 年（初版）。

香港中文大學中國語言及文學系編：《問學三集：香港中文大學中國語言及文學系本科生畢業論文選》，香港：香港中文大學中國語言及文學系，2003 年（初版）。

香港文學報社

陳娟：《陳娟文集》，香港：香港文學報社，1996 年（初版）。

夏智定：《蝶語》，香港：香港文學報社，1999 年（初版）。

質貞：《古遠清這個人》，香港：香港文學報社，2011 年（初版）。

香港公共圖書館

中文文學創作獎（2000）編：《看鏡子》，香港：香港公共圖書館，2001 年（初版）。

陳惠吟編：《抽屜筆友》，香港：香港公共圖書館，2001 年（初版）。

羅燕君編：《我的公公好威風呀》，香港：香港公共圖書館，2001 年（初版）。

香港公共圖書館編：《香港文學展顏‧第 14 輯，香港：公共圖書館中文文學創作獎獲獎作品集》，香港：香港公共圖書館，2002 年（初版）。

陳小丹編：《小火車的日落：二〇〇二年度中文文學創作獎兒童故事組獲獎作品集》，香港：香港公共圖書館，2002 年（初版）。

陳小丹編：《香港文學展顏‧第 15 輯：二〇〇二年度中文文學創作獎獲獎作品集》，香港：香港公共圖書館，2002 年（初版）。

陳惠吟編：《2002 年學生中文故事創作比賽獲獎作品集》，香港：香港公共圖書館，2002 年（初版）。

王萍芝編：《我的陶土怪物》，香港：香港公共圖書館，2002 年（初版）。

王惠屏編：《全港詩詞創作比賽獲獎作品：一九九一至二〇〇三年度》，香港：香港公共圖書館，2003 年（初版）。

香港中央圖書館特藏文獻系列編輯委員會：《香港中央圖書館特藏文獻系列‧高旅文庫》，香港：香港公共圖書館，2003 年（初版）。

香港中央圖書館特藏文獻系列編輯委員會：《香港中央圖書館特藏文獻系列‧劉以鬯文庫》，香港：香港公共圖書館，2003 年（初版）。

香港中央圖書館特藏文獻系列編輯委員會：《香港中央圖書館特藏文獻系列‧劉靖之文庫》，香港：香港公共圖書館，2003 年（初版）。

梁曉姿編：《第四屆香港文學節「香港寫照」徵文比賽獲獎作品集》，香港：香港公共圖書館，2003 年（初版）。

陳惠吟編：《2003 年度學生中文故事創作比賽獲獎作品集》，香港：香港公共圖書館，2003 年（初版）。

香港中央圖書館特藏文獻系列編輯委員會：《香港中央圖書館特藏文獻系列‧魯金文庫》，香港：香港公共圖書館，2004 年（初版）。

陳小丹編：《2004 青年文學創作營文集》，香港：香港公共圖書館，2004 年（初版）。

陳惠吟編：《2004 年學生中文故事創作比賽獲獎作品集》，香港：香港公共圖書館，2004 年（初版）。

王惠屏編：《2005 年學生中文故事創作比賽獲獎作品集》，香港：香港公共圖書館，2005 年（初版）。

王惠屏、陳志偉編：《香港文學展顏・第16輯，二〇〇四年度中文文學創作獎獲獎作品集》，香港：香港公共圖書館，2005 年（初版）。

王惠屏編：《2006 年學生中文故事創作比賽獲獎作品集》，香港：香港公共圖書館，2006 年（初版）。

陳小丹編：《第五屆及第六屆香港文學節徵文比賽獲獎作品集》，香港：香港公共圖書館，2006 年（初版）。

王惠屏編：《2007 年學生中文故事創作比賽獲獎作品集》，香港：香港公共圖書館，2007 年（初版）。

香港中央圖書館特藏文獻系列編輯委員會：《香港中央圖書館特藏文獻系列．劉唯邁文庫》，香港：香港公共圖書館，2007 年（初版）。

陳志偉、葉潔貞編：《香港文學展顏・第17輯，二零零六年度中文文學創作獎獲獎作品集》，香港：香港公共圖書館，2007 年（初版）。

王惠屏編：《2008 年學生中文故事創作比賽獲獎作品集》，香港：香港公共圖書館，2008 年（初版）。

香港中央圖書館特藏文獻系列編輯委員會：《香港中央圖書館特藏文獻系列・舒巷城文庫》，香港：香港公共圖書館，2008 年（初版）。

王惠屏編：《2009 年學生中文故事創作比賽獲獎作品集》，香港：香港公共圖書館，2009 年（初版）。

王惠屏編：《香港文學展顏・第 18 輯，二零零八年度中文文學創作獎獲獎作品集》，香港：香港公共圖書館，2009 年（初版）。

陳小丹編：《奇妙的種子：二〇〇八年度中文文學創作獎兒童故事組獲獎作品集》，香港：香港公共圖書館，2009 年（初版）。

王惠屏編：《2010 年學生中文故事創作比賽獲獎作品集》，香港：香港公共圖書館，2010 年（初版）。

香港中央圖書館特藏文獻系列編輯委員會：《香港中央圖書館特藏文獻系列・羅慷烈文庫》，香港：香港公共圖書館，2010 年（初版）。

陳小丹編：《搜書包》，香港：香港公共圖書館，2011 年（初版）。

香港中央圖書館特藏文獻系列編輯委員會：《香港中央圖書館特藏文獻系列・杜祖貽文庫》，香港：香港公共圖書館，2011 年（初版）。

香港公共圖書館編：《2011年學生中文故事創作比賽獲獎作品集》，香港：香港公共圖書館，2011 年（初版）。

香港公共圖書館編：《香港文學展顏・第 19 輯，二零一零年中文文學創作獎獲獎作品集》，香港：香港公共圖書館，2011 年（初版）。

香港公共圖書館編：《第七屆及第八屆香港文學節徵文比賽獲獎作品集》，香港：香港公共圖書館；香港藝術發展局，2011 年（初版）。

香港公共圖書館編：《2012年學生中文故事創作比賽獲獎作品集》，香港：香港公共圖書館，2012 年（初版）。

香港公共圖書館編：《深情絮語：第九屆香港文學節情書徵文比賽獲獎作品集》，香港：香港公共圖書館，2012 年（初版）。

香港中央圖書館特藏文獻系列編輯委員會：《香港中央圖書館特藏文獻系列・朱鈞珍文庫》，香港：香港公共圖書館，2013 年（初版）。

香港中央圖書館特藏文獻系列編輯委員會：《香港中央圖書館特藏文獻系列·杜國威文庫》，香港：香港公共圖書館，2013 年（初版）。

香港公共圖書館編：《2013年學生中文故事創作比賽獲獎作品集》，香港：香港公共圖書館，2013 年（初版）。

香港公共圖書館編：《香港文學展顏·第 20 輯，二零一二年中文文學創作獎獲獎作品集》，香港：香港公共圖書館，2013 年（初版）。

香港公共圖書館編：《2014年學生中文故事創作比賽獲獎作品集》，香港：香港公共圖書館，2014 年（初版）。

香港公共圖書館編：《第十屆香港文學節當我想起你徵文比賽獲獎作品集》，香港：香港公共圖書館，2014 年（初版）。

中文文學創作獎：《二零一四年中文文學創作獎兒童故事組獲獎作品集：王安妮的痣》，香港：香港公共圖書館，2015 年（初版）。

香港公共圖書館編：《2015年學生中文故事創作比賽獲獎作品集》，香港：香港公共圖書館，2015 年（初版）。

香港公共圖書館編：《香港文學展顏·第 21 輯，二零一四年中文文學創作獎獲獎作品集》，香港：香港公共圖書館，2016 年（初版）。

香港公共圖書館編：《第十一屆香港文學節自然的律動徵文比賽獲獎作品集》，香港：香港公共圖書館，2016 年（初版）。

香港青年寫作協會

《滄浪》作者：《北京 23+8》，香港：香港青年寫作協會，2002 年（初版）。

龍苑：《歲月的轆轤》，香港：香港青年寫作協會，2002 年（初版）。

香港房屋協會

香港房屋協會專業發展中心編：《全港高中學生徵文比賽：「老有所居」得獎作品集》，香港：香港房屋協會，2013 年（初版）。

全港高中學生徵文比賽：《第二屆「老有所居」全港高中學生徵文比賽優秀作品集》，香港：香港房屋協會，2016 年（初版）。

香港城市大學文康委員會

鄭培凱主編：《聆聽·城市的音符：城市文學創作獎文集，2007》，香港：香港城市大學文康委員會：天地圖書，2007 年（初版）。

鄭培凱主編：《流動情感：2008 城市文學獎作品集》，香港：香港城市大學文康委員會，2009 年（初版）。

鄭培凱主編：《歲月光影：2009 城市文學獎作品集·徵文集》，香港：香港城市大學文康委員會：文化工房，2010 年（初版）。

鄭培凱主編：《心田萌生的綠意：二零一二城市文學獎作品集·徵文集》，香港：香港城市大學文康委員會，2013 年（初版）。

香港浸會大學

《全國大學生徵文比賽獲獎作品集》，香港：香港浸會大學，1999 年（初版）。

香港浸會大學文學院

香港浸會大學文學院及語文中心主辦：《第二、三屆大學文學獎得獎作品集》，香港：香港浸會大學文學院，2007 年（初版）。

香港理工大學
香港理工大學中文及雙語學系中文進修課程部編：《青果文集》，香港：香港理工大學，
　　1996 年（初版）。

香港理大學生會
張佩思編：《文窗》，香港：香港理大學生會，1996 年（初版）。

香港教育圖書公司
香港中文大學聯合書院主編：《聯合文采》，香港：香港教育圖書公司，2007 年（初版）。

香港教育學院宗教教育與心靈教育中心
黃東濤編：《「觸動心靈」全港學生徵文比賽得獎作品文集》，香港：香港教育學院宗教教
　　育與心靈教育中心，2011 年（初版）。

香港藝術發展局
楊秀慧編：《回聲與肯定——香港藝術發展局文委會第一屆文學獎特集》，香港：香港藝術
　　發展局，1998 年（初版）。

科華圖書
朱昌文：《香港學者精英訪問錄》，香港：科華圖書，2001 年（初版）。

風雅出版社
蔡炎培、杜紅：《小說‧隨筆‧詩》，香港：風雅出版社，2011 年（初版）

突破出版社
胡燕青、陳懿、許政、余龍傑編：《四十一雙眼睛——年輕人看世界》，香港：突破出版社，
　　2010 年（初版）。

陳湘記圖書
銘予（羅銘予）：《茶餐時光》，香港：陳湘記圖書，2009 年（初版）。

朝花出版社
胡從經：《香港近現代文學書目》，香港：朝花出版社，1998 年（初版）。

華漢文化
盧因：《一指禪》，香港：華漢文化，1999 年（初版）。

紫荊出版社
《真情》作文大賽組委會：《「學苑盃」全港中學生《真情》作文大賽獲獎作品集》，香港：
　　紫荊出版社，2011 年（初版）。

商務印書館
黃仲鳴編：《香港文學大系 1919-1949：通俗文學卷》，香港：商務印書館，2014 年（初版）。
香港中文大學香港文學研究中心：《疊印——漫步香港文學地景 1》，香港：商務印書館，
　　2016 年（初版）。
香港中文大學香港文學研究中心：《疊印——漫步香港文學地景 2》，香港：商務印書館，
　　2016 年（初版）。
陳國球、陳智德等：《香港文學大系 1919-1949：導言集》，香港：商務印書館，2016 年（初
　　版）。

國際中華文化藝術協會

蔡麗雙主編：《詩情畫意話香江：香港文藝創作賽得獎作品集》，香港：國際中華文化藝術
　　協會，2004 年（初版）。

國際筆會香港中文筆會

國際筆會香港中文筆會會員作品集編輯委員會：《國際筆會香港中文筆會會員作品集》，香
　　港：國際筆會香港中文筆會，2006 年（初版）。

晨鐘書局

孟浪、余傑編：《詩與坦克：獨立中文筆會會員作品選集・文學卷》，香港：晨鐘書局，
　　2007 年（初版）。

進一步多媒體

工人文學獎：《第五屆工人文學獎得獎作品集》，香港：進一步多媒體，2012 年（初版）。
工人文學獎：《工人佔領文學：第四及第六屆工人文學獎得獎作品合集》，香港：進一步多
　　媒體，2015 年（初版）。

陽虹國際

曾偉強：《想飛：詩・散文集》，香港：陽虹國際，2004 年（初版）。

超域國際教育服務中心

「匯知・世界中學生華文微型小說創作大賽」：《「匯知・世界中學生華文微型小說創作大
　　賽」得獎作品集》，香港：超域國際教育服務中心，2007 年（初版）。

壹出版

何偉幟：《最後一份功課：不只是學生作品集》，香港：壹出版，2008 年（初版）。

匯智出版

王良和：《打開詩窗》，香港：匯智出版，2008 年（初版）。

當代文藝出版社

林力安：《集外集》，香港：當代文藝出版社，2000 年（初版）。

詩潮社

周夢南編：《中學跨媒體新詩朗誦會》，香港：詩潮社，2003 年（初版）。

新亞洲文化基金會

黃修己：《百年中華文學史話：1898-1997》，香港：新亞洲文化基金會，1997 年（初版）。

榮華出版社

鄭炳堅：《自我超越與新生》，香港：榮華出版社，1998 年（初版）。

銀河出版社

王尚政：《香港情緣》，香港：銀河出版社，1999 年（初版）。

潘金英

潘金英：《童心永在：何紫與香港兒童文學》，香港：潘金英，1997 年（初版）。

嶺南學院中文系及文學與翻譯研究中心

嶺南學院中文系及文學與翻譯研究中心編：《香港文學研討會》，香港：嶺南學院中文系及
　　文學與翻譯研究中心，1998 年（初版）。

嶺南學院現代中文文學研究中心

鄭振偉編：《女性與文學：女性主義文學國際研討會論文集》，香港：嶺南學院現代中文文
　　學研究中心，1996 年（初版）。

鄭振偉編：《當代作家專論》，香港：嶺南學院現代中文文學研究中心，1996 年（初版）。

獲益出版社

香港大學學生會青年文學獎協會／香港中文大學青年文學獎協會編：《第二十四屆青年文學
　　獎文集》，香港：獲益出版社，1998 年（初版）。

香港大學學生會青年文學獎協會／香港中文大學青年文學獎協會編：《第二十五屆青年文學
　　獎文集》，香港：獲益出版社，1999 年（初版）。

香港大學學生會青年文學獎協會／香港中文大學青年文學獎協會編：《第二十六屆青年文學
　　獎文集》，香港：獲益出版社，2000 年（初版）。

香港大學學生會青年文學獎協會／香港中文大學青年文學獎協會編：《第二十七屆青年文學
　　獎文集》，香港：獲益出版社，2001 年（初版）。

香港大學學生會青年文學獎協會／香港中文大學青年文學獎協會編：《第二十九屆青年文學
　　獎文集》，香港：獲益出版社，2003 年（初版）。

華文微型小說學會：《第一屆全港微型小說創作大賽文集》，香港：獲益出版社，2003 年（初
　　版）。

香港大學學生會青年文學獎協會／香港中文大學青年文學獎協會編：《第三十屆青年文學獎
　　文集》，香港：獲益出版社，2005 年（初版）。

印華作協、獲益編輯部合編：《浴火重生：第四屆印華「金鷹杯」短篇小說創作徵文比賽文
　　集》，香港：獲益出版社，2010 年（初版）。

臨時市政局公共圖書館

陳鳳儀編：《肥皂泡國》，香港：臨時市政局公共圖書館，1998 年（初版）。

黃瑞恩編：《香港文學展顏第十二輯（1996）》，香港：臨時市政局公共圖書館，1998 年（初
　　版）。

臨時市政局公共圖書館編：《摘星星：一九九六年學生中文故事創作比賽作品集》，香港：
　　臨時市政局公共圖書館，1998 年（初版）。

古佩珊編：《洪先生與陸先生》，香港：臨時市政局公共圖書館，1999 年（初版）。

陳嘉慧編：《香港文學展顏第十三輯（1998）》，香港：臨時市政局公共圖書館，1999 年（初
　　版）。

陳嘉慧編：《紙鶴》，香港：臨時市政局公共圖書館，1999 年（初版）。

盧建群編：《一棵小棗樹》，香港：臨時市政局公共圖書館，1999 年（初版）。

臨時市政局公共圖書館編：《瘋狂教育署：一九九七年學生中文故事創作比賽獲獎作品集》，
　　香港：臨時市政局公共圖書館，1999 年（初版）。

臨時市政局公共圖書館編：《最美的聲音：一九九九年學生中文故事創作比賽獲獎作品集》，
　　香港：臨時市政局公共圖書館，2005 年（初版）。

外地出版香港作家書目簡表

文灼非

文灼非：《香港情懷》，台北：遠景出版，1997 年（初版）。

西西

1996 年
西西：《飛氈》，台北：洪範書店，1996 年（初版）。
西西、何福仁：《時間的話題——對話集》，台北：洪範書店，1996 年（初版）。

1999 年
西西：《哨鹿》，台北：洪範書店，1999 年（初版）。
西西：《我城》，台北：洪範書店，1999 年（初版）。

2000 年
西西：《西西詩集 1959-1999》，台北：洪範書店，2000 年（初版）。

2001 年
西西：《旋轉木馬》，台北：洪範書店，2001 年（初版）。
西西：《拼圖遊戲》，台北：洪範書店，2001 年（初版）。

2006 年
西西：《白髮阿娥及其他》，台北：洪範書店，2006 年（初版）。

2008 年
西西：《我的喬治亞》，台北：洪範書店，2008 年（初版）。
西西：《看房子》，台北：洪範書店，2008 年（初版）。

2009 年
西西：《縫熊志》，台北：洪範書店，2009 年（初版）。

2016 年
西西：《試寫室》，台北：洪範書店，2016 年（初版）。

李維怡

2011 年
李維怡：《沉香》，台北：聯合文學，2011 年（初版）。

秀實

2016 年
秀實：《台北翅膀：秀實詩集》，台北：釀出版，2016 年（初版）。

秀實主編：《風過松濤與麥浪：台港愛情詩精粹》，台北：秀威經典，2016 年（初版）。
秀實：《為詩一辯：止微室談詩》，台北：秀威經典，2016 年（初版）。

林行止

1996 年
林行止：《永不回頭》，台北：遠景出版，1996 年（初版）。
林行止：《死撐到底》，台北：遠景出版，1996 年（初版）。
林行止：《玩法弄法》，台北：遠景出版，1996 年（初版）。
林行止：《原富精神》，台北：遠景出版，1996 年（初版）。
林行止：《核影幢幢》，台北：遠景出版，1996 年（初版）。
林行止：《閒讀閒筆》，台北：遠景出版，1996 年（初版）。

1997 年
林行止：《粉墨登場》，台北：遠景出版，1997 年（初版）。
林行止：《釣臺血海》，台北：遠景出版，1997 年（初版）。
林行止：《變數在前》，台北：遠景出版，1997 年（初版）。

1998 年
林行止：《如何是好》，台北：遠景出版，1998 年（初版）。
林行止：《忠黨報港》，台北：遠景出版，1998 年（初版）。
林行止：《英倫采風》，台北：遠景出版，1998 年（初版）。
林行止：《英倫采風（2）》，台北：遠景出版，1998 年（初版）。
林行止：《英倫采風（3）》，台北：遠景出版，1998 年（初版）。
林行止：《英倫采風（4）》，台北：遠景出版，1998 年（初版）。
林行止：《破英立舊》，台北：遠景出版，1998 年（初版）。
林行止：《痼疾初發》，台北：遠景出版，1998 年（初版）。

1999 年
林行止：《本末倒置》，台北：遠景出版，1999 年（初版）。
林行止：《終成畫餅》，台北：遠景出版，1999 年（初版）。
林行止：《通縮初現》，台北：遠景出版，1999 年（初版）。
林行止：《藥石亂投》，台北：遠景出版，1999 年（初版）。

2000 年
林行止：《千年祝願》，台北：遠景出版，2000 年（初版）。
林行止：《內部腐爛》，台北：遠景出版，2000 年（初版）。
林行止：《有法無天》，台北：遠景出版，2000 年（初版）。
林行止：《墜入錢網》，台北：遠景出版，2000 年（初版）。

2001 年
林行止：《王牌在握》，台北：遠景出版，2001 年（初版）。
林行止：《主席發火》，台北：遠景出版，2001 年（初版）。

林行止：《破網急墜》，台北：遠景出版，2001 年（初版）。
林行止：《極度亢奮》，台北：遠景出版，2001 年（初版）。

2002 年
林行止：《中國製造》，台北：遠景出版，2002 年（初版）。
林行止：《少睡多金》，台北：遠景出版，2002 年（初版）。
林行止：《迫你花錢》，台北：遠景出版，2002 年（初版）。
林行止：《風雷魍魎》，台北：遠景出版，2002 年（初版）。
林行止：《閒在心上》，台北：遠景出版，2002 年（初版）。

2005 年
林行止：《政災禽禍》，台北：遠景出版，2005 年（初版）。
林行止：《泰山壓頂》，台北：遠景出版，2005 年（初版）。
林行止：《排外誤港》，台北：遠景出版，2005 年（初版）。
林行止：《單邊極右》，台北：遠景出版，2005 年（初版）。
林行止：《餘暉夕照》，台北：遠景出版，2005 年（初版）。

2006 年
林行止：《老手新丁》，台北：遠景出版，2006 年（初版）。
林行止：《無無價寶》，台北：遠景出版，2006 年（初版）。
林行止：《蕩魄驚魂》，台北：遠景出版，2006 年（初版）。

2007 年
林行止：《三十三年》，台北：遠景出版，2007 年（初版）。
林行止：《四出採購》，台北：遠景出版，2007 年（初版）。
林行止：《最佳投資》，台北：遠景出版，2007 年（初版）。
林行止：《模稜不可》，台北：遠景出版，2007 年（初版）。

2008 年
林行止：《次按驟變》，台北：遠景出版，2008 年（初版）。
林行止：《政股合一》，台北：遠景出版，2008 年（初版）。
林行止：《資源吃香》，台北：遠景出版，2008 年（初版）。
林行止：《鏡花水月》，台北：遠景出版，2008 年（初版）。

2009 年
林行止：《中國情緣》，台北：遠景出版，2009 年（初版）。
林行止：《正視政事》，台北：遠景出版，2009 年（初版）。
林行止：《婪火焚城》，台北：遠景出版，2009 年（初版）。
林行止：《犧牲股民》，台北：遠景出版，2009 年（初版）。

2010 年
林行止：《股旺樓熱》，台北：遠景出版，2010 年（初版）。
林行止：《為後人謀》，台北：遠景出版，2010 年（初版）。
林行止：《貪婪誤事》，台北：遠景出版，2010 年（初版）。
林行止：《齟齬不絕》，台北：遠景出版，2010 年（初版）。

2011 年

林行止：《二制質變》，台北：遠景出版，2011 年（初版）。

林行止：《火藥味濃》，台北：遠景出版，2011 年（初版）。

林行止：《庸官苛政》，台北：遠景出版，2011 年（初版）。

林行止：《攀梯登月》，台北：遠景出版，2011 年（初版）。

2013 年

林行止：《不顧後果》，台北：遠景出版，2013 年（初版）。

林行止：《前海後港》，台北：遠景出版，2013 年（初版）。

林行止：《國之不幸》，台北：遠景出版，2013 年（初版）。

2014 年

林行止：《淺陋禍港》，台北：遠景出版，2014 年（初版）。

林行止：《圓跌股升》，台北：遠景出版，2014 年（初版）。

林行止：《聚斂生禍》，台北：遠景出版，2014 年（初版）。

林行止：《謙厚立本》，台北：遠景出版，2014 年（初版）。

2015 年

林行止：《只聽京曲》，台北：遠景出版，2015 年（初版）。

林行止：《助你供樓》，台北：遠景出版，2015 年（初版）。

林行止：《高稅維穩》，台北：遠景出版，2015 年（初版）。

林行止：《遮擋風雲》，台北：遠景出版，2015 年（初版）。

馬家輝

2012 年

楊照、胡洪俠、馬家輝：《對照記 @1963：22 個日常生活詞彙》，台北：遠流，2012 年（初版）。

楊照、胡洪俠、馬家輝：《忽然，懂了：對照記 @1963 Ⅱ》，台北：遠流，2012 年（初版）。

2013 年

楊照、胡洪俠、馬家輝：《所謂中年所謂青春：對照記 @1963 Ⅲ》，台北：遠流，2013 年（初版）。

2014 年

楊照、胡洪俠、馬家輝：《龍頭鳳尾》，台北：遠流，2014 年（初版）。

2016 年

馬家輝：《龍頭鳳尾》，台北：新經典文化，2016 年（初版）。

陳國球

2000 年

陳國球編：《文學香港與李碧華》，台北：麥田，2000 年（初版）。

2003 年

陳國球：《感傷的旅程：在香港讀文學》，台北：學生書局，2003 年（初版）。

2004 年

陳國球：《文學史書寫形態與文化政治》，北京：北京大學出版社，2004 年（初版）。

2007 年

陳國球：《明代復古派唐詩論研究》，北京：北京大學出版社，2007 年（初版）。

2011 年

陳國球：《結構中國文學傳統》，武漢：華中師範大學出版社，2011 年（初版）。

陳智德

2013 年

陳智德：《地文誌：追憶香港地方與文學》，台北：聯經，2013 年（初版）。

陳煒舜

2008 年

陳煒舜：《屈騷纂緒：楚辭學研究論集》，台北：學生書局，2008 年（初版）。

2011 年

陳煒舜：《明代前期楚辭學史論》，台北：學生書局，2011 年（初版）。

董啟章

1996 年

董啟章：《安卓珍尼》，台北：聯合文學，1996 年（初版）。

1997 年

董啟章：《地圖集》，台北：聯合文學，1997 年（初版）。

董啟章：《雙身》，台北：聯經，1997 年（初版）。

2002 年

董啟章：《衣魚簡史》，台北：高談文化，2002 年（初版）。

2004 年

董啟章：《東京 · 豐饒之海 · 奧多摩》，台北：高談文化，2004 年（初版）。

董啟章：《體育時期 P.E. PERIOD》，台北：高談文化，2004 年（初版）。

2005 年

董啟章：《天工開物 · 栩栩如真》，台北：麥田，2005 年（初版）。

董啟章：《對角藝術》，台北：高談文化，2005 年（初版）。

2007 年

董啟章：《時間繁史 · 啞瓷之光》，台北：麥田，2007 年（初版）。

2012 年

董啟章：《繁勝錄》，台北：聯經，2012 年（初版）。

董啟章：《博物誌》，台北：聯經，2012 年（初版）。

董啟章：《夢華錄》，台北：聯經，2012 年（初版）。

2010 年

董啟章：《物種源始・貝貝重生之學習年代》，台北：麥田，2010 年（初版）。

2011 年

董啟章：《在世界中寫作，為世界而寫》，台北：聯經，2011 年（初版）。

2013 年

董啟章：《體育時期（劇場版）【上學期】》，台北：聯經，2013 年（初版）。

董啟章：《體育時期（劇場版）【下學期】》，台北：聯經，2013 年（初版）。

2014 年

董啟章：《名字的玫瑰：董啟章中短篇小說集 I 》，台北：聯經，2014 年（初版）。

董啟章：《衣魚簡史：董啟章中短篇小說集 II 》，台北：聯經，2014 年（初版）。

董啟章：《美德》，台北：聯經，2014 年（初版）。

2016 年

董啟章：《心》，台北：聯經，2016 年（初版）。

董啟章、駱以軍：《肥瘦對寫》，台北：印刻，2016 年（初版）。

廖偉棠

2004 年

廖偉棠：《十八條小巷的戰爭遊戲》，台北：寶瓶文化，2004 年（初版）。

廖偉棠：《孤獨的中國》，台北：唐山出版社，2004 年（初版）。

2005 年

廖偉棠：《巴黎無題劇照》，台北：聯合文學，2005 年（初版）。

廖偉棠：《苦天使》，台北：寶瓶文化，2005 年（初版）。

2007 年

廖偉棠：《我們在此撤離，只留下光》，台北：大塊文化，2007 年（初版）。

2008 年

廖偉棠：《CAN 影像誌——非常教育》，台北：唐山出版社，2008 年（初版）。

廖偉棠：《黑雨將至》，台北：寶瓶文化，2008 年（初版）。

2010 年

廖偉棠：《衣錦夜行》，台北：印刻，2010 年（初版）。

2012 年

廖偉棠：《八尺雪意》，台北：印刻，2012 年（初版）。

2015 年
廖偉棠：《半簿鬼語》，台北：印刻，2015 年（初版）。

2016 年
廖偉棠：《異托邦指南／閱讀卷：魅與祛魅》，台北：聯經，2016 年（初版）。

潘國靈

2013 年
潘國靈：《靜人活物》，台北：聯經，2013 年（初版）。

2016 年
潘國靈：《寫托邦與消失咒》，台北：聯經，2016 年（初版）。

戴天

2000 年
戴天：《人鳥哲學》，台北：遠景出版，2000 年（初版）。
戴天：《矮人看戲》，台北：遠景出版，2000 年（初版）。
戴天：《群鬼跳牆》，台北：遠景出版，2000 年（初版）。
戴天：《囉哩哩囉》，台北：遠景出版，2000 年（初版）。

謝曉虹

2005 年
謝曉虹：《好黑》，台北：寶瓶文化，2005 年（初版）。

2012 年
韓麗珠、謝曉虹：《雙城辭典》，台北：聯經，2012 年（初版）。

韓麗珠

2012 年
韓麗珠、謝曉虹：《雙城辭典》，台北：聯經，2012 年（初版）。

2015 年
韓麗珠：《失去洞穴》，台北：印刻，2015 年（初版）。

本創人文 07

港文學書目續編 1996-2016

作　　者：黎漢傑、黃　駿、王芷茵
責任編輯：黎漢傑
封面設計：Kaceyellow
內文排版：多　馬
法律顧問：陳煦堂 律師

出　　版：初文出版社有限公司
　　　　　電郵：manuscriptpublish@gmail.com

印　　刷：陽光印刷製本廠

發　　行：香港聯合書刊物流有限公司
　　　　　香港新界荃灣德士古道 220-248 號
　　　　　荃灣工業中心 16 樓
　　　　　電話 (852) 2150-2100　傳真 (852) 2407-3062

臺灣總經銷：貿騰發賣股份有限公司
　　　　　電話：886-2-82275988　傳真：886-2-82275989
　　　　　網址：www.namode.com

新加坡總經銷：新文潮出版社私人有限公司
　　　　　地址：71 Geylang Lorong 23, WPS618 (Level 6),
　　　　　　　　Singapore 388386
　　　　　電話：(+65) 8896 1946　電郵：contact@trendlitstore.com

版　　次：2022 年 2 月初版
國際書號：978-988-75759-7-9
定　　價：港幣 228 元　新臺幣 690 元

Published and printed in Hong Kong

香港藝術發展局 資助
香港藝術發展局全力支持藝術表達自由，
本計劃內容並不反映本局意見。